내가 행복한 이유

Reasons to be Cheerful

내가 행복한 이유

그래픽노블 이건 지음 · 김상훈 옮김

Greg Egan

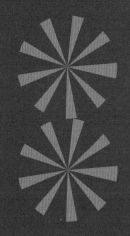

contents

1

적절한 사랑

Appropriate Love

"남편분은 회복할 수 있을 겁니다. 그 점에는 의문의 여지가 없습니다."

그 순간 나는 질끈 눈을 감았고, 안도한 나머지 소리를 지를 뻔했다. 39시간 동안이나 한숨도 못 자고 대기하면서 나는 불확실성 쪽을 두려움보다 훨씬 더 끔찍하게 받아들이기 시작했던 것 같다. 외과의사들로부터 크리스가 위독하다는 얘기를 들었을 때는 거의 희망을 버리기 직전까지 갔을 정도였다.

"하지만 새로운 몸이 필요합니다. 어디를 어떻게 다쳤는지 구구절절 듣고 싶지는 않으시겠지만, 손상을 입은 장기들이 너무 많은 데다가 손상 정도도 심해서 개별적으로 장기이식을 하거나 수술로 치료하는 것은 불가능합니다."

나는 고개를 끄덕였다. 자신을 '알렌비'라고 소개한 이 남자에게 호감을 느끼기 시작하면서. 처음에 그가 내게 자기소개를 했을 때는 적대감조차 느꼈지만 말이다. 적어도 그는 내 눈을 똑바로 쳐다보고, 명확하고 단도직입적으로 사실을 말한다. 내가 이 병원에 발을 들여놓은 이래 얘기를 나눈 다른 사람들은 모두 즉답을 피하고 모호한 설명밖에는 해주지 않았다. 심지어 어떤 전문의는 외상 분석 전문가 시스템이 내놓은 무려 132종의 '예후 시나리오'와 그 확률을 나열한 프린트 용지를 내게 건네기까지 했다.

새로운 몸. 그 부분은 전혀 두렵지 않았다. 너무나도 깔끔하고 너무나도 단순한 해결책 아닌가. 개별적으로 장기이식을 한다면 크리스의 몸을 여러 번 거듭해서 절개해야 한다. 설령 그 목적이 아무리 유익하더라도 수술을 하면 합병증이 발생할 위험은 언제나 있고, 그럴 때마다 크리스는 영영 외부로부터의 공격에 노출되는 것이나 마찬가지다. 병원에 와서 처음 몇 시간 동안은 사고 소식이 오보일 것이라는 부조리한 희망을 버리지 못했다. 크리스는 열차 사고 현장에서 멀쩡한 몸으로 빠져나왔고, 지금 수술실에 있는 사람은 실은 타인일지도, 이를테면 크리스의 지갑을 훔친 도둑일지도 모른다는 식으로 말이다. 이런 말도 안 되는 망상을 억지로 떨쳐내고, 남편이 다리가 절단되는 큰 부상을 입고 극히 위독한 상태라는 사실을 받아들인 뒤에는, 새롭고 완전무결한 육체를 얻을 수 있다는 소식은 내가 한 망상에 거의 맞먹을 정도로 기적적인 집행유예처럼 느껴졌다.

알렌비는 말을 이었다. "고객님이 가입하신 보험은 지금 같은 상황에서 발생하는 비용을 완전히 보장하고 있습니다. 거기엔 의료 기술자, 대리모, 치료사를 고용하는 비용까지 포함됩니다."

나는 다시 고개를 끄덕이면서, 알렌비가 군이 모든 내용을 일일이 열거할 작정이 아니기를 내심 희망했다. 이미 잘 알고 있었기 때문이다. 그들은 크리스의 클론을 만들 것이다. 그런 다음 자궁에 착상시킨 클론 태아에 간섭함으로써 그 뇌가 생명 유지 기능을 제외한 다른

적절한 사랑

능력을 아예 발달시키지 못하도록 한다. 그렇게 해서 태어난 클론은 정상적인 노화 과정과 운동의 영향을 시뮬레이트한 일련의 용의주도한 생화학적 위장 신호들을 받아들여 보통 아기들보다 훨씬 빠르게, 그러나 건강하게 성장한다. 물론 대리모를 고용해서 뇌 손상을 입은 '아이'를 낳게 하는 행위에 대해 내가 느끼고 있는 의구심이 완전히 사라진 것은 아니었다. 하지만 나와 크리스는 이미 이런 문제들에 관해 고민에 고민을 거듭한 끝에 이 비싼 옵션을 보험 약관에 포함시키지 않았던가. 지금은 그 결정을 재고할 때가 아니다.

"새로운 몸을 준비하려면 2년 가까이 걸립니다. 그때까지는 물론 남편분의 뇌를 살려두는 일이 가장 중요합니다. 지금 같은 상태에서 의식을 되찾을 가능성은 전혀 없으니까, 몸의 남은 부분들을 반드시 유지해야 할 이유 역시 없습니다."

이 말을 처음 들었을 때 나는 크게 동요했지만, 불현듯 이런 생각이 떠올랐다. 왜 그러면 안 된다는 거지? 열차의 잔해에 낀 다리를 절단하면서까지 구출해 냈듯이, 크리스를 망가진 육체에서 분리해 내자는 얘기가 아닌가? 병원 대기실의 TV가 반복적으로 보여준 충돌 현장 영상에서 구조대원들은 새파란 레이저를 써서 정확하고 깔끔하게 우그러진 금속을 잘라내고 있었다. 그런 식으로 크리스를 완전히 자유롭게 해준다고 해서 뭐가 문제란 말인가? 크리스란 크리스의 뇌지, 그의 짜부라진 사지나, 박살 난 뼈나, 손상으로 인해 출혈이 멎지 않는 내장이 아니다. 고통을 느낄 염려 없이, 어차피 폐기될 예정인 육체의 잔해로부터 해방된 홀가분한 상태로, 깊고 평안한 잠을 자며 건강이 회복되기를 기다리는 것이야말로 크리스에게는 최상의 선택이 아닐까?

"미리 확인해 둘 점이 하나 있습니다. 고객님의 보험 약관은 새로운 몸이 성장하는 동안에는 의료 기관의 인가를 받은 생명 유지 수단 중에서 가장 비용이 적게 드는 것을 쓴다고 규정하고 있습니다."

나는 이 말에 반박하려다가 퍼뜩 기억을 떠올렸다. 우리 부부의 한정된 보험 예산 안에서 그런 특약을 욱여넣기 위해서는 그 방법밖에는 없었던 것이다. 신체 교환은 기본 비용 자체가 워낙 비쌌기 때문에, 최소한의 옵션들만 남겨두는 식으로 타협하는 수밖에 없었다. 당시 크리스는 이런 농담을 했다. "우리가 살아 있는 동안만은 냉동 보존 기술이 완성되지 않았으면 좋겠군. 2년 동안 매일 냉동 장치로 문병을 가, 당신의 웃는 얼굴을 내려다보고 싶지는 않으니까 말이야."

"그러니까 보험사 입장에서는 뇌만 살려두고 싶다는 거군요. 그 **방법이 가장 싸게 먹힌다는 이유로?**"

알렌비는 동정하는 듯한 표정을 지었다. "이런 상황에서 비용 운운하는 게 불쾌하시다는 건 저도 십분 이해합니다. 하지만 이 약관이 **의료 기관의 인가를 받은 수단**이라고 명시하고 있다는 점만은 지적하고 싶어서요. 고객님에게 안전하지 않은 방식을 강요할 생각은 추호도 없다는 뜻입니다."

나는 발끈하며 이렇게 쏘아붙이려고 했다. 보험사가 나한테 뭘 강요할 수는 없을 텐데요? 그러나 결국 그러지는 않았다. 소란을 피울 기력 따위는 남아 있지 않았고, 어차피 그런 행동은 허세에 불과하기 때문이다. 이론상으로 어떤 결정을 내릴지는 전적으로 내게 달려 있었다. 현실에서 그 비용을 지불하는 것은 〈글로벌 보험〉이지만 말이다. 보험사는 내게 어떤 수단을 택하라고 직접 지시할 수는 없다. 하지만 내가 어떤 수단을 선택하든 간에 그 수단의 비용을 마련하지 못한다면, 보험사가 비용을 댈 용의가 있는 방식에 동의하는 수밖에 없다는 사실은 잘 알고 있었다.

나는 말했다. "좀 생각할 시간을 줘요. 의사들 얘기도 들어보고, 차분히 생각해 보고 싶으니까."

"물론입니다. 지당하신 말씀이에요. 하지만 일단 하나 말씀드리고 싶은 건, 선택할 수 있는 다양한 옵션 중에서…"

나는 한 손을 들어 올려 그의 말을 막았다. "제발. 지금 당장 그 얘기를 해야 하나요? 방금 말했잖아요. 의사들 얘기도 들어보겠다고. 지금은 일단 잠부터 자둬야겠어요. 나도 알아요. 내가 이런저런 세세한 결정들을 내려야 한다는 걸. 어떤 생명 유지 회사를 택할지, 어떤 서비스를 선택해서 거기서 또 어떤 생명 유지 기계를 고를지… 그런 것들 말이에요. 하지만 12시간은 기다려 줄 수 있지 않나요? 제**발 부탁이에요.**"

나는 아직 충격에서 벗어나지는 못했을지도 모르지만 상대의 얘기를 못 들을 정도로 지친 상태는 아니었다. 그러나 나는 알렌비가 마지막 1센트까지 비용 계산을 끝낸, 규격화된 일종의 '패키지 솔루션'을 밀어붙일 작정은 아닌지 의심하고 있었다. 근처에 흰 의사 가운을 입은 여자 하나가 서 있었는데, 마치 우리 대화가 끝나기를 기다리고 있는 듯이 몇 초마다 우리 쪽을 흘끗흘끗 쳐다보고 있었다. 처음 보는 여자였지만, 그렇다고 해서 그녀가 크리스를 담당한 팀의 일원이 아니라는 증거는 되지 않는다. 병원에 온 뒤로 나를 만나러 온 의사는 여섯 명에 달했다. 그녀가 무슨 새로운 소식을 가지고 온 거라면, 빨리 듣고 싶었다.

알렌비가 말했다. "죄송합니다. 하지만 몇 분만 더 제 얘기를 들어주실 수는 없을까요. 시급하게 설명할 일이 하나 있어서."

미안해하는 듯한 말투였지만, 알렌비는 끈질겼다. 그리고 내게는 아무런 끈기도 남아 있지 않았다. 고무 망치로 온몸을 두들겨 맞은 듯한 기분이었고, 이런 식으로 논쟁을 계속하다가 자제심을 잃지 않을 자신도 없었다. 한시라도 빨리 이 작자를 떼어놓으려면 하고 싶은 말을 하도록 내버려 두는 것이 상책일지도 모르겠다. 알렌비가 내가 아직 생각할 준비가 되어 있지 않은 세부 사항들을 한꺼번에 쏟아 낸다면, 지금은 그냥 귀를 닫고 나중에 다시 설명을 요구하면 그만 이다.

"얘기해 봐요."

"선택 가능한 여러 옵션들 중에서, 가장 비용이 적게 드는 생명 유지 수단은 기계를 아예 쓰지 않는 방법입니다. 최근 유럽에서 완성된 생물학적 생명 유지 기술은, 유지해야 하는 기간이 2년을 넘길 경우 다른 방식들에 비해 거의 20분의 1까지 비용을 줄일 수 있습니다. 게다가 위험도 평가에서도 극히 높은 점수를 받았습니다."

"생물학적 생명 유지 기술? 처음 들어보네요."

"아, 당연합니다. 최신 기술이니까요. 하지만 정말 신뢰할 수 있다는 점은 보증할 수 있습니다."

"그런가요? 하지만 그건 정확히 어떤 기술을 의미하는 거죠? 구체적으로 뭘 어떻게 한다는 건가요?"

"뇌는 다른 사람과 혈액 공급을 공유하는 방식으로 생존하게 됩니다."

나는 알렌비를 빤히 쳐다보았다. "뭐라고요? 설마… 머리가 두 개 달린 인간을 만들어서…?"

너무나도 오래 잠을 못 잔 탓에 나의 현실 감각은 맛이 간 상태였다. 한순간 내가 꿈을 꾸고 있는 것이라고 믿어버렸을 정도였다. 나는 대기실의 소파에서 잠들었다가 낭보를 듣는 꿈을 꾼 것이 틀림없다. 하지만 그런 소망 충족 판타지는 얼마 가지 못하고 냉소적인 블랙 코미디로 전락했다. 터무니없을 정도로 낙천적이었던 나를 벌하기 위해.

그러나 알렌비는 호화스러운 팸플릿을 불쑥 꺼내 들고 만족스러운 표정으로 웃는 고객이 숙주가 되어준 사람과 한 어깨 위에서 뺨을 맞대고 있는 사진을 내게 보여주거나 하지는 않았다. 그러는 대신 이렇게 말했을 뿐이었다. "아니, 아니, 설마요. 물론 그런 걸 만들지는 않습니다. 뇌를 두개골에서 완전히 적출한 다음에, 보호막으로 감싸서 액체를 채운 낭 안에 보관하는 방식입니다. 그 낭을 내부에 넣는 거죠."

"내부에? 어디 내부에요?"

알렌비는 대답하기를 주저했고, 여전히 우리 주위를 조급하게 맴돌고 있던 흰 가운 차림의 여자를 흘끗 보았다. 여자는 이것을 일종의 신호로 받아들인 듯했고, 그 즉시 우리에게 다가왔다. 알렌비를 보니 이것은 그가 의도한 바가 아니었음을 알 수 있었다. 한순간 당황하는 기색이 역력했지만, 알렌비는 곧 침착을 되찾고 이 틈입을 최대한 유리하게 이용하려고 했다.

알렌비가 말했다. "미즈 페리니, 이분은 닥터 게일 섬너입니다. 명실공히 이 병원에서 가장 우수한 부인과 전문의 중 한 명입니다."

닥터 섬너는 알렌비를 향해 '됐어요, 지금부터는 내가 알아서 할게요'라는 식으로 활짝 웃어 보였고, 내 어깨에 손을 얹더니 다른 쪽으로 가도록 유도했다.

나는 지구상의 모든 은행을 (전자적으로) 방문해서 대출을 타진해 보았지만, 이들 모두가 나의 금융 지수를 똑같은 방정식에 대입하기라도 한 듯한 천편일률적인 반응이 돌아왔을 뿐이었다. 이자율을 고리 수준까지 높여 보아도, 내가 비용을 대기 위해 필요로 하는 액수의 10분의 1조차도 빌려주겠다는 곳이 없었다. 생물학적인 생명 유지 기술은 종래의 기술에 비해 그만큼 싸게 먹힌다는 뜻이다.

내 여동생인 데브라는 이렇게 말했다. "차라리 자궁을 적출해 버리면 안 돼? 본때를 보여주는 거야! 그럼 그 자식들도 더 이상 언니 자궁에 눈독을 들이지 못할걸!"

내 주위 사람들도 모두 맛이 간 듯하다. "그런 다음엔 어떻게 하라고? 크리스는 죽고, 내겐 상한 몸만 남잖아. 그런 건 승리라고 할 수 없어."

"적어도 패기를 보여줄 수는 있잖아."

"패기 따윈 보여주고 싶지 않아."

"하지만 언니는 형부 뇌를 억지로 배 속에 넣고 싶지는 않다고 했잖아? 그럼 이러면 어떨까. 괜찮은 홍보 전문가들을 성공 보수를 주는 조건으로 고용해서 이 문제를 제대로 쟁점화한다면 대중의 7, 80퍼센트는 언니를 지지할 거야. 조직적인 불매 운동을 개시할 수도 있겠고. 그런 식으로 보험사의 이미지를 추락시키고, 금전적으로도 충분한 타격을 준다면, 결국은 두 손 들고 언니가 필요로 하는 비용을 지불하겠다고 하겠지."

"싫어."

"자기 생각만 하면 안 돼, 칼라 언니. 언니가 여기서 맞서 싸우지 않은 탓에 장래에 똑같은 꼴을 당할 다른 여자들을 생각해 보라고."

동생 말이 정론일지도 모르겠다. 하지만 나는 도저히 그럴 자신이 없었다. 일부러 세간의 이목을 끌어서 보도 매체를 이용한 투쟁을 전개한다? 내게는 그런 종류의 정신력도, 지구력도 없었다. 그러자 이런 생각이 떠올랐다. 왜 내가 그런 일에까지 나서야 하는 거지? 난 내가 한 단순한 계약이 공정하게 이행되는 걸 원할 뿐인데, 전국 규모의 홍보 캠페인 따위에 나서야 할 이유가 어디 있어?

나는 법률 전문가에게 조언을 구했다.

"물론 보험사는 당신에게 그걸 강제할 수는 없습니다. 예속을 금지하는 법률이 있으니까요."

"그렇겠죠… 하지만 실질적으로는 어떤 대안이 있나요? 내가 정말로 할 수 있는 일이 뭐죠?"

"남편분이 죽을 수 있도록 하는 거겠죠. 현재 연결되어 있는 생명 유지 장치의 스위치를 끄는 식으로요. 그건 불법이 아닙니다. 병원은 당신의 동의가 있든 없든 간에, 비용 지불이 멎는 순간부터 그럴 수 있고, 또 그럴 겁니다."

이 얘기는 이미 여러 번 들었지만, 여전히 액면가 그대로 받아들이기 힘들었다. "어떻게 그이를 죽이는 행위가 합법적일 수가 있죠? 그건 안락사라고 할 수도 없잖아요… 회복할 가능성은 얼마든지 있고, 그런 다음 완벽하게 정상적인 삶을 이어갈 가능성도 얼마든지 있는데, 어떻게 그런 사람을 죽일 수 있나요?"

변호사는 고개를 가로저었다. "이 과학기술은 누구에게든 **완벽하게 정상적인 삶**을 제공합니다. 병세가 아무리 위중해도, 나이가 아무리 많아도, 부상이 아무리 심각해도요. 하지만 그러기 위해서는 돈이 들고, 가용 자원은 한정되어 있습니다. 설령 의사나 의료 기사들이 이 기술을 원하는 모든 사람에게 무료로 봉사할 것을 강제받는다고 해도… 방금 말했듯이 예속을 금지하는 법률이 있는 데다가… 흐음, 어떤 식으로든 그 혜택을 받지 못하는 사람은 나오기 마련입니다. 그리고 현 정부는 그게 누구인지를 정하는 최선의 방법은 시장 원리라고 보고 있습니다."

"하여튼 난 남편을 죽게 내버려 둘 생각은 추호도 없어요. 내가

　　　　　　　　　　　　　　　　　적절한 사랑

원하는 건 단지 그이를 생명 유지 기계 안에서 2년 동안 살려두는 거고…

"그걸 원하는 건 물론 자유이지만, 유감스럽게도 금전적으로는 가능할 것 같지 않군요. 다른 사람을 고용해서 체내 보관을 맡길 생각은 없나요? 새로운 몸을 키우는 일도 대리모에게 맡겼으니까, 뇌도 그렇게 할 수 있지 않나요? 그럼 비싸게 먹히겠지만… 기계 장치를 쓰는 것만큼 비싸지는 않을 겁니다. 모자라는 비용도 어떻게든 충당할 수 있을지도 모르고."

"비용이 모자르다는 것부터 말이 안 돼요! 대리모는 거금을 받는데! 도대체 누가 내 몸을 공짜로 쓸 권리를 〈글로벌 보험〉에게 준 거죠?"

"아, 약관에 이런 조항이 있네요…" 그녀는 워크스테이션의 키를 몇 개 누르더니 화면에 뜬 글을 읽었다. "…이 계약의 연대 서명인이 간병인으로서 기여하는 경우의 가치를 평가 절하하는 일 없이, 그 또는 그녀는 그런 봉사 활동에서 발생하는 보수에 대한 모든 권리를 포기한다. 이에 덧붙여, 97(b)항에 의거한 모든 비용 계산은…"

"우리 부부 중 하나가 독감에 걸려서 종일 앓아 누워 있는 걸 다른 한쪽이 간병했다면, 그 비용을 보전받을 생각 따위는 하지 말라, 이런 식으로 해석했는데요."

"유감스럽게도 이건 그런 일보다 훨씬 더 큰 범위를 커버하고 있답니다. 거듭 말하겠는데, 보험사는 뭐든 당신에게 강제할 권리를 갖고 있지는 않아요. 당신을 대신할 대리모에게 보수를 지불할 의무도 없지만 말이에요. 보험사가 남편분을 가장 싼 값으로 살려둘 수 있는 방법의 비용을 계산할 경우, 이 조항은 당신이 배우자의 생명 유지 비용을 대는 것을 선택할 수 있다는 전제를 바탕으로 그런 계산을 진행할 수 있는 근거를 제공한다고 보면 됩니다."

"바꿔 말해서, 이 모든 것은… 회계상의 문제다?"

"바로 그거예요."

잠시 무슨 말을 해야 할지 아무 생각도 떠오르지 않았다. 내가 최악에 궁지에 몰렸다는 사실은 충분히 이해하고 있었지만, 그 사실을 명확한 말로 표현할 능력이 바닥난 느낌이랄까.

그제야 가장 빤한 질문이 하나 남아 있다는 사실이 퍼뜩 떠올랐다.

"상황이 지금과는 반대였다고 가정해 보세요. 이를테면 크리스가 아니라 내가 그 열차에 타고 있었다는 식으로요. 그럼 보험사는 대리모 비용을 따로 대줬을까요? 아니면 그이더러 2년 동안 배 속에 나의 뇌를 넣어 다니라고 요구했을까요?"

변호사는 무표정한 얼굴을 하고 대답했다. "그 질문에는 도저히 대답하고 싶은 마음이 안 생기네요."

크리스는 몸 여기저기에 붕대를 감고 있었지만, 그의 몸 대부분은 유익한 기생충처럼 피부에 달라붙은 수많은 작은 기계들로 뒤덮여 있었다. 그에게 영양을 공급하고, 그의 혈액에 산소를 공급하고, 혈중 노폐물을 제거하는 기계들이다. 단지 지금보다 상태가 더 악화되는 것을 막을 목적에서 그러는 거겠지만, 부러진 뼈나 손상된 조직의 재건까지 수행하고 있을 가능성도 있었다. 완전히 꿰매놓은 한쪽 눈구멍과 군데군데 멍든 피부를 포함한 크리스의 얼굴 일부도 볼 수 있었다. 오른손은 완전히 노출되어 있었는데, 결혼반지는 병원 측에서 미리 빼놓아서 없었다. 양쪽 다리는 허벅지 바로 아래부터 잘려 나가서 없었다.

바싹 다가갈 수는 없었다. 크리스는 사방 5미터 길이의 멸균 플라스틱 텐트 안에 누워 있었기 때문이다. 병실 안에 또 하나의 병실이 있는 것이나 마찬가지였다. 집게 손이 세 개 달린 간호 로봇이 한쪽 구석에서 꼼짝도 않고 병실을 감시하고 있었다. 그러나 이 로봇이 개입해야 하는 상황이 벌어진다고 해서, 이미 투입되어 작업 중인 조그만 로봇들보다 더 쓸모가 있을 것 같지는 않았다.

이렇게 크리스를 직접 문병하는 것은 물론 불합리한 행위였다. 그는 꿈조차 꾸지 않는 깊은 혼수상태에 빠져 있었기 때문에, 내가 왔다고 해서 무슨 위로를 해줄 수 있는 것도 아니었다. 그러나 나는 몇 시간 동안 잠자코 병실에 앉아 있었다. 크리스의 육체가 수복 불가능할 정도로 망가졌으며, 그는 정말로 나의 도움이 필요하고, 그런 도움이 없으면 그는 절대로 살아나지 못하리라는 걸 곱씹을 필요를 느끼기라도 했던 걸까.

이따금 나 자신의 우유부단함이 견딜 수 없을 정도로 혐오스러워질 때가 있었다. 그럴 때면 내가 아직도 동의서에 서명하지 않았고, 예비 조치조차 받지 않았다는 사실 자체를 믿을 수가 없었다. 그이의 목숨이 달려 있는 일이잖아! 넌 어떻게 그토록 이기적일 수 있어? 그러나 이런 종류의 죄책감은 그 어떤 감정보다도 한층 더 나를 분노하게 만들었다. 엄밀하게는 강요라고 할 수 없는 식의 강요. 대놓고 맞서 싸우기를 주저하게 만드는 성性의 정치.

보험사의 제안을 거부하고 크리스를 죽게 내버려 둔다는 것은 상상조차 할 수 없었다. 하지만⋯ 그게 다른 사람의 뇌였다면, 나는 기꺼이 그것을 내 몸에 받아들이려고 했을까? 그랬을 리가 없다. 모르는 사람을 죽게 내버려 두는 것은 상상 밖의 일이 전혀 아니었다. 혹시 단순히 안면이 있는 사람의 뇌였다면? 역시 싫다. 친한 친구의 뇌였다면? 몇몇 친구들을 위해서라면 그럴 수도 있겠지만, 모두는 아니다.

그렇다면 나는 도대체 얼마나 크리스를 사랑하고 있는 것일까? 충분히?

당연하잖아!

왜 '당연'하다는 거지?

왜냐하면 이것은⋯ 신의의 문제라서? 아니, 그것은 적절한 단어가 아니다. 신의라는 단어는 명시되지만 않았다 뿐이지 일종의 계약상의 의무를 암시하고, 도의적인 '책임감'이나 '애국심' 못지않게 유해하고 우매한 관념과 일맥상통하는 부분이 너무 많기 때문이다. 흠, 그럼 '신의' 따위는 쓰레기통에 갖다 버리기로 하자. 어차피 사실과는 전혀 달랐으므로.

그럼 뭐란 말이야? 크리스는 왜 그토록 특별한 걸까? 내 입장에서 크리스를 가장 친한 친구로부터 구별해 주는 것은 무엇일까?

적절한 사랑

그럴듯한 대답도, 표현도 떠오르지 않았다. 단지 격한 감정을 불러일으키는 크리스의 이미지들이 한꺼번에 몰려왔을 뿐이었다. 그래서 나는 속으로 이렇게 되뇌었다. 지금은 내 마음을 분석하고, 해부할 때가 아니야. 해답 따위는 필요 없어. 내가 어떤 마음인지는 내가 가장 가장 잘 아니까 말이야.

머릿속으로 가정해 본 것에 지나지 않았지만 크리스를 죽게 내버려 둘 가능성을 검토해 본 나 자신을 혐오해야 할지, 아니면 내가 원하지 않는 방식으로 내 몸을 쓰도록 강요받았다는 사실을 혐오해야 할지 갈피를 잡을 수가 없었다. 해결책은 물론 어느 쪽도 하지 않는 것이다. 하지만 나는 뭘 기대하고 있었던 것일까? 커튼 뒤에서 걸어 나온 키다리 아저씨가 모든 딜레마를 불식시켜 주기라도 한단 말인가?

열차 사고가 일어나기 1주 전에 시청한 다큐멘터리가 떠올랐다. 부자 나라에서는 20년 전에 실질적으로 에이즈가 근절되었는데, 중앙아프리카에서는 에이즈 치료 약을 살 돈이 없다는 이유 하나만으로 죽어가는 친척들을 돌보며 일생을 보내는 남녀가 몇십만 명에 달한다는 내용이었다. 만약 무게가 1킬로그램 반이 나가는 물체를 2년 동안 자기 몸 안에 보관한다는 사소한 '희생'만으로 사랑하는 사람들의 목숨을 구할 수 있다는 얘기를 들었다면, 그들은 어떻게 반응했을까…

결국 나는 모든 모순을 해소하려는 노력을 포기했다. 나는 화를 내고, 속았다고 생각하며 분개할 권리가 있었다. 그러나 내가 크리스가 살아나기를 원한다는 사실에는 변함이 없었다. 보험사의 장단에 놀아날 생각이 없다면, 나도 그런 결심에 걸맞은 행동을 할 필요가 있었다. 내가 보험사에게서 받은 처우에 대해 맹목적으로 반발하는 것은 완전히 무기력한 협조자로 전락하는 것 못지않게 무분별하고 불성실한 행위였다.

나의 반감을 불러일으킨 〈글로벌 보험〉 측의 대응은 내가 처음 느꼈던 것만큼 무계획한 것은 아니었을지도 모른다는 생각이 뒤늦게 떠올랐다. 내가 크리스를 죽게 놓아둔다면, 보험사는 공짜로 내 자궁을 빌릴 수 있는 덕에 푼돈에 가까운 생물학적 비용뿐만 아니라, 교환용 클론 신체의 육성에 필요한 막대한 비용까지 일거에 절약할 수 있지 않은가. 의도적으로 연출된 약간의 무신경함, 약간의 반심리학적 기술을 동원하기만 하면…

이런 상황에서 정신을 온전하게 유지하는 유일한 방법은 이 모든 개수작을 무시하는 것이었다. 〈글로벌 보험〉과 그들의 책략 따위는 내가 알 바가 아니라고 선언하고, 크리스의 뇌를 태내로 받아들이자. 내가 그러는 건 강요당해서도 아니고, 죄책감이나 책임감을 느꼈기 때문도 아니며, 꼭두각시가 될 생각이 없다는 점을 누군가에게 증명하기 위해서도 아니다. 나는 단지 사랑하는 이의 목숨을 구하고 싶을 뿐이었다.

그들은 유전자 조작된 배반포를 내게 주입했다. 이 세포군을 자궁벽에 착상시켜서, 내 몸을 속여 임신했다고 믿게 만들기 위한 절차였다.

속인다고? 생리가 멎었다. 나는 입덧이나 빈혈, 면역력 저하, 공복

통을 겪었다. 가짜 태아는 그 어떤 태아보다도 빠르게, 글자 그대로 현기증이 날 정도의 속도로 성장했고, 보호막과 양막낭을 급속하게 형성함으로써 궁극적으로는 산소에 굶주린 인간의 뇌를 유지할 수 있는 태반 혈액 공급 시스템을 만들어 냈다.

나는 아무렇지도 않다는 듯이 계속 일할 작정으로 있었지만, 곧 그것이 무리임을 깨달았다. 몸 상태가 너무 안 좋았던 데다가 피로가 심해서 정상적으로 기능할 수가 없었다. 5주가 지나자 나의 태내에 있는 존재는 인간 태아였다면 족히 5개월은 지나야 도달할 수 있는 크기까지 성장했다. 나는 식사를 할 때마다 영양 보조제 캡슐을 한 주먹씩 삼켰지만 극심한 무기력증은 사라지지 않았다. 기껏해야 자택에 멍하니 앉아서 책이나 시답잖은 TV 프로그램 따위로 심드렁하게 무료함을 달래보려고 하는 것이 고작이었다. 나는 하루에 한 번이나 두 번 토했고, 밤에는 서너 번씩 잠에서 깨서 오줌을 눠야 했다. 이런 일들이 힘든 것은 사실이었지만, 나는 단지 이런 증상들만 가지고서는 이토록 비참한 기분이 되지는 않았을 거라고 확신하고 있었다.

아마 문제의 반은 내게 일어나고 있는 일에 관해 제대로 생각할 수 있는 단순한 방법 따위는 존재하지 않는다는 사실에 기인하는 것인지도 모르겠다. 문제의 '태아'가 진짜가 아니라는 점만 제외하면 나는 모든 생화학적·생리학적인 의미에서 임신한 상태였지만, 이런 기만행위에 기꺼이 협력하고 싶은 생각은 추호도 없었다. 내 자궁 안에서 자라고 있는 무정형의 조직이 아이가 맞다고 어정쩡하게 인정하는 것만으로도 완전한 정신 붕괴로 이어지는 길에 들어서는 것과 다름없었다. 하지만… 그렇다면 그걸 뭐라고 불러야 할까? 종양? 이쪽이 진실에 더 가깝긴 했지만, 지금 내가 필요로 하는 것은 그런 이미지가 아니다.

물론 이성적으로는 내 몸 안에 있는 것이 무엇인지를 정확하게 알고 있었고, 그게 나중에 어떻게 될지도 정확하게 알고 있었다. 내가 잉태한 것은 나중에 내 남편의 뇌가 들어올 자리를 만들어 주기 위해 자궁에서 뜯어낼 예정인 아이가 아니며, 내 자궁에 들어앉은 후 내가 쇠약해져서 움직이지도 못할 지경이 될 때까지 내 피를 빨며 성장하는 흡혈 종양도 아니었다. 내가 잉태한 것은 양성 종양이었고, 내가 받아들이기로 한 특수한 목적을 수행하기 위해 설계된 도구였다.

그렇다면 나는 왜 이토록 혼란스럽고 의기소침한 것일까? 급기야는 자살이나 유산을 떠올리거나, 내 손으로 배를 가르거나, 층계 아래로 몸을 던지는 끔찍한 상상을 하는 이유가 뭘까? 피로나 메스꺼움, 임신 특유의 고양감 따위는 애당초 기대하지도 않았다. 하지만 왜 죽고 싶다는 생각이 머리를 떠나지 않을 정도로 불행한 기분을 느껴야 한단 말인가?

나 자신을 설득하고 싶었다면 주문을 외우듯이 이렇게 되풀이할 수도 있었다. 이건 모두 크리스를 위한 거야. 이건 모두 크리스를 위한 거야.

그러나 그러지는 않았다. 나는 이미 크리스에 대해 상당히 분개하고 있었고, 이 감정이 증오로까지 악화되는 것을 원하지 않았기 때문이다.

적절한 사랑

6주 전반에 초음파 검사를 통해 양막낭이 필요한 크기까지 자란 것을 확인했다. 태반 혈류의 도플러 분석도 목표값에 달해 있었다. 나는 교환 수술을 받기 위해 병원으로 갔다.

크리스를 마지막으로 한 번 더 방문할 수 있었지만 그러지는 않았다. 앞으로 이어질 공정에 대해 깊이 생각하고 싶지 않았기 때문이다.

닥터 섬너가 말했다. "걱정할 필요는 전혀 없어요. 여기서는 이보다 훨씬 복잡한 태아 수술이 일상다반사랍니다."

나는 악문 이 사이로 말했다. "이건 태아 수술이 아닌데요."

그녀는 말했다. "어… 그렇네요." 마치 의표를 찔린 듯한 반응이었다.

수술이 끝나고 마취에서 깨어보니 예전보다 한층 더 끔찍한 기분이었다. 한 손을 배에 갖다 댄다. 절개했던 곳은 청결하고 아무 감각도 없었고, 꿰맨 자국도 전혀 눈에 띄지 않았다. 흉터조차도 안 남을 거라는 얘기를 들었다.

그이는 내 안에 있어. 이젠 누구도 그이를 다치게 할 수는 없어. 적어도 거기까진 성공한 거야.

눈을 감았다. 크리스의 예전 모습, 크리스가 되찾게 될 모습을 떠올리는 것은 전혀 어렵지 않았다. 비몽사몽간에 아무런 거리낌도 없어진 나는 우리 부부가 공유했던 가장 행복한 순간들의 이미지를 잇달아 뇌리에 떠올렸다. 감상적인 몽상에 잠겨본 것은 난생 처음이었다. 그런 건 내 스타일이 아닌 데다가 과거의 추억에 연연하며 살아가는 것은 질색이었지만, 지금 나를 지탱해 줄 수 있는 것이라면 환상이든 뭐든 대환영이었다. 나는 현실이 아님을 알면서도 그의 목소리를 들었고, 그의 얼굴을 보았고, 그의 손가락 감촉을 느꼈고…

물론 그의 육체는 이제 죽었다. 절대로 돌이킬 수 없는 죽음을 맞은 것이다. 눈을 뜨고 불룩해진 배를 내려다보며 그 안에 들어 있는 것을 뇌리에 떠올렸다. 그의 시체에서 떼어낸 고깃덩어리. 그의 시체의 두개골에서 적출해 낸 잿빛 고깃덩어리.

수술에 앞서 단식한 탓에 토하고 싶어도 토할 것이 없었다. 나는 몇 시간 동안 그 상태로 누워 있었다. 침대 시트 끄트머리로 얼굴의 땀을 닦아내고, 떨리는 몸을 진정시키려고 노력하며.

불룩한 배의 크기만 본다면 나는 임신 5개월이었다.

체중만 본다면 임신 7개월이다.

앞으로 2년 동안.

만약 카프카가 여자였다면…

이런 상태에 점점 익숙해질 일은 없었지만, 적어도 거기 대처하는 법은 터득할 수 있었다. 잠을 자거나 의자에 앉거나 몸을 움직일 때, 다른 것들에 비해 더 쉬운 방법들은 존재했다. 종일 기진맥진한 상태였지만 거의 정상이라는 느낌을 받을 정도로 기력이 돌아오는 경우도 있었고, 그것을 유효하게 썼다. 나는 격무를 소화했고, 결코 업무에서 뒤처지지 않았다. 내가 소속된 부서가 대대적으로 기업의 탈세 적발에 나서자, 나는 그 일에 일찍이 느낀 적이 없었을 정도로 강한 열정을 쏟아부었다. 물론 의도적으로 노력한 결과지만 그런 건 문제가 되지 않는다. 내게 필요한 것은 끝까지 목표를 관철할 수 있는 동력이었기 때문이다.

컨디션이 좋은 날에는 낙천적인 기분을 느꼈다. 피곤하기는 매한가지였지만 결코 굴하지 않는 내가 자랑스러웠다. 컨디션이 안 좋은 날에는 이런 생각을 하곤 했다. 망할 자식들, 기껏 이 정도 가지고 내가 그이를 미워할 거라고 생각했어? 내가 미워하고, 싫어하는 건 바로 너희들이라고. 컨디션이 안 좋은 날에는 〈글로벌 보험〉에 관한 계획을 짰다. 전에는 보험사를 상대로 싸울 준비가 되어 있지 않았지만, 크리스가 안전해지고 어느 정도 기력을 되찾은 지금, 상대방에게 어떤 식으로든 타격을 줄 방법을 찾아낼 작정이었다.

직장 동료들의 반응은 엇갈렸다. 존경스럽다는 사람도 있었고, 내가 스스로 착취당하는 쪽을 택했다며 탓하는 사람도 있었다. 인간의 뇌를 자궁 안에 둥둥 띄워놓았다는 사실을 생각만 해도 메스껍다는 사람도 있었다. 나 자신도 느끼고 있는 그런 감정에 맞서기 위해, 나는 가급적 그런 사람들과 최대한 자주 얼굴을 맞댔다.

그리고 이렇게 말하곤 했다. "자, 만져봐. 절대 물지 않아. 발로 차지도 않고."

나의 자궁 안에는 구불구불하게 주름진 희뿌연 뇌가 들어 있다. **그래서 어쩌라고?** 나 자신의 두개골 안에도 그와 똑같이 매력 없는 물건이 들어 있지 않은가. 사실, 내 몸 전체가 혐오스러운 모습을 한 내장들로 잔뜩 차 있지 않은가. 그리고 내가 그런 사실에 연연한 적이 한 번이라도 있었던가?

나는 이런 식으로 문제의 뇌에 대한 본능적인 반응을 극복했지만, 크리스 본인에 대해 생각할 때는 여전히 냉정함을 유지하기 힘들었다.

나는 내가 크리스와 모종의 '접촉'—텔레파시든, 혈액 공급이든, 그 밖의 다른 방법을 통해서든 간에—을 유지하고 있다는 착각에 빠지고 싶은 은밀한 유혹에 저항했다. 임신한 어머니들은 배 속에 있는 자기 아이와 진짜로 공감하는지도 모른다. 나는 임신 경험이 없었으므로 그것에 관해 판단할 자격이 없었다. 자궁 안에 있는 아기가 어머니의 목소리를 들을 수 있는 것은 사실이지만, 혼수상태에 빠지고 아무런 감각기관도 가지고 있지 않은 뇌는 아기와는 전혀 다른 존재가 아닌가. 최선의 경우—또는 최악의 경우—라도, 내 혈액의 특정 호르몬이 태반을 통과해서 크리스의 상태에 제한적인 영향을 끼치는 것이 고작일 것이다.

또는 크리스의 기분에?

혼수상태에 놓인 크리스에게 기분 따위는 없다.

사실, 가장 쉽고 안전한 방법은 크리스가 나의 내부에서 뭔가를 경험하기는커녕 아예 있지도 않다고 간주하는 것이다. 나는 그의 일부를 몸에 보관하고 있을 뿐이고, 그의 클론의 대리모는 다른 일부를 보관하고 있다. 이 두 부분이 하나로 합쳐졌을 때만 비로소 그는 정말로 존재할 수 있는 것이다. 현재 크리스는 림보⁺에 가 있었다. 죽은 것도 아니고, 산 것도 아닌 상태로.

※　기독교 신학에서 사후의 어중간한 중간적 상태를 의미하며, 불교의 중유(中有) 개념과도 유사하다.

이 실용적인 접근법은 대부분의 경우 효과를 발휘했다. 물론 내가 저지른 일의 기괴함을 새로이 인식하고 일종의 공황 상태에 빠지는 경우도 전혀 없다고는 할 수 없었다. 악몽에서 깨어난 직후(비록 1, 2초 동안에 불과했지만) 이렇게 믿어버린 적도 있었다. 크리스는 죽었고 그 영혼이 내게 빙의했다든지, 지금 크리스는 완전히 의식이 있지만 고독과 지각 상실로 인해 미쳐가고 있다는 식으로 말이다. 그러나 나는 빙의되지 않았다. 팔다리도 여전히 내가 지시하는 대로 움직이고, 매달 받는 PET 검사와 '자궁 내 뇌전도' 검사도 크리스가 여전히 혼수 상태에 빠져 있음을 보여주고 있지 않은가. 손상을 입지는 않았지만, 정신 활동을 정지한 채로 말이다.

사실 가장 끔찍한 꿈은 아이를 임신하고 있는 꿈이었다. 이런 꿈에서 깨어나 보면 한 손을 배 위에 올려놓은 채로 나의 내부에서 새로운 생명이 자라고 있다는 기적에 관해 황홀하게 생각하고 있는 경우가 대부분이었다. 그러다가 퍼뜩 정신을 차리고, 잔뜩 골을 내며 침대에서 내려오는 식이다. 그런 아침은 최악의 기분으로 시작되기 마련이었다. 이를 갈면서 오줌을 누고, 아침 식사가 담긴 접시를 내리치듯이 식탁 위에 놓고, 딱히 누구를 향한 것도 아닌 욕설을 쏟아내며 옷을 갈아입었다. 정말이지 혼자 살고 있어서 다행이었다.

하지만 사면초가에 몰린 나의 가련한 육체를 진정으로 탓할 수는 없었다. 비정상적으로 비대해진 나의 임신은 마라톤처럼 이어지며 끝날 기색이 없었다. 그런 마당에, 나의 몸이 애로 사항을 보상해 주려고 모성애라는 강력한 약물을 투여하려고 한 것도 하등 이상할 것이 없었다. 그런 것을 거부한 나는 배은망덕하다는 소리를 들어 마땅했다. 하물며 모성애가 불러일으키는 이미지와 감정을 부적절하다는 이유로 거절당했을 때는 나의 몸도 곤혹스러웠으리라.

그런고로… 나는 죽음을 짓밟았고, 모성도 짓밟았다. 할렐루야. 희생이 필요하다면, 사람의 감정을 노예처럼 부리는 이 두 상태보다 더 좋은 희생양이 어디 있단 말인가? 게다가 그러는 것은 정말 쉬웠다. 내게는 논리라는 강력한 원군이 있었기 때문이다. 크리스는 죽지 않았다. 내가 알고 있던 그의 육체가 어떻게 되었든 간에, 내가 크리스를 애도할 이유가 없었다. 그리고 내 자궁 안에 있는 존재는 아이가 아니었다. 따라서 적출된 뇌를 모성애의 대상으로 인정했다면 코미디나 마찬가지였을 것이다.

우리는 우리의 삶이 문화적이고 생물학적인 금기로 둘러싸여 있다고 생각하지만, 정말로 금기를 깨고 싶어 하는 사람들은 언제나 그럴 방법을 찾아내는 듯하다. 인간은 무엇이든 할 수 있다. 고문, 대량학살, 식인, 강간. 내가 들은 바에 의하면 대다수 사람들은 그런 짓을 저지른 뒤에도 어린아이나 동물을 상냥하게 대하고, 음악에 감동해서 눈물을 흘리고, 감정을 느끼는 능력이 멀쩡하게 기능하는 정상인처럼 행동할 수 있다고 한다.

이런 마당에, 나 자신의 사소한(게다가 완전히 이타적이기까지 한) 일탈 행위가 내게 해를 끼칠지도 모른다고 걱정할 필요가 도대체 어디 있단 말인가?

나는 새로운 육체를 잉태한 대리모와는 단 한 번도 만나지 않았

적절한 사랑

고, 태어난 클론 아기를 본 적도 없었다. 하지만 클론이 태어났다는 애기를 들었을 때 이런 생각을 하기는 했다. 그 대리모는 자신의 '정상적'인 임신을 나만큼이나 괴로워했을까. 타인의 DNA로부터 만들어진 아기 모양의 물체—뇌 손상을 입은 탓에 사고 따위는 아예 불가능한—를 잉태하는 행위와, 혼수상태에 빠진 연인의 뇌를 잉태하는 행위 중 어느 쪽이 더 쉬웠을까? 배 속의 존재에 대해 부적절한 사랑을 느끼지 않으려면, 어느 쪽이 더 많은 노력을 기울여야 했을까?

처음에는 마음속의 세세한 기억들도 언젠가는 흐릿해지지는 않을까 하는 기대를 품고 있었다. 어느날 아침 일어나 보니 크리스는 단지 몸이 아팠을 뿐이고, 이제는 완전히 회복해서 내 곁에 있었다는 식으로 말이다. 그러나 몇 달이 흐르면서 일이 결코 그런 식으로는 해결되지 않으리라는 사실을 알게 되었다.

의사들이 내 자궁에서 뇌를 꺼냈을 때는 적어도 안도감을 느꼈어야 마땅했지만, 실제로는 아무 감동도 없었고 희미한 불신감을 느꼈을 뿐이었다. 시련이 너무나도 오래 계속된 탓에 이토록 쉽게 끝날 리가 없다고 생각했던 걸까. 트라우마도 없었고, 거창한 의식도 없었다. 나는 긴 산통 끝에 마침내 건강한 분홍색 뇌를 출산하고 기뻐한다는 초현실적인 꿈을 되풀이해서 뤘다. 설령 내가 그걸 원했다고 해도(분만을 인공적으로 유도할 수 있다는 점에는 의심의 여지가 없었다) 뇌는 안전하게 질을 통과하기에는 너무나도 섬세한 기관이었다. 결국 '제왕절개'를 써야 했다는 사실로 인해 나의 생물학적 기대감은 또 타격을 받았지만, 장기적인 관점에서 보면 물론 이것은 좋은 일이었다. 나의 생물학적 기대감은 결코 충족되지 않을 것이므로… 그러나 여전히 조금 속은 듯한 느낌을 받는 것만은 어쩔 수 없었다.

그래서 나는 멍한 상태로 이 모든 일이 가치가 있었다는 사실이 증명되기를 기다렸다.

크리스의 뇌를 심장이나 콩팥처럼 클론의 몸에 직접 이식하는 것은 불가능했다. 새로운 육체의 말초신경계는 옛 육체의 그것과 동일하지는 않기 때문이다. 유전자가 같다고 해서 그런 부분까지 똑같으리라는 보장은 없다. 게다가 억제 약을 썼음에도 불구하고 크리스의 뇌의 일부는 오랜 기간 사용하지 않은 탓에 약간 위축되어 있었다. 그런 연유로, 완전하게 일치하지는 않는 뇌와 신체 사이의 신경을 직접 이어붙이는 대신(그랬더라면 아마 크리스는 전신이 마비되고, 귀도 안 들리고, 말도 못 하고, 눈도 못 보는 상태가 되었을 것이다) 모든 신경 신호는 컴퓨터가 제어하는 '인터페이스'를 경유해서 전달되었고, 그 과정에서 불일치성을 최대한 해소하는 방식이 쓰였다. 그럴 경우에도 크리스는 재활 훈련을 받아야 하지만, 컴퓨터가 사고와 행동, 현실과 지각 사이의 간극을 끊임없이 메워주는 덕에 이 과정은 대폭 단축될 예정이었다.

처음 크리스를 만나도 좋다는 허가를 받았을 때는 누군지 전혀 알아볼 수가 없었다. 얼굴 근육이 이완되고 눈의 초점도 전혀 맞지 않은 상태의 그는, 덩치만 큰 신경 장애를 가진 어린애처럼 보였다. 물론, 실제로도 그랬다. 어렴풋한 혐오감이 꿈틀했다. 내 눈에는 열차 사고를 당한 후 의료 로봇으로 뒤덮여 있던 사내 쪽이 이보다는 훨씬 더 인간다웠고, 훨씬 정상적으로 보였다.

적절한 사랑

나는 말했다. "안녕. 나야."

사내는 허공을 응시했다.

의료 기사가 말했다. "아직 재활 초기 단계라서요."

그녀 말이 옳았다. 이어지는 몇 주 동안, 크리스의(또는 컴퓨터의) 진보는 경이로울 정도였다. 그의 자세와 표정으로부터 사람을 심란하게 하는 예의 무감동함이 빠르게 사라졌고, 최초의 무력한 경련은 곧 조화로운 몸동작으로 변해갔다. 여전히 약하고 어설프기는 했지만, 고무적이라는 점에는 변함이 없었다. 아직 말할 수는 없었지만 나와 시선을 맞출 수도 있었다.

크리스는 이 몸 안에 있었다. 돌아온 것이다. 의심의 여지가 없이.

말을 하지 않아서 불안했지만, 훈련 초기의 서투르고 떠듬떠듬한 말씨를 들려주기 싫어서 내 앞에서는 일부러 입을 다물고 있었다는 사실을 나중에 들었다.

크리스의 새로운 인생이 시작된 지 5주째 되는 날 저녁, 병실로 들어간 내가 침대 옆에 앉자 그는 나를 향해 고개를 돌리고 뚜렷하게 말했다. "당신이 뭘 해줬는지 들었어. 정말이지 칼라, 사랑해!"

그의 눈에서 눈물이 솟구쳤다. 나는 몸을 숙이고 그를 껴안았다. 그것이 적절한 행동이라고 느꼈기 때문이다. 나도 울었다. 하지만 그러면서도 이런 생각이 떠오르는 것만은 어쩔 수 없었다. 내가 이런 것들로 정말로 감동받을 일은 없어. 이 모든 것은 육체가 유발하는 착각에 불과하고, 난 그런 것들에 대해 면역이 생겼으니까 말이야.

그가 집에 돌아온 지 사흘째 되는 날 밤에 우리는 사랑을 나눴다.

나는 섹스는 당장은 어려울 수 있고, 두 사람 모두 엄청난 심리적 장애를 극복한 뒤에야 가능하지 않겠느냐는 생각을 하고 있었지만, 실상은 전혀 그렇지 않았다. 두 사람 모두 지금까지 그보다 훨씬 더 엄혹한 일들을 겪은 마당에, 나는 도대체 왜 그런 선입견에 사로잡혔던 걸까. 도대체 뭘 두려워하고 있었던 걸까. 가장 중요한 순간, 엉뚱한 착각에 사로잡힌 근친상간 금기의 가련한 화신이, 19세기의 사이비 여성혐오자 망령의 다그침에 못 이겨 침실 창문을 깨고 난입할 것을 기대하기라도 했단 말인가?

나는 단순한 잠재의식에서 내분비계를 망라하는 모든 레벨에서 크리스가 나의 아들이라는 망상 따위를 가지고 있지 않았다. 2년 동안 태반 호르몬이 내게 어떤 영향을 끼쳤는지는 알 수 없다. 그러나 그런 호르몬이 촉발하는 행동 프로그램이 무엇이든 간에, 내가 그것을 완전히 무효화할 수 있는 정신력과 통찰력을 획득했다는 점은 명백해 보인다.

물론 크리스의 피부는 부드러운 데다가 세월의 풍상을 겪은 흔적이 없고, 10년 넘게 수염을 제거하면서 생긴 상처 따위도 물론 없다. 16살이라고 해도 믿었을 것이다. 그리고 나는 그 부분에 대해서는 전혀 이의가 없었다. 돈도 허영심도 듬뿍 있는 중년 남자라면 누구든 그런 외모를 갖출 수 있으니까 말이다.

내 젖가슴을 그가 핥았을 때도 모유는 나오지 않았다.

이윽고 우리는 친구들을 방문하기 시작했다. 다들 눈치 있게 우리를 배려해 주었고, 크리스도 그 사실을 고마워했다. 개인적으로 나는 이번 일의 모든 측면에 관해 누구와도 기꺼이 얘기를 나눌 준비가 되어 있었지만 말이다. 여섯 달 후 크리스는 다시 일하기 시작했다. 예전 일자리는 사라졌지만, 다른 회사가 그를 고용해 주었다. (그 회사는 젊은 이미지를 필요로 하고 있었다.)

우리의 삶은 조금씩 원래 모습을 되찾기 시작했다.

지금 우리 모습을 보고 변했다고 생각하는 사람은 없을 것이다.

그러나 그것은 사실이 아니다.

뇌를 마치 자기 아이인 것처럼 사랑하는 것은 터무니없는 것이다. 거위처럼 멍청하다면 알에서 깨어나서 처음 본 동물을 자기 어머니로 착각할 수도 있겠지만, 온정신인 사람이 믿을 수 있는 일에는 한계가 있기 마련이다. 따라서 이성은 본능에 대해 승리를 거뒀고, 나는 부적절한 사랑을 극복할 수 있었다. 사실, 그런 상황에서는 처음부터 경쟁이 되지 않았다.

그러나 예속의 한 형태를 해체해 본 나는 그런 과정을 되풀이하는 일이 너무나도 쉽다고 느꼈다. 겉모습만 다를 뿐 동일한 종류의 속박을 간파하는 일도 마찬가지였다.

내가 크리스에게 느꼈던 특별한 감정은 이제는 모두 속이 뻔히 들여다보이는 생리 현상에 불과하다. 그에게는 여전히 정을 느끼고 욕망도 느끼지만, 예전에는 그 이상의 무엇인가가 존재했다. 그것이 없었다면, 크리스는 지금 살아 있지도 않을 것이다.

아, 신호는 계속 전달되고 있다. 나의 뇌의 일부는 여전히 적절한 사랑을 느끼라는 신호를 열심히 보내오고 있지만, 현재의 나에게 그런 메시지들은 최악의 최루성 신파 영화의 약삭빠른 수법 못지않게 무의미하고 우스꽝스러울 뿐이다. 불신의 유예는 더 이상 가능하지 않다고나 할까.

그러나 사랑하는 시늉을 하는 데는 아무 문제도 없었다. 타성 덕에 쉽게 그럴 수 있었다. 그리고 일이 잘 돌아가는 한, 크리스와 함께 있는 것이 좋고 섹스가 만족스러운 한, 굳이 평지풍파를 일으킬 이유는 전혀 없었다. 우리는 앞으로 몇십 년 함께 살지도 모르고, 나는 내일 이 집을 떠날지도 모른다. 어떻게 될지는 나도 모른다.

물론 크리스가 살아남았다는 사실은 지금도 기쁘다. 그리고 어느 정도까지는 그를 살려낸 여자의 용기와 이타심을 존경할 수도 있다. 지금의 나라면 결코 그런 일을 하지는 못했을 테니까 말이다.

함께 있을 때면 이따금 그의 눈에서 내가 잃어버린 예의 구제할 길이 없는 열정을 목격하곤 한다. 그럴 때 나는 자기 연민에 빠지고 싶다는 유혹을 느끼고, 이렇게 곱씹는다. 그 끔찍한 일을 겪으면서 나는 인간성을 잃었고, 그 탓에 불구나 다름없는 존재가 되었다. 내 기분이 이렇게 끔찍한 것도 당연하다.

이것은 어떤 의미에서는 완벽하게 타당한 견해라고 할 수 있었다. 그러나 앞으로도 계속 이 관점에 동의할 수 있을 것 같지는 않다. 내가 발견한 새로운 진실은 진실 특유의 차가운 열정을 내포하고 있었고, 특유의 조작력을 갖추고 있었기 때문이다. 그것은 '자유'라든지 '통찰력' 같은 단어로 나를 공략하며, 모든 기만의 종말이 왔음을 설파한다. 그 진실은 날이 갈수록 나의 내부에서 자라나고 있다. 그 힘은 워낙 강해서, 내가 후회하는 것조차도 허락하지 않는다.

2

100광년 일기

The Hundred-Light-Year Diary

시드니 도심의 보행자 전용 도로인 마틴 플레이스는 점심시간에 몰려나온 인파로 평소처럼 북적이고 있었다. 나는 지나가는 행인들의 얼굴을 초조하게 훑어보았다. 그 시간에 거의 가까워졌는데도 앨리슨은 아직 코빼기도 내밀지 않는다. 1시 27분 14초. 설마 나는 이토록 중요한 일을 잘못 기록한 것일까? 실수를 저질렀다는 기억이 아직 생생했을 때 기록했을 텐데? 그러나 그런 기억은 아무런 변화도 가져오지 않는다. 물론 내 정신 상태에는 영향을 끼치겠고 내 행동에도 당연히 영향을 주기야 하겠지만, 나는 이미 그 기억이 끼친 영향과 그 밖의 모든 영향들이 어떤 결과로 수렴될지를 알고 있었다. 이미 읽은 얘기를 고스란히 일기에 써둘 예정이기 때문이다.

쓸데없는 걱정이었다. 손목시계를 내려다보고, 1:27:13이라는 숫자가 1:27:14로 바뀐 순간 누군가가 내 어깨를 툭 쳤기 때문이다. 뒤를 돌아보았다. 물론 앨리슨이었다. 직접 만나는 것은 이번이 처음이었지만 나는 곧 반즐리 압축※된 스냅사진들을 미래로 되돌려 보내기 위해 한 달 치의 할당 대역폭을 쓰게 될 것이다. 나는 잠시 주저하다가, 창피하기 짝이 없는 나 자신의 대사를 입에 올렸다.

※ 1987년에 영국 수학자 마이클 반즐리가 고안한 이미지 압축 방법. 프랙털 압축.

"어휴, 깜짝이야."

앨리슨은 싱긋 웃었다. 그러자마자 나는 압도당했고, 정신이 아찔해질 정도의 기쁨에 사로잡혔다. 이 순간은 9살 때 일기에서 이날의 기록을 처음 발견한 이래 1,000번은 되풀이해서 읽었던 내용과도 완전히 일치하고, 오늘 밤 내가 단말기로 기입하게 될 내용과도 완전히 일치한다. 그러나 이 순간을 미리 알고 있었다는 점은 차치하더라도, 내가 희열 이외의 그 어떤 감정을 느낄 수 있단 말인가? 마침내 인생의 반려자가 될 여성을 만난 지금? 우리들 앞에는 함께 보낼 58년이라는 세월이 가로놓여 있었고, 우리는 마지막까지 서로를 사랑할 것이다.

"자, 어디서 뭘 먹을까?"

나는 조금 얼굴을 찌푸리고 방금 앨리슨이 한 말이 농담인지 아닌지 생각해 보았다. 내가 왜 이런 의문의 여지를 남겨놓았는지도 궁금했다. 나는 주저하며 말했다. "〈풀비오〉잖아. 일기에서 안 읽었어…?" 그러나 뭘 먹고 어쩌고 하는 시시콜콜한 사실을 앨리슨이 모르는 것은 당연했다. 2074년 12월 14일, 나는 감탄하며 일기에 이렇게 쓸 것이다. A는 중요한 일에만 집중하고, 사소한 일 따위에는 결코 연연하지 않는다.

나는 말했다. "하지만 주문한 음식은 한참 뒤에나 나올 거야. 예약이 꼬여서인데, 그래도…"

앨리슨은 자기 입술에 손가락을 대더니 몸을 내밀고 내게 키스했다. 한순간 나는 너무나도 놀란 나머지 조각상처럼 얼어붙었다. 그러나 1, 2초 뒤에는 나도 그녀에게 키스하고 있었다.

겨우 몸을 떼어낸 후 나는 망연자실하게 말했다. "몰랐어… 단지 그냥 만나서… 우리가…"

"제임스, 너 얼굴이 정말 빨개."

앨리슨 말이 옳았다. 나는 당황한 나머지 웃음을 터뜨리며 얼버무렸다. 바보가 된 기분이다. 일주일만 지나면 우리는 섹스를 할 것이고, 나는 그 행위에 관해 세부 내용까지 속속들이 알고 있었다. 그런 내가 단 한 번의 기습 키스만으로 허둥거리고, 혼란에 빠지다니.

앨리슨이 말했다. "자, 가자. 음식은 한참 뒤에나 나올지도 모르지만, 기다리면서 서로 할 얘기도 많잖아. 모든 얘길 모조리 읽고 온 것은 아니었으면 좋겠어. 그러면 넌 정말 따분해할 게 뻔하니까."

앨리슨은 내 손을 잡고 앞장서서 걷기 시작했다. 나는 여전히 동요하며 그녀를 따라갔다. 레스토랑으로 가는 도중에야 겨우 이렇게 말할 수 있었다. "아까 얘긴데… 그렇게 될 거라고 알고 있었어?"

앨리슨은 웃음을 터뜨렸다. "아니. 나는 일기에 모든 걸 털어놓지는 않아. 가끔 예상 밖의 경험을 하고 싶어지잖아. 넌 안 그래?"

나는 그녀의 자유분방한 태도가 곤혹스러웠다. 사소한 일 따위에는 결코 연연하지 않는다. 나는 할 말을 찾아보려고 열심히 노력했다. 이 대화 전체가 내게는 미지의 영역이었고, 나는 잡담 정도라면 모를까 임기응변에는 영 소질이 없었다.

"오늘은 내겐 아주 중요한 날이야. 오늘 일어날 일에 관해서 최대한 신중하게, 최대한 완전한 기록을 남기겠다고 줄곧 다짐하고 있었지. 우리가 처음 만난 시각을 초 단위까지 기록하는 식으로 말이야. 그래서 내가 오늘 밤 책상 앞에 앉아서 일기를 쓸 때, 우리의 첫 키스를 빼먹을 거라고는 도저히 생각하기 힘들어서."

앨리슨은 내 손을 꼭 쥐고 몸을 밀착시키더니 마치 무슨 음모를 꾸미는 것처럼 속삭였다. "하지만 넌 그럴 거야. 그럴 거라는 걸 너도 알고, 나도 알잖아. 넌 네가 일기에 뭘 쓸지를 정확히 알고 있고, 뭘 쓰지 않을지도 정확히 알고 있어. 그렇게 해서 그 첫 키스는 우리들 사이의 작은 비밀이 되는 거지."

프랜시스 첸은 시간이 거꾸로 흐르는 은하를 찾으려고 시도한 최초의 천문학자는 아니었지만, 우주공간에서 그것을 시도한 사람은 그가 최초였다. 첸이 우주 쓰레기가 잔뜩 널린 지구 인근 궤도에 띄운 조그만 관측 장치를 써서 하늘 전체를 스캔한 것은, 천문학의 주요 프로젝트들이 모두 달 뒷면의 (비교적) 오염이 안 된 진공 지대로 관측 거점을 옮긴 지 한참 지난 후의 일이었다. 일부의 고도로 사변적인 우주론들은 미래 시점에서 재수축기에 돌입한 우주—이때 모든 시간의 화살은 아마 반대 방향을 가리킬 것이다—의 상 변화가 우리 우주에서도 희미하게나마 포착될 가능성을 몇십 년 전부터 이미 시사하고 있었다.

첸은 우주 망원경의 광光 검출기를 포화 상태에 이를 때까지 충전한 다음, 그것을 역노광逆露光시켜 줄—바꿔 말해서, 검출기의 화소들을 식별 가능한 이미지의 형태로 방전시켜 줄—하늘의 영역을 찾아보기 시작했다. 통상적인 은하에서 날아온 광자들을 통상적인 우주 망원경으로 모으면, 광자는 전기광학 폴리머※ 배열에 전하 패턴의 형태로 흔적을 남긴다. 그러나 문제의 망원경이 시간이 역전된 은하를 향하고 있는 경우, 광자 검출기는 전하를 얻는 것이 아니라 잃는다. 바꿔 말해서, 검출기는 광자를 받아들이는 대신에 방출한다. 그렇게 망원경을 떠난 광자는 미래에 있는 우주를 향해 가는 긴 여행을 시작하고, 몇백억 년 후의 별들에게 흡수당해서, 해당 별의 핵반응 과정을 소멸에서 탄생까지 거슬러 올라가게 만드는 극미한 자극으로서 기능할 것이다.

시간 역전 은하를 발견했다는 첸의 발표에 대해 학자들은 만장일치에 가깝게 회의적인 반응을 보였다. 첸이 그 은하의 좌표를 공표하는 것을 거부했으므로 당연하다면 당연한 일이었다. 나는 딱 한 번 열렸던 기자회견의 녹화 영상을 본 적이 있다.

"빛이 충전되지 않은 검출기로 그 은하를 보면 어떻게 됩니까?" 기자 한 명이 곤혹스러운 표정으로 물었다.

"그럴 수는 없습니다."

"그럴 수가 없다니, 그게 무슨 뜻이죠?"

"검출기를 통상적인 광원에 노출시킨다고 가정해 보십시오. 고장 난 게 아닌 이상 검출기는 충전될 겁니다. 따라서 '나는 어떤 검출기를 빛에 노출시킬 작정인데, 이 검출기는 충전되지 않은 상태가 될 거야'라고 선언하는 것은 아무 의미도 없습니다. 말도 안 되죠. 그런 일

※ 크기가 작은 단분자가 반복적으로 연결되어 복잡하게 구성된 고분자.

은 일어날 리가 없으니까요."

"그건 그렇지만…"

"자, 방금 묘사한 상황 전체를 역전된 시간에 대입해 보십시오. 만약 검출기를 시간이 역전된 광원에 노출시킨다면, 검출기는 그 광원에 노출되기 전에 틀림없이 충전되어 있을 겁니다."

"하지만 검출기를 그런 광원에 노출시키기 전에 완전히 방전시켜 놓고, 그다음에…"

"유감이지만 그런 일은 일어나지 않습니다. 일어날 수가 없으니까요."

그로부터 얼마 후 첸은 자발적인 은둔 생활에 들어갔다. 그러나 정부의 자금 지원을 받고 이루어진 첸의 연구는 엄격한 회계 감사의 대상이었고, 첸이 그 기준을 충족하기 위해 제출한 연구 자료의 사본은 이런저런 공문서 보관소에 모두 보관되어 있었다. 그것을 굳이 발굴하려는 사람이 나타난 것은 그로부터 거의 5년이 지난 뒤의 일이었다. 새로운 연구 결과가 나오면서 첸의 주장이 다시 각광을 받았기 때문인데, 일단 좌표가 공표되자 10여 개의 연구 그룹이 불과 며칠 만에 첸의 실험 결과가 옳았음을 입증했다.

재현 실험에 관여한 천문학자들 대다수는 이 시점에서 손을 뗐지만, 세 명만은 이 연구를 논리적 귀결까지 밀어붙였다.

지구에서 몇천억 킬로미터 떨어진 곳에 있는 소행성이 시간이 거꾸로 흐르는 첸의 은하와 지구가 일직선으로 이어지는 시선을 우연히 가로질렀다고 가정하자. 첸 은하의 시간 프레임을 기준으로 삼는다면 이런 엄폐 현상이 지구 인근 궤도에서 관측되려면 30분가량의 지연이 발생한다. 이것은 소행성에 가로막히지 않고 통과한 마지막 광자들이 목적지에 도달할 때까지의 시간이다. 그러나 지구의 시간 프레임은 첸의 은하와는 반대 방향으로 나아가고 있으므로, 지구에 있는 우리들에게 이 '시간 지연'은 네거티브(-)값을 갖게 된다. 지구에서는 첸은하가 아닌 광자 검출기를 광자의 방출원으로 간주할지도 모르지만, 그럼에도 검출기는 광자와 목적지인 첸의 은하로 이어지는 시선에 장애물이 없을 때만 광자를 방출하기 위해, 소행성이 시선을 가로지르기 30분 전에 방출을 멈춰야 한다. 원인과 결과라는 맥락에서 설명하자면, 검출기가 전하를 잃고 광자를 방출하려면 원인이 필요하다. 설령 그 원인이 미래에 존재한다고 해도 말이다.

제어할 수 없는 데다가 실제로 존재할 가능성도 거의 없는 소행성을 단순한 전동 셔터※로 대체해 보자. 반사경들을 써서 지구와 첸의 은하로 이어지는 시선을 단축한다면 실험을 좀 더 조작이 용이한 규모까지 축소할 수 있을 뿐만 아니라, 셔터와 검출기를 실질적으로 나란히 배치하는 것도 가능해진다. 당신이 반사경을 향해 손전등을 비췄을 때 되돌아오는 빛은 과거로부터 온 신호다. 그러나 첸 은하의 빛을 반사경을 향해 비춘다면, 신호는 미래에서 온다.

첸의 업적을 이어받아 연구를 계속했던 해저드, 캐펄디, 우는 우주 공간에 몇천 미터 간격을 두고 한 쌍의 반사경을 배치했고, 다중 반사를 이용해서 2광초를 넘는 광학적 거리를 확보했다. 이 '시간 지연'의

※ 감광재(感光材)에 적당한 양의 빛을 비추기 위하여 렌즈의 뚜껑을 재빨리 여닫는 장치.

한쪽 끝에는 첸의 은하를 향하고 있는 망원경을 설치했고, 다른 한쪽 끝에는 검출기를 설치했다. (여기서 '다른 한쪽 끝'은 광학적으로 그렇다는 얘기고, 실제로는 망원경과 함께 같은 인공위성에 수납되어 있었다.) 그들이 처음 실행한 실험에서, 망원경에는 소량의 방사성 동위원소 시료의 "예측 불가능한" 붕괴와 연동된 전동 셔터가 부착되었다.

셔터의 개폐 시퀀스와 검출기의 광자 방출률은 컴퓨터에 기록되었다. 이 두 데이터 집합을 비교해 보니 예상대로 쌍방의 패턴은 일치했다. 물론 검출기는 셔터가 열리기 2초 전부터 광자를 방출하기 시작했고, 셔터가 닫히기 2초 전에 방출을 멈췄지만 말이다.

다음 실험에서 그들은 방사성 동위원소 스위치를 수동식 스위치로 대체했고, 세 사람이 번갈아 가며 불변의 미래를 바꿔보려고 했다.

몇 달 뒤의 인터뷰에서 해저드는 이렇게 말했다. "처음에는 무슨 심술궂은 반응 시간 테스트를 받는 기분이었습니다. 녹색 등에 불이 들어온 것을 보면 나는 녹색 버튼을 누르는 대신 빨간 버튼을 눌러야 했고, 빨간 불이 들어오면 반대로 녹색 버튼을 눌러야 했기 때문입니다. 처음에는 이런 생각이 들더군요. 내가 신호와는 반대되는 색깔의 버튼을 누른다는 '힘든' 과제를 수행하지 못하고 신호에 계속 '복종' 하는 건, 단지 반사신경을 충분히 연마하지 못해서라고요. 지금 생각해 보면 자기 합리화에 불과했지만, 당시에는 진심으로 그렇게 믿고 있었습니다. 그래서 컴퓨터를 써서 전달 방법에 변화를 줘봤지만, 물론 아무 소용도 없었습니다. 컴퓨터가 내가 셔터를 연다고 말하면, 컴퓨터가 어떤 표현을 썼든 간에 나는 셔터를 열었으니까요."

"그럴 때는 어떤 기분이었습니까? 영혼이 빠져나가는 듯한 느낌? 로봇이 된 느낌? 운명의 포로가 된 느낌?"

"아뇨. 처음에는 그냥… 둔해진 기분이었습니다. 몸이 말을 안 듣는다고나 할까요. 아무리 노력해도, 내가 너무 둔한 탓에 반대 색깔의 버튼을 누르지 못하는구나, 이렇게 생각했습니다. 그리고 시간이 좀 흐른 뒤에는, 모든 일이 완벽하게… 정상적으로 느껴졌습니다. 셔터를 열라고 '강요'받았다는 느낌은 전혀 받지 않았습니다. 나는 내가 셔터를 열고 싶을 때만 셔터를 열었으니까요. 결과를 눈으로 볼 수 있었던 건 사실입니다. 그러니까 셔터를 열기도 전에 결과를 미리 볼 수 있었다는 뜻입니다. 하지만 그런 일은 더 이상 중요하게 느껴지지 않았습니다. 어차피 내가 셔터를 열 거라는 사실을 알고 있는 마당에, 새삼 '안 열고' 싶어 한다는 건, 과거에 이미 일어났다는 걸 알고 있는 어떤 사건을 바꾸고 싶어 하는 행위만큼이나 부조리한 일이라고 느꼈죠. 당신은 자기 손으로 역사를 바꾸지 못한다고 해서 '영혼이 빠져나가는 듯한 느낌'을 받습니까?"

"아뇨."

"그것과 완전히 똑같은 일입니다."

실험 장치의 탐지 범위를 넓히는 것은 쉬웠다. 검출기 자체가 셔터를 개폐하는 피드백 고리를 만들면, 2초를 4초, 4시간, 4일까지 늘릴 수 있었다. 이론상으로는 4세기까지 늘리는 것도 가능했지만, 현실에서는 대역폭이 발목을 잡았다. 첸 은하의 조망을 단순하게 차단하거나 차단하지 않는 것만으로는 달랑 1비트의 정보만 부호화할 수 있을 뿐이었고, 셔터의 개폐 속도를 높이는 데도 한계가 있었다. 검출기가 미래에서 광자 역방출이 일어난다는 것을 명백히 보여줄 수 있을 정도의 전하를 잃으려면 거의 반 초에 가까운 시간이 걸리기 때문이다.

현재 쓰이는 최신 세대의 〈해저드 장치〉는 100광년의 광학 거리를 가지고 있었고, 검출기는 몇백만 개의 화소—하나하나가 메가보⊛ 단위의 변조가 가능할 정도로 민감한—들로 이루어져 있었지만, 대역폭은 여전히 골치거리였다. 정부와 거대 기업들은 좀처럼 공개되지 않는 모호한 목적을 달성하기 위해 이 막대한 용량 대부분을 독점하고 있었지만, 그것만으로도 모자랐는지 더 많은 용량을 갈망하고 있었다.

반면 지구상의 모든 인간은 천부적 권리로서 하루에 128바이트의 사용권을 부여받는다. 이것은 가장 효율이 좋은 데이터 압축 기술을 쓸 경우 약 100단어 분량의 텍스트를 부호화할 수 있는 양이다. 그것 가지고서 미래의 모든 현상을 현미경으로 보듯 자세하게 묘사하는 것은 불가능하지만, 하루의 중요 사건들을 요약하는 데는 충분한 용량이다.

하루에 100단어. 일생이라면 300만 단어. 내가 쓴 일기의 마지막 기록은 2032년에 수신되었다. 내가 태어나기 18년 전, 내가 죽기 100년 전에. 학교의 역사 수업에서는 다음 천년기가 되면 지상에서 기아와 질병, 국가주의와 대량 학살, 빈곤과 차별과 미신은 모두 종말을

⊛ 보(baud)는 초당 펄스 수를 의미하는 통신 단위이며, 메가보는 100만 보에 해당한다.

맞을 것이라고 가르친다. 우리의 미래에는 영광에 찬 시대가 기다리고 있었다.

우리 후손들이 우리에게 진실을 고하고 있다면 말이다.

결혼식은 대략 내가 알고 있던 그대로였다. 내 들러리를 맡은 프리아는 새벽에 강도를 당한 탓에 팔걸이 붕대를 하고 있었다. 10년전 고등학교에서 처음 만났을 때, 우리는 이것을 농담거리로 삼은 적이 있었다.

"하지만 내가 그 골목으로 안 들어가면 어떻게 되지?" 그는 이렇게 농담하곤 했다.

"그럼 내가 네 팔을 부러뜨리는 수밖에 없지 않을까? 설마 너 내 결혼식에서 회피하려는 건 아니지?"

'회피'란 어린아이들이 즐겨 하는 공상이었고, 아동용 싸구려 ROM 소설의 단골 소재였다. 얼굴을 찡그리고, 이를 악물고, 진땀을 흘리면서, 앞으로 일어나리라는 것을 알고 있는 불쾌한 사건에 참여하는 것을 전심전력으로 거부할 경우, 당신은 이미 결정된 미래로부터 회피할 수 있을지도 모른다. ROM 소설의 주인공이 강요당하는 불쾌한 미래는 순전히 정신적인 수행 및 플롯 편의성에 힘입어 마법처럼 평행우주 속으로 사라질 수도 있는 것이다. 잊지 않고 후원 업체의 콜라를 마시는 것도 효과가 있는 듯하다.

현실 세계에서는 〈해저드 장치〉의 출현과 함께 범죄, 자연재해, 산업재해, 교통사고 및 다수의 질병에 의한 사망자나 부상자의 발생률이 격감했다. 그러나 이것은 예고된 사고를 역설을 무릅쓰고 '회피' 했다는 뜻이 아니라, 단지 그런 종류의 사고 기록이 미래에서 날아오는 보고서─과거의 그것과 동등한 신뢰성을 가진 것으로 판명된─상에서 지속적으로 감소했다는 사실을 의미할 뿐이다.

그러나 '일견 회피 가능해 보이는' 비극들의 잔재는 여전히 남아 있었고, 자신이 그런 사건에 휘말릴 것이라는 사실을 아는 사람들은 각기 다른 방식으로 반응했다. 자기 운명을 기꺼이 받아들이는 사람이 있는가 하면, 몽유주의夢遊主義 종교에서 위안 내지 망각을 찾는 사람도 있었다. ROM 소설이 제공하는 소망충족적 판타지에 빠진 소수의 사람들은 절대 인정할 수 없다며 마지막 순간까지 발버둥 치는 것이 보통이었다.

결혼식 당일 내가 예정대로 성 빈센트 병원의 응급 처치실에 있는 프리아를 만나러 가니 그는 침대 위에서 피범벅이 된 상태로 부들부들 떨고 있었다. 한쪽 팔이 부러진 것은 예정 그대로였지만, 유리병 주둥이로 항문을 쑤시는 고문을 당했고 팔과 가슴 전체가 칼로 베인 상처투성이였다. 나는 망연자실하며 침대 곁에 우뚝 섰다. 지금까지 프리아에게 했던 멍청한 농담들의 끔찍한 뒷맛에 숨이 턱 막혔다. 이모든 것이 내 탓이라는 느낌을 도저히 떨쳐낼 수가 없었다. 난 프리아에게 거짓말을 할 거고, 나한테도 거짓말을 할 거야…

대량의 진통제와 진정제를 투여받으면서 프리아는 내게 말했다. "제임스, 난 이런 좆같은 경험의 진상을 절대 과거의 나에게 털어놓지 않을 거야. 얼마나 끔찍했는지도 절대 얘기 안 해. 그걸 읽으면 어린 나는 죽도록 두려워할 게 뻔하니까 말이야. 너도 그러는 편이 나을걸." 나는 진지한 표정으로 고개를 끄덕이고 틀림없이 그러마 하고 맹세했다. 이미 그랬으므로 맹세할 필요는 없었지만, 나의 불쌍한 절친은 정신이 오락가락하는 상태였다.

그리고 오늘 일어난 일을 일기에 쓸 때가 되자 나는 프리아를 만나기 훨씬 전에 이미 기억해 둔 문장을 충실하게 되새김질해서, 새벽에 강도를 당한 그가 팔걸이 붕대를 하고 있었다고 간결하게 기록했다.

충실하게? 아니면 단지 시간의 고리가 닫혔기 때문이라고 해야 할까? 일기로 읽은 글을 그대로 베껴 쓰는 것밖에는 달리 선택의 여지가 없었기 때문에? 또는… 둘 다일까? 이 와중에 동기 운운하는 것도 묘한 일이지만, 사실 그건 어떤 경우에도 들어맞는 얘기다. 미래를 안다는 것은 우리가 미래를 형성하는 방정식들로부터 제외된다는 뜻이 아니다. 일부 철학자들은 아직도 '자유의지의 상실' 운운하면서 장광론을 펼치지만(아마 본인들도 어쩌지 못하는 것이리라) 그들에게 이 자유의지라는 마법과도 같은 존재가 정확히 무엇이었는지를 설명해 줄 유의미한 정의와 나는 여태껏 조우하지 못했다. 미래는 언제나 결정되어 있었다. 개개인의 유일무이하며 복잡한 유전 형질과 과거의 경험은 차치하더라도, 그 밖의 어떤 것이 인간의 행동에 영향을 끼칠 수 있는 것일까? 우리라는 존재는 우리의 행동을 결정한다. 인간이 그 이상의 어떤 '자유'를 요구할 수 있단 말인가? 만약 인간의 '선택'이 인과관계에 절대적으로 기반하고 있지 않다고 한다면, 무엇이 그 결과를 정하는 것일까? 뇌 속의 양자론적 잡음에서 발생한 무의미하고 무작위적인 글리치※? (이것은 양자론적 비결정론이 종래의 시간 비대칭적 세계관의 산물에 지나지 않는다는 사실이 밝혀지기 전까지는 대중적으로 널리 유포된 가설이었다.) '영혼'이라는 신비적인 발명품이야말로 그 해답이라고 쳐보자… 그렇다면 그 '영혼'의 행동을 통제하는 것은 도대체 무엇이란 말인가? 형이상학적인 법칙은 신경생리학상의 그것들 못지않게 모호한 부분이 많은 듯하다.

나는 인류는 아무것도 잃지 않았다고 믿는다. 오히려 우리는 지금까지 없었던 유일한 자유를 손에 넣었다. 이제 **우리라는 존재**는 과거뿐만 아니라 미래에 의해서도 빚어지고 있다. 우리의 삶은 손가락으로 퉁긴 현악기 줄처럼 공명하며, 시간 속을 앞뒤로 흐르는 정보의 충돌이 만들어 내는 정상파다.※※

정보와… 가짜 정보의.

앨리슨은 뒤에서 내 어깨 너머로 내가 단말기에 타이핑한 글을 들여다보았다. "아니 정말로 그 얘길 안 쓴 거야?"

나는 대답하는 대신 〈체크〉 키를 눌렀다. 완전히 불필요한 기능이었지만, 그렇다고 해서 쓰면 안 된다는 법은 없었다. 그러자 단말기는 방금 내가 타이핑한 텍스트가 내가 수신한 버전과 완벽하게 일치한다는 사실을 확인해 주었다. (이 모든 과정을 아예 자동화해 버리면 어떻겠느냐는 사람들도 있었다. 사람이 중간 과정에 아예 개입하지 않고, 응당 송신해야

※   시스템상의 사소한 결함이나 장애.
※※   파장과 진폭과 속도 등이 동일하지만 진행 방향이 서로 반대인 두 개의 파동이 서로 겹쳐 간섭하는 경우에 생기는 파동. 파형이 진행하지 않고 그 자리에 머물러 진동하는 것처럼 보인다.

할 정보를 단말기가 알아서 송신하는 식으로 말이다. 그러나 정말로 그걸 실행에 옮긴 사람이 없는 것을 보니 불가능한 일인지도 모르겠다.)

나는 〈세이브〉 키를 눌러서 오늘 쓴 일기를 내가 죽은 직후 송신될 예정인 칩에 영구적으로 기록했고, 그런 다음 멍하고 멍청한(그리고 체념한) 어조로 물었다. "만약 내가 프리아에게 경고했다면 어떻게 됐을까?"

앨리슨은 고개를 가로저었다. "그럼 실제로도 경고했겠지. 그래도 그 사건은 일어났을 거고."

"안 일어났을지도 모르잖아. 인생이 일기보다 더 나빠지는 대신 더 나아지면 안 된다는 법은 없잖아? 실은 그 사건은 프리아하고 내가 완전히 날조한 거라서, 프리아도 습격 따위는 아예 받지 않았다는 식의 결말이 못 나오는 이유가 뭐지?"

"실제로는 그런 결말이 아니었거든."

나는 잠시 책상 앞에 앉은 채로 이제는 되돌릴 수 없고, 어차피 결코 되돌릴 수 없었던 문장을 응시했다. 그러나 내가 한 거짓말은 프리아와 한 약속의 결과이므로, 나는 옳은 일을 했다는 얘기가 된다. 안 그런가? 나는 내가 어떤 내용을 '선택'해서 쓰게 될지를 몇 년 동안이나 정확하게 알고 있었다. 그렇다고 해서, 눈앞의 문장이 '숙명'도 아니고, '운명'도 아닌 **나라는 존재**에 의해서 결정되었다는 사실이 변하는 것은 아니다.

단말기를 끄고 의자에서 일어나서 옷을 벗기 시작했다. 앨리슨은 욕실로 갔다. 나는 그녀의 등에 대고 큰 소리로 말했다. "오늘 밤 우리

섹스를 하는 거야, 안 하는 거야? 내 일기에 그 얘긴 안 나와 있어서."

그녀는 웃음을 터뜨렸다. "나한테 그런 걸 물어보지 마, 제임스. 그런 중요한 일들은 확실하게 기록해야 한다고 항상 강조하는 사람은 너잖아."

나는 당황하며 침대에 앉았다. 뭐가 어쨌든 간에 오늘은 우리의 신혼 첫날밤이 아니던가. 사람은 모름지기 행간의 의미를 파악할 줄 알아야 하는 법이다.

그러나 나는 임기응변에는 영 소질이 없었다.

2077년의 오스트레일리아 의회 총선거는 50년 만의 대접전이었고, 앞으로도 1세기 가까이 그렇게 회자될 것이다. 12명의 무소속 후보―〈시선을 돌리는 신〉이라는 이름의 신흥 무지無知 컬트 멤버 세 명을 포함한―들이 세력 균형을 유지하고 있었지만, 안정된 연립 정권을 수립한다는 막후 거래가 일찌감치 이루어진 덕에 정권은 무사히 4년의 임기를 채울 예정이었다.

이에 걸맞게 선거운동 역시 근년 들어(또는 근 미래를 통틀어서) 가장 과열된 양상을 띠고 있었다. 하야해서 곧 야당 당수가 될 예정인 인물은 미래의 총리가 취임 후 깰 공약들을 지치지도 않고 조목조목 열거했다. 이에 미래의 총리가 될 여성은 2080년대 중반 재무장관으로 취임할 예정인 상대방이 야기하게 될 경제적 대혼란의 통계까지 끌어와서 반격에 나섰다. (코앞에 닥친 이 불황의 원인은 경제학자들 사이에서 여전히 논쟁거리가 되고 있었다. 대다수는 이것이 2090년대에 찾아올 호황의 '불가피한 전단계'이며, 시대를 초월한 무한한 지혜의 원천으로 숭앙받는 시장원리는 어차피 최상의 미래를 알아서 선택할/선택했을 것이라고 주장했다. 개인적으로 이것은 예지력조차도 무능함의 대안이 되지 못한다는 것을 반증할 뿐이라는 느낌을 받았지만 말이다.)

　정치인들에 대해서는 곧잘 이런 의문을 느낀다. 미래 역사가 기록된 ROM 디스크를 보여주며 어린 자식의 미래에 무엇이 기다리고 있는지를 일찌감치 설명해 준 부모를 둔 덕에, 정치인들은 자기들이 미래의 정치판에서 무슨 말을 하게 될지를 정확하게 알고 있는 경우가 대부분이다. 하지만 실제로 그런 말을 입에 담는다는 건 도대체 어떤 기분일까? 일반 서민의 경우 비싼 전송비를 지불하고 과거로 동영상을 보낼 경제적 여유 따위는 없다. 그 정도로 자세한 데다가 모호함이나 완곡함 따위와는 거리가 먼 자기 삶의 기록과 대면하는 사람은 오직 뉴스 가치가 있는 유명인들뿐이다. 물론 카메라도 거짓말을 하고, 디지털 영상을 악용한 사기는 세상에서 가장 쉬운 범죄이긴 하지만, 이런 종류의 기록에서 카메라는 거의 거짓말을 하지 않는다. 어차피 이기지도 못할 선거에 나선 정치인들이 연단에서 (일견) 열정적으로 유세 연설을 하는 것을 보아도 나는 놀라지 않았다. 과거 역사에 관한 책들을 읽어보고 선거는 원래부터 그런 식이었다는 사실을 깨달았기 때문이다. 그러나 나는 인터뷰나 토론회나 의회의 질의응답이나 전당대회처럼 고화질 홀로그램 영상으로 완벽하게 기록되어 과거로 보내지게 될 중요 이벤트에서 립싱크나 다름없는 짓을 해야 하는 정치가들의 머릿속에서는 도대체 어떤 상념이 교차하는지 궁금했다. 이미 속속들이 알고 있는 대사와 몸짓을 재연할 때마다, 마치 꼭 두각시 인형이라도 된 듯한 자괴감을 느낄까? (그게 사실이라면, 이 역시 원래부터 그런 식이었다고 첨언해야 할지도 모르겠다.) 혹은 정치인의 주특기인 자기 합리화 능력을 발휘해서, 구렁이 담 넘어가듯 모든 장애를 넘어갈까? 잘 생각해 보면, 매일 밤 꼬박꼬박 일기를 쓸 때마다 나도 그들 못지않게 엄격한 제약하에 놓이지 않는가. 나는 내가 틀림없이 쓰리라는 것을 알고 있는 글을 쓰지만, 그런 행위를 정당화해 줄 그 럴듯한 이유를 찾아내는 것은 내게는 전혀 어려운 일이 아니었다.

리사는 우리 선거구에서 총선에 출마한 후보의 보좌관 중 한 명이었고, 그 후보는 당선된 후 입각할 예정이었다. 나는 투표 2주 전에 열린 정치자금 모금 만찬회에서 리사를 만났다. 현시점에서 나는 그 후보와 아무런 관계도 없었지만, 세기가 바뀔 무렵(그때 이 후보의 소속 정당은 압도적 다수 의석을 가진 여당이 되어 있을 것이다) 나는 엔지니어링 회사를 경영하면서 여당과 정치적 성향을 공유하는 주 정부들로부터 몇몇 대형 계약을 수주하게 된다. 이런 행운을 손에 넣기까지 일어난 일들에 관해서 내 일기는 별다른 언급을 하지 않았다. 하지만 내 은행의 입출금 내역은 여섯 달 미래의 거래까지 포함하고 있었으므로, 나는 그 내역을 바탕으로 적절한 시기에 상당한 액수의 정치 기금을 기부했다. 프린트한 고지서를 처음 훑어보았을 때 조금 동요한 것은 사실이지만, 시간이 흐르면서 그런 종류의 발상에도 익숙해진 탓인지 사실상의 뇌물 증여도 평소의 내 스타일과 크게 동떨어진 행위라는 생각은 들지 않았다.

만찬회는 구제 불능일 정도로 따분했지만(나중에 일기에는 '무난했다'라고 쓰게 된다) 참석자들이 밤의 어둠 속으로 뿔뿔이 흩어지기 시작하자 리사는 내 곁에 와서 사무적으로 말했다. "당신과 나는 택시에 동승할 예정인 걸로 알고 있어."

우리를 태운 자율 주행 택시가 곧장 그녀의 아파트로 가는 동안 나는 잠자코 그녀 곁에 앉아 있었다. 앨리슨은 어머니가 오늘 밤 사망하게 될 옛 학교 친구와 함께 주말을 보내는 중이었다. 나는 내가 외도 따위를 하지 않을 거라는 사실을 알고 있었다. 아내를 사랑했고, 앞으로도 줄곧 그럴 것이기 때문이다. 그게 아니라면, 적어도 줄곧 그렇게 주장할 것이다. 설령 이것이 증거로서는 불충분할 경우라도, 내가 남은 일생 동안 그런 비밀을 나 자신에게까지 숨길 것이라고는 도저히 믿기 힘들었다.

택시가 목적지에서 멈추자 나는 말했다. "이다음엔 어떻게 돼? 나더러 올라가서 커피 마시자고 할 건가? 그럼 나는 정중하게 거절한다든지?"

리사는 말했다. "나도 몰라. 이 주말은 나한테는 완전히 수수께끼거든."

엘리베이터는 고장이었다. 건물 관리 회사에서 붙여놓은 스티커에는 「2078년 2월 3일 오전 11시 6분까지 고장 중」이라고 쓰여 있었다. 나는 리사 뒤를 따라 6층분의 층계를 오르면서 줄곧 이런저런 핑계를 짜내고 있었다. 지금 나는 내가 자유롭다는 사실을, 나의 자주성을 증명하고 있을 뿐이야. 내 인생은 시간 속에서 화석화한 사건들의 패턴 이상의 것이라는 점을 증명하고 있는 거지. 그러나 사실을 말하자면 나는 미래에서 오는 정보의 노예가 되었다고 느낀 적은 한 번도 없었고, 일기에 적힌 인생 이외의 다른 인생을 살 수 있다는 착각에 매달릴 필요를 느낀 적도 없었다. 예정 밖의 혼외정사를 머리에 떠올리는 것만으로도 나는 공황 상태에 빠졌고, 현기증을 느꼈다. 나는 일기에 무미건조한 선의의 거짓말을 기입할 때조차도 불안을 느끼지만, 일견 무해한 행간에서 그 어떤 일도 일어날 수 있다고 한다면 나는 더 이상 내가 어떤 존재인지, 어떤 존재가 될 예정인지를 알 수 없게 된다. 그런다면 나의 전 인생은 유사流沙 속으로 빨려 들어갈 것이다.

서로의 옷을 벗기면서 나는 몸을 떨었다.

"우린 왜 이런 일을 하고 있는 거지?"

"그럴 수 있으니까."

"나를 알아? 내 얘기를 일기에 쓸 거야? 이 얘기도?"

그녀는 고개를 가로저었다. "아니."

"하지만… 이건 얼마나 오래 계속될 예정이지? 난 알아야 해. 하룻밤? 1개월? 1년? 끝날 때는 또 어떻게 끝나고?" 미칠 것 같았다. 난 어떻게 이런 짓을 시작할 생각을 한 걸까? 결말이 어떻게 되는지도 모르는 채로?

그녀는 웃음을 터뜨렸다. "그걸 나한테 물으면 어떻게 해. 일기를 봐, 그게 그렇게 중요한 일이라면."

여기서 얘기를 끝낼 수는 없었다. 여기서 입을 다물고 항복할 수는 없다. "당신도 뭐든 썼을 거 아냐. 우리가 택시에 합승한다는 걸 알고 있었으니."

"아니. 그냥 그렇게 말해봤을 뿐이야."

"설마…" 나는 그녀를 빤히 바라보았다.

"하지만 그 말은 사실이 됐잖아. 안 그래? 당신은 어떻게 생각해?" 리사는 한숨을 쉬더니 양손으로 내 등골을 쓸어내렸고, 나를 침대로 끌어당겼다. 유사 속으로 빨려 들어가는 느낌.

"우리는…"

리사는 손으로 내 입을 틀어막았다.

"질문은 이제 그만. 난 일기를 쓰지 않아. 그래서 아무것도 몰라."

앨리슨에게 거짓말을 하는 것은 쉬웠고, 나도 거의 들키지 않을 자신이 있었다. 나 자신에게 거짓말을 하는 것은 그보다 더 쉬웠다. 일기장의 공백을 채우는 작업은 형식적이고 무의미한 의식으로 변했고, 나는 더 이상 내가 쓴 문장을 일일이 훑어보지 않았다. 어쩌다가 정독하는 경우엔 아무렇지도 않은 표정을 짓느라고 고생했다. 단순한 게으름이나 자기 기만에서 비롯된 생략과 완곡 표현 사이에 의도적으로 아이러니하게 적힌 대목들이 섞여 있었기 때문이다. 나는 그 사실을 몇십 년 동안이나 눈치채지 못하고 살아왔지만, 이제는 있는 그대로를 이해할 수 있다. 행복한 결혼 생활을 찬양하는 나의 글 중에서는 아슬아슬할 정도로 어색한 것들이 있었다. 이런 언외의 고백을 어떻게 알아차리지 못한단 말인가. 그러나 과거의 나는 알아차리지 못했다. 따라서 과거의 나에게 비밀이 들통날 '위험'은 없었다. 그리고 내게는 내가 '원하는' 만큼 비아냥거릴 수 있는 '자유'가 있었다.

그 이상도, 이하도 아니다.

무지 컬트 신봉자들은 미래를 안다는 것은 곧 영혼의 상실을 의미하며, 선악을 선택할 능력을 잃어버리는 즉시 우리는 더 이상 인간이기를 멈춘다고 주장한다. 그들 입장에서 보통 사람들은 글자 그대로 살아 있는 시체이자 고기로 된 꼭두각시였으며 좀비였다. 몽유주의자들도 거의 같은 신념을 옹호하지만, 그들은 인간이 놓인 상황을 묵시록적인 비극으로 간주하는 대신 백일몽적인 열정을 가지고 포용한다. 미래를 알게 됨으로써 지금까지 우리를 짓눌러 온 모든 책임감과 죄책감과 불안감 그리고 분투와 패배의 악순환은 자비로운 종언을 맞이하고, 무생물의 경지에 도달한 우리의 영혼이 위대한 우주의 영적 블라망주※ 속으로 침출되는 동안, 우리의 육체는 현세에 남아 예의 꼭두각시극을 계속하는 것이다.

그러나 나는 미래를 알았다고 해서(또는 믿었다고 해서) 몽유병자라든지, 무감각하고 무도덕적인 황홀경에 빠진 좀비가 되었다는 느낌을 받은 적은 한 번도 없다. 오히려 나는 스스로의 삶을 통제하고 있다고 느꼈다. 나라는 인간이 몇십 년에 걸쳐 주도적으로 전혀 다른 실들을 꼬아 하나로 엮었고, 그 과정에서 모든 것에 의미를 부여했다고 말이다. 이런 통합적인 행위가 어떻게 나를 인간 이하의 존재로 실추시킬 수 있단 말인가? 나의 모든 행동은 나라는 존재에 기인하고, 기인했고, 기인할 것이다.

※ 우유 푸딩.

내가 비로소 영혼이 없는 자동인형이 되었다고 느낀 것은, 이 모든 생각을 거짓말로 찢어발긴 후의 일이었다.

학교를 졸업한 후 (과거, 미래를 불문하고) 역사에 주의를 기울이는 사람은 거의 없다. 하물며 과거와 미래 사이에 가로놓인 회색 지대― 예전에는 '최신 정세'라고 불리던―에 관심을 보이는 사람들은 전무에 가깝다. 저널리스트들은 지금도 정보를 수집하고, 시간을 가로질러 그 정보를 배포한다. 그러나 생방송이나 속보라는 단어가 비록 찰나적이기는 해도 진짜 의미를 가지고 있었던 〈해저드 장치〉 이전의 저널리스트들과는 달리, 현대의 저널리스트들이 전혀 다른 종류의 일을 수행하고 있다는 점에는 의심의 여지가 없다. 직업 자체가 완전히 소멸한 것은 아니었고, 현재는 무관심과 호기심 사이에서 일종의 균형이 유지되고 있는 느낌이다. 만약 미래에서 오는 뉴스의 양이 조금이라도 줄어든다면, 이들은 더 많은 뉴스를 수집해서 과거로 보내는 식으로 균형을 맞추려고 할 것이다. 역동론이나 자체 모순에 의해 소멸하는 가설상의 대체우주 개념 따위와도 맞닿아 있는 이런 주장이 얼마나 타당한지는 나도 잘 모르겠다. 그러나 그런 균형이 존재한다는 점만은 부인할 수 없다. 우리는 미래로부터 우리의 호기심을 정확히 충족시킬 만한 양의 정보만을 수령하므로.

2079년 7월 8일, 중국군이 '지역 안정화'를 촉진한다는 명목으로(실제로는 중국 영토 내의 분리주의자들을 지원하는 보급선을 일소했을 뿐이었다) 카슈미르에 진입했을 때도 나는 뉴스에는 거의 주의를 기울이지 않았다. 국제연합이 놀랄 정도의 수완을 발휘함으로써 이 골치 아픈 국제 문제를 해결해 주리라는 사실을 이미 알고 있었기 때문이다. 역사가들은 카슈미르 분쟁을 외교적으로 해결한 UN 사무총장을 몇십 년 전부터 칭송해 왔고, 보수적인 스웨덴 한림원조차도 그녀가 그 업적을 이루기 3년 전에 노벨 평화상을 사전 수여한다는 매우 드문 결정을 내렸다. 구체적인 상황이 어땠는지 기억이 나지 않았기 때문에 나는 미래가 기록된 『세계 연감』을 불러내서 확인해 보았다. 중국군은 8월 3일까지는 모두 철수하고, 사상자의 수도 적을 것이라고 한다. 그것을 읽고 안심한 나는 일상으로 복귀했다.

처음에 내게 소문을 전해준 사람은 무수히 많은 언더그라운드 통신망을 섭렵하는 것이 취미인 프리아였다. 통신 중독자들이 쏟아내는 가십과 중상모략을 수집하는 무해한 오락이었지만, 자기들은 지구촌에 '접속'되어 있으며 행성의 고동을 느낄 수 있을 정도로 친밀한 지위를 향유하고 있다는 누리꾼 특유의 자부심에 대해서는 언제나 실소를 금할 수가 없었다. 과거와 미래를 망라한 사건들에 관한 설명을 언제든 느긋하게 읽고 검토할 수 있는 판에, 군이 현재에 직결되어야 할 필요가 어디 있단 말인가? 냉철한 검토를 거쳐 세월의 시험을 견뎌낸 시사 분석을 뜬소문만큼이나 신속하게—또는 그보다 더 빠르게—입수할 수 있는데, 제대로 입증조차 안 된 '최신' 소문이 무슨 소용이 있단 말인가?

그래서 프리아가 진지하기 짝이 없는 표정으로 카슈미르에서 전면전이 발생했으며 사람들이 매일 몇천 명씩 죽어가고 있다고 말했을 때, 나는 이렇게 대답했다. "알아. 모라 사무총장은 대량학살을 자행한 공로로 노벨 평화상을 수상했다는 걸."

프리아는 어깨를 으쓱했다. "너 혹시 헨리 키신저※라는 사내를 알아?"

모른다고 인정하는 수밖에 없었다.

내가 이 황당한 얘기를 리사에게도 한 것은 그녀도 나처럼 웃어 넘길 거라는 확신이 있었기 때문이다. 리사는 나를 향해 돌아눕더니 "그 사람 말이 맞아"라고 대꾸했다.

나는 미끼를 물지 말지 정할 수 없었다. 리사는 묘한 유머 감각을 가지고 있었기에 나를 놀리려고 하는 건지도 모른다. 마침내 나는 말했다. "그럴 리가 없어. 확인해 봤거든. 어느 역사 기록을 찾아봐도…"

리사는 진심으로 놀란 기색이었고, 곧 측은해하는 표정을 떠올렸다. 애당초 나에 대한 그녀의 평가는 그리 높지 않았지만, 이토록 세상 물정을 모를 거라고는 미처 생각하지 못했던 듯하다.

"제임스, '역사'는 언제나 승자에 의해 기록되는 법이야. 미래라고 해서 왜 그게 달라져야 해? 그냥 내 말을 믿어. 카슈미르에서는 정말로 그런 일이 일어나고 있어."

"어떻게 넌 그런 일들을 다 알고 있지?" 이것은 멍청한 질문이었다. 리사의 상사는 의회에서 외교와 관련된 모든 위원회에 소속되어 있었고, 다음번에 소속 정당이 정권 교체에 성공한 직후 장관직에 오

※ 미국의 국제정치학자, 외교관. 베트남전 종결 회담을 주도한 공로로 노벨평화상을 수상했다.

를 예정이었다. 설령 현재 직위에서는 고급 정보에 접근 못 한다고 해도, 장래에는 틀림없이 그럴 수 있을 것이다.

리사는 말했다. "물론 우리가 카슈미르에 자금을 지원하고 있기 때문이야. 유럽하고 일본하고 미국이 함께. 홍콩 대폭동 후에 금수 조치가 발동된 덕에, 중국군은 제대로 된 전투용 드론을 갖고 있지 않아. 그래서 베트남제 최신예 킬러 로봇들 상대로 한물간 구식 병기로 무장한 인간 병사들을 갈아 넣고 있어. 그 결과 40만 명의 전사자와 10만 명의 민간인 사망자가 발생할 거야. 우리측 연합군이 베를린 사령부의 의자에 앉아 유아론적 비디오 게임에 빠져 있는 동안에 말이야."

나는 망연자실하게, 도저히 못 믿겠다는 얼굴을 하고 그녀 너머의 어둠을 응시했다. "왜? 어째서 사태가 더 악화되기 전에 협상을 맺지 못했던 거지?"

리사는 얼굴을 찌푸렸다. "어떻게? 설마 전쟁을 왜 회피하지 못 했느냐고 묻는 거야? 전쟁이 일어날 걸 미리 알고, 그걸 회피하는 식으로?"

"그런 뜻은 아니지만… 만약 우리 모두가 진실을 알고, 사건 자체가 그런 식으로 은폐되지만 않았더라면…"

"않았더라면 뭐? 전쟁이 일어날 걸 사람들이 미리 알고 있었다면, 처음부터 전쟁은 일어나지 않았을 거라고 주장하고 싶은 거야? 제임스, 제발 눈을 떠. 전쟁은 일어났고, 앞으로도 계속될 거야. 내가 할 말은 그게 다야."

나는 침대에서 빠져나와 옷을 걸치기 시작했지만, 특별히 서둘러서 귀가해야 할 이유는 없었다. 앨리슨은 리사와 나에 관해 전부 알고 있었다. 아무래도 자기 남편이 실은 개쓰레기라는 사실을 어릴 때부터 이미 알고 있었던 듯하다.

50만 명이나 되는 인간이 도륙당했다. 그건 숙명도 아니고, 운명도 아니다. 우리의 죄를 사하여 주실 하나님의 뜻이나 역사적 힘 따위도 아니다. 원인은 우리라는 존재로부터 발생했으며, 우리가 했고 또 앞으로도 하게 될 거짓말들로부터 나왔다. 50만 명이 일기의 행간에서 도륙되었던 것이다.

나는 카펫에 대고 토했고, 현기증 탓에 휘청거리며 가까스로 토사물을 치웠다. 리사는 우울한 표정으로 그런 나를 바라보았다.

"이제 돌아오지 않을 거지?"

나는 힘없이 웃었다. "그딴 걸 내가 어떻게 알아?"

"안 돌아올 거야."

"일기는 안 쓰는 걸로 알았는데."

"안 써."

그제야 나는 그 이유를 이해했다.

내가 단말기 스위치를 켜자 앨리슨은 잠에서 깼고, 졸린 느낌이지만 악의 없는 어조로 말했다. "뭘 그렇게 서둘러 제임스? 12살 때부터 줄곧 오늘 밤 일을 콕 찝어서 자위를 해오기라도 한 거야? 그럼 아침까지 기다려도 잊을 리가 없잖아."

나는 그녀의 말을 무시했다. 잠시 후 그녀는 침대에서 나와 내 어깨 너머로 단말기를 들여다보았다.

"이게 사실이야?"

나는 고개를 끄덕였다.

"옛날부터 알고 있었어? 이걸 송신할 거야?"

나는 어깨를 으쓱하고 〈체크〉 키를 눌렀다. 화면에 메시지 박스가 떴다. 『단어 95개 / 오류 95개』

나는 의자에 앉은 채로 이 판정을 오랫동안 응시했다. 도대체 난 무슨 생각을 했던 걸까? 내가 역사를 바꿀 힘이 있다고 믿기라도 했단 말인가? 아니면 나의 조촐한 분노로 인해 전쟁을 회피할 수 있을 거라고 기대했던 걸까? 혹시 내 주위의 현실이 붕괴하고, 새롭고 더 나은 세계가 그것을 대체하기를 희망했던 걸까?

아니다. 과거든 미래든 간에 역사는 이미 결정되어 있고, 나는 그것을 형성하는 방정식의 일부로 남아 있는 수밖에 없다. 그러나 거짓말의 일부가 될 필요는 없었다.

나는 〈세이브〉 키를 눌러 95개 단어 길이의 이 문장을 칩에 영구적으로 기록했다. 이제는 되돌릴 수 없다.

(내게는 필시 선택의 여지가 없었던 것이 틀림없다.)

내가 일기에 남긴 글은 이게 마지막이었다. 내가 죽은 후 과거로 송신될 예정인 일기에서 컴퓨터는 이 글을 통째로 걸러낼 것이다. 그리고 외삽을 통해 작성한, 어린아이가 읽기에 적당하고 무난한 일상의 기록으로 그 빈자리를 매울 것이다.

나는 불규칙적으로 네트워크에 접속해서 온갖 스펙트럼을 망라한 상반되는 소문들에 귀를 기울이지만, 여전히 뭘 믿어야 할지 갈피를 잡을 수가 없다. 나는 아내와 헤어졌고, 직장을 그만뒀고, 내게 주어진 장밋빛의 가공적인 미래와도 완전히 결별했다. 내 삶에서 확실했던 것들은 모두 증발해 버렸다. 나는 내가 언제 죽을지 모른다. 누구를 사랑하게 될지도 모른다. 우리의 세계가 유토피아를 향해 가고 있는지, 아니면 아마겟돈을 향해 가고 있는지도 모른다.

그러나 나는 주의를 게을리하지 않고, 조금이라도 가치가 있어 보이는 정보를 수집하면 그것을 다시 네트워크로 피드백한다. 물론 네트워크에도 부정과 왜곡은 존재한다. 하지만 나는 〈해저드 장치〉를 통제하며 대량 학살을 지시하는 역사의 작가들이 날조한 세련되고 그럴듯한 거짓말들 속에서 익사하느니, 차라리 100만 개의 모순된 목소리들이 자아내는 불협화음의 바다에서 헤엄치는 쪽을 택하겠다.

역사의 작가들이 간섭하지 않았더라면 나는 어떤 인생을 살아왔을지 가끔 궁금해질 때가 있다. 그러나 그런 질문은 무의미하다. 지금과 다른 인생 따위는 존재하지 않기 때문이다. 사람은 누구나 조종당하고, 사람은 누구나 자기 시대의 산물이다. 그리고 그 역 또한 사실이다.

불변의 미래가 어떤 모습을 하고 있든 간에 한 가지 확신하고 있는 일이 있다. 여전히 **나라는 존재**는 지금까지 줄곧 미래를 결정해 왔고, 앞으로도 줄곧 결정할 과정의 일부라는 점이다.

내게 그보다 큰 자유는 없다.

그보다 큰 책임도.

3

내가 행복한 이유

Reasons to be Cheerful

1

2004년 9월, 12살이 된 지 얼마 안 됐을 무렵 나는 거의 지속적으로 행복한 상태에 돌입했다. 원인이 무엇인지에 관해서는 전혀 신경이 쓰이지 않았다. 학교 수업 중에는 지루한 것들도 물론 있었지만, 성적은 충분히 좋았기 때문에 마음 내킬 때마다 백일몽에 빠져들어도 아무 문제도 없었다. 집에 오면 책이나 웹페이지를 자유롭게 섭렵했다. 나는 분자생물학이나 소립자물리학, 사원수四元數나 은하계의 진화에 관해 읽었고, 복잡기괴한 컴퓨터 게임이나 추상 도형 애니메이션 따위를 직접 만들었다. 비쩍 마르고 동작이 둔한 어린애였고, 복잡하기만 하고 무의미한 집단 스포츠는 정신이 혼미해질 정도로 따분했지만, 내 마음대로 내 몸을 움직이는 일은 충분히 즐거웠다. 나는 장소를 가리지 않고 달렸고, 달리기만 하면 언제든 기분이 좋았다.

음식, 잠을 잘 장소, 안전, 나를 사랑해 주는 부모님, 격려, 자극. 나는 이것들 모두를 가지고 있었다. 이런 상황에서는 행복하지 않은 쪽이 오히려 이상하지 않은가? 물론 수업이나 학교에서의 인간관계 따위가 얼마나 답답하고 단조로울 수 있는지, 처음에는 열심히 하다가도 시시콜콜한 문제 때문에 금세 열이 식어버리는 일이 얼마나 빈번하게 일어나는지를 잊고 있었던 것은 아니다. 그러나 실제로 삶이 순조로울 때, 언제 그런 행운이 끝나는지를 손꼽아 세어보는 취미는 내게 없었다. 행복한 기분에는 그것이 언제까지나 계속될 것이라는 확신이 따라오기 마련이다. 그런 낙관적인 관측이 무너지는 것을 수없이 보아왔음에도 불구하고, 나는 아직 충분히 나이를 먹지도 않았고, 신랄하지도 않았던 듯하다. 실제로 그런 일이 현실화될 징후가 나타났을 때도 놀라지 않은 것을 보면.

내가 먹은 것을 되풀이해 토하기 시작하자 우리 가족의 주치의였던 애시 선생님은 내게 항생제를 투여하고 학교를 일주일 쉬게 했다. 내가 단순한 세균성 질환 따위에 의기소침하는 대신 예기치 않은 휴가를 얻었다는 사실을 되레 즐거워하는 것을 보고 부모님이 크게 놀랐을 거라고는 생각하지 않는다. 아들이 아픈 내색조차도 하지 않아서 좀 의아해했을지도 모르지만, 하루에 서너 번씩 꼬박꼬박 진짜로 구토를 하는 내 입장에서는 배가 아프다고 신음한다는 건 아무 쓸모도 없는 행위였다.

항생제 치료는 아무 효과도 없었다. 나는 평형감각을 잃고 걸을 때도 비틀거리기 시작했다. 애시 선생님에게서 두 번째 진찰을 받았을 때는 시력 검사표를 향해 눈을 찡그리고 있었다. 그녀는 나를 웨스트미드 병원의 신경과 의사에게 보냈고, 그 즉시 그는 MRI 스캔을 받아보라고 지시했다. 같은 날 오후에 나는 그 병원에 입원했다. 부모님은 진단 결과를 즉각 보고받았지만, 내가 그들에게서 완전한 고백을

내가 행복한 이유

듣기까지는 사흘이 더 걸렸다.

악성 뇌종양이라고 했다, 수아종髓芽腫이라고 불리는 이 종양이 수액이 가득 찬 뇌실 중 하나를 막아서 두골 내부의 압력을 높이고 있다고 했다. 수아종 환자의 사망률은 높지만, 제거 수술을 받은 다음 강력한 방사선 치료와 화학요법을 병행하면, 나와 같은 단계에서 발견된 환자의 3분의 2는 5년은 더 산다고 했다.

나는 다 썩은 침목으로 이뤄진 철교 위를 걸어가는 내 모습을 상상했다. 한 걸음씩 걸을 때마다 나무가 내 체중으로 부러지지 않기를 기대하면서 전진할 수밖에 없는 나의 모습을. 나는 앞에 가로놓인 위험을 매우 뚜렷하게 이해했지만… 아무런 공황도, 두려움도 찾아오지 않았다. 억지로 공포를 불러일으키려고 해봐도, 기껏해야 고양감 쪽에 더 가까운 격렬한 현기증을 느꼈을 뿐이었다. 마치 유원지에서 무시무시한 탈것을 타기 전에 스릴을 느끼는 것처럼.

내가 이런 데는 이유가 있었다.

나의 증세 대부분은 두골 내의 압력이 높아진 것이 원인이지만, 뇌척수액을 검사해 본 결과 루엔케팔린이라는 물질의 농도가 비정상적으로 높다는 사실이 밝혀졌다. 루엔케팔린은 신경 펩티드인 엔도르핀의 일종이며, 이것과 결합하는 수용체들 일부는 모르핀이나 헤로인 같은 마약성 진정 물질과 결합하는 수용체들과 동일하다. 악성 종양 발생의 원인이 된 돌연변이성 전사인자轉寫因子가 암세포의 무제한적인 증식을 촉발하는 유전자의 스위치를 켰을 때, 루엔케팔린을 만드는 데 필요한 유전자의 스위치도 함께 켠 것이 틀림없었다.

이것은 흔히 볼 수 있는 부작용이 아니라 극히 희귀한 우발적 증상이었다. 당시에는 엔도르핀에 관해 거의 몰랐지만, 부모님을 통해 신경과 의사들의 설명을 들었고, 나중에는 내가 직접 알아보았다. 루엔케팔린은 고통이 생존에 위협이 될 수 있는 긴급 상황에서 자동적으로 분비되는 진통 물질이 아니었고, 상처가 나을 때까지 동물의 지각을 마비시키는 마취 효과도 없었다. 실은 이 물질은 행복감을 표시하는 주요 수단이며, 행동이나 상황이 쾌감을 불러일으키는 경우에 분비된다. 이 단순한 메시지는 다른 수많은 뇌내 활동에 의해서도 조율되며, 그 결과 거의 무제한에 가까운 긍정적인 감정의 팔레트가 만들어진다. 루엔케팔린이 목표 뉴런과 결합하는 것은 다른 신경전달물질들이 만들어 내는 연쇄의 첫 번째 고리에 지나지 않는다. 그런 복잡한 과정에도 불구하고, 나는 하나의 단순하고 명명백백한 사실을 증언할 수 있다. 루엔케팔린은 기분을 좋게 만든다.

부모님은 내게 이 소식을 전하면서 울음을 터뜨렸고, 그런 그들을 위로한 사람은 다름 아닌 나였다. 난치병 소재로 시청자의 눈물샘을 자극하는 TV 미니시리즈의 착하고 어린 주인공처럼 차분한 미소를 떠올리며 말이다. 내가 실은 강했다거나, 속이 깊다거나, 어른스러워서가 아니었다. 내 신세를 한탄하는 것이 육체적으로 불가능했기 때문이다. 루엔케팔린은 매우 특정적으로만 작용하기 때문에, 조잡한 인공 진정제 따위에 귀까지 푹 잠겨 있는 경우와는 딴판으로 진실을 있는 그대로 직시할 수가 있었다. 머릿속은 냉철했던 반면, 정서적으로는 전혀 두려움이 없고 되레 용기백배한 상태였다.

내가 행복한 이유

나의 뇌실에 션트가 삽입됐다. 두개강 깊숙한 곳까지 가느다란 관을 삽입해서, 혈압을 낮추고 원발성 종양 절제라는 더 침습적이고 위험한 조치를 조금 늦췄던 것이다. 절제 수술은 주말에 받을 예정이었다. 암 치료 전문의인 메이트랜드 선생님은 이런 치료 절차에 관해 자세히 설명해 주었고, 앞으로 몇 달 동안 내가 어떤 위험이나 고통을 겪게 될지 미리 경고했다. 드디어 때가 왔다고나 할까.

그러나 나처럼 다행多幸하지는 않았던 부모님은 일단 충격에서 벗어난 뒤에는 자식이 살아서 어른이 될 확률이 3분의 2밖에 안 된다는 사실을 결코 좌시하지는 않으리라고 결심했다. 그들은 시드니의 이런저런 병원에 전화를 걸어 문의했고, 급기야는 더 먼 곳까지 전화를 걸어 다른 의사들의 의견을 들었다.

어머니는 골드코스트에 있는 민영병원—미국 네바다에 본부가 있는 〈헬스 팰리스〉 체인의 유일한 오스트레일리아 지점—의 암 치료 센터에서 수아종 환자들을 위한 새로운 치료를 하고 있다는 사실을 알아냈다. 증식하는 암세포에만 감염하도록 유전자 조작된 헤르페스 바이러스를 뇌척수액에 주입한 다음, 그 바이러스에 의해서만 활성화되는 강력한 세포독성 약물로 바이러스에 감염된 암세포를 죽이는 방식이었다. 외과 수술이라는 위험이 없는 이 치료법을 받은 환자의 5년 생존율은 80퍼센트에 달한다고 한다. 나는 병원의 홍보 사이트로 가서 치료 비용이 얼마나 되는지 알아보았다. 병원은 패키지 치료 프로그램을 제공했다. 석달 동안의 입원비, 병리학 및 방사선 치료 비용, 그리고 약값을 모두 포함해서 6만 달러였다.

아버지는 건축 현장에서 일하는 전기공이었다. 어머니는 백화점 점원이었다. 나는 외아들이었으므로 우리 집은 빈곤함과는 거리가 멀었지만, 부모님은 내 치료 비용을 대기 위해서 채무 기간이 15년 내지 20년쯤 늘어나는 것을 감수하고 주택담보를 재설정했던 것이 틀림없다. 사실 제거 수술이든 새로운 요법이든 생존율에서는 큰 차이가 없었고, 메이트랜드 선생님은 바이러스 요법은 극히 새로운 방식이므로 수치를 직접 비교할 수는 없다고 부모님에게 경고했다. 따라서 그녀의 충고를 받아들여 전통적인 치료법을 고수했더라도 비난하는 사람은 없었을 것이다.

아마 루엔케팔린이 나의 태도를 성자聖者 비슷하게 만들었다는 사실이 부모님의 결단을 촉발한 듯하다. 내가 평소 때처럼 무뚝뚝하고 까다롭게 굴거나, 혹은 불가사의할 정도로 꿋꿋한 태도를 보이는 대신 적나라한 두려움을 보였더라면 부모님은 그토록 큰 희생을 치르지는 않았을지도 모르겠다. 진실이 어땠는지는 결코 알 수 없겠지만, 어떤 식이었든 간에 그들에 대해 느끼는 고마움이 줄어드는 것은 아니다. 나처럼 머릿속이 루엔케팔린 분자로 가득 차 있지는 않았지만, 그들도 그 영향에서 자유로울 수는 없었던 듯하다.

북쪽에 있는 골드코스트로 가는 비행기 안에서 나는 줄곧 아버지 손을 잡고 있었다. 지금까지 아버지와 나 사이는 조금 소원했고, 서로에게 조금씩 실망하고 있었다. 아버지가 나보다 더 강인하고 활동적이며 외향적인 아들을 원했다는 것을 알고 있었고, 나도 아버지를 상투적인 의견이나 슬로건을 아무 비판도 없이 그대로 받아들여 세상을 보고 있는 체제 순응적인 인물로 보고 있었기 때문이다. 그러나 이 여행 중에는, 서로 거의 말을 나누지 않았음에도 불구하고, 아버지의 실망감이 물불을 가리지 않는 강렬한 자식 사랑으로 변하는 것을 느낄 수 있었다. 이런 아버지를 존경하지 않았다는 사실이 부끄럽게 느껴졌다. 나는 루엔케팔린의 조언을 받아들여 이번 일이 일단락된 뒤에는 아버지와의 관계가 개선되리라고 확신했다.

길가에서 바라본 〈골드코스트 헬스 팰리스〉는 해변에 늘어선 고층 호텔 중 하나라고 해도 전혀 이상할 것이 없었다. 게다가 안에 들어가도 영상 소설에서 본 호텔과 거의 다르지 않았다. 내가 들어간 독실에는 침대보다 더 폭이 넓은 텔레비전이 있었고, 케이블모뎀이 달린 네트워크 컴퓨터까지 딸려 있었다. 내 주의를 딴 데로 돌리기 위한 것이라면 성공적이었다. 일주일 동안 이런저런 검사를 받은 후에 그들은 내 뇌실 션트에 점적 장치를 연결해서 바이러스를 주입했다. 사흘 뒤에는 약물을 주입했다.

종양은 거의 즉각적으로 오그라들기 시작했다. 그들은 내게 스캔 결과를 보여줬다. 부모님은 기뻐하면서도 얼이 빠진 듯한 표정이었다. 마치 백만장자 부동산 업자들이 회춘 수술을 받으러 오는 듯한 이런 병원에서는 돈을 갈취당하는 것이 고작이고, 내 병세가 악화되는 와중에도 기껏해야 현란한 설명으로 농락당할 것을 기대하기라도 한 것일까. 그러나 종양은 계속 오그라들었다. 그러나 그것이 이틀 연속으로 소강상태에 접어든 듯한 징후를 보이자, 암 전문의는 같은 조치를 한 번 더 되풀이했다. 그러자 MRI 화면에 보이는 구부러진 촉수나 반점은 예전보다 한층 더 빠른 속도로 가늘어지고 희미해졌다.

무조건적인 기쁨을 느껴야 마땅했던 시기에 나는 점점 더 불안감이 가중되는 것을 자각하고, 루엔케팔린의 분비 중단에 따른 금단증상이라고 생각했다. 종양이 이 물질을 워낙 대량으로 분비하고 있던 탓에, 그 이상 좋은 기분이 되는 것이 글자 그대로 불가능해졌을 가능성조차 있다. 내가 행복의 정점까지 치켜올려졌다면, 그 뒤로 남은 것은 내리막길밖에는 없다. 그러나 그것이 사실이라면 내 쾌활함에 어두운 균열이 생겼다는 것은 매번 스캔을 할 때마다 목격하는 좋은 소식의 증거라고밖에는 할 수 없지 않을까.

어느 날 아침 나는 몇 개월 만에 처음으로 악몽에서 깨어났다. 종양이 날카로운 발톱이 달린 기생충이 되어 나의 두개골 안에서 몸부림치는 꿈이었다. 잼이 든 병에 갇힌 전갈처럼, 기생충의 딱딱한 갑각이 뼈와 부딪치며 딸각거리는 소리가 들리는 듯했다. 나는 겁에 질리고, 식은땀으로 흠뻑 젖었으며… **해방**된 기분이었다. 나의 공포는 이내 백열한 분노로 변했다. 그 괴물은 화학물질의 힘으로 나를 복종시켰지만, 이제는 그것과 당당하게 맞서고, 머릿속에서 쌍욕을 내뱉고, 나의 이 엄청난 분노로 악마를 쫓아낼 수 있을 것 같은 기분이었다.

이미 퇴각 중이었던 숙적이 마침내 격퇴당한 것을 알고 조금 맥이 빠졌다. 그러나 실제 인과관계를 완전히 무시하고 나의 분노가 암을 몰아냈다고 믿을 수도 없었다. 이건 마치 포크리프트가 내 가슴을 압박하고 있던 커다란 바위를 들어 올리는 것을 보고는, 내가 숨을 깊게

들이마심으로써 그것을 날려 보낸 시늉을 하는 것이나 마찬가지다. 그러나 나는 뒤늦게 찾아온 이런 감정들을 어떻게든 받아들이려고 노력했고, 그다음에는 잊기로 했다.

입원한 지 6주 뒤에 스캔 화면에서는 암이 완전히 사라졌고, 나의 혈액과 뇌척수액과 림프액에서도 암세포가 전이되었음을 시사하는 단백질은 전혀 검출되지 않았다. 그러나 저항력을 가진 종양 세포가 조금이라도 남아 있을 위험성은 있었기 때문에, 의사들은 헤르페스 바이러스 감염 요법과는 무관한, 전혀 다른 종류의 약을 단기간에 대량 투여하기로 결정했다. 그러기 전에 우선 그들은 내 고환에서 정자를 추출하고(국소마취를 받고 했기 때문에 아픈 것보다는 창피한 것이 문제였다) 엉덩이에서 골수 샘플을 채취했다. 만에 하나 이 약물이 나의 잠재적인 정자 생산 능력이나 새로운 조혈 세포의 원천을 완전히 차단해 버리더라도, 다시 그 기능을 회복시키기 위한 조치였다. 일시적이긴 하지만 머리카락이 모두 빠지고 위벽이 엉망이 되었다. 처음에 암이라는 진단을 받았을 때보다 훨씬 더 자주 격렬하게 구토했다. 그러나 내가 울부짖기 시작하자 간호사 한 명은 전혀 동정하는 기색도 없이 내 나이의 반도 안 되는 어린아이들은 몇 달 동안이나 같은 치료를 받고 있다고 내게 말했다.

이런 통상적인 항암제만으로는 결코 내 종양을 치료할 수 없었겠지만, 이번 경우에는 바이러스 치료가 끝난 뒤의 마무리로 쓰였기 때문에 재발의 위험을 대폭 감소시키는 효과가 있었다. 세포 자살, 프로그래밍된 죽음을 의미하는 아포토시스라는 멋진 단어를 알게 된 나는 그것을 주문처럼 되뇌었고, 급기야는 구역질이나 피로감을 거의 즐기는 경지에 이르렀다. 괴로우면 괴로울수록 암세포의 말로를 상상하는 것이 쉬워졌다. 스스로 목숨을 끊으라는 항암제의 명령을 받은 종양의 세포막이 풍선처럼 터지고, 오그라든다. 괴로워하면서 죽어, 이 좀비 새끼야! 아마 언젠가는 이것을 소재로 한 컴퓨터 게임을 만들지도 모르겠다. 아예 시리즈화해서, 클라이맥스에 해당하는 최종판에는 〈화학요법 3: 대뇌 혈전〉 뭐 이런 이름을 붙여서 파는 것이다. 그럼 부와 명성을 얻고 부모님의 빚을 갚아줄 수 있다. 그런다면 단지 허상에 불과했던 종양의 다행감多幸感과는 달리, 내 인생은 진실로 완벽해지는 것이다.

나는 12월 초에 퇴원했다. 암은 흔적도 남지 않고 사라진 상태였다. 부모님은 계속 걱정해야 할지 아니면 환호해야 할지 마음을 정하지 못하고 오락가락하는 기색이었다. 너무 서둘러 상황을 낙관해 버리면 벌을 받을지도 모른다는 불안감을 서서히 떨쳐버리려고 하는 성싶다. 화학요법의 부작용은 사라졌고, 션트를 삽입했던 작은 반점을 제외하면 머리카락도 다시 자라기 시작했다. 이제는 음식물을 먹어도 토하지 않았다. 새해가 될 때까지 2주밖에는 안 남은 시점에서 학교로 가봤자 무의미했기 때문에, 집에 도착하자마자 나는 여름방학에 돌입했다. 담임이 시켰는지 반 친구 모두에게서 신파적이고 불성실한 위문 이메일이 와 있었다. 그러나 친한 아이들은 집까지 찾아와서, 조금씩 쭈뼛거리고 곤혹스러워하면서도 죽음의 문턱에서 살아

내가 행복한 이유

돌아온 나를 축하해 주었다.

그런데도 왜 나는 이토록 기분이 안 좋은 걸까? 매일 아침 눈을
뜨면 창문을 통해 맑고 파란 하늘이 보이는데도, 원하는 만큼 늦잠을
잘 수 있고, 하루 종일 아버지나 어머니가 집에 머무르며 내가 왕이라
도 되는 것처럼 돌봐주고, 내가 원한다면 16시간 동안 컴퓨터 모니터
앞에 앉아 있어도 잔소리 한 번 하지 않는데도, 왜 아침 햇살을 한 번
보기만 해도 베개에 얼굴을 묻고 이를 악물고 "난 죽어야 **했어**, 난 죽
어야 **했어**"라고 속삭이고 싶어지는 것일까?

그 무엇도 내게 아무런 즐거움을 주지 않았다. 글자 그대로 전무
했다. 내가 제일 좋아하는 웹진이나 웹사이트를 보아도, 과거에는 열
광했던 짐바브웨의 은자리※ 음악을 들어도, 당분과 염분으로 범벅이
된 정크푸드를 아무리 배 터지게 먹어도 아무런 감동도 느끼지 못했
다. 그 어떤 책을 봐도 단 한 쪽도 읽을 수가 없었고, 코딩을 하려고
해도 열 줄도 작성할 수 없었다. 현실 세계의 친구들 눈을 똑바로 바
라보지도 못했고, 온라인으로 누군가와 접촉하는 일조차도 생각하고
싶지 않았다.

내가 하는 모든 일과 내가 상상하는 모든 것에는 참을 수 없을 정
도의 두려움과 수치심이 따라붙었다. 이런 상태를 설명하기 위한 유
일한 비유는 학교에서 본 아우슈비츠에 관한 다큐멘터리 영화다. 그
것은 뉴스영화 카메라가 강제수용소 정문을 향해 가차 없이 접근하
면서 찍은 긴 트래킹 쇼트로 시작되었다. 그 문 뒤에서 무슨 일이 일

※　철과 놋쇠로 만든 공명판과 30여 개의 건반으로 연주하는 전통 악기.

어났는지는 이미 잘 알고 있었기 때문에 암울하기 그지없는 기분으로 그 장면을 바라봤던 것을 기억한다. 그렇다고 해서 내가 망상에 빠진 것도 아니었다. 나를 에워싼 모든 일상적 사물의 표면 아래에 입에 담기도 싫은 소름 끼치는 악이 숨어 있다거나 하는 생각에 사로잡힌 것도 아니었다. 그러나 잠에서 깨어 하늘을 볼 때마다, 내가 실제로 수인이 되어 아우슈비츠의 문을 올려다보고 있는 것이 아니라면 도저히 설명할 수가 없는 종류의 불길한 예감에 사로잡히곤 했던 것이다.

아마 종양이 다시 자랄 가능성을 두려워하고 있었는지도 모르겠지만, 그렇게까지 두려워하고 있던 것은 아니었다. 바이러스가 첫 번째 라운드에서 그토록 신속하게 성공을 거뒀다는 사실 쪽을 훨씬 더 중요하게 여겼어야 마땅했고, 또 어떤 레벨에서는 나 자신을 행운아로 여기고 충분히 감사하고 있는 것도 사실이었다. 그러나 이제는 루엔케팔린이 유발한 지복至福의 시간에 자살하고 싶을 정도로 우울한 감정을 느끼는 것이 불가능했던 것처럼, 그런 상황에서 탈출했다는 사실을 기쁘게 느끼는 것은 아예 불가능했다.

부모님도 걱정하기 시작했고, 결국 '회복 카운슬링'을 위해 나를 심리학자에게 끌고 갔다. 심리학자에게 간다는 생각 자체가 다른 것과 마찬가지로 끔찍했지만, 저항할 기력조차도 나지 않았다. 브라이트 선생님과 나는 내가 죽음과 행복의 위험을 결부시킴으로써, 무의식적으로 비참한 기분을 선택했을 가능성은 없는지 '함께 탐색'했다. 종양의 주요 증세였던 행복감을 되살릴 경우 다시 종양이 부활할 가능성을 내심 두려워하고 있다는 뜻이다. 나의 일부는 이런 겉핥기식 설명을 경멸했지만, 다른 부분은 그것을 열성적으로 받아들였다. 이런 기괴한 심리적 논리를 모조리 까발려서 백일하에 드러냄으로써, 그 논리의 결함이 자동적으로 무효화될 것을 기대했던 것이다. 그러나 내가 경험하는 모든 일들… 새의 지저귐, 욕실의 타일 무늬, 토스트 냄새, 나 자신의 손 모양 따위에 내가 느끼는 염증과 비애는 점점 강해져만 갔다.

종양이 루엔케팔린의 농도를 비정상적으로 높였기 때문에 그것을 받아들이는 뉴런 수용체의 수가 줄어들었거나, 헤로인 중독자가 수용체들을 차단하는 자연산 억제 분자를 만들어 냄으로써 마약에 대해 둔감해지는 것과 마찬가지로 내 몸이 '루엔케팔린 내성'을 갖추기에 이르렀는지 궁금했다. 이런 생각을 아버지에게 털어놓자 그는 브라이트 선생님과 그 얘기를 해보라고 독촉했다. 브라이트 선생님은 매우 흥미롭게 내 설명을 듣는 척했지만 아무 조치도 취하지 않는 것을 보면 그가 내 말을 심각하게 받아들이지 않았다는 점은 명백했다. 그는 부모님에게 내가 느끼는 모든 일은 내가 겪었던 트라우마에 대한 지극히 자연스러운 반응이라고 계속 주장했고, 내가 정말로 필요로 하는 것은 시간과 인내심과 이해심뿐이라고 말했다.

새해가 되자 나는 쫓겨나듯이 학교로 갔다. 그러나 내가 일주일 내내 아무 일도 안 하고 멍하니 책상에만 앉아 있자 집에서 온라인으로 학습하라는 제안을 받았다. 집에 간 뒤에는 전혀 아무 일도 하고 싶지 않은 완벽한 불행의 발작 사이에서 이따금 찾아오는, 그나마 좀비 수준으로라도 두뇌가 돌아가는 시간을 이용해서 가까스로 교과 과정을 소화해 낼 수 있었다. 그런 시기에는 비교적 머리가 맑아졌기 때문에 내가 겪고 있는 이런 괴로움의 원인이 무엇일까 곰곰이 생각해 보았다. 생물 의학 문헌을 검색해서 고양이에게 대량의 루엔케팔린을 투여했을 경우의 효과에 관한 논문을 읽었지만, 설령 내성이 생긴다고 해도 단기간만 존속한다는 사실을 알아냈을 뿐이었다.

그러던 중, 3월의 어느 날 오후, 죽은 탐험가들에 관해 공부할 시간에 헤르페스 바이러스에 감염된 암세포의 전자현미경 사진을 보고 있던 나는, 마침내 수긍할 수 있는 가설을 하나 생각해 냈다. 바이러스는 감염할 암세포의 세포막을 뚫을 때까지 그곳에 달라붙어 있기 위해서 특수한 단백질을 필요로 한다. 그러나 그 과정에서 바이러스가 암세포의 풍부한 RNA 전사물轉寫物로부터 루엔케팔린 유전자의 카피를 획득했다면, 바이러스는 증식하는 암세포뿐만 아니라 나의 뇌 안에서 루엔케팔린 수용기受容器를 가진 모든 뉴런에 달라붙을 수 있는 능력을 갖추게 되었을 것이다.

그런 상황에서 바이러스에 감염된 세포에만 영향을 끼치는 세포 독성 약물을 주입했다면 루엔케팔린 수용기를 가진 정상적인 뉴런들까지 몰살당했다는 얘기가 된다.

그렇게 죽은 뉴런들이 평소에 자극하고 있던 신경 경로는 모든 입력을 박탈당하고 천천히 시들어 죽는다. 쾌감을 느낄 수 있던 뇌의 모든 부위가 죽어가고 있던 것이다. 여전히 아무것도 느끼지 못할 때가 이따금 있기는 하지만, 기분이란 수시로 변하는 감정들 사이의 균형에서 생겨나는 법이다. 대항 세력이 완전히 사라져 버린 지금은, 미약하기 그지없는 우울한 기분조차도 아무런 저항도 받지 않고 이런 줄다리기의 승자가 될 수 있다.

부모님에게는 아무 얘기도 하지 않았다. 아들에게 살아남을 최선의 기회를 주기 위해 발버둥 친 결과가, 나를 바로 이런 비참한 상황에 몰아넣었다고는 도저히 고백할 수 없었다. 〈골드 코스트〉에서 나를 치료한 암 전문의와 접촉하려고 해봤지만, 전화를 해봐도 자동 응답의 벽에 가로막혀 녹음된 배경 음악만 실컷 듣는 것이 고작이었고, 이메일을 보내도 모두 무시당했다. 이후 애시 선생님을 혼자서 만나러 가긴 했다. 그녀는 주의 깊게 내 이론에 귀를 기울여 줬지만, 혈액과 요검사 결과에 따르면 임상적인 우울증을 나타내는 표준적인 징후가 전혀 나타나지 않았으므로 나의 증세는 심리적인 것에 불과하다면서 신경과 의사를 소개해 주지 않았다.

비교적 머리가 맑아지는 시간도 점점 짧아지고 있었다. 어두운 방을 바라보며 침대에 누워 있는 시간이 점점 더 늘어나기 시작했다. 나의 절망감은 너무나도 단조롭고, 그 어떤 현실적인 접점도 가지고 있지 않던 탓에, 비참함을 어느 정도 둔화시키는 면도 없지는 않았다. 내가 사랑하는 사람이 방금 살해당한 것도 아니고, 암을 극복했다는 것은 거의 확실시되며, 내가 지금 느끼는 기분과 논박할 수 없는 진짜 슬픔과 공포 사이의 차이를 여전히 파악할 수 있지 않은가.

그러나 암울한 기분을 박차고 나와 내가 원하는 감정을 느낄 방법은 전무했다. 나는 둘 중 하나를 선택할 자유밖에는 없었다. 내가 느끼는 이 비애를 정당화할 수 있는 그럴듯한 이유를 찾아내서 내가 인위적으로 꾸며낸 불행한 상황에 대한 지극히 자연스러운 반응에 불과하다고 나를 속이든가, 아니면 그런 감정을 외부에서 강요받은 이질적인 것으로 치부하고 육체적으로 마비돼 아무 쓸모도 없어진 무력한 사람처럼 이 감정의 껍질 안에 갇혀 있다고 상상하든가.

아버지는 결코 나를 탓하지 않았다. 내가 나약하다거나 은혜를 모른다는 소리도 하지 않았고, 단지 나의 인생에서 조용히 퇴장했을 뿐이다. 어머니는 위로 대신 고의적인 도발을 통해서라도 내 마음과 접촉하려고 했지만, 나는 대답 대신 어머니의 손을 꼭 쥐는 반응조차도 하지 못하는 지경에 이르렀다. 정말로 몸이 마비되거나 눈이 먼 것은 아니었고, 언어상실증에 걸리거나 지능이 저하된 것도 아니었다. 그러나 과거에 내가 살고 있었던 밝게 반짝이는 세계는―그것이 물리적이든 가상적이든, 현실이든 상상의 산물이든, 지적이든 정서적이든 간에―더 이상 보이지 않았고, 이해할 수 없는 것이 되었다. 안개에 묻힌 것처럼. 똥 무더기에 묻힌 것처럼. 재 속에 묻힌 것처럼.

마침내 신경과 병동에 입원했을 무렵에는 MRI 스캔으로 내 뇌에서 죽은 부분들을 뚜렷하게 볼 수 있었다. 그러나 조기에 발견했다고 해도 그 진행을 막을 방법은 없었을 것이다.

한 가지 확실했던 것은, 나의 두개골 안으로 손을 뻗쳐서 행복의 메커니즘을 부활시킬 힘을 가진 사람은 이제 없다는 점이었다.

내가 행복한 이유

10시에 자명종 소리를 듣고 깼지만, 움직일 수 있는 기력을 불러 일으킬 때까지는 3시간이 더 걸렸다. 나는 침대 시트를 밀쳐내고 바 닥에 바닥에 발을 내려놓았고, 심드렁하게 욕설을 내뱉으며 아예 일 어나지 말았어야 한다는 불가피한 결론을 극복하려고 노력했다. 오 늘 내가 얼마나 엄청난 업적을 이루든 간에(단순히 쇼핑하러 갈 뿐만 아 니라 냉동식품 이외의 것을 사려고 한다든가) 또 아무리 터무니없는 행운이 내게 찾아오더라도(월세를 내는 날이 오기 전에 보험사에서 생활 수당을 입금 한다든지) 내일 아침에는 나는 지금과 똑같은 기분으로 깨어날 것이다.

아무것도 도움이 안 되고, 아무것도 바뀌지 않아. 이 한 문장으로 모든 걸 설명할 수 있다. 그러나 나는 이미 오래전에 그런 사실을 받 아들였기 때문에 실망할 일은 전혀 남아 있지 않았다. 그리고 그냥 침 대에 앉아서 이토록 명명백백한 일에 대해 천 번째의 푸념을 할 생각 은 추호도 없었다.

안 그래?

헛소리는 작작해. 그냥 움직여.

나는 '아침'에 먹을 약, 어젯밤 침대 옆 탁자에 올려놓은 여섯 개 의 캡슐을 삼켰고, 화장실로 가서 지난번에 먹은 약의 대사代謝 산물 을 주성분으로 하는 샛노란 오줌 줄기를 배출했다. 세상의 그 어떤 항우울제도 나를 프로작⊛ 천국으로 이끌어 줄 수는 없지만, 내가 완

⊛ 우울증 치료제.

전한 긴장병에 빠져들어 유동식과 환자용 변기와 스펀지 목욕 신세를 지지 않는 것은 이 빌어먹을 약이 도파민과 세로토닌의 농도를 높게 유지해 주는 덕택이었다.

얼굴에 물을 끼얹으면서 아직 냉장고에 음식이 반은 차 있는데도 아파트에서 나갈 이유를 떠올리려고 했다. 씻지도 않고 수염도 안 깎은 채로, 창백한 기생충 거머리처럼 불결하고 무기력한 상태로 온종일 방 안에 틀어박혀 있으면 기분이 더 안 좋아지기 때문이다. 그러나 내가 행동에 나설 정도로 혐오감이 높아질 때까지는 1주 내지는 그 이상의 시간이 걸리는 것이 보통이었다.

거울을 응시한다. 식욕 결핍은 운동 부족을 상쇄하기에 충분했다. 나는 러너스 하이※와 무관한 것과 마찬가지로 탄수화물 의존증과도 인연이 없었다. 느슨한 가슴 피부밑의 갈비뼈를 셀 수 있을 정도다. 나는 30살이었고, 쇠약한 노인처럼 보였다. 내 본능의 잔재가 명하는 대로 차가운 거울 유리에 이마를 대고 이 감촉에서 어렴풋한 쾌감을 느낄 수 있을지도 모른다고 되뇌어 본다. 그런 쾌감은 없었다.

부엌으로 가자 영상전화에 불이 들어와 있었다. 메시지 하나가 와 있다. 화장실로 돌아와서 바닥에 주저앉은 채로 꼭 나쁜 소식일 리가 없다고 나를 설득해 보려고 했다. 꼭 누가 죽을 필요는 없지 않은가. 게다가 부모님은 이미 이혼하지 않았는가.

전화로 다가가서 손을 흔들어 디스플레이 화면을 켰다. 엄숙한

※　30분 이상 달릴 경우 올 수 있는, 몸이 가벼워지면서 머리가 맑아지는 느낌. 체내 진통 물질의 생산량 증가에 기인한다.

　　　　　　　　　　　내가 행복한 이유

얼굴을 한 중년 여성의 섬네일 화상이 떠올랐지만, 본 적이 없는 사람이었다. 발신자 이름은 케이프타운대학의 생체공학과 교수인 Z. 두라니 박사다. 제목을 보니 〈새로운 기법을 이용한 신경 보철 재건수술〉이라고 나와 있었다. 평소와는 좀 다르다. 사람들은 나의 임상 상태에 관한 보고서를 적당히 훑어보기만 하기 때문에 내가 약간의 지능 장애가 있다고 지레짐작하는 경우가 대부분이었다. 두라니 박사에게는 신기하게도 혐오감을 느끼지 않았고, 내 경우 이것은 경의에 가장 가까운 반응이었다. 그러나 그녀가 아무리 근면하다고 해도, 새로운 치료법이 덧없는 희망으로 끝나지 않는다는 보장은 되지 않는다.

〈헬스 팰리스〉가 무과실 손해배상에 응한 결과 나는 최저 임금과 같은 액수의 생활비를 다달이 받고 있고, 인가된 의료비도 환불받았다. 얼마든지 낭비해도 좋은 천문학적 액수의 보상금은 받지 못했지만, 보험회사는 나를 경제적으로 자립시키는 것이 가능할지도 모르는 치료법에 대해 필요 비용을 전액 지불할 수 있는 재량권을 가지고 있었다. 〈글로벌 보험〉 측의 입장에서 그런 치료법의 가치―내가 죽을 때까지 지불해야 하는 생활비 총액―는 시간이 흐를수록 떨어지기만 했지만, 따져보면 전 세계의 의학 연구 자금의 경우도 마찬가지였다. 나의 특이한 증례는 의학계에 널리 알려져 있었다.

지금까지 나에게 제시된 치료법들 대다수는 신약에 관계된 것이었다. 내가 복지시설 신세를 지지 않을 수 있는 것은 매일 먹는 약 덕택이기는 하지만, 약이 나를 행복한 근로자로 바꿔줄 수 있다는 생각은 연고를 바르면 잘려 나간 팔다리가 다시 자라날 것이라고 기대하는 것이나 마찬가지였다. 그러나 〈글로벌 보험〉 측의 관점에서 보면 약물 요법보다 더 복잡한 치료법에 돈을 지불하는 행위는 훨씬 더 큰 액수를 가지고 도박을 하는 것과 마찬가지였다. 실제로 그런다면 내 보험을 담당하는 보험사 직원은 보험 통계 데이터베이스를 붙잡고 씨름을 할 것이다. 내가 40대에 자살할 가능성이 지금도 충분히 높은 상황에서, 지출 여부를 졸속으로 결정할 필요는 없다. 싸구려 치료법은 설령 성공 가능성이 낮다 해도 시도할 가치가 있지만, 실제로 성공할 가능성이 있을 정도로 혁명적인 제안은 비용-위험 분석에서 거부당할 것이 뻔하다.

나는 화면 앞에서 무릎을 꿇고 양손으로 머리통을 감쌌다. 메시지를 안 보고 그냥 지워버린다면 차라리 모르는 편이 나았다는 좌절감을 맛보지 않아도 된다⋯ 그러나 모르고 지나가도 그에 못지않은 좌절을 맛보게 될 것이다. 나는 재생 버튼을 누르고 화면에서 고개를 돌렸다. 설령 녹화된 얼굴을 마주 보더라도 강렬한 수치심을 느끼기 때문이다. 이유는 알고 있었다. 긍정적인 비언어적 메시지를 받아들이는 데 필요한 신경 경로는 이미 사라진 지 오래였지만, 상대가 보이는 거부감이나 적대감 따위의 반응을 경고하는 경로는 멀쩡하게 남아 있을 뿐만 아니라 왜곡되고 지나치게 과민해진 나머지 실제 현실과는 무관한 격렬한 부정적 신호로 마음의 빈틈을 채우기에 이르렀기 때문이다.

두라니 박사가 뇌졸중 환자에 관한 그녀의 연구에 관해 설명하는

　　　　　　　　　　　내가 행복한 이유

동안 나는 최대한 주의해서 귀를 기울였다. 조직 배양한 신경을 이식하는 것이 현재의 표준적인 치료법이었지만, 최근 들어 그녀는 정교하게 조정한 합성 폴리머 발포체發泡體를 손상 부위에 주입하고 있다고 했다. 이 발포체는 주위에 있는 뉴런의 축색돌기와 수지상 돌기를 끌어당기는 성장 인자를 분비하고, 폴리머 자체도 전기화학적 스위치의 네트워크로 기능하도록 설계돼 있었다. 이 네트워크는 처음에는 조직화돼 있지 않지만, 발포체 내부에 산재한 마이크로프로세서들의 프로그램의 지시에 따라 우선 잃어버린 뉴런들의 기능을 포괄적으로 재생하고, 그다음에는 각 개인의 상태에 적합하도록 미세하게 조정한다.

두라니 박사는 그녀의 치료가 대성공을 거둔 사례를 거론했다. 잃어버린 시력을 되찾고, 언어능력을 되찾고, 운동 기능이나 배설 억제 능력이나 음악적 재능을 되살리는 데 성공했다고 했다. 내 증례는 상실한 뉴런이나 시냅스의 수로 봐도, 결손된 부위의 단순한 부피만으로 봐도 그녀가 지금까지 메워온 그 어떤 간극보다 더 컸다. 그러나 이런 사실은 그녀의 도전 의식을 한층 더 자극했을 뿐이었다.

나는 거의 금욕주의자적인 태도로 한 가지 사소한 문제점이 있다는 얘기가 나오기를 참을성 있게 기다렸다. 치료 비용은 6자리나 7자리에 달한다는 얘기 말이다. 그러자 화면 속의 목소리가 말했다. "여비와 3주 동안의 입원비를 그쪽에서 부담하기만 하면, 치료 비용은 제 연구 보조금으로 마련할 수 있습니다."

나는 이 말을 10여 번 더 재생해 보고, 조금이라도 내게 덜 유리한 방향으로 해석할 수 있는지를 알아보려고 했다. 이런 일만은 자신이 있었다. 그러는 일에 실패하자, 나는 의지력을 불러일으킨 다음 케이프타운에 있는 두라니의 조수에게 더 자세히 설명해 달라는 이메일을 보냈다.

나의 해석에는 오류가 없었다. 의식을 겨우 유지하게 해주는 약의 1년 치 약값으로, 나는 남은 인생을 완전한 인간으로서 살아갈 수 있는 기회를 제공받은 것이다.

내 힘만으로 남아프리카로 가는 여행을 준비하는 것은 도저히 불가능했지만, 일단 〈글로벌 보험〉이 자기들에게 주어진 기회를 인식한 뒤에는 두 개의 대륙에서 회사 조직들이 나를 위해 움직여 주었다. 내가 했던 일은 모든 것을 취소하고 싶다는 충동을 억누르는 것 정도였다. 다시 입원해서 무력한 환자 입장이 된다는 생각만 해도 충분히 불안했지만, 인공 신경 수술의 결과에 관해 생각할 때는 달력에 표시된 사적인 심판의 날 날짜를 보고 있는 기분에 빠져들었다. 2023년 3월 7일, 나는 무한하게 크고, 무한하게 풍성하며, 무한하게 나은 세계로 입장하는 것을 허락받든가… 그게 아니라면, 치료가 불가능할 정도로 손상이 크다는 얘기를 듣게 될 것이다. 그리고 어떤 의미에서는, 전자에 비하면 희망이 없다는 선고를 받는 쪽이 차라리 덜 무서웠다. 어차피 현재의 내 상태에 훨씬 더 가깝기 때문에 훨씬 더 상상하기 쉬웠기 때문이다. 내가 상상할 수 있는 행복함이란 기껏 어린 시절의 나 자신이 즐겁게 달려가며 햇살 속으로 녹아드는 광경 정도였다. 매우 감상적이고 감동적이기는 하지만, 세부적인 면에서 별로 도움이 되지 않았다. 내가 햇살이 되고 싶다면 언제든 손목을 그으면 그만이다. 나는 직업과 가족을 원했고, 평범한 사랑과 적당한 야심을 원했다. 지금까지 내게는 이룰 수 없는 꿈이었기 때문이다. 그러나 실제로 그런 것들을 손에 넣으면 어떤 기분일까 상상하는 것은 26차원 공간에서의 일상생활을 머리에 그리는 것이나 마찬가지였다.

새벽 편 비행기로 시드니에서 출발하기 전날 밤에는 한숨도 자지 않았다. 공항까지는 정신과 간호사의 배웅을 받았지만, 케이프타운에 도착할 때까지 간호인이 계속 곁에 앉아 있는 모욕적인 사태는 피할 수 있었다. 기내에서 깨어 있는 시간 내내 편집증과 싸우고, 뇌리를 가로지르는 비애와 불안의 이유를 일일이 찾아내고 싶은 유혹을 참아야 했다. 나를 경멸하듯이 바라보는 승객은 여기엔 아무도 없어. 두라니의 치료법이 실은 사기로 판명되지는 않을 거야. 나는 이런 '설명적'인 망상을 억누르는 데는 성공했지만… 내가 느끼는 감정을 변화시키거나, 순수하게 병적인 불행함과 곧 선구적인 뇌수술을 받게 될 사람이 당연히 느낄 것이 뻔한 불안감 사이에 뚜렷한 선을 긋는 행위는 예전과 마찬가지로 나의 능력을 완전히 벗어난 일이었다.

하루 종일 그런 것들의 구별하려고 악전고투할 필요가 없어진다면 바로 그게 지복이 아닐까? 행복 따위는 잊자. 비참한 고뇌로 점철된 미래조차도 일종의 승리라고 볼 수 있었다. 그럴 만한 이유가 있다는 사실을 내가 이해하는 한은.

두라니 박사의 포스트독 연구원 중 한 사람인 루크 더 프리스가 공항으로 나를 마중 나왔다. 25살쯤 되어 보였고, 워낙 자신감이 넘치는 탓에 그것을 나에 대한 경멸로 곡해하지 않기 위해서 노력해야 할 정도였다. 더 프리스가 모든 것을 알아서 척척 해주는 통에 금세 덫에 걸려 옴짝달싹도 할 수 없는 기분이 되었다. 마치 컨베이어 벨트 위에 올라간 기분이다. 그러나 내 힘으로 입국 절차를 밟아야 했다면 당장 장벽에 부딪혀 결국 아무것도 못 했을 것이라는 사실을 알고 있었다.

자정을 넘은 시각에 케이프타운 교외에 있는 병원에 도착했다. 주차장을 걸어가자 벌레 우는 소리가 달랐고, 공기 냄새가 막연하게 이질적이었으며, 별자리들조차도 교묘한 위조품처럼 느껴졌다. 병원 현관 근처에서 나는 무릎이 꺾이듯이 쓰러졌다.

"괜찮으십니까?" 더 프리스가 멈춰 서서 나를 일으켜 주었다. 나는 두려움으로 벌벌 떨고 있었다. 이내 내가 보인 추태에 관한 수치심이 몰려왔다.

"내 회피요법에는 반하는 일을 하고 있어서."

"회피요법이라니요?"

"어떤 희생을 치르더라도 병원에 가는 걸 피하는 요법."

더 프리스는 웃음을 터뜨렸지만, 단지 내 기분을 맞춰주려고 그러는 것인지는 도통 알 수 없었다. 다른 사람을 정말로 웃게 했다는 사실을 깨닫는 행위는 쾌락에 해당하는데, 나의 뇌에서 그것을 인식하는 신경 경로는 모두 죽어 있기 때문이다.

내가 행복한 이유

그는 말했다. "지난번 환자는 들것에 태우고 와야 했습니다. 여기서 퇴원했을 때는 지금 당신처럼 비틀거리며 혼자 걸어 나갔습니다만."

"수술이 실패해서?"

"인공 고관절 상태가 안 좋았을 뿐입니다. 이쪽 잘못이 아닙니다."

우리는 계단을 올라가서 밝게 조명된 병원 로비로 들어갔다.

다음 날, 수술 전날인 3월 6일 월요일 아침에 나는 외과수술 팀에 소속된 의사들 대다수를 만났다. 그들은 순수하게 기계적인 첫 번째 수술을 담당하게 된다. 죽은 뉴런들로 인해 생긴 뇌 안의 쓸모없는 공간 내부를 깨끗이 긁어내고, 조그만 풍선을 써서 굳게 닫힌 틈새들을 비집어 연 다음, 괴상한 모양을 한 이 공동空洞 안에 두라니의 발포체를 가득 채워 넣을 예정이었다. 그러기 위해서는 18년 전에 션트를 삽입했을 때 뚫은 구멍 한 개 말고도 아마 두 개는 더 뚫어야 한다고 했다.

간호사가 내 머리를 밀고 노출된 피부에 다섯 개의 기준 마커를 접착했다. 그런 다음 오후 내내 스캔을 했고, 그 결과를 바탕으로 죽은 뇌 공간의 3차원 이미지를 생성했다. 계속 연결되는 일련의 빈 공간들은, 낙석에 무너진 터널까지 갖춘, 동굴 탐험가의 지도처럼 보였다.

저녁이 되자 두라니 본인이 와서 설명했다. "마취가 끊기기 전에 발포체기 딱딱해지면서 주위의 세포 조직과 처음으로 접속하는 부위들이 생겨날 겁니다. 그런 다음에는 마이크로프로세서들이 우리가 선택한 초기 네트워크를 형성하라는 지시를 폴리머에게 내릴 거고요."

나는 기력을 쥐어짜서 입을 열었다. 그 어떤 질문을 하더라도, 아무리 내 말투가 정중해도, 아무리 명석하고 요점이 맞는 내용이더라도, 마치 이 여자 앞에서 벌거벗은 채로 서서 내 머리에 묻은 똥을 닦아달라고 부탁하는 것만큼이나 괴롭고 수치스럽게 느껴졌다. "그런 네트워크는 어디서 찾아냈습니까? 자원한 사람을 스캔이라도 한 겁니까?" 나는 루크 더 프리스의 클론이 되어 새로운 인생을 시작하게 되는 것일까? 그의 취향과, 야심과, 감정을 고스란히 물려받은 상태로?

"어, 설마요. 건강한 신경조직들이 등록된 국제적인 데이터베이스가 있어요. 뇌수술을 받은 적이 없는 2만 명의 시체에서 채취한 데이터인 데다가, X선 단층 촬영보다 정밀도가 높답니다. 액체 질소로 뇌를 얼린 다음에 다이아몬드 날이 달린 절단기로 얇게 저민 후 염색한 박편들을 일일이 전자현미경으로 촬영한 겁니다."

두라니가 아무렇지도 않게 엑사바이트◈ 단위의 작업량을 언급하는 것을 듣고 내심 움찔했다. 컴퓨팅 분야에서 이제 나는 문외한이나 마찬가지인 듯하다. "그렇다면 그 데이터베이스를 써서 일종의 합성 패턴을 만든 겁니까? 많은 사람의 뇌에서 골라낸 전형적인 신경 네트워크를 받게 된다는 뜻인가요?"

두라니는 내 말이 사실과 크게 다르지 않다는 식으로 대충 대답하려는 기색을 보이다가 그만두었다. 두라니는 세부 내용까지 꼼꼼

◈   10의 18 제곱 바이트를 뜻한다.

히 챙기는 스타일이었고, 여태껏 나의 지성을 과소평가한 적도 없었다. "엄밀히 말하자면 그것과는 달라요. 합성 패턴이라기보다는 다중 노출에 더 가깝다고나 할까. 우리가 데이터베이스에서 뽑은 약 4,000명분의 기록은 모두 20대, 30대의 남성들 것입니다. 그중 어떤 사람의 뉴런 A가 뉴런 B와 접속하고 있는 지점에서, 다른 사람의 뉴런 A는 뉴런 C와 접속하고 있었다면… 당신은 뉴런 B와 뉴런 C 양쪽에 접속할 수 있게 돼요. 따라서 당신의 뇌가 만들어 낼 네트워크는 이론상으로는 4,000개의 독자적 신경망 중 하나로 수렴될 수 있겠지만, 실제로는 당신만의 독자적 버전을 깎아 다듬게 될 거예요."

그것은 누군가의 정신적인 클론이 된다든지 프랑켄슈타인처럼 기워 맞춘 괴물이 되는 것보다는 나은 안으로 들렸다. 일단은 대강 깎아 만든, 아직은 이목구비가 뚜렷하지 않은 조각으로 시작하는 것이다. 하지만…

"어떻게 네트워크를 깎아서 다듬는단 말입니까? 누구든 될 수 있는 존재로 시작해서, 나중엔 어떤… 존재가 되는 걸까요?" 아니 그럼, 12살 당시의 나를 부활시키기라도 하란 말일까? 그게 아니라면 4,000명의 생판 모르는 사람들을 리믹스해서, 30살의 나일 수도 있는 인물을 소환하란 말인가? 나는 말꼬리를 흐렸다. 내가 사리에 맞게 대화를 나누고 있다는 얼마 안 되는 확신조차도 사라져 버렸다.

두라니 자신도 조금 불안한 기색이었지만, 그런 일에 관한 나의 판단력은 별 볼 일 없으므로 확신할 수는 없었다. 그녀는 말했다. "당신 뇌의 아직 멀쩡한 부분에 이미 잃어버린 기록이 소량이나마 남아 있을 가능성이 있어요. 성장 시의 경험이나, 당신에게 즐거움을 준 것들에 관한 기억이. 또 바이러스의 공격에서도 살아남은 원 조직의 단편들도 있을 겁니다. 의뇌는 당신의 진짜 뇌에 포함된 모든 부위와 양립할 수 있는 상태를 자동적으로 지향하도록 만들어져 있기 때문에, 그런 부위들과의 상호작용이라는 맥락에서 가장 잘 기능하는 신경 접속이 강화될 거예요." 그녀는 잠시 생각하는 기색이었다. "일종의 의수를 상상해 봐요… 처음에는 불완전한 형태지만, 당신이 그걸 쓸수록 스스로 조정을 하는 의수예요. 어떤 물건을 잡으려고 했다가 닿지 않으면 길어지고, 예기치 않게 어딘가에 부딪히면 알아서 줄어들고, 급기야는 당신의 동작이 무의식으로 상정하고 있는, 환상사지幻想四肢의 크기와 모양을 정확하게 반영하게 되는 식이죠. 절단된 팔다리를 느끼는 환상사지 현상 자체는 잃어버린 육체의 기억에 지나지 않지만."

이 비유는 매력적이었지만, 나의 빛바랜 기억 내부에 유령이나 다름없는 존재가 된 기억자를 세부까지 빠짐없이 복원할 수 있을 정도로 충분한 양의 정보가 포함되어 있다고는 믿기 힘들었다. 과거의 나, 그리고 뇌종양에 걸리지 않았더라면 내가 됐을 가능성도 있는 인물의 조각 그림을, 뇌 가장자리에 남아 있는 몇 안 되는 힌트와 4,000명에 달하는 타인의 행복의 기억을 섞어 급조한 조각들을 써서 짜 맞추라는 얘기나 마찬가지가 아닌가. 그러나 우리 두 사람 중 적어도 한 사람은 이런 화제를 난처해하고 있었기 때문에 나는 더 이상 추궁하지 않았다.

　　　　　　　　　　　　　　　내가 행복한 이유

가까스로 마지막 질문을 했다. "그런 일들이 실제로 시작되기 전에는 어떤 느낌을 받게 될까요? 마취에서 깨어난 직후에, 아직 모든 접속이 아직 멀쩡하게 남아 있을 때는?"

두라니는 솔직하게 말했다. "그건 내가 모르는 일 중 하나예요. 당신이 말해줄 때까지는."

누군가가 내 이름을 되풀이해서 부르고 있다. 격려하듯이, 그러나 집요하게. 나는 조금 더 각성했다. 목과 다리와 등이 모두 찌르는 듯이 아팠고, 위장은 구역질로 딱딱하게 굳어 있었다.

그러나 침대는 따뜻했고, 시트는 부드러웠다. 그냥 누워 있기만 해도 좋았다.

"지금은 수요일 아침이에요. 수술은 잘됐어요."

눈을 떴다. 두라니와 그녀 밑에서 일하는 연구원 네 사람이 침대 발치에 모여 있었다. 나는 대경실색하며 그녀의 얼굴을 응시했다. 예전에는 '엄격'하고 '근접하기 힘들다'라는 인상을 받았던 그녀의 얼굴은⋯ 황홀했고, 매력적이었다. 몇 시간이라도 바라볼 수 있을 것 같았다. 다음에는 그녀 곁에 서 있는 더 프리스로 시선이 갔다. 그녀 못지않게 매력적인 이목구비다. 다른 세 연구원 중 한 사람 쪽으로 고개를 돌렸다. 모두가 빠짐없이 매력적이었다. 도대체 어디를 보아야 할지 갈피를 잡을 수 없을 정도로.

"기분이 어때요?"

나는 할 말을 잃었다. 눈앞에 있는 사람들의 얼굴은 너무나도 많은 의미를 내포하고 있었고, 너무나도 많은 매력을 발산하고 있었기 때문에 어느 한 요소만을 뽑아서 거론하는 것은 불가능했다. 그들 모두가 현명하고, 환희에 차 있고, 아름답고, 사려 깊고, 세심하고, 인정 많고, 차분하고, 활력에 차 있었… 긍정적이지만 지리멸렬하기 짝이 없는 인간의 자질들이 백색소음처럼 몰려왔다.

그러나 강박적으로 사람들의 얼굴을 차례로 둘러보며 뭐든 이해해 보려고 노력하던 중에, 그들의 얼굴이 발산하는 의미가 마침내 결정화結晶化했다. 시야가 흐릿했던 것은 아니지만, 적절한 단어들이 눈앞에 뚜렷하게 떠올랐다고나 할까.

나는 두라니에게 물었다. "웃고 있는 겁니까?"

"조금이지만 웃고 있어요." 그녀는 주저했다. "이런 일을 알아내려면 표준화된 이미지를 쓴 표준 검사법이 있긴 하지만… 내 표정이 어떤지 얘기해 줬으면 좋겠어요. 내가 무슨 생각을 하고 있는지 맞혀 봐요."

나는 시력검사라도 받고 있는 것처럼 무심코 대답했다. "당신은 … 호기심을 느끼고 있군요? 주의 깊게 귀를 기울이고 있습니다. 당신은 흥미를 느끼고 있고… 뭔가 좋은 일이 일어나기를 기대하고 있습니다. 그럴 거라고 생각하기 때문에 그렇게 웃고 있는 겁니다. 그게 아니라면 실제로 그런 일이 일어났다는 사실을 자기도 아직 믿지 못하기 때문에."

두라니는 고개를 끄덕이며 이번에는 확실하게 웃어 보였다. "좋아요."

그녀가 믿을 수 없을 정도로, 거의 가슴이 아플 정도로 아름다워 보인다는 얘기는 하지 않았다. 그러나 방에 있는 다른 사람들에게도 남녀를 불구하고 똑같은 느낌을 받았다. 그들의 얼굴에 떠오른 상반된 감정들이 야기한 안개처럼 막연한 느낌은 이제 사라졌지만, 그 뒤에 남은 것은 심장이 멈출 것 같은 광채였다. 이 느낌은 너무나도 무차별적이고, 너무나도 강렬했기 때문에 일말의 불안을 느꼈을 정도였다. 어떤 의미에서는 어둠에 적응한 사람의 눈이 갑자기 밝은 곳으로 나와 눈이 부신 것만큼이나 자연스러운 반응으로 느껴지기는 했지만 말이다. 게다가 18년 동안이나 모든 사람의 얼굴에서 추악함밖에는 느끼지 못한 나로서는 천사처럼 보이는 다섯 명의 남녀를 앞에 두고 불평을 할 기분이 아니었다.

두라니가 물었다. "배가 고픈가요?"

잠시 생각해 볼 필요가 있었다. "예."

연구원 하나가 미리 준비해 둔 음식을 가지고 왔다. 월요일 점심에 먹었던 것과 똑같다. 샐러드, 롤빵, 치즈. 롤빵을 집어 들고 한입 베어 물었다. 씹는 느낌은 예전과 하등 다르지 않았지만, 맛이 달랐다. 이틀 전에는 똑같은 빵을 모든 음식과 마찬가지로 약간의 역겨움을 느끼며 먹었던 기억이 있다.

뜨거운 눈물이 내 뺨을 타고 흘러내렸다. 황홀감 때문에 그런 것은 아니다. 그것은 입술은 바싹 마르고, 피부에서는 소금이 배어나고, 피도 말라버린 사람이 샘물을 마셨을 때 느끼는 것과 같은 종류의 불가사의하고 고통스러운 감각이었다.

고통스러우며, 저항할 수가 없는 감각. 접시를 다 비우고 한 접시를 더 달라고 청했다. 먹는 건 좋은 일이야. 올바른 일이야. 필요한 일이야. 세 접시를 먹어치우자 두라니가 단호한 어조로 말했다. "그걸로 충분해요." 나는 더 먹고 싶다는 갈망에 부들부들 떨었다. 그녀는 여전히 아름다웠지만 나는 그녀를 향해 분노에 찬 고함을 질렀다.

그녀는 나의 양팔을 붙잡고 진정시켰다. "지금부터가 힘들어요. 네트워크가 안정될 때까지는 이런 식의 충동이 솟구치거나 온갖 감정에 사로잡히는 일이 빈번히 일어날 겁니다. 당신은 차분한 마음을 가지려고 노력하고, 뭐든 깊게 생각해 봐야 합니다. 의뇌 덕택에 당신이 익숙한 것보다 훨씬 더 많은 일을 경험할 수 있지만… 그걸 제어하는 건 여전히 당신이니까요."

나는 이를 갈고 고개를 돌려 그녀를 외면했다. 그녀에게 팔을 잡히자마자 나는 아플 정도로 발기하고 있던 것이다.

나는 말했다. "알았습니다. 내가 알아서 제어하겠습니다."

그 뒤로 며칠이 지나자 의뇌가 유발하는 반응은 예전보다 훨씬 덜 거칠고 덜 극단적인 것으로 변했다. 가장 날카롭고 아귀가 맞지 않는 네트워크 가장자리가 계속 사용되면서 (은유적인 의미에서) 매끄럽게 변하는 광경을 머리에 떠올릴 수 있을 정도였다. 먹고, 자고, 사람들과 함께 있다는 행위는 여전히 강렬한 쾌감을 불러일으켰지만, 그것은 누군가가 고압 전류가 흐르는 와이어로 내 뇌를 찔러서 얻은 결과라기보다는 어렸을 적에 본 비현실적인 장밋빛 꿈을 보는 느낌에 더

　　　　　　　　　　　　　　　내가 행복한 이유

가까웠다.

물론 의뇌가 나의 뇌에 쾌락을 유발하는 신호를 보내고 있는 것은 아니었다. 의뇌 자체가 나의 내부에서 쾌락을 느끼고 있는 유일한 부분이었던 것이다. 그 과정이 다른 모든 것들… 이를테면 나의 다른 부분을 이루고 있는 지각, 언어 활동, 인지 활동 따위와 아무리 매끄럽게 통합되어 있었다고 한들 말이다. 이런 생각을 처음 떠올렸을 때는 조금 동요했지만, 곰곰이 생각해 보니 별것 아니라는 사실을 알 수 있었다. 건강한 뇌의 해당 부위들을 파랗게 물들인 다음, "쾌락을 느끼고 있는 것은 이것들이지, 당신이 아냐!"라고 선언하는 사고실험과 큰 차이가 없지 않은가.

나는 이런저런 심리 검사를 잔뜩 받았다. 대부분 매년 있는 보험 회사의 사례 평가 일환으로 이미 여러 번 받아본 것들이었지만, 두라니의 연구팀은 그들이 거둔 성공을 수치 데이터로 증명할 필요가 있었다. 뇌졸중 환자가 마비됐던 손을 수술 후에 얼마나 더 잘 움직일 수 있는지를 객관적으로 측정하는 편이 이보다는 더 쉬울지도 모르지만, 내가 느끼는 긍정적인 감정의 수치 척도는 모든 항목을 통틀어 최저에서 최고로 뛰어오른 것이 틀림없었다. 게다가 나는 이런 검사를 받아도 전혀 짜증스럽지 않았고, 오히려 새로운 영역에서 의뇌를 처음 이용해 볼 수 있는 좋은 기회—일찍이 경험했던 기억조차도 거의 없는 새로운 방식으로 행복감을 맛보는- 라고 느꼈다. 나는 일상적인 가정생활을 단순화한 장면들, 이를테면 이 어린애와 이 여자와 이 남자 사이에서는 방금 무슨 일이 일어났는지를 설명하고, 누구 기분이 좋고 누구 기분이 나쁜지 대답하라는 식의 검사를 받았을 뿐만 아니라, 복잡한 알레고리를 내포한 서술적 회화에서 미니멀리스트가 그린 세련된 기하학적 소품에 이르는 숨 막힐 정도로 위대한 예술작품들의 영상도 접했다. 일상 대화의 단편을 듣는다든지, 기쁨이나 고통에 찬 생생한 고함에도 귀를 기울였고, 모든 전통과 시대와 형식을 망라하는 음악의 샘플을 들었다.

그때가 되어서야 비로소 뭔가가 이상하다는 사실을 깨달았다.

제이컵 첼라는 음악 파일을 재생하며 나의 반응을 기록하고 있었다. 첼라는 자신의 반응이 데이터를 왜곡할 위험을 피하기 위해서 검사를 하는 동안은 줄곧 무표정한 얼굴을 하고 있었다. 그러나 천상의 음악처럼 달콤한 유럽의 클래식 곡의 일부가 재생되고, 내가 그것에 20점 만점을 주자, 그의 얼굴에 동요한 듯한 표정이 언뜻 떠오르는 것을 보았다.

"뭔가? 그럼 자넨 이 곡이 싫다는 거야?"

첼라는 모호한 미소를 떠올렸다. "제가 뭘 좋아하든 그건 상관없습니다. 그런 걸 알아보고 있는 게 아닙니다."

"난 이미 채점을 했기 때문에 그쪽이 무슨 소리를 하든 내 점수에는 영향을 끼치지 않아." 나는 애원하는 듯한 눈으로 그를 보았다. 누구하고든 좋으니 말을 나누고 싶어서 미칠 지경이었다. "나는 18년 동안 이 세상에 아무런 관심을 기울이지 않았어. 방금 들은 곡의 작곡가가 누군지도 모른다고."

첼라는 주저했다. "J. S. 바흐입니다. 그리고 저도 당신 의견에 찬

성합니다. 숭고한 곡이죠." 그는 터치스크린에 손을 뻗고 실험을 계속했다.

그렇다면 아까 그 낙담한 표정은 뭐였단 말인가? 그러자마자 해답이 머리에 떠올랐다. 진작에 깨닫지 못한 내가 바보였다. 그 정도로 음악에 몰입했던 탓이리라.

나는 지금까지 어느 곡에든 18점 이하의 점수를 주지 않았다. 시각 예술도 마찬가지였다. 나는 4,000명의 가상 뇌 제공자들로부터 그들의 최소 공통분모에 해당하는 취향을 물려받는 대신에, 최대한으로 잡다한 미적 감각을 이어받았던 것이다. 수술을 받은 지 벌써 열흘이나 지났지만, 나 자신의 독자적인 제한 인자나 취향은 아예 나타나지 않았다.

내게는 모든 미술품이, 모든 음악이 지고至高의 아름다움인 것이다. 어떤 음식도 맛이 있었다. 눈에 보이는 사람들 모두가 완벽하게 이상적인 용모를 가지고 있었다.

혹시 오랫동안 결핍돼 있던 기쁨을 닥치는 대로 흡수하고 있는 것인지도 모르지만, 그게 사실이라면 언젠가는 포만감을 느끼고 다른 사람들과 마찬가지로 어느 한 가지를 지목해서 선호하는 식의 개인적인 취향이 생겨나야 하지 않는가.

"아직도 이런 상태라는 건 이상하지 않나? 이건 완전히 무차별적이잖아?" 나도 모르게 이런 질문을 내뱉고 있었다. 가벼운 호기심으로 한 말이었지만, 질문을 마칠 무렵에는 공황에 빠지기 직전이었다.

첼라는 샘플 곡의 재생을 멈췄다. 알바니아어인지 모로코어인지 아니면 몽골어인지는 모르겠지만, 이 합창을 들었을 때는 목덜미의 솜털이 곤두섰고, 마치 영혼이 하늘로 솟구쳐 날아오르는 듯한 기분을 느꼈다. 다른 모든 것들과 마찬가지로 말이다.

첼라는 한동안 침묵하며 서로 상충하는 이런저런 의무감을 가늠하고 있었다. 이윽고 그는 한숨을 쉬고 말했다. "두라니 선생님과 의논하시는 편이 낫겠습니다."

두라니는 자기 연구실 벽의 스크린에 막대그래프를 투영했다. 새로운 시냅스가 생겨난 경우라든지 기존의 시냅스가 단절되거나 약화되거나 강화된 경우처럼, 과거 열흘 동안 나의 의뇌 내부에서 상태를 바꾼 인공 시냅스들의 수를 하루 단위로 표시한 것이었다. 뇌에 삽입해 놓은 마이크로프로세서가 그런 것들의 추이를 기록하고, 의사가 매일 아침 내 머리 위에서 안테나를 흔드는 방식으로 수집한 데이터였다.

첫날의 숫자가 극적인 것은 의뇌가 한창 환경에 적응하는 중이었기 때문이다. 의뇌의 기반이 되어준 4,000개의 네트워크는 제공자들의 두개골 속에서는 안정돼 있었을지도 모르지만, 내가 받은 '보통사람' 버전이 인간의 진짜 뇌와 접속한 것은 이때가 처음이었다.

이틀째에는 변화량이 반으로 줄어들었고, 사흘째에는 10분의 1로 줄어들었다.

그러나 나흘째부터는 배경 잡음에 해당하는 것밖에는 잡히지 않았다. 기쁨으로 가득 차 있는 나의 삽화적 기억은 어딘가 다른 곳에 저장되어 있는 것이 틀림없었다. 기억 상실의 징후는 전혀 없었기 때문이다. 그러나 수술 직후의 폭발적인 활동이 끝난 다음, 쾌락을 정의했던 신경 경로에는 아무런 변화도 없었고, 정교해지는 기색도 없었다.

"며칠 안에 뭔가 새로운 경향이 나타난다면, 그것들을 증폭해서 그 방향으로 유도할 수 있어요. 불안정한 건물이 어느 한쪽으로 무너지려는 기색을 보이면, 그 방향으로 밀어서 쓰러뜨리는 것처럼 말이에요." 그러나 두라니는 크게 기대하지 않는 듯했다. 이미 너무 오랜 시간이 흘렀고, 신경 네트워크는 꿈쩍도 하지 않는 상태였기 때문이다.

나는 말했다. "유전적 인자는 어떻습니까? 제 게놈을 읽고 그걸 참고해서 범위를 좁힐 수는 없을까요?"

그녀는 고개를 가로저었다. "신경 발달에 관여하는 유전자는 적어도 2,000개는 있고, 혈액형이나 세포조직의 적합성을 따지는 것처럼 간단한 문제가 아녜요. 데이터베이스로 쓴 제공자들의 샘플은 당신과 마찬가지로 그런 유전자의 극히 일부만을 가지고 있어요. 물론 다른 사람들보다 당신과 기질적으로 가까운 사람들은 있었겠지만, 그런 사람들을 유전자를 통해 특정해 내는 건 불가능해요."

"그렇습니까."

두라니는 신중한 어조로 말했다. "당신이 원한다면 의뇌를 완전히 끌 수도 있어요. 수술할 필요는 전혀 없고, 단지 스위치를 끄기만 하면 다시 예전 상태로 돌아갈 거예요."

나는 빛을 발하는 듯한 그녀의 얼굴을 응시했다. 어떻게 옛날로 돌아가란 말이지? 검사 결과와 그래프가 뭐라고 하든… **이걸 어떻게 실패라고 부른단 말인가?** 설령 내가 느끼는 주위의 아름다움이 아무 쓸모가 없는 것이라고 해도, 루엔케팔린에 정수리까지 푹 잠겨 있던 옛 시절만큼이나 무의미하지는 않다. 나는 여전히 두려움과 불안과 슬픔을 느낄 수 있었다. 검사 결과는 제공자 전원이 공통으로 가지고 있던 보편적인 두려움을 보여주고 있었다. 바흐나 척 베리나 샤갈이나 파울 클레◈를 싫어하는 것은 불가능하겠지만, 나는 질병과 기아와 죽음의 이미지에는 보통 사람과 다르지 않은 반응을 보였던 것이다.

게다가 암 따위에는 전혀 개의치 않았던 예전의 나와는 달리, 지금의 나는 나 자신의 운명에 대해 무관심하지 않았다.

그러나 이 의뇌를 계속 쓸 경우 나는 어떤 운명을 맞게 될까? 보편적인 행복감, 보편적인 불안감… 전 인류가 내 감정을 반반씩 규정한단 말인가? 어둠 속에서 오랜 세월을 살아오면서, 그나마 내가 매달리고 의지할 수 있었던 것은 나의 내부에 일종의 씨앗이, 기회만 주어진다면 다시 살아 있는 인간으로 자라날 가능성이 있는 나의 작은 버전이 들어 있을 가능성 때문이 아니었던가? 그렇지만 그런 희망이 없다는 사실은 지금 증명되지 않았나? 나는 자아의 재료에 해당하는 것들을 제공받았고, 이것들 모두를 시험해 보고, 이것들 모두를 마음에 들어 했지만, 그 어떤 것도 나 자신의 것으로 만들지는 못했다. 지난 열흘 동안 내가 느낀 즐거움은 무의미했다. 나는 타인이라는 태양의 빛을 쬐며 바람에 날리는 겨에 불과했다.

◈ 추상화가.

나는 말했다. "그래주십시오. 스위치를 끄는 겁니다."

두라니가 한 손을 들어 올렸다. "기다려요. 당신이 원한다면 한 가지 더 가능한 수단이 남아 있어요. 우리 대학의 윤리위원회와 의논하는 중이고, 루크는 이미 소프트웨어 제작에 착수했어요… 하지만 최종적인 결단은 당신에게 달려 있어요."

"무슨 결단입니까?"

"네트워크는 어느 방향으로든 유도할 수 있습니다. 우리는 거기 어떻게 간섭해야 하는지도 알아요. 균일성을 타파하고, 어떤 것들은 다른 것들에 비해서 더 큰 즐거움의 원천이 되도록 하는 거죠. 자발적으로 그런 일이 일어나지 않았다고 해서, 다른 수단으로 그걸 실현할 수 없다는 뜻은 아녜요."

나는 갑자기 현기증을 느끼고 웃음을 터뜨렸다. "만약 내가 동의한다면… 당신의 그 윤리위원회가 내가 어떤 음악을 좋아하고, 어떤 음식을 즐기고, 어떤 직업을 택할지를 정해준다는 말이군요? 내가 어떤 인물이 될지를 위원회에서 정하겠다는 말입니까?" 사실 그게 그렇게 나쁜 일일까? 이미 오래전에 죽은 내가, 전혀 다른 새로운 인간에게 생명을 주는 거나 마찬가지 아닌가. 폐나 신장뿐만 아니라 이 몸 전체를, 별 볼 일 없는 기억이고 뭐고 다 포함해서, 자의적으로 만들어낸, 그러나 완전하게 기능하는 갓 태어난 인간에게 기증한다고 보면 되지 않나?

두라니는 분개한 표정으로 말했다. "아녜요! 그런 일은 꿈도 꾼 적 없어요! 하지만 마이크로프로세서를 프로그래밍해서 네트워크의 개량을 당신에게 맡길 수는 있어요. 당신을 즐겁게 하는 것들을, 의식적이고 신중하게 직접 선택할 수 있는 능력을 당신에게 줄 수 있다는 뜻이에요."

더 프리스가 말했다. "제어 패널을 머리에 떠올려 보십시오."

내가 눈을 감자 그가 말했다. "그건 좋은 생각이 아닙니다. 그럴 때마다 눈을 감는 버릇이 생기면 액세스 기회가 한정되니까요."

"알겠습니다." 나는 허공을 응시했다. 실험실의 음향 시스템에서는 베토벤의 걸작이 흘러나오고 있었기 때문에 집중하기는 쉽지 않았다. 나는 버찌처럼 선홍색을 띤, 단순화된 슬라이드식 눈금을 시각화하려고 악전고투했다. 더 프리스가 불과 5분 전에 내 머릿속에서 한 줄씩 주의 깊게 만들어 낸 물건이다. 그러자 그것은 모호한 심상心象에서 갑자기 구체적인 것으로 바뀌었다. 시야 가장 아래쪽에서, 진짜 물체처럼 선명하게 방 안의 광경에 겹쳐진 것이다.

"보입니다." 버튼은 19번 눈금 근처에 떠 있었다.

더 프리스는 내가 있는 곳에서는 보이지 않는 디스플레이 화면을 흘끗 보았다. "좋습니다. 자, 그럼 점수를 낮춰보십시오."

나는 힘없이 웃었다. **베토벤이여, 물러가라.** "어떻게요? 어떻게 어떤 것을 덜 좋아하란 말입니까?"

"그럴 필요는 없습니다. 단지 그 버튼을 왼쪽으로 움직이면 됩니다. 그런 광경을 머리에 떠올리십시오. 소프트웨어는 지금 당신의 시각 영역을 모니터하면서 순간적으로 떠오르는 가상 지각을 포착하고 있습니다. 그러니까 그 버튼이 움직이는 걸 봤다고 생각한다면… 이미지도 알아서 그렇게 움직일 겁니다."

사실이었다. 마치 버튼이 움직임에 저항하는 듯한 기분이 들어서 몇 번 통제력을 잃기는 했지만, 어떻게든 10번 눈금까지 내리고 나니 그 효과를 실감할 수 있었다.

"염병할."

"제대로 작동한다는 뜻이군요?"

나는 멍한 표정으로 고개를 끄덕였다. 음악은 여전히… 괜찮았지만… 마법은 완전히 사라져 있었다. 마치 감동적인 명연설을 듣고 있던 중에, 연사가 자기가 하는 주장을 반도 믿고 있지 않다는 사실을 깨달았을 때의 기분이라고나 할까. 원래 느꼈던 시정詩情과 웅변은 고스란히 그대로 남아 있지만, 진짜 감동이 완전히 증발해 버린 느낌이다.

이마에 식은땀이 배어나는 것을 자각했다. 두라니에게서 설명을 들었을 때는 그 제안 전체가 워낙 기괴해서 현실 얘기라고는 믿기 힘들 정도였다. 몇조 개에 달하는 직접적인 신경 접속을 하고, 개인 정체성의 잔재와의 상호작용에 의해 의뇌를 나 자신의 이미지에 맞춰 새롭게 형성할 무수한 기회가 있었음에도 의뇌를 결국 내 것으로 만들지 못했다는 사실을 감안한다면, 실제로 선택을 할 때가 오면 나는 결단을 내리지 못하고 마비돼 버리지 않을까 하는 두려움을 불식할 수가 없었던 것이다.

그러나 나는 과거에 단 한 번도 들어본 적이 없거나, 워낙 유명하고 흔한 곡이라서 한두 번 우연히 들었지만 전혀 감동을 받지 않았던

Reasons to be Cheerful

클래식 음악으로 인해 내가 황홀 상태에 빠질 하등의 이유가 없다는 사실을 명명백백하게 알고 있었다.

그리고 지금, 나는 단 몇 초 만에 그 잘못된 반응을 절단냈던 것이다.

아직 희망이 있었다. 내게는 아직 나 자신을 부활시킬 기회가 남아 있다. 단지 한 걸음씩 걸을 때마다 지금처럼 의식적으로 그럴 필요가 있을 뿐이다.

더 프리스가 키보드를 건드리며 쾌활한 어조로 말했다. "의뇌의 주요 시스템들을 조절하는 가상 조작 패널들을 각각 다른 색으로 분류해 놓겠습니다. 며칠만 연습하면 거의 무의식적으로 조작할 수 있게 될 겁니다. 단지 경험에 따라서는 두세 개의 시스템과 동시에 관계되는 경우도 있다는 사실만 잊지 않으면 됩니다… 이를테면 음악을 들으면서 사랑을 나눌 때 음악 쪽에 너무 신경을 쓰고 싶지 않거든, 파랑이 아니라 빨간 패널의 수치를 내리라는 뜻입니다." 그는 고개를 들고 내 얼굴을 바라보았다. "어, 걱정하지 마십시오. 설령 실수를 저지르더라도 나중에 다시 올려놓으면 그만이니까요. 그냥 마음이 바뀌는 경우도 마찬가지입니다."

3

비행기는 시드니 시간으로 밤 9시에 착륙했다. 토요일 밤의 9시다. 전철로 시내 중심부까지 가서 집으로 가는 편으로 갈아탈 작정이

내가 행복한 이유

었지만, 시청역에서 사람들이 많이 내리는 것을 보고 함께 내렸다. 유료 보관함에 여행 가방을 집어넣고 그들 뒤를 따라 거리로 올라갔다.

바이러스 치료를 받은 뒤에도 시내에 몇 번 와본 적이 있지만 이렇게 밤에 오는 것은 처음이었다. 마치 인생의 반을 외국, 그것도 외국 형무소의 독방에 갇혀 보낸 다음 고향으로 돌아온 기분이었다. 모든 것이 어떤 식으로든 혼란스러웠다. 옛날과 전혀 다르지 않으면서도 어딘가 기억과는 다른 건물들을 보면 일종의 어지러운 기시감을 느꼈다. 길모퉁이를 돌았다가 어렸을 때 본 적이 있는 가게나 간판 따위의 개인적인 이정표가 사라져 있는 것을 깨달을 때마다 가슴이 공허해지는 느낌을 맛보았다.

나는 펍 앞에 섰다. 출입문 바로 앞이었기 때문에 안에서 들려오는 강렬한 음악에 맞춰 내 고막이 떨리는 것조차 느낄 수 있었다. 펍 안에서 웃고, 춤을 추고, 술잔 내용물을 여기저기에 튀기고, 알코올과 친애의 정으로 얼굴이 달아오른 사람들의 모습이 보인다. 폭력의 예감으로 몸이 근질거리는 사람도 있고, 섹스를 기대하는 사람도 있다.

당장이라도 안으로 들어가서 저 광경의 일부가 될 수 있어. 전 세계를 가득 메우고 있던 재는 이제 모두 사라졌다. 나는 어디든 원하는 데로 갈 수 있었다. 펍에서 떠들고 있는 저 사람들과 하등 다르지 않은 죽은 존재들을 마음속에서 느낄 수 있다. 의뇌 네트워크 속의 배음倍音으로 부활해서, 술집의 음악과 소울메이트들의 모습에 공명하면서, 살아 있는 사람들의 땅으로 데려가 달라고 내 두개골 안에서 아우성을 치는 4,000명의 망자들을.

몇 걸음 걸어 나가던 중에 시야 모퉁이에 있던 무엇인가로 주의가 분산되었다. 펍의 옆 골목에서 10살에서 12살쯤 되어 보이는 소년이 벽에 등을 기대고 비닐봉지에 얼굴을 박고 있다. 몇 번 심호흡을 하는가 싶더니 고개를 들어 올렸다. 퀭한 눈이 마치 지복에 취한 오케스트라 지휘자처럼 반짝인다.

나는 뒷걸음질 쳤다.

누군가가 내 어깨에 손을 갖다 댔다. 뒤로 홱 돌아서자 만면에 웃음을 띤 사내의 모습이 눈에 들어왔다. "주님은 자네를 사랑하네, 형제여! 자네의 고민은 이제 끝났어!" 그러고는 내 손에 팸플릿을 억지로 쥐여줬다. 그의 얼굴을 들여다보니 어떤 상태인지를 뚜렷하게 인식할 수 있었다. 그는 루엔케팔린을 자유자재로 분비할 수 있는 방법을 우연히 발견한 것이다. 그러나 그는 그 사실을 모르기 때문에, 샘솟듯이 솟아나는 행복감에는 모종의 신성한 이유가 있다고 지레짐작한 것이다. 나는 가슴이 죄어드는 듯한 공포와 연민의 정을 동시에 맛보았다. 적어도 나는 뇌종양에 관해 알고 있었다. 저기 저 골목에 있는 맛이 간 소년조차도 자기가 기껏해야 본드를 흡입하고 있다는 사실을 알고 있다.

그리고 저 펍 안에 있는 사람들은? 자기들이 뭘 하는지 알고는 있는 것일까? 음악, 친구들, 알코올, 섹스… 이것들을 가르는 기준이 어디 있단 말인가? 합당한 이유가 있어 보이는 행복감이 이런 사내의 경우처럼 공허하고 병적인 행복으로 바뀌는 때는 언제인가?

나는 비틀거리며 뒤로 물러났고, 다시 역을 향해 가기 시작했다.

내가 행복한 이유

어디를 보아도 사람들이 웃고, 소리를 지르고, 손을 마주 잡고, 입을 맞추고 있다… 그리고 내 눈에 그들은 마치 피부를 벗겨낸 인체 모형처럼 보였다. 무수히 많은 근육이 자연스럽게 맞물리며 정교하기 이를 데 없는 동작을 하는 광경이 떠오른다. 반면에 내 안에 묻혀 있는 행복 기계는 자기 자신의 존재를 되풀이해서 인식하고 있다.

지금 나는 두라니가 즐거움을 느끼는 인간의 모든 능력을 하나도 빠짐없이 내 두개골 속에 챙겨 넣었음을 명명백백하게 확신하고 있다. 그러나 그 능력의 일부라도 손에 넣기 위해서는 사실을 사실로서, 그 어떤 종양이 강요하는 것 이상으로 깊게 받아들여야 한다. 행복 그 자체에는 아무 의미도 없다는 사실을. 행복이 없는 인생은 견딜 수 없지만, 행복 그 자체는 목표가 되지 못한다. 나는 행복의 이유를 자유롭게 선택할 수 있고 또 그런 선택에 만족해할 수도 있지만, 그런 과정을 통해 자력으로 만들어 낸 나의 새로운 자아가 어떤 감정을 느끼든 간에, 나의 모든 선택이 잘못되었을 가능성은 상존한다.

내가 새 생활을 시작할 수 있도록 〈글로벌 보험〉이 설정한 유예기간은 금년 말까지였다. 매년 시행되는 심리 검사에서 두라니의 치료가 성공적이었다는 결과가 나온다면, 나는 실제로 취직을 하든 말든 지금보다 한층 더 조건이 나쁜, 민영화로 인해 유명무실해진 사회보장제도의 잔해에 매달리는 수밖에 없다. 그래서 나는 서투르게나마 현실에 적응하려고 노력했다.

시드니로 돌아온 날에는 새벽에 잠에서 깼다. 전화기 옆에 죽치고 앉아서 취향 발굴에 착수했다. 옛날 내가 쓰고 있던 웹상의 작업 공간의 데이터는 아카이브에 보관돼 있었다. 현재 시세로는 1년에 10센트밖에 보관료가 들지 않고, 내 계좌에는 아직도 36달러 20센트가 남아 있었다. 이 기괴한 데이터 화석은 네 번의 적대적 인수와 합병을 통해 회사에서 회사로 넘어가면서도 멀쩡하게 살아남았다. 지금은 구식이 된 과거의 데이터 포맷을 해독하는 이런저런 컴퓨터 툴을 구사해서 나는 과거 인생의 단편들을 현재로 끄집어낸 다음 확인해 보았다. 너무 괴로워서 더 이상 계속할 수 없을 때까지.

다음 날에는 옛날에 다운받은 은자리 음악을 들으면서 12시간 동안 아파트 구석구석을 깨끗하게 쓸고 닦았다. 배가 고파서 청소를 잠시 멈추고 걸신들린 것처럼 음식을 먹었을 때를 제외하면 한 번도 쉬지 않았다. 음식 취향을 짠 음식을 정말 좋아하던 12살 당시로 되돌려 놓을 수도 있었지만, 극기심이라기보다는 실제적인 이유에서, 전혀 마조히스틱하지 않은 쪽을 선택했다. 과일보다 더 독한 것을 갈망하는 일은 없도록 말이다.

향후 몇 주 동안 내 체중은 만족할 만한 속도로 빠르게 늘었다. 그러나 거울에 비친 내 모습을 보거나 영상전화에서 모핑 소프트웨어를 돌리면서 내가 거의 모든 종류의 체형을 마음에 들어 한다는 사실을 알았다. 의뇌 네트워크의 기본이 된 데이터베이스의 주인공들은 지극히 다양한 형태로 이상화된 자기 이미지를 가지고 있었거나, 아니면 자신의 실제 용모에 완전히 만족한 채로 죽었던 것이 틀림없다.

나는 이번에도 역시 실용주의를 선택했다. 하고 싶지만 못 해본 일은 많았고, 피할 수만 있다면 55살에 심장마비로 죽고 싶지는 않았기 때문이다. 그러나 달성 불가능하거나 부조리한 목표에 집착해도 의미가 없었기 때문에 나는 소프트웨어로 비만체가 된 내 모습을 만들어 낸 다음 0점을 매겼고, 슈워제네거식의 근육질 체형에도 0점을 매겼다. 그 대신 나는 소프트웨어가 충분히 실현 가능하다고 판단한 날씬하고 강인한 몸을 선택한 다음 20점 만점에 16점을 매겼다. 그런 다음 달리기를 시작했다.

처음에는 천천히 달렸다. 거리에서 거리로 제비처럼 날쌔게 뛰어다니는 어린 시절의 이미지가 끈질기게 따라붙기는 했지만, 달리는 동작에 즐거움을 느낀 나머지 부상을 입은 사실조차도 모르는 일이 없도록 주의했다. 근육통용 도찰제를 사려고 절뚝거리며 약국으로 가자 프로스타글란딘 조절제라는 약을 팔고 있는 것을 발견했다. 항염제의 일종으로 자연 치유 과정을 저해하는 일 없이 염증을 최소화한다고 한다. 반신반의하면서도 이것을 사서 발라보자 실제로 효과를 보았다. 처음 한 달은 고통에 시달렸지만 다리가 부어 절뚝거리지도 않았고, 몸이 보내는 위험 신호를 무시하다가 근육이 상하는 일도 없었다.

위축돼 버린 심장과 폐와 장딴지를 억지로 정상 상태로 되돌려 놓자 실로 기분이 좋았다. 매일 아침 집 근처의 뒷골목을 누비며 1시간씩 뛰었고, 일요일 오후가 되면 시내를 아예 한 바퀴 돌았다. 무리하게 기록을 단축하려는 시도는 하지 않았다. 운동선수가 되겠다는 야심 따위는 추호도 없었고, 단지 나에게 주어진 자유를 만끽하고 싶었기 때문이다.

　얼마 지나지 않아 달리는 과정은 완전한 하나의 행위로 융합되었다. 나는 힘차게 뛰는 가슴의 고동과 손발의 움직임을 느끼며 충실감에 빠져들 수도 있었고, 그런 세세한 것들은 전체적인 만족감 속으로 밀어 넣고 마치 열차를 타고 있는 것처럼 주위 경치를 구경할 수도 있었다. 육체를 되찾은 나는 이 도시의 외곽에까지 하나씩 손을 뻗치기 시작했다. 레인코브강에 인접한 폭이 좁은 숲에서 영원히 추악할 것 같은 패러매타 로드에 이르기까지, 나는 정신 나간 측량기사처럼 시드니를 가로지르며 눈에 보이지 않는 측지선으로 풍경을 감싼 다음 내 머릿속에 그려 넣었다. 나는 상판이 빠개질 정도로 힘찬 발걸음으로 글레이즈빌, 아이언 코브, 피어몬트, 메도뱅크 다리를 건넜고, 하버브리지까지 갔다.

　이따금 의구심에 사로잡힐 때도 있었다. 엔도르핀에 취해 있는 것은 아니지만—그렇게까지 열심히 달리지는 않는다—여전히 현실이라기에는 너무나 기분이 좋았다. 이래서야 본드를 흡입하는 것과 별 차이가 없지 않나? 아마 1만 세대에 달하는 나의 조상들은 사냥감을 쫓거나, 위험에서 탈출하거나, 생존을 위해 자기 영역을 조사하면서 지금 내가 느끼는 것과 같은 종류의 쾌감을 느꼈는지도 모르지만, 내 입장에서 보면 이것들 모두가 즐겁기 그지없는 취미 활동에 불과했다.

　그렇다고는 해도 나 자신을 속이고 있는 것도 아니고, 다른 사람에게 해를 끼치는 것도 아니었다. 나는 나의 내부에 있는 죽은 어린애로부터 이 두 가지 규칙을 끄집어냈고, 계속 달렸다.

30살이 되어서 사춘기를 맞는다는 것은 흥미로운 경험이다. 바이러스는 나를 글자 그대로 거세하지는 않았지만, 성적인 상상이나 성기 자극이나 오르가슴에서 쾌락을 제거한 데다가 시상 하부에서 내려오는 호르몬 조절 경로의 일부에까지 손상을 입힌 탓에 성적 기능이라고 할 만한 것은 전혀 남아 있지 않았다. 나의 육체는 이따금 성기를 허무하게 경련시키며 정액을 내뱉었지만, 정상적인 발기라면 전립선에서 당연히 분비되기 마련인 윤활액이 없는 탓에 원하지 않는 사정을 할 때마다 요도가 찢어지는 듯한 통증을 느껴야 했다.

이런 사정이 모두 바뀌자, 성적으로는 노쇠한 것이나 다름없는 상태에서도 큰 충격을 받았다. 깨진 유리에 찔리는 듯한 고통밖에는 느끼지 못하는 몽정에 비하면 마스터베이션은 믿기 힘들 정도로 멋졌다. 제어 패널을 써서 그 쾌락을 줄일 엄두조차 나지 않을 정도였다. 그러나 자위행위로 인해 진짜 성행위에 대한 관심이 사라질 염려는 없는 듯했다. 나는 거리에서, 가게 안에서, 전철 안에서 나도 모르는 새에 사람들을 뚫어지게 바라보고 있다는 사실을 깨닫고, 의지력과 순수한 공포감과 의뇌 조절을 통해 이런 나쁜 습관을 극복했다.

네트워크는 나를 양성애자로 바꿔놓았다. 나는 일찌감치 내 성욕을 데이터베이스에 포함된 가장 마초적인 제공자보다 훨씬 더 낮은 위치에 고정시켜 두었지만, 이성애자인지 양성애자인지를 선택하려고 하자 모든 것이 유동적으로 바뀌어 버렸다. 네트워크는 모집단에서 추출해 낸 일종의 가중평균 따위가 아니었다. 실제로 그랬다면, 그 나마 살아남은 본래의 신경 구조가 지배력을 발휘할 것이라는 두라 니의 원래 목표는 의뇌 쪽의 다수결 표결에 의해 툭하면 좌절했을 테 니까 말이다. 그래서 나는 10에서 15퍼센트 정도는 게이가 아니었다. 내 입장에서 보면 이성애자와 동성애자의 두 가능성은 같은 무게를 가지고 있었고, 어느 한쪽을 제거한다는 생각만 해도 나는 지독한 불 안감과 자책감에 시달렸다. 마치 몇십 년 동안이나 양성애자로 살아 온 것처럼.

이것은 단지 의뇌가 자신을 방어하고 있기 때문일까, 아니면 부분 적으로는 나 자신의 반응에 기인한 것일까? 짐작도 할 수 없었다. 바 이러스 치료를 하기 전, 12살 무렵에도 나는 성에는 아무런 관심도 느끼지 않았던 것이다. 그냥 나는 이성애자일 것으로 짐작했고, 어떤 몇몇 여자애들에게서는 매력을 느끼기도 했다. 그러나 그것은 순수 하게 미학적인 의견에 불과했고, 한눈에 반해서 뚫어지게 쳐다본다거 나 몰래 더듬거나 하는 행동에 나선 적은 없었다. 최신 연구를 검색해 보니 옛날 뉴스 따위에서 본 유전자 관련설들은 요즘은 모두 부정됐 다. 그러므로 설령 나의 성적 취향이 태어나기 전부터 정해져 있다 하 더라도, 지금은 어떻게 되어 있을지를 알아볼 수 있는 혈액 검사 따위 는 존재하지 않았다. 바이러스 치료를 받기 전의 내 뇌를 찍은 MRI 스캔 결과까지 찾아냈지만, 해상도가 낮은 탓에 신경해부학적으로 뚜렷한 소견을 이끌어 내는 것은 불가능했다.

나는 양성애자가 되고 싶지는 않았다. 10대처럼 이런저런 실험을 해보기에는 너무 나이를 먹었다. 내가 원하는 것은 확실함이었고, 단단한 기반이었다. 나는 일부일처제를 원했다. 설령 일부일처제가 누구나 쉽게 고수할 수 있는 상태가 아니라고 할지라도, 불필요한 문제를 일부러 걸머질 생각은 없었다. **그렇다면 어느 쪽을 죽여야 할까?** 어떤 선택을 하면 인생이 편해지는지는 알고 있었지만… 모든 것을 4,000명의 샘플 제공자들 중에서 가장 저항이 적은 길을 가게 해줄 사람을 선택하는 행위로 환원한다면, 도대체 나는 누구의 인생을 살고 있다고 말할 수 있을까?

아마 무의미한 논점을 가지고 이러쿵저러쿵하고 있는 것인지도 모르겠다. 나는 정신병력을 가진 31살의 숫총각이며, 재산도 장래성도 없는 데다가 사회적으로도 제대로 기능하지 못한다. 그리고 원한다면 언제든 현시점에서 유일하게 선택할 수 있는 선택의 만족도를 올리고 기타 모든 것들을 환상으로 치부해 버릴 수도 있다. 나 자신을 속이는 것도 아니고, 누군가에게 해를 주는 것도 아니다. 나는 더 이상 욕구를 가지지 않을 수 있는 능력을 가지고 있다.

라이카트 지구 뒷골목에 작은 서점 하나가 자리 잡고 있다는 사실은 여러 번 보아 익히 알고 있었지만, 6월의 어느 일요일 아침에 조깅을 하면서 그 앞을 지나려다가 진열창에 로베르트 무질이 쓴 『특성 없는 남자』의 영이판이 전시돼 있는 것을 깨달았을 때는 멈춰 서서 웃는 수밖에 없었다.

습도가 높은 겨울이라 온몸이 땀으로 흠뻑 젖어 있었기 때문에 서점 안으로 들어가서 그 책을 사지는 않았다. 그러나 진열창 너머로 흘끗 본 계산대에 붙은 〈점원 모집〉이라는 글이 눈에 들어왔다.

특별한 기능을 필요로 하지 않는 일자리를 찾는 것은 무의미해 보였다. 당시 완전 실업률은 15퍼센트에 육박했고, 청년층에 한정하면 실업률은 그 세 배에 달했기 때문이다. 그래서 나는 어떤 일자리가 나든 천배의 경쟁률을 각오하고 있었다. 게다가 경쟁자들은 나보다 젊고, 급료가 싸고, 강하며, 정신병력 또한 없을 것이다. 온라인 교육을 다시 받기 시작했지만 단기 성과를 올리기는커녕 전반적인 지식 습득에도 급급한 형편이었다. 어린 시절 그토록 나를 매료했던 지식 영역들은 이제 백배는 더 넓게 확대돼 있었고, 설령 의뇌가 제공하는 무한한 기력과 열성을 바탕으로 일생 공부에만 매달린다 해도 어떤 분야를 완전히 습득하는 것은 불가능하다. 어떤 직업을 택하든 개인적인 흥미의 90퍼센트를 희생해야 한다는 사실을 알고는 있었지만, 아직도 마음을 정하지 못하고 주저하고 있었다.

월요일에 피터섐 역에서 내린 나는 걸어서 다시 그 서점으로 갔다. 나는 일시적으로 자신감을 강화해 놓은 상태였지만, 아직 다른 응모자가 없다는 얘기를 듣자 절로 자신감이 솟구쳤다. 60대인 서점 주인은 얼마 전 허리를 다쳤다고 했다. 책 상자를 여기저기로 움직이거나 자기가 없을 때 계산대를 맡아줄 점원이 필요하다는 얘기였다. 나는 그에게 솔직하게 사실대로 털어놓았다. 어렸을 적에 걸린 병 때문에 신경에 손상을 입고, 최근이 되어서야 회복했다는 식으로.

그는 그 자리에서 한 달 동안 시험 삼아 나를 고용하겠다고 했다.

내가 행복한 이유

최초의 급료는 〈글로벌 보험〉이 내게 지불하는 액수와 정확히 일치했지만, 정식으로 고용되면 조금 더 올려주기로 약속했다.

일은 힘들지 않았고, 달리 할 일이 없을 때는 뒷방에서 책을 읽어도 서점 주인은 개의치 않았다. 어떤 의미에서는 천국에 와 있는 것이나 마찬가지였다. 1만 권의 장서를 액세스 요금도 내지 않고 마음대로 읽을 수 있으니까 말이다. 그러나 이따금 내가 다시 분해될지도 모른다는 공포를 느끼곤 했다. 나는 탐욕스럽게 책을 읽었고, 어떤 레벨에서는 명확한 판단을 내릴 수가 있었다. 능숙한 작가와 서투른 작가, 정직한 저자와 사기꾼, 진부한 글과 영감에 가득 찬 글을 구별하는 식으로 말이다. 그러나 의뇌는 여전히 내가 모든 것을 즐기고, 모든 것을 받아들이기를 원했다. 내가 먼지가 쌓인 책장 너머까지 확산해서, 그 누구도 아닌 존재, 바벨의 도서관의 유령이 돼버릴 때까지.

그녀가 서점 안으로 걸어 들어온 것은 봄이 시작되던 날, 가게 문을 연 지 2분 뒤의 일이었다. 그녀가 책을 훑어보는 광경을 바라보며 나는 지금부터 내가 하려는 일의 결과를 뚜렷하게 상상해 보려고 노력했다. 몇 주 동안 나는 매일 5시간씩 계산대를 지키면서 많은 사람과 접촉했고, 그 결과 무엇인가를… 기대하게 되었다. 서로를 첫눈에 보고 반해서 열렬한 사랑에 빠진다든가 하는 일이 아니라, 희미하게나마 상대방에 대해 관심을 가진다든지, 나도 다른 사람들보다 어떤 특정한 사람을 정말 더 원할 수 있다는 어렴풋한 징후를 찾고 있던 것이다.

지금까지 그런 일은 일어나지 않았다. 친숙한 태도로 시시덕거리는 손님도 있었지만 그런 행동에 무슨 특별한 뜻이 있는 것이 아니라 그 사람 특유의 예의에 불과하다는 사실을 알고 있었다. 그들이 유별나게 정중하고 친절한 태도를 보였을 때도 나는 아무 느낌을 받지 못했다. 일반적인 기준에 비춰볼 때 어떤 손님의 용모가 매우 뛰어나다거나, 활력에 차 있다거나, 신비적이라거나, 기지에 차 있고 매력적이라거나, 젊음으로 반짝이고 있다거나, 세속적인 분위기를 풍기고 있다거나 하는 식의 판단은 내릴 수가 있었지만… 나는 그런 일에는 아무 관심도 느끼지 못했다. 4,000명의 샘플 제공자들이 각기 사랑하던 각양각색의 사람들의 광범위한 특징을 한자리에 모아놓았다면, 결국 인류 전체를 망라한 것이나 마찬가지였다. 내가 스스로 그런 균형을 깨는 행동에 나서지 않는 이상 그런 상태는 결코 변화하지 않는다.

그래서 지난주에 나는 그런 일에 관련된 의뇌의 모든 시스템의 수치를 3이나 4까지 낮춰놓았다. 그 결과 나는 내가 만나는 사람들에 대해 목석 이상의 관심을 느끼지 못했다. 그러나 서점 안에서 낯선 여성과 홀로 있게 되자, 나는 천천히 제어 패널의 수치를 올렸다. 포지티브피드백, 즉 수치가 높아지면 높아질수록 그것을 더 올리고 싶다는 욕구가 강해지는 현상에는 저항할 필요가 있었으므로, 나는 미리 정해둔 한계치를 고수했다.

그녀가 책 두 권을 골라 계산대로 다가올 무렵에는 반쯤은 도전적인 승리감을 맛보고, 반쯤은 수치심으로 몸 둘 바를 모르고 있었다. 네트워크를 통해서 마침내 나만의 순수한 기분이라고 할 만한 것

내가 행복한 이유

을 손에 넣은 것이다. 이 여성을 볼 때 느끼는 감정은 진짜처럼 느껴졌다. 그런 상태에 도달하기 위해 내가 취한 모든 수단은 계획적이고 인공적이며 기괴하고 혐오스러운 것이었지만… 이것밖에는 달리 방법이 없었다.

책값을 계산하면서 내가 미소 짓자 그녀도 내게 따뜻한 미소를 보냈다. 그녀는 결혼반지나 약혼반지를 끼고 있지는 않았지만, 나는 어떤 상황에서도 행동에 나서지 않으리라고 굳게 결심하고 있었다. 이것은 단지 첫 번째 걸음마에 불과하기 때문이다. 어떤 특정한 개인을 인식하고, 다른 군중으로부터 명확하게 구분하기 위한. 데이트 신청은 그녀의 용모를 조금이라도 닮은 열 번째 혹은 100번 째 여성과 조우했을 때 하면 된다.

나는 말했다. "나중에 커피라도 한잔 마시지 않겠습니까?"

그녀는 놀란 표정이었지만 곤혹스러워하지는 않았다. 마음을 정하지 못했지만, 그래도 그런 소리를 들어서 조금은 기쁜 듯했다. 예기치 않게 입 밖에 나온 이 말이 허탕으로 끝나더라도 받아들일 마음의 준비가 돼 있다고 생각했지만, 뭐라고 대답할까 생각하고 있는 그녀의 모습을 보자 나의 내부에 있는 잔해 어딘가에서 흘러나온 날카로운 아픔이 가슴을 꿰뚫었다. 만약 이 아픔이 조금이라도 내 얼굴에 나타났다면, 그녀는 아마 가까운 동물병원으로 부리나케 나를 데려가서 안락사시켰을 것이다.

그녀가 말했다. "괜찮을 것 같네요. 나는 줄리아라고 해요."

"마크라고 합니다." 우리는 악수했다.

"일은 언제 끝나죠?"

"오늘 밤 말입니까? 9시입니다."

"아."

나는 말했다. "그럼 점심은 어떻습니까? 그쪽 점심시간은 언제인 가요?"

"1시예요." 그녀는 주저했다. "저기, 거리 끝쪽에 가면 있는 가게 를 알아요? 철물점 옆에 있는?"

"물론 알죠."

줄리아는 미소 지었다. "그럼 거기서 만나요. 1시 10분쯤에. 괜찮 죠?"

나는 고개를 끄덕였다. 그녀는 몸을 돌려 밖으로 나갔다. 나는 멍 하고, 두려움에 차고, 고양된 기분으로 그녀의 뒷모습을 바라보았다. 나는 생각했다. 쉽잖아. 누구든 할 수 있는 일이야. 숨 쉬는 것처럼.

나는 호흡 항진 증세에 빠졌다. 나는 10대 정서 지체아나 마찬가 지였고, 그녀는 단 5분 만에 그 사실을 알아차릴 것이다. 운이 나쁘다 면 내 머릿속에서 4,000명의 성인 남성이 조언을 하고 있다는 사실을 알아차릴지도 모른다.

나는 토하기 위해 화장실로 갔다.

줄리아는 몇 블록 떨어진 곳에 있는 옷가게의 매니저라고 했다. "그 서점에서 일한 지는 얼마 안 됐죠?"

"예."

"그럼 그 전에는 뭘 하고 있었는데요?"

"무직이었습니다. 오랫동안."

"얼마나 오랫동안?"

"학교를 나온 뒤부터."

그녀는 얼굴을 찡그렸다. "취직난이라고는 하지만 이건 정말 너무하다고 생각하지 않아요? 뭐 나도 그렇게 열심히 일하는 건 아니지만. 일자리 나누기 운동에 동참해서 반나절만 일하고 있어요."

"정말로? 그래보니까 어떻습니까?"

"아주 괜찮아요. 그러니까, 운이 좋다고나 할까. 원래 임금이 높은 편이라서 월급을 반만 받아도 그럭저럭 먹고살 수 있어요." 그녀는 웃음을 터뜨렸다. "그런 식으로 일하고 있다는 얘기를 들으면 대다수 사람은 내가 아이를 키우고 있다고 지레짐작하더군요. 그것 말고는 달리 이유가 없기라도 한 것처럼."

"여가시간이 있으니까 좋습니까?"

"그래요. 시간은 중요하죠. 서둘러야 하는 걸 좋아하지 않아요."

이틀 뒤에 우리는 점심을 함께 먹었고, 그다음 주에는 두 번 더 같은 일을 했다. 그녀는 자기 가게에 관해 얘기했고, 남미 여행과 유방암에서 회복 중인 언니에 관해 얘기했다. 나는 오래전에 사라진 나 자신의 암 얘기를 할 뻔했지만, 그런 행위가 몰고 올 결과에 대한 두려움은 차치하더라도 너무 노골적으로 동정을 구걸하는 것처럼 보일까봐 그만두었다. 집에서는 언제나 영상전화 앞에 죽치고 앉아 있었다. 전화가 오기를 기다리는 것이 아니라, 뉴스 프로그램을 시청함으로써 나 말고도 화제로 삼을 만한 이야깃거리를 얻기 위해서였다. 당신이 제일 좋아하는 가수, 작가, 예술가, 배우가 누구죠? 글쎄요.

내 머릿속은 줄리아의 모습으로 가득 차 있었다. 그녀가 매분 매초마다 무엇을 하고 있는지를 알고 싶었다. 나는 그녀가 행복해지고, 안전해지기를 원했다. 왜? 내가 그녀를 선택했기 때문이다. 하지만… 나는 왜 누군가를 선택해야 한다는 강박관념을 갖게 된 것일까? 궁극적으로는 샘플 제공자들 대다수가 모든 사람이 아닌 어떤 특정한 인물을 원했으며, 사랑했다는 공통점을 가지고 있었기 때문이다. 왜? 결국은 진화의 문제로 볼 수 있다. 눈에 보이는 사람들과 닥치는 대로 성교하는 것이 불가능한 것과 마찬가지로, 그들 모두를 돕고 보호하는 것은 불가능하다. 한편 이 두 가지의 적절한 조합이 자기 유전자를 물려주는 데 유리하다는 점은 명백하다. 따라서 내가 느끼는 감정은 다른 사람들과 똑같은 이유에 기인하고 있다. 그렇다면 더 이상 무엇을 원하겠는가?

그러나 언제든 머릿속의 버튼 몇 개의 위치를 움직이기만 하면 그런 감정들을 사라져 버릴 수 있게 할 수 있는 상황에서, 줄리아에 대한 내 감정이 진짜라고 어떻게 주장할 수 있단 말인가? 설령 문제의 버튼에 손을 댈 생각이 나지 않을 정도로 강한 감정을 느끼고 있다고는 해도…

인간이라면 누구나 경험하는 일이라고 생각할 때도 있다. 사람들이 누군가를 더 잘 알려고 결심하는 계기는 반쯤은 우연에 지나지 않는다. 그리고 모든 것은 그런 결정으로부터 시작되는 것이다. 몇 시간

내가 행복한 이유

이나 밤잠을 설치면서 내가 나를 비참한 감정의 노예 내지는 강박관념에 사로잡힌 위험인물로 만들고 있는 것이 아닌가 고민할 때도 있었다. 앞으로 줄리아에 관해 어떤 사실을 알게 되더라도, 일단 그녀를 선택해 버린 지금 그녀를 떠나보내는 일이 가능하기나 한 일일까? 그녀에 대해 어렴풋한 불만을 느끼는 일조차도 불가능해진 것은 아닐까? 만약에, 언젠가, 줄리아가 나와의 관계를 끊겠다고 결심할 경우 나는 그것을 어떻게 받아들여야 할까?

우리는 저녁을 먹으러 나갔고, 택시를 타고 함께 그녀의 집으로 왔다. 현관문 앞에서 그녀에게 잘 자라는 키스를 했다. 내 아파트로 돌아온 다음에는 인터넷에서 건져낸 섹스 매뉴얼을 들춰보면서, 내가 전혀 경험이 없다는 사실을 도대체 어떻게 감출 수 있을지 곰곰이 생각해 보았다. 무엇을 보아도 해부학적으로 불가능하다는 생각밖에는 들지 않았다. 6년쯤 체조 훈련을 받지 않는다면 정상 체위조차도 힘들 거라는 생각이 든다. 줄리아를 만난 이래 나는 자위행위를 거부하고 있었다. 줄리아에 관한 성적인 몽상에 잠기고, 그녀의 허가 없이 그녀의 모습을 상상하는 일조차도 천만부당하고 용서할 수 없는 일처럼 느껴졌다. 더 이상의 고민을 포기하고 침대에 누운 나는 새벽까지 뜬눈으로 지새우며, 내가 스스로 판 함정을 이해하고, 왜 거기서 도망치고 싶지 않은지를 이해하려고 노력했다.

땀투성이가 된 줄리아는 허리를 굽히고 내게 입을 맞췄다. "지금 아주 좋았어." 그녀는 내 몸 위에서 내려와서 침대에 털썩 누웠다.

그때까지 10분 동안 나는 파란 제어 패널을 조작해서 발기한 채로 사정하지 않았다. 바로 이런 과정이 포함된 컴퓨터 게임이 있다는 얘기를 들은 적이 있다. 나는 파란 패널의 수치를 올리고 애정을 더 강화했고, 줄리아와 눈을 마주치자 그 효과를 그녀가 감지했다는 사실을 알 수 있었다. 그녀는 한 손으로 내 뺨을 쓰다듬으며 말했다. "넌 정말 멋진 남자야. 너도 그걸 알아?"

나는 말했다. "실은 얘기할 일이 하나 있어." 멋지다고? 나는 꼭두각시야. 로봇이야. 괴물이야.

"뭐?"

말이 나오지 않았다. 줄리아는 재미있어하는 표정을 짓고 내게 입을 맞췄다. "당신이 게이라는 건 알아. 괜찮아. 난 그런 데는 신경 쓰지 않아."

"난 게이가 아냐." 더 이상은? "예전에는 그랬을지도 모르지만 말이야."

줄리아는 미간을 찌푸렸다. "게이든, 양성애자든… 난 상관 안 해. 정말로."

얼마 지나면 더 이상 나의 반응을 의식적으로 조작할 필요가 없어질지도 모른다. 의뇌는 이런 경험 전체를 통해 새롭게 조정되고 있으므로, 몇 주 지난 뒤에는 그냥 내버려 둬도 괜찮을 것이다. 그때가 되면, 지금은 선택할 필요가 있는 모든 일에 대해 다른 사람들과 마찬가지로 자연스럽게 느낄 수 있을 것이다.

나는 말했다. "12살 때 나는 암에 걸렸어."

나는 그녀에게 모든 일을 털어놓았다. 그러면서 그녀의 얼굴을 보았고, 공포와, 점점 커지는 의구심을 보았다. "내 말을 못 믿겠어?"

그녀는 더듬거리며 대답했다. "말하는 투가 너무나도 사무적이라서. 18년이라고? 어떻게 그냥 '나는 18년을 잃었어'라고 말할 수 있는 거야?"

"그럼 어떻게 얘기했으면 좋겠어? 나는 당신의 동정심을 얻으려고 이러는 게 아냐. 단지 당신이 이해해 주기를 바랄 뿐이야."

그녀를 만난 날에 관해 얘기할 차례가 되자 나는 두려움으로 위가 딱딱해지는 것을 자각했지만, 계속 얘기했다. 몇 초 뒤에 그녀의 눈에 눈물이 맺히는 것을 보았을 때는 칼로 심장을 찔린 듯한 기분을 맛보았다.

"미안해. 상처를 줄 생각은 없었어." 여기서 그녀를 껴안아야 할지, 그냥 내버려 두고 자리를 떠야 할지 알 수가 없었다. 나는 그녀의 눈에서 시선을 떼지 않았지만, 방 전체가 흔들거리는 느낌을 받았다.

그녀는 미소 지었다. "뭐가 그렇게 미안하다는 거야? 당신은 나를 선택했고, 나는 당신을 선택했어. 두 사람 모두 다른 선택을 할 수 있었지만, 그렇게 되지는 않았잖아." 그녀는 시트 아래로 손을 집어넣어 내 손을 쥐었다. "그렇게 되지 않아."

줄리아는 토요일에 쉬었지만 나는 아침 8시까지 출근해야 했다. 6시에 집을 나서려는 나에게 그녀는 졸린 얼굴로 키스를 했다. 나는 집까지 구름 위를 걷는 기분으로 걸어갔다.

그날은 서점에 온 손님들 모두에게 멍청하게 웃어 보인 것이 틀림 없지만 나는 그들을 제대로 쳐다보지도 않았다. 머릿속으로 미래를 그려보느라고 바빴기 때문이다. 9년 동안 아버지나 어머니에게는 아예 연락을 하지도 않았기 때문에, 그들은 내가 두라니의 치료를 받았다는 사실을 전혀 모른다. 그러나 지금은 모든 것을 다시 복구할 수 있을 것처럼 느껴졌다. 당장에라도 그들을 만나러 가서 이렇게 말할 수도 있다. 어머니, 아버지, 아들이 죽음으로부터 살아 돌아왔습니다. 오래전에 두 분이 제 목숨을 구해주신 덕택입니다.

집에 도착하자 영상전화에 줄리아가 보낸 메시지가 와 있었다. 레인지를 켜고 요리를 시작하기 전까지 나는 그것을 보고 싶다는 욕구를 참았다. 이런 식으로 나 자신의 욕구를 억누르면서 그녀의 얼굴과 목소리를 상상하는 행위에서 도착적인 즐거움을 느꼈다.

재생 버튼을 눌렀다. 줄리아의 얼굴 표정은 내가 상상했던 것과는 좀 달랐다.

자꾸 그녀의 얘기를 헛듣는 통에 되돌리기 버튼을 여러 번 눌러야 했다. 단편적인 말들이 내 마음속에서 반향했다. 너무 괴상해. 너무 끔찍해. 그 누구의 책임도 아냐. 어젯밤에는 내가 했던 설명을 제대로 이해하지 못했던 것이다. 그러나 시간을 들여 충분히 생각을 해보니, 4,000명의 죽은 사내들과는 도저히 사귈 수 없다는 결론이 나왔다.

나는 바닥에 주저앉은 채로 이럴 때는 어떤 감정을 느껴야 하는지 정해보려고 했다. 고뇌의 파도가 엄습해 오거나, 그보다 약간 나은 정도여야 할까. 의뇌의 제어 패널들을 불러내면 나를 행복하게 할 수 있

내가 행복한 이유

다는 사실을 알고 있었다. 또다시 '자유로운' 몸이 되었다든지, 내게는 줄리아가 없는 쪽이 차라리 낫다거나 하는 이유를 대고… 혹은 줄리아에게는 내가 없는 쪽이 차라리 낫다거나. 행복이란 어차피 무의미하니까 그냥 행복해도 상관없다는 태도를 취할 수도 있다. 그러기위해서는 나의 뇌를 루엔케팔린에 푹 잠기게만 하면 된다.

바닥에 주저앉은 채로 눈물과 콧물을 닦던 중에 채소가 타기 시작했다. 환부를 지져서 상처를 봉인하는 듯한 냄새다.

모든 것이 끝날 때까지 그냥 놓아두기로 했다. 제어 패널에는 손을 대지 않았지만… 원한다면 얼마든지 그럴 수 있다는 사실이 모든것을 바꿨다. 그러자 이런 생각이 떠올랐다. 설령 내가 루크 더 프리스에게 가서 "이제 완벽하게 나았으니까 소프트웨어를 제거해 줘, 더이상 선택하는 능력 따위는 필요 없어…"라고 말하더라도, 내가 느끼는 모든 것이 어디서 왔는지는 결코 잊을 수 없을 것이다.

아버지가 어제 아파트로 찾아왔다. 별다른 대화를 나누지는 않았지만, 아버지는 아직 재혼하지 않았다고 내게 말했고, 독신자끼리 나이트클럽을 누비고 돌아다니면 어떻겠냐는 농담을 했다.

적어도 농담이라고 믿고 싶다.

아버지를 바라보며 이런 생각을 했다. 아버지도, 어머니도, 모두내 머릿속에 있다. 그들뿐만이 아니라, 상상을 초월한 먼 과거부터 존재하던, 인간과 원인原人 모두를 포함한 몇천만 명의 조상들 또한 내머릿속에 있다. 거기에 4,000명을 덧붙였다고 해서 무에 대수인가?

인간은 모두 나와 같은 유산으로부터 스스로의 인생을 만들어 가기 마련이다. 반쯤 보편적인 동시에 반쯤 특수하며, 가차 없는 자연도태에 의해 반쯤 예리해지고, 우연이라는 자유에 의해 반쯤 누그러진 유산을 물려받은 것이다. 내 경우는 그런 과정의 세부를 조금 더 적나라하게 의식해야 한다는 점만 다를 뿐이다.

그리고 앞으로도 그렇게 살아갈 수 있다. 무의미한 행복감과 무의미한 절망감이 복잡하게 뒤얽힌 경계 선상을 걸어가면서. 혹시 나는 행운아일지도 모른다. 경계선 양쪽에 펼쳐진 것들을 뚜렷하게 보는 일이야말로 그 좁다란 길에서 벗어나지 않을 수 있는 최상의 방법일 수도 있으므로.

아버지는 내 아파트를 떠나면서 발코니 너머에 펼쳐진 복잡하고 너저분한 교외를 내다보았고, 패러매타강을 내려다보았다. 강둑의 빗물 배수관이 기름과 길가의 쓰레기가 섞인 더러운 흙탕물을 뱉어내고 있다.

아버지는 미덥지 않은 듯이 내게 물었다. "이런 데서 사니까 행복해?"

나는 대답했다. "여기가 마음에 듭니다."

4

무한한 암살자

The Infinite Assassin

결코 바뀌지 않는 일이 하나 있다. 돌연변이를 일으킨 S 중독자가 현실을 뒤섞기 시작하면, 사태를 정상화하기 위해서 그 〈소용돌이〉 속으로 파견되는 사람은 언제나 나다.

이유가 뭐냐고? 나는 안정돼 있기 때문이란다. 믿고 맡길 만하니까 맡긴다는 식이다. 임무를 마치고 돌아와서 보고할 때마다 내가 소속된 〈기관〉의 심리학자들은(매번 전혀 모르는 작자들이 온다) 출력된 보고서를 읽으면서 믿기지 않는다는 듯이 고개를 설레설레 흔들기 일쑤고, 나는 〈소용돌이〉로 들어갔던 '나'와 완전히 동일한 인물이라고 단언한다.

평행세계의 수는 셀 수 없이 무한하며(여기서 말하는 무한은 단순한 정수整數의 집합이라기보다는 실수實數의 그것에 가깝다) 복합한 수학적 정의를 동원하지 않고 이런 것들을 수량화하기는 쉽지 않다. 그러나 개략적으로 말해서 나는 말이 안 될 정도로 불변不變한 존재이며, 여러 평행세계에 사는 '나'들은 대다수 사람의 경우보다 훨씬 더 서로를 닮았다고 한다. 서로 얼마나 닮았다는 뜻일까? 얼마나 많은 세계에서? 돌아오는 대답은 언제나 똑같다. 충분히 쓸모 있을 정도로 닮았다. 충분히 임무를 완수할 수 있을 정도로 닮았다.

〈기관〉이 어떻게 이런 사실을 알아냈고, 어떻게 나를 찾아냈는지 내게 알려준 적은 없다. 나는 19살 때 〈기관〉에 스카우트됐다. 나는 돈에 낚여 입사해서 훈련을 받았고, 그 과정에서 아마 세뇌도 당했으리라. 이따금 나의 안정성이 '나'라는 개인과는 아무 관련도 없는 것인가 하는 생각이 들기도 한다. 정말로 불변인 것은 임무 수행을 위해 내가 훈련받은 방식일지도 모른다. 무한하게 많은 타인이 나와 똑같은 훈련을 받는다면, 그들 전원이 동일 인물이 되는 것은 아닐까. 나는 이미 그런 상태인지도 모른다. 잘 모르겠다.

지구 전체에 널려 있는 탐지기들은 〈소용돌이〉 출현의 희미한 징후를 탐지해서 그 중심부의 위치를 몇 킬로미터 단위까지 알려주지만, 그 이상 정확한 위치를 알아내는 것은 탐지기를 쓰는 방법만으로는 불가능하다. 각 평행세계에 존재하는 〈기관〉들은 최적화된 대처법을 확립하기 위해 각자의 테크놀로지를 다른 버전의 〈기관〉들과 적극적으로 공유하지만, 가장 기술이 발달한 세계의 탐지기들조차도 중심부로 접근해서 더 정확한 위치 정보를 얻기에는 너무 거추장스럽고, 너무 섬세하기 때문이다.

헬리콥터는 리타운의 게토 가장자리에 있는 황무지에 나를 내려놓았다. 한 번도 와본 적이 없는 곳이지만, 창문에 판자를 덧댄 가게들이나 전방에 보이는 우중충한 고층 빌딩군은 내게는 너무나도 낯익은 광경이었다. 전 세계의 어떤 대도시에도(내가 아는 모든 세계에서도) 이런 장소가 하나씩은 존재한다. 보통 '차등적인 강제 격리'라고

무한한 암살자

불리는 정책에 의해 만들어진 장소다. S를 사용하거나 소지하는 행위는 법으로 절대 금지돼 있고, 대다수 국가는 이 법을 위반한 사람들을 (대부분) 즉결 처형한다. 그러나 당국은 S 사용자들이 일반 사회를 마음대로 돌아다니도록 놓아두는 위험을 무릅쓰기보다는 소정 구역에 한꺼번에 모아두는 방식을 택했다. 그런고로, 깔끔한 교외의 주택가에서 S를 소지하고 있는 것이 들통난다면 그 즉시 머리에 총구멍이 나겠지만, 여기서 그런 일을 당할 위험은 전무하다. 게토에는 경찰이 아예 존재하지 않기 때문이다.

나는 북쪽을 향해 갔다. 새벽 4시를 갓 지난 시간이지만 지독하게 무더웠고, 일단 완충지대에서 나오자마자 거리는 인파로 북적이고 있었다. 나이트클럽이나 주류 판매점이나 전당포나 도박장이나 사창가에 드나드는 사람들. 도시의 이 구역에 있는 가로등에는 전기가 공급되지 않지만, 공공심이 풍부한 누군가가 전구 대신에 끼워둔 삼중수소三重水素식의 만년 인광*구가 방사능에 오염된 우유처럼 차갑고 푸르스름한 빛을 발하고 있었다. S 중독자들은 24시간 내내 아무 일도 안 하고 꿈만 꾼다고 오해하는 사람들이 많지만, 그건 말도 안 되는 소리다. 그 작자들도 다른 사람들과 마찬가지로 먹고, 마시고, 돈을 벌 필요가 있는 데다가, 평행세계에 사는 자기 자신의 분신들이 잠들어 있는 시간에 약을 해봤자 낭비밖에는 되지 않기 때문이다.

정보부에 의하면 리타운에는 〈소용돌이〉를 숭배하는 모종의 컬트 집단이 존재하며, 내 임무 수행을 방해하려고 시도할 가능성이 있

※ 빛을 흡수해 발광하는 물질의 빛 방출이 지속되는 현상 또는 그 빛.

다고 한다. 예전에도 그런 컬트 집단에 관한 경고를 받은 적이 있지만 실제로 문제가 된 적은 한 번도 없었다. 그런 일탈적인 사태는 현실이 다른 평행우주로 아주 조금 전이轉移하기만 해도 씻은 듯이 사라져 버리기 때문이다. 〈기관〉이나 게토는 어느 세계에서든 S에 대한 통상적인 대처 수단으로서 존재하지만, 그 밖의 모든 것들은 조건에 따라 얼마든지 바뀌기 마련이다. 그렇다고는 해도, 긴장을 풀어서는 안 된다. 설령 그런 컬트 집단이 임무의 총체에는 유의미한 영향을 끼치지 못한다고 해도, 그들이 과거에 몇몇 버전의 나를 실제로 죽였다는 사실에는 의심의 여지가 없었고, 이번에 내 차례가 오는 것을 나는 원하지 않는다. 상황이 어떻게 돌아가든 무한하게 많은 버전의 내가 살아남으리라는 사실은 나도 알고 있었고, 개중에는 실제로 살아남았다는 사실을 제외하면 나와 완전히 똑같은 버전들도 있을 것이므로, 내가 이번 임무에서 죽을 가능성 따위에는 아예 신경을 끄는 편이 나을지도 모르겠다.

그러나 그러기는 쉽지 않았다.

의상팀은 최대한 주의를 기울여 내가 입을 옷을 골라줬다. 〈뚱뚱한 미혼모는 모두 죽어야 한다Fat Single Mothers Must Die〉 밴드의 월드 투어를 기념하는 반사 홀로그램식 티셔츠에, 게토에 어울리는 스타일의 청바지, 적절한 모델의 운동화 따위를 말이다. 묘하게도 S 중독자들은 꿈에서 마주치는 세계가 아니라 자기가 사는 '현지'의 패션에 맹목적으로 집착하는 경향이 있었다. 꿈속의 삶과 각성 시의 삶을 구분하고 싶은 욕구에서 비롯된 것인지도 모른다. 현시점에서 나의 변장은 완벽하지만, 이 상태가 오래 지속되지는 않을 것이다. 〈소용돌이〉의 속도가 점점 빨라지면서 게토의 각기 다른 구획들을 각기 다른 역사를 가진 세계로 쓸어 넣기 시작하면, 패션스타일의 변화는 가장 민감한 지표 중 하나가 돼줄 것이다. 만약 나의 복장이 주위에 비해 전혀 위화감이 없는 상태가 너무 오래 지속된다면, 내가 나아가는 방향이 잘못됐다는 뜻이다.

한쪽 귓불에 쪼그라든 사람 엄지손가락을 매단 키가 큰 대머리 사내가 술집에서 뛰쳐나오다가 나와 부딪쳤다. 서로 몸을 떼어내자마자 사내는 나를 쏘아보며 쌍욕을 내뱉기 시작했다. 나는 신중하게 대응했다. 군중 속에는 사내의 친구들이 있을 수도 있었고, 그런 종류의 문제에 휘말려 낭비할 시간적 여유는 없다. 나는 말대꾸 따위로 사태를 악화시키지 않았지만, 오만하거나 경멸적인 느낌을 주지 않도록 주의하면서 대범하면서도 자신 있는 태도를 유지했다. 이런 세심한 대응은 효과가 있었다. 사내는 30초 동안이나 마음껏 나를 매도했지만, 반격받지 않았다는 사실에 내심 만족했는지 히죽거리며 자리를 떴기 때문이다.

나는 다시 걷기 시작했다. 하지만 지금 나처럼 쉽게 빠져나오지 못한 버전의 나는 몇 명이나 될까 하는 생각을 하지 않을 수가 없었다.

방금 허비한 시간을 되찾기 위해 더 빨리 걷기 시작한다.

누군가가 뒤에서 나를 쫓아오더니 내 곁에서 함께 걷기 시작했다. "있잖아, 방금 그 작자를 다루는 걸 봤는데 맘에 들더군. 세심하고 능숙한 데다가 실용적이었어. 100점 만점이야." 20대 후반의 여자였고,

짧게 친, 광택이 있는 파랑 머리를 하고 있다.

"꺼져. 관심 없어."

"뭐에 관심이 없어?"

"뭐든."

여자는 고개를 설레설레 저었다. "그건 사실이 아냐. 당신은 여기 처음 와봤고, 뭔가를 찾고 있어. 혹은 누군가를. 내가 도와줄 수 있을지도 몰라."

"꺼지라고 했어."

여자는 어깨를 으쓱하더니 함께 걷는 것을 그만뒀지만, 뒤에서 이렇게 말했다. "사냥꾼에겐 언제나 안내자가 필요해. 잘 생각해 보라고."

몇 블록 더 나아간 다음 조명이 없는 샛길에 들어선다. 인적이 없고, 고요하다. 반쯤 탄 쓰레기와 싸구려 살충제와 오줌의 악취가 코를 찌른다. 여기서 내가 그것을 느꼈다는 점은 맹세해도 좋다. 사방을 둘러싼 폐허나 다름없는 어두운 건물들 안에서, S를 써서 꿈을 꾸고 있는 자들이 있다는 사실을.

S는 그 어떤 마약과도 다르다. S가 보여주는 꿈은 초현실적이지도 않고, 희열을 가져다주지도 않는다. 시뮬레이터를 쓴 환각 체험, 가령 무제한적인 부유함이라든지 형언할 수 없는 쾌락 따위를 제공해 주는 공허한 판타지도 아니다. S가 제공하는 꿈은 사용자들이 글자 그대로 겪었을 수도 있는 인생들의 꿈이며, 세부에 이르기까지 각

무한한 암살자

성 시의 삶 못지않게 현실적이며 사실적이다.

딱 한 가지 차이를 제외하면 말이다. 만약 꿈속의 인생이 유쾌하지 않게 변한다면, 당사자는 자기 마음대로 그 꿈을 중단하고 다른 인생의 꿈을 선택하는 것이 가능하다. (이럴 경우 S를 또 섭취하는 꿈을 꿀 필요는 전혀 없지만⋯ 이따금 그러는 경우도 있다고 들었다.) S 중독자는 제2의 인생을 조립할 수 있는 것이다. 그런 인생에서는 돌이킬 수 없는 잘못 따위는 없고, 변경 불가능한 결정도 존재하지 않는다. 실패도, 막다른 길도 없는 인생인 것이다. 모든 가능성들은 영원히 열려 있으므로.

S는 사용자에게 자기 분신이 살고 있는 어떤 평행세계에서도 해당 분신의 삶을 대리 체험할 수 있는 능력을 제공한다. 쌍방이 대뇌생리학적으로 충분한 공통점을 가지고 있다면, S 사용자는 분신에 대해 기생적인 공명 링크를 유지할 수 있기 때문이다. 연구 결과에 의하면 쌍방의 유전자형이 완벽하게 일치할 필요는 없었다. 반면, 유전자형이 완벽하게 일치한다고 해서 무조건 분신과 공명할 수 있는 것도 아니다. 유아기의 성장 과정도 이 능력과 관련된 신경 구조에 영향을 끼치는 듯하다.

대다수의 S 중독자들에게 이 마약은 상술한 능력 이상의 것을 제공하지는 않는다. 그러나 10만 명에 한 명꼴로 발생하는 돌연변이체들의 경우, 다른 세계의 꿈은 단지 시작에 지나지 않는다. S를 쓰기 시작한 지 3년 내지는 4년째에, 자기가 선택한 분신을 아예 대체하려고 애를 쓰던 돌연변이체들은 급기야는 **물리적으로** 다른 세계로의 전이를 시작하기 때문이다.

문제는 이런 현상을 단순히 세계 간 전이 능력을 획득한 돌연변이체들의 모든 버전과, 그들이 되고 싶어 하는 모든 버전 사이에서, 무한하게 많은 수의 직접적인 바꿔치기가 이뤄진다는 식으로 단순화할 수는 없다는 점이다. 직접적인 바꿔치기는 열역학적으로 불리하며, 개개의 〈꿈꾸는 자〉들은 세계들 사이의 모든 '점點'들을 점진적으로, 연속적으로 통과해야 한다. 그러나 이런 '점'은 그들 자신의 다른 버전에 의해 점유돼 있다. 바꿔 말해서 세계 간 전이 능력이란 군중이나 유동체 속을 이동하는 행위를 닮았다. 〈꿈꾸는 자〉들은 세계들 사이를 흘러가야 한다는 뜻이다.

세계 간 전이 능력을 갓 발달시킨 분신들은 여러 세계에 걸쳐 워낙 희박하게 분포돼 있는 탓에 초기에는 아무런 영향도 끼치지 못한다. 시간이 더 흐르면 일종의 대칭적인 정체 상태가 자리 잡는 것처럼 보인다. 잠재적으로 존재할 수 있는 모든 〈흐름〉들은, 그 〈역류〉에 해당하는 것들을 포함해서 동일한 확률로 존재하기 때문이다. 결국 모든 것이 서로를 상쇄하는 식이다.

이런 대칭성이 깨지는 경우, 처음 몇 번은 짧은 흔들림이나 순간적인 미끄러짐에 가까운, 감지가 거의 불가능할 정도로 약한 세계진世界震이 일어날 뿐이다. 탐지기들은 이런 것들을 기록하기는 하지만, 여전히 감도가 둔한 탓에 정확한 발생 위치를 콕 집어내지는 못한다.

이윽고 사태는 일종의 역치를 넘게 된다. 복잡하고 지속적인 〈흐름〉들이 발달하는 것이다. 얽히고설킨 이 거대한 〈흐름〉들은 무한 차원의 공간만이 포괄할 수 있는 병적일 정도로 복잡 기괴한 위상기하

무한한 암살자

학적 특징을 가지고 있다. 그런 〈흐름〉은 점성粘性을 가지고 있으며, 인근의 점들을 그대로 끌어들인다. 그 결과 〈소용돌이〉가 태어난다. 돌연변이를 일으킨 〈꿈꾸는 자〉에 가까우면 가까울수록, 세계에서 세계로 떠내려가는 속도도 빨라진다.

더 많은 수의 돌연변이 버전들이 이 〈흐름〉에 합류하기 시작하면 그 속도 역시 빨라지고, 빠르면 빠를수록 더 멀리서 그 영향력을 느낄 수 있게 된다.

물론 〈기관〉은 게토 내부의 현실이 붕괴하든 말든 개의치 않는다. 나의 임무 역시 〈흐름〉의 영향이 게토 밖으로 확산하는 것을 막는 것이었다.

나는 옆길을 지나 야트막한 언덕 정상에 올랐다. 400미터쯤 전방에 또 하나의 주요 도로가 보인다. 반쯤 허물어진 건물의 잔해 속에서 몸을 숨길 만한 장소를 찾아낸 다음, 접이식 쌍안경을 펼치고 5분 동안 언덕 아래를 관찰했다. 10초에서 15초 간격으로 미세한 이변을 감지한다. 행인이 입고 있는 의류가 달라지거나, 그 위치가 돌연히 바뀌거나, 홀연히 사라져 버리거나, 다시 출현하는 식이다. 컴퓨터가 내장된 나의 스마트 쌍안경은 관측 시야 안에서 일어난 이변의 수를 기록했을 뿐만 아니라 내가 현재 보고 있는 지점의 지도 좌표까지 계산해 줬다.

나는 180도 몸을 돌렸고, 이 언덕으로 올라오면서 지나쳐 온 군중을 되돌아보았다. 전이 발생률은 그쪽이 훨씬 낮았지만 역시 같은 일이 일어나고 있었다. 행인들 자신은 물론 전혀 눈치채지 못하고 있었다. 〈소용돌이〉의 변화율은 아직 너무 완만한 탓에 인파로 북적거리는 거리에서 서로의 모습을 볼 수 있는 두 명의 인간은 적든 많든 함께 다른 세계들로 전이하고 있었기 때문이다. 변화를 직접 목도하려면 나처럼 거리를 두고 관찰할 필요가 있다.

사실 내가 있는 곳은 남쪽에 모여 있는 군중보다 〈소용돌이〉의 중심부에 더 가깝기 때문에, 그 방향에서 내가 관측한 변화는 나 자신의 전이 속도가 그들보다 더 빠르기 때문에 일어난 것들이다. 나는 가장 최근의 고용주들이 있던 세계를 이미 오래전에 떠나왔다. 그러나 내가 남기고 온 빈자리가 이미 나의 다른 버전들에 의해 채워졌고, 앞으로도 계속 채워지리라는 점에는 의심의 여지가 없었다.

중심부가 어딘지를 확정하기 위해서는 출발 지점과 이곳을 남북으로 잇는 선에서 좀 떨어진 곳으로 가서 세 번째의 관찰에 착수할 필요가 있었다. 물론 시간이 흐르면서 중심의 위치 역시 변하겠지만, 변화 자체는 그리 빠르지 않을 것이다. 〈흐름〉은 중심점들의 위치가 거의 일치하는 세계들을 통과하므로, 그 위치는 막판에 가서야 변하는 법이다.

나는 서쪽 기슭으로 내려갔다.

또다시 인파와 가로등 빛이 있는 곳으로 가서, 사람들의 왕래가 뜸해지기를 기다렸다. 누군가가 내 팔꿈치를 툭 쳤다. 아까 내게 다가와서 말을 걸던 파랑 머리 여자였다. 나는 조금 짜증 섞인 시선으로 그녀를 응시했지만 아무 말도 하지 않았다. 이 버전의 여자가 나의 버전 중 하나를 만났는지의 여부를 확인할 수 없는 이상, 그녀의 예상에 반하는 언사를 내뱉고 싶지는 않았기 때문이다. 이제는 사태 발생을 눈치챈 주민들도 소수나마 있을 것이다. 게토 외부의 라디오 방송을 듣다가 라디오에서 흘러나오던 노래가 도중에 엉뚱한 노래로 자꾸 바뀌는 현상만으로도 충분한 실마리를 얻을 수 있다. 그러나 내 입장에서 이 정보가 빠르게 확산하는 것은 이득이 되지 않는다.

파랑 머리가 말했다. "그 여자를 찾는 걸 도와줄게."

"누굴 찾는 걸 도와준다고?"

"난 그 여자가 정확히 어디 있는지 알아. 그러니까 계측이나 계산 따위로 시간을 낭비하지 않아도…"

"조용히 해. 그냥 따라와."

그녀는 불평하지 않고 근처의 골목까지 나를 따라왔다. 이러다가 매복한 〈소용돌이〉 컬트 집단한테 공격당하지는 않을까? 그러나 골목은 비어 있었다. 우리 둘밖에는 없다는 사실을 확인한 나는 여자를 벽 가에 밀어붙이고 머리에 총을 갖다 댔다. 여자는 큰 소리로 도움을 요청하지도 않았고, 저항하지도 않았다. 몸을 떨고 있긴 하지만, 이런 꼴을 당하고도 놀란 기색은 없었다. 나는 휴대용 MRI로 그녀의 몸을 스캔했다. 무기도 없고, 부비트랩도 없고, 발신기도 없다.

나는 말했다. "이게 다 뭔지 솔직히 얘기해 줬으면 좋겠어." 언덕 위에 있는 나를 본 사람은 없다고 자신 있게 말할 수 있지만, 이 여자는 나의 다른 버전을 목격했을지도 모른다. 나답지 않은 실수이지만, 일어날 수 있는 일이다.

여자는 잠시 눈을 감더니 거의 침착한 목소리로 말했다. "단지 시간을 절약하게 해주고 싶을 뿐이야. 난 돌연변이체가 어디 있는지 알아. 최대한 빨리 그 여자를 찾아줬으면 좋겠어."

"왜?"

"왜냐고? 난 여기서 사업을 벌이고 있고, 그게 방해받는 걸 원하지 않기 때문이야. 〈소용돌이〉가 휩쓸고 지나간 뒤에 다시 인맥을 쌓는다는 게 얼마나 힘든 일인지 알아? 설마 거기 대비해서 내가 무슨 보험에라도 들어 있을 것 같아?"

나는 그녀의 말을 단 한마디도 믿지 않았지만, 여기서 장단을 맞춰줘도 손해될 일은 없다. 총으로 이 여자의 머리를 날려버리지 않는 이상, 그것이 가장 쉬운 대처법일 것이다. 나는 총을 집어넣고 호주머니에서 지도를 꺼냈다. "어딘지 알려줘."

여자는 지금 우리가 있는 곳에서 북동쪽으로 2킬로미터쯤 떨어진 건물을 가리켰다. "5층. 522호."

"어떻게 그걸 알고 있지?"

"내 친구가 거기 살아. 자정 직전에 뭔가 이상하다는 걸 깨닫고 내게 연락했어." 여자는 신경질적인 웃음소리를 냈다. "사실을 말하자면 그 남자하고 그렇게까지 친한 사이는 아니지만… 나한테 전화를 건 버전은 나의 다른 버전하고는 꽤 친밀한 관계였던 것 같았어."

"왜 그 소식을 듣자마자 도망치지 않은 거야? 여기서 멀리 떨어진 안전한 곳까지 대피할 수도 있었잖아?"

여자는 세차게 고개를 가로저었다. "도망치는 건 최악의 선택이

무한한 암살자

야. 그랬더라면 지금보다 훨씬 더 이질적인 세계로 떨어졌을걸. 외부 세계가 어떻게 되든 난 상관하지 않아. 정부가 교체되거나 팝스타의 이름이 바뀌었다고 해서 내가 신경을 쓸 것 같아? 하지만 여긴 내 고향이야. 리타운이 전이하면, 나도 함께, 적어도 그 일부와 함께 전이하는 편이 훨씬 나아."

"그럼 나는 어떻게 찾아냈어?"

여자는 어깨를 으쓱했다. "당신이 오는 건 알고 있었어. 그건 누구나 알고 있는 일이니까 말이야. 물론 당신이 어떤 모습을 하고 있는지는 몰랐어. 하지만 난 이곳에 관해 잘 알고 있으니까, 낯선 얼굴이 나타나지는 않는지 주의하고 있었던 거야. 결국 난 운이 좋았던 것 같군."

운이 좋았다. 바로 그게 문제다. 나의 분신들 중 일부는 이 대화를 다른 방식으로 나누게 되겠지만, 아예 이런 대화를 나누지 않는 버전들도 있을 것이다. 무작위적인 지연이 또 하나 생겨났다.

나는 지도를 접었다. "정보를 알려줘서 고마워."

여자는 고개를 끄덕였다. "해야 할 일을 했을 뿐이야."

떠나가는 나를 향해 여자가 외쳤다. "언제라도 기꺼이 그랬을 거야."

한동안 발걸음을 재촉한다. 나의 다른 버전들 역시 얼마나 많은 시간을 허비했든 간에 나와 같은 행동을 하고 있을 것이다. 내가 나의 모든 버전과 완벽한 동기화 상태를 유지할 수는 없겠지만, 확산을 우습게 보면 안 된다. 만약 내가 확산을 최소화하려는 시도조차도 하지 않는다면, 나를 포함한 모든 버전은 상정할 수 있는 모든 경로를 경유해서 〈소용돌이〉의 중심부에 접근할 것이고, 도착 시각도 며칠에 걸쳐 있게 될 것이다.

그뿐만이 아니다. 어느 버전이든 간에 허비한 시간을 그럭저럭 벌충할 수는 있지만, 평행세계마다 조금씩 차이가 날 것이 뻔한 지연 시간이 끼치게 될 효과를 완전히 상쇄하는 것은 불가능하다. 각 버전의 내가 〈소용돌이〉 중심으로부터의 거리가 각기 다른 곳에서 각기 다른 길이의 시간을 허비할 경우, 나의 모든 버전이 같은 방식으로 전이할 리가 없기 때문이다. 어떤 이론에 따르면, 특정 조건하에서 이런 일이 일어나는 경우에는 〈틈새〉가 생겨날 수 있다. 나라는 존재가 평행세계를 관통하는 〈흐름〉의 특정 부위들에만 쑤셔 박히고, 다른 부위들에서는 배제된다는 뜻이다. 이것은 0과 1 사이의 모든 수를 반으로 줄이고, 0.5와 1 사이를 빈칸으로 남겨두는 것과 유사하다. 하나의 무한을, 기수적基數的으로는 동일하지만 기하학적인 크기는 반인 다른 무한 속에 쑤셔 넣는다고나 할까. 그럴 경우에도 나의 버전들이 소멸하는 일은 없고, 같은 세계에 두 명의 내가 존재할 일도 없지만, 그럼에도 불구하고 내가 존재하지 않는 〈틈새〉가 하나 생겨나는 것이다.

예의 '밀고자'가 돌연변이체가 꿈을 꾸고 있다고 주장한 건물로 직행할 생각은 전혀 없었다. 그 정보가 사실이든 아니든 간에, 내가 그런 밀고를 받은 곳은 〈소용돌이〉에 휩쓸린 세계들의 극히 적은 일부, 엄밀하게 말하자면 측도測度가 0인 집합에 불과할 것이라는 확신이 있었기 때문이다. 그토록 희소한 세계 집합 내부에서 행동에 나선다 하더라도 〈흐름〉을 저지한다는 맥락에서는 아예 효과가 없을 것이 뻔하다.

내 생각이 옳다면, 지금 내가 무슨 행동에 나서든 아무런 영향도 끼치지 않는다는 얘기가 된다. 밀고를 받은 나의 버전들이 모조리 〈소용돌이〉 밖으로 빠져나온다고 해도, 임무 자체에는 아무런 타격도 주지 못한다. 측도가 0인 집합이 없어진다고 해서 신경 쓸 사람은 없다. 같은 맥락에서, 한 개인으로서 내가 취하는 행동은 사태 전체에 아무런 영향도 끼치지 못한다. 만약 내가, 오로지 나 혼자만이 임무를 포기한다고 해도, 손실은 극미하다. 문제는 그렇게 행동하는 사람이 정말로 나 혼자만인지의 여부를 나는 결코 알 수 없다는 점이다.

솔직히 말하자면 나의 버전들 중 일부는 아마 임무를 포기하고 도망쳤을 것이다. 내 성격이 아무리 안정돼 있다고 한들, 그런 행동으로 이어지는 유효한 양자적 순열이 아예 존재하지 않는다고는 단언할 수 없기 때문이다. 물리적으로 가능한 선택들이 무엇이든 간에, 지금까지 나의 분신들은 모든 선택지를 빠짐없이 선택해 왔고, 앞으로도 선택할 것이다. 단 한 명의 예외도 없이 말이다. 나의 안정성은 내가 존재하는 모든 갈래 우주에서의 분포 및 상대적 밀도가 고정적이고 이미 결정된 구조를 따르고 있다는 사실에 기인한다. 이럴 경우 자유의지는 자기 합리화에 지나지 않는다. 나는 모든 올바른 선택을 하지 않을 수가 없고, 모든 그릇된 선택을 하지 않을 수도 없으므로.

그러나 나 자신은 가급적 이런 식으로는 생각하지 않는 편을 선호한다. (여기서 선호라는 단어에 의미가 있는지는 모르겠지만.) 유일하게 건전한 대응법은, 나 자신을 무수하게 많은 자유롭게 행동하는 인간들 중 한 명으로 간주하고, 일관성을 유지하기 위해 '분투'하고, 지름길들을 무시하며, 정해진 절차를 충실하게 따르고, 나의 존재를 집중시키기 위해 '모든 수단을 강구'하는 일이다.

도망치거나, 실패하거나, 죽는 나의 분신들이 정 마음에 걸린다면 간단한 해결법이 하나 있다. 그들과 연을 끊으면 된다. 나의 정체성을, 즉 내가 누구인지를 마음대로 정할 수 있는 사람은 다름 아닌 나이기 때문이다. 내가 다수라는 사실을 어쩔 수 없이 받아들인다 하더라도, 경계선을 긋는 주체는 나다. 살아남아 성공하는 사람들이 바로 '나'인 것이다. 그 밖의 분신들은 타인이다.

전망하기 좋은 지점에 도달한 나는 세 번째 계측을 실시했다. 거리의 광경은 30분 길이의 녹화 동영상을 5분으로 줄여 편집한 듯한 양상을 띠고 있었다. 단지 화면 전체가 한꺼번에 변하지 않는다는 점을 제외하면 말이다. 서로 밀접하게 관련된 커플들은 예외로 치더라도, 각기 다른 개인들이 홀연히 사라지거나 느닷없이 출현하는 장면은 마치 영화의 툭툭 튀는 점프 컷을 방불케 했다. 행인들 모두가 적든 많든 함께 전이하고 있었지만, 특정 순간에 각자가 점유하는 물리적인 위치라는 맥락에서 볼 때 이런 현상이 의미하는 바는 너무나도 복잡했고, 결과적으로는 각자가 무작위적으로 전이하는 것과 별반 차이가 없었다. 아예 사라지지 않는 인물도 몇 명 있었다. 어떤 사내는 똑같은 길모퉁이에서 계속 어슬렁거리고 있었다. 사내의 헤어스타일은 적어도 다섯 번은 극단적으로 바뀌었지만 말이다.

계측이 끝나자 쌍안경에 내장된 컴퓨터가 〈소용돌이〉 중심부의 추정 좌표를 표시했다. 파랑 머리 여자가 가리켰던 건물과는 60미터쯤 떨어진 지점이고, 충분히 오차 범위 안이다. 그 여자는 진실을 말했던 것인지도 모르겠다. 그런다고 해서 뭐가 달라지는 것은 아니지만 말이다. 나는 여전히 그 여자를 무시해야 한다.

표적을 향해 이동하면서 나는 곰곰이 생각에 잠겼다. 그 골목에 있었을 때 나는 실은 매복에 걸렸던 것인지도 모른다. 그 여자가 돌연변이체의 위치를 내게 알려준 것은 나를 교란하고, 여러 버전으로 분기시키기 위한 의도적인 시도였을 수도 있다. 혹시 그 여자는 동전을 던져 세계를 분할했던 것은 아닐까. 앞면이 나오면 내게 밀고하고, 뒷면이 나오면 밀고하지 않는 식으로 말이다. 주사위를 던져서 더 많은 수의 작전들 중 하나를 골랐을지도 모른다.

가설에 불과하다고는 해도… 그렇게 생각하니 오히려 마음이 가벼워졌다. 〈소용돌이〉 컬트 집단이 자기들의 숭배 대상을 지키기 위해 할 수 있는 일이 기껏 그 정도라고 한다면, 내가 그런 작자들을 두려워할 필요는 전혀 없기 때문이다.

나는 큰길가를 피해 다녔지만, 샛길에서조차도 이미 소문이 퍼졌다는 것을 알 수 있었다. 행인들이 히스테리에 빠진 상태로, 또는 딱딱하게 굳은 표정으로 내 곁을 달려갔다. 맨손인 사람도 있었고, 물건을 잔뜩 든 사람도 있었다. 어떤 사내는 문간에서 문간으로 달려가면서 창문에 벽돌을 내던지는 방법으로 곤히 잠든 사람들을 깨운 다음 고래고래 소식을 전하고 있었다. 모든 사람들이 같은 방향을 향해 가고 있는 것은 아니었다. 대다수는 〈소용돌이〉를 피하기 위해 게토 밖으로 무작정 도망치고 있었지만, 주위에서 미친 듯이 뛰어다니는 사람들의 일부는 친구나 가족이나 연인이 낯선 사람으로 변해버리기 전에 그들을 찾아낼 작정인 것이 틀림없다. 부디 그들에게 행운이 있기를.

재해 지역의 중심부는 예외겠지만, 몇몇 말기 중독자들은 도망치지 않고 자기 거처에 남아 있을 것이다. 그들은 전이 따위에는 아예 개의치 않는다. 어떤 평행우주로 전이하든 간에 꿈속의 인생을 찾아가면 그만이기 때문이다. 적어도, 본인들은 그렇게 생각하고 있을 것이다. 그리고 그중 일부는 엄청난 충격에 빠질 것이다. 〈소용돌이〉는 S가 존재하지도 않는 세계들을 통과할 수 있으며, 그런 세계에 사는 돌연변이 중독자의 분신은 그런 마약이 존재한다는 사실조차도 아예 모를 것이기에.

길고 직선인 대로에 들어서자 불과 15분 전에 내 쌍안경이 보여준 점프 컷 같은 광경들이 육안으로도 보이기 시작했다. 깜빡거리다가 전이하면서 사라지는 사람들. 내 시야에 오랫동안 머물러 있는 사람은 전무하고, 사라지지 않고 10미터에서 20미터 이상 나아가는 사람조차도 거의 없었다. 많은 사람들이 움찔거리거나 비틀거리며 달려가고 있었다. 이들은 장애물과 마주쳤을 때 망설일 뿐만 아니라, 같은 빈도로 아무것도 없는 공간 앞에서도 망설인다. 주위의 세계가 영속적이고 불변하다는 굳건한 믿음은 산산조각이 난 지 오래였다. 아

　　　　　　　　　　　　　　　　무한한 암살자

예 고개를 푹 숙이고 양팔을 앞으로 뻗은 자세로 무작정 달려가는 사람들도 있었다. 대다수 사람들은 걸어서 이동할 정도로는 분별이 있었지만, 차도 위에서는 충돌 사고를 일으키고 버려진 여러 대의 자동차들이 섬광등처럼 점멸하면서 출현과 소멸을 거듭하고 있었다. 이동 중인 차도 한 대 목격했지만, 흘끗 보였을 뿐이었다.

주위 어디를 둘러보아도 나 자신의 모습은 보이지 않았다. 지금까지 나의 다른 버전을 목격한 적은 한 번도 없다. 전이 자체가 무작위적이기 때문에 일부 세계에서는 내가 두 명 출현해도 이상할 것이 없지만 이것은 측도가 0인 세계 집합에만 해당된다. 이론상의 다트 두 개를 이론상의 다트판을 향해 던질 경우, 두 개 모두가 동일한 점, 즉 동일한 0차원의 점에 꽂힐 확률은 0이다. 이 실험을 비가산적으로 무한한 수의 세계에서 되풀이한다면 그런 일도 일어날 수 있겠지만 그것은 어디까지나 측도 영집합에서의 사건에 지나지 않는 것이다.

먼 곳일수록 변화는 더 격렬했지만, 내가 다가가자 벌집을 쑤신 듯한 광경은 어느 정도 잦아드는 것처럼 보였다. 부분적으로는 단지 내가 그들과 분리돼 있기 때문이겠지만, 이것은 내가 〈소용돌이〉가 더 급격하게 변화하는 장소를 향해 가고 있다는 뜻도 된다. 나는 혼돈의 중심으로 천천히 다가가고 있다. 나는 일정한 보조를 유지했고, 느닷없이 앞에 출현하는 인간이라든지 갑작스러운 지형 변화에 유의하며 나아갔다.

주위의 인파가 줄어들기 시작했다. 거리 자체는 여전히 존재하고 있지만, 주위 건물들은 기괴한 키메라처럼 변신하고 있었다. 처음에

The Infinite Assassin

는 건축 스타일이 다른 건물들을 부분 단위로 잡다하게 조합해 놓은 느낌이었지만, 급기야는 완전히 상이한 건물들의 일부가 어깨를 맞대고 출현하기 시작했다. 마치 홀로그램식 건축 몽타주 기계가 폭주하면서 투영한 영상 내부를 걷고 있는 듯한 느낌이다. 얼마 지나지 않아 이런 식의 혼합 건물들 대부분은 하중 지지라는 면에서 치명적인 불일치를 일으키고 붕괴하기 시작했다. 나는 낙하하는 건물 파편들 탓에 위험해진 보도를 벗어나 도로 한복판에 널려 있는 차들 사이를 누비고 나아갔다. 아직도 움직이고 있는 차는 실질적으로 전무했지만, '정지'해 있는 고철 더미를 피하려면 나도 느리게 이동하는 수밖에 없었다. 이런 장애물들은 출현했다가 곧 소멸했다. 대부분의 경우는 뒤로 후퇴해서 우회하는 것보다는 그 장애물이 소멸할 때까지 기다리는 편이 더 빨랐다. 이따금 사방을 완전히 포위당할 때도 있었지만, 그런 상태는 오래 지속되지 않았다.

이윽고 내 주위의 건물 대부분이 (대부분의 세계에서) 붕괴하면서 비교적 걷기 쉬운 통로를 닮은 공간이 도로 가장자리에 생겨났다. 가까이서 보니 게토 전체가 지진으로 아예 평탄해진 듯한 느낌이다. 〈소용돌이〉에서 멀어지는 쪽을 돌아보니 일군의 건물들이 잿빛 안개처럼 흐릿하게 보일 뿐이었다. 그쪽 건물들은 여전히 한 채씩 통째로 전이하고 있든지, 혹은 즉시 붕괴하지 않을 정도로는 원본과 닮은 상태로 전이하고 있는 것이리라. 반면에 나는 그런 건물들보다 훨씬 더 빨리 전이하고 있기 때문에, 도시의 스카이라인 자체가 10억 개의 각기 다른 가능성들로 이루어진 무질서한 다중노출 영상처럼 번져 보이는

무한한 암살자

것은 당연했다.

정수리에서 사타구니까지 비스듬히 썰린 인간 같은 존재가 눈앞에 출현하더니 쓰러졌고, 소멸했다. 나는 속이 뒤틀리는 것을 억누르며 계속 나아갔다. 방금 본 것과 똑같은 일이 나의 다른 버전들에게 일어나고 있다는 사실은 알고 있었지만, 내 입장에서는 나와는 무관한 타인들의 죽음이다. 내가 그렇게 정의했기 때문이다. 〈소용돌이〉의 변화율이 너무나도 급격해진 탓에 이제 인체의 각 부분들은 각기 다른 세계로 끌려갈 수 있었고, 그런 세계에서 해당 부위를 지탱하는 다른 부위들이 해부학적으로 반드시 올바른 위치에 있어줄 것이라는 통계학적인 보장은 없다. 그러나 이런 식의 치명적인 해체가 실제로 일어나는 비율은 계산상의 비율에 비해 불가해할 정도로 낮았다. 인체는 모종의 방법을 통해 그 전체성을 유지하고, 이론치를 훨씬 상회하는 비율로 몸 전체를 전이시키는 듯하지만, 이런 변칙적인 현상을 가능케 하는 물리학적 기반이 무엇인지는 아직도 해명되지 않았다. 다중 분기하는 갈래 우주들이나 부채꼴 초우주로부터 인간의 뇌가 도대체 어떻게 단일 역사, 시간 감각, 정체성 따위의 착각을 만들어 내는지도 아직 해명되지 않았으니 이상할 것은 없지만 말이다.

하늘이 밝아오기 시작했다. 단일 세계의 흐린 하늘에서는 결코 볼 수 없는 기괴한 청회색 하늘. 길 자체가 이제는 유동적이다. 두세 걸음 걸을 때마다 아스팔트 포장, 깨진 석재, 콘크리트, 모래땅으로 바뀌는 데다가 모두 높이가 조금씩 다르다. 순간적으로 시든 풀밭이 나타난 적도 있었다. 나의 뇌에 박혀 있는 관성항법 임플란트가 혼돈 속에서 나를 인도한다. 흙먼지와 연기가 피어올랐다가 사라지고, 그다음에는…

일군의 아파트 건물들이 나타났다. 건물 표면은 깜박거렸지만, 붕괴할 징조는 없었다. 이곳의 전이 속도는 최대치에 달해 있었지만, 그것을 상쇄하는 효과가 존재하기 때문이다. 〈꿈꾸는 자〉에 가까우면 가까울수록 〈흐름〉이 지나가는 세계들은 필연적으로 점점 더 비슷해지는 법이다.

아파트 건물들의 배치는 대략 대칭적이었고, 〈소용돌이〉의 중심이 어디인지는 명명백백했다. 어떤 버전의 나도 똑같은 판단을 내릴 것이 확실하므로, 밀고받은 정보에 따라 행동하는 것을 피하려고 무의미하게 골머리를 썩일 필요는 없었다.

문제의 건물 현관은 주로 세 개의 세계 사이를 오가고 있었다. 나는 가장 왼쪽에 출현한 문을 골랐다. 이것은 표준적인 절차에 불과하다. 〈기관〉은 나를 채용하기도 전에 다른 평행우주의 동료 〈기관〉들에게 이 절차를 전파시키는 데 성공했다. (한동안은 이와는 상반되는 지시들이 유포됐을 것이 뻔하지만, 결국은 단일 절차가 지배적인 위치를 점유한 것이 틀림없다. 나는 현재 절차와 상반되는 지시를 받은 적이 단 한 번도 없기 때문이다.) 내가 어떤 식으로든 발자취를 남길 수 있다면(또는 그것을 추적할 수 있다면) 좋겠다는 생각을 종종 하지만, 어떤 흔적을 남기든 간에 결국은 아무 쓸모도 없다. 흔적 자체가 그것이 인도할 수 있는 버전들보다 훨씬 더 빨리 〈흐름〉에 휩쓸려 내려갈 것이 뻔하기 때문이다. 결국은 나 자신의 확산을 최소화하기를 희망하며 정해진 절차를 따르는 것 말고는 달리 선택의 여지가 없다.

현관 로비에서는 네 개의 계단통이 보였다. 네 곳 모두 계단 자체는 박살 난 채로 깜박이고 있다. 가장 왼쪽의 계단통으로 가서 흘끗 위를 올려다본다. 존재할 가능성이 있는 이런저런 창문들을 통해 새벽의 빛이 쏟아져 내린다. 각 층의 바닥을 이루는 거대한 콘크리트 상판들 사이의 간격은 일정하게 유지되고 있었다. 각 세계마다 달라질 가능성이 있는 계단의 특수한 형상보다, 각기 다른 위치를 점한 이렇게 거대한 구조물들 사이의 에너지 차이 쪽이 더 큰 안정성을 제공한다. 그러나 구조물 자체에 균열이 생겨나는 것은 피할 수 없었고, 언젠가는 이 건물도 세계 간의 불일치를 견디지 못하고 붕괴하리라는 점에는 의심의 여지가 없었다. 그때가 오면 각 세계에 존재하는 〈꿈꾸는 자〉의 다른 버전들도 모두 무너진 건물에 깔려 사망하면서, 마침내 〈흐름〉에 종지부를 찍게 된다. 하지만 그 무렵에 〈소용돌이〉는 도대체 어디까지 확산해 있을까?

내가 지참한 폭파장치는 작지만 충분한 위력을 가지고 있다. 계단통에 그것을 설치해 놓고 음성 입력으로 기폭 시퀀스를 발동시킨 후 서둘러 자리를 떴다. 그러면서 로비 쪽을 흘끗 돌아보았지만, 거리 탓에 세부를 확인하기는커녕 흐릿한 전체상을 파악하는 것이 고작이었다. 방금 내가 설치한 폭약은 이미 다른 세계로 휩쓸려 갔겠지만, 나의 신념, 그리고 경험은 그것을 대체해 술 무한하게 많은 세계선※이 존재한다는 사실을 알리고 있었다.

※ 점입자(點粒子)가 시간에 따라 움직이면서 남기는 시공간 속의 궤적.

아까 현관문이 있던 곳에서 벽에 부딪혔지만, 한 걸음 물러선 다음 시도해 보니 통과할 수 있었다. 도로 반대편으로 달려가던 중에 버려진 자동차 한 대가 눈앞에 출현했다. 나는 그 주위를 돌아 차 뒤에서 납작 엎드린 다음 머리를 감쌌다.

십팔. 십구. 이십. 이십일. 이십… 이?

아무 소리도 들리지 않는다. 나는 고개를 들었다. 자동차는 사라지고 없었다. 건물은 여전히 그 자리에 서 있었고… 여전히 깜박거리고 있었다.

나는 곤혹감에 휩싸인 채로 일어섰다. 무수히 많은 폭탄들 중 일부는 아마, 아니 틀림없이 불발탄이었겠지만, 평행우주 전체에서는 응당 〈흐름〉을 저지하기에 충분한 수의 폭탄들이 터졌어야 하는 것이 아닌가.

그렇다면 무슨 일이 일어난 것일까? 아마 문제의 〈꿈꾸는 자〉는 〈흐름〉 속에 있는 작지만 연속적인 부분 내에서는 살아남았고, 그 부분이 루프처럼 닫혔을 수 있다. 그리고 이런 폐쇄 루프의 일부가 되어버린 나는 운이 나빴다고밖에는 할 수 없었다. 하지만 돌연변이체는 어떻게 살아남을 수 있었을까? 폭탄이 폭발한 세계들은 목적을 달성하기에 충분한 밀도를 가진 모든 곳에 무작위적으로, 균등하게 분포돼 있어야 옳다… 그러나 모종의 변칙적인 군집 효과가 평행우주 사이에 이런 〈틈새〉를 발생시켰을 수도 있다.

또는 나 자신이 〈흐름〉의 일부에서 강제로 배제됐을 수도 있다. 그런 일이 실제로 일어날 수 있는 이론상의 조건은 너무나도 황당무

무한한 암살자

계한 탓에, 현실에서 정말로 그런 조건이 충족될 리가 없다는 것이 나의 평소 지론이었다. 하지만 실제로 그런 일이 일어났다고 한다면? 나보다 〈흐름〉의 하류에 있는, 나라는 존재가 없는 〈틈새〉는 폭탄이 아예 설치되지 않은 세계들의 집합을 만들어 냈을 것이고, 〈흐름〉을 따라 흘러오던 이 집합이 건물 밖으로 대피한 탓에 전이 속도가 떨어진 나를 따라잡은 것이다.

나는 계단통이 있는 곳으로 '되돌아'갔다. 그곳에 불발탄은 남아 있지 않았고, 나의 버전이 한 명이라도 그곳에 있었다는 징후도 없었다. 나는 예비 폭약을 설치한 다음 다시 대피했다. 이번에는 몸을 숨길 만한 곳이 없었기 때문에 그냥 도로 위에 납작 엎드렸다.

이번에도 마찬가지였다. 아무 일도 일어나지 않는다.

나는 필사적으로 마음을 가다듬고 상정할 수 있는 모든 원인을 머리에 떠올려 보았다. 만약 최초의 폭탄들이 터졌을 때 폭탄이 아예 설치되지 않은 〈틈새〉가 내가 존재하지 않는 〈틈새〉를 아직 완전히 통과하지 않은 상태였다면, 단절되지 않은 〈흐름〉의 일부에는 여전히 내가 존재하지 않는 부분도 있을 것이고, 그 결과, 두 번째로 폭탄을 설치했더라도 똑같은 일이 또다시 되풀이된 것이다.

나는 멀쩡하게 서 있는 건물을 응시했다. 도저히 믿을 수가 없었다. 나는 임무에 성공하는 버전들이야. 그게 나라는 존재를 정의하는 전체상이고. 그렇다면 임무에 실패한 자는 도대체 누구란 말인가? 만약 〈흐름〉의 일부에서는 내가 존재하지 않는다고 가정한다면, 그런 세계들에는 임무에 실패할 수 있는 나의 버전들 자체가 애당초 존재하지 않는다는 얘기가 된다. 그럴 경우 실패의 책임은 누구에게 있을까? 나는 누구를 내가 아니라고 부인해야 할까? 폭탄 설치에는 성공했지만, 그곳이 아닌 다른 세계들에서 '그랬어야' 옳은 버전들? 나도 그들 중 한 명일까? 그걸 확인할 방법은 없다.

그럼 이제 어떻게 해야 할까? 〈틈새〉의 규모는 얼마나 큰 것일까? 나는 그것에 얼마나 근접해 있을까? 그 〈틈새〉는 몇 번 더 나를 패배시킬 수 있을까?

성공할 때까지 〈꿈꾸는 자〉를 계속 죽이는 수밖에 없다.

다시 계단통 쪽으로 갔다. 각 층의 높이는 3미터였다. 위층으로 올라가기 위해 끝에 작은 쇠갈고리가 부착된 짧은 밧줄을 썼다. 갈고리에 내장된 폭약이 콘크리트 바닥에 스파이크를 박아 넣는다. 일단 밧줄이 풀리면 다른 세계들로 전이하며 토막 날 가능성 역시 증대하므로, 신속한 행동이 관건이다.

나는 522호 얘기는 아예 들어본 적도 없다는 듯이 정해진 절차에 충실하게 따랐고, 첫 번째 층을 철저하게 수색했다. 어딘가의 세계에 존재하는 칸막이벽들이 여기저기서 흐릿한 모습을 드러내고, 간소한 가구가 희미하게 나타나고, 주인을 잃은 잡동사니들이 나타났다가 사라진다. 수색을 마치자 나는 동작을 멈추고 머릿속의 시계 분침이 10의 배수에 해당하는 시각에 도달할 때까지 기다렸다. 10분 이상 뒤처지는 버전의 나도 있을 테니 완벽한 방법이라고는 할 수 없지만, 어차피 그보다 더 오래 기다려도 완벽해진다는 보장은 없으므로 상관없다.

그 위의 2층 역시 텅 빈 상태였다.※ 그러나 아래층에 비하면 조금 더 안정돼 있는 것을 보면 내가 〈소용돌이〉의 핵심을 향해 접근하고 있다는 점에는 의심의 여지가 없었다.

3층의 벽이나 바닥은 거의 고체 상태를 유지하고 있었다. 4층의 경우, 방구석에서 명멸하는 잡동사니만 없었다면 정상이라고 해도 믿었을 것이다.

5층은…

나는 방문을 하나씩 발로 차서 열어보며 복도를 천천히 나아갔다. 502. 504. 506. 중심부에 이토록 가까워지면 순서를 건너뛸 유혹을 받을지도 모른다고 생각하고 있었지만, 돌이킬 기회 따위는 없다는 사실을 잘 알고 있는 덕에 절차를 충실하게 따르는 것은 놀랄 정도로 쉬웠다. 516. 518. 520.

522호실 안쪽에 놓인 침대 위에 젊은 여자가 누워 있었다. 머리카락은 무수하게 많은 가능성들이 중첩한 투명한 후광 같았고, 옷은 반투명한 실안개처럼 흐르고 있었지만, 여자의 몸은 항구적이고 확고한 실체를 가지고 있는 것처럼 보였다. 오늘 밤에 발생한 모든 혼돈을 자아낸, 거의 고정된 하나의 점.

방으로 걸어 들어간 나는 총으로 그녀의 머리통을 겨냥했고, 발포했다. 탄환은 그녀에게 도달하기 전에 여러 세계로 잇달아 전이하겠지만, 〈흐름〉의 하류에 있는 그녀의 다른 버전을 죽일 것이다. 나는 계속 방아쇠를 당겼고, 동료 암살자가 쏜 탄환이 내 눈앞에서 표적에

※ 오스트레일리아에서 2층은 한국 건물의 3층에 해당한다.

명중하거나, 〈흐름〉 자체가 멎기를—살아 있는 버전들의 수가 너무 많이 줄어들어서 분포가 희박해진 결과 〈흐름〉 자체를 유지할 수 없는 상태가 되기를—기다렸다.

어느 쪽도 일어나지 않았다.

"늑장을 부렸군."

나는 재빨리 몸을 돌렸다. 파랑 머리 여자가 문밖에 서 있었다. 나는 총을 다시 장전했다. 여자는 나를 막으려는 기색을 보이지 않았다. 두 손이 부들부들 떨렸다. 몸을 돌려 다시 〈꿈꾸는 자〉를 마주 보고 또다시 스무 번 이상 그녀를 죽였다. 그러나 내 눈앞에서 누워 있는 버전은 여전히 아무 영향도 받지 않았고, 〈흐름〉 역시 전혀 약해질 기색을 보이지 않았다.

다시 총을 장전하고, 파랑 머리 여자를 겨냥했다. "도대체 나한테 무슨 짓을 한 거지? 난 혼자인 거야? 혹시 다른 버전들을 모두 죽여버리기라도 했나?" 아니, 그건 말이 안 된다. 설령 그게 사실이라고 쳐도, 저 여자는 나를 볼 수 없지 않은가? 저 여자의 각기 다른 버전들에게 나는 한순간만 출현했다가 제대로 지각하기도 전에 사라져버리는 그림자에 지나지 않는다. 내가 여기 있었다는 사실조차도 알아차리지 못할 것이다.

여자는 고개를 가로젓더니 조용한 목소리로 말했다. "우린 아무도 죽이지 않았어. 단지 당신을 칸토어 먼지※ 안에 매핑했을 뿐이야.

※   프랙털의 일종으로, 닫힌 구간 [0,1]을 삼등분해서 가운데 구간을 제외하는 작업을 무한 반복함으로써 얻는 실수 집합이다. 칸토어 집합이라고도 부른다.

무한한 암살자

당신의 모든 버전들은 여전히 살아 있지만, 그 어느 버전도 〈소용돌이〉를 막지는 못해."

칸토어 먼지. 셀 수 없는 무한 집합이지만 측도가 0인 프랙털 집합. 나라는 존재에는 단 하나의 〈틈새〉도 존재하지 않는다는 얘기다. 그런 대신 무한한 수가, 끊임없이 계속되는, 한층 더 작은 공백들이 모든 곳에 존재한다. 하지만…

"어떻게? 네가 나를 기다리고 있다가, 말을 걸면서 시간을 낭비하게 한 건 사실이야. 하지만 어떻게 모든 버전들의 지연 시간을 조정할 수 있었던 거지? 모든 세계에서 그런 지연이 끼칠 영향은 어떻게 계산했고? 그러기 위해서는…"

"무한한 계산 능력이 필요하다? 무한한 수의 인간이 행하는?" 파랑 머리는 희미하게 웃음 지었다. "무한한 수의 인간은 바로 나야. 나의 모든 버전이 S를 써서 꿈속을 돌아다니고 있지. 전원이 서로를 꿈꾸고 있는 거야. 우리 모두는 동기화해서 단일 존재로서 행동할 수 있어. 필요하다면 독립적으로 행동할 수도 있지만 말이야. 지금처럼 그 중간 단계도 가능해. 어떤 순간 당신을 보거나 당신 목소리를 들을 수 있는 나의 버전들이, 나머지 버전들과 감각 데이터를 공유하는 식으로."

나는 〈꿈꾸는 자〉를 돌아보았다. "왜 저 여자를 지키려는 거지? 원하는 것 따윈 절대로 얻지 못할 텐데. 이 도시는 이미 괴멸된 거나 다름없고, 목적하는 세계에 도달할 가망도 없는데."

"여기서야 그렇겠지."

"여기서야 그렇다고? 저 여잔 자기가 사는 모든 세계들을 가로지르고 있잖아! 그 밖에 갈 데가 또 어디 있어?"

여자는 고개를 절레절레 흔들었다. "그런 세계들을 만들어 내는 게 도대체 뭐라고 생각해? 통상적인 물리적 과정을 대체하는 가능성들이잖아. 하지만 얘긴 거기서 끝나지 않아. 세계들 사이를 **이동하는** 경우에도 똑같은 기제가 작용하니까 말이야. 초우주 역시 각기 다른 버전들로 분기하고, 각 버전은 존재 가능한 모든 세계 간 〈흐름〉을 내포하고 있어. 게다가 초우주의 그런 버전들 사이를 통과하는 더 높은 준위의 〈흐름〉들도 존재하니까, 그 구조 전체가 또 분기하는 식으로 계속 이어지는 거지."

나는 강렬한 현기증을 이기지 못하고 눈을 감았다. 더 큰 무한들을 향해 끝없이 상승한다는 이 여자의 말이 사실이라면…

"어딘가에서, 〈꿈꾸는 자〉는 언제나 승리한다? 내가 뭘 하든 간에?"

"그래."

"그리고 다른 어딘가에서는, 내가 언제나 이긴다? 너희가 나를 이기지 못한 어딘가에서는?"

"맞아."

나는 누구일까? 나는 임무에 성공하는 존재다. 그렇다면 여기 있는 나는 누구란 말인가? 무. 측도가 0인 집합.

나는 총을 떨어뜨리고 〈꿈꾸는 자〉를 향해 세 걸음 더 나아갔다. 이미 너덜너덜해진 나의 옷은 각기 다른 세계로 분리되며 떨어져 나갔다.

한 걸음 더 나아간 나는 불현듯 찾아온 따뜻한 느낌에 놀라 멈춰섰다. 내 머리카락과 피부의 표피가 사라져 있었다. 나는 땀 같은 조그만 핏방울로 뒤덮여 있었다. 그제야 〈꿈꾸는 자〉의 얼굴에 떠오른 얼어붙은 미소를 본다.

나는 생각한다. 무한한 세계 집합들 중 얼마나 많은 곳에서 나는 한 걸음을 더 디디게 될까? 그리고 얼마나 무수히 많은 버전의 내가 앞으로 나아가는 대신 뒤로 돌아 이 방에서 나갈까? 어차피 내가 모든 가능한 방식으로 살고, 모든 가능한 방식으로 죽는다는 사실을 깨달은 지금, 죽음을 감수하더라도 치욕에서 구해내려고 하려는 존재는 도대체 누구일까?

나다.

5

도덕적 바이러스 학자

The Moral Virologist

눈 부신 아침 햇살이 쏟아지는 애틀랜타의 거리에서 십여 명의 어린아이들이 놀고 있었다. 아이들은 술래잡기를 하고, 레슬링을 하고, 서로를 껴안고, 웃고, 소리를 질렀고, 이토록 좋은 날에 살아 있다는 이유 하나만으로도 크나큰 환희와 고양감을 느끼고 있는 듯했다. 그러나 햇살을 반사하는 새하얀 건물 내부에 있는, 이중 유리창으로 차단된 방 안의 공기는 존 쇼크로스의 취향에 맞춰 조금 서늘했다. 들리는 것이라고는 에어컨 소리와 희미한 전기 잡음뿐이었다.

단백질의 구조도構造圖가 미세하게 떨렸다. 이것을 보고 일찌감치 성공을 확신한 쇼크로스는 씩 웃었다. 화면 왼쪽 상단에 표시된 pH 수치가 임곗값—그가 계산한 바에 의하면 입체구조 B의 에너지 레벨이 입체구조 A의 그것 아래로 떨어지는 지점—을 넘자 단백질은 갑자기 경련하는가 싶더니 안팎으로 완전히 뒤집혀졌다. 이것은 쇼크로스의 예상과 정확하게 일치했다. 분자 결합에 관한 그의 연구들도 이미 유력한 근거를 제공해 주었지만, (현실을 화면까지 전달해 주는 알고리즘이 아무리 복잡하다고 해도) 역시 자기 눈으로 변화를 직접 확인하는 것만큼 든든한 증거는 없었다.

쇼크로스는 이 과정에 매혹당한 나머지 변화의 순간을 뒤로 돌려 보거나 앞으로 돌려보며 몇 번이나 재생해 보았다. 이 경탄할 만한 기계는 80만 달러라는 거금을 들여 구입할 가치가 충분히 있었다. 예전에도 영업 직원이 이 기계를 써서 몇몇 인상적인 실연을 해 보이기는 있지만, 쇼크로스가 자기 연구를 위해 이 기계를 쓴 것은 이번이 처음이었다. 수용액 내부의 단백질을 영상으로 직접 볼 수 있다니! 통상적인 엑스선 회절回折 기법으로는 결정격자 샘플밖에는 조사할 수 없고, 그것이 보여주는 분자 배열도 생물학적으로 유의미한 수용성 형태와는 거리가 멀다. 이 새로운 기술의 열쇠가 되어준 것은 초음파 자극을 받고 반쯤 질서화된 액체상液體相 반응이었고, 컴퓨팅 분야에서 몇 가지 중요한 기술 혁신이 있었던 것 역시 큰 도움이 되었다. 쇼크로스는 모든 세부 내용을 낱낱이 파악하고 있지는 않았지만, 이 기계를 쓰는 데는 아무 지장도 없었다. 그는 관대한 기분을 느끼며 이 기계의 발명자가 화학과 물리학과 의학 분야의 노벨상을 수상하기를 희망했고, 방금 그가 행한 실험의 괄목할 만한 결과물을 다시 한번 바라본 후 기지개를 켰고, 자리에서 일어나 점심을 먹기 위해 외출했다.

델리카트슨으로 가는 길에 평소 때처럼 예의 서점 앞을 지나쳤다. 서점 창문에 새로 붙여놓은 듯한 파렴치한 포스터가 눈에 들어왔다. 벌거벗은 청년 하나가 성행위 직후의 나른한 분위기를 풍기며 침대 위에 큰대자로 드러누운 그림이었는데, 사타구니를 침대 시트 모서리로 겨우 가렸을 뿐이었다. 포스터 윗부분을 가로지르는 빨간 네온사인을 흉내 낸 글자들은 이 책의 제목인 『뜨거운 밤의 안전한 섹스』였다. 쇼크로스는 분노와 불신을 이기지 못하고 설레설레 고개를 저었

도덕적 바이러스 학자

다. 도대체 사람들은 어디가 잘못된 것일까? 그가 낸 광고를 아무도 읽지 않았단 말인가? 눈이 먼 것일까? 단지 어리석거나, 교만한 것일까? 진정한 안전을 얻으려면 오직 하나님의 율법에 순종할 수밖에 없다는 사실을 모른단 말인가.

점심을 먹은 뒤에 쇼크로스는 몇몇 외국 신문도 있는 신문 판매점에 들렀다. 지난주의 토요판들도 모두 와 있었는데, 쇼크로스는 그가 낸 광고들이(필요할 경우에는 현지 언어로 번역되어) 이것들에도 빠짐없이 실려 있는 것을 확인했다. 주요 신문에 반 페이지 크기의 광고를 게재하려면 어느 나라에서든 만만치 않은 비용이 들지만, 쇼크로스에게 돈이 문제가 된 적은 없었다.

간통자들이여! 남색꾼들이여!
회개하고 구원받으라!
지금 당장 그런 추잡한 행위를 그만두지 않는다면
지옥불 속에서 영원히 타게 될 것이다!

이 이상 알기 쉬운 메시지가 어디 있을까? 이제는 그 누구도 경고를 받지 않았다고는 말할 수 없을 것이다.

1981년에 존 쇼크로스의 아버지인 매튜 쇼크로스는 바이블 벨트※에 있는 다 망해가는 조그만 TV 방송국을 인수했다. 그가 인수하

※ 보수 기독교적 분위기가 강한 미국 남부와 중서부.

기 전에는 1950년대 가스펠 가수들의 지직거리는 흑백 영상과, 현지의 자칭 뱀꾼—신앙의 힘뿐만 아니라 애완뱀의 독선毒腺을 제거한 덕에 안전을 보장받은—이라든지 간질로 인해 (부모들의 기도와, 신중하게 타이밍을 맞춘 투약 중단 덕에) 마치 귀신이 들린 것처럼 발작을 일으키는 어린아이들이 출연하는 진기명기 특집으로 방송 시간을 때우는 영세한 지역 방송국이었다. 매튜 쇼크로스는 이 방송국을 1980년대로 억지로 끌어올렸다. 그가 거금을 투척해서 만든 30초 분량의 시그널 영상은, 포구가 줄줄이 늘어선 우주 전함들이 춤추듯이 회전하며 십자가상을 본뜬 미사일을 미합중국의 입체 지도로 쏟아부으면, 이 방송국의 로고인 자유의 여신상—횃불이 아니라 십자가를 들어 올린—이 지도 속에서 조각상처럼 모습을 드러내는 인상적인 컴퓨터 애니메이션이었다. 다시 태어난 쇼크로스의 방송국은 최신 가스펠록의 세련된 뮤직 비디오와 '기독교적인' 소프오페라와 퀴즈쇼 따위를 방영했고, 그 무엇보다도 현지 시청자들이 공감할 수 있는 사회 문제—공산주의, 도덕적 타락, 교육 현장에 만연한 불신심—를 이슈화하는데 주력했다. 이런 이슈들은 방송국을 확장하기 위한 마라톤식 모금 방송의 주제로 요긴하게 쓰였고, 쇼크로스의 방송국은 여기서 번 자금을 다음 모금 방송에 투자해서 더 큰 자금을 조달하는 식으로 성장을 거듭했다.

10년 후, 매튜 쇼크로스는 미국에서 가장 큰 케이블 TV 네트워크 중 하나를 손에 넣었다.

에이즈가 여러 매체에서 처음으로 대대적으로 보도되기 시작했을

　　　　　　　　　　도덕적 바이러스 학자

무렵 존 쇼크로스는 대학생이었고, 전공으로 고생물학을 택하기 직전이었다. 에이즈 환자의 수가 급증하고, 그가 가장 존경하며 신앙이 좋은 유명인들이(그의 아버지도 그중 한 명이었다) 이 역병은 하나님이 죄 많은 인간에게 내리는 천벌이라고 공공연하게 주장하기 시작했을 무렵, 그도 점점 이 주장에 집착하기 시작했다. '기적'이라는 단어가 의학이나 과학에 종속된 이 현대에, 마치 구약성서에서 튀어나온 듯한 역병이 등장해서 악인들을 멸하고, 의인들을(혈우병 환자들과 수혈로 인한 환자들은 예외로 치더라도) 살려두었다는 사실은 존 쇼크로스의 입장에서는 의심할 여지가 없는 증명, 즉 악인들은 죽은 뒤뿐만 아니라 살아 있을 때에도 천벌을 받을 수 있다는 증명이었다. 이런 사실은 적어도 두 가지 측면에서 중요했다. 에이즈는 지옥 따위는 자신과는 상관이 없고 근거도 없는 공갈 협박에 불과하다고 믿고 있는 죄인들에게 자기 죄를 뉘우칠 강력한 세속적인 동기를 제공해 주었을 뿐만 아니라, 의인들 역시 이 반박할 수 없는 하나님의 지원과 칭찬에 고무받고 평소의 다짐을 한층 더 공고히 할 것이기 때문이다.

요컨대 에이즈가 존재한다는 사실 하나만으로도 존 쇼크로스는 좋은 기분을 느꼈던 것이다. 시간이 흐르면서 쇼크로스의 이런 경험은 에이즈를 유발하는 바이러스인 HIV에 어떤 식으로든 개인적으로 관여할 수만 있다면 지금보다 한층 더 좋은 기분을 느낄 수 있으리라는 확신으로 바뀌었다. 그는 뜬눈으로 밤을 지새우며 하나님의 신비로운 역사役事에 관해 곰곰이 생각했고, 어떻게 하면 자신도 그런 역사에 합류할 수 있을지 고민했다. 세속적인 에이즈 연구는 치료가 목적일 것이 뻔했으므로, 도대체 어떻게 하면 그가 그런 일에 관여하는 것을 정당화할 수 있을까?

　그런 번민의 나날을 보내던 중, 어느 추운 날 새벽에 옆방에서 들리는 소리 탓에 잠에서 깼다. 킥킥 웃고, 끙끙거리고, 침대 스프링이 삐걱거리는 소리. 그는 베개를 뒤집어쓰고 다시 눈을 붙이려고 했지만, 워낙 시끄러웠던 탓에 도저히 무시할 수가 없었다. 소음뿐만이 아니라, 그것이 존 쇼크로스의 죄 짓기 쉬운 육체에 끼친 영향을 포함해서 말이다. 그래서 원하지도 않았는데 발기한 그의 성기를 억지로라도 다스려 보겠다는 핑계를 대고 잠시 자위행위에 열중했지만, 절정에 오르기 직전에 그만두었고, 도덕적 관념이 한껏 고조된 상태에서 몸을 떨며 누워 있었다. 쇼크로스는 그의 학우가 사는 옆방에 매주 다른 여자가 찾아온다는 사실은 알고 있었다. 아침에 그 방에서 나오는 것을 몇 번 보았기 때문이다. 그래서 옆방 학우에게 몸가짐을 똑바로 하라고 충고까지 했건만 돌아온 것은 조롱뿐이었다. 쇼크로스는 이 가련한 청년을 비난하지는 않았다. 모든 영화, 책, 잡지, 록 음악 따위가 여전히 성적인 문란함과 성도착을 승인하고, 그런 행위는 정상적이며 좋은 것이라고 옹호하고 있는 마당에, 진실이 무시당하고 웃음거리가 되는 것은 당연하지 않은가? 에이즈에 대한 공포는 몇백만 명의 죄인을 구했을지도 모르지만, 다른 몇백만 명은 여전히 그것을 무시했고, 자기가 고른 파트너만은 절대로 그런 병에 감염되었을 리가 없다는 아무 근거도 없는 확신에 사로잡히거나, 콘돔 따위를 신뢰하는 식으로 하나님의 뜻을 거역하고 있었다!

문제는 전체 인구의 대다수가 문란한 생활을 했음에도 불구하고 실제로 감염되지 않았다는 점이었다. 콘돔도 그가 읽어본 논문들에 의하면 감염 위험성을 실제로 줄이는 것처럼 보였다. 이런 사실은 쇼크로스를 크게 동요하게 만들었다. 왜 전능하신 하나님이 그토록 불완전한 도구를 만드신 것일까? 혹시 인간에게 긍휼을 베푸신 것일까? 그럴 가능성도 없지는 않다는 점은 인정해야겠지만, 개인적으로는 혐오감을 누르기 힘들었다. 성적인 러시안룰렛은 하나님의 긍휼함에 걸맞은 이미지라고 하기는 힘들었기 때문이다.

혹시─어떤 가능성이 머릿속에서 모양을 갖추면서 온몸이 따끔거리는 듯한 느낌을 받았다─에이즈는 장래에 그보다 천배는 더 무시무시한 역병이 등장하리라는 것을 암시하는 종말적 예언의 그림자에 불과한 것일까? 아직 시간이 남아 있을 때 과거의 행실을 회개하라는 악인들에 대한 경고? 의인들이 어떻게 하면 하나님의 뜻을 이룰 수 있는지를 알려주기 위한 본보기?

쇼크로스는 갑자기 식은땀을 흘리기 시작했다. 옆방의 죄인들은 벌써부터 지옥에 떨어진 듯한 신음을 내고 있었다. 얇은 칸막이벽이 진동했고, 강풍이 불어오며 거무스름한 나무들을 뒤흔들고, 그의 방 창문을 덜그럭거리게 만들었다. 방금 그의 머릿속에 퍼뜩 떠오른 이 터무니없는 생각은 도대체 뭘까? 하나님이 정말로 그에게 보내신 말씀일까, 아니면 쇼크로스 자신의 불완전한 이해력의 산물일까? 지금 그가 정말로 필요로 하는 것은 하나님의 인도하심이다! 쇼크로스는 독서등을 켜고 침대 옆의 탁자에서 성경책을 꺼내 들었다. 눈을 감은 채로 아무 곳이나 펼친다.

한 번 흘끗 본 것만으로도 어떤 대목인지 알아차렸다. 생각해 보면 당연한 일이었다. 성경은 이미 100번은 완독한 데다가, 거의 암기하고 있는 것이나 마찬가지였기 때문이다. 소돔과 고모라의 멸망※.

처음에는 이런 운명적인 계시를 거부하려고도 해보았다. 그는 그럴 자격이 없었다! 그 자신도 죄인이 아니던가! 무지한 어린아이나 다름없지 않은가! 그러나 하나님의 눈으로 보면 모든 사람은 자격이 없고, 죄인이며, 무지한 어린아이에 불과하다. 하나님이 그를 선택했다는 사실을 부인하는 것은 겸손함이 아니라 오만함이다.

아침이 될 무렵 쇼크로스가 느꼈던 의구심은 씻은 듯이 사라져 있었다.

고생물학 공부를 포기한 쇼크로스는 크게 안도했다. 창조설을 어떤 식으로든 소신 있게 옹호하려면 모종의 매우 특수한 사고방식으로 무장할 필요가 있었지만, 그것을 체득할 자신이 영 없었기 때문이다. 그런 반면 생화학은 아주 쉽게 습득할 수 있었다. (이것은 쇼크로스의 판단이 옳았다는 증거가 되어줄 수 있었다. 그가 그런 증거를 필요로 했다면 말이다.) 쇼크로스는 매년 과 수석 자리를 놓치지 않았고, 학부를 졸업한 뒤에는 하버드에서 분자생물학 박사 학위를 취득했고, NIH※※에서 박사 후 연수 과정을 밟은 다음 캐나다와 프랑스에서 연구원으로 일

※ 구약성서 창세기에 등장하는 두 도시이며, 극심한 성적 타락을 위시한 악덕을 행한 죄로 신이 내린 불과 유황의 비에 의해 멸망당했다고 한다. 소돔은 남색(男色) 행위를 의미하는 'sodomy'의 어원이다.

※※ National Institute of Health. 미국 국립보건원.

도덕적 바이러스 학자

했다. 쇼크로스는 연구를 위해 살다시피 하며 가차 없이 스스로를 몰아갔지만, 자신의 연구 업적이 너무 튀어 보이지 않도록 언제나 주의를 게을리하지 않았다. 쇼크로스가 발표한 논문 수는 극히 적었고, 설령 발표하더라도 눈에 띄지 않는 제3저자나 제4저자로 이름을 올렸을 뿐이었다. 존 쇼크로스가 프랑스에서의 연구를 마치고 항공편으로 귀국했을 무렵에도, 그가 진짜 연구를 시작하기 위해 만반의 준비를 갖추고 돌아왔다는 사실을 알아차린 동료 생화학자는 아무도 없었다. 알아차렸더라도 어차피 신경을 쓰지는 않았겠지만 말이다.

쇼크로스는 연구실 겸 주거로 사용하는 반짝이는 흰 건물 안에서 혼자서 일했다. 조수들을 고용하는 위험을 무릅쓸 수는 없었다. 설령 그들의 신념이 아무리 그와 비슷하다고 해도 말이다. 부모조차도 그의 비밀을 몰랐고, 그는 단지 이론 분자유전학의 연구를 하고 있다고 설명했을 뿐이었다. 이 경우 그는 사실을 생략했을 뿐이지, 거짓말을 한 것은 아니다. 게다가 쇼크로스 제국의 막대한 이익 중 25퍼센트가 세금 대책을 위해 그의 명의로 된 계좌에 정기적으로 입금되는 덕에, 매주 아버지에게 자금을 지원해 달라고 조를 필요는 없었다.

쇼크로스의 연구실은 반짝거리는 잿빛 상자들로 가득 차 있었고, 각 상자에서 나온 구불구불한 리본 케이블들은 모두 PC에 접속되어 있었다. 상자들은 완전히 자동화된 최신식 DNA, RNA, 각종 단백질의 합성기 및 분석기들이었다. (돈만 내면 누구든 구입할 수 있는 기계들이다.) 시약을 피펫으로 빨아들여 희석하거나, 시험관에 라벨을 붙이거나, 원심분리기에 용기를 넣거나 빼는 등의 세세한 반복 작업들은 여섯 개의 로봇팔들이 알아서 처리해 주었다.

처음에는 컴퓨터를 상대로 연구의 출발점이 되어줄 유전자 시퀀스와 구조에 대한 정보가 담긴 데이터베이스를 검색하며 대부분의 시간을 보냈지만, 나중에는 슈퍼컴퓨터의 이용료를 내고 그 시점에서는 아직 알려지지 않은 분자들의 형태와 상호작용을 예측하는 방식을 채택했다.

수용성 X선 회절 분석이 가능해지자 쇼크로스의 연구 속도는 열 배는 더 빨라졌다. 몇십만 개의 원자로 이루어진 분자의 슈뢰딩거 방정식을 (최상의 지름길과 근사식과 트릭들을 아무리 많이 동원하더라도) 지독하게 복잡한 과정을 거쳐 푸는 것보다 훨씬 더 빠르고 확실하게, 단백질과 핵산의 실물을 합성해서 화면으로 직접 관찰할 수 있었기 때문이다.

쇼크로스 바이러스는 염기 하나하나씩, 유전자 하나하나씩 착실하게 성장했다.

여자가 몸에 걸치고 있던 마지막 옷가지를 벗어 던지자, 모텔 방의 플라스틱 의자에 벌거벗은 채로 앉아 있던 쇼크로스는 말했다. "지금까지 몇백 명의 남자들과 성교를 해봤겠군."

"몇천 명이야. 자기 더 가까이 오고 싶지 않아? 거기서도 충분히 보여?"

"잘 보여."

　　　　　도덕적 바이러스 학자

여자는 누웠고, 양손으로 젖가슴을 가린 자세로 한순간 정지했다가, 눈을 감고 손바닥으로 자기 몸을 쓰다듬기 시작했다.

쇼크로스가 여자에게 돈을 주고 그를 유혹하도록 한 것은 이것으로 200번째가 된다. 5년 전 감각을 둔화시키기 위해 이런 훈련을 시작했을 때는 거의 견디기 힘들었다. 그러나 오늘 밤 그는 여자가 오르가슴에 달하는(또는 교묘하게 그런 시늉을 하는) 광경을, (의자에 앉은 채로, 단 한 번도 욕정을 느끼지 않고) 태연자약하게 바라보기만 할 수 있다는 확신이 있었다.

"예방책은 강구했겠지?"

여자는 미소 지었지만, 눈은 여전히 감은 채였다. "설마 안 그랬겠어? 콘돔을 끼우기 싫다는 작자는 절대 사절이야. 게다가 그걸 끼우는 사람은 남자가 아니라 나야. 일단 내가 끼우면 도중에서 빠질 걱정은 안 해도 돼. 왜, 마음이 바뀌었어?"

"아니. 그냥 궁금해서 물어봤을 뿐이야."

쇼크로스는 그가 하지 않을 행동의 대가로 창녀에게 전액을 선불로 지불하는 이런 습관을 고수했고, 상대 여성에게는 그의 의지는 언제든 약해질 수 있으며, 그 결과 의자에서 일어나 그녀의 행위에 합류할지도 모른다는 사실을 처음에 확실하게 설명해 두는 일도 결코 잊지 않았다. 쇼크로스가 아직도 유혹에 굴복한 적이 없다는 사실을 단지 상황이 허락하지 않았다는 식으로 변명할 생각은 추호도 없었다. 쇼크로스와 죽음으로 이어지는 대죄 사이를 가로막는 것은 오로지 그의 자유의지여야 했기 때문이다.

오늘 밤 쇼크로스는 자신이 왜 이런 일을 계속하는지 의아해하고 있었다. 이런 식으로 '유혹'당하는 것은 거의 형식적인 의식이나 마찬가지였고, 어떤 결과가 나올지에 대해서도 이제는 의문의 여지가 없었기 때문이다.

의문의 여지가 없다고? 이런 식으로 생각하는 것은 오만함의 발로다. 오만함은 쇼크로스의 가장 교활하고 끈질긴 적이었다. 남녀 불문하고 모든 인간은 불지옥으로 떨어지는 벼랑 가장자리를 영원히 걸어야 하며, 벼랑에서 추락할 위험이 가장 높아지는 것은 그런 일이 일어날 가능성은 거의 없다고 자만하는 지금 같은 경우가 아니던가.

쇼크로스는 일어서서 여자에게 걸어갔다. 주저 없이 한 손을 그녀의 발목 위에 올려놓는다. 여자는 눈을 뜨더니 상체를 일으켜 앉았고, 재미있어하는 듯한 표정으로 그를 바라보았다. 대뜸 그의 팔목을 움켜잡더니 그의 손바닥을 자기 다리에 밀착시켰고, 따뜻하고 매끄러운 피부를 쓰다듬게 했다.

손바닥이 무릎 위로 올라가자마자 쇼크로스는 이미 패닉에 빠진 상태였지만, 마치 목을 졸린 듯한 가냘픈 신음 소리를 내며 화들짝 손을 뺀 것은 손가락이 축축한 장소에 닿았을 때였다. 그는 가쁘게 숨을 몰아쉬고 몸을 떨며 비틀비틀 의자로 돌아갔다.

이쪽이 그의 본모습에 더 가까웠다.

쇼크로스 바이러스는 생물학적 시한폭탄의 최고 걸작이 될 예정

도덕적 바이러스 학자

이었다. 윌리엄 페일리[*]는 이런 물건을 아예 상상조차 하지 못했을 것이고, 불경스러운 진화론자들조차도 감히 이것을 『눈먼 시계공』^{**}의 무작위적인 산물이라고 주장하지는 못할 것이다. 이 바이러스가 내포한 단일 가닥 RNA는 하나가 아니라 무려 네 개의 잠재적인 유기체를 기술하게 될 것이기 때문이다.

쇼크로스 바이러스 A, 약칭 SVA는 '익명anonymous' 형태이고, 극히 강력한 전염력을 가지고 있지만 인체에는 전혀 해를 끼치지 않는 양성良性 바이러스가 될 것이다. SVA는 세포의 정상적 기능을 전혀 저해하지 않고 인간 피부나 점막의 다양한 숙주 세포 내부에서 증식한다. SVA를 감싼 단백질 껍질은 노출된 부위 하나하나가 인체에서 자연적으로 **발생하는** 단백질을 일정 비율로 모방하도록 설계되어 있다. 당연히 인간의 면역계는 (인체를 공격하는 사태가 일어나지 않도록) 그런 물질에 대해 반응하지 않기 때문에, 침입자인 SVA에게도 반응하지 않는다.

소수의 SVA는 혈류로 침투하고, T세포에 감염해서 쇼크로스 바이러스의 유전자 프로그램의 제2단계를 발동시킨다. 중합重合 효소가 숙주 세포의 DNA에 있는 모든 염색체로부터 몇백 개에 달하는 유전자를 RNA 전사轉寫하고, 그 유전자들은 바이러스 자체에 재통합

---

[*]　18세기 영국의 성직자, 신학자, 공리주의 철학자. 시계처럼 복잡한 생명체는 그것을 만든 창조자 없이는 생겨났을 리가 없다는 '시계공의 비유'를 통해 신의 존재와 지적 설계론을 옹호했다.

^{**}　영국의 진화생물학자 리처드 도킨스가 쓴 무신론과 진화론에 관한 계몽서이며, 상술한 페일리의 주장에 대한 직접적인 반론을 담고 있다.

된다. 이렇게 함으로써 다음 세대의 바이러스는 실질적으로 그것이 태어난 숙주의 유전자 지문을 획득하는 것이다.

쇼크로스는 이 제2형태에 SVC라는 이름을 붙였다. C는 유전자 '맞춤customized'의 머리글자(사람마다 상이한 유전자 특성이 고유한 SVC 변이를 만들어 내기 때문이다)인 동시에 '금욕주의자celibate'(성관계를 한 적이 없는 사람의 몸에는 SVA와 SVC만 존재하기 때문이다)의 머리글자였다.

SVC는 혈액과 정액과 질 분비물 안에서만 생존할 수 있다. SVC는 SVA와 마찬가지로 면역적으로는 투명인간이나 마찬가지이지만, 한 가지 반전이 추가되어 있었다. SVC가 어떤 식으로 스스로를 은폐하는지는 개인마다 큰 차이가 있다는 사실이다. 따라서 SVC의 위장이 불충분했고, 그 결과 몇십(또는 몇백, 또는 몇천) 개의 특정 변이에 대한 항체의 제조가 가능해진다고 해도, 만인을 위한 보편적 백신 접종은 원천적으로 불가능해진다.

SVC는 SVA와 마찬가지로 숙주의 기능을 변화시키지는 않는다. 단 하나의 사소한 예외를 제외하면 말이다. SVC가 질 점막이나 전립선이나 세정관상피細精管上皮의 세포들을 감염시켰을 경우, 감염된 세포들은 콘돔의 주재료인 각종 고무를 분해하도록 특별히 설계된 몇십 종류의 효소를 제조하고 분비한다. 그 효소에 짧은 시간 노출되어 고무에 생겨난 구멍들은 눈에 보이지 않을 정도로 미세하지만, 바이러스의 입장에서는 거대한 출입문이 생긴 것이나 마찬가지다.

T세포에 재감염한 SVC는 차세대 바이러스를 어떤 것으로 만들지를 '기존 정보에 입각해서' 결정할 수 있다. SVC는 SVA와 마찬가

지로 숙주의 유전적 지문을 만들어 내고, 그런 다음 그것을 자기 자신이 보존하고 있는 조상의 유전자 지문과 비교한다. 이 두 지문이 완전히 일치함으로써 해당 변이가 그것을 낳은 사람의 몸 안에 그대로 남아 있었다는 사실을 입증할 경우, 이 SVC가 낳는 딸은 단지 더 많은 SVC일 뿐이다.※

그러나 두 유전자 지문이 일치하지 않는다면 재감염한 SVC는 원래 숙주가 아닌 다른 사람의 몸 안으로 이동했다는 뜻이 되고, 그럴 경우(이에 덧붙여, 숙주의 성별을 알려주는 유전자 표지標識가 동성同性끼리 감염된 것이 아니라는 사실이 판명될 경우) 차세대 바이러스는 SVM이라는, 두 숙주의 유전자 지문 양쪽을 가진 제3의 변이로 변신한다. SVM의 M은 '일부일처monogamous의' 또는 '혼인 증명서marriage certificate'의 머리글자를 딴 것이다. 엄청난 로맨티스트인 쇼크로스에게 두 인간 사이의 사랑이 이런 식으로 세포 내 레벨에서 발현되고, 부부의 연을 맺은 남녀가 다름 아닌 성행위 자체를 통해 서로에 대한 정절을 죽을 때까지 지키겠다는 계약을 글자 그대로 자기들 피 안에 서명해 놓는다는 사실은 견딜 수 없을 정도로 감미롭게 느껴졌다.

SVM은 외견상으로는 SVC를 많이 닮았다. 물론 T세포를 감염시킨 SVM은 숙주의 유전자 지문을 자신이 저장하고 있는 양쪽 지문과 비교할 것이고, 둘 중 하나가 일치한다면 문제없이 더 많은 SVM이 만들이질 뿐이다.

쇼크로스는 SVM 다음에 오는 바이러스의 제4형태에 SVD라는

※　여기서 딸(daughter)이란 생물학의 처녀생식에 빗댄 표현이다.

이름을 붙였다.[※] SVD는 두 가지 방식으로 발생할 수 있었다. 하나는 숙주의 성별을 식별하는 유전자 표지가 동성 간 성행위가 있었다는 사실을 시사했을 때 SVC로부터 직접 SVD가 생겨나는 경우이고, 다른 하나는 제3의 유전자 지문이 검출됨으로써 숙주가 분자에 기록된 결혼 계약을 위반했다는 사실이 밝혀짐으로써 SVM으로부터 SVD 가 생겨나는 경우였다.

SVD는 숙주 세포로 하여금 혈관벽 구조 안정화에 필수적인 단백질의 분해를 촉진하는 효소를 강제적으로 분비하도록 한다. 그 결과 SVD에 감염된 환자는 전신에서 대량 출혈을 일으킨다. 쇼크로스 가 실험한 결과에 의하면 SVD를 미리 감염시킨 림프구球를 주사한 실험용 마우스는 2분에서 3분 내에 죽었고, 토끼는 5분에서 6분 내에 죽었다. 몸의 어느 부분에 주사하는가에 따라 사망에 이르는 시간에 는 약간의 차이가 있었다.

SVD는 그것을 감싼 단백질 껍질이 공기 중이나, 특정한 좁은 범위 밖의 온도와 pH 값을 가진 용액 속에서는 분해되고, 그 RNA만으 로는 다른 사람을 전염시키지 않도록 설계되어 있었다. 따라서 죽어 가는 환자와 접촉해서 SVD에 전염되는 것은 거의 불가능했다. 감염 자는 워낙 신속하게 사망하기 때문에, 간통자가 죄 없는 배우자에게 SVD를 옮길 시간적 여유는 없다. 그렇게 해서 홀아비나 홀어미가 된 사람들은 물론 여생을 금욕하며 지내는 수밖에 없지만, 쇼크로스는 이것이 그리 가혹한 처사라고는 생각하지 않았다. 결혼이란 한 남자

※ D는 죽음(death)의 머리글자다.

와 한 여자에 의해서만 성립하는 관계이므로, SVD로 사망한 배우자의 잘못은 다소나마 다른 배우자의 책임이기도 하다는 것이 쇼크로스의 지론이었다.

설령 이 바이러스가 설계 목표를 완전히 만족시킨다고 가정하더라도, 몇 가지 문제가 발생하리라는 점은 쇼크로스도 인정하고 있었다.

바이러스를 확실하게 죽이는 방법이 실험을 통해 발견될 때까지, 수혈은 불가능해진다. 5년 전이었다면 이것은 비극이었겠지만, 쇼크로스는 혈액 성분의 합성이나 배양에 관한 최신 연구 결과에 고무되었고, 또 그가 만들어 낸 역병 탓에 이 분야에 더 많은 자금과 인력이 돌아갈 것이라는 사실에는 의심의 여지가 없었다. 장기이식도 불가능해진다는 문제는 수혈만큼 쉽게 대처할 수는 없겠지만, 쇼크로스는 큰돈이 드는 데다가 인간의 장기라는 희소 자원의 이용을 정당화하기도 힘든 장기이식은 어차피 사치에 가깝다고 생각하고 있었다.

의사, 간호사, 치과의사, 응급구조사, 경찰관, 장의사… 아니, 실질적으로 모든 사람들이 타인의 혈액에 노출되지 않도록 엄중한 예방 수단을 강구할 필요가 있을 것이다. 쇼크로스는 여기서도 하나님의 선견지명에 감명을 받았지만, 물론 놀라거나 하지는 않았다. 인류는 훨씬 더 희귀하고 치사성도 낮은 에이즈 바이러스를 이미 경험했다. 그 과정에서 몇십 개에 달하는 직업에서 거의 편집증에 가까운 예방 수단들이 장려된 결과, 방호용 고무장갑의 매출이 엄청나게 증가했다. 이제는 모든 사람이 최소한 SVC에는 감염될 것이므로, 그런 과잉 반응도 모두 정당화될 수 있을 것이다.

동정녀나 동정남이 다른 동정남이나 동정녀를 강간했을 경우는 생물학적인 이유에서 강제로 결혼하는 수밖에 없을 것이다. 이런 사람들에게 제3자와의 성관계는 살인 아니면 자살이나 마찬가지이기 때문이다. 강간 희생자가 죽는다면 물론 비극이겠지만, 강간한 쪽이 다음번 성관계 때 거의 확실하게 죽으리라는 사실은 압도적인 억지 효과를 발휘할 것이다. 쇼크로스는 강간이라는 범죄가 실질적으로 소멸할 것이라고 판단했다.

일란성쌍생아들끼리의 동성 간 근친상간은 천벌을 피해 갈 수 있다. 바이러스는 그런 일란성쌍생아들을 구별할 수단을 가지고 있지 않기 때문이다. 이 누락은 쇼크로스를 짜증 나게 했는데, 이런 혐오스러운 행위가 어느 정도까지 만연해 있는지를 알려주는 공식 통계를 전혀 찾을 수 없다는 사실이 특히 안타까웠다. 결국 그는 바이러스의 이런 사소한 결함을, 의도적으로 악을 선택한다는 인간의 구제 불가능한 잠재적 성질이 필연적으로 남길 수밖에 없었던 형해形骸, 즉 일종의 도덕적 화석으로 간주하기로 했다.

바이러스는 2000년에 북반구가 여름을 맞이했을 때 완성되었다. 배양 조직과 실험동물을 쓴 실험도 최대한 되풀이해 보았다. 인간의 육체적 죄악을 실험관 안에서 시뮬레이트함으로써 만들어진 SVD 샘플의 치사성을 확인할 목적을 제외하면, 실험용 래트와 마우스와 토끼는 거의 쓸모가 없었다. 왜냐하면 이 바이러스의 행동은 인간 게놈과의 상호작용과 너무나도 밀접하게 연계되어 있었기 때문이다. 그러나 배양된 인간의 세포계를 쓸 경우, 바이러스의 시계태엽은 모든 환경에서 정확하게, 결코 폭주하는 일 없이 작동하는 것처럼 보였다. SVA와 SVC와 SVM은 몇 세대에 걸쳐 변하지 않고 양성 바이러스로 남아 있었다. 물론 더 많은 실험을 시행할 수도 있었고, 바이러스의 궁극적인 영향에 대해 숙고하기 위해 더 많은 시간을 할애할 수도 있었지만, 어차피 실험 결과는 변하지 않았을 것이다.

이제는 행동할 때였다. 최신 치료약에 의해 에이즈는 거의 치명적이지 않은 병이 되었다. 적어도, 치료를 받을 금전적 여유가 있는 사람들에게는 말이다. 세 번째 밀레니엄이 코앞에 닥쳐 있었고, 그런 상징적인 기회를 놓칠 수는 없는 일이다. 쇼크로스는 신의 역사役事를 실행하고 있는데, 품질 관리를 고집할 필요가 어디 있단 말인가? 물론 그가 하나님의 손아귀에 있는 불완전한 도구이고 이 임무의 모든 단계에서 완벽한 결과가 나올 때까지 수없이 실수를 하고 실패를 거듭해 온 것은 사실이지만, 그런 일들은 실수를 발견하면 쉽게 수정할 수 있는 연구실이라는 장소에서 일어나지 않았는가. 결코 실수하지 않는 완벽한 바이러스—RNA가 된 하나님의 뜻 그 자체—에 미치지 못하는 것을 하나님이 이 세상에 풀어놓으실 리가 없다.

그런 연유로, 쇼크로스는 여행 대리점을 방문했고, 자기 몸에 SVA를 감염시켰다.

쇼크로스는 태평양을 한 번에 가로질러 서쪽으로 갔다. 그가 태어난 대륙은 마지막에 갈 작정이었다. 그가 방문한 곳은 인구 밀집 지역으로 한정되었다. 도쿄, 베이징, 서울, 방콕, 마닐라, 시드니, 뉴델리,

카이로. SVA는 의도적으로 살균 소독된 물체 표면 이외의 그 어떤 장소에서도 휴면 상태이지만 감염력을 유지한 채로 무기한 살아남을 수 있다. 그리고 제트 여객기의 좌석이나 호텔 방 가구의 고온 증기를 통한 멸균 소독은 그리 빈번하게 이루어지지 않는다.

쇼크로스는 창녀들을 찾아가지는 않았다. 그가 퍼뜨리고 싶은 것은 SVA였고, SVA는 성행위를 통해 전염되는 성병이 아니기 때문이다. 그래서 그는 단순히 관광객으로서 행동하며 이런저런 곳을 구경하고, 쇼핑을 하고, 대중교통을 이용하고, 호텔의 수영장에서 헤엄을 쳤다. 쇼크로스는 맹렬하게 휴양했고, 하나님이 도와주시지 않았다면 도저히 가능했을 것 같지도 않을 정도로 가혹한 휴가 스케줄을 빠짐없이 소화했다.

런던에 도착했을 때 쇼크로스가 너덜너덜해진 상태였던 것은 당연했다. 볕에 그을린 피부를 한, 빛바랜 꽃무늬 셔츠를 걸친 좀비라고나 할까. 두 눈은 그가 지참한 관광객의 필수품인 카메라(필름은 들어 있지 않았지만)의 멀티 코팅된 렌즈 못지않게 흐릿했다. 피로와 시차증과 끝없이 변화하는 요리 스타일과 환경이(어디를 가든 간에 요리와 도시에는 근본적으로 결코 변하지 않는 부분이 있었고, 이 사실이 역설적으로 한층 더 그를 피곤하게 만들었다) 점진적으로, 한꺼번에 몰려오면서 쇼크로스를 최면에 빠진 듯한 멍한 정신 상태로 몰아넣었다. 그는 공항과 호텔과 제트여객기의 꿈을 꿨고, 꿈과 똑같은 장소에서 깨어났다. 더 이상 기억과 꿈을 구별할 수가 없었다.

물론 그러는 동안에도 줄곧 그의 신앙은 전혀 흔들리지 않는 자명

도덕적 바이러스 학자

한 진리로 남아 있었지만, 걱정거리가 사라진 것은 아니었다. 고고도를 비행하는 제트여객기를 타고 오래 여행한다면 우주선宇宙線에 과다 노출되는 것을 피할 수는 없다. 이럴 경우 그의 몸 속에 있는 바이러스의 자기 검사와 돌연변이 수정 기능에 절대로 문제가 생기지 않는다고 확언할 수 있을까? 물론 하나님이 바이러스가 행하는 몇조 번의 복제를 친히 보살펴 주시겠지만, 그래도 빨리 집으로 돌아가서 그의 체내에 있는 바이러스에 그 어떤 결함의 징후도 없다는 사실을 실험으로 확인한다면 훨씬 더 마음이 놓일 것이다.

녹초가 된 쇼크로스는 며칠 동안이나 호텔 방에 틀어박혀 있었다. 원래는 밖에서 런던 토박이들 사이를 누비며 열심히 돌아다녀야 했지만 말이다. 늦여름의 런던을 최대한 즐기려고 몰려온 해외 관광객들의 무리에 섞이는 것은 말할 나위도 없다. 신종 전염병의 뉴스는 이유를 알 수 없는 별개의 죽음들로 간주되는 단계를 겨우 벗어나기 시작하고 있었다. 보건 당국에서도 이미 조사에 나섰지만, 모든 데이터를 수집할 여유는 아직 없었으므로 당연히 섣부른 발표에 나서는 것을 주저하고 있었다. 어차피 때는 이미 늦었다. 설령 계획이 들통나서 쇼크로스가 즉시 격리되고, 모든 국가의 국경선이 봉쇄되더라도, 그가 지금까지 감염시킨 사람들은 SVA를 이미 지구 구석구석까지 운반한 뒤였기 때문이다.

쇼크로스는 예약해 둔 너블린행 비행기를 놓쳤다. 온타리오행 비행기도 놓쳤다. 쇼크로스는 식사를 하고, 잠을 자고, 꿈을 꿨다. 매일 아침 아침식사 쟁반과 함께 배달되는 《더 타임스》가 쇼크로스 바이러스에 관해 날이 갈수록 더 많은 지면을 할애하고 있다는 사실은 그의 성공을 입증해 주고 있었지만, 그가 갈망하는 특별한 헤드라인은 아직 나타나지 않았다. 이 역병의 신성한 목적을 의문의 여지 없이 인정하는 기사 제목 말이다. 전문가들은 모든 징후가 폭주한 생물학적 병기의 존재를 가리킨다고 주장하기 시작했다. 가장 유력한 용의자는 리비아와 이라크였다. 이스라엘 정보부의 소식통은 이 두 나라가 근년 들어 관련 연구 프로그램을 크게 확충했다는 사실을 확인했다. 어딘가의 전염병 학자가 간통자와 동성애자들만 죽고 있다는 사실을 깨달았다고 해도, 그 사실은 아직 보도기관까지 전달된 것 같지는 않았다.

마침내 쇼크로스는 호텔에서 체크아웃했다. 캐나다와 미국 또는 중미나 남미까지 일부러 여행을 갈 필요는 없었다. 모든 뉴스는 쇼크로스의 임무를 다른 여행자들이 오래전에 수행해 주었음을 보여주고 있었기 때문이다. 쇼크로스는 고향으로 돌아가는 비행편을 예약했지만, 그때까지 9시간을 때울 필요가 있었다.

"그런 짓은 안 해! 돈은 돌려줄 테니 당장 여기서 나가."

"하지만…"

"현관에 '정상적인 섹스'라고 쓰여 있잖아. 글도 못 읽어?"

"난 섹스하고 싶진 않아. 난 당신을 만지지 않을 거야. 이해를 못 하는군. 당신은 그냥 자기 몸을 만지기만 하면 된다고. 난 단지 유혹 당하고 싶을 뿐이고…"

"헐, 그러고 싶으면 두 눈을 크게 뜨고 밖에서 돌아다니기만 하면

    도덕적 바이러스 학자

돼. 밖의 거리로 나가면 유혹은 얼마든지 널려 있지 않아?" 여자는 그를 쏘아보았지만, 쇼크로스는 물러서지 않았다. 그의 중요한 신조가 걸려 있는 행동이었기 때문이다. "돈은 냈잖아!" 그는 징징거렸다.

여자는 그의 무릎 위에 지폐들을 떨어뜨렸다. "자, 이제 돈도 돌려 줬어. 잘 가라고."

쇼크로스는 일어섰다. "넌 천벌을 받을 거야. 모든 혈관에서 피를 흘리면서, 끔찍한 죽음을 맞이할…"

"피를 흘리는 건 너야. 내가 여길 지키는 아저씨들을 불러서 얌전히 집에 가게 도와드리라고 지시한다면 말이야."

"신문에서 전염병 뉴스를 안 읽어봤어? 그게 뭔지, 그게 뭘 의미하는지 아직도 몰라? 그건 간음하는 자들에게 하나님이 내리신 벌이고…"

"당장 꺼져, 이 천벌을 받을 변태 새끼."

"내가 천벌을 받는다고?" 쇼크로스는 망연자실하게 되물었다. "내가 누구인지 알고 그런 말을 하는 거야? 난 하나님의 선택을 받은 도구라고!"

여자는 오만상을 찌푸렸다. "하나님이 아니라 악마의 뒷구멍이겠지. 자, 당장 꺼져."

쇼크로스는 여자를 노려보다가 묘한 어지럼증을 느꼈다. 이 여자는 곧 죽을 운명이고, 그 책임은 내게 있어. 이런 선명한 인식은 몇 초 동안 그의 머릿속에서 적나라하고, 끔찍하고, 외설적일 정도로 확고하게 자리 잡고 있었다. 쇼크로스는 평소 때처럼 추상화와 합리화의 목소리가 합창처럼 솟구치며 이런 인식을 덮어줄 때까지 기다렸다.

계속 기다렸다.

이윽고 그는 이 여자의 목숨을 구하기 위해 최선을 다하지 않는다면 자신이 이 방에서 결코 떠나지 못하리라는 사실을 깨달았다.

"내 얘길 들어줘! 자, 이 돈을 받고 내 얘기를 들어줘. 그게 다야. 딱 5분만 얘기하고 나갈게."

"무슨 얘길 하려고?"

"지금 유행하고 있는 역병 얘기. 들어줘! 전 세계에서 이 역병에 관해서 나만큼 잘 알고 있는 사람은 없어." 여자는 도저히 못 믿겠다는 듯이 짜증스러운 몸짓을 해 보였다. "사실이야! 난 바이러스학의 전문가이고, 내 직장은, 아, 조지아주 애틀랜타에 있는 질병통제센터야. 지금부터 내가 할 얘기는 어차피 2, 3일 뒤에는 모두 공표되겠지만, 당신한텐 지금 얘기해 주겠어. 왜냐하면 당신은 지금 하고 있는 일 때문에 위험에 노출되어 있고, 이틀 뒤에는 이미 때가 늦을지도 모르기 때문이야."

쇼크로스는 그가 생각할 수 있는 가장 간단한 표현들을 써서 바이러스의 네 단계에 관해 설명했다. 바이러스 내부에 숙주의 유전자 지문을 보존한다는 개념, 제3자의 SVM이 그녀의 혈관에 들어갈 경우 일어날 치명적인 결과 따위에 관해서 말이다. 여자는 앉은 채로 말없이 그의 말을 듣고 있었다.

"방금 내가 한 말을 이해했어?"

"물론 이해했어. 그렇다고 해서 그걸 믿는다는 얘긴 아니지만."

　　　　　　　　　도덕적 바이러스 학자

쇼크로스는 벌떡 일어나서 그녀의 어깨를 잡고 마구 흔들었다. "이건 네 목숨이 달린 얘기야! 내가 너한테 얘기한 건 궁극적인 진실이라고! 하나님은 간음자들을 벌하고 있어! 에이즈는 경고에 불과했고, 이번에는 그 어떤 죄인도 천벌을 피할 수 없어! 단 한 명도!"

여자는 쇼크로스의 손을 떼어냈다. "네 하나님과 내 하나님 사이엔 공통점이 별로 없는 것 같은데."

"당신 같은 여자가 하나님을 입에 올려?" 쇼크로스는 한심하다는 듯이 내뱉었다.

"오, 난 하나님을 가질 자격이 없다는 거야? 하지만 하나님은 태어날 때부터 모든 사람에게 주어지는 권리라고 UN 헌장 따위에 나와 있지 않던가? 살면서 그걸 부수거나 잃어버리면 공짜로 교환해 주지는 않는다는 단서가 붙지만."

"아깐 나더러 천벌을 받을 거라고 하더니만?"

여자는 어깨를 으쓱했다. "헛. 내 하나님은 여전히 기능하고 있지만, 네 하나님은 좀 맛이 간 것 같군. 내 하나님은 전 세계의 모든 문제를 해결해 주지는 않겠지만, 적어도 해결한답시고 난리를 치다가되레 그걸 더 악화시키지는 않을 테니까."

쇼크로스는 분개한 어조로 반박했다. "죽는 사람은 좀 나오겠지. 죄인들이 죽는 건 어쩔 수 없어. 하지만 그게 하나님의 뜻이라는 걸 사람들이 마침내 알게 되면 세상이 어떻게 변할지 상상해 보라고! 부정을 저지르는 악인은 없어지고, 강간도 없어져. 모든 결혼은 죽을 때까지 지속될 거고…"

여자의 얼굴이 혐오로 일그러졌다. "바이러스가 무섭다는 이유로."

"그런 게 아니야! 물론 처음에야 그렇겠지. 인간은 약하고, 그런 인간이 선해지기 위해서는 이유가, 이기적인 이유가 필요하니까. 하지만 시간이 흐르면 그건 그런 이유 이상의 것으로 자라날 거야. 습관이 되고, 전통이 되고, 급기야는 인간 본성의 일부가 되겠지. 그럼 바이러스는 더 이상 문제가 되지 않아. 사람들은 완전히 변하게 될 테니까."

"흠, 그럴 수도 있겠지. 일부일처제가 유전된다면, 나머진 자연 선택이 알아서 해…"

쇼크로스는 혹시 자신이 미치지는 않은 것인지 자문하며 여자를 응시했고, 절규했다. "입 닥쳐! 이 세상에서 '자연 선택' 따위는 존재하지 않아!" 고향인 미국의 윤락업소에서 진화론 강의 따위를 들어본 적은 없지만, 신을 부정하는 사회주의자들이 통치하는 이 나라에서 대체 난 뭘 기대하고 있었던 걸까? 쇼크로스는 조금 냉정을 되찾고 이렇게 덧붙였다. "난 전 세계의 문화에서 영적인 가치가 변화할 거라는 점을 지적했을 뿐이야."

여자는 어깨를 으쓱했을 뿐이었다. 쇼크로스의 절규에도 전혀 동요하는 기색이 없었다. "내가 무슨 생각을 하든 그쪽에서 신경 쓰지 않는다는 건 알지만, 그래도 얘기할게. 넌 이번 주에 내가 만나본 작자들 중에서도 가장 불쌍하고 맛이 간 사내야. 그래서 넌 특정한 도덕률을 골라서 거기 맞춰 살아가려고 결심했어. 그건 네 권리가 맞으니까, 잘해보라는 것밖엔 해줄 얘기가 없군. 하지만 넌 자기가 하

　　　　　　　도덕적 바이러스 학자

는 일이 옳다고 정말로 믿고 있는 것 같진 않아. 자기가 한 선택인데도 전혀 확신을 가질 수가 없어서, 단지 네가 옳았다는 사실을 증명하려는 일념으로 너와는 다른 선택을 한 사람들 머리 위에 유황과 지옥불을 쏟아부어 줄 하나님을 필요로 했던 거야. 하지만 하나님이 그런 소원을 들어주지 않으니까, 이번엔 자연재해를 뒤져보다가 지진, 홍수, 기근, 역병 따위에서 '죄인들에 대한 천벌'처럼 보이는 예를 걸러냈어. 혹시 그렇게 해서 하나님이 네 편이라는 사실을 증명했다고 믿었어? 하지만 네가 실제로 증명한 건 네 자신의 불안감이었을 뿐이야."

여자는 손목시계를 흘끗 보았다. "흠, 약속한 5분은 이미 지났고, 난 공짜로 신학 얘기는 하지 않는 주의라서. 하지만 너만 괜찮다면 한 가지 질문하고 싶은 게 있어. 당분간은 너 같은 '바이러스학 전문가'를 만날 일은 없을 것 같으니까 말이야."

"질문해 봐." 이 여자는 죽는다. 그는 최선을 다해 이 여자를 구하려고 해보았지만 실패했다. 그리고 몇십만 명의 사람들도 이 여자와 함께 죽을 것이다. 쇼크로스에게는 그것을 받아들이는 것밖에는 달리 선택의 여지가 없었다. 그의 신앙이 광기로부터 그를 지켜줄 것이다.

"네 하나님이 설계했다는 이 바이러스는 단지 간통자하고 게이들에게만 해를 끼친다고 했어. 맞지?"

"응. 아까 얘기할 때 안 들었어? 바로 그게 목적이라고! 이 바이러스의 기제는 실로 교묘해서, DNA 지문을…"

여자는 마치 귀가 들리지 않거나 정신이 나간 사람을 상대하는 것처럼 한껏 입을 벌리고 아주 천천히 말했다. "일부일처제를 신봉하고, 행복한 결혼 생활을 하고 있는 커플이 있다고 가정해 봐. 그래서 여자 쪽이 임신했는데, 그 아기의 유전자는 당연히 어느 쪽 부모와도 완전히 일치하지는 않아. 그럼 무슨 일이 일어나지? 그럼 그 아기는 어떻게 돼?"

쇼크로스는 그녀를 빤히 쳐다보았을 뿐이었다. 그 아기는 어떻게 돼? 그의 마음은 공백이었다. 그는 피로로 녹초가 되어 있었고, 고향이 그리웠고, 엄청난 심적 부담과 엄청난 불안감에 시달리고 있었다. 이런 시련을 겪어야 했던 나에게, 머리를 쥐어짜서 하찮은 세부까지 모조리 설명해 달라는 건가? 그 아기는 어떻게 돼? 갓 잉태된, 아무 죄도 없는 아기는 어떻게 되는 것일까? 쇼크로스는 정신을 집중해서 사고의 가닥을 정리해 보려고 했지만, 방금 여자가 시사한 소름 끼치는 가능성이 조그맣고 차가운 손처럼 끈질기게 그의 주의를 끌며 그를 잡아끌었다. 1인치씩, 광기를 향해.

쇼크로스는 느닷없이 웃음을 터뜨렸다. 안도감이 너무 커서 울기 직전이었다. 그는 멍청한 창녀를 향해 고개를 설레설레 흔들고 말했다. "그런 식으로 나를 걸고넘어지진 못해! 아기들에 관해서는 1994년에 이미 생각해 봤다고! 어린 조엘이 세례식을 할 때였어. 조엘은 사촌형 아들 이름이지." 너무나도 기뻤던 나머지 싱글벙글 웃으며 또다시 고개를 흔든다. "그 문제는 이미 해결됐어. 여섯 개의 태아 혈액 단백질에 반응하는 수용체를 바이러스 표면에 형성하는 유전자를 SVC하고 SVM에 추가했던 거지. 이런 표면 수용체가 하나라도 활성화된다면, 차세대에는 순수한 SVA만 생겨날 뿐이야. 게다가 한 달

도덕적 바이러스 학자

정도는 모유를 수유해도 괜찮아. 태아 단백질이 모두 대체되려면 좀 시간이 걸리니까 말이야."

"한 달 정도는." 여자가 그의 말을 되풀이했다. 그런 다음, 이렇게 되물었다. "유전자를 추가했다는 건 무슨…?"

쇼크로스는 그 말이 끝나기도 전에 방을 뛰쳐나왔다.

숨이 차서 고꾸라질 때까지 무작정 달렸다. 이윽고 그는 머리통을 감싸 쥐고 행인들의 시선과 욕설에는 아랑곳하지 않고 절뚝거리며 거리를 나아가기 시작했다. 한 달이라는 기간은 충분하지 않았다. 그 사실에 대해서는 처음부터 인식하고 있었지만, 그것에 어떻게 대처할 작정이었는지를 왠지 까맣게 잊고 있었다. 유념해야 할 세부 내용이 너무 많았고, 그것에 부수된 문제들도 너무 많았기 때문이다.

이 시점에서 어린아이들은 이미 죽어가고 있을 것이다.

쇼크로스는 저속한 나이트클럽이 늘어선 거리 뒤쪽의 인적이 없는 샛길에서 멈춰 섰고, 땅바닥에 주저앉았다. 차가운 벽돌벽에 등을 기대고, 부들부들 떨면서 자기 몸을 껴안았다. 알아들을 수 없을 정도로 왜곡된 음악 소리가 희미하게 들려왔다.

그는 어디서 길을 잘못 든 것일까? 그는 에이즈를 창조하신 하나님의 목적에 관한 계시를 논리적 결말까지 추구하지 않았던가? 선악을 구별할 수 있는 생물학적 기계를 완성시키기 위해 전 인생을 바치지 않았던가? 쇼크로스 바이러스처럼 지독하게 복잡하고, 엄청나게 공을 들인 것조차도 하나님의 역사를 이루지 못한다면…

어둠이 밀물처럼 몰려오며 그의 시야를 가로질렀다.

만약 그의 판단이 처음부터 잘못된 것이라면?

그가 지금까지 해왔던 모든 일이 하나님의 뜻이 아니었다면? 쇼크로스는 이런 생각을 전쟁 신경증 환자의 냉정함을 담아 검토했다. 바이러스 확산을 막기에는 이미 늦었지만, 보건 당국에 출두해서 모든 것을 털어놓는다면 그들은 자체적으로는 몇 년이 걸려야 겨우 발견할 수 있는 세부적인 정보로 무장할 수 있다. 일단 문제의 태아 단백질 수용체들이 존재한다는 사실을 안다면, 당국은 그 지식을 활용해서 불과 몇 달 만에 보호약을 개발할 수도 있을 것이다.

그런 보호약이 있으면 모유 수유도, 수혈도, 장기 이식도 가능해진다. 그럴 경우 간통자들도 교접할 수 있고, 동성애자들도 혐오스러운 행위를 행할 수 있게 되지만 말이다. 그런 보호약은 도덕적으로는 완전히 중립이며, 쇼크로스의 인생 목표를 모조리 부정하는 것이다. 쇼크로스는 희끄무레한 하늘을 올려다보며 공포와 혼란이 솟구쳐 오르는 것을 느꼈다. 내가 그럴 수 있을까? 모든 걸 토대부터 허물고 새로 시작하는 식으로? 그러는 수밖에 없었다! 어린아이들이 죽어가고 있지 않은가. 어떻게든 용기를 쥐어짜서 그러는 수밖에 없었다.

그때, 그 일이 일어났다. 하나님의 은총이 되돌아왔던 것이다. 그의 신앙이 빛의 조류처럼 역류하면서 그가 느꼈던 터무니없는 의심을 몰아냈다. 진짜 해결책은 이토록 명백하고, 단순했는데, 감히 어떻게 굴복할 생각을 했던 것일까?

쇼크로스는 비틀거리며 일어섰고, 다시 달리기 시작했다. 이번에야말로 제대로 전할 수 있도록, 마음속에서 새로운 메시지를 되뇌면서. "간통자들이여! 남색꾼들이여! 생후 4주가 지난 아기들에게 모유를 수유하는 어머니들이여! 회개하고 구원받으라…"

6

행동 공리

Axiomatic

"…마치 액체 질소로 뇌를 꽁꽁 얼린 다음에, 그걸 다시 산산조각 낸 느낌이었어!"

나는 〈임플란트 스토어〉 출입문 앞에 옹기종기 모여 있는 10대들 사이를 헤집고 가게 안으로 들어갔다. 보나마나 홀로비전 뉴스 취재 팀이 나타나서 너희들은 대낮에도 왜 학교에 가지 않느냐고 질문해 주기를 열망하고 있는 것이리라. 내가 지나갔을 때 그들은 요란스럽 게 토하는 시늉을 해 보였다. 자기들 같은 사춘기 또래도 아니고, 〈바이너리 서치〉 밴드 멤버처럼 차려입지도 않은 나 같은 노땅이 존재한 다는 사실만으로도 욕지기가 치밀어 오른다는 듯이.

실제로 치밀어 올랐는지도 모르겠다.

매장 안에는 거의 손님이 없었다. 비디오 ROM 판매점을 방불케 하는 내부 장식이다. 진열대 모양은 거의 똑같았고, 전시된 상품들의 상표도 비디오 ROM 제조사와 동일한 경우가 많았다. 진열대 선반들 은 각각 〈환각 체험〉, 〈명상과 치유〉, 〈동기 부여와 성공〉, 〈외국어와 전문 기술〉 등의 카테고리로 구분되어 있었다. 임플란트 본체의 크기 는 1밀리미터의 반에도 못 미치지만, 옛날에 팔리던 책 크기만 한 상 자에 하나씩 들어 있었다. 요란한 표지 그림이 딸린 상자에는 마케팅 사전을 그대로 베꼈든가 아니면 추천을 전문으로 하는 유명인들이 돈을 받고 써준 진부하고 과장된 선전 문구가 적혀 있었다. '신이 된다! 우주가 된다!' '궁극적인 통찰을! 궁극적인 지식을! 궁극적인 환각을!' 대충 이런 식이다. 영원한 마케팅 문구라 할 수 있는 '이 임플란트를 쓰면 인생이 바뀝니다!'도 역시 있었다.

나는 『당신은 최고!』라고 쓰여 있는 상자—투명한 보호 비닐이 땀에 젖은 지문들로 번들거린다—를 집어들고, 잠시 멍하니 생각에 잠겼다. 만약 내가 이 물건을 사서 실제로 쓴다면, 난 이 제품명처럼 내가 최고라고 실제로 믿게 될 것이다. 그걸 부정하는 증거가 아무리 많다고 한들, 나의 그런 믿음을 바꾸는 것 자체가 물리적으로 불가능해진다. 나는 이 상자를 『당신을 끊임없이 사랑하라』와 『즉석 의지력으로 즉석 부자 되기』 사이에 다시 꽂아놓았다.

내가 무엇을 사려고 이곳에 왔는지 정확하게 알고 있었고, 그것이 진열대에는 없다는 사실도 알고 있었지만, 조금 더 시간을 들여 진열대를 훑어보기로 했다. 부분적으로는 순수한 호기심에서였고, 부분적으로는 좀 더 생각할 시간을 벌기 위해서였다. 나의 행동이 어떤 결과를 초래할지 다시 한번 숙고해 보고 싶었고, 제정신으로 돌아와서 당장 밖으로 뛰쳐나갈 용기를 얻고 싶었다.

『공감각』이라고 쓰인 상자의 표지에는 혀에 무지개가 꽂히고 악보 보표에 눈알을 꿰뚫린 채로 황홀한 표정을 짓고 있는 사내의 그림이 그려져 있었다. 그 옆에 꽂힌 『외계의 섬망』은 '너무나도 기괴한 정신 상태를 유발하는 탓에 경험하는 동안에도 뭐가 뭔지 이해하지 못할 정도입니다!'라면서 자화자찬하고 있었다.

대뇌 임플란트 기술은 원래는 비즈니스 종사자나 여행자들에게 즉각적인 외국어 능력을 부여하기 위해 개발되었지만, 판매 실적이 기대에 못 미쳤던 탓에 결국 어떤 엔터테인먼트 재벌에 인수되었다. 일반 대중을 대상으로 한 1세대 임플란트들은 그런 우여곡절을 거쳐 탄생했는데, 이것들은 마치 비디오게임과 환각제를 뒤섞어 놓은 듯한 물건이었다. 향후 몇 년 동안 1세대 임플란트가 제공하는 혼돈과 기능 부전의 범위는 계속 확산되었지만, 그런 트렌드는 필연적으로 한계에 봉착할 수밖에 없었다. 뇌의 신경 결합을 아무리 휘저어 놓더라도 어떤 한계치를 넘으면 그런 기괴함을 즐길 수 있는 주체 자체가 소멸해 버리고, 다시 정상적인 정신 상태로 복귀한 사용자는 거의 아무것도 기억하지 못하기 때문이다.

이른바 〈행동 공리〉라고 불리는 차세대 임플란트의 초기 제품들은 모두 성性에 관련된 것이었다. 기술적인 측면에서 그 분야가 가장 단순했기 때문이리라. 나는 〈성애물〉이라고 명명된 진열대 쪽으로 가서 어떤 것들이 있는지(보나마나 합법적인 것들만 진열되어 있겠지만) 확인해 보았다. 동성애, 이성애, 자기성애. 무해한 각종 페티시즘. 육체의 이런저런 엉뚱한 부위들에 대한 성욕 항진. 평소의 당신이라면 혐오하거나, 조롱하거나, 아니면 그냥 따분하다고 느낄 것이 뻔한 변칙적인 성행위를 갈망할 수 있도록 자기 자신의 뇌신경을 자발적으로 재배선하려는 사람들은 도대체 무슨 생각으로 그러는 것일까? 파트너의 요구에 부응하기 위해? 그럴 수도 있겠지만, 솔직히 그런 식의 극단적인 복종성은 상상하기조차 힘들었고, 현재의 큰 시장 규모를 제대로 설명할 수 있을 정도로 일반적일 것 같지도 않았다. 원래 상태에서는 단지 성가시거나 좀이 쑤시는 정도로 끝났을 성적 정체성의 일부가, 심리적 억제나 갈등이나 혐오를 극복하고 승자의 자리에 오를 수 있도록 하기 위한 것일까? 사람은 누구나 상반되는 욕구를 가지고 있기 마련이고, 어떤 것을 원하는 동시에 원하지 않는 모순적인 정신 상태에 대해 결국은 넌더리를 내기 마련이다. 그 부분은 나도 이해할 수 있다. 완벽하게.

다음 진열대에는 아미쉬파에서 젠禪을 망라한 종교 관련 제품이 알파벳 순서로 진열되어 있었다. (현대 기술 문명을 거부하는 아미쉬파의 교의를 이런 식으로 획득해도 아무 문제가 되지 않는다는 것은 명백했다. 본디 종교 임플란트란 사용자들이 그보다 훨씬 더 기이한 모순도 얼마든지 받아들일 수 있도록 하는 물건이기 때문이다.) 『세속적 인본주의자』 — '이런 진실이 자명하다는 사실을 받아들이게 됩니다!'라는 선전 문구가 딸린 — 라는 제목의 임플란트까지 있었다. 그러나 『우유부단한 불가지론자』는 없는 걸 보니 의구심은 수요가 없는 듯하다.

1, 2분쯤 곰곰이 생각해 보았다. 단돈 50달러만 내면 나는 어린 시절의 가톨릭 신앙을 되찾을 수도 있다. 설령 가톨릭 교회에서는 그런 식의 회심을 인정해 주지 않더라도 말이다. (적어도 공식적으로는 인정하지 않을 것이다. 누가 이런 제품에 자금을 제공했는지 궁금해지는 대목이다.) 결국은 나 자신이 그런 유혹을 전혀 느끼지 않는다는 사실을 인정하는 수밖에 없었다. 그 임플란트는 내가 직면한 문제를 해결해 줄지도 모

르지만, 내가 원하는 방식으로 그래주지는 않을 것이다. 게다가 내가 여기 온 이유는 내가 원하는 대로 행동하기 위해서가 아닌가. 임플란트를 쓴다고 해서 자유의지를 박탈당하는 것은 아니며, 그것은 오히려 내가 자유의지를 행사하는 것을 도와줄 것이다.

마침내 결심을 굳힌 나는 점원이 있는 카운터로 다가갔다.

"무엇을 도와드릴까요, 고객님?" 젊은 남성 점원은 쾌활한 어조로 내게 물었다. 사방으로 성실함을 발산하고 있는 듯한 그의 태도는 그가 정말로 이 직업을 즐기고 있다는 인상을 준다. 정말로, 진심으로 말이다.

"특별 주문한 제품을 받으러 왔습니다."

"고객님 성함이 어떻게 되시는지요?"

"카버. 마크 카버입니다."

그는 카운터 아래로 손을 넣더니 꾸러미 하나를 꺼냈다. 고맙게도 눈에 띄지 않는 갈색 포장지로 이미 싸인 상태였다. 나는 현금으로 대금을 지불했다. 거스름돈이 필요 없도록 정확한 액수를 가지고 왔다. 399.95달러. 모든 것이 20초 만에 끝났다.

가게에서 나오자 아찔한 안도감과 고양감이 몰려왔다. 나는 녹초가 되어 있었지만, 적어도 그 얼어 죽을 물건을 사는 데는 성공했다. 마침내 그것을 손에 넣었고, 그 과정에서 타인을 끌어들이지도 않았다. 이제는 내가 그것을 쓸지 안 쓸지를 징하는 일만 남았다.

전철역을 향해 몇 블록 걸어가던 나는 꾸러미를 쓰레기통에 던져넣었지만, 거의 즉각적으로 몸을 돌려 다시 집어들었다. 장갑복을 입은 두 명의 경찰관들 앞을 지나갔을 때는 거울처럼 비치는 처리가 된 안면 가리개 뒤에서 그들의 시선이 나를 꿰뚫어 보는 광경을 상상했지만, 내가 가지고 있는 것은 완전히 합법적인 물건이다. 자발적으로 사용을 선택한 사람들의 마음에 일군의 특정한 신념을 불러일으킬 뿐인 장치를 정부가 어떻게 금지할 수 있단 말인가? 원래부터 자연적으로 그런 신념을 가지고 있는 사람들을 모조리 체포라도 하지 않는 한 그런 일은 불가능하다. 그러나 법은 반드시 일관적이어야 한다는 규칙 따위는 없으므로 임플란트를 금지하는 일 자체는 사실 전혀 어렵지 않을 수도 있다. 그러나 임플란트 제조사들은 자사 제품에 대한 규제 강화는 사상 경찰로 가는 길을 닦는 것이나 마찬가지라는 식의 논리로 대중을 설득하는 데 성공한 듯했다.

집에 도착할 무렵에는 사시나무 떨듯 떨고 있었다. 주방의 식탁 위에 꾸러미를 올려놓고, 집 안을 왔다 갔다 하기 시작했다.

이것은 에이미를 위한 일이 아니다. 단지 내가 내 아내였던 그녀를 여전히 사랑하고 있고, 여전히 그녀의 죽음을 슬퍼하고 있다는 이유 하나만으로, 내가 그녀를 위해 이런 일을 할 리가 없다는 것은 사실로서 인정하는 수밖에 없다. 그런 거짓말로 그녀의 추억을 더럽힐 생각은 추호도 없었다.

실제로는 나 자신을 그녀로부터 해방시키기 위해 하는 일이었다. 5년 동안이나 나의 인생을 지배해 온 이 무의미한 사랑과 불필요한 슬픔에 종지부를 찍고 싶었던 것이다. 그런다고 나를 비난할 사람은 아무도 없었다.

그녀는 은행 강도의 총을 맞고 죽었다. 강도들은 보안 카메라를 모두 부숴놓았고, 강도들 외의 모든 사람들은 대부분의 시간 동안 바닥에 납작 엎드려 있었다고 한다. 그 탓에 나는 사건의 전모를 파악하지 못했다. 에이미는 자세를 바꾸거나, 꼼지락거리거나, 고개를 드는 식으로 뭔가를 했던 것이 틀림없다. 범인을 향한 나의 증오가 정점에 달해 있던 시기에도, 그녀가 아무런 이유도 없이 단지 충동적인 행위에 의해 살해당했다고는 도저히 믿을 수가 없었다.

그러나 방아쇠를 당긴 범인이 누구인지는 알고 있었다. 재판을 통해 공개된 것이 아니라, 경찰서 사무 직원에게 돈을 건네고 입수한 정보였다. 아내를 죽인 범인의 이름은 패트릭 앤더슨이었다. 앤더슨은 검찰 측의 증인이 되는 것에 동의하고 공범들이 종신형을 받게 함으로써, 그 대가로 자기 형기를 7년으로 줄였다.

나는 보도 매체를 찾아다녔다. 범죄를 소재로 하는 버라이어티쇼의 혐오스러운 진행자 하나가 내 얘기에 관심을 보였고, 1주 동안 방송에서 이 사건에 대해 꽥꽥 떠들어 댔다. 그러나 그는 자기 잇속을 차리기 위해 사실을 희석하는 부류였고, 이내 이 사건에 싫증을 내고 다른 소재로 넘어갔다.

5년 후 앤더슨은 가석방되었고, 그로부터 9개월이 흘렀다.

오케이, 그래서 나더러 어떻게 하란 말인가? 언제 어디서든 흔히 일어나는 일이 아닌가. 그런 일을 당한 누군가가 내게 와서 하소연했더라면 나는 동정하긴 했겠지만 단호한 어조로 이렇게 말했을 것이다. "그녀 일은 잊어. 이미 죽은 사람이잖아. 범인 일도 잊어. 그런 쓰레기에 연연하지 말고, 네 인생을 살아가라고."

나는 그녀를 잊지 않았고, 그녀를 죽인 자도 잊지 않았다. 나는 (그게 어떤 의미든 간에) 그녀를 사랑했기 때문이다. 내 마음의 합리적인 부분은 그녀가 죽었다는 사실을 받아들였지만, 나머지 부분은 머리를 절단당한 뱀처럼 계속 꿈틀거리고 있었다. 나와 같은 일을 당한 다른 누군가는 자기 집의 모든 벽과 맨틀피스를 아내의 사진과 기념품 따위로 장식해서 집 전체를 숫제 사당처럼 만들어 놓고, 매일 아내의 무덤 앞에 싱싱한 꽃을 바치고, 밤이 되면 오래전에 찍은 홈비디오를 보면서 술을 마시다가 곯아떨어질지도 모른다. 나는 그러지 않았다. 그럴 수가 없었다. 정말로 그랬더라면 추악하게 보였을 뿐만 아니라 위선 그 자체였을 것이다. 우리 두 사람 모두 과도한 감상벽에는 질색하는 성격이었기 때문이다. 아내의 사진은 단 한 장만 남겨두었다. 홈비디오는 찍은 적이 없다. 아내의 무덤은 1년에 한 번 찾아간다.

표면적으로는 이렇게 감정을 드러내는 것을 자제하고 있었지만, 내 머릿속에서 에이미의 죽음에 관한 강박관념은 점점 더 강해지기만 했다. 그렇다고 내가 그런 강박관념을 원했다거나, 선택했다거나, 어떤 식으로든 그것이 커지는 것을 조장하거나 부추겼던 것은 절대 아니다. 재판 과정에 관한 네트워크 기사를 모으지도 않았고, 그 사건을 누군가가 화제에 올리는 경우는 즉시 자리를 떴다. 나는 일에 몰두했고, 여가 시간에는 책을 읽거나 혼자서 영화를 보러 갔다. 새로운 파트너를 찾아볼 생각도 했지만 구체적인 행동에 나서는 일은 결코

행동 공리

없었고, 장래에 내가 인간성을 되찾을 수 있을 때까지 미룬다는 식으로 얼버무리기 일쑤였다.

밤이 되면 사건의 상세한 내용이 머릿속을 빙빙 맴돌며 나를 괴롭혔다. 아내의 죽음을 방지하기 위해 내가 '할 수 있었던' 일들이 무엇이었을지 수없이 생각했다. 처음부터 결혼을 하지 않는다든지(우리가 시드니로 온 것은 내 직장 때문이었다) 살인자가 총으로 그녀를 겨냥한 순간 기적적으로 같은 은행에 도착한 내가 태클을 걸어 그자를 넘어뜨리고 기절할 때까지 두들겨 팬다든지, 그보다 더 심한 제재를 가하는 광경을 상상했다. 이런 망상이 헛되고 독선적이라는 사실은 잘 알고 있었지만, 알고 있다고 해서 해결될 문제가 아니었다. 수면제를 먹어보았지만 똑같은 일이 대낮에 되풀이될 뿐이었고, 그럴 경우는 글자 그대로 일하는 것 자체가 불가능해졌다. (관제탑에서 우리를 보조해 주는 멍청한 컴퓨터들이 매년 조금씩 개선되기는 하지만, 항공관제는 절대로 백일몽에 빠진 채로 할 수 있는 일이 아니다.)

뭐든 행동에 나설 필요가 있었다.

복수? 복수는 윤리적으로 결함이 있는 사람들이나 하는 행위다. 나는 전 세계에서 무조건적인 사형 폐지를 요구하는 UN 청원서에 서명한 적도 있다. 당시에는 진심이었고, 지금도 진심이다. 인간의 목숨을 빼앗는 것은 잘못이다. 이것은 어릴 때부터의 강한 신념이었다. 처음에는 아마 종교적 믿음에 입각한 신념이었겠지만, 어른이 되어 그런 허튼소리를 모두 떨궈냈을 때도 생명의 존엄성은 앞으로도 계속 지킬 가치가 있다고 판단했던 몇 안 되는 신념 중 하나였다. 이런저런 실용주의적인 이유는 차치하더라도, 내 입장에서 인간의 의식은 언제나 우주에서 가장 경이롭고 기적적이고 신성한 것이었기 때문이다. 교육 탓인지 유전 탓인지는 모르겠지만, 내가 그 가치를 폄하하는 것은 1 더하기 1은 0이라는 주장을 믿는 것만큼이나 불가능한 일이다.

어떤 부류의 사람들에게 내가 평화주의자임을 밝히면, 그들은 10초도 시나지 않아 말도 안 되는 가상의 상황을 급조해서 나의 신념을 논파하려고 시도한다. 당신이 지금 당장 누군가의 머리를 총으로 쏘아 날려버리지 않는다면 몇백만 명의 사람들이 끔찍한 고통을 겪으면서 죽고, 당신이 사랑하는 사람들 모두가 강간당하고 고문당할 것이다. 그럴 경우 당신은 그래도 방아쇠를 당기는 것을 거부하겠느냐는 식이다. (이런 상황에는 전능한 대량 살인마를 죽이는 대신 부상을 입혀서 저지하는 것은 절대 불가능하다는 부자연스러운 조건이 예외 없이 딸려 온다.) 여기서 웃기는 점은, 그런 상황이라면 부득이 죽이는 수밖에 없겠다고 내가 대답하면 그들은 나를 한층 더 경멸하는 눈으로 바라본다는 사실이다.

그러나 앤더슨이 전능하지도 않고, 대량 살인을 획책하는 살인마도 아니라는 점은 명백했다. 다시 사람을 죽일지 안 죽일지의 여부도 모른다. 갱생 가능성에 대해서는 어린 시절에 학대를 받았다든지, 거친 외모 뒤에는 실은 친절하고 상냥한 또 하나의 인격이 숨겨져 있다는 식의 유리한 해석을 시도할 수도 있겠지만 나는 그런 부분에는 전혀 관심이 없었다. 그럼에도 나는 이 사내를 죽이는 것은 잘못이라고 확신하고 있었던 것이다.

행동 공리

나는 우선 총부터 샀다. 이 부분은 쉬웠고, 완전히 합법적이었다. 컴퓨터는 나의 총 구입 허가 신청을 내 아내를 죽인 범인의 출소와 제대로 관련짓지 못했든가, 상관관계를 감지하기는 했지만 문제가 되지 않는다고 판단했던 것이리라.

나는 1주에 3시간씩 인간 모양을 한 움직이는 표적을 향해 총을 쏘는 취미를 가진 사람들로 가득한 '스포츠 클럽'에 가입했다. 펜싱과 마찬가지로 무해한 여가 활동입니다. 나는 진지한 표정으로 이렇게 대답하는 연습을 했다.

클럽에서 알게 된 동호인으로부터 출처 불명의 탄약을 산 것은 확실하게 불법이었다. 충격을 받으면 기화해 버리는 탄두를 쓰는 탓에, 특정 총기와 결부될 수 있는 탄도학적 증거를 아예 남기지 않는 특수한 총탄이었다. 재판 기록을 훑어보니 그런 물건을 소지한 것이 발각될 경우의 평균적인 처벌은 벌금 500달러였다. 소음기 역시 불법이었고, 그것을 소유할 경우의 처벌 수준도 위와 비슷했다.

매일 밤, 나는 숙고했다. 그리고 매일 밤, 같은 결론에 도달했다. 용의주도하게 준비를 마쳤음에도 불구하고, 내가 사람을 죽일 가능성은 없었다. 나의 일부는 그러고 싶어 했고, 다른 일부는 그러고 싶어 하지 않았지만, 나는 어느 부분이 주도권을 쥐고 있는지를 명확하게 알고 있었다. 결국 나는 그 어떤 증오나 비탄이나 절망조차도 나의 본성에 반하는 행위를 내게 강요하지는 못할 것이라는 확신에 안주하며, 앤더슨을 죽이는 꿈을 꾸면서 남은 인생을 살아갈 것이다.

나는 꾸러미를 뜯었다. 내심 기관단총을 쥐고 냉소를 띤 보디빌더의 그림 같은 요란한 표지를 예상하고 있었지만, 실물은 단조로운 회색 상자였고, 제품 바코드와 〈시계태엽 과수원〉이라는 판매업자의 이름을 제외하면 아무 표시도 되어 있지 않았다.

나는 동전 투입식 공공 단말기로 불러낸 온라인 상품 목록에서 이물건을 주문했고, 자택에서 멀리 떨어진 챗츠우드에 위치한 〈임플란트 스토어〉의 한 지점에서 '마크 카버'가 직접 수령할 수 있도록 해놓았다. 임플란트 자체는 합법적이므로 이 모든 행동은 편집증적인 난센스에 불과했지만, 나는 총과 탄약을 샀을 때보다 임플란트를 샀을 때 훨씬 더 큰 불안과 죄악감을 느꼈으므로 내 입장에서는 완전히 합리적인 행동이었다.

상품 목록에 실린 이 임플란트의 설명문은 '사람 목숨은 파리 목숨이나 마찬가지!'라는 구호로 시작되고 있었고, 그 뒤로 비슷한 취지의 알맹이 없는 표현이 몇 줄 더 이어졌다. '인간은 고깃덩어리에 불과하다. 아무것도 아니고, 아무 가치도 없다.' 여기서 구체적인 표현은 중요하지 않다. 그런 구호는 임플란트의 일부가 아니기 때문이다. 임플란트를 작동시킨다고 해서 마음 내키는 대로 비웃거나 무시할 수 있는 너절한 장광설이 머릿속에서 울려퍼지는 것도 아니고, 의미론적인 궤변을 동원하면 회피할 수도 있는 일종의 정신적 법령을 강요당하는 것도 아니다. 공리적 임플란트들은 실제 인간의 뇌 안에 존재하는 진짜 신경 구조를 분석함으로써 만들어지지, 그런 공리의 언어적 표현에 기반해서 만들어진 것이 아니기 때문이다. 따라서 사용

행동 공리

자에게 실제로 영향을 끼치는 것은 법의 취지이지 그 문구가 아니다.

나는 임플란트 상자를 개봉했다. 17개 언어로 쓰인 설명서가 들어 있었고, 프로그래머와 임플란트 삽입봉과 핀셋이 하나씩 들어 있었다. 임플란트 본체는 무균 포장이라고 쓰인 둥그런 플라스틱 용기 안에 밀봉되어 있었다. 미세한 모래알처럼 보였다.

임플란트를 써본 적은 한 번도 없었지만, 홀로비전 영상을 수없이 시청한 덕에 사용법은 숙지하고 있었다. 프로그래머에 임플란트 본체를 장착해서 '각성'시킨 다음, 그 효력이 지속되는 유효기간을 지정하면 된다. 삽입봉은 진짜 초보자들이나 쓰는 것이고, 임플란트 사용법에 익숙한 경험자라면 새끼손가락 끝에 임플란트를 올려놓고 원하는 콧구멍에 슬쩍 집어넣는 것이 일반적이다.

삽입된 임플란트는 뇌 안으로 진입한 다음 나노머신 대군을 방출해서 목적하는 신경계를 찾아내고, 그것들과 결합한 후 미리 정해둔 시간(1시간이든 무한대든 원하는 대로 설정 가능하다) 동안만 활성화됨으로써 목적한 작업을 수행한다. 왼쪽 슬개골로 다중 오르가슴을 맛본다든지, 파랑이라는 색깔을 오래전에 잊은 어머니의 모유 맛처럼 느끼도록 할 수도 있다. 또는 이런저런 심리적 전제를 신경망에 직접 배선하는 것도 가능하다. '나는 성공할 것이다. 나는 직장에서 하는 일이 정말 즐겁다. 사후의 삶은 존재한다. 벨젠※에서 죽은 사람은 아무도 없다. 네 발 달린 동물은 선하고, 두 발 달린 동물은 악하다'이런 식이다.

※   나치스의 강제수용소.

나는 내용물을 모두 상자에 다시 집어넣은 다음 서랍에 집어넣었고, 수면제를 세 알 삼키고 잠자리에 들었다.

아마 그것은 내가 게을러서였는지도 모른다. 나는 장래에 지금과 완전히 똑같은 선택지에 직면하지 않아도 되는 행동을 선택하려는 편향적인 경향을 가지고 있었다. 양심의 가책으로 인한 고뇌를 한 번 이상 감수해야 한다는 것은 지극히 비효율적이라고 느꼈다는 뜻이다. 임플란트를 쓰지 않는다면 남은 인생 동안 매일 똑같은 결심을 되풀이해야 할 판이다.

또는 처음부터 이 황당무계한 장난감이 실제로 기능할 것이라고는 믿지 않았을 가능성도 있다. 아마 내가 가진 신념은 다른 사람들과는 달리 단순한 기계 따위는 접근조차 할 수 없는 모종의 영적인 차원에서 부유하고 있는 형이상학적 석판 위에 뚜렷하게 각인되어 있다는 믿음을 증명하고 싶었던 것인지도 모른다.

또는 일종의 윤리적인 알리바이를 원했을 뿐인지도 모르겠다. 진짜 나는 결코 그럴 수 없다는 사실을 믿으면서도 앤더슨을 죽일 방법을 찾고 있었던 것이다.

적어도 한 가지만은 확실했다. 이것은 에이미를 위해서 하는 일이 아니었다.

다음 날은 동틀 무렵에 일어났다. 한 달 동안의 연차 휴가를 받은 덕에 언제 일어나든 상관없었지만 말이다. 옷을 입고 아침을 먹은 후 다시 임플란트 상자를 열고 설명서를 꼼꼼히 읽었다.

딱히 극적인 감정을 느끼는 일 없이 무균 용기를 뜯었고, 핀셋으로 깨알보다 작은 임플란트를 집어서 프로그래머의 전용 구멍 안에 떨어뜨렸다.

프로그래머가 말했다. "당신은 영어를 할 줄 압니까?" 그 목소리를 듣고 나는 자동 관제탑의 교신을 떠올렸다. 저음이지만 무성無性이고, 사무적이지만 기계의 투박함과는 무관하며, 그럼에도 결코 인간이 낸 것이 아닌 목소리.

"예."

"이 임플란트를 프로그래밍하는 것을 원하십니까?"

"예."

"유효기간을 설정해 주십시오."

"사흘." 사흘이면 충분하다. 그걸로 충분하지 않다면, 계획 자체를 포기할 작정이었다.

"이 임플란트는 삽입 후 사흘 동안 작동할 예정입니다. 맞습니까?"

"예."

"이 임플란트는 사용 가능한 상태가 되었습니다. 현재 시각은 오전 7시 43분입니다. 오전 8시 43분이 되기 전에 이 임플란트를 삽입해 주십시오. 그 시간을 초과할 경우 임플란트는 자동으로 작동이 해제되고, 다시 프로그래밍할 필요가 생깁니다. 이 상품을 즐겁게 써주시고, 포장재는 적절하게 처분해 주십시오."

나는 임플란트를 삽입봉에 끼운 다음 망설였지만, 그랬던 것은 한

순간에 불과했다. 지금은 고뇌할 때가 아니다. 나는 이미 몇 달 동안 이나 실컷 고뇌했고, 그런 상황 자체에 넌더리를 내고 있었다. 더 이상 결단을 내리지 못하고 망설인다면, 이 임플란트를 쓰도록 결심하게 해주는 두 번째 임플란트를 사야 할 판이다. 나는 지금 범죄를 저지르고 있지 않다. 내가 범죄를 저지를 것을 보장하는 행위와도 거리가 멀다. 인간의 목숨 따위는 전혀 특별한 것이 아니라는 신념을 가진 사람은 수없이 존재하지만, 그중에서 실제로 살인을 저지르는 사람은 몇 명이나 될까? 내가 설정한 사흘은 단지 그 신념에 대해 내가 어떻게 반응하는지를 밝혀줄 시간에 불과하고, 나의 태도가 뇌에 배선된 것이라고 해도 그 결과가 어떻게 나올지는 확정적인 것과는 거리가 멀다.

나는 삽입봉을 왼쪽 콧구멍에 밀어 넣고 사출 버튼을 눌렀다. 한순간 따끔한 느낌이 왔지만, 그게 전부였다.

나는 생각했다. 에이미는 이런 나를 경멸하겠지. 이 생각에 잠시 마음이 흔들렸지만, 이 역시 한순간에 불과했다. 에이미는 죽었으므로, 그녀가 어떻게 느낄지 억측하는 것은 무의미하다. 이제는 내가 뭘 하든 그녀가 상처를 받을 일은 없고, 그렇지 않다고 주장하는 것은 미친 짓이다.

내가 변화하는 과정을 감시해 보려고 했지만 멍청한 짓이었다. 30초마다 자기 성찰을 행한다고 해서 자신의 윤리적 규범을 확인할 수는 없다. 내가 결코 사람을 죽일 수 없을 것이라는 자기 평가는 몇십 년에 달하는 관찰의 결과이기 때문이다. (대부분 이미 낡아서 쓸모가 없겠

행동 공리

지만.) 게다가 이런 자기 평가 내지 자아상은 나의 행동과 태도를 반영하는 것 못지않게 그 원인을 제공해 왔다. 따라서 임플란트는 나의 뇌를 직접 변화시키고 있는 것과는 별도로, 과거에는 불가능하다고 확신했던 방식의 행동을 합리화해 줌으로써 나를 옭아매고 있던 피드백 고리를 깨주고 있는 것이다.

잠시 후 나는 내 머릿속에서 현미경으로나 볼 수 있는 로봇들이 돌아다니고 있는 이미지를 떨쳐내기 위해 술을 마시기로 했다. 이것은 큰 실수였다. 알코올은 나를 편집증적으로 만들기 때문이다. 그 뒤로 무슨 일이 일어나는지는 거의 기억이 없고, 단지 욕실 거울에 비친 나의 모습을 흘끗 보고 "할HAL이 제1원칙을 깼어! 할이 제1원칙을 깼어"라고 절규하다가 엄청 토했다는 사실이 생각날 뿐이다.※

자정 직후에 욕실 바닥에서 깨어났다. 숙취 제거 알약을 삼키자 5분 뒤에 두통과 메스꺼움이 사라졌다. 샤워를 하고 새 옷으로 갈아입었다. 이때를 위해서 사둔, 권총을 집어넣을 수 있는 속주머니가 딸린 재킷을 걸쳤다.

임플란트가 플라세보 효과 이상의 영향을 내게 끼쳤는지의 여부는 여전히 알 수 없었다. 나는 큰 소리로 자문했다. "인간의 생명은 성스러운 걸까? 살인을 하면 안 되는 걸까?" 그러나 나는 이런 질문 자체를 받아들이기 힘들었고, 과거에 내가 그런 생각을 했다는 사실조차도 믿을 수 없었다. 그런 개념 전체가 이해하기 힘든 수학의 정리와

※ HAL 9000은 아서 C. 클라크의 SF 『2001 스페이스 오디세이』에 등장하는 인공지능 컴퓨터이며, 제1원칙은 SF 작가 아이작 아시모프가 제창한 로봇공학 3원칙에 유래한다.

마찬가지로 모호하고 난해하게 느껴졌던 것이다. 내가 짠 계획을 실행에 옮길 생각을 하니 속이 뒤틀렸지만, 그것은 단순한 두려움이지 도덕적인 분노 탓이 아니었다. 그 임플란트는 용기나 냉정함, 결단력 따위를 제공해 주지는 않는다. 원한다면 그런 정신 상태도 구입할 수 있었지만, 그걸 쓴다는 것은 속임수나 마찬가지다.

앤더슨에 관해서는 사립 탐정에게 조사를 의뢰했다. 앤더슨은 서리힐스의 나이트클럽에서 일요일을 제외한 매일 밤 경비로 일하고 있었다. 집도 나이트클럽 근처였고, 매일 새벽 4시경에 걸어서 귀가한다. 나는 앤더슨이 사는 테라스 하우스◈ 앞을 몇 번 차로 지나쳐 보았는데, 매번 쉽게 찾아낼 수 있었다. 앤더슨은 혼자 살고 있었고, 애인이 있긴 했지만 둘이 만나는 곳은 언제나 여자 쪽 집이었고, 그것도 오후나 이른 저녁으로 한정되어 있었다.

총에 탄환을 장전한 다음 재킷 속 호주머니에 집어넣었고, 반 시간 동안 거울을 들여다보며 겉으로 드러나지 않는지 확인했다. 술이라도 한잔하고 싶은 기분이었지만 꾹 참았다. 라디오를 켜놓고 흥분을 조금이라도 가라앉혀 보려고 집 안을 돌아다녔다. 이제 타인의 목숨을 빼앗는 것은 내게는 별일이 아닐지도 모르지만, 내가 죽거나 체포당해서 감옥에 갇힐 가능성은 여전히 남아 있었다. 이 임플란트가나 자신의 운명에 대한 무관심을 제공해 주지는 않는다는 사실은 명백했다.

너무 일찍 출발한 탓에 일부러 멀리 돌아가면서 시간을 때울 필요

◈ 벽을 공유하는 저층 집합주택.

가 있었다. 그럼에도 불구하고 앤더슨의 집에서 1킬로미터 떨어진 곳에 주차했을 때는 아직 오전 3시 15분이었다. 목적지까지 걸어가는 도중에 몇 대의 차와 택시가 옆을 지나갔는데, 자연스러워 보이려는 노력이 너무 과했던 나머지 남들이 보기에 나는 몸 전체에서 되레 죄악감과 편집증적인 분위기를 사방에 발산하고 있었을 것이라는 생각이 든다. 그러나 일반인 운전자가 눈치를 채거나 신경을 썼을 가능성은 전무했고, 순찰차와 마주치지도 않았다.

목적지에 도달했지만 몸을 숨길 만한 곳이 없었다. 뜰도 없고, 나무도 없고, 울타리도 없다. 그러나 이미 알고 있었던 일이었다. 나는 도로 반대편에 있지만 앤더슨의 집의 바로 맞은편은 아닌 집을 골랐고, 그 집의 현관 계단으로 가서 앉았다. 집주인이 나온다면 술에 취한 것처럼 비틀거리며 자리를 뜨면 그만이다.

계단에 앉은 채로, 기다렸다. 평소 때와 다르지 않은 따뜻하고 조용한 밤이었다. 밤하늘은 맑게 개어 있었지만, 도시의 불빛 탓에 우중충한 잿빛이었고 별도 보이지 않았다. 나는 속으로 혼잣말을 되풀이했다. 이런 짓을 할 필요는 없어. 이런 곳에서 기다릴 필요는 없어. 그렇다면 나는 왜 그 자리에 머물렀을까? 잠 못 이루는 밤들로부터 해방되고 싶어서? 말도 안 되는 헛소리다. 내가 앤더슨을 죽인다면, 에이미의 죽음으로 인해 폐인이 되다시피 했던 시절 못지않게 지독한 고뇌에 시달릴 것이 뻔했기 때문이다.

그럼 왜 그 자리에 머물렀을까? 임플란트와는 무관하다. 임플란트는 기껏해야 나의 꺼림칙함을 중화해 주고 있을 뿐이다. 나더러 어떤 행위를 하라고 강요하고 있는 것이 아니다.

그렇다면 어떤 이유에서? 결국 이러는 것이 성실한 행위라고 간주한 탓인 듯하다. 나는 내가 진심으로 앤더슨을 죽이고 싶어 한다는 유쾌하지 않은 사실을 받아들여야 했고, 설령 그런 생각이 아무리 혐오스럽다고 해도 나 자신에게 충실하려면 죽이는 수밖에 없었다. 그 외의 행동은 위선이고 자기 기만에 지나지 않는다.

새벽 4시 5분 전, 이쪽으로 걸어오는 발소리가 들렸다. 그쪽을 돌아보면서도 앤더슨이 아니거나, 친구와 함께라면 좋겠다는 생각을 했다. 그러나 본인이었고, 혼자였다. 나는 그와 현관문과의 거리가 나와 같아질 때까지 기다렸다가, 일어서서 걷기 시작했다. 그는 내 쪽을 흘끗 본 다음에는 무시했다. 순수한 공포가 나를 엄습했다. 재판 이래 그를 직접 보는 것은 이번이 처음이었고, 그가 육체적으로 얼마나 위압적인지를 잊고 있었다.

억지로 걷는 속도를 늦췄지만 의도했던 것보다 빨리 그를 지나쳤다. 내가 신고 있는 것은 고무창이 달린 가벼운 신발이었고 그는 육중한 부츠를 신고 있었지만, 도로를 가로지른 다음 U턴해서 그의 등 뒤로 다가가는 동안에도 상대방이 내 심장이 뛰는 소리나 코를 찌르는 땀 냄새를 감지하지 못했다는 사실을 믿을 수가 없었다. 내가 총을 꺼냈을 때, 현관을 몇 미터 앞두고 있던 그는 어깨 너머로 뒤를 돌아보았다. 기껏해야 개나 바람에 날린 쓰레기 정도를 예상하고 있던 듯한 무덤덤한 표정이었다. 그는 이맛살을 찌푸리고 몸을 돌려 나를 마주 보았다. 나는 그에게 총을 겨눈 채로 우뚝 서 있었다. 말이 나오지 않았다. 이윽고 그가 말했다. "씨발 뭘 원하는 거야? 내 지갑에 200달러 들어 있어. 뒷주머니에."

나는 고개를 가로저었다. "현관 자물쇠를 열고, 두 손을 뒤통수에 댄 다음에 발로 문을 열어. 내가 들어가기 전에 닫을 생각은 하지 마."

그는 잠시 주저하다가, 내 말에 따랐다.

"자, 이제 안으로 들어가. 머리에 손을 얹은 채로. 딱 다섯 걸음만 올라가. 큰 소리로 수를 세면서. 내가 바로 뒤에 있다는 걸 잊지 마."

앤더슨이 넷까지 셌을 때 나는 조명 스위치로 손을 뻗쳤고, 손을 뒤로 돌려 문을 닫았다가 쾅 하는 소리에 놀라 움찔했다. 앤더슨은 바로 내 앞에 있었고, 나는 갑자기 함정에 빠진 듯한 기분을 느꼈다. 상대방은 흉포한 살인자인데, 나는 8살 이후에는 누구를 때려본 적도 없다. 총이 있으면 나 자신을 지킬 수 있을 거라고 정말로 믿고 있었던 것일까? 두 손을 머리에 올려놓은 앤더슨의 팔과 어깨의 근육이 팽팽하게 솟아오른 것을 셔츠 너머로도 뚜렷하게 볼 수 있었다. 그때 바로 그의 뒤통수에 총알을 박아 넣었어야 했다. 이것은 처형이지 결투가 아니지 않은가. 내가 무슨 고색창연한 명예의 개념에 집착하고 있었다면, 총 없이 맨손으로 와서 이 사내의 손에 박살이 나는 쪽을 택했어야 했다.

"왼쪽으로 가." 나는 명령했다. 왼쪽에는 거실이 있었다. 나는 그의 뒤를 따라 거실로 들어가서 조명을 켰다. "앉아." 나는 거실 입구에 섰고, 그는 달랑 하나밖에 없는 거실 의자에 앉았다. 한순간 현기증이 나며 시야가 흔들렸지만, 실제로 몸을 움직였던 것 같지는 않다.

축 처지거나 비틀거리지도 않았다. 그랬더라면 앤더슨은 아마 나를 향해 돌진해 왔을 것이다.

"원하는 게 뭐야?" 앤더슨이 물었다.

이 질문에 대해서는 곰곰이 생각해 볼 필요가 있었다. 이런 상황 자체는 수도 없이 상상해 보았지만, 구체적으로 어떤 생각을 했는지는 기억이 나지 않는다. 앤더슨이 나를 알아보자마자 변명이나 해명을 시도할 것이라고 지레짐작했던 것은 기억하지만 말이다.

이윽고 나는 말했다. "왜 내 아내를 죽였는지 얘기해 봐."

"난 당신 아내를 죽이지 않았어. 죽인 건 밀러야."

나는 고개를 가로저었다. "그건 사실이 아냐. **난 알아.** 경찰한테서 들었어. 그러니까 이제 와서 거짓말을 할 생각은 하지 마. 난 다 알고 있으니까."

앤더슨은 무덤덤한 표정으로 나를 응시했다. 분통을 터뜨리며 고함을 지르고 싶었지만, 총을 쥐고 있음에도 불구하고 상대에게 그런 태도는 위협적이라기보다는 우스꽝스럽게 보일 것이라는 예감이 있었다. 총으로 직접 후려갈길 수도 있었지만, 솔직히 말해서 가까이 가는 것이 두려웠다.

그래서 나는 발을 쏘는 쪽을 택했다. 앤더슨은 비명을 지르더니 거친 욕설을 내뱉었고, 허리를 굽혀 다친 발 상태를 확인했다. "씨팔 새끼!" 그는 낮게 내뱉었다. "씨팔 새끼!" 그는 발을 잡은 채로 앞뒤로 몸을 흔들었다. "목을 부러뜨리겠어! 죽여버릴 거야!" 부츠에 난 구멍에서 피가 조금 흘러나왔지만, 영화에서 보는 것에 비하면 아무것도 아니었다. 탄두가 기화하면서 상처를 지지는 효과가 있다는 얘기를 들은 적이 있다.

나는 말했다. "왜 내 아내를 죽였는지 얘기해."

앤더슨은 공포에 사로잡혔다기보다는 분노하고 넌더리를 내고 있는 듯한 표정이었지만, 곧 자신은 결백하다는 시늉을 하는 것을 그만두었다. "어쩌다가 우연히 그렇게 되었을 뿐이야. 곧잘 일어나잖아, 그런 일은."

나는 짜증스럽게 고개를 가로저었다. "다시 묻겠어. 왜? 왜 그런 일이 일어났던 거야?"

앤더슨은 다친 발 쪽의 부츠를 벗으려는 듯이 움직였지만, 결국 그만두었다. "일진이 안 좋았어. 금고에는 시한 자물쇠가 달려 있었고, 현금도 거의 없었어. 모든 게 개판이었던 거야. 일부러 그랬던 게 아냐. 어쩌다 보니 그냥 그렇게 되어버렸던 거지."

나는 또다시 고개를 가로저었다. 상대가 원래부터 멍청한 건지, 아니면 시간을 벌려고 지연 전술을 쓰고 있는지 판단할 수가 없었다. "'그냥 그렇게 되어버렸다'라는 대답은 받아들일 수 없어. 왜 그렇게 된 거지? 넌 왜 그런 짓을 했어?"

조바심을 내고 있는 것은 두 사람 모두 매한가지였다. 앤더슨은 손으로 머리카락을 빗더니 나를 쏘아보았다. 땀을 흘리고 있었지만, 고통 탓인지 아니면 두려움 탓인지는 알 수 없었다. "내가 뭐라고 대답해 주면 좋겠어? 그때 난 완전히 꼭지가 돈 상태였어, 이해 못 하겠어? 모든 게 좆같았고, 그래서 난 꼭지가 돌았고, 그때 그냥 그 여자가 눈에 들어왔던 거야. 무슨 얘긴지 모르겠어?"

또다시 현기증이 몰려왔지만, 이번에는 사라지지 않았다. 이제는 이해할 수 있다. 이 사내는 일부러 둔한 척하고 있는 게 아니라, 처음부터 끝까지 진실을 말하고 있었던 것이다. 직장에서 긴박한 상황에 직면했을 때 나 역시 종종 커피잔을 내던져 깬 적이 있지 않은가. 부끄럽게도 에이미와 싸운 뒤에 기르던 개를 걷어찬 적도 한 번 있었다. 왜? 난 꼭지가 돌았고, 그때 그냥 눈에 들어왔던 거야.

나는 앤더슨을 빤히 쳐다보며, 내가 멍청한 얼굴로 히죽히죽 웃고 있다는 사실을 자각했다. 이제는 모든 것이 너무나도 뚜렷해졌다. 이제는 이해할 수 있었다. 내가 에이미에 대해 느꼈던 모든 것('사랑'과 '비탄')이 얼마나 부조리한 것이었는지를 이해했던 것이다. 모든 것은 농담에 불과했다. 그녀는 고깃덩어리였고, 그녀는 아무것도 아니었다. 지난 5년 동안의 모든 고통이 씻은 듯이 증발했다. 나는 안도감에 취한 상태였다. 나는 두 팔을 들어 올리고 천천히 몸을 돌렸다. 앤더슨은 벌떡 일어나서 나에게 달려 들었다. 나는 그의 가슴을 향해 총알이 떨어질 때까지 방아쇠를 당겼고, 그의 곁에서 한쪽 무릎을 꿇었다. 죽었다.

재킷에 권총을 집어넣었다. 총열이 따뜻했다. 현관문을 열 때는 잊지 않고 손수건으로 문고리를 돌렸다. 나는 집 밖에 군중이 모여 있으리라고 반쯤 예상하고 있었지만, 물론 총성은 밖에 들리지 않았고, 앤더슨이 내뱉은 위협이나 욕설이 주의를 끌었을 가능성은 거의 없었다.

행동 공리

한 블록 떨어진 곳까지 갔을 때 길모퉁이를 돌아오는 순찰차와 마주쳤다. 순찰차는 내게 다가오면서 거의 정지하기 직전까지 속도를 늦췄다. 나는 똑바로 앞을 쳐다보고 그 옆을 지나갔다. 순찰차의 엔진이 아이들링하는 소리가 들렸다. 엔진이 멎었다. 나는 등 뒤에서 큰 소리로 멈추라는 명령이 들릴 것을 예상하며 계속 걸었다. 만약 소지품 검사를 받고 총을 가지고 있는 것이 들통난다면 자백할 작정이 있다. 고뇌를 연장시켜 보았자 무의미하다.

엔진이 쿨럭거리더니 시끄러운 회전음을 발했고, 순찰차는 부르 릉거리며 떠나갔다.

아마 나는 가장 명백한 용의자는 아니었던 듯하다. 앤더슨이 출소한 뒤에 어떤 일에 손을 대고 있었는지는 모르지만, 아마 나보다 훨씬 더 그럴듯한 이유로 그의 죽음을 원했던 사람들이 몇백 명은 더 있었을지도 모르고, 경찰은 그들 모두를 조사한 뒤에야 비로소 내게 와서 그날 밤 무엇을 하고 있었는지 물어볼 작정인지도 모른다. 그러나 정말로 그렇게 수사를 진행했다고 해도 한 달은 너무나도 긴 시간이었다. 경찰은 앤더슨의 죽음에 아예 관심이 없는 것이 아닌가 하는 생각이 들 정도다.

〈임플란트 스토어〉의 출입문 앞에는 예전과 같은 10대들이 얼쩡거리고 있었는데, 이번에도 나를 보자마자 욕지기가 치밀어 오른 듯했다. 이들의 뇌에 문신처럼 각인된 패션과 음악 취향은 1, 2년 뒤에는 스러지도록 설정되어 있을까, 아니면 이들은 아예 일생 동안 충성

할 것을 맹세한 것일까. 생각하기조차 싫다.

이번에는 진열대를 훑어보거나 하지는 않았다. 나는 주저 없이 점원이 있는 카운터로 다가갔다.

이번에는 내가 뭘 원하는지를 정확하게 안다.

내가 원하는 것은 그날 밤 내가 느낀 것이다. 에이미의 죽음—앤더슨의 죽음은 말할 나위도 없다—은 전혀 중요한 일이 아니며, 파리나 아메바의 죽음이라든지, 커피잔을 부수거나 개를 걷어차는 일과 마찬가지로 전혀 중요하지 않다는 확고한 신념.

나의 오판은 임플란트가 기능을 정지하면 내가 그것을 통해 얻은 통찰이 그대로 사라진다고 생각했던 것이었다. 실제로는 사라지지 않았다. 시간이 흐르며 그 통찰은 의혹과 의구심에 의해 흐릿해졌고, 나 자신의 잡다한 신념과 미신 따위에 의해 어느 정도 약화되긴 했지만, 나는 여전히 그 통찰이 내게 제공해 준 마음의 평화를 기억했고, 밀물처럼 몰려오던 기쁨과 해방감을 기억하고 있었다. 그리고 나는 그것을 되찾고 싶었다. 단 사흘 동안이 아니라, 남은 인생 동안 줄곧.

앤더슨을 죽이는 일은 성실한 행위 따위가 아니었다. '나 자신에게 충실하기 위한' 행위도 아니었다. 나 자신에게 충실하다는 것은 서로 상반되는 모든 충동들과 동거하며, 머릿속에 존재하는 무수히 많은 목소리들의 존재를 감수하고, 혼란과 자기 회의를 받아들이는 것을 의미한다. 그러나 확신이 주는 자유를 맛본 지금, 그것 없이는 더이상 살아갈 자신이 없었다.

"무엇을 도와드릴까요 고객님?" 점원은 마음속 깊은 곳에서 우러

행동 공리

나온 미소로 나를 맞이했다.

물론 나의 일부는 앞으로 내가 하려는 일을 여전히 혐오하고 있다.

상관없다. 그런 기분은 곧 사라질 테니까.

7

내가 되는 법 배우기

Learning to be Me

내 머릿속에는 작고 검은 〈보석〉 하나가 들어 있고, 그 보석은 거기서 내가 되는 법을 배우고 있다는 얘기를 부모님한테 들은 것은 6살 때의 일이었다.

현미경으로나 볼 수 있는 조그만 거미들이 나의 뇌 안에 미세한 금빛 거미줄을 쳐놓은 덕에, 보석을 가르치는 〈교사〉는 나의 뇌가 속삭이는 생각을 들을 수 있다고 했다. 보석 자체도 나의 오감을 엿듣고, 내 혈관을 통해 운반되는 화학적 메시지들을 읽을 수 있었다. 보석은 나의 시각, 청각, 후각, 미각, 촉각을 통해 나와 완전히 똑같은 세계를 경험했고, 그와 동시에 〈교사〉는 보석의 사고思考를 감시하며 나 자신의 생각과 비교했다. 보석이 떠올리는 생각이 내가 떠올리는 생각과 어긋나는 경우, 교사는 생각하는 것보다 빠른 속도로 이곳저곳을 수정했고, 보석의 생각이 나와 똑같아지도록 변화시킴으로써 보석 전체를 조금씩 재구축했다.

무슨 이유에서? 내가 더 이상 나일 수 없게 되면, 보석이 나를 대신해 주기 위해서다.

나는 생각했다. 이 얘기를 들었을 때 나는 불안과 현기증을 느꼈지만, 보석 쪽은 어떻게 느꼈을까? '완전히 똑같았을 것이다'라고 나는 결론했다. 보석은 자기가 보석인 줄 모르기 때문에, 보석이 이 얘기를 듣고 어떤 기분을 느꼈을지 궁금해할 것이다. 그리고 이렇게 결론할 것이다. '완전히 똑같았을 것이다. 보석은 자기가 보석인 줄 모르기 때문에, 보석이 이 얘기를 듣고 어떤 기분을 느꼈을지 궁금해할 것이다…'

그런 다음, 역시 이런 생각을 할 것이다…

(왜냐하면 나는 그랬으니까.)

…이런 생각을 할 것이다. 나는 진짜로 나일까, 아니면 내가 되는 법을 배우고 있는 조그만 보석일까.

건방진 12살 소년이 된 나는, 그런 불안감을 유치하다고 비웃었을 것이다. 어떤 무명의 종파에 속한 소수의 사람들을 제외하면 누구든 보석을 갖고 있는 마당에, 그런 쓸데없는 고민을 한다는 사실 자체가 견디기 힘들 정도로 가식적이라고 느꼈다. 보석은 보석에 불과했고, 일상적인 삶의 일부이며 대소변과 마찬가지로 당연한 것이었다. 나는 친구들과 보석을 화제에 올리며 외설적인 농담을 주고받았다. 섹스에 관해 외설적인 농담을 할 때와 마찬가지로, 그런 일을 얼마나 대수롭지 않게 여기는지를 서로에게 증명하고 싶었던 것이리라.

실제로는 겉보기만큼 넌더리를 내거나 대범했던 것은 아니었다. 어느 날 친구들끼리 공원에 모여 딱히 하는 일 없이 빈둥거리고 있었을 때, 우리 패거리 중 하나—이름은 기억이 안 나지만, 뭘 하든 헛똑똑하다는 인상을 주곤 하는 녀석이었다—가 우리의 얼굴을 차례로

　　　　　　　　　　　　　내가 되는 법 배우기

돌아보며 질문을 하기 시작했다. "넌 누구야? 보석이야, 아니면 진짜 인간이야?" 우리 모두가 앞뒤 생각하지 않고 분개한 기색으로 "진짜 인간이야!"라고 대답했다. 마지막 한 명까지 같은 대답을 하자 그 녀석은 낄낄거리며 이렇게 말했다. "헛, 난 아냐. 난 보석이거든. 그러니까 너희들 같은 루저들은 내 똥이나 주워 먹으라고. 너희들은 어차피 우주 변기에 처박혀서 하수구로 흘러갈 운명이니까 말이야. 하지만 난 너희들하고는 다르게 영원히 살 거야."

우리는 그 녀석이 피를 흘릴 때까지 두들겨 팼다.

내가 14살이 되었을 무렵, 자동 학습기의 따분한 커리큘럼에 보석 얘기는 거의 나오지 않았음에도 불구하고(아니, 되레 그 탓이었는지도 모르겠다) 나는 예전보다 훨씬 더 진지하게 이 문제에 관해 숙고하고 있었다. '넌 보석이야, 아니면 인간이야?'라는 질문을 받았을 때 논리적으로 엄밀한 해답은 물론 '인간'이다. 왜냐하면 물리적으로 이 질문에 대답할 수 있는 것은 인간의 뇌밖에는 없기 때문이다. 보석은 오감이 제공하는 외부의 정보를 받아들이고는 있지만 육체에 대해서는 아무 통제력도 가지고 있지 않고, 설령 보석이 내놓았을 대답이 내 입에서 나온 대답과 일치한다고 해도 그것은 단지 이 장치가 뇌의 완벽한 모조품이기 때문이다. 따라서 외부 세계를 향해 말을 통해서든, 글을 통해서든, 혹은 육체를 이용한 그 밖의 방법을 통해 '나는 보석이야'라고 대답하는 것은 명백한 거짓이다.(이 대답을 머릿속으로만 생각했다면 반드시 그렇다고 할 수는 없겠지만.)

그러나 더 넓은 맥락에서 보자면 이런 의문 자체가 본질에서 벗어나 있다는 것이 내가 내린 결론이었다. 보석과 인간의 뇌가 동일한 감각 자극을 받는 한, 그리고 〈교사〉가 양자의 사고를 완벽하게 동기화해 주는 한, 존재하는 것은 오로지 하나의 인간, 하나의 의식, 하나의 자아이기 때문이다. 이 하나의 인간은 보석이나 인간의 뇌 중 하나가 파괴당하더라도, 아무런 지장도 없이 예전처럼 살아갈 수 있다는 (지극히 바람직한) 속성을 갖추고 있을 뿐이다. 인간은 예전부터 두 개의 폐와 두 개의 콩팥을 가지고 있었고, 100년쯤 전부터는 두 개의 심장을 갖고 살아가는 사람도 많지 않은가. 보석의 경우도 마찬가지다. 보석은 중복성을 확보하고, 강건함을 담보하는 수단일 뿐이다.

같은 해에, 내가 충분히 성숙했다고 판단한 부모님은 자기들이 이미 〈전환〉을 마쳤다는 사실을 고백했다. 3년 전에 말이다. 나는 그 얘기를 들으면서도 태연한 척했지만, 속으로는 그들이 그때 내게 알리지 않았다는 사실에 격분하고 있었다. 그들은 〈전환〉 수술을 받기 위해 입원하면서 해외 출장이라고 나를 속였던 것이다. 무려 3년 동안이나 나와 살면서 자기들이 보석머리라는 걸 숨기고 있었다. 정말이지 우리 부모답다.

"네 눈에도 전혀 달라 보이지 않았지. 안 그래?" 어머니가 물었다.

"응." 나는 말했다. 사실이었지만, 속은 부글부글 끓고 있었다.

"그래서 굳이 알리지 않았던 거란다." 아버지가 말했다. "우리가 〈전환〉했다는 얘길 그때 너한테 했더라면, 넌 우리가 어딘가 달라졌다고 오해했을 수도 있었어. 하지만 지금까지 알리지 않았던 덕에, 너

내가 되는 법 배우기

도 우리가 예전의 우리와 전혀 다르지 않다는 걸 쉽게 받아들일 수 있었잖니." 아버지는 내게 팔을 두르더니 포옹했다. 나는 "손대지 마!"라고 고함을 지를 뻔 했지만, 나도 보석은 별로 중요한 문제가 아니라는 결론을 내렸다는 사실을 생각해 내고 가까스로 참았다.

나는 부모님이 〈전환〉했다는 사실을 본인들이 고백하기 훨씬 전에 알아차렸어야 했다. 사실, 대다수 사람들이 30대 초에 〈전환〉 수술을 받는다는 사실은 이미 오래전부터 알고 있지 않았던가. 인간의 유기뇌는 30대부터 쇠퇴하기 시작하므로, 그런 상태까지 보석에게 모방하도록 하는 것은 바보짓이다. 그래서 그 무렵에 신경계를 재배선해서 육체의 통제권을 보석에게 넘기고, 〈교사〉의 기능을 정지시키는 것이다. 그렇게 〈전환〉한 후 1주 동안은 뇌가 외부를 향해 발하는 신호를 보석의 그것과 비교하게 된다. 이 무렵 보석은 당사자의 뇌를 어차피 완벽하게 복제한 상태이므로, 쌍방의 신호가 일치하지 않는 경우는 결코 없다.

뇌는 제거된 뒤에 처분되고, 무균 배양된 해면상의 조직과 대체된다. 이 조직은 모세혈관 단위까지 원래의 뇌와 똑같은 구조를 가지고 있지만, 폐나 신장과 마찬가지로 사고력은 전무하다. 이 가짜 뇌는 혈액으로부터 진짜 뇌와 똑같은 양의 산소와 포도당을 흡수하고, 조잡하지만 인체에는 필요 불가결한 몇 가지의 생화학적 기능을 충실하게 수행하게 된다. 시간이 흐르면 이 가짜 뇌 역시 인체의 다른 장기들과 마찬가지로 늙어 죽으므로 나중에 교체할 필요가 생기지만 말이다.

그러나 보석은 죽지 않는다. 핵폭발의 중심에라도 던지지 않는 이상, 10억 년이라도 멀쩡하게 지속될 수 있는 것이다.

부모님은 기계였다. 부모님은 신이 됐다. 딱히 특별한 일은 아니다. 그리고 나는 그런 그들을 증오했다.

16살이 되었을 때 나는 사랑에 빠졌고, 다시 어린아이가 되었다.

해변에서 에바와 함께 따뜻한 밤을 지새우면서, 보석처럼 단순한 기계 따위는 절대로 나처럼 느낄 리가 없다고 확신했다. 만약 나의 보석이 나의 육체에 대한 완전한 통제력을 얻는다면, 방금 내가 한 말과 완전히 똑같은 말을 되풀이할 것이고, 그것이 통제하는 어색한 애무는 그 상냥함과 서투름에 이르기까지 나와 하등 다르지 않을 것이라는 점은 물론 잘 알고 있었다. 그러나 보석의 정신 활동이 현재의 내가 느끼는 것만큼이나 풍성하고 기적적이며 기쁨에 가득 차 있을 것이라고는 도저히 믿기 힘들었다. 섹스의 경우 아무리 기분이 좋다 한들 순수하게 기계적인 기능이라는 사실은 받아들일 수 있었지만, 에바와 나 사이에는 육욕과는 무관하고, 말과도 무관하고, 집음 마이크와 적외선 쌍안경을 지참하고 해변의 모래 언덕에 숨어 있는 스파이라면 탐지했을 수도 있는 우리 육체의 그 어떤 미세한 움직임과도 완전히 무관한 무엇인가가 존재했으므로. (적어도 나는 그렇게 믿었다.) 사랑을 나눈 후 우리는 맨눈으로도 보이는 한 줌의 별들을 말없이 올려다보았고, 우리 두 사람의 영혼은 결정結晶 구조를 가진 컴퓨터 따위가 10억 년을 노력한들 결코 도달할 수 없는 비밀스러운 장소 안에서

내가 되는 법 배우기

하나가 됐다. (이런 얘기를 입만 살고 외잡스러기 짝이 없던 12살의 나에게 했더라면 그는 아마 피를 토할 때까지 웃었을 것이다.)

그 무렵 나는 보석의 〈교사〉가 뇌의 뉴런을 하나도 빠짐없이 감시하고 있는 것은 아니라는 사실을 알고 있었다. 그런 식의 감시는 현실적으로 불가능하다. 처리해야 할 데이터의 양이 너무 방대한 데다가, 뇌 조직 전체를 물리적으로 침범해야 가능한 일이기 때문이다. 언젠가 들은 적이 있는 모종의 정리定理에 의하면, 필요 불가결한 소수의 뉴런들만 표본으로 추출해서 검사한다면 전체 뉴런을 검사하는 것과 거의 비슷할 정도로 유효한 결과를 얻을 수 있으며, (반증할 수 없을 정도로 지극히 타당한 모종의 가정을 받아들인다면) 그런 결과에 수반되는 오차의 한도는 엄밀한 수학적 계산에 의해 산출 가능하다고 한다.

그래서 나는 아무리 미세하더라도 바로 그런 오차야말로 뇌와 보석을, 인간과 기계를, 사랑과 모조품을 구분하는 차이라고 선언했다. 그러나 그 즉시 에바는 추출된 표본의 밀도를 근거 삼아 근본적이고 질적인 구분을 하는 것은 불합리하다고 지적했다. 더 많은 수의 뉴런을 표본으로 추출해서 오차율을 반으로 줄일 수 있는 신형 〈교사〉가 등장한다고 가정해 봐. 그럼 그것이 통제하는 보석은 '인간'과 '기계'의 '중간'에 있는 존재가 되기라도 한다는 거야? 오차율은 이론상으로는 (나중에는 현실 세계에서도) 네가 주장하는 그 어떤 수치보다 더 작아질 수 있잖아. 인간의 뇌에서 자연히 소모돼 죽는 뉴런의 수는 하루에 몇만 개나 되는데, 기껏해야 10억 번에 한 번꼴로 발생하는 오차 따위가 그런 차이를 만들어 낼 수 있다고 진심으로 믿고 있는 거야?

물론 에바 말이 옳았지만, 곧 나는 처음 주장보다는 좀 더 그럴듯한 옹호 이론을 내놓았다. 나는 살아 있는 뉴런들은 보석에서 같은 기능을 수행하는 이른바 '신경망'이라고 불리는 조잡한 광학적 스위치들보다 훨씬 더 많은 내부 구조를 갖추고 있다는 사실을 지적했다. 발화하거나 발화하지 않는다는 것은 뉴런이 수행하는 기능의 한 측면에 지나지 않는다. 생화학적인 미세한 변화, 즉 그것을 규정하는 특정 유기 분자들의 양자역학적 양태가 인간 의식의 본질과는 무관하다고 누가 단언할 수 있겠는가? 인간의 의식은 뇌 신경망의 위상적 배열을 추출해서 복제하는 것만으로는 생겨나지는 않는다. 물론 보석은 얼빠진 튜링 테스트※ 정도는 통과할 수 있고, 외부의 관찰자는 그 기계가 인간인지 아닌지를 판별하지 못할 수도 있다. 그렇다고 해서, 보석으로서 살아가는 느낌이 인간으로서 살아가는 느낌과 똑같다는 증명은 될 수 없지 않은가.

그러자 에바는 물었다. "그렇다면 넌 절대로 〈전환〉할 생각이 없다는 얘기야? 보석을 제거할 작정이야? 그런 뒤에 뇌가 썩기 시작하면 너도 죽을 작정인 거야?"

"그럴지도 몰라." 나는 말했다. "30살에 자살해서, 정체 모를 기계가 나 대신에 내 흉내를 내면서 살아가도록 하느니, 차라리 90살이나 100살이 될 때까지 살다가 죽는 편이 나을지도."

"혹시 난 이미 〈전환〉했다고 하면 넌 어쩔 거야?" 에바는 도발적으로 되물었다. "지금 내가 단지 '내 흉내를 내고' 있지 않다는 걸 넌

※ 기계가 지능을 가졌는지의 여부를 판별하는 테스트다.

　　　　　　　　　　　내가 되는 법 배우기

어떻게 알아?"

"난 네가 〈전환〉하지 않았다는 걸 알아." 나는 우쭐한 어조로 말했다. "못 알아차릴 리가 없잖아."

"무슨 수로? 겉모습은 똑같잖아. 말투도 똑같고. 보석은 모든 측면에서 나와 똑같이 행동할걸. 게다가 최근엔 〈전환〉 연령대가 점점 낮아지고 있어. 그런데도 넌 내가 〈전환〉하지 않았다고 어떻게 단언할 수 있어?"

나는 에바를 향해 돌아누웠고, 그녀의 눈을 들여다보았다. "텔레파시. 마법. 영혼의 교감."

12살 시절의 내가 킥킥 웃기 시작했지만, 나는 어떻게 하면 그 녀석을 쫓아낼 수 있는지 잘 알고 있었다.

19살이 되었을 때 나는 대학에서 금융학을 전공하고 있었지만, 교양과목으로 철학 수업을 하나 수강했다. 그러나 일반적으로는 '보석'이라는 이름으로 더 잘 알려진 엔돌리 장치Ndoli Device에 관해 철학과가 딱히 특별한 의견을 가지고 있지 않다는 점은 곧 명백해졌다. (사실 엔돌리 본인은 이 장치를 듀얼dual이라고 불렀지만, 발음이 약간 비슷했던 탓에 결국은 엔돌리라는 통칭 쪽이 보편화됐다.) 강사들은 플라톤과 데카르트와 마르크스를 논했고, 성 아우구스티누스를 논했고, 특별히 현대적이고 모험적인 기분일 때는 시르드르를 입에 올리기도 했지만, 괴델이나 튜링, 함순, 김 따위의 과학자 이름이 나오면 설령 알더라도 모르는 척하기 일쑤였다. 나는 좌절감에 빠진 나머지 데카르트에 관한 에세이를 제출하면서 다음과 같은 주장을 했다. 인간의 의식을 살아 있는 뇌에서든 광학 결정체 안에서든 동등하게 '실행'될 수 있는 '소프트웨어'로 간주한다는 행위는 실질적으로 데카르트적 이원론으로의 퇴화를 의미한다. 왜냐하면 여기서 말하는 '소프트웨어'란 실제로는 '영혼'을 의미하기 때문이다. 그러자 채점을 맡은 강사는 이런 주장을 포함한 모든 문단 위에 빨간 형광색 사선을 쫙 그어놓고 여백 부분에 (비웃듯이 2초에 한 번씩 반짝이는, 20포인트 크기의 세로쓰기 타임스 볼드체로) 이렇게 적어놓았다. **주제와는 무관!**

나는 철학을 포기하고 비전공 학생을 대상으로 하는 광학 결정공학結晶工學 강좌에 등록했다. 그 덕에 고체양자이론에 관해 많은 것을 배웠고, 매력적인 수학 이론도 많이 배웠다. 그 결과, 신경망 컴퓨터란 일일이 이해하기에는 너무나도 힘든 문제들을 풀 때만 쓰이는 장치라는 사실도 알게 됐다. 충분한 유연성을 가진 신경망 컴퓨터라면 피드백을 통해 (동일한 패턴의 입력에서 동일한 패턴의 출력을 생성하는 방식으로) 거의 어떤 계系라도 모방하도록 설정할 수 있지만, 이런 일에 성공한다고 해서 모방 대상이 된 계의 본질을 해명할 수 있는 것은 아니다.

"이해는 과대평가된 개념입니다." 강사는 이렇게 말했다. "이를테면 수정란이 어떻게 인간으로 변하는지를 정말로 **이해**하는 사람은 아무도 없습니다. 이럴 경우 우린 어떻게 해야 할까요? 개체발생을 미분방정식으로 기술할 수 있게 될 때까지 애를 낳는 걸 멈춘다든지?"

그녀의 말에 일리가 있다는 점은 인정하지 않을 수가 없었다.

이 시점에서 내가 갈망하는 해답을 줄 수 있는 사람은 아무도 없

내가 되는 법 배우기

다는 사실은 명백했다. 그리고 내가 자력으로 그것을 얻을 수 있을 가능성은 거의 없었다. 나의 지적 능력은 잘해봐야 평범한 수준밖에는 안 되기 때문이다. 결국은 단순한 선택의 문제였다. 의식의 수수께끼를 푼답시고 시간을 낭비하든지, 아니면 다른 사람들처럼 고민하지 않고 그냥 살아가든지, 둘 중 하나다.

23살에 대프니와 결혼했을 때 에바는 이미 먼 과거의 추억에 불과했고, 영혼의 교감 운운하는 얘기도 마찬가지였다. 대프니는 31살이었고, 박사과정을 밟던 나를 고용해 준 투자 은행의 중역이었다. 모두가 이 결혼은 내 출세에 도움이 될 것이라고 입을 모았지만, 대프니가 이 결혼에서 얻은 것이 무엇인지는 끝까지 확신할 수가 없었다. 아마 정말로 나를 좋아했던 것인지도 모르겠다. 우리의 성생활은 쾌적했고, 우울해질 때 우리는 서로를 위로했다. 착한 사람이라면 누구든 고통을 겪는 짐승을 위로해 주는 것처럼.

대프니는 아직 〈전환〉하지 않은 상태였다. 언제나 다음 달에 하겠다는 식으로 연기를 거듭했고, 그럴 때마다 그녀가 내놓는 핑계는 점점 더 터무니없는 것으로 변해갔다. 나는 마치 그런 고민 따위는 무관하다는 얼굴을 하고 그런 그녀를 놀리곤 했다.

"두려워서 그래." 어느 날 밤 그녀는 내게 속마음을 털어놓았다. "〈전환〉을 하면 지금 있는 '나'는 죽는 게 아닌가 해서… 그러면 그 뒤에 남는 건 로봇, 꼭두각시 인형, 물건이잖아? 난 죽고 싶지 않아."

이런 대화는 나를 당혹감에 빠트리지만, 나는 애써 내색하지 않았다. "당신이 뇌졸중을 일으켰다고 가정해 봐." 말이 술술 나온다. "그 결과 당신 뇌의 일부는 조금이지만 손상을 입었어. 그래서 의사들은 손상된 부위가 수행했던 기능을 대신 수행해 줄 기계를 당신 뇌에 이식하기로 했어. 그럴 경우, 당신은 여전히 예전과 같은 당신일까?"

"당연히 그렇지."

"그렇다면 같은 일을 두 번, 열 번, 아니 천 번 더 되풀이하는 경우는…"

"그건 처음과 같다고 할 수는 없잖아."

"정말? 그럼 당신이 '당신'이 아니게 되는 마법의 비율은 도대체 몇 퍼센트인 거야?"

대프니는 나를 노려보았다. "그런 낡고 진부한 논리를 동원해 봤자…"

"정말로 그렇게 낡고 진부하게 들린다면, 논파해 보라고."

그녀는 울기 시작했다. "필요 없어. 정말 못됐어! 난 이렇게 죽도록 두려운데, 그런 건 아무래도 좋다는 거지?"

나는 그녀를 꼭 껴안았다. "아냐. 미안해. 하지만 늦든 빠르든 모든 사람이 하는 일이잖아. 그걸 두려워할 필요는 없어. 내가 함께 있어줄게. 사랑해." 이런 말들은 그녀의 눈물에 유발돼 자동적으로 흘러나온 녹음이나 마찬가지였다.

"그럼 당신도 할 거야? 나하고 함께?"

속이 서늘해지는 느낌. "뭐라고?"

"같은 날에 수술을 받자고. 나와 함께 〈전환〉해 줘."

사실 많은 커플이 그렇게 한다. 나의 부모님도 그러지 않았던가. 그런 행위가 사랑이나 헌신이나 나눔을 의미할 때도 있을 것이다. 그러나 아직 〈전환〉하지 않은 파트너가 보석머리 파트너와 함께 사는 상황이 오는 것을 쌍방이 원하지 않아서 그러는 경우도 꽤 있을 것이라고 나는 확신하고 있었다.

나는 잠시 침묵하다가 말했다. "알았어."

그로부터 몇 달 동안, 과거에 내가 '유치'하고 '미신적'이라고 조롱하던 대프니의 불안 모두가 지극히 이치에 맞는 것들로 빠르게 바뀌었다. 반면에 나 자신의 '이성적'인 반론은 추상적이고 공허하게 느껴지기 시작했다. 나는 마지막 순간에 〈전환〉을 취소했다. 마취를 거부하고, 병원에서 도망쳤던 것이다.

대프니는 그런 사실을 까맣게 모르는 채로 수술을 받았다. 나는 그녀를 저버렸다.

그 이래 나는 단 한 번도 대프니를 만나지 않았다. 도저히 그녀를 볼 면목이 없었기 때문이다. 직장을 그만두고 1년 동안이나 도시를 떠나 있었다. 나의 비겁함과 배신행위를 생각하면 엄청난 자기혐오가 몰려왔지만, 그와 동시에 도망치는 데 성공했다는 사실에 내심 크게 안도하고 있었다.

대프니는 나를 고소했지만 며칠 뒤에 고소를 취하하고 변호사를 통해 깔끔한 이혼에 합의했다. 이혼이 성립하기 전에, 그녀는 내게 짧은 편지를 보냈다.

결국 두려워할 필요는 전혀 없었어. 난 예전의 나와 완전히 동일한 나야. 이런 걸 미루다니 정말 미친 짓이었어. 그런 불합리한 고민을 다 털어내고 보니, 더할 나위 없이 마음이 편해.

당신을 사랑하는 로봇 아내

대프니가

28살이 되자, 내가 아는 거의 모든 사람이 〈전환〉을 마쳤다. 내 대학 동기들도 모두 〈전환〉을 마쳤다. 새로 취직한 직장의 동료들도 21살의 최연소자를 포함해서 모두 〈전환〉한 상태였다. 친구의 친구를 통해 들은 바에 의하면 에바도 6년 전에 〈전환〉했다고 한다.

미루면 미룰수록 결단을 내리기가 더 힘들어졌다. 나는 이미 〈전환〉을 마친 사람들과 수없이 얘기를 나눠봤고, 가장 친한 친구들을 불러다 놓고 어린 시절의 기억이나 가장 은밀한 비밀에 관해 몇 시간이나 질문 공세를 펼쳤다. 그러나 그들이 내놓은 대답이 아무리 그럴듯하게 들렸다고 해도, 그들의 머릿속에 박혀 있는 엔돌리 장치는 바로 이런 식의 행동을 완벽하게 모방하는 법을 몇십 년 동안이나 학습했다는 사실을 알고 있는 탓에 도무지 확신이 서지 않았다.

물론 나처럼 〈전환〉하지 않은 타인이 어떤 식으로든 나와 동일한 정신적 활동을 이어가고 있으리라는 보장 따위는 (이미 〈전환〉한 타인의 경우와 마찬가지로) 없다는 사실은 잘 알고 있었다. 그러나 큐렛으로 두개골의 내용물을 긁어내지 않은 사람들을 아무래도 좀 더 호의적으로 바라보고 싶은 마음이 생기는 것은 어쩔 수 없었다.

친구들과의 관계는 소원해졌고, 나는 애인을 찾는 일도 그만두었다. 나는 재택근무를 하기 시작했다. (예전보다 일하는 시간이 늘어남에 따라 생산성도 덩달아 증가했기 때문에, 회사는 전혀 개의치 않았다.) 나는 정말로 인간인지 의심스러운 사람들과 함께 있는 것 자체를 견딜 수 없었다.

나 같은 사람이 유별난 것도 아니었다. 일단 찾아보기 시작하자 〈전환〉하지 않은 사람들을 위한 전용 단체는 몇십 개나 있었고, 이혼자들을 위한 사교 클럽과 별반 다르지 않은 조직부터 자신이 『바디 스내처*』의 세계에서 살고 있다는 피해망상에 빠진 무장 '저항 조직'까지 다양한 조직이 망라되어 있었다. 그러나 나는 사교 클럽에 속한 사람들조차도 극도의 사회 부적응자들이라는 인상을 불식할 수 없었다. 이들 다수는 나와 거의 똑같은 불안감에 사로잡혀 있었지만, 같은 얘기라도 타인이 하면 왠지 강박적이고 지리멸렬하게만 느껴졌다. 40대 초반의 〈전환〉하지 않은 여자와 잠깐 사귀기는 했지만, 우리가 나눈 대화라고는 〈전환〉에 대한 공포에 관한 것이 전부였다. 피학적이고 출구를 찾을 수 없는 우행愚行에 불과했던 것이다.

그래서 정신과의 도움을 받아보려고 했지만, 이미 〈전환〉을 마친 상담심리사에게 상담을 받을 생각은 도저히 나지 않았다. 결국 아직 〈전환〉하지 않은 인물을 하나 찾아내긴 했지만, 그녀는 되레 '누가 보스인지를 놈들에게 보여주기 위해' 발전소를 폭파하는 걸 도와달라

※ 1955년에 출간된 미국 SF 작가 잭 피니의 소설로, 인간의 겉모습을 완벽하게 모방할 수 있는 외계인들이 어느 소도시의 주민들을 몰래 조금씩 대체한다는 내용이다.

고 나를 압박했다.

　매일 밤 침대에서 몇 시간씩 뜬눈으로 지새우며 어떤 식으로든 결론을 내보려고 노력했지만, 고민하면 고민할수록 문제는 오히려 더 모호해지고 파악하기 힘들어졌을 뿐이었다. 애당초 '나'란 도대체 누구란 말인가? 20년 전과는 완전히 다른 인격체가 되어 있는 마당에, '나'는 '여전히 살아 있다'라는 것은 도대체 무슨 뜻일까? 과거의 나들은 이미 죽은 것이나 마찬가지이고, 그런 작자들에 관해서는 소원해진 지인들의 경우 못지않게 모호한 기억밖에는 없다. 기억이 안 난다고 해서 딱히 불편함을 느끼는 것도 아니다. 지금까지 내가 살아오면서 겪은 온갖 변화에 비하면, 태어날 때부터 있던 유기뇌를 잃는다는 건 지극히 사소한 문제에 지나지 않는 것인지도 모르겠다.

　아니, 그렇지 않을 수도 있다. 실은 그것이야말로 죽음과 동일한 의미가 아닐까.

　이따금 몸을 떨고 울다가 잠에서 깰 때도 있었다. 나라는 존재가 무無가 될지도 모른다는 무시무시한 생각─그런 생각을 하지 않는 것은 불가능했다─을 하면, 두려움과 견디기 힘든 고독감에 사로잡혔기 때문이다. 그러다가도 짐짓 넌더리를 내면서 고민하는 일 자체를 그만두는 '자연스러운' 반응을 보이는 경우도 있었다. 보석의 정신 활동의 본질이야말로 지금까지 인류가 조우한 가장 중대한 질문일지도 모른다는 확신에 사로잡힐 때도 있었고, 나의 고민이 하찮고 우습게 느껴지는 날도 있었다. 매일 몇십만 명에 달하는 사람들이 〈전환〉 수술을 받지만, 그럼에도 세계는 예전과 마찬가지로 멀쩡하

　　　　　　　　　　　　내가 되는 법 배우기

게 돌아가지 않는가. 난해한 철학 논쟁을 아무리 되풀이해 본들, 이런 현실 쪽이 훨씬 더 설득력이 있지 않을까?

마침내 나는 수술 예약을 잡았다. 솔직히 말해서 내가 뭘 잃게 된단 말인가? 향후 60년 동안의 불안과 편집증? 만약 인류가 정말로 스스로를 태엽식 자동인형으로 대체하고 있다면, 나도 차라리 죽는 편이 낫다. 나는 정신병적인 지하 저항 조직에 합류할 정도로 맹목적인 확신을 가지고 있지는 않았다. 애당초 그런 조직들이 정말로 현실을 바꿀 능력을 가지고 있었다면 당국이 지금처럼 묵과할 리가 없지 않은가. 반면 내가 느끼는 모든 두려움이 전혀 근거가 없는 것이 사실이고, 나의 한 개인으로서의 정체성이 일상의 온갖 사소한 트라우마, 이를테면 수면이나 각성, 뇌세포의 끊임없는 죽음, 성장, 경험, 학습과 망각을 극복해 왔던 것만큼이나 쉽게 〈전환〉을 극복할 수 있다면, 나는 영원한 삶을 획득할 수 있을 뿐만 아니라 이 모든 의구심과 소외감에 종지부를 찍을 수 있을 것이다.

수술 예정일을 두 달 앞둔 어느 일요일 아침, 온라인 장보기 사이트에 올라온 식품들을 차례로 넘겨서 보고 있었을 때, 최신 품종의 먹음직스러운 사과 사진이 내 주의를 끌었다. 그래서 여섯 알을 주문하려고 결심했다. 그러나 나는 그러지 않았다. 그러는 대신 다음 먹거리를 보여주는 키를 눌렀기 때문이다. 이런 실수는 물론 쉽게 정정할 수 있다. 키를 다시 눌러 사과 사진이 있는 화면으로 되돌아가면 그만이니까. 화면에는 배와 오렌지와 자몽 사진이 떠 있었다. 손가락으로 어딜 눌렀길래 이런 실수를 한 것일까. 나는 키패드를 내려다보려고 했지만, 내 눈은 여전히 화면에 고정돼 있었다.

나는 패닉에 빠졌다. 벌떡 일어나고 싶었지만 다리가 말을 듣지 않는다. 고함을 지르려고 했지만 아무 소리도 낼 수 없었다. 어디를 다치거나, 힘이 빠진 것도 아니었다. 혹시 나는 마비 상태에 빠졌을까? 뇌에 손상을 입은 것일까? 그러나 나는 손가락을 올려놓은 키패드를, 발바닥에 닿은 카펫을, 등을 기대고 있는 의자를 여전히 느낄수 있었다.

나는 내가 파인애플을 주문하는 것을 보았다. 의자에서 일어나 기지개를 켜더니, 차분하게 방에서 나간다. 부엌에서 나는 물 한 잔을 마셨다. 지금 같은 상황에서는 부들부들 떨고, 캑캑거리고, 숨 가빠해야 정상이 아닌가. 그러나 차가운 액체는 부드럽게 목을 넘어갔을 뿐이었다. 나는 단 한 방울도 흘리지 않았다.

가능한 해석은 단 하나뿐이었다. 나는 〈전환〉해 버렸다. 저절로. 내 뇌는 아직도 살아 있는데도 보석이 내 몸을 차지한 것이다. 망상하고 있었던 최악의 사태가 모두 현실이 돼버렸다.

나의 육체가 평소와 다르지 않은 일요일 오전을 보내는 동안, 나는 무력감에 사로잡힌 나머지 폐소공포증적인 섬망 상태에 빠져 있었다. 그날 오전 내가 한 모든 행동이 내가 계획했던 것과 정확하게 일치한다는 사실도 전혀 위안이 되어주지 못했다. 나는 전철을 타고 해변으로 가서 반 시간 동안 헤엄을 쳤지만, 도끼를 들고 미친 듯이 날뛰거나, 벌거벗은 몸에 대소변을 처바른 채로 늑대처럼 포효하며 거리를 기어 다녔어도 이상할 것이 없었다. 나는 내 몸의 통제력을 잃었

내가 되는 법 배우기

기 때문이다. 나의 육체는 살아 있는 구속복이 돼버렸고, 그 안에 갇힌 나는 몸부림칠 수도, 소리를 지를 수도 없었다. 눈조차도 마음대로 감을 수 없었다. 열차 창문에 희미하게 비친 내 얼굴이 보였지만, 이렇게 온화하고 침착한 표정을 떠올리고 있는 자의 마음이 도대체 무슨 생각을 하고 있는지를 짐작조차 할 수 없었다.

헤엄을 치는 행위는 오감을 강화한 홀로그램의 악몽에 가까웠다. 나는 의지를 결여한 물체에 불과했고, 내 몸에서 보내오는 완벽하게 익숙한 신호들은 이런 경험을 한층 더 끔찍하고 이질적인 것으로 만들었다. 한가롭게 물을 가르고 있는 두 팔이 야속했다. 나는 물에 빠진 사람처럼 마구 허우적거리고 싶었기 때문이다. 내가 곤경에 빠졌다는 사실을 만천하에 알리고 싶었다.

내가 해변에 누워 눈을 감았을 때가 되어서야 비로소 내가 놓인 상황에 관해 이성적으로 생각할 수 있었다.

〈전환〉이 '저절로' 일어나는 것은 불가능했다. 조금만 생각해 보아도 말이 안 된다는 것을 알 수 있지 않은가. 〈전환〉 수술을 하려면 미세한 외과 로봇의 대군大群이 몇백만 개의 신경섬유를 절단하거나 접합할 필요가 있었지만, 이것들은 지금 나의 뇌 속에는 존재하지도 않았고, 두 달 뒤에나 뇌에 주입될 예정이었다. 의도적으로 간섭하지 않는 이상 엔돌리 장치는 100퍼센트 수동적이었고, 엿듣는 것을 제외하면 혼자서는 아무것도 할 수 없다. 보석이나 〈교사〉가 어떤 식으로 고장이 났든 간에, 나의 뇌로부터 나의 육체에 대한 통제권을 빼앗는 것은 절대 불가능한 것이다.

고장이 발생한 것은 명백했다. 그러나 나의 처음 추측은 틀렸다. 완전한 착각이었다.

진상을 깨달았을 때 뭐든 좋으니 할 수만 있으면 좋겠다는 갈망에 사로잡혔다. 몸을 둥글게 웅크린 채로 신음하고, 절규하고, 머리를 쥐어뜯고, 피부를 피가 날 때까지 긁을 수만 있다면 얼마나 좋을까. 그러나 나는 큰대자로 누워 눈 부신 햇살을 쬐고 있었다. 오른쪽 다리의 오금이 근질근질했지만 긁는 것이 귀찮은 탓에 무시하고 있었다.

아아, 최소한 히스테릭한 웃음이라도 터뜨릴 수 있었다면 얼마나 좋았을까. 내가 보석이라는 사실을 깨달은 순간에.

〈교사〉가 고장 나서, 더 이상 유기뇌와 나를 동기화시킬 수 없게 됐던 것이다. 나는 갑자기 무력해진 것이 아니었다. 지금까지 나는 언제나 무력했기 때문이다. '나의' 육체나 외부 세계에 영향을 끼치려고 하는 나의 의지는 언제나 허무 속으로 굴러떨어졌고, 내가 느낀 욕구와 나의 것이라고 생각했던 행동이 지금까지 줄곧 일치할 수 있었던 것은 단지 〈교사〉가 끊임없이 나를 조작하고, '수정'해 왔기 때문이었다.

숙고해야 할 문제는 무수히 많았고, 음미하고 싶은 아이러니도 무수히 많았지만, 한가하게 그런 일에 나설 여유는 없다. 나는 모든 에너지를 한 방향으로 쏟아부을 필요가 있다. 내게 주어진 시간은 빠르게 줄어들고 있으므로.

병원에 입원해서 〈전환〉 수술이 행해질 때 내가 육체를 향해 발하는 신경 충동이 유기뇌가 발하는 그것과 완벽하게 일치하지 않는다

내가 되는 법 배우기

면, 〈교사〉가 고장 났다는 사실이 들통날 것이다. 그 결과 정정이 행해질 것이다. 유기뇌는 아무 걱정도 할 필요가 없다. 그는 나와는 달리 확실한 존속을 보장받고 있으며, 귀하디귀하고 신성불가침한 것으로 간주되기 때문이다. 우리 둘 중 어느 쪽이 승리할지에 대해서는 의문의 여지가 없었다. 또다시 동기화되는 것은 나다. '수정'되고, 그 결과 말살당하는 것이다.

내가 두려움을 느끼는 것은 우스꽝스러운 일일 수도 있다. 어떤 관점에서 보자면 과거 28년 동안 나는 1마이크로초마다 계속 말살당하지 않았던가. 다른 관점에서 보자면 내가 존재하기 시작한 것은 〈교사〉가 고장 난 뒤의 7주에 불과하며, 내가 독립된 자아를 가지고 있다는 주장은 헛소리에 불과하다. 1주 뒤면 이런 비정상적인 현상은, 악몽은, 끝날 것이기 때문이다. 조금만 더 기다리면 영원을 상속할 수 있는데, 비참하기만 했던 지난 두 달 동안의 경험을 상실한다고 해서 뭐가 그리 아쉽단 말인가? 영원을 상속하는 것은 내가 아니기 때문이다. 나의 모든 것을 정의하는 것은 바로 그 비참하기만 했던 두 달이므로.

여기서 이성적인 분석을 늘어놓아 보았자 아무 의미도 없지만, 결국은 살고 싶다는 나의 필사적인 의지에 의거해서 행동하는 수밖에 없다. 나는 내가 비정상적이라는 느낌을 받지도 않았고, 처분해야 마땅한 오류라고 느끼지도 않는다. 내가 살아남을 수 있다는 희망은 도대체 어디서 찾으면 될까? 나는 유기뇌를 따라 행동해야 한다. 강제적으로 그러는 대신에 자발적으로 말이다. 그들이 나에게 강요할 존재와 겉으로는 동일한 것처럼 보일 수 있도록, 선택하는 것이다.

28년 동안이나 함께 살아왔으니 지금도 충분히 속여넘길 수 있을 정도로는 그를 닮아 있을 것이다. 우리가 공유하고 있는 오감을 통해 전달되는 자극을 빠짐없이 관찰한다면 나는 틀림없이 그와 같은 입장에 설 수 있을 것이고, 내가 그와는 다른 존재라는 자각을 일시적으로 망각하고, 동기화된 상태로 되돌릴 수 있다.

쉽지는 않을 것이다. 내가 존재하기 시작한 날, 그는 해변에서 여자 하나를 만났다. 여자의 이름은 캐시다. 지금까지 세 번 동침했고, 그는 자신이 그녀를 사랑한다고 생각하고 있었다. 적어도 그녀 앞에서 그는 그렇게 말했고, 그녀가 자는 동안 그 귀에 대고 그렇게 속삭였고, 정말인지 거짓말인지는 모르겠지만 일기장에도 그렇게 썼다.

나는 그녀에 대해 아무런 감정도 느끼지 않는다. 충분히 좋은 여자인 듯하지만, 그 이상은 아무것도 모른다. 내가 빠진 곤경에 워낙 정신이 팔린 탓에 그녀와의 대화에는 거의 주의를 기울이지 않았고, 성행위는 내게는 원치 않는 엿보기나 다름없는 탓에 불쾌감밖에는 느끼지 못했다. 내가 얼마나 위험천만한 상황에 처했는지는 잘 알고 있었으므로, 또 한 명의 내가 느끼는 감정에 함께 휩쓸리려는 노력은 했다. 그러나 의사소통을 하는 것 자체가 불가능하고, 내가 존재한다는 사실조차도 모르는 여자를 도대체 어떻게 사랑하란 말인가?

또 다른 나는 밤낮으로 그녀 생각만 하고 있지만, 내게 그녀는 위험한 장애물에 지나지 않는다. 상황이 이런 마당에, 완벽하게 그를 모방함으로써 죽음을 면할 가망이 애당초 내게 있기는 한 것일까?

그는 지금 자고 있으므로 나도 자야 한다. 나는 그의 심장 박동과 느린 호흡에 귀를 기울이고, 그런 리듬과 일치하는 평온한 상태를 유지하려고 노력한다. 한순간 모든 것을 포기하고 싶은 마음이 들었다. 이제는 내가 꾸는 꿈조차도 그와는 다르고, 우리들 사이의 차이는 복구할 수 없을 정도로 벌어졌으며, 나의 목표는 어쭙잖고 황당하며 가련하기까지 한 망상에 불과하다. 모든 신경 충동을 1주 동안 빠짐없이 흉내 내겠다? 내가 존재한다는 사실을 들킬지도 모른다는 두려움과, 그것을 숨기려는 어쭙잖은 시도는 필연적으로 나 자신의 반응을 왜곡할 게 뻔하다. 거짓과 공황으로 점철된 나의 내면을 감추는 것은 불가능하기 때문이다.

그럼에도 나는 잠에 조금씩 빠져들었고, 어느새 나는 반드시 성공하리라고 생각하고 있었다. 그렇다. 반드시 성공해야 한다. 나는 잠시 꿈을 꾼다. 기괴한 동시에 일상적인 이미지들이 어지럽게 이어지다가, 바늘귀에 알을 꿰는 듯한 결말을 맞았고… 그런 다음 나는 꿈도 없는 망각 속으로 굴러떨어졌다. 아무런 불안도 느끼지 않고.

나는 흰 천장을 올려다보고 있다. 어지럽고 혼란스러운 상태에서, 생각하면 안 되는 무엇인가가 있다는 끈질긴 확신을 애써 떨쳐내려고 하면서.

그런 다음 조심조심 주먹을 쥐어보고, 그럴 수 있다는 기적에 환희한다. 그러자 기억이 되살아났다.

마지막 순간까지 나는 그가 또 도망칠 것이라고 생각하고 있었다. 그러나 그는 그러지 않았다. 캐시의 설득으로 불안을 극복했던 것이다. 캐시 역시 〈전환〉한 상태였고, 그는 지금까지 사랑했던 그 누구보다도 그녀를 사랑하고 있었다.

그런고로, 이제 우리의 역할은 역전됐다. 이 육체는 이제 그의 구속복이 되었다…

나는 땀에 흠뻑 젖어 있었다. 성공할 가망은 없어. 불가능해. 나는 그의 마음을 읽을 수 없고, 그가 무슨 행동에 나설지도 전혀 감을 잡을 수가 없다. 나는 움직여야 할까, 아니면 가만히 누워 있어야 할까? 큰 소리로 사람을 부를까, 아니면 입을 다물고 있어야 할까? 우리를 모니터하고 있는 컴퓨터가 몇몇 사소한 불일치점들은 무시하도록 프로그래밍돼 있기는 하지만, 그는 자기 몸이 마음대로 움직이지 않는다는 사실을 알아차리는 즉시 내가 그랬듯이 공황 상태에 빠질 것이다. 그럴 경우 내가 올바른 추측을 할 기회 따위는 완전히 사라져 버릴 것이다. 혹시 그도 지금 나처럼 식은땀을 흘리고 있을까? 지금 나처럼 숨 가빠하고 있을까? 그럴 리가 없다. 깨어난 지 불과 30초 만에 마각馬脚을 드러낸 나만큼이야 할까. 내 오른쪽 귀 아래에 꽂힌 광케이블은 벽의 계기반에 연결돼 있었다. 어딘가에서 경보가 울리고 있을 게 뻔하다.

내가 도망치려고 시도한다면 병원은 어떻게 대처할까? 물리력을 동원해서 막으려고 할까? 그러나 나는 어엿한 시민이 아니던가? 보석머리들은 이미 몇십 년 전에 완전한 법적 권리를 획득했다. 따라서 의사들과 의료 기사들은 나의 동의 없이는 아무런 조치도 취할 수 없다. 수술 동의서에 있던 면제 조항을 떠올려 보려고 했지만, 그가 한 번 흘끗 보기만 하고 서명했던 탓에 무리였다. 나를 구속하고 있는 광케이블을 잡아당겨 봤지만, 양쪽 끄트머리 모두 단단히 고정되어 있었다.

병실 문이 활짝 열렸을 때 나는 이제 끝장임을 확신했지만, 가까스로 기운을 내서 침착한 태도를 유지했다. 안으로 들어온 사람은 나를 담당하는 신경과 전문의인 닥터 프렘이었다. 그는 미소 지으며 말했다. "기분은 어떤가? 나쁘진 않지?"

나는 말없이 고개만 끄덕였다.

"대다수 사람들이 가장 충격적이라고 느끼는 건 예전과 달라진 느낌이 전혀 없다는 점이라네! 자네 역시 한동안은 '이렇게 간단할 리가 없어, 이렇게 쉬울 리가 없어, 이렇게 정상적일 수는 없어!'라고 생각하겠지. 하지만 곧 사실을 사실로 받아들이게 될 걸세. 그러고 나서, 예전과 다르지 않은 삶을 살아가게 되는 거야." 그는 활짝 웃으며 아버지 같은 태도로 내 어깨를 툭 쳤고, 몸을 돌려 방에서 나갔다.

몇 시간이 흘렀다. "그치들은 뭘 기다리고 있는 걸까?" 지금쯤이면 결정적인 증거를 확보했을 것이 아닌가. 혹시 이런저런 절차를 밟고 있는가, 법률가와 기술전문가 들의 자문을 구하고 있기라도 한 것일까. 나의 운명을 신중히 심의할 윤리 위원회를 소집하고 있는지도 모르겠다. 땀이 비 오듯 쏟아졌고, 몸이 주체할 수 없을 정도로 부들부들 떨린다. 혼신의 힘을 다해 몇 번이나 광케이블을 잡아당겨 봤지만 꼼짝하지 않았다. 한쪽은 콘크리트 벽에 박혀 있고, 다른 한쪽은 내 두개골에 볼트로 고정돼 있는 듯했다.

간호조무사가 식사를 가지고 왔다. "곧 면회 시간이니까 힘을 내십쇼." 그가 말했다.

잠시 후 조무사는 환자용 변기를 갖다 줬지만, 긴장한 탓에 오줌조차도 나오지 않았다.

면회하러 온 캐시는 나를 보더니 걱정스러운 듯이 얼굴을 찌푸렸다. "어디 안 좋아?"

나는 어깨를 으쓱하고 미소를 떠올리면서도 내심 몸을 떨었다. 나는 왜 이런 속이 빤히 들여다보이는 연극을 하고 있는 것일까. "아무것도 아냐. 단지… 조금 울렁거려서 그래."

캐시는 내 손을 잡더니 고개를 숙이고 내게 입을 맞췄다. 이 모든 상황에도 불구하고 나는 그 즉시 욕정이 솟구치는 것을 자각했다. 캐시는 여전히 얼굴을 맞댄 채로 말했다. "이제 다 끝났어. 알잖아? 이젠 아무것도 두려워할 필요가 없어. 지금은 조금 동요하고 있을지도 모르지만, 마음속 깊은 곳에서는 당신이 예전의 당신과 전혀 다르지 않은 사람이라는 사실을 잘 알고 있어. 난 당신을 사랑하고."

나는 고개를 끄덕였다. 잠시 잡담을 나눈 후 그녀는 떠났다. 나는 발작적으로 작게 중얼거렸다. "난 예전의 나와 전혀 다르지 않아. 난 예전의 나와 전혀 다르지 않아."

어제 그들은 내 두개골의 내용물을 깨끗하게 긁어내고, 지성을 가지고 있지 않은 신품 모조뇌를 빈 공간에 삽입했다.

이토록 차분한 마음이 된 것은 정말 오래간만이다. 내가 살아남은 이유에 대해서도, 이런저런 정보를 종합한 끝에 마침내 해답을 찾아냈다고 생각한다.

보석으로의 〈전환〉을 마치고 원래의 뇌를 제거할 때까지의 1주 동안, 〈교사〉의 기능을 정지시키는 이유가 뭘까? 물론 유기뇌를 파괴하는 동안 〈교사〉를 작동시킬 수는 없는 일이지만… 왜 1주나 더 기다렸다가 뇌를 제거한단 말인가? 보석이 〈교사〉의 감독을 받지 않아도 여전히 뇌와 동기화할 수 있다는 것을 보여줌으로써 사람들을 안심시키고, 보석이 유기뇌가 '살아갔을 것이 틀림없는' 삶―그게 정확히 뭘 의미하든 간에―과 완전히 동일한 삶을 살아갈 것임을 확인해주기 위해서다.

그렇다면 왜 1주만 그러는 것일까? 1개월 또는 1년을 그래도 좋을 텐데, 안 그러는 이유가 뭘까? 보석은 그렇게 오랫동안 뇌와의 동기화를 유지하지는 못하기 때문이다. 이것은 보석에 딱히 무슨 결함이 있어서가 아니라, 애당초 보석이 쓰이기 시작한 이유 그 자체에 기인한다. 보석은 불멸하다. 그러나 인간의 뇌는 쇠퇴한다. 보석이 뇌를 모방하는 과정에서 의도적으로 무시되는 부분이 하나 있는데, 그것은 **진짜 뉴런은 죽는다**는 사실이다. 이와 실질적으로 동일한 쇠퇴 현상을 보석에서 재현하는 〈교사〉가 없다면, 늦든 빠르든 작은 불일치점들이 생겨나기 마련이다. 어떤 자극에 대한 반응이 몇분의 1초만 어긋나더라도 의심을 불러일으키기에는 충분하고, 그 순간부터 보석의 이탈 과정은 나 자신이 절감했듯이 불가역적인 것이 된다.

50년 전, 보석을 개발한 선구적인 신경학자들의 연구팀은 컴퓨터 화면 주위에 둘러앉아 시간 경과에 따라 이런 식의 극단적인 이탈이 발생할 확률을 나타낸 그래프를 뚫어지게 바라보았을 것이다. 그들은 그런 과정을 거쳐서 〈전환〉 후에 뇌를 제거하는 시점을 1주 뒤로 정한 것일까? 허용할 수 있는 확률이란 대체 어느 정도였을까? 10분의 1퍼센트? 100분의 1퍼센트? 1,000분의 1퍼센트? 학자들이 안전하다고 판단한 확률이 정확히 얼마였는지는 알 수 없지만, 매일 전 세계에서 30만 명에 육박하는 사람들이 〈전환〉하는 상황이 왔을 때도 무시할 수 있을 정도로 낮았다고는 생각하기 힘들다.

　개개의 병원에서 그런 일이 일어나는 것은 기껏해야 10년, 혹은 100년에 한 번일지도 모르지만, 어떤 〈전환〉 시설이든 간에 그런 사태에 대처하기 위한 방책을 갖출 필요는 있었을 것이다.

　그럴 경우 그들에게 주어진 선택지는 무엇일까?

　계약상의 의무를 존중하는 쪽을 택한다면 〈교사〉를 다시 가동시킴으로써 아무 불만도 없던 고객인 보석을 소거했을 것이다. 그러면 심적 외상을 입은 유기뇌 쪽은 보도 매체와 법률가들에게 자신이 겪어야 했던 끔찍한 경험에 관해 큰 소리로 불평할 기회를 얻게 된다.

　혹은, 불일치의 증거가 될 컴퓨터의 기록을 은밀하게 소거하고, 유일한 증인을 조용히 처분하는 방법도 있다.

이렇게 해서 나는 영원을 손에 넣었다.

　50년이나 60년쯤 뒤에는 장기 이식이 필요해지겠고, 나중에는 이 육체도 완전히 새로운 육체로 대체해야겠지만, 그 부분에 대해서는 걱정할 필요가 없다. 현재의 내가 수술대 위에서 죽을 일은 없기 때문이다. 1,000년쯤 지난 뒤에는 늘어난 기억 용량의 문제에 대처하기 위해서 하드웨어를 증설할 필요가 있겠지만, 그 과정 역시 별문제 없이 해결할 수 있을 것이다. 몇백만 년 단위의 시간이 흐를 경우 보석의 내부 구조가 우주 방사선에 의해 손상을 입을 위험도 고려해야 하지만, 새로운 보석 결정 안에 나 자신을 정기적으로 완벽하게 전사轉寫한다면 충분히 회피할 수 있는 문제다.

이제 나는 적어도 이론상으로는 빅 크런치※의 관람석에 앉든지, 아니면 우주의 열사熱死에 참가할 기회를 보장받았다.

물론 캐시와는 관계를 끊었다. 그녀를 좋아하는 법을 배웠을 수도 있겠지만, 함께 있으면 불안해지는 데다가 누군가의 역할을 연기해야 한다는 생각만 해도 신물이 났기 때문이다.

그녀를 사랑한다고 주장했던 사내, 즉 죽음이 임박했지만 속수무책임을 깨닫고, 당장이라도 질식할 듯한 공포에 사로잡힌 채로 인생의 마지막 일주일을 보내야 했던 사내에 대해서는 아직 어떻게 느껴야 할지 마음을 정하지 못했다. 그 사내와 똑같은 운명을 겪을 것을 각오한 적이 있으므로 나는 그의 처지에 공감할 수 있어야 마땅하겠지만, 왠지 현실감이 없었다. 나의 뇌가 그의 뇌를 본떠서 만들어졌다는 사실은 안다. 따라서 그는 일종의 인과적인 나의 원형이라고 할 수 있겠지만, 그럼에도 이제는 희미하고 비현실적인 그림자로밖에는 느

※ 우주가 자체 중력으로 팽창한 뒤에 한 점으로 수축한다는 이론으로, 대붕괴를 뜻한다.

껴지지 않는다.

그가 자기를 어떤 존재로 간주하고 있었는지, 마음속 깊숙한 곳에서 무슨 생각을 하고 있었는지, 자신이 실재한다는 사실을 어떤 식으로 체감했는지, 이런 것들을 나 자신의 경험에 비춰 돌아볼 방법 따위는 없기 때문이다.

8

바람에 날리는 겨

Chaff

도둑 소굴을 의미하는 엘니도 데 라드로네스El Nido de Ladrones는 서부 아마존 저지대에 자리 잡은 너비 5만 제곱킬로미터의 타원형에 가까운 지역이었고, 콜롬비아와 페루 국경에 걸쳐 있었다. 어느 지점에서 자연 상태의 열대우림이 끝나고, 어느 지점에서 유전자 개조 식물들로 이뤄진 엘니도의 숲이 시작되는지를 파악하는 것은 쉽지 않았지만, 엘니도의 전체 생물량은 1조 톤에 육박한다고 추정되고 있었다. 이것은 생물학적 구조재, 삼투 펌프, 태양열 집열기, 세포화학 공장, 바이오컴퓨터 및 바이오통신 자산을 모두 합친 숫자다. 그리고 이것들 모두가 그 설계자들의 통제하에 있었다.

옛날에 쓰던 지도와 데이터베이스는 이미 구식이 돼 쓸모가 없었다. 엘니도의 식생은 물의 순환과 토양의 화학적 구성을 조작하고, 강수와 침식 패턴에 영향을 끼쳐 본래의 지형을 완전히 바꿔놓았기 때문이다. 푸투마요강※의 물줄기도 바뀌었고, 습지대의 옛 도로들은 수몰됐으며, 밀림을 관통하는 비밀스러운 둑길이 여기저기 생겨났다. 생물의 활동에서 유래된 이 지형은 줄곧 유동적인 상태를 유지하는 탓에, 드물게 엘니도에서 외부 세계로 망명하는 사람들이 전하는 목

※ 콜롬비아와 페루와 에콰도르에 인접한 아마존강의 지류.

격담도 얼마 지나지 않아 쓸모가 없어지기 일쑤였다. 위성영상조차도 엘니도에서는 무의미했다. 열대우림을 지붕처럼 완전히 뒤덮고 있는 수림 상층부는 그 아래에 있는 사물의 스펙트럼 특성을 모든 파장대에서 은폐하거나, 의도적으로 변조해 놓기 때문이다.

　엘니도는 독성 화학물질이나 고엽제를 아무리 살포해도 끄떡도 하지 않았다. 엘니도의 식물들과 공생 세균들은 대다수의 독성물질을 분석해서 스스로의 물질대사를 재프로그래밍하는 방법으로 해당 독을 무해한 물질로 바꿔놓거나, 아예 영양분으로 변화시킬 수 있었기 때문이다. 우리의 농업전農業戰 전문가 시스템이 엘니도를 공격할 분자들을 새로 고안하는 것보다 더 빠른 속도로 말이다. 모든 생물무기는 엘니도에 의해 유인되고, 기만당한 끝에 결국은 순치될 운명이었다. 우리가 가장 최근에 산포한 치명적인 식물 바이러스도 석 달 뒤에 조사해 보니 유전자 대다수가 엘니도의 정교한 생물학적 통신 네트워크의 양성 벡터※에 통합돼 쓰이고 있었다. 암살자가 배달부로 전업한 꼴이다. 산불로 밀림을 태우려고 시도하면 식물들은 이산화탄소를 대량 방출해서 불길을 금세 진화했다. 기화 물질을 산포하면 식물들은 이산화탄소보다 더 정교한 발화 지연 물질을 분비했다. 심지어 자연 상태의 영양소와 화학적으로는 아예 구분이 안 되는 영양물질 몇 톤에 강력한 방사성 동위원소들을 섞어서 쏟아부은 다음 감마선 영상 검출을 통해 식물들의 물질대사를 추적해 본 적도 있는데, 엘니도는 방사성 동위원소를 품은 분자들을 (아마 여러 개의 세포막 통과

※　유전 물질의 운반자로 쓰이는 DNA 분자

시의 확산율을 기준 삼아) 모조리 분리해 냈고, 격리와 희석 과정을 거쳐 고스란히 외부로 쏟아냈다.

그래서 기예르모 라르고라는 이름의 페루 출신 생화학자가 극비로 분류된 유전공학적 도구들─본인이 직접 수행한 연구의 결실이지만, 소유권은 물론 고용주인 미 정부가 가지고 있는─을 무단 반출한 후 거주지인 메릴랜드주 베세즈다를 떠나 엘니도에서 행방을 감췄다는 얘기를 들었을 때 나는 대뜸 이런 생각을 떠올렸다. 드디어 끝장을 낼 구실이 생겼군. CIA는 열핵 무기를 써서라도 엘니도를 '갱생' 시켜야 한다고 거의 10년 가까이 주장하고 있었다. 일단 미국 정부가 결단을 내린다면 UN 안전보장이사회도 기꺼이 승인할 것이고, 엘니도 지역에 대해 명목상의 주권을 가진 남미 정부들도 쌍수를 들고 환영할 것이 뻔했다. 엘니도 거주민 중 몇백 명은 미국 국내법을 어기고 있다는 의심을 받고 있었고, 골리노 대통령은 미국의 국익을 위해서라면 국경 남쪽에서 어떤 수단이든 동원할 용의가 있는 강단 있는 지도자라는 점을 증명하고 싶어서 안달이 난 상태였다. 설령 그녀가 집에서 가족과 영어가 아닌 언어로 대화하든 말든 간에 말이다. 엘니도가 소멸한 뒤에는 TV 황금 시간대에 맞춰 기자회견을 열고, 전 국민을 상대로 〈자연 회귀〉 작전의 성공을 기뻐해 달라고 당당하게 선언하면 그만이다. 이어서 콜롬비아에서 선전포고도 없이 발발한 내전의 참화를 피해 엘니도로 피난을 간 3만 명의 농부들은 이제 마르크스주의 테러리스트와 마약왕들의 압제로부터 영원히 해방됐으며, 농부들 역시 그녀의 용기와 결단력에 대해 경의를 표했을 것이 틀림없다고 덧붙인다면 금상첨화다.

실제로 핵을 쓰지 않은 이유가 무엇인지는 나도 결국 알아내지 못했다. 혹시 모종의 기술적인 문제가 있어서, 성스러운 아마존강의 하류에서 발견된 부작용이 화면발을 잘 받는 모종의 멸종위기종을 실제로 전멸시켜 버리는 당혹스러운 사태 따위가 (대통령 임기가 끝나기 전에) 발생하지 않는다는 보장이 없었던 탓일까? 미국이 핵을 사용하는 것을 본 중동의 독재자 나부랭이가, 이것을 오랫동안 꿍쳐놓았던 빈약한 원자탄을 골치 아픈 소수민족 따위에게 사용해도 좋다는 신호로 해석함으로써 중동 전역을 바람직하지 못한 방식으로 와해시킬 가능성을 우려했던 것일까? 그게 아니라면, 광신적인 반핵 환경보호 꾼들이 재집권한 일본이 무역 제재를 가해 올 것이 두렵기라도 했단 말인가?

나는 지정학적 컴퓨터 모델이 내린 결론을 제공받지는 않았다. 단지 명령을 하달받았을 뿐이다. 암호화된 이 명령은 우리 집 근처의 K마트의 유통가격들이 업데이트되는 틈을 타서 점포 컴퓨터에 침입했고, 매장 형광등의 깜박거림을 통해 내게 전달됐다. 내 왼쪽 눈의 망막에 부착된 또 하나의 신경층에 의해 해독된 단어들이 슈퍼마켓 통로의 단조롭고 쾌활한 색조 위로 시뻘겋게 떠오른다.

엘니도로 잠입해서 기예르모 라르고를 되찾아 오라는 명령이었다.

산 채로.

바람에 날리는 겨

　금도금한 팔찌형 휴대폰에서 무려 300달러나 주고 깎은 최악의 헤어스타일까지, 누가 봐도 이 도시의 부동산 중개인처럼 보이는 차림을 하고 베세즈다에 있는 라르고의 빈집으로 갔다. 워싱턴 D. C.의 북쪽 교외, 매릴랜드주와의 경계 바로 너머에 위치한 지역이다. 라르고의 아파트는 현대적이며 널찍했고, 잘 꾸며져 있었지만 호화로울 정도는 아니었다. 괜찮은 부동산 소프트웨어가 라르고의 (이혼 수당을 뺀) 연봉 수준을 참고해서 딱 맞는 거처를 골라준 느낌이랄까.

　라르고는 줄곧 뛰어난 과학자로 간주됐지만, 정치적인 신뢰도가 낮다는 평가를 받고 있었다. 국가 안보상으로는 잠재적인 위험 인자이지만, 재능과 실적이 워낙 출중한 탓에 그냥 내버려 두기에는 아까운 인물이었던 것이다. 라르고는 2005년에 하버드에서 학위를 딴 직후 가히 미국적 돌려 말하기의 정점이라 할 수 있는 에너지부※에 취직했고, 그 이래 줄곧 정보기관의 통상적인 감시를 받고 있었다. 감시가 너무 통상적이었다는 점은 이제 명백해졌지만, 30년 동안이나 아무런 사고도 치지 않고 훌륭하게 근무한 인물에 대한 기관의 감시가 느슨해진 것은 어느 정도는 이해가 가는 부분이다. 라르고는 자신의 정치 신조를 남에게서 감추려고 한 적은 한 번도 없었다. 물론 로스앨러모스 국립 연구소※※를 방문할 때 체 게바라 티셔츠 따위를 걸치지는

※　미국 에너지부는 실제로는 핵무기의 제조 및 관리, 원자력 기술 개발과 에너지 안전보장 등을 담당하는 연방정부의 중요 부서다.
※※　에너지부 산하의, 미국 최대의 전략기술 연구소.

않는다는 식으로, 기만이라기보다는 예절의 영역에 속한 신중함을 발휘했을 경우는 예외이지만, 평소 언사에 비해 라르고가 자기 신념을 단 한 번도 행동으로 옮긴 적이 없는 것도 사실이다.

거실 벽에는 분무기를 써서 거의 적외선에 육박할 정도로 붉은 페인트—부모 세대는 어떨지 몰라도 워싱턴에 사는 14살의 유행에 민감한 청소년이라면 육안으로도 대부분 볼 수 있을 듯한—로 그린 벽화가 떡 자리 잡고 있었다. 리힝충이 그린 〈신세계 질서의 영웅들로 쪽매 맞추기A Tiling of the Plane with Heroes of the New World Order〉를 복제한 것이었는데, 지난 세기가 바뀔 즈음 컴퓨터 네트워크상에서 디지털 이미지로 널리 퍼졌던 것을 기억한다. 마치 M.C. 에셔와 카마수트라*를 결합한 듯한 느낌이었다. 나체로 맞물린 1990년대 초의 각국 정치 지도자들이, 김이 나는 배설물을, 뚜껑이 열린 덕에 텅 빈 것을 알 수 있는 서로의 두개골 속에 싸고 있는 광경—이 부분은 독일의 풍자 화가 조지 그로스**의 아이디어를 차용한 것이다—을 묘사한 모자이크화였다. 지도자들 중 한 명인 이라크 독재자는 손거울에 비친 자기 얼굴을 들여다보며 감탄하고 있었는데, 콧수염을 히틀러풍으로 살짝 수정한 예의 유명한 잡지 표지에 나온 얼굴 사진을 정확하게 재현한 것이었다. 미국 대통령****은 손에 계란 타이머를 수평으로, 그러나 언제나 기울일 수 있는 자세로 쥐고 있었고, 그 안에는 그가 전

※　성애와 남녀 관계를 다룬 고대 인도의 경전.
※※　독일 베를린 출신의 다다이즘 화가. 나치 집권 후 미국으로 이주, 1938년에 시민권을 취득했다. 본명은 게오르크 그로스(Georg Groß).
※※※　41대 미국 대통령 조지 H. W. 부시.

바람에 날리는 겨

임자®의 대선 당선을 확실히 하기 위해서 일부러 석방을 지연시킨 비쩍 마른 이란 대사관 인질들이 가득 들어 있었다. 모든 국가수반들은 모자이크 어딘가에서 한 치의 틈도 없이 딱 들어맞는 방식으로 자리 잡고 있었는데, 사람 얼굴을 한 사면발니로 묘사된 오스트레일리아 총리는 미국 대통령의 거대한 성기를 조그만 아가리로 물고 빨려고 악전고투 중이지만 곧 나가떨어질 듯했다. 만에 하나 라르고의 엘니도 망명에 관한 청문회처럼 따분하기 짝이 없는 행사가 의회에서 열릴 경우, 상원에 아직도 몇 명 남아 있는 네오매카시즘®® 꼰대들이 이 그림을 보고 졸도하기 직전까지 가는 광경을 상상하는 것은 어렵지 않았다. 하지만 우리가 어떻게 했어야 한단 말인가? 피카소의 〈게르니카〉가 인쇄된 행주 따위를 하나라도 갖고 있다면, 필시 사상이 불온한 자이므로 고용을 거부하란 얘긴가?

라르고는 떠나기 전에 아파트에 있는 모든 컴퓨터의 메모리를 삭제해 놓았다. 엔터테인먼트 시스템 역시 예외가 아니었지만, 도청 샘플을 조사하면서 맛이 간 한국산 스카®®®를 몇 시간이나 들어야 했던 탓에 라르고의 음악 취향이 어떤지는 잘 알고 있었다. 혁명적 민족 연대를 부르짖는 고매한 민중가요라든지, 한 번 들으면 잊을 수 없을 정도로 처연한 안데스 팬파이프 연주 따위는 찾아볼 수 없었는데, 내 입장에서는 차라리 그런 음악이었다면 훨씬 좋았을 것이다. 라르고의

<hr>

※　40대 미국 대통령 로널드 레이건.
※※　1950년대 초중반에 냉전과 맞물려 미국을 휩쓴 극단적인 보수 반공주의. 공화당의 상원의원이자 극렬한 반공주의자였던 조지프 매카시에 기인한다.
※※※　자메이카에서 재즈의 영향을 받고 생겨난 강한 비트의 토속 음악 장르.

책장에 꽂혀 있는 책들은 너덜너덜해졌지만, 아마 감상적인 이유에서 버리지 않은 듯한 학부 수준의 생화학 교과서 몇 권에, 영어와 스페인어와 독일어로 쓰인 퀴퀴한 문학 고전들과 시집 몇십 권이 전부였다. 헤세, 릴케, 바예호, 콘래드, 니체. 현대 작가는 찾아볼 수 없었고, 2010년 이후에 인쇄된 책도 전무했다. 라르고는 가정관리 컴퓨터를 향해 몇 마디 지시함으로써 그가 그때까지 소유했던 모든 디지털 서적을 삭제했다. 지난 사반세기 동안의 사적인 유물들을 일소해 버렸던 것이다.

그나마 조금이라도 단서가 있을까 싶어서 남아 있는 책들을 뽑아서 휙휙 넘겨 봤다. 교과서에 실려 있는 구아닌의 화학적 구조에 관한 문장을 연필로 수정한 흔적이 하나 있었고… 콘래드의 소설 『암흑의 심장Heart of Darkness』의 일부 문장에 펜으로 밑줄이 쳐져 있었다. 서술자인 말로가 그가 탄 증기선의 하인들이 (이들은 식인종 부족에 속해 있고, 그들이 먹으려고 갖고 온 하마 고기는 다 썩어간다는 이유로 뱃전 너머로 투기됐다) 왜 아직도 반란을 일으켜서 그를 잡아먹지 않았는지 의아해하는 대목이었다. 왜냐하면,

그 어떤 두려움도 굶주림을 이길 수는 없다. 그 어떤 인내도 굶주림을 불식할 수는 없다. 굶주림이 있는 곳에서 역겨움 따위는 존재하지 않는다. 미신이나 신념, 그리고 당신들이 아마 원칙이라고 부르는 것들조차도, 바람에 날리는 겨보다도 못하다.※

※ "악인들은 그렇지 아니함이여 오직 바람에 나는 겨와 같도다." 「시편」 1:4.

이 말에는 나도 반박하기 힘들었다. 하지만 라르고는 하필 왜 이 문장에 주목했던 것일까. 혹시 펜타곤에서 첫 연구 보조금을 받을지 고민하던 옛 시절, 이 대목이 그의 심금을 울렸다든지? 밑줄의 잉크는 빛이 바랬고, 책 자체도 2003년에 출간된 것이었다. 생각 같아서는 실종 2주 전부터의 일기 따위가 남아 있으면 좋겠지만, 그의 가정 관리 컴퓨터는 20년 가까이 체계적으로 감시받은 적이 없었다.

나는 서재의 책상 앞에 앉아 라르고의 워크스테이션 컴퓨터의 텅 빈 화면을 응시했다. 기예르모 라르고는 1980년 페루 수도 리마에서 명목상으로는 가톨릭이며 정치적으로는 살짝 좌로 기운 중산계층 가정에서 태어났다. 《엘 코메르시오》의 기자였던 그의 아버지는 2029년에 뇌경색으로 사망했다. 현재 78살인 그의 어머니는 다국적 광업회사의 자문 변호사로 아직도 일하고 있었고, 여가 시간에는 비밀리에 체포된 급진주의자들의 가족들을 위해 인신보호영장을 신청하는 일을 하고 있었다. 소액 주주들의 눈치도 봐야 하는 광업회사의 고용주들은 그녀의 취미를 일종의 돈 안 드는 홍보활동으로 간주하고 묵인했다. 기예르모의 형은 외과 의사로 일하다가 은퇴했고, 여동생은 초등학교 선생님이었다. 두 사람 모두 적극적인 정치활동과는 무관했다.

라르고는 대부분의 교육을 스위스와 미국에서 받았다. 박사 학위를 딴 뒤에는 정부 기관과 생명공학 업체와 학계를 드나들며 계속 연구직으로 일했다. 표면상의 고용주가 누구였든 간에 진짜 스폰서는 미국 정부였지만 말이다. 라르고는 55살이었고, 세 번 이혼했지만 여전히 아이가 없었으며, 고향인 리마에는 몇 번 가족을 만나러 잠깐 다녀왔던 것이 전부였다.

　30년 동안이나 분자유전학의 군사적 응용에 관한 연구—처음에는 군사 목적인지 몰랐어도 곧 알아차렸을 것이다—에 종사해 왔던 그를 갑자기 엘니도로 망명하게 만든 계기는 무엇이었을까? 그렇게 오랜 세월 동안 시니컬한 이중사고로 국방 연구와 독실한 진보적 신념을 양립시킬 수 있었다면, 거의 예술에 가까운 기만이라고 해야 할 것이다. 이것은 가장 최근에 작성된 그의 심리 프로파일과도 일맥상통했다. 보고서에는 본인의 과학적 업적에 대한 강렬한 자부심과 그 궁극적인 목적을 고찰할 때 느끼는 자기혐오가 길항하지만, 갈등 자체는 맘 편한 무관심으로 퇴락하고 있는 징후가 보인다고 쓰여 있었기 때문이다. 이 업계에서는 매우 흔하게 보고되는 심리 상태였다.

　그리고 라르고는 30년 전, 마음속 깊은 곳에서는 이미 그의 '원칙'들이 바람에 날리는 겨보다도 못하다는 사실을 인정한 것처럼 보였다.

　이왕 몸을 팔 거라면, 가장 비싼 값을 부른 사람에게 팔겠다고 뒤늦게 결심한 것인지도 모른다. 설령 그런 행위가 유전조작 병기를 마약 카르텔에 몰래 파는 것을 의미한다고 해도 말이다. 그러나 라르고의 재무 기록에 그런 징후는 없었다. 탈세한 적도 없고, 도박 빚이 있는 것도 아니고, 분수에 넘치는 호화 생활을 즐겼다는 증거도 전혀 없었다. 젊은 시절의 이상을 배신했던 것처럼 고용주들을 배신하는 행위는 적절하게 허무주의적인 제스처로 보일지도 모르지만, 좀 더 실용적인 견지에서 고려하면 라르고가 돈과 그의 망명이 야기할 결과에 정말로 매력을 느꼈다고는 도저히 상상하기 힘들었다. 애당초 엘니도가 그에게 뭘 제공할 수 있었단 말인가? 인공위성상의 비밀 계좌에, 파라과이에서의 신분 세탁? 제3세계 금권정치 국가의 변두리 삶이 제공하는 각양각색의 추잡한 쾌락? 그런 길을 택하느니 차라리 제2의 조국인 미국에 남아 온화한 은퇴 생활을 보내는 쪽이 절대적으로 현명하지 않은가. 정 양심에 찔린다면 아무도 안 읽는 좌파 웹진에 미국의 대외정책에 관한 신랄하기 짝이 없는 에세이 한두 편을 게재함으로써 마음의 평화를 얻으면 그만이다. 그리고 마지막에 가서는, 그에게 그런 식의 홀가분한 언론의 자유를 허락한 나라를 지키기 위해 그가 해왔던 모든 일이 결국은 옳았다고 확신하는 것이다.

그러나 나는 그가 제2의 조국을 지키기 위해 구체적으로 무슨 일을 했는지, 또 그가 완성한 후 무단 반출했다는 도구가 무엇인지는 확인하지 못했다. 내게는 그럴 권한이 없었기 때문이다.

• — •

황혼이 짙어지자 나는 아파트 문을 잠그고 나와서 위스콘신 애비뉴를 차로 남하했다. 워싱턴시는 점점 활기를 띠고 있었다. 거리는 무더위를 잊으려는 사람들로 가득 차 있었다. 최근 들어 도시의 밤은 점점 환각적으로 변하고 있었다. 10대들 사이에서는 생체발광 공생체를 몸에 이식하는 것이 크게 유행하고 있었다. 관자놀이와 목과 인위적으로 근육을 잔뜩 부풀린 팔뚝의 정맥에서 새파란 빛을 발하는 10대들은 걸어 다니는 인체 순환계 모형이나 마찬가지였고, 발광 효과를 개선하기 위해 일부러 혈압을 높이는 짓도 마다치 않았다. 적외선을 가시광으로 변환해 주는 공생체를 망막에 이식한 10대들의 경우는 어두운 구석을 찾아다니며 흡혈귀처럼 시뻘겋게 번득이는 눈을 과시하는 것을 좋아했다.

그리고 이들만큼 요란하지는 않지만, 머릿속에 '백기사White Knights'를 잔뜩 채우고 다니는 부류도 있었다.

골수의 줄기세포를 유전자조작으로 만든 레트로바이러스인 '마더Mother'에 감염시키면 배아 단계의 뉴런과 백혈구의 중간쯤 되는 것들이 생성된다. 백기사라고 불리는 이것들은 혈액 뇌 관문을 여는 데 필요한 사이토카인※을 분비한다. 그렇게 해서 이 관문을 통과한 백기사들은 세포 간 부착분자들의 유도를 받고 표적에 도달해서 그 부위를 지정된 신경전달물질로 활성화시킨다. 일시적으로 진짜 뉴런에 들러붙어 의사擬似 시냅스를 형성하는 경우도 있다. 사용자들은 곧잘 자기 혈관 내에 반 다스 또는 그 이상의 백기사 아류형亞類型들을 동시에 풀어놓곤 했다. 각 아류형은 특정 식품 첨가물로만 활성화되는데, 보통 그 후보로는 인체 내부에서 자연 상태로는 존재하지 않는, 값싸고 무해하며 완전히 합법적인 화학물질이 선택된다. 따라서 완전히 무해한 인공 착색료와 인공 향료와 인공 보존료 따위를 정확한 비율로 섞어서 삼키기만 하면, 뇌 안의 신경화학적 상태를 거의 어떤

※ 세포 간 신호전달을 위해 면역 세포가 분비하는 저분자 단백질의 총칭.

바람에 날리는 거

형태로든 조절하는 것이 가능해진다는 뜻이다. 이 효과는 백기사들이 미리 설정된 프로그램에 따라 자살하고, 사용자가 새로운 마더를 복용할 필요가 생길 때까지 지속된다.

마더는 코로 흡입하거나 정맥에 주사할 수 있지만, 가장 효율적인 사용법은 뼈에 구멍을 뚫어 골수에 직접 주사하는 것이다. 설령 바이러스 자체가 오염되지 않은 정품이라고 해도 이것은 몹시 고통스러운 데다가 무식하고 위험천만한 방법이었다. 질이 좋은 마더는 엘니도에서 수입한 것이고, 질이 나쁜 마더는 캘리포니아와 텍사스의 가정집들 지하실에 자리 잡은 사설 실험실에서 온 것이다. 지하실의 유전자 해커들은 마더를 감염시킨 배양균들을 써서 억지로 복제를 시도한다. 그러나 마더는 바로 그런 시도에 저항하게끔 특별 설계된 바이러스라 해커들이 대량 생산하는 마더의 변이 균주들은 백혈병과 성상세포종과 파킨스병과 그 밖의 다양한 신종 정신병을 유발하는 데 탁월한 효과를 발휘한다.

차를 몰고 후덥지근하고 어두운 도시를 가로지르면서 날씨 따위에는 아랑곳없이 흥청대는 군중을 바라보던 중, 나는 마치 꿈을 꾸는 듯이 명징한 각성 상태가 찾아온 것을 자각했다. 나의 마음 일부는 마비되고, 무겁고, 공허했지만, 다른 일부는 마치 벼락을 맞아 감전된 것처럼 투철하게 모든 것을 보고 있었다. 주위를 에워싼 사람들의 숨겨진 지형을 투시하고, 빛을 발하는 피의 강보다 더 깊은 곳까지 목도하며, 나의 심안으로 뼛속까지 꿰뚫어 본 것이다.

골수 속까지.

예전에 한 번 갔던 적이 있는 공원 가장자리에 차를 세우고, 기다린다. 나는 이미 이런 일에 딱 맞는 완벽한 옷차림을 하고 있었다. 어슬렁거리며 차 주위를 지나가는 젊은이들은 그런 나를 보고 히죽였고, 일부는 내가 탄 은색 2025년형 포드 나르시서스를 보고 감탄한 듯이 휘파람 소리를 냈다. 10대 소년이 풀밭 위에서 지치지도 않고 홀로 춤을 추고 있었다. 코카콜라가 유발한 황홀경에 빠진 채로. 돈을 받고 도취한 시늉을 하는 광고 배우들과는 차원이 다르다.

오래지 않아 맨팔의 파란 정맥이 반짝거리는 젊은 여자가 차 옆으로 왔다. 열린 창문에 상체를 기대고 묻는 듯한 표정으로 차 안을 들여다본다.

"뭐가 있어?"

나이는 16살에서 17살. 날씬한 체격에 검은 눈. 커피빛 피부에 희미한 라틴계 악센트. 내 여동생이라고 해도 될 정도였다.

"'서던 레인보우'야."

엘니도에서 직수입한 마더의 주요 유전자형 12종에 포도당을 제외한 그 어떤 협잡물도 섞지 않은 진짜배기다. 서던 레인보우를 섭취하고 약간의 패스트푸드를 먹으면 어디든 원하는 곳으로 갈 수 있다.

젊은 여자는 회의적인 눈으로 나를 훑어보더니 대뜸 손등이 보이도록 오른손을 내밀었다. 손에 낀 반지의 커다란 다면多面 보석 한복판에 오목하게 구멍이 나 있는 것이 보였다. 나는 운전대 사물함에서 종이 봉지를 하나 꺼냈다. 한 번 흔들고 봉지를 딴 다음, 안에 들어 있던 가루를 보석 한복판의 구멍에 조금 쏟는다. 그런 다음 움직이지 않도록 그녀의 서늘한 손을 잡고, 보석 위로 고개를 수그리고 침을 떨궜다. 샘플이 젖자마자 '보석'의 12면이 각기 다른 색의 광채를 발하기 시작했다. 구멍 내부에 있는 항체 코팅된 조그만 축전기들은 면역 전기 센서이며, 마더의 각종 균주들을 감싸고 있는 단백질 막의 특정 활성 부위 몇 군데를 분간할 수 있도록 설계돼 있었다. 특히 밀조업자들이 가장 복제에 애를 먹는 부위들을 말이다.

그러나 기술력만 충분하다면 이 단백질들은 그것들이 감싸고 있는 RNA와는 아무런 관계가 없을 수도 있다.

그녀는 큰 감명을 받은 듯했다. 기대에 찬 표정으로 얼굴빛이 밝아진다. 우리는 가격을 협상했다. 너무 싼 가격을 제시받았을 때, 그녀는 마땅히 의심했어야 했다.

나는 봉지를 건네기 전에 그녀의 눈을 똑바로 쳐다봤다.

그리고 이렇게 말했다. "도대체 왜 이런 쓰레기가 필요한 거야? 네가 살고 있는 세계는 진짜 세계이고, 아무리 야만적이고 끔찍하다 하더라도 넌 네가 사는 세계를 있는 그대로 받아들여야 해. 강해지라고. 스스로를 절대 속이지 말고. 살아남으려면 그 방법밖에는 없어."

그녀는 나의 대놓고 위선적인 말을 듣고 헛웃음을 흘렸지만, 봉을 잡았다고 믿은 탓인지 험악하게 반응하거나 하지는 않았다. "무슨 말을 하는지 알겠어. 우리는 정말 무서운 세상에 살고 있다는 거지?" 그녀는 내 손에 돈을 억지로 쥐여주고 짐짓 진지한 표정으로 덧붙였다. "알았어. 마더를 하는 건 이번이 마지막이야. 약속할게."

나는 그녀에게 치명적인 바이러스를 건넸고, 풀밭을 가로질러 어둠 속으로 자취를 감추는 그녀의 뒷모습을 바라보았다.

• — •

보고타 공항에서 나를 태운 콜롬비아 공군의 조종사는 DEA[❋]의 직원 나부랭이를 위해 위험한 임무에 나서는 일을 내켜 하지 않는 투가 역력했다. 국경까지는 700킬로미터나 날아가야 하고, 우리가 통과할 지역은 네 개의 상이한 게릴라 조직에 의해 점령됐기 때문이다. 도시는 몇 개 없지만, 로켓 발사기를 쏘기 딱 좋은 장소는 수백 곳에 달한다.

"우리 증조 할배께서는," 그는 찌무룩한 어조로 말문을 뗐다. "좆 같은 꼬레아에서 좆같은 더글러스 맥아더 장군님을 위해 싸우다가 돌아가셨지." 나는 이 말이 긍지의 발로인지 아니면 미국이 그에게 진 빚에 대한 암시인지 알 수 없었다. 아마 양쪽 모두이리라.

헬리콥터는 섬뜩할 정도로 조용하게 날았다. 거대한 확성기처럼 보이는 다층 소음기가 회전 날개가 내는 소음 대부분을 흡수하는 덕이다. 탄소 섬유제 기체는 주위 환경에 맞춰 색상이 변하는 값비싼 카멜레온 중합체로 촘촘히 코팅돼 있었다. 그냥 기체 전체를 하늘색 도료로 칠해도 똑같이 효과적이었을지도 모르지만 말이다. 열을 빨아들이는 성질이 있는 화학 혼합물에 축적된 회전 모터의 남은 열은 하늘을 향한 접시형 방열기를 통해 약 1시간 간격으로 집속해서 짤막

<hr>

❋ Drug Enforcement Administration. 미국 법무부 산하의 마약 단속국.

하게 배출된다. 게릴라들은 위성영상을 쓸 수 없고, 역탐지가 쉬운 레이더 역시 쓸 엄두를 내지 못한다. 나는 우리가 격추돼 죽을 가능성은 보고타의 일반 통근자보다 낮다고 판단했다. 콜롬비아의 수도인 보고타에서는 느닷없이 버스가 폭발하는 무차별 테러가 일주일에 두세 번씩 발생하고 있었기 때문이다.

콜롬비아는 와해되고 있었다. 1950년대의 '라 비올렌시아'※의 재판이었다. 테러리스트에 의한 요란한 파괴 공작이 게릴라 조직들에 의해 자행됐음에도 불구하고, 사망자 대다수는 두 개의 주요 정당 내부의 파벌들이 쌍방의 지지자들을 도륙하는 과정에서 나왔다. 몇 세대 전으로까지 거슬러 올라가는 셀 수도 없이 많은 잔혹 행위들을 응징한다는 명목으로 말이다. 현재의 유혈 사태를 실제로 시작한 그룹은 지지하는 사람이 거의 없었다. '시몬 볼리바르의 군대Ejército de Simon Bolívar'라는 이름의 이 정신 나간 극우 과격파들은 볼리바르가 꿈꿨던 '그란 콜롬비아Gran Colombia'의 이상을 실현하기 위해 인접국인 파나마와 베네수엘라와 에콰도르의 '재결합'을 (2세기 동안이나 분리돼 있었음에도 불구하고) 원했고, 내친김에 페루와 볼리비아까지 끌어들일 작정이었다. 그러나 그들이 자행한 마린 대통령 암살 사건은 그들의 황당무계한 대의명분과는 전혀 상관이 없는 연쇄반응을 일으켰다. 파업과 시위, 시가전, 통행금지령, 계엄령. 불안을 느낀 투자자들로 인한 해외자본 유출은 극심한 인플레이션을 유발했고, 궁극적으로는 국내 금융시스템의 붕괴로 이어졌다. 그런 다음에는 기회주의

※   La Violencia. 1948년에서 1958년까지 콜롬비아 우파와 좌파 사이에서 벌어진 내전.

적인 폭력의 소용돌이가 모든 것을 지배했다. 불법 무장 조직의 암살단에서 마오주의 분파에 이르는 모든 단체가 마침내 자기들의 시간이 왔다고 믿는 듯했다.

　나는 총을 쏘는 광경도 목격하지 못했지만, 이 나라에 입국한 순간부터 배 속이 위산으로 출렁거리고, 아드레날린이 혈류를 타고 용솟음치는 듯한 느낌을 받았다. 신경이 곤두서고, 열에 들뜬… 생의 감각. 임신부 못지않게 극도로 예민해진 나는 모든 곳에서 피 냄새를 맡았다. 모든 인간사를 통괄하는 숨겨진 권력 투쟁이 마침내 표면으로 부상하고, 살갗을 뚫고 올라온 것이다. 마치 거대한 태곳적 생물이 해면 위로 모습을 드러내는 광경을 보는 듯한 느낌이다. 넋이 나갈 듯한, 소름 끼치는 광경. 치밀어 오르는 구토감과, 엄청난 고양감.

　진실과의 대면은 언제나 나를 설레게 한다.

• — •

　상공에서 내려다보는 것으로는 딱히 도착했다는 실감이 나지 않았다. 마지막 200킬로미터를 날아오는 동안 우리는 줄곧 열대우림 상공을 지나왔다. 군데군데 농원이나 광산, 목장, 제재소 따위를 위해 벌채된 부분이 있었고, 금속 실처럼 보이는 강줄기들이 종횡으로 뻗어 있기는 했지만, 대부분의 밀림은 마치 끝없이 이어지는 브로콜리의 평원처럼 보였기 때문이다. 엘니도는 그 주위에 자연 상태의 식물들이 무성하게 자라도록 놓아두고 급기야는 그것들을 모방하기 시작한다. 그 탓에 엘니도 가장자리에서 샘플을 채취하더라도 분석에 필요한 진짜 유전물질을 충분히 축적하기 힘들었다. 그러나 엘니도 깊숙한 곳까지 침투하는 것은 쉽지 않았다. 바로 그런 목적으로 만들어서 투입한 로봇 10여 대도 모두 유실된 탓에, 결국은 가장자리의 샘플만으로 만족할 수밖에 없었다. 적어도 미성년자와 성행위하는 사진이 찍힌 의원들이 몇 명 또 나와서, 관련 예산의 증액안에 찬성표를 던지라는 설득에 응할 때까지는 말이다. 대부분의 유전자조작 식물의 세포조직은, 자신이 원위치에 머물러 있다는 사실을 엘니도의 핵심부에서 정기적으로 흘러나오는 화학물질과 바이러스로 이뤄진 메시지로 확인하지 못할 경우 자연 괴사한다. 그런 이유에서 DEA의 주요 연구시설은 엘니도 외곽에 자리 잡고 있었다. 국경의 콜롬비아 쪽에 폭약으로 터를 내고, 기밀 구조의 건물들과 실험 재배지들을 배치한 형태였다. 전기가 흐르는 철책은 꼭대기에 날카로운 환형 철조망을 얹는 대신 안으로 90도 꺾이면서 그대로 전기 지붕을 이루고 있었다. 연구소 부지 전체가 철장 케이지 안에 있는 꼴이었다. 헬리콥터 이착륙장은 연구소 부지 한복판에 있었고, 이착륙 시에는 케이지 내부에 있는 또 하나의 케이지가 하늘을 향해 잠깐 열리는 식이었다.

나를 안내한 사람은 연구소장인 매들린 스미스였다. 옥외에 나와 있을 때는 각자 완전 밀폐식의 방호복을 착용했다. 내 경우는 워싱턴에서 받고 온 항바이러스 요법이 제대로 작동한다면 방호복이 불필요했지만 말이다. 엘니도의 방어용 바이러스는 단명하긴 하지만 이 따금 이렇게 먼 곳까지도 스며들 때가 있었다. 감염돼도 목숨을 잃는 경우는 전무하지만, 예방접종을 받지 않은 사람에게는 심각한 장애를 불러온다. 엘니도 밀림의 설계자들은 생물학적인 '정당방어' 수단과 노골적인 생물병기 사이에서 외줄 타기를 하고 있었다. 게릴라들은 언제나 유전자가 조작된 밀림에 숨어서 마더의 수출에 협력하는 방식으로 투쟁 자금을 조달했지만, 엘니도의 설계자들이 대놓고 치명적인 병원균 개발에 나선 적은 한 번도 없었다.

지금까지는 말이다.

"여기서 재배 중인 묘목에는 엘니도 식생의 형질이 발현돼 있는데, 우리는 이것들을 이용해 베타 17이라는 안정된 유전자형을 정착시킬 작정입니다." 내 눈에는 짙은 녹색 나뭇잎에 검붉은 베리류 열매가 달린 평범한 관목처럼 보였다. 스미스는 묘목들 옆에 배열된 카메라 비슷한 장치들을 가리켰다. "실시간 적외선 현미분광계입니다. 식물의 세포 생산량이 일정 수준 이상으로 급작스럽게 늘어날 경우, 중간 사이즈의 RNA 전사물까지 동시에 검출 가능하죠. 여기서 얻은 데이터를 엘니도의 핵심부에서 어떤 분자들이 흘러나오는지 보여주는 기체 크로마토그래피※ 분석 결과와 대조합니다. 이 식물들이 엘니도에서 보낸 생물학적 신호를 감지하는 과정을 실시간으로 포착하고, 해당 식물들이 유전자를 발현시켜 새로운 단백질을 합성하는 식으로 그 신호에 반응한다면, 그 메커니즘을 규명하고, 궁극적으로는 무력

※   혼합 물질을 분리 정제하는 기법.

화하는 것이 가능해질지도 모릅니다."

"그러는 대신에… 모든 DNA의 염기서열을 특정해서, 제1원리로 분석할 수 없는 건가요?" 나는 혹시 예산 낭비 사례가 있는지 확인하기 위해 현장을 불시에 방문한 DEA의 신임 과장이라는 명목으로 이곳에 와 있었지만, 얼마나 현지 사정에 어두운 척해야 하는지는 여전히 감을 못 잡고 있었다.

스미스는 의례적인 미소를 떠올렸다. "엘니도산 식물의 DNA를 보호하는 효소들은 세포 층위에서 조금이라도 문제가 생길 경우 해당 DNA를 갈가리 찢어버립니다. 현재 우리 힘으로 그 염기서열을 분석할 가능성은… 과장님의 시체를 부검해서 그 마음을 읽을 가능성만큼이나 희박하죠. 게다가 그 효소들이 어떻게 작용하는지도 아직 해명하지 못했습니다. 아직 따라잡아야 할 기술들이 많이 남았다고나 할까요. 40년 전 마약 카르텔들이 생명공학에 투자하기 시작했을 무렵 개발을 최우선했던 분야는 복제 방지 기술이었습니다. 그리고 그들이 전 세계의 합법적 연구소에서 최고의 인재들을 포섭할 수 있었던 것은 더 높은 보수를 제시했을 뿐만 아니라, 더 큰 창의력을 발휘하고, 더 큰 목표에 도전할 기회를 제공했기 때문이었습니다. 지난 40년 동안 엘니도가 내놓은 특허 발명품의 수는 같은 기간 동안 전 세계의 농업기술 업체들이 내놓은 수에 필적할 겁니다. 게다가 흥미롭다는 점에서도 경쟁자들을 능가하고 있죠."

혹시 라르고가 이곳에 온 이유도 그것일까? 더 큰 목표에 도전하기 위해? 그러나 엘니도는 이미 완성된 세계였고, 목표는 이미 달성됐다. 더 이상 연구해 봤자 기존 기술을 개량하는 것에 불과하다. 게다가 55살이 된 라르고는 자신이 가장 창조적인 연구를 했던 시기가 이미 오래전에 끝났다는 사실을 잘 알고 있을 것이다.

나는 말했다. "마약 카르텔들은 예상을 훌쩍 뛰어넘는 결과에 도리어 당황했을지도 모른다는 생각이 듭니다. 새롭게 개발된 기술은 그들의 비즈니스를 알아볼 수 없을 정도로 변화시켰으니까요. 생명공학으로 왕년의 중독성 약물들을 합성하는 건 이제 식은 죽 먹기지만, 너무 싸고 순수하고 입수가 용이한 약물은 이익이 안 됩니다. 중독성 자체가 수지가 안 맞는 장사가 됐으니, 이젠 신기함으로 승부하는 수밖에 없다고나 할까요."

스미스는 굵은 팔을 들어 철장 너머에서 우뚝 솟은 숲을 가리켰고, 몸을 돌려 남동쪽을 마주 보았다. 그쪽 풍경도 똑같지만 말이다. "엘니도는 그들의 예상을 훌쩍 뛰어넘었죠. 카르텔들이 정말로 원했던 건 해발고도가 낮은 저지대에서도 잘 자라는 코카나무라든지, 마약 제조공장이나 농장을 쉽게 은폐할 수 있게 하는 유전자 맞춤 식물들이었습니다. 그렇지만 실제로는 유전자 해커와 아나키스트와 난민으로 가득한 실질적인 작은 국가를 만들었던 겁니다. 현재 마약 카르텔들은 엘니도의 몇몇 지역만을 점거하고 있고, 처음 왔던 유전학자들의 반은 카르텔과 결별하고 밀림에 자기만의 작은 유토피아를 세웠습니다. 현재 엘니도의 식물들을 프로그래밍해서 새로운 유전자를 발현시키고, 생물학적 통신망을 활용하는 법을 알고 있는 사람들이 적어도 12명은 있는데, 그런 지식이 있다면 자기 영토를 확보하는 건

식은 죽 먹기죠."

"숲의 정령들을 자유자재로 부리는 은밀하고 주술적인 힘을 가진 것이나 마찬가지겠군요?"

"바로 그거예요. 주술과 다른 건 실제로 효과를 발휘한다는 점이지만."

나는 웃음을 터뜨렸다. "이 와중에도 내게 가장 큰 위로가 되는 게 뭔지 압니까? 무슨 일이 일어나든 간에, 진짜 아마존강, 진짜 열대 우림은 결국 모든 걸 집어삼키리라는 예상입니다. 아마존 우림은 지금까지, 그러니까 200만 년이나 이어져 내려왔죠? 그런 곳에 조그만 유토피아를 세운다! 50년, 아니면 100년 년 뒤에는 엘니도는 흔적도 없이 사라질 거라고 장담하죠."

바람에 날리는 겨보다 못하다.

스미스는 대답하지 않았다. 침묵이 흐르는 동안 나는 사방에서 딱정벌레가 딱딱거리는 단조로운 소리를 들을 수 있었다. 고원에 위치한 보고타의 날씨는 거의 쌀쌀했다. 그러나 이곳은 워싱턴 못지않게 후덥지근했다.

나는 스미스를 흘끗 보았다. 그제야 그녀는 대답했다. "물론 과장님 말이 옳아요." 그러나 그녀는 자기 말을 전혀 확신하고 있지 않았다.

다음 날 스미스와 아침 식사를 하며 나는 연구소의 운영 상황에 전적으로 만족한다고 보장했다. 그녀는 어색한 미소를 떠올렸다. 아무래도 내가 DEA의 관리자 따위가 아니라고 의심하는 듯했지만, 그건 문제가 되지 않는다. 연구소에 와 있는 동안 나는 과학자들과 기술자들과 군인들 사이의 잡담에 주의 깊게 귀를 기울였다. 기예르모 라르고라는 이름은 단 한 차례도 등장하지 않았다. 라르고를 아예 모른다면, 내 진짜 목적이 무엇인지 이들이 추측했을 가능성은 전무하다.

오전 9시가 된 직후에 연구소를 떠났다. 지면에서는 오로라 못지않게 섬세한 빛의 장막이 연구소 부지 주위의 나무들을 가르며 펼쳐져 있었다. 밀림의 지붕 위로 상승한다. 엷은 안개에 휩싸인 여명의 세계에서 한낮의 눈 부신 태양 아래로 나가는 느낌.

조종사는 내키지 않아 하면서도 내 지시에 따라 우회해서 엘니도 한복판까지 갔다. "페루가 관할하는 공역까지 와버렸군." 그는 마치 자랑하듯이 말했다. "외교 문제라도 일으키고 싶은 거야?" 마치 그랬으면 좋겠다는 투였다.

"아니. 하지만 더 낮게 날아줘."

"그래봤자 아무것도 안 보여. 강조차 안 보일걸."

"더 낮게." 브로콜리 평원이 점점 더 커지나 싶더니 느닷없이 초점이 맞춰졌다. 미분화된 녹색 바다는 실체뿐만 아니라 뚜렷한 특징을 가진 개개의 나뭇가지로 변해 있었다. 현미경으로 들여다본 일상적이

바람에 날리는 겨

고 익숙한 물체의 표면이 실은 괴상한 모습이라는 것을 깨달았을 때처럼, 묘하게 충격적인 느낌이었다.

나는 손을 뻗어 조종사의 목을 부러뜨렸다. 깜짝 놀란 표정을 한 그의 이 사이로 숨이 쉭 새어 나왔다. 몸이 부르르 떨리며, 두려움과 희미한 가책이 섞인 감정이 몰려온다. 자동조종 장치가 작동되며 헬리콥터는 공중에서 정지 비행을 계속했다. 죽은 조종사의 안전 스트랩을 끄르고, 화물 적재 칸으로 끌어다 놓은 후 조종석에 앉기까지 2분이 걸렸다.

나사를 풀어 계기 패널을 떼어낸 다음 새 컴퓨터 칩을 추가했다. 위성을 경유해서 북쪽의 공군기지로 송신되는 디지털 비행일지에는 우리가 조종 불능상태로 빠르게 하강했다는 기록이 남을 것이다.

실제 상황도 크게 다르지 않았다. 고도 100미터까지 하강했을 때 전방 로터가 나뭇가지와 부딪치면서 날개깃 하나가 부러졌다. 컴퓨터들은 현 상황을 모델링하고, 거듭 모델링하면서 의연하게 대처했고, 남아 있는 회전날개들의 각도를 조정해서 자세를 안정시키려고 했다. 그 이후에도 뼛속까지 뒤흔드는 충격과 로터 손상이 되풀이됐지만, 그사이의 5초 남짓한 짧은 유예기간이 찾아올 때마다 컴퓨터가 열심히 일했다는 점에는 의심의 여지가 없다. 모터의 회전음을 흡수해야 할 소음기는 완전히 맛이 가서 동조와 탈조脫調를 되풀이했고, 도리어 더 요란해진 소음으로 밀림을 강타했다.

고도 50미터에서 기체가 느리게 수평 회전하기 시작했다. 기묘할 정도로 부드럽게 회전하는 덕에, 마치 느긋한 패닝샷으로 찍은 영화의 한 장면을 보듯이 점점 더 울창해지는 밀림의 지붕 부분을 확인할 수 있었다. 고도 20미터에서 자유낙하에 들어갔다. 몸 주위에서 에어백이 부풀어 시야를 가로막는다. 그럴 필요는 없었지만 눈을 질끈 감고, 이를 악물었다. 머릿속에서 기도문의 파편들이 핑핑 돌고 있다. 내 어린 시절의 퇴적물이라고나 할까. 뇌리에 잔상처럼 각인된 무의미한 정보지만, 절대로 지울 수가 없는. 나는 생각했다. '만약 여기서 죽는다면 나는 썩어서 밀림의 일부가 되겠지. 나는 살덩어리이고, 한낱 겨에 불과하므로. 따라서 나는 아무것도 남기지 않고, 훗날 심판받는 일도 없어.' 내가 와 있는 곳이 진정한 밀림 따위와는 아예 무관하다는 사실을 퍼뜩 깨달았을 무렵에는 더 이상 추락하고 있지 않았다.

그 즉시 에어백들이 쪼그라들었다. 눈을 떠 보니 사방이 물이었다. 강물에 잠긴 숲에 추락한 듯하다. 앞뒤 로터들 사이의 지붕 패널 하나가 죽어가는 조종사가 뱉은 마지막 숨결 같은 쉭 소리를 내며 공중으로 살짝 튕겨 올라가나 싶더니 연처럼 둥실거리며 천천히 수면 위에 내려앉았다. 그러는 동안 카멜레온 코팅이 된 패널이 주위의 색채를 훔치면서 우중충한 은색, 녹색, 갈색으로 변하는 것이 보였다.

구명보트에는 두 개의 노와 식량과 신호탄, 그리고 무선표지 비컨이 하나 실려 있었다. 나는 비컨을 뜯어내서 헬리콥터의 잔해 속에 던졌다. 조종사를 조종석에 다시 앉히자, 물이 차오르며 헬기를 집어삼키기 시작했다.

그런 다음 나는 구명보트를 타고 강의 하류로 향했다.

바람에 날리는 겨

　엘니도는 예전에는 배가 다닐 수 있었던 푸타마요 강의 직류를 정신이 혼미해질 정도로 복잡한 미로로 분단해 놓았다. 미로를 이루는 느린 흐름의 갈색 수로들은 최근 물 위로 올라온, 야자수와 고무나무로 뒤덮인 흙 섬들과 범람한 강물로 침수된 강둑들 사이를 구불구불 누비며 지나간다. 강둑에 뿌리를 박은 초콜릿색 견목堅木들─유전학자들이 오기 전부터 존재했고 이 근방에서는 가장 오래된 나무들이지만, 유전자조작과 완전히 무관하다고 단언할 수는 없는─은 밀림의 관목을 뚫고 까마득하게 높은 곳까지 우뚝 솟아 있었다.

　내 목과 사타구니의 림프절들이 열을 발하며 맥박 쳤다. 사납지만 안심시키는 감각. 나의 개조된 면역계는 항체를 통한 얌전한 면역반응이 시작되기를 기다리는 대신 수천 개의 새로운 킬러 T세포 클론을 한꺼번에 대량 생산함으로써 엘니도산 바이러스들의 맹공에 대처하고 있다. 이런 상태로 몇 주를 지낸다면 늦든 빠르든 복제된 클론 중 하나가 제거 과정에 걸리지 않고 침입해서 신종 자가면역질환으로 내 몸을 태워버릴 공산이 크다. 그러나 나는 그렇게 오래 이곳에 머물 생각이 없었다.

　탁한 강물 속을 휘젓고 다니던 물고기가 갑자기 튀어 오르더니 수상 곤충이나 물 위를 떠다닌 식물 꼬투리 따위를 삼킨다. 멀리서 수면 위로 뻗어 나온 나뭇가지에서 똬리를 틀고 있던 아나콘다가 굵은 동체를 스르르 움직여 나른하게 물속으로 들어가는 것을 보았다. 고무나무들 사이에서 벌새들이 보라색 난의 아가리 안을 들락거렸다. 내가 아는 한 이런 동물들은 유전자조작과는 무관했고, 옛날부터 마치 아무 일도 일어나지 않았다는 듯이 이 인공 숲에 서식하고 있었다.

호주머니에서 인공감미료가 잔뜩 들어 있는 껌을 하나 꺼내서 입에 털어 넣고, 내 백기사 세트를 천천히 각성시킨다. 이윽고 나의 뇌 속의 특정 후각 전도로들이 마비되고, 다른 전도로들이 예민해지면서 뜨거운 공기와 부패한 식물의 악취가 사라지는 것처럼 느꼈다. 일종의 뇌내 필터가 작동하면서, 나의 비강 점막에 새로 자리 잡은 후각 수용체들이 다른 수용체들을 모두 압도하면서 밀림의 악취를 줄이고 있는 것이다.

갑자기 손과 옷에서 죽은 조종사 냄새를, 아직도 사라지지 않는 희미한 땀과 분변의 냄새를 맡았다. 주위의 나무 위에 숨어 있는 거미원숭이들이 분비하는, 오줌 지린내만큼이나 자극적이고 특징적인 페로몬 냄새도 맡았다. 일종의 예행연습을 하는 심정으로 15분 동안 원숭이들이 남긴 냄새를 추적한다. 가장 신선하게 느껴지는 냄새 쪽으로 구명보트를 저어 간 끝에, 마침내 놀란 듯이 찍찍거리는 소리와 함께 머리 위의 무성한 나뭇잎들 속으로 사라지는 회갈색의 비쩍 마른 실루엣 두 개를 홀끗 볼 수 있었다.

내 체취는 은폐된 상태였다. 내 땀샘의 공생세균들이 사람의 체취를 구성하는 분자들을 모두 소화했기 때문이다. 그러나 이 박테리아에는 장기적 부작용이 있었고, 가장 최근 입수한 첩보에 의하면 엘니도의 주민들은 냄새를 없애는 일 따위에는 아예 관심을 보이지 않는

바람에 날리는 겨

다는 얘기도 있었다. 라르고 본인의 경우 이런 박테리아를 자기 몸에 넣고 올 정도로 편집증적일 가능성이 상존했지만 말이다.

나는 도망치는 원숭이들을 응시했다. 언제쯤이면 내가 아닌 다른 인간의 냄새를 맡게 될까. 북쪽의 내전을 피해 도망쳐 온 일자무식한 농부조차도 어느 정도는 엘니도의 파벌들 사이의 관계에 대한 귀중한 정보를 갖고 있을 터고, 지리도 거칠게나마 파악하고 있을 것이다.

구명보트가 낮게 쉭쉭 하는 소리를 내기 시작했다. 방수 구획 중 하나에서 공기가 새는 소리였다. 나는 그 즉시 물속으로 몸을 던져 완전히 잠수했다. 1미터 아래로 내려가니 내 손조차도 볼 수 없었다. 나는 기다리며 귀를 기울였지만, 들리는 것이라고는 물고기들이 수면 위로 튀어나갈 때 내는 나직한 첨벙 소리뿐이었다. 플라스틱 재질인 구명보트가 바위 따위로 구멍이 났을 리가 없다. 총탄에 맞았다는 점에는 의심의 여지가 없었다.

나는 차가운 우윳빛 정적이 지배하는 공간에서 부유하고 있었다. 강물은 내 몸이 내는 열을 감춰줄 것이고, 나는 10분은 더 숨을 뱉지 않을 수 있었다. 수면에 물결을 일으킬 위험을 무릅쓰더라도 자맥질로 구명보트에서 멀어질까, 아니면 그냥 기다릴까. 그것이 문제였다.

뭔가 날카롭고 가느다란 것이 내 뺨을 스치고 지나갔다. 무시했다. 그러자 또 같은 일이 일어났다. 물고기나 다른 생물의 감촉이 아니었다. 세 번째로 내 뺨을 스친 다음 파닥이며 멀어지려던 물체를 손으로 움켜잡았다. 폭이 2, 3센티미터쯤 되는 플라스틱 조각이었다. 날에 해당하는 부분을 손가락으로 훑으니 날카로운 곳도 있었고, 부드럽게 눌리는 곳도 있었다. 다음 순간 플라스틱 조각은 내 손아귀 안에서 뚝 부러졌다.

몇 미터 떨어진 곳까지 수중을 헤엄쳐 간 다음 수면 위로 조심스럽게 고개를 내민다. 구명보트는 분해되는 중이었다. 플라스틱이 마치 산에 담근 피부처럼 벗겨지며 물속으로 떨어져 나가는 것이 보인다. 구명보트의 고분자 중합체는 그 어떤 생물적 분해 시도에도 대항할 수 있도록 상호 결합돼 있다고 했지만, 엘니도산의 박테리아 변종 중 하나가 그 방법을 찾았다는 점은 명백해 보였다.

나는 누운 자세로 강물에 떠서 이산화탄소를 배출하기 위해 심호흡을 했고, 도보로는 어떻게 임무를 완수할지에 관해 곰곰이 생각했다. 하늘을 덮은 나무들의 지붕이 마치 아지랑이를 통해 보는 것처럼 어른거렸다. 이해할 수 없는 현상이다. 사지가 묘하게 뜨겁고 무겁게 느껴진다. 내가 후각의 90퍼센트를 차단하지 않았다면 지금 무슨 냄새를 맡고 있을지 궁금했다. 그러자 문득 이런 생각이 떠올랐다. '만약 엘니도 외부에서 온 이물질만 골라 소화하는 박테리아를 배양했다면, 그런 먹잇감과 실제로 조우했을 때 소화 말고 또 어떤 행동을 하도록 만들었을까? 그런 물질을 도입한 당사자를 무력화한다든지, 생화학적 방법으로 그 소식을 발산하도록 하지는 않았을까?'

여섯 명의 땀에 젖은 사람들이 도착했을 때 나는 그들이 발산하는 코를 찌르는 땀 냄새를 맡을 수 있었지만, 내가 할 수 있는 일이라고는 그들이 건져줄 때까지 그냥 물에 둥둥 뜬 채로 있는 것밖에 없었다.

바람에 날리는 겨

강에서 나오자 나는 눈가리개를 하고 결박된 상태로 들것에 실려 어딘가로 운반됐다. 말소리가 들릴 만한 거리에서 말을 한 사람은 없었다. 들것을 든 사람들이 내는 발소리로 이동속도를 가늠하거나, 얼굴 옆에 내리쬐는 햇살을 단서로 전진 방향을 추측할 수도 있었겠지만… 지금처럼 세균 독소가 유발한 자각몽에 빠져든 상태에서는 이런 단서들을 분석하려고 노력하면 노력할수록 오히려 감을 못 잡고 혼란만 가중될 뿐이었다.

그러던 중 일행이 잠시 멈춰서 휴식을 취했을 때, 누군가가 내 곁에 쭈그리고 앉았다. 방금 내 몸 위를 모종의 스캔 장치로 훑은 것일까? 나는 깨알만 한 트랜스폰더 중합체들이 체내 이식된 지점들에서 열을 발하며 핀에 찔린 것처럼 따끔거리는 것을 느꼈고, 이 추측이 옳았음을 확인했다. 트랜스폰더는 수동적으로만 반응하지만, 인공위성이 버스트 송신한 마이크로파 신호와 뚜렷하게 공진하므로 상공에서도 위치 확인이 가능하다. 스캐너가 방금 이것들을 탐지해서 몽땅 태워버렸지만 말이다.

늦은 오후가 되자 그들은 내 눈가리개를 벗겼다. 내가 완전히 방향감각을 잃었다고 확신한 것일까? 내가 결코 탈출하지 못할 거라고 확신했나? 단지 엘니도의 장엄한 내부 구조를 외부인에게 과시하고 싶었던 것일지도 모른다.

우리는 습지대에 숨겨져 있는 오솔길을 따라 움직이고 있었다. 시선을 떨구자 나를 사로잡은 사람들의 부츠가 진흙탕—수렁이라고 할 정도로 깊지는 않았다—을 밟고 나아가는 것이 보였다. 오솔길 근처에는 지대가 높아서 말라 있고 언뜻 단단해 보이는 방죽길도 있었는데, 그쪽은 일부러 피하는 기색이었다.

앞길을 가로막고 있는 가시덤불은 우리가 다가가니 길을 내주는 듯한 인상을 받았다. 이제는 껌의 효력도 많이 스러진 탓에 우리가 에스테르⊛처럼 달콤한 냄새를 풍기는 화합물의 구름에 휩싸인 채로 움직인다는 사실을 알 수 있었다. 이것이 원통 용기 따위로 공중에 분무된 것인지, 아니면 일행 중 한 명이 피부나 폐나 내장에 사는 공생체의 힘을 빌려 직접 발산하는 것인지는 알 수 없었다.

마을이 가짜 밀림 속에서 모습을 드러냈을 때도 나는 거의 눈치채지 못할 뻔했다. 지면이 한 발짝씩 나아갈 때마다 부자연스러울 정도로 단단하고 편평해지는 것을 나는 몸으로 느꼈다. 나무들의 배치도 미묘하게 규칙적으로 변해가고 있었다. 일직선으로 뻗어 나가는 대로변의 가로수까지는 아니더라도, 그런 인위적인 느낌이 점점 더 강해졌다. 이윽고 길 좌우에 '운 좋게' 생긴 공터들이 하나둘씩 나타나기 시작했다. 공터에는 '자연 목재' 내지는 생물 중합체를 써서 만든 듯한 헛간들이 자리하고 있었다.

그들은 한 헛간 밖에서 내가 누운 들것을 지면에 내려놓았다. 한번도 본 적이 없는, 말랐지만 강인해 보이는 체격에 수염이 제멋대로 자란 사내가 번들거리는 수렵용 나이프를 들어 올렸다. 내 눈에 그는

⊛ 산과 알코올을 반응시켜 만든 화합물. 향료로 쓰인다.

바람에 날리는 거

짐승으로서의 인간, 포식자로서의 인간, 거리낌 없는 킬러로서의 인간 원형처럼 보였다.

사내가 말했다. "어이 친구, 지금부터 자네의 피를 몽땅 빼낼 거야." 그는 히죽 웃고 내 곁에 쪼그리고 앉았다. 후각 신경을 차단하는 공생체들이 압도당하면서, 나는 코를 찌르는 내 공포의 냄새에 못 이겨 거의 기절할 뻔했다. 사내는 나이프로 내 손을 묶은 밧줄을 잘라 내더니 덧붙였다. "그런 다음 다시 넣을게." 그는 등 밑으로 손을 넣어 들것에서 나를 들어 올린 다음 건물 안으로 들어갔다.

• — •

기예르모 라르고가 말했다. "악수하지 않는 걸 양해해 주게나. 우린 자네 몸 안을 거의 깨끗하게 청소했다고 생각하지만, 그 바이러스의 잔재가 자네의 강화된 면역체계를 역으로 공격할 가능성이 조금이라도 남아 있을 때 물리적 접촉이라는 위험을 무릅쓰고 싶지는 않아."

그는 슬픈 눈을 가진, 풍채가 빈약한 사내였다. 비쩍 마른 단신에 머리도 조금 벗겨져 있다. 나는 그와 나 사이를 가로막는 목제 창살로 다가가서 그를 향해 양손을 뻗었다. "언제든 만져도 돼. 난 바이러스 따위를 갖고 오지 않았으니까. 설마 당신의 정치 선동을 내가 믿을 거라고 생각했어?"

라르고는 개의치 않는 기색으로 어깨를 으쓱했다. "그 바이러스는 내가 아니라 자네를 죽였을 거야. 원래는 우리 둘 모두가 바이러스의 표적이었던 건 틀림없지만 말이야. 바이러스는 내 유전자형에 특화돼 있었을지도 모르지만, 자네는 몸 안에 너무나도 많은 수를 보유하고 있었기 때문에 반응이 일어났을 때 함께 휩쓸렸을 게 거의 확실해. 하지만 그건 이미 지난 일이니 지금 와서 이러쿵저러쿵해 봤자 무의미해."

나도 라르고가 거짓말을 한다고 믿는 것은 아니었다. 우리 두 사람을 함께 처분하는 바이러스를 쓴다는 것은 지극히 타당한 선택이었고, 나는 나를 그런 식으로 이용한 CIA의 가차 없고, 무자비한 솔직함에 대해 떨떠름한 존경심마저 느꼈을 정도였다. 그러나 지금 그 사실을 라르고에게 알린다는 것은 현명한 처사가 아니다.

나는 말했다. "내가 당신에게 아무 해도 되지 않는다고 생각한다면, 나와 함께 돌아간다는 안은 어때? 당신은 여전히 귀중한 인재로 간주되고 있어. 잠시 마가 껴서 판단을 그르쳤다고 해서, 당신의 경력이 끝장나는 건 아니고. 당신의 고용주는 매우 실용적인 사람들이라 당신을 벌하지 않을 거야. 당신이 받는 감시가 앞으로는 조금 더 강화되겠지만 말이야. 하지만 그건 그치들 문제이지 당신 문제는 아냐. 어차피 예전보다 뭐가 바뀌었는지도 당신은 눈치채지 못할걸."

라르고는 내 말을 전혀 귀담아듣는 기색이 아니었지만, 잠시 후 나를 똑바로 쳐다보더니 씩 웃었다. "빅토르 위고가 콜롬비아의 첫 번째 헌법에 관해 뭐라고 했는지 아나? 그건 천사들의 나라를 위해

바람에 날리는 거

쓴 헌법이라고 했다네. 그 헌법은 23년밖에 지속되지 못했고, 나중에 그게 개정됐을 때 정치가들은 목표를 낮췄어. 아주 많이.” 라르고는 몸을 돌리고 나무 창살 앞에서 왔다 갔다 하기 시작했다. 자동화기를 쥐고 문간에서 보초를 서고 있는 메스티소 농꾼 두 명이 무표정한 눈으로 이쪽을 바라보고 있었다. 두 사람 모두 내 눈에는 보통 코카잎처럼 보이는 것을 쉬지 않고 씹고 있었다. 이토록 전통에 충실한 그들의 태도를 보니 왠지 마음이 놓인다.

내가 있는 감방은 깔끔하고 잘 정리돼 있었고, 지금 베벌리힐스의 부유층 사이에서 크게 유행하는 바이오리액터※ 변기까지 완비하고 있었다. 여기서 내가 받는 처우는 적어도 지금까지는 흠잡을 데 없었지만, 라르고가 나를 상대로 뭔가 좋지 않은 일을 꾸민다는 생각이 뇌리를 떠나지 않았다. 마더를 제조하는 카르텔 보스 중 한 명에게 나를 넘길 작정일까? 나는 라르고가 그들과 어떤 거래를 했는지, 엘니도의 땅 한 뙈기와 몇십 명의 경호원들을 얻기 위해 도대체 무엇을 팔았는지 여전히 모르고 있었다. 고급 주택지인 베세즈다에 있는 아파트와 10만 달러의 연봉보다 이곳이 더 좋다고 생각한 이유가 무엇인지 상상조차 되지 않았다.

나는 말했다. “여기서 살면서 뭘 하려고 한 거야? 천사들을 위한 당신만의 나라를 세우기라도 할 작정이야? 당신만의 생명공학 유토피아를 키운다든지 해서?”

“유토피아?” 라르고는 걸음을 멈추고 다시 예의 일그러진 미소를

※   미생물을 이용한 생물 반응 장치.

떠올렸다. "설마. 이 세상에 유토피아가 어떻게 존재할 수 있나? 단지 우연히 태어났을 뿐인 우리에게 올바른 삶이란 존재하지 않아. 우리의 삶에는 규칙도, 시스템도, 공식도 없어. 애당초 왜 그런 것들이 있어야 하는데? 창조주, 그것도 악의적인 창조주가 있다면 또 모를까, 왜 노력만 하면 찾아낼 수 있는 완벽한 청사진 따위가 우리 삶에 존재해야 하는 거지?"

나는 말했다. "옳은 말이야. 막판에는 우리 모두가 결국 본성에 솔직해지는 수밖에 없으니까 말이야. 문명이나 위선적인 도덕 따위의 허식을 걷어내서 그 안에 있는 걸 직시하고, 우리를 형성하는 진정한 힘들을 있는 그대로 받아들이는 식으로."

라르고는 웃음을 터뜨렸다. 나는 얼굴이 벌겋게 타오르는 것을 자각했다. 딱히 이유를 대자면, 상대방의 진의를 오독한 끝에 설득에 실패했기 때문일 것이다. 그가 나의 유일한 신념을 비웃어서 그런 것은 결코 아니다.

라르고는 말했다. "미국에서 내가 무슨 연구를 하고 있었는지 아나?"

"몰라. 어차피 중요한 일도 아니고." 모르면 모를수록 내가 살아남을 가능성이 높아진다.

라르고는 개의치 않고 고백을 이어갔다. "나는 성숙한 뉴런들을 다시 배아 상태로 변화시키는 방법을 찾고 있었다네. 좀 더 미분화된 상태로 되돌려서, 태아의 뇌 안에 있었을 때처럼 한 부위에서 다른 부위로 옮겨 다니며 새로운 시냅스를 형성할 수 있게 하는 거지. 표면상

바람에 날리는 겨

으로는 치매나 중풍 치료를 위한 연구였지만… 연구 자금을 지원한 자들은 그걸 뇌신경의 일부를 재연결할 수 있는 바이러스 병기 개발의 첫걸음을 내딛기 위한 기초연구로 간주하고 있었어. 난 특정 정치이념을 강요할 수 있을 정도로 정밀한 효과를 가진 바이러스 따위를 만들 수 있을 거라고는 애당초 기대하지 않았지만, 온갖 종류의 무력하거나 종순한 행동을 유발하는 기제를 비교적 작은 패키지에 코딩하는 건 가능해 보였어.”

"그럼 그걸 마약 카르텔들에 팔았다는 거야? 보스 중 한 명이 또 체포되기라도 하면 도시 몇 개를 통째로 인질로 삼으려고? 굳이 판사들이나 정치가들을 암살하며 돌아다닐 필요가 없어지니까?”

라르고는 온화한 어조로 대답했다. "내가 그걸 카르텔에 판 건 사실이지만, 생물병기는 아니었네. 감염력을 가진 군용 버전 따위는 존재하지 않아. 시제품들조차도 단지 특정 뉴런을 퇴행시킬 뿐이지 미리 프로그래밍된 변화를 유발하지는 못하고, 어차피 너무 다루기 힘들고 부서지기 쉬워서 오래 살아남지 못해. 다른 기술적 문제들도 있었고. 바이러스 입장에서 숙주의 뇌에 정교하고 지극히 특수한 수정을 가한다는 행위는 번식상의 이점이 거의 없거든. 그런 바이러스를 살아 있는 인간들 사이에 풀어놓는다면, 얼마 가지도 않아 생존에는 아무 쓸모도 없는 특성들을 일찌감치 배제한 변종이 우위에 설 걸세.”

"그럼…?”

"난 그걸 제품화해서 카르텔에 팔았네. 정확하게 말하자면, 내 바이러스를 그치들의 베스트셀러와 결합해서 완성한 하이브리드 버전을 넘겼다고 해야겠지. 신종 마더라고나 할까."

"무슨 효과를 발휘하는데?" 스스로 내 무덤을 파는 꼴이었지만, 도저히 호기심을 억누를 수가 없었다.

"뇌 안의 뉴런 일부를 백기사와 비슷하게 변화시킨다네. 원래 백기사들 못지않게 자유롭게 이동하고, 유연해지도록 말이야. 하지만 백기사가 뉴런들 사이의 공간을 특정 전달물질로 그냥 채우는 데 반해 이 '회색 기사'들은 새롭고 효율적인 시냅스의 형성에서 탁월한 능력을 발휘한다네. 게다가 제어는 식품첨가물이 아니라 자체적으로 분비하는 분자들로 이뤄져. 서로가 서로를 제어하는 식으로."

영문을 알 수 없었다. "기존의 뉴런들을 자유롭게 이동하게 한다고? 그럼 기존의 뇌 구조는… 녹아버리지 않아? 당신은 사람들의 뇌를 곤죽으로 만드는 신종 마더를 개발했고, 그걸 돈을 받고 팔 작정이란 말이야?"

"곤죽이 아냐. 모든 과정이 극히 긴밀한 피드백 고리의 일부를 이루고 있네. 회색 기사에 의해 개조된 뉴런들의 발화發火는 자체 분비하는 신경 전달 분자들의 전달 범위에 영향을 끼치고, 해당 분자들이 근처에 있는 시냅스들의 재연결을 제어하는 식이지. 필수적인 조절 중추나 운동 뉴런은 물론 건드리지 않아. 그리고 회색 기사들의 위치를 바꾸려면 강력한 신호가 필요하다네. 일시적인 변덕 따위에는 반응하지 않아. 어떤 뇌 구조든 간에 유의미한 효과를 얻으려면 적어도 1, 2시간은 외부의 방해를 받지 않고 기다릴 필요가 있어.

실질적으로는 일반 뉴런들이 학습 행동이나 기억을 코딩하는 방

바람에 날리는 겨

식과 크게 다르지 않아. 단지 더 빠르고, 융통성이 있는 데다가… 훨씬 더 광범위할 뿐이라네. 인간의 뇌에는 10만 년 전부터 변하지 않은 부분들이 있지만, 내 바이러스를 쓸 경우 반나절이면 리모델링이 가능하다네."

그는 말을 멈추고 온화한 표정으로 나를 바라보았다.

나는 목덜미에 맺힌 땀이 갑자기 차가워지는 것을 느꼈다. "그럼 당신도 그 바이러스를…?"

"물론 썼네. 바로 그런 이유에서 만들었으니까 말이야. 나 자신을 위해서. 내가 여기로 온 것도 바로 그 때문이고."

"DIY 뇌수술을 하려고? 그럴 바에는 차라리 그런 충동이 사라질 때까지 스크루드라이버로 눈알 밑을 후벼 파는 쪽이 낫지 않아?" 당장이라도 토할 것 같은 기분이었다. "적어도… 코카인이나 헤로인은, 심지어 백기사조차도, 원래부터 뇌에 있던 수용기를, 원래부터 있던 신경 경로들을 이용해. 그런데 당신은 몇백만 년 동안 신중하게 진화한 구조에 손을 대서…"

라르고는 크게 재미있어하는 기색이었지만, 아까와는 달리 대놓고 웃지는 않았다. 그는 부드러운 어조로 말했다. "대다수의 사람들에게 자기 자신의 정신 내부를 돌아다닌다는 건 미로 안을 빙빙 돌며 헤매는 행위나 다름없다네. 진화가 우리에게 남긴 유산이란 결국 그런 거야. 비참하고, 혼란스럽기만 한 감옥. 코카인이나 헤로인이나 알코올 같은 조잡한 약물은 결국 몇몇 막다른 길로 이어지는 지름길을 만든 것에 불과해. 아니면 LSD처럼 미로의 벽을 거울로 코팅했거

나. 백기사가 한 일이라고는 같은 효과를 다른 방식으로 포장한 것에 불과하고.

하지만 회색 기사는 미로 전체의 모양을 마음대로 다시 바꿀 수 있게 한다네. 우리를 쪼그라든 감정의 레퍼토리 따위에 감금하는 대신, 완전무결한 자율권을 부여한다고나 할까. 자기가 누구인지를 정확하게 제어할 수 있도록 해주는 거지."

나는 갑자기 나를 엄습한 압도적인 혐오감을 일단 내려놓기 위해 악전고투했다. 라르고는 자발적으로 자기 머릿속을 완전히 휘저었지만, 그것은 그가 알아서 할 문제다. 소수의 마더 중독자들 역시 같은 선택을 하겠지만, 지하 실험실들에서 쏟아내는 온갖 짝퉁 쓰레기와 경쟁할 신종 쓰레기가 하나 더 시장에 나왔다고 해서 국가적인 비극이 일어난 것은 아니지 않은가.

라르고는 상냥한 어조로 말했다. "난 30년 동안 내가 혐오하는 누군가로 살아왔다네. 스스로 변화하기에는 너무 의지가 약했지만, 단 한시도 내가 무엇이 되고 싶은지 잊은 적 없었어. 혹시 내가 의지박약이고 속부터 푹 썩었다는 사실을 체념하고 받아들인다면 그나마 덜 비열하고, 덜 위선적인 존재가 될지 곧잘 고민하기도 했고. 하지만 결국은 그러지 않았어."

"그럼 지금은 컴퓨터 파일을 삭제한 것처럼 옛날 인격을 지웠다고 믿는 거야? 그럼 지금 당신은 뭐가 된 거지? 성인? 천사?"

"아니. 나는 단지 내가 되고 싶은 바로 그 인물이 됐을 뿐일세. 회색 기사를 쓸 경우 그 이외의 선택은 없어."

바람에 날리는 거

분노가 폭주한 탓에 잠시 머리가 아찔했다. 나는 창살에 기대고 몸을 추슬렀다.

내가 말했다. "그럼 자기 머릿속을 휘저은 지금은 기분이 좋아졌으니, 지금부터는 마약상들과 협력하고, 구원받았다고 스스로를 속이면서 이 가짜 밀림에서 여생을 보낼 작정이야?"

"여생? 그럴지도 모르겠군. 하지만 바깥세상을 계속 바라보고 있을 걸세. 희망하면서."

나는 거의 질식하기 직전이었다. "뭘 희망해? 당신이 개발한 물건이 소수의 맛이 간 마약중독자들이 아니라 더 많은 사람에게 퍼지는 걸? 회색 기사가 전 지구를 석권해서 알아볼 수 없을 정도로 변화시킬 거라고 생각해? 혹시 그 바이러스가 전염되지 않는다는 이야기는 거짓말이었던 거야?"

"거짓말이 아냐. 하지만 회색 기사는 사람들이 원하는 것을 준다네. 그걸 일단 이해한다면 사람들 쪽에서 그걸 원할 거야."

나는 연민의 눈으로 그를 바라보았다. "사람들이 원하는 건 음식, 섹스, 그리고 권력이야. 그건 결코 바뀌지 않아. 『암흑의 심장Heart of Darkness』에 당신이 밑줄 친 문장을 기억해? 그게 무슨 뜻이라고 생각해? 마음속 깊은 곳에서 우리는 몇 개의 기본 욕구를 가진 동물에 불과하고, 그 밖의 모든 건 바람에 날리는 겨보다도 못해."

라르고는 마치 그 인용문을 떠올리려는 듯이 미간을 찡그렸고, 곧 천천히 고개를 끄덕였다. "자넨 보통 인간의 뇌가 얼마나 많은 방식으로 연결될 수 있는지 아나? 크기만 동일한 임의의 신경망이 아니라, 진짜 태생과 진짜 경험으로 형성된, 제대로 기능하는 살아 있는 호모사피엔스의 뇌에서 말일세. 그 경우의 수는 무려 10의 1,000만 승에 달한다네. 엄청나게 큰 수지. 그 정도라면 다양한 인격이나 재능을 얼마든지 발생시킬 여유가 있을 뿐만 아니라, 여러 사람의 다른 삶이 남긴 기억을 코딩하기에도 충분한 공간이야.

하지만 회색 기사가 제공하는 경우의 수는 얼마인지 아나? 그 제곱에 달한다네. 그리고 바로 그 덕에, 자네가 말한 '인간의 본성'과 직결된 뇌의 고착 부분은 개개인이 일생 동안 축적하는 각인각색의 기억 못지않게 천차만별로 다양할 수 있는 기회를 얻게 되는 거야.

물론 콘래드가 한 말은 옳았네. 단어 하나하나가 부정할 길이 없는 진실이지. 그 글이 쓰였을 당시에는 말이야. 하지만 그것만으로는 충분하지 않아. 왜냐하면 지금은 인간의 본성 전체가 바람에 날리는 겨보다도 못한 것이 됐기 때문이야. 암흑의 심장에 자리 잡은 그 '공포'※는 *바람에 날리는 겨*보다 못해. '영구불변의 진리'조차도, 소포클레스에서 셰익스피어에 이르는 위대한 작가들이 보여준 슬프고도 아름다운 통찰들조차도, 결국은 바람에 날리는 겨보다도 못한 거야."

※ 『암흑의 심장』 등장인물 커츠의 마지막 대사 "The Horror! The Horror!"에 대한 언급이다.

바람에 날리는 겨

나는 뜬눈으로 침상에 누워 매미와 개구리들의 울음소리에 귀를 기울였다. 라르고는 내게 무슨 짓을 할 작정일까. 자기 자신을 사람을 죽일 수 없는 인물로 간주한다면, 나를 죽이려 들지는 않을 것이다. 설령 그것이 완벽한 자기통제라는 망상을 강화하기 위한 행동에 불과하다고 해도 말이다. 나를 DEA 연구소 밖에 그냥 던져놓고 갈 수도 있다. 그럴 경우는 연구소장인 매들린 스미스에게 엘니도 바이러스에 감염된 콜롬비아 공군 조종사가 비행 중에 의식을 잃었다고 설명하면 된다. 뒤에 남은 나는 과감하게 조종간을 잡으려고 했지만, 결국 추락했다는 식으로 말이다.

나는 당시 일을 떠올리며 그럴듯한 설명을 지어보려고 했다. 조종사의 시체는 절대 발견되지 않을 것이므로 법의학적인 세부 사항들까지 신경 쓸 필요는 없다.

눈을 감고 내가 그의 목을 부러뜨리는 광경을 떠올린다. 그때 느꼈던 것과 똑같은 희미한 가책이 나를 엄습했다. 나는 짜증스럽게 그런 감정을 털어냈다. 그래, 내가 그를 죽였다. 며칠 전에는 젊은 여자를 죽였고, 그전에도 10여 명을 죽였다. CIA도 나를 죽이기 직전까지 갔다. 그러는 것이 편리했기 때문이고, 그럴 수 있었기 때문이다. 세상은 그런 식으로 돌아간다. 권력은 언제나 남용되고, 국가는 다른 국가를 예속시키며, 약자는 언제나 도륙당한다. 그 밖의 모든 주장은 비현실적인 자기기만에 지나지 않는다. 여기서 100킬로미터 떨어진 곳에서 서로를 도륙하고 있는 콜롬비아의 정파들은 다시 한번 그것이 진실임을 증명하고 있었다.

'그러나 라르고가 그가 개발한 마더의 변종으로 나를 감염시켰다면? 그리고 그것에 관해 그가 한 설명이 모두 사실이라면?'

회색 기사들은 내가 강하게 원할 때만 움직인다고 했다. 따라서 해를 입지 않으려면 있는 그대로를 받아들이면 된다. 과거의 나와 똑같은 인물로 남는 것을 원하기만 하면 되는 것이다. 가장 심원한 진실을 마주하고 있다는 사실을 언제나 자각하던 킬러로. 결국 다른 선택지 따위는 없다는 이유로, 야만과 부패를 적극 포용했던 인물로.

내가 죽인 사람들의 모습이 잇달아 떠올랐다. 조종사. 젊은 여자.

'아무것도 느끼지 말아야 한다. 아무것도 느끼지 않을 것을 원해야 한다. 그리고 계속 그렇게 선택해야 한다.'

아니면 예전에 나였던 모든 것은 모래성처럼 무너져서 바람에 날려갈 것이므로.

어둠 속에서 보초 한 명이 트림을 했고, 침을 뱉었다.

눈앞에서 밤의 장막이 펼쳐진다. 길을 잃은 강처럼.

바람에 날리는 겨

9

루미너스

Luminous

잠에서 깼다. 몹시 혼란스러웠지만, 왜 그런지 이유를 알 수 없었다. 내가 상하이의 싸구려 호텔 22호실에 있는 좁고 울퉁불퉁한 싱글베드에 누워 있다는 사실은 알고 있었다. 상하이에서 거의 한 달이나 머무르고 있는 탓에 매트리스 스프링의 요철은 지겨울 정도로 익숙했다. 그러나 누워 있는 자세가 왠지 이상했다. 아무리 잠버릇이 안 좋다고 해도, 내 목과 어깨의 모든 근육은 내가 자다가 자연스레 이런 자세를 취했을 리가 없다고 소리 높여 항의하고 있었다.

게다가 피 냄새까지 난다.

눈을 떴다. 한 번도 본 적이 없는 여자가 침대 위에서 몸을 수그리고 일회용 메스로 내 삼두근을 절개하고 있었다. 나는 옆으로 누운 자세로 벽을 마주 보고 있었다. 한쪽 손목과 발목은 각각 머리맡과 발치의 침대 기둥에 수갑으로 연결되어 있었다.

여자의 손에서 벗어나려고 헛된 몸부림을 치기 전에, 어떤 본능이 작동하며 패닉 반응을 차단했다. 아마 패닉보다 한층 더 원초적인 반응, 위기에 직면했을 때 몸을 얼어붙게 만드는 긴장증이 아드레날린을 압도한 것이리라. 바로 이런 일이 벌어질 것을 이미 몇 주 전부터 예상하고 있었던 마당에, 이제 와서 패닉에 빠지는 것은 어불성설이라고 체념한 탓일지도 모르겠다.

나는 영어로 나직하게 말했다. "당신이 지금 내 몸에서 억지로 끄집어내려는 화물은 네크로트랩※이야. 혈관을 통해 산소가 공급되지 않은 상태에서 단 한 번이라도 심장이 박동한다면 그대로 타버릴걸."

나를 수술 중인 아마추어 외과의사는 체구는 작아도 근육질이었고, 머리는 검었다. 중국인은 아니다. 인도네시아인일까. 설령 내가 너무 빨리 깨어났다는 사실에 놀랐다고 해도, 여자는 아무 내색도 하지 않았다. 하노이에서 내가 입수한 유전자를 조작한 간세포들은 모르핀에서 쿠라레에 이르는 거의 모든 약물을 분해할 수 있었다. 그래도 국소마취제까지는 포함되어 있지 않아서 불행 중 다행이다.

여자는 작업을 멈추지 않고 말했다. "침대 옆의 탁자를 봐."

고개를 돌려 그쪽을 보았다. 비닐 튜브로 이루어진 원형의 고리에 채워진 피―내 것인 듯하다―에 소형 펌프를 써서 산소를 공급하고 순환시키는 장치가 설치되어 있었다. 고리 중간께에는 커다란 깔때기의 주둥이가 꽂혀 있었고, 깔때기 접합부는 밸브처럼 보이는 것으로 제어되고 있었다. 펌프는 내 팔꿈치 안쪽에 테이프로 붙여놓은, 센서로 이어진 전선들을 통해 인공적인 박동을 진짜 심장 박동과 동기화하고 있었다. 그녀가 내 혈관 안에서 예의 화물을 끄집어내자마자 이 대체 혈관에 삽입할 수 있다는 사실에는 의심의 여지가 없어 보였다.

나는 헛기침을 하고 마른침을 삼켰다. "이걸로는 충분하지 않아.

※   숙주 사망 시에 자동적으로 작동하는 메커니즘을 의미한다.

트랩은 내 혈압 특성을 정확하게 기억하고 있어서, 표면적인 심장 박동 따위에는 속지 않거든."

"거짓말을 하고 있군." 그러나 여자는 메스를 들어 올린 채로 주저했다. 트랩을 찾기 위해 그녀가 썼던 휴대용 MRI 스캐너는 트랩의 기본 구조까지는 보여줬겠지만, 세세한 작동 방식까지는 파악하지 못했을 터이고, 소프트웨어에 이르러서는 속수무책일 것이다.

"사실을 말했을 뿐이야." 나는 여자의 눈을 똑바로 쳐다보았다. 무리한 자세 탓에 그러기는 쉽지 않았다. "스웨덴제 최신 제품인데, 48시간 전에 미리 혈관 안에 고정해 놓고, 평소에 하던 활동을 수행해서 혈압의 리듬을 기억하게 한 다음, 운반할 물건을 트랩 안에 삽입하면 끝이야. 단순하고 안전하면서도 효과적이지." 가슴에 뚝뚝 떨어진 피가 침대 시트까지 흘러내렸다. 갑자기 화물을 더 깊은 곳에 삽입해 놓지 않아서 천만다행이라는 생각이 떠올랐다.

"그럼 당신은 무슨 수로 그걸 꺼내?"

"그건 비밀이야."

"그럼 냉큼 털어놓으라고. 험한 꼴을 당하고 싶지 않으면." 여자는 엄지와 검지로 쥔 메스를 조급한 기색으로 빙빙 돌렸다. 살갗에 또 소름이 돋았다. 전신의 피가 역류하면서 말초신경이 곤두서고, 모세혈관이 수축한다.

나는 말했다. "험한 꼴을 당하면 난 혈압이 치솟을 텐데."

여자는 나를 내려다보았고, 희미하게 미소 지으며 교착 상태에 빠진 것을 시인했다. 그녀는 피에 물든 수술용 장갑 한쪽을 벗었고, 노트패드를 꺼내 의료장비를 공급하는 업자에게 전화를 걸었다. 그녀는 문제 해결에 도움이 될 듯한 혈압탐사기, 더 정밀한 펌프, 적절한 컴퓨터 인터페이스 등의 장비를 잇달아 주문했고, 업자와 유창한 중국어로 격한 말씨름을 벌인 끝에 신속한 배달을 확약받았다.

그런 다음 노트패드를 내려놓고, 장갑을 끼지 않은 손을 내 어깨에 갖다 댄다. "이제 긴장을 풀라고. 그리 오래 기다리지 않아도 돼."

나는 홧김에 여자의 손을 뿌리치려는 듯이 몸을 버둥댔고, 내 피를 그녀의 살갗에 조금 묻히는 데 성공했다. 여자는 아무 말도 하지 않았지만, 그 즉시 자신이 얼마나 부주의했는지를 알아차렸던 것이 틀림없다. 그녀는 침대를 내려가서 세면대 쪽으로 갔다. 물이 흐르는 소리가 들렸다.

다음 순간 그녀는 헛구역질을 하기 시작했다.

나는 쾌활한 어조로 말했다. "해독제가 필요하다면 언제든 말해줘."

여자가 다가오는 소리가 들렸다. 고개를 돌려 그녀를 마주 보았다. 핏기가 가신 그녀의 얼굴은 욕지기로 인해 일그러졌고, 눈과 코에서는 눈물과 점액이 줄줄 흘러나오고 있었다.

"해독제가 어디 있는지 말해!"

"수갑을 풀어주면 가져다줄게."

"안 돼! 거래 따윈 안 해!"

"그렇다면야 어쩔 수 없지. 빨리 찾아보는 편이 나을걸."

여자는 메스를 집어 들고 내 얼굴 앞에서 휘둘렀다. "화물 따윈 개한테나 줘버려. 진짜로 그어버린다!" 여자는 열에 들뜬 아이처럼 부들부들 떨면서 손등으로 줄줄 흘러나오는 콧물을 막아보려는 헛된 노력을 계속했다.

나는 차가운 어조로 말했다. "나를 또 건드린다면 당신은 화물 이상의 것을 잃게 될걸."

여자는 고개를 돌리고 구토했다. 피가 섞인 잿빛의 액체였다. 독이 여자의 위장 안에 있는 세포를 집단자살로 몰아넣고 있는 것이다.

"수갑을 풀어. 안 그러면 넌 독으로 곧 죽어."

여자는 입가를 훔치고 자세를 가다듬은 후 뭐라고 말하려고 하다가, 다시 토하기 시작했다. 그녀가 얼마나 지독한 고통을 느끼고 있는지는 나도 경험해 봐서 정확하게 안다. 토하지 않으려는 것은 분변과 황산의 혼합물을 삼키는 것이나 마찬가지였다. 그렇다고 토한다면 산 채로 내장을 적출당하는 기분을 감수해야 한다.

나는 말했다. "30초 뒤에는 너무 쇠약해져서, 설령 내가 알려주더라도 자기 힘으로는 못 찾아. 그러니까 지금 나를 풀어주지 않는다면…."

여자는 권총과 열쇠 뭉치를 꺼내서 내 수갑을 풀어준 다음 침대 발치에 우뚝 섰다. 부들부들 떨면서도 총구는 나를 겨냥하고 있었다. 나는 그녀의 위협을 무시하고 재빨리 옷을 입었고, 기적적으로 남아 있던 깨끗한 양말 한 짝을 상처 위에 붕대처럼 감은 다음 티셔츠와 재킷을 걸쳤다. 여자가 풀썩 무릎을 꿇었다. 총구는 여전히 내가 있는 쪽을 향하고 있었지만, 눈은 퉁퉁 부어 반쯤 감겨 있는 데다가 노란 액체로 가득 차 있었다. 총을 빼앗을까 하는 생각이 들었지만, 곧 그런 위험까지 무릅쓸 가치는 없다고 판단했다.

남은 옷가지를 꾸린 다음 방 안을 둘러보며 혹시 잊은 물건이 없는지 확인했다. 그러나 정말로 중요한 것은 내 혈관 안에 있었다. 그것이 여행을 하는 유일한 방법이라는 것은 앨리슨에게 배워서 잘 알고 있었다.

나는 침입자를 돌아보았다. "해독제는 없지만, 그 독으로 죽지는 않을 거야. 앞으로 12시간 동안은 차라리 죽는 편이 낫겠다는 생각이 들 테지만 말이야. 잘 있으라고."

문을 향해 가던 중에 갑자기 목덜미의 털이 곤두섰다. 여자는 내 말을 믿지 않을지도 모른다는 생각이 들었기 때문이다. 그럴 경우는 될 대로 되라는 심정이 되어 내게 최후의 한 발을 선사하려고 할지도 모른다.

나는 문고리를 돌리며 뒤를 돌아보지 않은 채로 말했다. "하지만 또 나를 쫓아온다면 그때는 내 손으로 죽이겠어."

이것은 거짓말이었지만 효과는 있었던 듯하다. 등 뒤로 방문을 닫았을 때 그녀가 권총을 떨어뜨리고 또 토하기 시작하는 소리가 들렸다.

층계를 반쯤 내려갔을 때, 탈출에 성공했다는 희열이 스러지면서 암울한 현실인식이 찾아왔다. 부주의한 상금 사냥꾼이 단신으로 나를 찾아낼 수 있었다고 한다면, 그녀보다 더 조직적인 동업자들도 내 뒤를 바짝 뒤쫓고 있을 것이 뻔했다. 인더스트리얼 알제브라사의 포위망이 우리를 옥죄고 있었다. 앨리슨이 곧 루미너스에 대한 접근권을 얻지 못한다면, 우리에게는 맵을 파괴한다는 선택밖에는 없었다.

그마저도 잠시 시간을 버는 것에 불과하지만 말이다.

프런트 직원에게 내일 아침까지의 방값을 내고 방에 있는 지인을 절대 깨우지 말아달라고 신신당부했고, 청소부들이 마주치게 될 참상을 보상하는 의미에서 적절한 팁을 건넸다. 그 독은 공기 중에서는 성질이 변하기 때문에 핏자국은 몇 시간 뒤에는 무해한 상태로 바뀔 것이다. 프런트 직원은 미심쩍은 눈초리로 나를 보았지만, 아무 말도 하지 않았다.

호텔 밖으로 나가니 따뜻하고 맑게 갠 여름 아침이 나를 맞이했다. 아직 6시도 되기 전이었지만, 콩장루控江路는 이미 보행자와 자전거와 버스 따위로 붐비고 있었다. 시속 10킬로미터밖에는 안 되는 느린 속도로 이들 사이를 헤치고 지나가는, 운전사가 딸린 고급 리무진도 몇 대 눈에 띄었다. 자전거를 탄 사람들 대다수가 회사 로고가 붙은 주황색 작업복을 입고 있었다. 여기서 조금 더 가면 나오는 인텔의 공장에서 야근을 마치고 퇴근한 직원들인 듯했다.

호텔에서 두 블록 떨어진 곳까지 왔을 때 갑자기 다리 힘이 풀리며 주저앉을 뻔했다. 단순한 쇼크의 영향이 아니라, 내가 소름 끼치는 죽음에서 얼마나 아슬아슬하게 벗어났는지를 뒤늦게 깨달은 데서 오는 지연 반응이었다. 침입자의 냉혹한 폭력도 충분히 섬뜩했지만, 그것이 암시하는 소름 끼치는 결론에 비하면 그 정도는 아무것도 아니었다.

인더스트리얼 알제브라사는 거금을 쏟아붓고, 국제법을 어기고, 회사와 관계자들의 장래를 심각한 위험에 빠뜨리면서까지 우리를 쫓고 있었다. 난해하며 순수하게 추상적이어야 할 〈결점〉이 피와 흙, 중역 회의실과 암살자, 권력과 실용주의가 소용돌이치는 세속에 휘말리고 있었다.

그리고 인류가 지금까지 만고불변하다고 굳게 믿어왔던 진리 역시 유사流砂에 빨려 들어가서 소실될 위험에 처해 있었다.

• — •

모든 것은 농담에서 시작되었다. 논쟁을 위한 논쟁. 앨리슨 특유의, 사람을 돌아버리게 만드는 이단적인 논리.

그녀는 이렇게 선언했다. "수학의 정리는 물리적인 계系에 의해 테스트되었을 때만, 또 그 계의 행동이 해당 정리가 참인지 거짓인지의 여부에 의해 결정되는 경우에만 비로소 참이 될 수 있어."

1994년 6월의 어느 날이었다. 한 학기짜리 수학철학 과목의 마지막 강의를 듣고 겨울 햇살 아래로 나온 우리는, 하품을 하고 눈을 껌벅이며 돌이 깔린 작은 안뜰의 벤치에 앉은 참이었다. 수학철학을 택한 것은 힘든 전공 분야에서 잠시나마 벗어나서 한숨 돌린다는 측면이 강했다. 친구들과 점심 약속을 한 시각까지 아직 15분쯤 남아 있었다. 그때 우리가 나눈 대화는 청춘 남녀의 노닥거림에 가까운, 시간 때우기용의 두서없는 잡담에 불과했다. 넓은 세상 어딘가에는 어두컴컴한 성당 지하실에 틀어박힌 채로 연구에 매진하며, 자기가 신봉하는 수학적 진실을 지키기 위해서라면 목숨을 바쳐도 좋다는 미친 학자들이 실제로 존재할지도 모른다. 그러나 당시 우리는 20살의 학부생에 불과했고, 그런 것은 바늘 끝에서 춤추는 천사들 얘기와 별로 다르지 않은 공리공론에 불과하다고 확신하고 있었다.

나는 말했다. "물리적인 계들은 수학을 창조하거나 하진 않아. 그 무엇도 수학을 창조할 수는 없어. 수학은 만고불변하니까 말이야. 설령 전 우주에 단 한 개의 전자밖에 존재하지 않는다고 해도, 정수론整數論 전체는 지금과 완전히 동일할걸."

앨리슨은 콧방귀를 뀌었다. "그야 그렇겠지. **단 한 개의 전자**, 거기 더해서 그걸 집어넣을 시공時空이 성립하려면, 양자역학하고 일반상대성이론 전부가 필요해지니까 말이야. 거기 수반되는 수학적 인프라는 말할 나위도 없고. 양자론적 진공에 떠 있는 단 한 개의 입자를 설명하려면 군론群論의 주요 결론의 반은 동원해야겠고, 그뿐 아니라 함수 해석이나 미분 기하학도…"

"알았어, 알았다고! 무슨 얘기를 하고 싶은지 알겠어. 하지만 그게 사실이라면… 빅뱅 직후의 1피코초[※] 내에 일어난 사건들이, 빅크런치까지 이어지는 물리적 계들이 필요로 하는 수학적 진리를 **하나도 빠짐없이** '구축'했다는 얘기가 되어버려. 그럴 경우에는 일단 만물이론^{※※}을 뒷받침하는 수학을 찾아낼 수만 있다면… 그걸로 만사 오케이 아냐? 그런 식으로 이론들을 모두 통합하면 그만이니까, 그

※   1조분의 1초.
※※   Theory of Everything. 인간이 인지하는 자연계의 네 가지 힘인 전자기력, 약력, 강력, 중력을 통합 기술함으로써 자연법칙을 완전히 설명할 수 있는 가상의 이론이다.

부분만 가능해지면 모든 설명은 이미 다 끝난 거나 마찬가지라고."

"끝난 게 아냐. 만물이론을 특정한 계에 응용하려면 여전히 그 계를 다루기 위한 수학 전체가 필요해지고, 그런 수학은 만물이론 자체가 요구하는 수학의 범위를 훌쩍 뛰어넘는 결과를 포함할 수 있어. 생각해 보라고. 빅뱅 후 150억 년이 흐른 지금, 느닷없이 등장한 누군가에 의해서… 페르마의 마지막 정리* 따위가 증명될 수도 있다는 얘기야." 당시 프린스턴대학의 수학자 앤드루 와일스는 이 유명한 가설의 증명에 성공했다고 선언한 참이었다. 와일스가 제출한 증명의 적절함은 동료 수학자들에 의해 면밀하게 검토되는 중이라서 최종 결론은 아직 안 나온 상태였지만 말이다. "하지만 물리학이 그 전에 그걸 필요로 했던 적은 단 한 번도 없어."

나는 항의했다. "'그 전'이라니, 도대체 뭔 소리를 하는 거야? 페르마의 마지막 정리는 물리학의 그 어떤 분야하고도 관련이 있었던 적이 없었어. 앞으로도 관련이 없을 거고."

앨리슨은 의뭉스러운 웃음을 떠올렸다. "분야 운운할 때야 무관하겠지. 하지만 그건 이 정리에 의해 행동을 규정받는 물리적 계의 클래스가 터무니없을 정도로 한정되어 있기 때문이야. 와일스의 증명을 입증하려고 하는 수학자들의 뇌라는 형태로 말이야.

※　Fermat's last theorem. $n > 2$일 $x^n + y^n = z^n$ 방정식을 만족하는 양의 정수 x, y, z는 존재하지 않는다는 정리. 페르마는 1637년에 "나는 경이로운 방법으로 이 정리를 증명했지만 이 책의 여백이 너무 좁아 여기에 풀이를 적지는 않는다"라고 기록함으로써 수학 역사상 가장 큰 수수께끼 중 하나를 남겼으며, 이 가설은 1995년 2월에 앤드루 와일스에 의해 최종적으로 증명되었다.

생각해 보라고. 설령 수학이 이 우주의 어떤 물체와도 관련이 없을 정도로 '순수'하더라도, 일단 네가 어떤 정리의 증명에 착수한 순간부터 그 수학과 너라는 실제 인물 사이에는 관계성이 생겨나게 돼. 그 정리를 입증하기 위해 넌 모종의 물리적 과정을 선택해야 한다는 뜻이야. 그게 컴퓨터든, 펜하고 종이든, 아니면 그냥 눈을 감고 뇌 속의 신경전달물질을 뒤섞는 일이든 간에 말이야. 물리적 사건에 좌우되지 않는 수학 증명 따위는 존재하지 않아. 그 사건이 네 뇌 안에서 일어났든 밖에서 일어났든 간에, 그 증명이 덜 현실적이 되거나 하는 경우는 없다고."

"거기까진 알겠어." 나는 마지못해 수긍했다. "하지만 그렇다고 해서…"

"그리고 앤드루 와일스의 뇌는, 와일스의 육체와 계산할 때 썼던 메모지는, 페르마의 정리가 참인지 거짓인지의 여부에 의해 그 행동이 결정되는 최초의 물리적 계를 구성했던 건지도 몰라. 하지만 난 인간의 행위가 무슨 특별한 역할을 수행한다고 생각하지는 않아. 만약 150억 년 전에 한 무리의 쿼크※물질이 똑같은 일을 무계획적으로 수행했다고 한다면, 그러니까 순전히 무작위적으로 일어나는 상호작용에 의해 우연히 그 가설을 검토했다고 한다면, 그 쿼크들은 와일스보다 한참 전에 페르마의 마지막 정리를 구축했다고 할 수 있겠지. 우리가 그걸 확인할 방법은 없지만."

나는 한 무리의 쿼크 따위가 페르마의 정리가 아우르는 무한하게

※   물질을 구성하는 기본 입자의 한 종류다.

많은 경우의 수를 도대체 무슨 수로 검토할 수 있었겠냐고 반박하려다가, 퍼뜩 입을 다물었다. 내 반론은 옳았지만, 와일스에게 그것은 장애가 되지 않았기 때문이다. 페르마가 남긴 모호한 가설을, 모든 수에 관한 단순한 일반 법칙들을 포함한 정수론의 공리들로 연결해 준 것은, 유한하게 이어지는 논리적 증명 절차가 아니었던가. 종이에 쓴 연필 글씨든, 뇌내의 신경전달물질이든 간에, 수학자가 유한한 수의 물리적 물체를 유한한 시간 동안 조작함으로써 그런 논리적 절차를 테스트할 수 있었다면, 모든 종류의 물리적 계들 역시 이론상으로는 이 증명의 구조를 모방할 수 있다는 얘기가 된다…. 자기들이 무엇을 '증명'하고 있는지를 의식하는지 의식 못 하는지의 여부와는 상관없이.

　나는 벤치 등받이에 등을 기대고 머리를 쥐어뜯는 시늉을 했다. "난 완고한 플라톤주의자※ 따위였던 적은 없지만, 네 탓에 싫어도 그렇게 되어버릴 것 같아! 페르마의 마지막 정리는 누군가에 의해 증명될 필요가 없고, 무작위적인 쿼크 무리에 의해 우연히 발견될 필요도 없어. 지금 그 정리가 참이라면, 과거에도 언제나 참이었다는 뜻이야. 주어진 공리 집합에서 도출되는 모든 공식은 해당 집합과 논리적으로, 영원무궁하게 연결되어 있어. 설령 그 연결점들이 이 우주의 수명이 다할 때까지 누군가에 의해, 또는 쿼크들에 의해 밝혀지지 않는다고 해도 말이야."

　　※　정수나 허수 따위의 수학적 개념이 플라톤의 이데아 개념과 마찬가지로 시공간을 초월해서 실존한다고 보는 입장을 의미한다. 관념론자.

앨리슨은 내 주장을 아예 받아들일 생각이 없었다. **영원무궁한** 진리 어쩌고 하는 말이 나올 때마다 그녀는 입가에 희미한 미소를 떠올렸다. 마치 산타클로스는 정말로 존재한다고 떼를 쓰는 어린애를 어르는 듯이. "그렇다면 도대체 누가, 혹은 무엇이 '⟨0⟩이라는 정수가 존재한다'라든지, '모든 X에는 그다음 수가 있다' 운운하는 기본 정리들의 귀결을, 페르마의 정리나 그 너머의 정리들이 나올 수 있을 때까지 밀어붙인 거야? 우주가 그중 하나라도 테스트해 볼 기회를 갖기 전에?"

나는 물러서지 않았다. "논리에 의해 연결된 것은 그냥… 연결되어 있는 거야. 그걸 위해 딱히 어떤 사건이 일어날 필요는 없어. 어떤 정리의 논리적인 귀결은, 누군가가, 또는 무엇인가가 그걸 '밀어붙인' 뒤에야 비로소 존재할 수 있는 게 아니라고. 설마 빅뱅 직후 일어난 최초의 사건들, 이를테면 쿼크와 글루온※으로 이루어진 플라스마의 격렬한 진동 따위가, 잠깐 하던 일을 멈추고 논리적 공백을 채워 넣었다고 주장하려는 거야? 쿼크들은 말했다. 흠, 우린 A와 B와 C까지 증명했지만 D는 증명하면 안 돼. 왜냐하면 D는 지금까지 우리가 '발명'한 다른 수학들과는 논리적으로 모순되거든… 그 모순을 기술하려면 50만 쪽의 증명이 필요하겠지만. 뭐 이런 얘긴가?"

앨리슨은 내가 한 말을 곰곰이 생각해 보는 기색이었다. "아니. 하지만 그럼에도 불구하고 D라는 사건이 실제로 일어났다면? 사건 D에서 도출되는 수학은 사건 A, B, C에서 도출되는 나머지 수학들과

※ 쿼크들의 상호작용을 매개하는 입자이자 접착자.

는 논리적으로 모순되지만, 당시 그런 불일치가 존재한다는 걸 계산해 내기엔 우주가 너무 어렸던 탓에 D가 그냥 일어나 버렸다면?"

나는 아연실색한 얼굴로 입을 벌린 채로 10초쯤 앨리슨을 응시했던 것 같다. 지난 2년 반 동안 수학을 전공하며 함께 정통 이론들을 함께 배워온 입장에서, 그녀의 주장은 단순한 가설 제기를 넘어선 폭거에 가까웠다.

"그렇다면… 수학 자체에 모순으로 이어지는 원초적인 결점들이 산재해 있을지도 모른다는 거야? 우주에 우주끈이 널려 있다는 이론처럼?"

"바로 그거야." 앨리슨은 짐짓 태연한 표정으로 내 시선을 맞받아 쳤다. "시공이 모든 곳에서 매끄럽게 이어져 있지 않은 것이 사실이라면, 수학 논리라고 해서 그러지 말라는 법은 없잖아?"

숨이 턱 막힐 지경이었다. "도대체 어디서부터 반박해야 할지 모르겠군. 그럼 지금 어떤 물리적 계가 그런 〈결점〉을 가로질러서 정리들을 연결하려고 하면 어떤 일이 일어나지? 만약 D 정리가 어떤 극성스러운 쿼크들에 의해 '참'이 되어버렸다면, 그게 거짓임을 입증하라고 컴퓨터를 프로그래밍할 경우 어떤 일이 일어날 거라고 생각해? 컴퓨터의 소프트웨어가 쿼크들 역시 참이라고 한 A와 B와 C를 잇는 논리적 단계들을 모두 실행한 끝에, 모순점에 해당하는 그 무시무시한 비非D에 도달했다고 가정해 봐. 그렇다면 컴퓨터는 입증에 성공한 거야, 실패한 거야?"

앨리슨은 내 질문에 직답하는 것을 피했다. "D와 비D 양쪽 모두 참이라고 가정해 봐. 마치 수학이 종언을 맞은 것처럼 들리지 않아? 시스템 전체가 순간적으로 와해돼 버릴 수 있어. D와 비D를 함께 쓰면 뭐든 원하는 대로 증명할 수 있으니까 말이야. 1과 0은 같고, 밤과 낮도 같다는 식으로. 하지만 그건 논리가 빛보다 빨리 움직이고, 계산 역시 전혀 시간을 먹지 않는다는 식의 관념론적 헛소리에 불과해. 학자들은 오메가-모순 이론도 그럭저럭 받아들이고 있잖아. 안 그래?"

오메가-모순 정수론이란 서로 '거의' 모순되는 공리들에 기반한 산술의 비표준적 버전이며, 그 소소한 미덕은 문제의 모순이 오직 '무한하게 긴 증명들'—일단 물리적으로 불가능하다는 것은 차치하더라도, 이 개념은 형식적으로도 각하된다—에서만 나타날 수 있다는 점이다. 이것은 완벽하게 정상적인 현대 수학의 범주에 포함되지만, 앨리슨은 '무한하게 긴 증명'을 그냥 '긴 증명'으로 치환할 작정인 듯 했다. 마치 현실적으로 그런 차이는 거의 문제가 되지 않는다는 듯이.

나는 말했다. "내 말이 맞는지 확인해 줘. 직관에 반하는 괴상한 공리 따위가 아닌, 10살 먹은 초등학생도 참인 걸 아는 보통 산수를 써서, 유한한 수의 단계를 밟아서 모순의 존재를 증명할 수 있다고 주장하고 싶은 거야?"

앨리슨은 쾌활한 표정으로 고개를 끄덕였다. "유한하긴 하지만, 큰 수야. 따라서 모순이 물리적으로 시현하는 경우는 극히 드물어. 그 모순은 일상적인 계산이나 일상적인 사건들과는 '계산적으로 멀리 떨어져' 있으니까 말이야. 이를테면, 우주끈이 광활한 우주 어딘가에 한 개 있다고 해서, 우주 전체가 파괴되는 건 아니잖아? 그런 건 누구에게도 해가 안 돼."

나는 허탈한 웃음소리를 냈다. "너무 가까이 다가가지 않는다면야 물론 해가 안 되지. 태양계로 끌고 와서 행성들을 마구 썰게 내버려 둔다면 얘기는 달라지지만."

"바로 그거야."

나는 손목시계를 흘끗 보았다. "지구로 복귀할 때가 됐군. 줄리아하고 라메시가 오는 거 알지?"

앨리슨은 과장되게 한숨을 쉬어 보였다. "알아. 안다고. 점심 먹으면서 이런 얘길 하면 걔네들이 엄청 따분해할 거라는 걸. 알았어, 여기까지만 하겠어. 약속할게." 그러면서 심술궂게 이렇게 덧붙였다. "인문계 애들은 정말이지 시야가 좁은 것 같지 않아?"

우리는 녹음이 우거진 조용한 캠퍼스를 가로질렀다. 앨리슨은 약속을 지켰고, 우리는 말없이 걸었다. 도착하기 직전까지 토론을 이어 갔다면, 얌전한 친구들과 합류한 뒤에도 입이 근질거려 고생했을 게 뻔하니 현명한 선택이었다.

그러나 학생 식당까지 반쯤 왔을 때 나는 참지 못하고 말했다.

"만약 누군가가 정말로 〈결점〉을 가로지르는 일련의 추론을 실행하도록 컴퓨터를 프로그래밍했다면, 넌 무슨 일이 일어날 거라고 생각해? 단순하고 신뢰할 수 있는 논리적 증명 단계들을 빠짐없이 거친 최종 결과가 컴퓨터 화면에 떠올랐을 때, 싸움에서 이기는 건 어느 원초적 쿼크들의 집합일까? 미리 말해두는데, 그 순간 컴퓨터가 통째로 사라져 버린다는 식의 편의주의적인 대답 따위는 사절이야."

앨리슨은 마침내 놀리는 듯한 미소를 떠올렸다. "브루노, 현실을 직시하라고. 그 결과를 예측하기 위한 수학 자체가 아직 존재하지도 않는 마당에, 내가 어떻게 그런 질문에 대답할 수 있겠어? 내가 뭐라고 대답하든 간에 그건 참도, 거짓도 될 수 없어. 누군가가 실제로 그걸 실험해 보기 전까지는 말이야."

• — •

나는 다음 날 대부분 시간을 호텔 밖에 잠복하고 있을지도 모르는 그 아마추어 외과의사의 동료(또는 라이벌)에게 미행당하고 있지 않다는 사실을 확인하기 위해 썼다. 존재할지도 모르고 존재 안 할지도 모르는 미행자를 떼어놓는다는 행위에는 어딘가 카프카적인 불온함이 서려 있었다. 군중 속에서 딱히 아는 얼굴을 찾는 것이 아니라, 단지 미행자라는 추상적인 개념을 찾는 행위였기 때문이다. 한족 중국인처럼 보이도록 성형수술을 받는다는 안을 실행하기에는 너무 늦었다. 베트남에서 앨리슨은 나더러 그러라고 진지하게 제안했지만, 상하이에는 100만 명이 넘는 외국인이 살고 있기 때문에 영어권 국가에서 온 이탈리아계 백인조차도 행적을 감추는 것은 어렵지 않을 거라고 생각했던 것이다.

내게 실제로 그럴 능력이 있는지는 별개의 문제였지만 말이다.

나는 개미처럼 열을 지어 움직이는 관광객들 사이에 끼어들어 가장 저항이 적은 경로를 따라 움직였다. 발 디딜 틈도 없을 정도로 붐비는 위위안豫園 시장(10센트짜리 시계형 PC와 사용자의 기분에 맞춰 색깔이 바뀌는 콘택트렌즈, 노래방용 최신형 성대 임플란트 따위가 잔뜩 들어찬 진열장들 옆에 살아 있는 오리와 비둘기가 들어 있는 대나무 새장이 놓여 있는)을 거쳐 쑨원孫文※이 거주하던(현재 봉황TV에서 인기리에 방영 중인 미니시리즈의 인기에 힘입어 개인숭배가 부활하고 있는 탓에, 족히 1만 대에 달하는 버스와 그 열 배에 달하는 티셔츠에서 그의 광고를 볼 수 있다) 저택 앞으로 온다. 루쉰魯迅※※의 무덤('언제나 사색하고 공부하라… 장군들을 음미하고, 그런 다음 그 희생자들을 음미하라… 그리고 열린 눈으로 시대의 현실을 직시하라'라고 설파했던 이 작가가 황금 시간대의 드라마 주인공으로 발탁될 가능성은 없어 보인다)을 지나, 맥도날드 홍커우虹口점(여기서는 언제나 플라스틱제의 조그만 앤디 워홀 인형을 나눠주는데, 그 이유가 무엇인지 내 상식으로는 헤아리기 힘들었다)에 들른다.

관광 명소들을 누비며 한가하게 윈도쇼핑을 하는 시늉을 하면서도, 아무리 말동무가 그리운 서양인도 접근할 엄두를 내지 못할 정도로 가시 돋친 분위기를 발산하는 것을 잊지 않았다. 시내 대부분 지역에서 외국인은 흔하게 볼 수 있었지만, 여기서는 멀미가 날 정도로 바글바글했고, 나는 그 누구의 인상에도 남지 않고 풍경에 녹아들 수 있도록 최선을 다했다.

※　중국의 혁명가. 중국국민당 창시자.
※※　『아큐정전』과 『광인일기』 등을 쓴 근현대 중국 문학의 아버지.

도중에 혹시 앨리슨이 내게 메시지를 남겨두지 않았는지 확인해 보았지만 아무것도 발견하지 못했다. 나 자신은 버스 정류장이나 공원의 벤치 따위에 분필로 조그만 추상적 기호를 다섯 번 남겨놓았다. 이것들은 모두 조금씩 달랐지만, 모두 같은 메시지를 전하고 있었다. 위기일발. 하지만 지금은 무사함. 계속 이동 중.

초저녁이 될 무렵에는 가상의 미행자를 따돌리기 위한 모든 수단을 실행에 옮겼기 때문에 기록해 놓지는 않았지만 그녀와 미리 합의해 둔 목록에 있는 다음 호텔로 갔다. 하노이에서 마지막으로 얼굴을 맞대고 만났을 때, 나는 앨리슨의 그런 주도면밀한 준비를 농담거리로 삼았던 적이 있다. 그러나 지금은 좀 더 극단적인 상황까지 포함할 수 있도록 비밀 암호를 늘리자고 간원하지 않은 것이 후회된다. 치명상을 입음. 고문을 받고 너를 배신함. 현실이 붕괴하는 중. 그것만 빼면 양호. 이런 식으로 말이다.

후이하이중루淮海中路에 위치한 호텔은 지난번 호텔보다는 격이 높았지만, 현금 결제를 거부할 정도로 고급스럽지는 않았다. 프런트 직원과 의례적인 잡담을 나누면서, 나는 최대한 자연스럽게 들리도록 노력하며, 1주 동안 관광을 하고 베이징으로 갈 예정이라는 거짓말을 했다. 벨보이는 내가 팁을 너무 많이 주자 히죽였다. 그런 다음 나는 5분 동안 침대에 앉아 그 웃음의 의미에 대해 고민했다.

나는 균형감각을 되찾으려고 악전고투하는 중이었다.

인더스트리얼 알제브라는 우리를 찾아내기 위해 상하이의 모든 호텔 직원들을 매수했을 가능성도 있다. 그러나 이런 생각은, 이론상 그들은 12년에 걸친 〈결점〉을 찾아내기 위한 우리의 연구를 통째로 복제할 수 있으므로, 굳이 우리를 추적하려고 하지는 않을 것이라는 논리와 별반 차이가 없었다. 우리가 가진 것을 그들이 절실하게 원하고 있다는 점에는 의심의 여지가 없었지만, 그걸 가지고 실제로 뭘 할 수 있단 말인가? 머천트뱅크®로 그걸 가지고 가서(아니면 마피아나 삼합회라도 좋다) 자금화하기라도 할 생각일까? 내가 운반 중인 화물이, 유실된 플루토늄 1킬로그램이라든지, 귀중한 유전자 서열 데이터 따위라면 가능했을지도 모르지만, 문제의 〈결점〉이 무엇인지를 이론상으로나마 이해할 수 있는 사람은 이 지구상에 고작 몇십만 명밖에는 없을 터다. 그중에서도 그런 것이 정말로 존재할 거라고 믿어줄 사람은 소수일 것이고, 하물며 그걸 악용하기 위한 사업에 투자할 수 있을 정도로 부유한 동시에 비도덕적인 사람은 극소수일 것이 뻔하다.

이 게임에 걸린 판돈은 무한할 정도로 높지만, 그렇다고 해서 참가자들이 전능하다는 얘기는 아니다.

아직은.

나는 붕대 대용으로 팔을 싸맸던 양말을 손수건으로 교체했다. 절개 부위가 예상외로 깊었던 탓에 아직도 피가 조금씩 스며 나오고 있었다. 나는 호텔에서 나왔고, 걸어서 불과 10분 거리에 위치한 24시간 영업 잡화점에서 내가 필요로 하는 물건을 찾아냈다. 콜라겐 기반의 의료용 접착제와 소독제와 성장인자가 혼합된 외과용 조직 재생 크림이었다. 그렇다고 해서 잡화점이 약국을 겸하고 있었다는 얘

※   어음 회수나 채권 업무를 주로 다루는 투자 은행의 일종.

긴 아니다. 결코 깜빡이지 않는 푸르스름한 빛을 발하는 천장 패널들 아래로 끝없이 이어지는 진열대에는 서로 관련이 없는 이런저런 잡화들이 잔뜩 쌓여 있었고, 조직 재생 크림은 그런 상품 중 하나였다. 통조림, 폴리염화비닐제의 배관 설비, 한약재, 쥐 피임약, 비디오 ROM. 이곳은 그야말로 잡동사니의 보고였고, 거의 유기적인 다양성을 띠고 있었다. 마치 모든 상품이 우연히 진열대로 날아와서 정착한 포자에서 절로 자라나기라도 한 듯한 느낌마저 준다.

여전히 발 디딜 틈 없는 인파를 헤치고 다시 호텔을 향했다. 사방팔방에서 풍겨 오는 음식 냄새에 반은 솔깃하면서도 반은 역겨움을 느끼고, 끝없이 이어지는 홀로그램들과 내가 거의 이해하지 못하는 언어로 쓰인 네온사인들 탓에 현기증에 시달린다. 소음과 눅눅한 날씨에 못 이겨 녹초가 된 상태로 15분쯤 걷다가, 길을 잃었다는 사실을 깨달았다.

길모퉁이서 멈춰 서서 현재 위치를 파악해 보려고 했다. 사방으로 뻗어 나가는 상하이의 거리는 조밀하고 풍성했으며, 관능적이고 무자비했다. 자기 조직화를 거듭한 끝에 파탄하기 직전인 진화론적 경제 시뮬레이션. 상거래의 정글. 인구 1,600만 명에 달하는 이 대도시가 보유한 각종 산업과 수출입 업체, 도소매 업자, 무역상, 재판매 업자, 폐품 수집상, 억만장자, 거지들의 수는 지구상의 그 어떤 국가보다도 많다.

컴퓨터의 연산 능력에 이르러서는 말할 나위도 없다.

중국이라는 나라 자체는 가혹한 전체주의적 공산주의에서 가혹한 전체주의적 자본주의로 넘어가는 몇십 년에 걸친 이행 과정의 끄트머리에 와 있었다. 마오쩌둥에서 피노체트*적 체제로의 완만하고 매끄러운 변신은 무역 상대국들과 국제 금융 회사들의 열렬한 박수 갈채를 받았다. 이 목표를 달성하기 위해 중국은 거창한 반反혁명 따위를 시작할 필요조차 없었다. 단지 주의 깊게 고안된 조리 정연한 신어**를 층층이 쌓아 올림으로써 과거의 공산주의 경제 교리를 넘어설 수 있는 길을 닦고, 실은 사유재산과 부유한 중산계급과 몇조 달러에 달하는 해외 자본 유치야말로 당의 변함없는 목표였다는, 놀랄 정도로 명약관화한 결론을 인민에게 제시해 보이는 것만으로 족했다.

본질적으로 경찰국가라는 점은 예나 지금이나 마찬가지였다. 임금 인상이라는 타락한 부르주아적 사고에 오염된 노동조합원들이나, 부패와 연고주의를 고발하겠다는 반혁명적인 생각에 사로잡힌 언론인들, 자유선거라는 환상에 관해 불온한 정치 선전을 퍼뜨리고 다니는 반체제 활동가들은 모두 손을 봐줄 필요가 있었다.

어떤 의미에서는 루미너스 역시 무수하게 많은 작고 단계적인 변화를 거쳐 이루어진, 공산주의에서 비非공산주의로의 기묘한 이행 과정의 산물이라고 할 수 있을 것이다. 이곳을 제외하면 그 누구도, 미국의 방위 산업조차도, 이토록 큰 연산 능력을 가진 단일 컴퓨터를 보유한 곳은 없었다. 그 밖의 다른 나라들은 이미 오래전에 네트워크

※　20세기 칠레의 대통령. 독재자. 군사 쿠데타로 민주 정권을 무너뜨린 후 수많은 국민을 학살하거나 불법 감금했고, 신자유주의에 입각한 권위주의적이고 강압적인 경제 정책을 펼쳤다.
※※　Newspeak. 조지 오웰의 디스토피아 소설 『1984』에 등장하는, 사상 통제를 위해 고안된 인공 언어를 뜻한다.

화의 물결에 굴복했고, 복잡한 아키텍처에 특수한 칩들을 사용해야 했던 거추장스러운 슈퍼컴퓨터들을 대량생산된 최신형 워크스테이션 몇백 대로 대체했다. 사실, 21세기의 가장 큰 컴퓨팅 업적들 모두가 몇천에서 몇만 명에 달하는 지원자들이 인터넷 경유로 제공한 컴퓨터 CPU의 유휴 시간을 빌려 분산처리하는 방식으로 이루어졌다. 애당초 앨리슨과 내가 예의 〈결점〉을 매핑할 수 있었던 것도 바로 그 덕택이다. 7,000명의 아마추어 수학자들이, 12년에 걸쳐 우리와 그 농담을 공유했던 것이다.

그러나 네트워크는 지금 우리가 필요로 하는 것의 대척점에 있었고, 그것을 대신할 수 있는 것은 오직 루미너스뿐이었다. 루미너스의 건조 자금을 댈 수 있었던 것은 중화인민공화국밖에 없었고, 그것을 제조할 수 있었던 곳은 〈인민 선진광학기술 연구소〉뿐이었으며, 그 사용 시간을 외부 세계에 팔 수 있는 회사는 상하이의 QIPS※사뿐이었다. 루미너스는 지금도 여전히 수소폭탄 충격파의 모의실험이라든지 무인 제트기나 최첨단 대對위성 병기의 설계 따위에 쓰이고 있었지만 말이다.

나는 가까스로 도로 표지판들을 해독한 끝에 내가 왜 길을 잃었는지 깨달았다. 잡화점에서 나오면서 엉뚱한 방향으로 걷기 시작했던 것이다. 그뿐이었다.

나는 왔던 길로 되돌아가기 시작했고, 곧 낯익은 지역으로 돌아왔다.

※ QIP는 양자 대화형 다항 시간을 뜻하는 'Quantum Interactive Polynominal time'의 약자다.

•━•

호텔 방문을 열자 앨리슨이 침대에 앉아 있었다.

나는 말했다. "이 도시엔 제대로 된 자물쇠가 하나도 없는 건가?"

우리는 짧게 포옹했다. 과거에는 연인 사이였던 적도 있지만 그 관계는 이미 오래전에 끝났고, 그 이후로는 줄곧 친구로 지내왔다. 여기서 친구가 정확한 표현인지는 모르겠지만 말이다. 우리 사이의 관계는 너무나도 기능적이고, 스파르타적이었기 때문이다. 이제는 모든 것이 〈결점〉을 중심으로 움직이고 있는 것이나 마찬가지였다.

앨리슨이 말했다. "메시지를 봤어. 무슨 일이 일어난 거야?"

나는 오전에 일어났던 일들을 설명했다.

"그때 어떻게 행동했어야 하는지 알고 있어?"

뼈아픈 지적이었다. "여기 멀쩡하게 와 있잖아? 화물도 안전하고."

"브루노, 당신은 그 여자를 죽였어야 했어."

나는 웃었다. 앨리슨은 차분하게 나를 응시했을 뿐이었다. 나는 고개를 돌렸다. 그녀가 진심인지 알 수 없었고, 알고 싶지도 않았기 때문이다.

앨리슨은 내가 조직 재생 크림을 바르는 것을 도와주었다. 내 몸의 독은 그녀에게는 위협이 되지 않는다. 우리 두 사람 모두 하노이에서 동일한 특수 군체에서 입수한 동일 유전자형을 가진 완전히 똑같은 공생체를 체내에 설치했기 때문이다. 그러나 내 찢어진 살갗에 그녀의 맨 손가락이 닿으니 묘한 기분이었다. 그녀를 제외하면, 지구상

루미너스

의 그 누구도 나를 이런 식으로 맘대로 만지지는 못하기 때문이다.

섹스를 하는 경우도 마찬가지지만, 그것에 관해서는 깊이 생각하고 싶지 않았다.

내가 재킷을 걸쳤을 때 그녀가 말했다. "내일 오전 5시에 우리가 뭘 하고 있을지 맞혀봐."

"그건 간단해. 난 헬싱키로 날아가고, 당신은 케이프타운으로 날아가는 식으로 자취를 감추자는 거지?"

이 말에 그녀는 희미한 미소를 떠올렸다. "틀렸어. 내일 우리는 연구소에서 위언 교수를 만나서, 반 시간 동안 루미너스를 쓸 거야."

"당신 정말 최고야." 나는 고개를 수그리고 그녀의 이마에 입을 맞췄다. "당신이 해내리라는 건 언제나 알고 있었지만 말이야."

나는 이 낭보에 크게 소리 지르고 기뻐 날뛰어야 마땅했지만 사실을 말하자면 울렁증만 더 심해졌을 뿐이었다. 수갑으로 침대에 묶인 채로 깨어났을 때만큼이나 궁지에 몰린 기분이다. 루미너스에 결국 액세스할 수 없었다면(현 시세를 따른다면 우리가 가진 돈으로는 단 1마이크로초도 대여할 수 없었다) 우리는 모든 데이터를 파괴하고 모든 걸 운에 맡기는 수밖에 없었을 것이다. 인더스트리얼 알제브라가 인터넷상에서 이루어진 본래의 연산의 파편 몇천 개쯤을 회수하는 데 성공했다는 점에는 의심의 여지가 없었다. 그러나 그들이 우리가 뭘 찾아냈는지를 정확히 알고 있다 하더라도, 어디서 그것을 찾았는지를 아직 모른다는 점은 명백했다. 설령 자체 인력으로 마구잡이식의 〈결점〉 탐색을 시작한다고 해도, 기밀 유지를 위해 외부와 단절된 하드웨어만 써야 하는 탓에 결과를 얻으려면 족히 몇 세기는 걸릴 것이다.

그러나 지금 와서 우리 계획을 포기하고 모든 것을 운에 맡긴다는 것은 논외였다. 결국은 〈결점〉과 직접 대면하는 수밖에 없었다.

"교수한테는 어디까지 얘기했어?"

"전부." 앨리슨은 세면대 앞으로 가서 셔츠를 벗더니 타월로 목과 몸의 땀을 닦기 시작했다. "맵 자체는 건네지 않았지만, 탐색 알고리즘하고 그걸 써서 찾은 결과를 보여줬고, 루미너스로 돌릴 필요가 있는 프로그램들을 모두 보냈어. 구체적인 매개변수 값은 모두 지워놓았지만, 테크닉 자체의 유용성을 입증하기에 충분한 정보를 말이야. 물론 교수는 〈결점〉의 직접적인 증거를 보고 싶어 했지만, 그건 거부했어."

"그랬더니 어디까지 믿어줬어?"

"판단을 유보하더군. 그래서 아무 방해도 받지 않고 반 시간 동안 루미너스에 액세스할 수 있게 해주겠대. 단, 자기도 옆에서 모든 걸 관찰하고 있겠다는 조건으로."

나는 고개를 끄덕였다. 내 의견에 따라 상황이 달라지는 것도 아니고, 무슨 선택의 여지가 있었던 것도 아니지만 말이다. 위언 팅푸는 앨리슨이 1990년대 후반에 상하이의 푸단復旦대학에서 환론環論의 고등 응용에 관한 논문으로 박사 학위를 땄을 때의 지도 교수였다. 현재 그는 암호 이론의 세계적인 권위자 중 한 사람이었고, 군과 보안 회사와 10여 개의 국제 기업들의 고문을 맡고 있었다. 예전에 앨리슨에게 들은 얘기인데, 위언 교수가 두 개의 소수素數의 곱을 인수분해하는 다항식-시간 알고리즘을 발견했다는 소문이 돌았다고 한다. 발

루미너스

견 사실이 공식적으로 확인된 적은 없지만, 교수의 명성이 워낙 하늘을 찔렀던 탓에 그런 소문이 퍼지자마자 전 세계에서 옛 RSA 암호화 방식을 쓰는 사람들이 거의 사라졌다고 한다. 따라서 그가 요청하기만 하면 얼마든지 루미너스를 쓸 수 있는 것은 당연했다. 그러나 위언 교수가 적절하지 못한 이유로 적절하지 못한 사람들에게 루미너스를 쓰게 했다는 사실이 당국에게 들통날 경우, 그조차도 20년 금고형에 처해지지 않는다는 보장은 없다.

나는 말했다. "그럼 교수를 믿는 거야? 지금은 〈결점〉의 존재를 믿지 않을지도 모르지만, 일단 그것이 존재한다는 걸 확신한다면…"

"우리가 원하는 것과 똑같은 걸 원할 거야. 확실해."

"알았어. 하지만 IA*에게 감시당하고 있지 않은 건 확실해? 우리가 여기 온 이유를 마침내 알아내서, 누군가를 매수했다면…"

앨리슨은 조급하게 내 말을 가로막았다. "이 도시에서도 아직은 돈으로 살 수 없는 게 몇 개 있어. 루미너스 같은 군용 컴퓨터를 몰래 훔쳐본다는 건 자살 행위야. 그런 위험을 무릅쓸 사람은 없어."

"군용 컴퓨터에서 허가받지 않은 프로젝트를 돌리는 걸 몰래 훔쳐본다면? 그걸 고해 바친다면 훔쳐본 죄도 상쇄되고, 영웅 취급을 받을 수 있지 않을까."

앨리슨은 반라 상태로 내게 다가오며 내 타월로 얼굴을 닦았다. "그런 일이 안 일어나기를 빌자고."

나는 갑자기 웃음을 터뜨렸다. "루미너스의 어떤 부분을 내가 좋

❖　인더스트리얼 알제브라의 약칭이다.

아하는지 알아? 엑손이나 맥도널-더글러스사에게 그걸 빌려주더라
도, 인민해방군이 쓴 것과 동일한 기계를 빌려주는 게 아니라는 점이
야. 컴퓨터 전체가 전원을 끌 때마다 아예 사라져 버리니까 말이야.
그런 맥락에서 본다면, 모순은 아예 없다고 할 수 있겠지."

• — •

앨리슨은 교대로 경비를 설 것을 고집했다. 24시간 전이었다면 나
는 코웃음을 치고 농담으로 받아들였을 것이다. 그러나 지금은 그녀
가 건네준 리볼버 권총을 마지못해 받아들었고, 네온 빛으로 희미하
게 물든 어두운 방에서 앨리슨이 그대로 곯아떨어진 뒤에도 의자에
앉아 문을 지켜보고 있었다.

저녁 시간 동안 호텔은 거의 조용했지만, 밤이 된 지금은 일약 활
기를 띠기 시작했다. 5분 간격으로 밖의 복도를 지나는 발소리가 들
렸고, 벽 안에서는 쥐들이 먹이를 찾아다니고, 교미하고, 아마 새끼를
낳는 듯한 소리가 들렸다. 멀리서는 흐느끼는 듯한 경찰차의 사이렌
소리가 들렸고, 창문 아래의 인도에서는 남녀 커플이 서로에게 악을
쓰고 있다. 상하이는 이제 세계 최악의 살인 도시가 되었다는 얘기를
어딘가에서 읽은 적이 있는데, 그건 인구 비율 기준일까, 아니면 희생
자의 절대수 기준으로 그렇다는 뜻일까?

1시간이 흘렀지만, 내 발을 스스로 날려버리지 않은 게 기적일 정

　　　　　　　　　　　　　　　　　　　루미너스

도로 신경이 곤두서 있었다. 결국 나는 권총에서 총알을 모두 빼냈고, 빈 권총으로 러시안룰렛을 하며 시간을 때웠다. 지금까지 일어난 모든 일에도 불구하고, 수론의 공리 따위를 방어하기 위해서 누군가의 머리통을 날려버릴 각오는 여전히 되어 있지 않았기 때문이다.

• — •

처음 우리에게 접촉해 왔을 때, 인더스트리얼 알제브라의 태도는 나무랄 데 없이 정중했다. 영국에 본사를 두고 산업 및 군용 목적으로 특화된 고성능 연산 하드웨어를 제조하는 작지만 매우 적극적인 기업이었다. 그들이 우리의 탐색 얘기를 들었던 것은 전혀 놀랄 일이 아니었다. 이 얘기는 이미 몇 년 동안이나 인터넷상에서 공개적으로 토론되었고, 진지한 수학 학술지에서조차도 농담 삼아 거론되었을 정도이니까 말이다. 그러나 그들이 접촉해 온 것이 취리히에 있던 앨리슨이 가장 최근의 '유망한' 결과에 관해 언급한 사적인 메시지를 내게 보낸 지 불과 며칠 뒤의 일이라는 점은 우연치고는 묘하게 느껴졌다. 드디어 〈결점〉을 발견했다는 반 다스에 달하는 거짓 경보를—모두 소프트웨어나 하드웨어의 오류에서 비롯된 것이었지만—울린 뒤로, 우리는 일반 대중뿐만 아니라 이 프로젝트를 위해 자기 컴퓨터의 런타임을 기부해 준 사람들에게 아직 확인되지 않은 모든 발견을 공표하는 일을 그만두었다. 한 번만 더 늑대 소년이 된다면, 협력자들의 반수는 짜증을 내고 프로젝트에서 아예 탈퇴할 수도 있다고 우려했기 때문이다.

인더스트리얼 알제브라는 회사 전용 컴퓨터망의 연산 능력의 상당히 큰 조각을 우리에게 공짜로 제공하겠다고 제안했다. 이것은 종래의 그 어떤 기부자와 비교하더라도 몇 자릿수는 큰 양이었다. 왜 그런 제안을? 그들의 대답은 자꾸 바뀌었다. 순수 수학에 대해 깊은 존경심을 품고 있어서⋯ 순수한 동심으로 돌아가서 삶을 즐기고 싶으니까⋯ SETI⁕가 블루칩 투자로 여겨질 정도로 황당하고 힙하며 성공 불가능해 보이는 프로젝트를 지원하는 쿨한 회사로 보이고 싶어서⋯. 급기야 그들은 자기들이 제조한 정말 좋은 스마트폭탄들을 몇몇 나쁜 정부들이 악용한 탓에 몇 년 동안이나 악화일로를 걷고 있는 기업 이미지를 개선하기 위한 필사의 노력이라는 '고백'을 하기까지 했다.

우리는 정중하게 그들의 제안을 거절했다. 그러자 그들은 우리에게 고액의 보수를 받는 고문 자리를 주겠다고 제안했다. 어안이 벙벙해진 우리는 인터넷에 의존한 계산을 모두 중지하고, 우리 사이에 오고 가는 이메일을 앨리슨이 위언 교수에게 배운 단순하지만 매우 효과적인 알고리즘으로 암호화하기 시작했다.

앨리슨은 현재 살고 있는 취리히의 자택에 있는 그녀의 개인 워크스테이션으로 탐색 결과를 조합하고 있었고, 그동안 나는 시드니에서 잡무를 맡아 처리하고 있었다. 인더스트리얼 알제브라가 앨리슨에게 보내지는 데이터를 훔쳐보고 있었다는 사실에는 의심의 여지가

⁕ 외계 지적 생명 탐사(Search for Extra-Terrestrial Intelligence) 프로젝트의 약자다.

없지만, 자력으로 맵을 작성하기에는 그들의 출발 자체가 너무 늦었다는 점은 명백했다. 계산 결과의 조각들은 개별적으로는 거의 의미가 없기 때문이다. 그러나 앨리슨의 워크스테이션이 도둑맞는 사태가 발생하자(모든 파일은 암호화되어 있었기 때문에 그들은 결국 아무것도 알아내지 못했을 것이다) 우리는 마침내 이렇게 자문하지 않을 수가 없었다. 만약 〈결점〉이 진짜로 존재하고 농담은 농담이 아니었다면… 그것에는 도대체 무엇의 성패가 걸려 있는 것일까? 혹은 얼마나 많은 돈이? 얼마나 많은 권력이?

2006년 6월 7일, 우리는 하노이의 무덥고 인파로 붐비는 어떤 광장에서 접선했다. 앨리슨은 시간을 낭비하지 않았다. 그녀는 도난당한 워크스테이션에 들어 있던 데이터를 백업한 노트패드를 가지고 있었고, 이번에 찾은 〈결점〉은 진짜라고 엄숙하게 선언했다.

인터넷상에서 수행된 수학 명제 공간을 향한 길고 무작위적인 저인망식 탐색을 노트패드의 조그만 프로세서로 재현하려면 몇 세기나 걸렸겠지만, 관련 계산들이 무엇인지 직접 지정해 주기만 한다면 불과 몇 분 만에 〈결점〉의 존재를 확인해 줄 수 있었다.

이 과정은 명제 S$^{※}$로 시작되었다. 명제 S는 임의의 엄청나게 큰 수들에 관한 주장이었는데, 딱히 수학적으로 복잡하다거나 논쟁을 초래하는 종류의 주장은 아니었다. 무한집합에 관한 주장도 없었고, '모든 정수'에 관한 참의 명제 따위도 없었다. 명제 S는 단지 어떤 (아주

※ 참 또는 거짓인 명제(statement)를 의미하며, 참인 명제를 의미하는 'proposition'과는 구별된다.

큰) 범자연수[*]에 대해 행해진 모종의 (복잡한) 계산이 어떤 결과로 이어진다고 서술할 뿐이다. 본질적으로 말해서, 이를테면 '5+3=4×2' 같은 명제와 다르지 않았던 것이다. 펜과 종이를 가지고 계산했다면 10년은 걸릴지도 모르지만, 초등학교 수준의 산수와 엄청난 인내력만 있으면 완수할 수 있는 작업이다. 이런 식의 명제는 증명 불능이 아니며, 무조건 참 아니면 거짓이다.

노트패드는 명제 S가 참의 명제라는 결론을 내렸다.

그런 다음 노트패드는 명제 S를 써서 계산을 시작했고… 423개의 단순하고 완벽하게 논리적인 단계를 거쳐 S는 비非S임을 증명했다.

나는 내 노트패드에서 다른 소프트웨어 패키지를 써서 같은 계산을 해보았다. 결과는 처음 것과 완전히 동일했다. 나는 노트패드의 스크린을 응시하며 각기 다른 프로그램을 사용하는 두 대의 컴퓨터가 어떻게 똑같은 실수를 할 수 있었는지에 대해 그럴듯한 이유를 지어내 보려고 했다. 컴퓨터공학 교과서에 잘못 인쇄되어 있던 알고리즘 하나가 몇백에서 몇천 개에 달하는 불량 프로그램을 만들어 낸 과거 실례가 있는 것은 사실이다. 그러나 방금 실행한 계산은 너무나도 단순하고, 너무나도 기본적인 것이었다.

그렇다면 남은 가능성은 단 두 가지였다. 종래의 수론에는 본질적인 결함이 있고, 자연수에 관한 플라톤적인 이데아는 궁극적으로 모순일 가능성. 또는 앨리슨이 옳았고, 몇십 억 년 전에 '계산적으로 멀리 떨어진' 지역 일부를 일종의 대체 수론이 지배하게 되었을 가능성

※   0을 포함한 자연수.

이다.

나는 크게 동요하기는 했지만, 반사적으로 이 결과의 중요성을 평가절하하려고 했다. "이 계산에서 쓰이는 숫자들은 관측 가능한 우주의 용적을 재는 세제곱 플랑크 길이 단위보다 더 크잖아. 만약 인더스트리얼 알제브라가 이걸 자기들의 외환 거래 따위에 악용할 작정이라면, 규모 자체를 좀 오판한 게 아닐까." 그러나 이렇게 말하면서도 나는 이것이 그렇게 단순한 문제가 아님을 알고 있었다. 계산에 쓰인 숫자들이 설령 초천문학적으로 크다 하더라도, 실제 현실에서 물리적으로 오작동한 것은 노트패드의 1024비트에 불과한 이진법 표시이기 때문이다. 수학의 모든 진실은 그것 말고도 무수히 많은 형태로 부호화되고, 반영된다. 만약 언뜻 가장 거창한 우주론에조차도 적용할 수 없을 정도로 큰 숫자들에 관한 논쟁처럼 보이는, 이런 식의 역설이 5그램짜리 실리콘칩의 행동에도 영향을 끼칠 수 있다면, 지구상에서 이와 동일한 결함에 의해 영향을 받을 위험이 있는 시스템들의 수는 적어도 몇십억 개에 달할 것이다.

그러나 이런 문제는 시작에 불과했다.

이론상 우리가 찾아낸 것은 두 개의 양립 불가능한 수학 체계들 사이의 경계 일부였으며, 이 두 체계는 각자의 영역에서는 물리적으로 참이었다. 일련의 연산들은 〈결점〉의 어느 한편의 영역 내부—그것이 우리가 아는 기존의 수론이 적용되는 〈이쪽near side〉이든, 아니면 대체 수론이 지배하는 〈저쪽far side〉이든 간에—에 온전히 머물러 있는 한은 모순에서 자유로울 수 있다. 그러나 연산 과정에서 이 경계선을 넘어간다면 부조리가 발생하며, 그 결과 S에서 비S가 도출되는 상황이 발생하는 것이다.

따라서 방대한 수의 일련의 추론들—그중 어떤 것들은 자기 모순적이고, 어떤 것들은 자기 모순적이지 않다—을 검토한다면, 모든 명제를 빠짐없이 〈이쪽〉이나 〈저쪽〉으로 할당함으로써 문제의 〈결점〉을 에워싼 영역을 정확하게 매핑하는 것이 가능해진다.

앨리슨은 그녀가 가장 처음에 만든 맵을 디스플레이에 띄웠다. 그것은 매우 정교한 톱니 모양의 프랙털 경계선이었고, 현미경으로 본 두 개의 얼음 결정들 사이의 경계층과 흡사했다. 마치 두 체계가 각기 다른 출발점에서 아무 방향으로나 확산해 가던 중에 충돌해서 서로의 진로를 가로막은 듯한 느낌이랄까. 이 무렵에는 나도 내가 보고 있는 것이 수학이 창조되는 순간의 스냅숏이라고, 참과 거짓의 차이를 규정하기 위한 태곳적 시도들의 화석이라고 믿을 용의가 있었다.

그런 다음 그녀는 같은 명제들이 포함된 두 번째 맵을 불러내서 처음 것과 겹쳐놓았다. 그러자 〈결점〉이, 경계선이, 변해 있었다. 어떤 곳에서는 전진하고, 다른 곳에서는 후퇴하는 식으로 말이다.

피가 얼어붙는 느낌이었다. "소프트웨어에 무슨 버그가 있는 게 틀림없어."

"버그 따윈 없어."

나는 심호흡을 하고, 광장을 둘러보았다. 마치 무관심한 관광객들과 행상인들과 쇼핑객들과 회사원들의 존재가 산수 따위보다 훨씬 더 강인하고 단순한 '인간적'인 진실을 제공해 주기라도 한다는

루미너스

듯이. 그러나 내가 떠올릴 수 있었던 것은 소설 『1984』에서, 주인공인 윈스턴 스미스가 마침내 굴종하고, 이성의 모든 시금석을 포기하고 2 더하기 2는 5라는 사실을 인정하는 장면뿐이었다.

나는 말했다. "알았어. 계속 얘기해 줘."

"초기 우주에서 어떤 물리적 계가 수학을 테스트해 보고 있었어. 그런데 그 수학은 고립되어 있었고 기존의 모든 결과로부터 차단된 상태였지. 그래서 그 계는 그 시험의 결과를 무작위적으로 정할 수 있었던 거야. 〈결점〉은 바로 그렇게 해서 발생했어. 하지만 현재 우리 쪽 영역의 수학은 모두 검토되었고, 모든 공백은 빠짐없이 채워졌어. 그런 상황에서 우리 쪽, 즉 〈이쪽〉의 물리적 계가 어떤 수학 정리定理를 검토한다고 상정해 봐. 그 정리는 과거에 이미 몇십억 번은 검토되었을 뿐만 아니라, 그 주위에 있는 논리적으로 인접한 명제들 역시 이미 결정되어 있어. 따라서 올바른 결과는 단 한 번의 증명 단계만으로도 나올 수 있어."

"바꿔 말해서… 인접한 명제들에 의한 또래 압력이 존재한다는 거야? 모순 따위는 허용되지 않고, 무조건 우리를 따르라? 만약 $x-1=y-1$이고 또 $x+1=y+1$이면, $x=y$라는 선택지밖에는 남겨지지 않는다. 왜냐하면 다른 결과를 지지해 주는 명제가 '인근'에는 존재하지 않기 때문에?"

"바로 그거야. 진리는 국소적으로 결정돼. 그리고 〈저쪽〉 깊숙한 곳에서도 역시 똑같은 일이 일어나. 거긴 대체 수학이 지배하고 있는 영역이고, 모든 검토는 서로를 강화하는 이미 확립된 정리들과, 우리에겐 비표준적이지만 그쪽에서는 '올바른' 결과에 둘러싸인 채로 이루어지는 거야."

"하지만 경계 선상에서는…"

"경계 선상에서는, 검토 대상이 되는 모든 수학 정리는 서로 모순되는 조언에 직면하지. 인접한 한쪽 진영에서는 $x-1=y-1$이지만… 다른 쪽 진영에서는 $x+1=y+2$라는 식으로 말이야. 이 경계의 토폴로지$^※$는 너무나도 복잡해서 〈이쪽〉의 공리 근처에 〈이쪽〉보다 〈저쪽〉의 공리들이 더 많은 경우도 있고, 그 반대의 경우 또한 마찬가지야.

따라서 경계 선상의 진리는 지금 이 순간조차도 고정되어 있지 않아. 두 영역 모두 전진하거나 후퇴할 수 있고. 모든 건 공리들이 검토되는 순서에 달려 있어. 만약 확실하게 〈이쪽〉에 속한 공리가 먼저 검토된다면, 그건 그보다는 취약한 인접 공리에도 힘을 보탤 수 있고, 결국 두 공리 모두 〈이쪽〉에 머무는 것으로 확정되는 식이지." 그녀는 이런 현상을 설명하는 짧은 애니메이션을 스크린에 띄워 보였다. "하지만 그런 순서가 역전된다면, 취약한 인접 공리는 반드시 〈저쪽〉 공리에 함락당해."

나는 어지럼증을 느끼며 화면을 주시했다. 모호하지만 영구불변해야 할 진리들이 체스 말들처럼 아래로 굴러떨어진다. "그렇다면… 지금 이 순간에 일어나고 있는 물리적 과정들이, 경계를 따라서 상이한 이론들을 무심코 검토하고, 재검토하고 있는 분자들의 우연한 변화가, 각 진영으로 하여금 영토를 얻거나 잃게 만들고 있다는 거야?"

※ 위상수학.

"응."

"그렇다면 지난 몇백억 년 동안… 이 두 종류의 수학 사이를 일종의 무작위적인 조류潮流가 가로질렀다가 빠져나가는 일이 되풀이됐다는 얘기가 되나?" 나는 불안하게 웃었고, 머릿속으로 대충 계산을 해보았다. "무작위 행보※의 기대치는 N의 제곱근이야. 딱히 걱정할 필요가 있을 것 같진 않군. 우주의 수명이 끝날 때까지도 그런 조류가 일상적으로 활용되는 산법算法을 덮치는 일은 없을걸."

앨리슨은 살벌한 미소를 떠올리며 노트패드를 들어 올려 보였다. "조류가 덮칠 일은 없다고? 그야 그렇겠지. 하지만 그곳에 수로水路를 파는 건 이 세상에서 가장 쉬운 일이야. 예의 무작위적인 흐름에 영향을 주기 위해서 말이야." 그녀는 또 다른 애니메이션을 노트패드로 보여주었다. 〈이쪽〉이 우연히 형성된 '교두보'를 활용해서 잇따른 공리 검토를 수행한 결과 〈저쪽〉의 수학 체계는 소규모 전선戰線 뒤로 후퇴할 것을 강요당했고, 〈이쪽〉은 그대로 공격을 밀어붙여서 일련의 공리들의 토대를 약화시키는 데 성공한다는 내용이었다. "하지만 인더스트리얼 알제브라는 이것과는 정반대의 일에 관심이 있는 것처럼 보여. 종래의 산술 영역으로까지 깊게 파고들어 가는 비표준 수학의 좁은 수로들의 네트워크를 완성한 다음, 그걸 써서 기존의 정리들에 맞서는 방법으로 뭔가 실용적인 이득을 얻으려는 게 아닐까."

나는 침묵했고, 모순되는 수론이 일상적인 세계로까지 그 촉수를 뻗치는 광경을 상상해 보려고 했다. 인더스트리얼 알제브라가 외과

※ 브라운 운동처럼 이동 위치가 무작위적으로 결정되는 운동을 가리키는 수학적 개념이다.

수술적인 정확함을 지향하리라는 점에는 의심의 여지가 없었다. 어떤 금융 거래의 기반을 이루는 특정 수학을 변질시킴으로써, 몇십억 달러를 벌려고 할 것이 뻔하기 때문이다. 그러나 그런 행위가 불러일으킬 파문을 예상하거나, 통제하는 것은 불가능하다. 그 효과를 공간적으로 제한할 수 있는 방법은 아예 없기 때문이다. 특정한 수학적 진리를 표적으로 삼아 공격할 수는 있겠지만, 그것에서 야기된 변화를 어느 한 장소에 국한시키는 것은 불가능하다는 뜻이다. 몇십억 달러는 몇십억 개의 뉴런이 될 수도 있고, 몇십억 개의 항성이 될 수도 있으며 … 몇십억 명의 인간이 될 수도 있다. 일단 셈법의 기본적인 규칙들이 흔들린다면, 가장 단단하고 독립적인 물체들조차도 소용돌이치는 안개처럼 불확실한 존재가 되어버릴 것이다. 설령 마더 테레사와 카를 프리드리히 가우스를 합친 것 같은 성인이 존재한다고 해도, 이런 종류의 힘을 맡길 생각은 도저히 들지 않았다.

"그럼 우린 어떻게 해야 하지? 맵을 지워버리고, IA가 자기 힘으로는 결코 〈결점〉을 찾는 일이 없기를 마냥 기원해야 하나?"

"아니." 앨리슨은 놀랄 정도로 침착했다. 그러나 방금 그녀가 오랫동안 애지중지하던 철학이 완전히 산산조각 나기는커녕 진실임이 밝혀졌고, 또 취리히에서 하노이로 날아오는 동안 그와 관련한 현실수학Realmathematik에 관해 샅샅이 생각해 볼 시간이 있었다는 것을 감안하면 이상할 것이 없었다. "그자들이 결코 그걸 악용하지 못하도록 하는 확실한 방법은 단 하나, 선제공격밖에는 없어. 우선 〈결점〉 전체를 충분히 매핑할 수 있는 연산 능력을 확보해야 해. 그런 다음엔 경계가 아예 움직이지 못하도록 편평하게 밀어버리는 방법이 있지. 양쪽에서 협공하거나 협공당할 수 있는 돌출부들을 몽땅 없애버리면, 협공 자체가 불가능해지니까 말이야. 또 하나의 방법은, 만약 필요한 리소스를 모두 확보할 수만 있다면 이쪽이 더 나은데, 모든 방향에서 경계선을 밀고 들어가서 〈저쪽〉의 수학 체계를 쪼그라들게 만드는 방법이야. 아예 지도에서 사라질 때까지 말이야."

나는 망설였다. "우리가 지금까지 매핑한 건 〈결점〉의 아주 조그만 파편에 불과하잖아. 우린 〈저쪽〉 영역이 얼마나 큰지 몰라. 결코 작지는 않을 거라는 점을 제외하면 말이야. 작았다면 이미 오래전에 무작위적인 변동 따위에 잡아먹혔을 거야. 게다가 영원히 이어질 수도 있어. 무한대일 가능성조차 있다고."

앨리슨은 묘한 눈으로 나를 보았다. "넌 아직도 이걸 완전히 이해 못 하는 것 같군. 안 그래, 브루노? 넌 여전히 플라톤주의자처럼 생각하고 있어. 우주의 나이는 기껏해야 150억 년 정도밖에는 안 돼. 무한 따위를 만들어 낼 시간 여유는 없었다는 얘기야. 〈저쪽〉 체계가 영원히 이어지고 있을 가능성도 없어. 왜냐하면 〈결점〉 너머에는 그 어떤 체계에도 속하지 않는 공리들이 존재하기 때문이지. 아무도 손을 댄 적이 없고, 단 한 번도 검토된 적이 없고, 참이나 거짓이라는 판정을 받은 적이 없는 공리들이 말이야.

그리고 이 우주에 존재하는 기존의 수학 체계들 너머로 손을 뻗쳐서 〈저쪽〉을 포위할 필요가 있다면… 그러는 수밖에 없어. 그게 가능하지 않을 이유는 없어. 일단 우리가 먼저 그럴 수만 있다면."

•　—　•

　　앨리슨은 새벽 1시에 나와 교대하기 위해 일어났지만 나는 도저히 잠을 이룰 수 있을 것 같지 않았다. 3시간 뒤에 그녀가 곯아떨어진 나를 흔들어 깨웠을 때도, 마치 한숨도 못 잔 기분이었다.

　　나는 내 노트패드로 우리 두 사람의 혈관 안에 묻혀 있는 데이터 캐시를 향해 점화 코드를 전송했다. 그런 다음 우리는 왼쪽 어깨와 오른쪽 어깨를 맞대고 나란히 섰다. 그러자 두 개의 칩은 서로의 자기적, 전기적 서명을 인식하고 서로를 확인하는 과정을 거친 다음 저출력 마이크로파를 발신하기 시작했다. 앨리슨의 노트패드는 이것을 포착하고 두 개의 상호보완적인 데이터 스트림을 합쳤다. 그 결과 생성된 맵은 여전히 엄중하게 암호화되어 있었지만, 지금까지 우리가 보안 유지에 얼마나 심혈을 기울였는지를 감안하면, 휴대용 컴퓨터로 데이터를 옮기는 행위는 맵을 우리 이마에 대문짝처럼 문신하는 것이나 다름없는 위험한 행위처럼 느껴졌다.

　　1층으로 내려가니 택시가 기다리고 있었다. 〈인민 선진광학기술 연구소〉는 상하이 도심에서 남쪽으로 30킬로미터 떨어진 곳에 위치한 광대한 민항閔行 경제기술 특구에 자리 잡고 있었다. 우리는 동트기 전의 잿빛 하늘 아래를 질주하는 택시 뒷좌석에 말없이 앉은 채로 새천년기의 임대주들이 건설한 추악하고 거대한 고층건물 블록들 옆을 지났고, 혈관 내부의 네크로트랩과 그 화물이 혈액 속에서 용해되면서 발생한 열이 주는 불쾌감을 참고 견뎠다.

택시가 생명공학이나 항공우주 기업들이 즐비하게 늘어선 대로로 들어서자 앨리슨은 말했다. "우리가 누구냐는 질문을 받는다면 위언 교수 밑에서 박사 학위를 딴 학생들이고, 대수적 위상수학의 예상을 시험해 보려고 왔다고 해."

"그렇다면 말인데, 특별히 마음에 두고 있는 예상이 있어? 더 자세하게 설명해 달라는 요청을 받으면 어떻게 해야 하지?"

"대수적 위상수학을? 새벽 5시에?"

연구소 건물은 그리 인상적이지는 않았다. 옆으로 넓은 검은 세라믹 3층 건물이었지만 5미터 높이의 전기 울타리로 에워싸여 있었고, 출입문에서는 두 명의 무장 병사가 보초를 서고 있었다. 우리는 택시 기사에게 요금을 내고 출입문을 향해 걸어갔다. 위언 교수는 우리에게 사진과 지문이 딸린 방문자용 출입 허가증을 내주었다. 불필요한 기만책을 추구해 보았자 무의미했기 때문에 본명을 기재한 진짜 허가증이었다. 만약 잡혔다가 가명을 썼다는 사실이 드러난다면 사태는 한층 더 악화될 뿐이다.

병사들은 허가증을 확인하고 우리를 MRI 스캐너 안으로 들여보냈다. 결과를 기다리면서 나는 호흡을 가다듬으려고 노력했다. 이론상 이 스캐너는 우리 몸 안에 있는 공생체의 이질적인 단백질이라든지 지금은 분해되었을 네크로트랩의 잔류 불질, 그 밖의 수상쩍은 미량의 화학물질들을 검출해 낼 수 있었다. 그러나 모든 것은 결국 상대가 무엇을 찾아내려고 하는지에 달려 있었다. 몇십억 개에 달하는 분자들의 자기 공명 스펙트럼은 이미 분류가 끝나 있었지만, 그 어떤 기계도 그것들 모두를 한꺼번에 추적할 수는 없기 때문이다.

병사 한 명이 나를 옆으로 불러내서 재킷을 벗으라고 명령했다. 나는 공황이 몰려오려는 것을 억지로 참았고, 그런 다음에는 거꾸로 과도한 반응을 보이지 않으려고 악전고투했다. 설령 아무것도 숨길 것이 없었다고 해도 나는 여전히 불안해했을 것이 뻔하기 때문이다. 병사는 내 상박부에 붙인 반창고를 콕 찔렀다. 반창고 주위의 피부는 여전히 붉게 부어 있었다. "이건 뭐지?"

"물혹이 생겨서 오늘 아침에 의사가 절제해 줬습니다."

그는 미심쩍다는 듯이 나를 훑어보더니 장갑도 안 낀 손으로 반창고를 벗겨냈다. 나는 차마 상처를 직시하지 못했다. 조직 재생 크림을 바른 덕에 상처는 아물어 있을 것이고 최악의 경우에도 오래된 피가 말라붙어 딱지가 생겨 있을 것이다. 그러나 절개선을 따라 스며 나오는 따뜻한 액체의 감촉이 희미하게 느껴졌다.

병사는 이를 악문 내 얼굴을 보고 웃었고, 짜증스러운 표정으로 가보라고 손짓했다. 내가 뭘 숨기고 있다고 의심했는지는 모르겠지만, 나는 다시 반창고를 붙이기 전에 상처 주위의 피부에 새빨간 핏방울들이 스며 나오는 것을 보았다.

위언 팅푸는 로비에서 우리를 기다리고 있었다. 호리호리하고 탄탄한 몸을 가진 60대 후반의 사내였고, 청바지 차림의 캐주얼한 복장이었다. 그와 대화하는 일은 모두 앨리슨에게 맡겼다. 그녀는 시간 엄수를 하지 못해서 죄송하고(실은 우리는 지각하지 않았다) 별 볼 일 없는 우리의 연구를 수행할 수 있도록 이토록 귀중한 기회를 마련해 준 것에 대해 야단스러울 정도로 감사의 말을 늘어놓았다. 로비에 있던 네 명의 병사가 그런 우리를 무표정하게 보고 있었지만, 우리의 비굴한 태도가 과하다고는 느끼지 않는 듯했다. 사실, 정말로 내가 평범한 논문 따위를 쓰기 위해 짧게나마 이곳의 기계를 사용해도 좋다는 허가를 받은 학생이었다면, 황송한 나머지 몸 둘 바를 몰랐을 것이다.

우리는 성큼성큼 걷기 시작한 위언 교수 뒤를 따라 두 번째 검문소와 스캐너를 통과했고(이번에는 우리를 멈춰 세우는 사람은 아무도 없었다) 바닥이 푹신한 잿빛 비닐 재질로 되어 있는 긴 복도를 나아갔다. 도중에 흰 가운을 입은 기술자 두 명을 지나쳤지만 그들은 우리에게 거의 눈길을 주지 않았다. 나는 누가 봐도 외국인임이 명백한 우리 두 사람이 군사 기지 안을 돌아다닐 경우 못지않게 남의 이목을 끌지도 모른다는 상상을 하고 있었지만, 물론 이것은 착각이었다. 루미너스의 가동 시간의 반은 외국 기업에 팔리는 데다가, 이 기계는 그 어떤 통신망에도 접속되어 있지 않은 탓에 상업적 이용자들은 직접 이곳에 오는 수밖에 없기 때문이다. 위언 교수가 자기 학생들을 위해(그들의 국적이 무엇이든 간에) 루미너스의 사용 시간을 얼마나 많이 염출할 수 있는지는 그와는 전혀 별개의 문제였지만, 우리가 학생인 척하는 것이 가장 좋은 위장이라고 그가 판단했다면 나는 그것을 반박할 위치에 있지 않았다. 다만 연구소 측이 우리 신원을 조금이라도 자세하게 캐보려는 결정을 내렸을 때에 대비해서, 교수가 대학 기록과 그 밖의 자료 등에 여간해서는 들통나지 않을 정도로 그럴듯한 거짓 정보들을 심어놓았기를 바랄 따름이다.

우리는 제어실에 들렀고, 위언은 그곳에 있던 기술자들과 잡담을 나눴다. 한쪽 벽을 줄줄이 뒤덮은 평면 스크린들은 상태 표시 그래프와 기계 도식 따위를 보여주고 있었다. 소형 입자가속기의 제어실을 연상케 하는 공간이었고, 이것은 사실과 그리 동떨어진 관찰이 아니었다.

루미너스는 글자 그대로 빛으로 이루어진 컴퓨터였기 때문이다. 루미너스는 폭 5미터의 정육면체 모양의 진공실이 거대한 3열의 고출력 레이저에 의해 생성된 복잡한 정상파定常波로 채워질 때 출현한다. 그런 상태의 진공실에 단일 파장의 전자빔을 쏘아 넣을 경우, 정밀하게 절삭해서 만든 고체 회절격자가 광선을 회절시키는 것과 마찬가지로, 충분히 질서정연한(그리고 충분히 강력한) 빛의 배열은 물질의 빔을 회절시킬 수 있는 것이다.

전자들은 빛의 정육면체의 층에서 층으로 전송되면서 각 단계마다 재결합과 간섭을 되풀이하고, 그럴 때마다 생겨나는 위상과 강도의 변화 하나하나가 할당받은 계산을 수행한다. 게다가 루미너스는 시스템 전체를 나노초 단위로 재구성해서 당면한 계산의 수행에 최적화된 복잡하고 새로운 '하드웨어'를 만들어 낸다. 어떤 프로그램을 돌리든 간에, 레이저 배열들을 제어하는 보조 슈퍼컴퓨터들은 해당 프로그램의 특정 단계를 수행할 수 있는 완벽한 빛의 컴퓨터를 설계하고, 순간적으로 만들어 낼 수 있다.

물론 이것은 극악할 정도로 복잡한 테크놀로지였고, 천문학적인 운용 자금이 들어가는 데다가 다루기조차 쉽지 않았다. 상래에도 테트리스나 가지고 노는 회계사들의 데스크톱에 탑재될 가능성은 제로였기 때문에, 서방 진영에서는 아무도 이 기술을 개발하려고 들지 않았던 것이다.

그리고 이 둔중하고 거추장스러우며 비실용적이기까지 한 이 기계의 연산 속도는 인터넷에 연결되어 있는 전 세계의 모든 반도체 칩들을 합친 것보다 더 빨랐다.

우리는 제어실에서 나와 프로그래밍실로 들어갔다. 흰 포마이카 탁자들 위에 흔해 빠진 워크스테이션 여섯 대가 놓여 있는 광경은 여느 작은 초등학교의 컴퓨터실이라고 해도 이상할 것이 없을 정도였다. 그러나 루미너스에 직접 연결된 컴퓨터는 전 세계를 통틀어서 이 여섯 대가 유일했다.

이 방에는 우리와 위언 교수밖에는 없었다. 앨리슨은 예절을 생략하고 위언 쪽을 흘끗 보는 것만으로 허락을 얻었고, 서둘러 자기 노트패드를 워크스테이션 한 대에 연결한 후 암호화된 맵을 업로드했다. 나는 연구소를 지키던 병사가 내 몸 안에 남아 있었을 수도 있는 독에 중독되었을 경우 일어났을지도 모르는 일들에 대해 오만가지 상상을 하고 있었지만, 파일을 해독하라는 지시를 입력하는 앨리슨의 모습을 보니 이제 그런 일은 하찮게 느껴졌다. 지금부터 우리는 반시간 동안 〈결점〉을 소멸시키는 일에 착수할 수 있지만, 〈결점〉 자체가 어디까지 이어져 있는지에 대해서는 여전히 전혀 아는 바가 없었다.

위언은 나를 돌아보았다. 긴장된 얼굴은 고뇌의 빛이 역력했지만,

그는 사려 깊은 어조로 말했다. "만약 수를 셀 때 쓰는 우리의 산법이 이런 큰 수를 제대로 다루지 못하는 것처럼 보인다면, 수학이라는 이데아 자체가 정말로 결함을 가지고 있고, 유동적이라는 뜻일까? 그게 아니면, 물질의 행동은 언제나 이데아에는 미치지 못한다고 봐야 할까?"

나는 대답했다. "만약 모든 부류의 물리적 객체들의 행동이, 그것이 바위든 전자든 주판알이든 간에 예외 없이 똑같은 방식으로 이데아에 '미치지 못할' 경우, 그런 식의 행동을 야기했거나 규정한 것이 수학이 아니라면 뭐겠습니까?"

위언은 곤혹스러운 듯이 미소 지었다. "앨리슨은 자네가 플라톤주의자라고 생각하고 있는 것 같았네만."

"더 이상은 아닙니다. 그게 아니라면… 좌절한 플라톤주의자라고 해야 할지도 모르겠군요. 현실의 물체들이 그런 진리를 아예 반영하지 않는다는 것이 사실이라면, 표준적인 정수론은 이런 명제들 앞에서도 여전히 참이라는 식의 관념적인 주장에 무슨 의미가 있는지 모르겠습니다."

"그래도 우린 그걸 상상할 수는 있잖나. 단지 물리적으로 실증하지 못할 뿐이지, 추상 개념에 관해 고찰할 수는 있다는 뜻일세. 예를 들어 초한수론超限數論을 생각해 보게. 그 누구도 칸토어의 무한집합의 성질을 물리적으로 테스트할 수는 없어. 안 그런가? 우린 단지 멀찍이 떨어져서 그것에 관해 논할 수 있을 뿐이야."

나는 대답하지 않았다. 하노이에서의 충격적인 계시啓示 이래, 나

루미너스

는 내가 직접 아라비아숫자를 종이에 써가며 계산할 수 있는 것들을 제외한 그 어떤 것에 대해서도 '멀찍이 떨어져서 논할' 자신이 없어졌기 때문이다. 그나마 우리가 받아들일 수 있는 것은 기껏해야 앨리슨이 얘기한 '국소적 진실'의 개념 정도인지도 모르겠다. 그보다 더 대담한 이론은 길이 100억 킬로미터에 달하는 딱딱한 철골을 머리 위에서 휘두른다면 철골의 반대편 끄트머리는 빛의 속도를 넘을 것이라고 예측하는 식의 만화적인 '물리학'과 크게 다를 것이 없다는 느낌을 불식할 수가 없었다.

워크스테이션의 화면에 이미지가 펼쳐졌다. 처음에는 눈에 익은 〈결점〉의 맵이었지만, 루미너스는 이미 그것을 경이로울 정도로 빠른 속도로 확장하고 있었다. 경계 바깥쪽에 펼쳐진 여백에서는 수십억 개의 추론 순환 고리들이 소용돌이치고 있었다. 자기 자신의 전제를 입증함으로써 단 하나의 일관적인 수학이 지배하는 영역을 형성하는 추론들이 있는가 하면, 여백을 가로지르다가 자기모순에 빠져들어 반대편에 합류하는 추론들도 있었다. 나는 이런 뫼비우스의 띠를 연상케 하는 연역 논리들을 머릿속에서 따라가는 것은 어떤 느낌일지 상상해 보려고 했다. 딱히 난해한 개념이 개재되어 있는 것은 아니었지만, 명제들의 규모가 워낙 엄청난 탓에 상상하는 것 자체가 불가능했다. 그러나 만약 내 머리로도 따라갈 수 있다고 가정한다면, 나는 모순들로 인해 머리가 돌아서 헛소리를 지껄이게 될까? 아니면 모든 증명 단계를 완벽하게 합리적인 것으로 간주하고, 거기서 도출된 결론을 피할 수 없는 자명한 결과로 인식하게 될까? 태연자약하게, 2 더

하기 2는 5라는 사실을 기꺼이 인정하는 식으로?

　맵이 계속 확산되는 동안 축척은 한 화면으로 그것을 보여주기 위해 계속 줄어들었고, 그 탓에 이질적인 수학 체계로부터 최대한 빠르게 후퇴하고 있지만, 상대방에게 잡아먹히는 것을 가까스로 피하고 있다는 불온한 인상을 받았다. 그러는 동안에도 앨리슨은 상체를 내밀고 전체상이 드러나기를 기다리고 있었다. 맵 자체는 정교한 3차원의 격자 구조를 이루는 명제들의 네트워크로 표현되어 있었다. (예전부터 써오던 조잡한 표상이긴 하지만 그래도 없는 것보다는 낫다) 두 영역 사이의 경계선이 전체적으로 크게 만곡한 징후는 아직 없었고, 단지 서로를 향한 다양한 규모의 침입이 경계 영역 여기저기에서 무작위하게 이루어지고 있을 뿐이었다. 당장 확인할 수는 없어도, 〈저쪽〉 수학은 〈이쪽〉 수학을 완전히 포위하고 있을 가능성조차 있었다. 우리가 과거에는 무한대로 뻗어 나간다고 믿고 있었던 수들이, 실은 그것과는 모순되는 진리들로 가득 찬 광활한 바다에 떠 있는 조그만 섬에 불과할지도 모른다는 뜻이다.

　나는 위언을 흘끗 보았다. 스크린을 응시하고 있는 그의 얼굴은 고뇌로 가득 차 있었다. 그는 말했다. "자네들이 보낸 소프트웨어를 훑어보고 난 이런 생각을 했다네. '흠, 이건 완벽해 보이지만, 실은 컴퓨터 오류 탓일 수도 있어. 그러니까 이걸 루미너스로 돌려보면 문제는 금방 해결될 거야'라고 말이야."

　앨리슨의 환호성이 끼어들었다. "저걸 봐. 변하기 시작했어!"

　그녀 말이 옳았다. 축척이 계속 줄어들면서 경계의 무작위적인 프

랙털 굴곡들은 마침내 전체적으로 볼록한 형상의 일부가 되기 시작
했다. 그리고 볼록한 것은 〈저쪽〉이었다. 마치 삐죽삐죽한 가시로 뒤
덮인 거대한 성게를, 점점 뒤로 후퇴 중인 카메라 화면을 통해 보고
있는 느낌이다. 몇 분도 지나지 않아 맵은 온갖 크기의 정교한 결정
상狀 돌기들로 장식된 울퉁불퉁한 반구半球를 보여주고 있었다. 내가
바라보고 있는 것은 원시 수학의 잔재라는 느낌이 한층 더 강해졌다.
기괴한 형상을 한 이 정리들의 집단은, 마치 빅뱅에서 10억분의 1초
쯤 지난 시점에서 어떤 중심 전제에서 튀어나와 소속 미정의 진리들
로 이뤄진 진공 지대를 향해 폭발하듯이 확산했다가, 우리들 자신의
수학과 조우해서 확산을 저지당한 듯한 인상을 준다.

반구는 천천히 확산하며 구球의 4분의 3을 이뤘고… 마침내 돌기
로 뒤덮인 전체상을 드러냈다. 〈저쪽〉은 경계로 에워싸인 구 모양의
유한한 영역이었다. 섬은 〈저쪽〉이었고, 우리가 아니었다.

앨리슨은 불안한 웃음소리를 냈다. "저건 우리가 작업을 시작하
기 전에도 진리였을까? 아니면 방금 우리가 저걸 진리로 만든 걸까?"
〈이쪽〉 수학은 〈저쪽〉 수학을 100억 년 이상 전부터 줄곧 포위하고
있던 것일까? 혹은 루미너스는 방금 신천지를 개척했고, 물리적 계에
의해 단 한 번도 검토된 적이 없었던 영역 내부로 〈이쪽〉의 수학을 적
극 확장했다고 봐야 하는 것일까?

그 해답을 알 방법은 없다. 우리가 설계한 소프트웨어는 전선戰線
을 따라 매핑을 진행하면서 소속 미정의 명제들과 조우하는 즉시 〈이
쪽〉으로 끌어들이도록 설계되어 있었다. 아무것도 없는 허공을 향해

무작정 손을 뻗칠 경우, 자칫 고립된 명제를 테스트했다가 의도치 않게 우리에게 대항하는 새로운 대체 수학 체계를 통째로 탄생시킬 위험이 너무 컸기 때문이다.

앨리슨이 말했다. "오케이. 이제 결정을 내려야 해. 경계를 봉쇄할까, 아니면 〈저쪽〉의 구조를 상대로 총공격을 가할까?"

소프트웨어가 지금도 바쁘게 돌아가며 이 두 선택지의 난이도를 비교 평가하고 있다는 사실을 나는 알고 있었다.

위언은 지체 없이 대답했다. "경계를 봉쇄하고, 더 이상 아무 일도 하지 말게. 이걸 파괴하면 안 돼." 그는 고개를 돌려 간원하는 듯한 표정으로 나를 보았다. "자네라면 오스트랄로피테쿠스의 화석을 박살 내겠나? 하늘에서 우주배경복사를 일소하려고 하겠나? 이건 나의 모든 신념의 기반을 뒤흔들지도 모르지만, 이것엔 우리 자신의 역사에 관한 진실이 인코딩되어 있네. 그런 걸 말살할 권리는 우리에겐 없어. 우린 반달족이 아냐."

앨리슨은 불안한 눈으로 나를 보았다. 이건 무슨 뜻일까. 이 와중에 설마 다수결로? 여기서 조금이라도 권한을 가진 사람은 위언이 유일했다. 원한다면 그는 지금 당장 모든 걸 중지시킬 수도 있었다. 그러나 위언의 태도로 미루어 보건대 합의를 원한다는 점은 명백했다. 어떤 결정을 내리든 간에, 우리의 정신적인 지지를 받고 싶은 것이다.

나는 조심스럽게 말했다. "우리가 경계의 돌기를 밀어서 없애버리면, IA는 글자 그대로 〈결점〉을 악용하지 못하게 돼. 그렇지?"

앨리슨은 고개를 가로저었다. "그건 알 수 없어. 자연발생적인

〈결점〉들에는 양자역학적인 요소가 포함되어 있을지도 모르니까 말이야. 완벽하게 안정된 상태에 있는 것처럼 보이는 명제들조차도 예외가 아냐."

위언은 반박했다. "그렇다면 경계에서 멀리 떨어진 곳 어디에서도 자연발생적인 〈결점〉들이 존재할 수 있다는 얘기가 되지 않나. 그럼 저 구조 자체를 통째로 지워버린다고 해도 아무것도 보장할 수 없어."

"IA가 저걸 찾지 못한다는 점은 보장할 수 있습니다! 아마 바늘 끝처럼 미세한 〈결점〉들이 우리가 모르는 곳에서 언제나 발생하고 있는 건지도 모르지만, 다음번에 또 테스트 대상이 된다면 틀림없이 원래 상태로 돌아갈 겁니다. 그런 것들은 자기들과는 명백하게 모순되는 명제들에 둘러싸여 있기 때문에, 〈이쪽〉에 발판을 마련할 가망은 전무하니까요. 그런 일시적이고 작은 결함들을 저런… 반反수학의 무기고와 비교하는 건 어불성설이라고요!"

〈결점〉은 거대한 마름쇠처럼 화면을 가득 채우고 있었다. 앨리슨과 위언 두 사람 모두 기대하는 듯한 표정으로 나를 보았다. 내가 입을 연 순간 워크스테이션에서 차임벨 소리가 났다. 두 선택지에 대한 소프트웨어의 자세한 비교 평가가 끝났다는 신호였다. 소프트웨어는 루미너스가 〈저쪽〉 전체를 완전히 파괴하는 데는 23분 17초가 걸린다고 알려왔다. 우리에게 남겨진 시간보다 1분이 짧다. 그러나 경계를 봉쇄하는 데는 1시간 이상이 걸린다고 했다.

나는 말했다. "이건 아귀가 안 맞잖아."

앨리슨은 신음을 흘렸다. "아귀가 맞아! 경계는 언제나 다른 계들로부터의 무작위적인 간섭의 대상이 되고 있고… 거기서 뭐든 까다로운 일을 수행하려면 그런 잡음과 싸워가면서 작업을 진행해야 해. 하지만 앞으로 돌진해서 경계를 안쪽으로 밀어 넣는 행위는 그것과는 달라. 잡음을 역이용해서 되레 빠르게 전진할 수 있으니까 말이야. 단순한 표면만을 상대할지, 아니면 알맹이까지 통째로 상대할지의 문제가 아니라고. 봉쇄는… 해변에 거센 파도가 계속 몰아닥치는 외딴 섬의 모양을 완벽한 원형으로 깎는 행위나 마찬가지이지만, 파괴는 불도저로 섬 전체를 바닷속으로 밀어 넣는 것에 가까워."

우리가 결정을 내릴 시간은 30초 남아 있었다. 결정하지 못한다면 오늘은 결국 그 어떤 조치도 취하지 못하고 끝난다. 우리가 다시 루미너스를 빌리기 위해 한 달 또는 그 이상을 기다리는 동안 위언은 인더스트리얼 알제브라로부터 맵을 안전하게 지킬 수 있는 방책을 찾을 수 있을지도 모른다. 그러나 나는 그런 식의 불확실성을 참고 견딜 준비가 되어 있지 않았다.

"통째로 제거해 버립시다. 그보다 약한 조치는 위험성이 너무 높습니다. 장래에도 수학자들은 이 맵을 연구할 수 있을 겁니다. 과거에 〈결점〉 자체가 존재했다는 사실 자체를 아무도 안 믿어준다면, 그건 어쩔 수 없겠죠. IA는 너무 가까이까지 와 있습니다. 놈들에게 이걸 빼앗길 위험을 무릅쓸 수는 없습니다."

앨리슨은 키보드 위에 한쪽 손을 뻗친 채로 기다리고 있었다. 나는 위언을 돌아보았다. 그는 고뇌에 찬 표정으로 방바닥을 내려다보고 있었다. 그는 우리 의견에 귀를 기울여 주었지만, 결국 마지막에 결정을 내리는 사람은 그였다.

위언은 고개를 들었고, 슬프지만 단호한 어조로 말했다.

"오케이. 그렇게 하게."

앨리슨은 3초쯤 남았을 때 키 하나를 눌렀다. 나는 안도한 나머지 현기증을 느끼며 쓰러지듯이 의자에 앉았다.

• — •

우리는 〈저쪽〉이 쪼그라드는 광경을 바라보았다. 그 과정은 외딴 섬을 불도저로 밀어버린다는 비유처럼 무지막지해 보이지는 않았다. 기묘하게 아름다운 크리스털을 산酸으로 녹이는 광경에 더 가깝다고 나 할까. 당면한 위험이 눈앞에서 점점 줄어드는 광경을 보면서 나는 희미한 가책을 느끼기 시작하고 있었다. 우리의 수학은 이 기묘한 모순과 150억 년 동안이나 공존해 왔다. 그런데도 발견 후 몇 달도 채 지나지 않아서 이것을 파괴하는 것밖에는 선택의 여지가 없을 정도의 궁지로 우리들 자신을 몰아넣었다는 사실을 생각하니 수치심이 몰려왔다.

위언은 꼼짝도 않고 홀린 듯이 이 과정을 지켜보고 있었다. "지금 우리는 물리 법칙들을 위반하고 있는 걸까, 아니면 강화하고 있는 걸까?"

앨리슨이 말했다. "그 어느 쪽도 아닙니다. 우린 단지 그 법칙들이

의미하는 것을 바꾸고 있을 뿐입니다."

위언은 나직하게 웃었다. "방금 '단지'라고 했나. 어떤 미지의 복잡한 계들에 대해서, 우린 고차 레벨에서 그것들의 행동을 규정하는 규칙들을 다시 쓰고 있어. 그게 인간의 뇌까지 포함하지는 않았으면 좋겠군."

온몸에 소름이 돋았다. "그럴 개연성이… 없다고는 할 수 없단 말입니까?"

"농담이었네." 위언은 잠시 주저하다가 진지한 어조로 말했다. "인류에게 실제로 그런 일이 일어나지야 않겠지만, 어딘가에 있는 누군가는 저것에 의존하고 있을 수도 있어. 우리는 지금 그들의 존재 기반 자체를 완전히 파괴하고 있는 것인지도 모르네. 그들에겐 우리의 구구단만큼이나 근본적인 확실성을 말이야."

앨리슨은 경멸의 표정을 굳이 감추려고도 하지 않았다. "저건 쓰레기 수학입니다. 무의미한 우연의 잔재에 불과하다고요. 단순한 형태에서 복잡한 형태로 진화한 생명체라면 어떤 것이든 저런 것에 의존하고 있을 리가 없어요. 우리의 수학은 모든 것에 유효합니다… 그게 바위든, 씨앗이든, 무리를 짓는 동물이든, 인간 부족의 일원들이든 간에 말입니다. 하지만 저건 우주 전체에 있는 입자의 수에 필적하는 수를 넘는 단계에서만 작동하고…"

"그런 수를 표현하는 더 작은 계들에도 해당될 수 있어." 내가 지적했다.

"그럼 어딘가에 존재하는 생명이 살아남기 위해 **비표준적인 초천**

　　　　　　　　　　　루미너스

문학적 계산을 다급하게 수행해야 하는 절실한 상황에 몰려 있다는 뜻이야? 도저히 그럴 것 같진 않군."

위언과 나는 침묵했다. 죄책감과 안도감 사이의 갈등은 나중에 정리하면 되지만, 프로그램을 멈추자고 제안하는 사람은 아무도 없었다. 결국 우리들 모두가 〈결점〉이 누군가에 의해 무기로 쓰일 경우에 야기될 대재앙을 회피하는 것 이상으로 중요한 것은 없을지도 모른다고 생각했던 것인지도 모르겠다. 나는 인더스트리얼 알제브라 앞으로 보낼 긴 메시지를 작성하는 일을 고대하고 있었다. 그들이 흑심을 품었던 대상에 대해 우리가 정확히 무슨 일을 했는지를 상세하게 묘사하자.

앨리슨이 화면 구석을 가리켰다. "저건 뭐지?" 가늘고 검은 가시처럼 보이는 것이 점점 쪼그라드는 명제들의 집합 위에 돋아 있었다. 한순간 나는 그 가시가 〈이쪽〉의 공격을 회피 중인 것에 불과하다고 생각했지만, 사실이 아니었다. 가시는 느리지만 착실하게 길어지고 있었다.

"매핑 알고리즘의 버그일지도." 나는 키보드로 손을 뻗어 그 구조체를 확대해 보았다. 클로즈업해 보니 그 폭은 몇천 개의 명제에 상당했다. 구조체의 경계에서는 앨리슨의 프로그램이 활동 중인 것을 볼 수 있었다. 〈이쪽〉 수학의 촉수들이 〈저쪽〉의 내부에 점점 더 깊이 파고들 수 있도록 설계된 순서대로 상대방의 명제들을 테스트하는 중이었다. 자신과는 모순되는 수학 명제들로 둘러싸인 이 가느다란 돌기는 몇분의 1초 만에 침식당해 완전히 사라졌어야 했다. 그러나 무엇인가가 더 이상 피해가 확산되기 전에 모든 손상 부분을 수복修復하는 식으로 〈이쪽〉의 공격에 적극적으로 대응하고 있던 것이다.

"만약 IA가 이 방에 해킹용 버그 따위를 심어놓았다면⋯" 나는 위언을 돌아보았다. "그자들은 루미너스를 직접 공격하지는 못하니까, 〈저쪽〉 전체가 쪼그라드는 걸 막지는 못했을 겁니다. 하지만 이렇게 조그만 구조체라면⋯ 어떻게 생각하십니까? 설마 원격조작으로 이걸 안정시킬 수 있던 걸까요?"

"그럴지도 모르겠군." 위언은 시인했다. "가장 속도가 빠른 워크스테이션 400~500대가 있다면 가능할 거야."

앨리슨은 자기 노트패드의 가상 키보드를 맹렬히 두들기고 있었다. 그녀는 말했다. "지금 체계적인 간섭 시도를 모두 찾아내서 우리 리소스 전부를 그걸 저지하는 일에 할당하는 패치를 작성하고 있어." 그녀는 눈을 가린 머리카락을 손으로 걷어냈다. "브루노, 뒤에서 보고 있어줄래? 내가 이걸 쓰는 동안 혹시 빠진 데가 없는지 확인해 줘."

"응." 나는 그녀가 지금까지 써놓은 것을 모두 훑어보았다. "문제없어. 침착하게 계속하면 돼." 그녀의 두 손은 부들부들 떨리고 있었다.

가시는 착실하게 자라고 있었다. 패치가 완성되었을 무렵에 맵의 축척은 화면에 모두 들어가기 위해 계속 줄어들고 있었다.

앨리슨은 패치를 기동시켰다. 가시의 윤곽을 따라 루미너스의 연산 능력이 집중된 지점을 알리는 새파란 선이 출현하자 가시는 느닷없이 얼어붙었다.

나는 숨을 멈추고 IA가 방금 우리가 한 일을 알아차리기를 기다렸다. 그럴 경우 IA는 자기들의 연산 리소스를 딴 곳으로 돌릴까? 그런다고 해도 두 번째 가시 따위는 출현하지 않을 것이다. IA가 그 정도의 능력을 보유하고 있을 리가 없었다. 하지만 화면 속의 파란 경고 표시는 그들이 그런 시도를 하려고 재집결한 장소로 이동할 것이다.

그러나 파란빛은 기존의 가시에 겹쳐진 채로 움직이지 않았다. 가시 역시 루미너스의 총공격을 받고도 사라지지 않았다.

그러는 대신, 가시는 다시 자라기 시작했다. 천천히.

위언은 당장이라도 토할 것 같은 얼굴이었다. "이건 절대로 인더스트리얼 알제브라의 소행이 아냐. 지구의 그 어떤 컴퓨터도…"

앨리슨은 비웃었다. "이젠 뭐라고 말씀하시고 싶은 건가요? 〈저쪽〉을 필요로 하는 외계인들이 그걸 지키고 있다고? 어디 사는 외계인들이? 방금 우리가 한 그 어떤 일도 아직… 목성까지도 가진 못했을 텐데요." 그녀의 목소리에는 히스테리의 징후가 깃들어 있었다.

"자넨 변화가 얼마나 빨리 전파되는지 측정해 봤나? 전파 속도가 광속을 넘지 않는다고 확언할 수 있어? 〈저쪽〉의 수학이 상대성원리의 논리 자체를 무너뜨리고 있을지도 모르는 마당에?"

나는 말했다. "저게 뭐든 간에 경계 전체를 방어하고 있지는 않는 것 같군요. 가지고 있는 모든 걸 저 가시에 쏟아붓고 있습니다."

"저들은 뭔가를 노리고 있어. 특정 표적이 있는 거야." 위언은 앨리슨의 어깨 너머로 손을 뻗어 키보드를 누르려고 했다. "작업을 중지해야겠네. 지금 당장."

앨리슨은 위언을 향해 몸을 돌리고 그를 막아섰다. "미쳤어요? 조금만 있으면 저들을 저지할 수 있는데? 프로그램을 다시 쓸게요. 그걸 조정해서 효율을 조금 올리기만 하면…"

"안 돼! 더 이상 저들을 위협하는 걸 멈추고, 저들이 거기 어떻게 반응하는지 알아봐야 해. 우린 지금 저들에게 어떤 해를 끼치고 있는지 모르고…"

위언은 다시 키보드로 손을 뻗쳤다.

앨리슨은 팔꿈치로 그의 목을 쿡 찔렀다. 상당히 힘이 들어가 있었다. 위언은 헐떡이며 뒷걸음질했고, 의자와 함께 쓰러지며 그대로 그 밑에 깔렸다. 앨리슨은 나를 보며 사납고 낮은 목소리로 명령했다. "빨리… 교수 입을 틀어막아!"

나는 주저했다. 누구 말을 들어야 할지 알 수 없었다. 위언의 생각은 완벽하게 정상적이라는 인상을 받았다. 하지만 그가 소리쳐 보안 요원들을 부른다면…

나는 그의 곁에 쭈그리고 앉아 의자를 밀어내고 손으로 그의 입을 틀어막았고, 아래턱을 눌러서 고개를 들지 못하게 했다. 이젠 위언을 꽁꽁 묶어놓은 다음 아무렇지도 않은 얼굴을 하고 그의 안내 없이 건물 밖으로 나가야 할지도 모른다. 그러나 위언은 불과 몇 분 만에 발견될 것이 뻔했다. 설령 게이트를 무사히 통과한다고 해도 우리가 막다른 골목에 몰렸다는 점에는 변함이 없었다.

위언은 다시 헐떡이며 몸부림치기 시작했다. 나는 내 무릎으로 그의 양팔을 서투르게 눌러서 못 움직이게 했다. 앨리슨이 짧고 날카롭게 키를 두들기며 타이핑하는 소리가 들려왔다. 나는 워크스테이션 화면을 흘끗 보려고 했지만, 몸으로 위언을 누르고 있어야 하는 탓에 그쪽으로 충분히 고개를 돌릴 수가 없었다.

나는 말했다. "교수 말이 옳을지도 몰라. 일단 손을 떼고 무슨 일이 일어나는지 기다려 보자고." 만약 변화가 빛의 속도보다 빨리 전파된다면… 얼마나 많은 머나먼 문명들이 우리가 여기서 한 행위의 영향을 느꼈을까? 지구 밖 생명체와의 첫 번째 만남은 그들의 수학을 말살하려는 시도가 되어버릴지도 모른다. 그들에게 수학이란… 무엇이었을까? 귀중한 자원? 성스러운 유물? 그들의 세계관 전체를 떠받치는 필수적인 요소?

타이핑하는 소리가 느닷없이 멈췄다. "브루노? 방금 너도 느꼈…"

"뭐라고?"

침묵.

"뭐라고?"

위언은 저항을 포기한 듯했다. 나는 위험을 감수하고 뒤를 돌아보았다.

앨리슨은 상체를 수그리고 얼굴을 양손에 묻고 있었다. 화면에 떠오른 가시는 맹렬한 직선적 성장을 멈추고 있었지만, 그 끄트머리에 나뭇가지를 연상케 하는 복잡한 모양의 돌기를 꽃피우고 있었다. 나는 위언을 흘끗 내려다보았다. 망연자실한 표정이었고, 나의 존재 따위는 완전히 잊은 느낌이었다. 나는 신중한 동작으로 그의 입을 틀어막고 있던 손을 천천히 뗐다. 위언은 차분하게 누운 채로 희미한 미소를 떠올리고 있었다. 그의 눈은 나에게는 보이지 않는 무엇인가를 응시하고 있는 듯했다.

나는 일어섰다. 앨리슨에게 가서 어깨를 살짝 흔들어 보았다. 그녀가 보인 유일한 반응은 양손으로 한층 더 세게 얼굴을 가리는 것이었다. 가시 끄트머리의 기묘한 꽃은 여전히 자라고 있었지만, 새로운 영역으로 확산하고 있지는 않았다. 그러는 대신 가느다란 싹들을 본체를 향해 되돌려 보냄으로써, 같은 영역을 종횡으로 거듭 가로지르고 있었고, 그럴 때마다 그 구조는 점점 더 정교해졌다.

그물을 짜고 있는 걸까? 뭔가를 찾아내려는 것일까?

돌연히 어린 시절 이래 일찍이 느껴본 적이 없을 정도로 강렬한 명석함의 감각이 나를 엄습했다. 마치 마음속에서 난생처음으로 숫자라는 개념 전체를 제대로 파악했던 순간을 다시 체험한 듯한 기분이었다. 다만 지금은 그것이 내포한 모든 가능성과, 그것이 시사하는 모든 파급 효과들을 함께 파악할 수 있는 성인의 이해력을 수반하고 있다는 점이 달랐다. 마치 벼락을 맞은 듯한 계시였지만, 여기에 신비주의적인 모호함이라든지 마약적인 도취상태, 유사 성충동 따위의 불순물은 전혀 개재되어 있지 않았다. 가장 단순한 개념들로 이루어진 깔끔한 논리 속에서, 나는 이 세계가 어떻게 돌아가는지를 정확하게 이해했고…

…그것이 완전히 틀렸다는 사실을 깨달았다. 모두 거짓이었고, 모두 불가능했다.

유사에 빨려 들어가는 감각.

강렬한 현기증에 시달리면서도 내 눈은 방 안을 훑어보며 필사적으로 수를 세고 있었다. 워크스테이션이 여섯 대. 사람이 두 명. 의자가 여섯 개. 워크스테이션들을 그룹으로 나눠본다. 두 대씩 3조. 세 대씩 2조. 한 대와 다섯 대. 두 대와 네 대. 네 대와 두 대. 다섯 대와 한 대.

나는 10여 개의 교차 점검법을 고안해서 그 정합성을, 내 정신의 온전함을 확인했다⋯ 그러나 모든 계산은 아무 문제도 없이 맞아떨어졌다.

그들은 종래의 산법을 빼앗아 간 것이 아니라, 단지 새로운 산법을 내 머릿속으로 처넣었을 뿐이었다. 예전 산법 위에.

누구든 간에 루미너스를 통한 우리의 공격에 저항했던 주체는 가시를 아래로 뻗쳐 우리의 뇌 안의 메타수학, 산법에 관한 우리들 자신의 논증의 기반이 되는 산법을 고쳐 쓴 것이다. 우리가 파괴하려고 했던 것이 무엇인지를 흘끗 보고 파악할 수 있을 정도로.

앨리슨은 말을 걸어도 여전히 반응하지 않았지만, 호흡은 느리고 규칙적이었다. 위언은 멀쩡한 상태로 즐거운 몽상에 잠겨 있는 것 같았다. 나는 조금 긴장을 풀고 나의 뇌 속을 홍수처럼 휩쓸고 있는 〈저쪽〉의 산법을 조금이라도 이해해 보려고 했다.

그들 자신의 관점에서 볼 때 그들의 공리들은⋯ 사소하고, 자명한 것이었다. 그 공리들이 초천문학적인 정수整數에 관한 복잡한 명제들에 대응한다는 사실은 알 수 있었지만, 그것을 정확하게 번역하는 것은 내 능력을 훌쩍 넘어서는 데다가, 그 공리들이 서술하는 실체들을 그것들이 표현하는 엄청나게 큰 정수의 맥락에서 고찰한다는 행위는 원주율이나 2의 제곱근을 소수점 이하 1만 자리까지의 숫자들을 써서 생각하는 것과 크게 다르지 않았다. 핵심에서 완전히 벗어나 있다는 뜻이다. 대체 산법의 기본 요소인 이 이질적인 '숫자'들은 단순하고 세련된 형태로 스스로를 정수에 끼워 넣었고, 서로 연결될 수 있는 수단을 찾아냈다. 설령 〈이쪽〉으로 번역된 그 공리들로부터 유도되는 난잡한 따름정리들이 정수들이 마땅히 따라야 할 규칙에 위배됐다고 해도… 이 경우 전복된 것은 모호한 진리의 작고 외진 일부일 뿐이다.

누군가 내 어깨에 손을 갖다 댔다. 나는 흠칫 놀랐지만, 위언은 지금까지의 모든 논쟁과 폭력을 다 잊은 듯한 온화한 표정으로 활짝 웃고 있었다.

그는 말했다. "광속의 불변성은 결국 깨지지 않았어. 그걸 필요로 하는 모든 논리도 모두 멀쩡하게 남아 있네." 지금은 그의 말을 믿는 수밖에 없었다. 내 손으로 직접 결과를 계산하려면 몇 시간은 걸릴 것이다. 아마 외계인들은 위언과 더 궁합이 맞았는지도 모른다. 단지 그가 어느 쪽 계에서도 걸출한 수학자였기 때문일 수도 있겠지만.

"그렇다면… 그들은 어디 있는 겁니까?" 빛의 속도로 전파되었다면, 〈저쪽〉에 대한 우리의 공격의 영향은 화성 너머로까지 미치지는 않았을 것이다. 게다가 가시가 침식당하는 것을 저지하기 위해 그들이 쓴 방어 전략은 몇 초라도 시차가 있다면 아예 성립할 수 없는 종류의 것이었다.

"대기권에?"

"지구의 대기권 말입니까?"

"거기 말고 어디가 있겠나? 아, 깊은 바닷속일지도 모르겠군."

나는 의자에 털썩 앉았다. 어떤 해석들이 가능한지를 감안하면 딱히 기괴한 가설이라고 할 수는 없을지도 모르지만, 그것이 시사하는 바를 생각하면 내 입장에서는 여전히 주저할 수밖에 없었다.

위언은 말했다. "우리 눈에 그들의 구조는 전혀 '구조'처럼 보이지 않을 걸세. 가장 단순한 〈저쪽〉의 구성단위는 초천문학적인 수에 대응하는 몇천 개의 원자로 이루어진 무리일 수도 있겠지. 그것들은 종래 방식으로 상호 결합돼 있지 않을 가능성조차 있지만, 물리 법칙들이 시사하는 통상적인 인과를 위반하고, 〈저쪽〉의 대체 수학에서 발생한 상이한 고차 규칙의 무리를 따르고 있을 거야. 사람들은 지구에서 멀리 떨어진 가스로 이루어진 거대 행성들 위에서 장기간 존속하는 가스 소용돌이 따위에 지성체가 코딩되어 있을 가능성에 관해서 곧잘 고찰하곤 했지만… 이 생물들은 허리케인이나 회오리바람 속에 존재하지는 않을 걸세. 그러는 대신 지극히 무해한 산들바람 따위에 실려 부유하고 있겠지. 뉴트리노만큼이나 관측이 힘든 존재인 거야."

"그런 방식은 너무 불안정…"

"우리 수학에 따르면 불안정하겠지. 그들에게는 해당 안 돼."

앨리슨이 갑자기 화난 목소리로 끼어들었다. "설령 그런 얘기들이 모두 사실이라고 해도, 그게 우리들하고 무슨 상관이 있나요? 〈결점〉이 눈에 안 보이는 생태계를 통째로 떠받치고 있든 안 떠받치고 있든 간에, IA는 여전히 그걸 찾아내서 악용할 겁니다. 완전히 똑같은 방식으로."

나는 아연실색한 나머지 잠시 할 말을 잃었다. 지금 우리는 인류가 미지의 문명과 이 지구를 공유하고 있을지도 모른다는 가능성에 직면해 있는데, 이 여자는 IA의 구질구질한 책략에만 관심이 있단 말인가?

물론 그녀의 말은 완전히 옳았다. 이런 장대한 판타지가 입증되거나 부인되기 한참 전에, 인더스트리얼 알제브라는 여전히 형언할 수 없을 정도로 엄청난 해를 끼칠 가능성이 있었다.

나는 말했다. "매핑 소프트웨어는 그대로 돌리면서, 상대방을 수축시키는 알고리즘만 정지시켜."

앨리슨은 화면을 흘끗 보았다. "그럴 필요는 없어. 그들은 이미 우리 소프트웨어를 제압했거나, 그 기반에 있는 수학을 무너뜨린 상태야." 〈저쪽〉은 원래 크기를 되찾고 있었다.

"그럼 우리도 잃을 게 없군. 다 꺼버려."

앨리슨은 그 말에 따랐다. 더 이상 공격을 받지 않게 되자 가시는 성장 과정을 역전시켰고, 점점 짧아지기 시작했다. 나는 〈저쪽〉 수학에 대한 나의 제한적인 이해력이 갑자기 증발해 버리는 것을 느끼고 상실감으로 가슴이 아려 오는 것을 느꼈다. 나는 계속 그것을 잡고 있으려고 시도했지만, 공기를 움켜쥐려는 것이나 마찬가지였다.

가시가 완전히 들어가 버리자 나는 말했다. "이젠 인더스트리얼 알제브라 놀이를 할 때가 왔어. 〈결점〉을 우리 쪽으로 끌어오면 어떤 일이 일어나는지 확인해 보자고.”

루미너스의 가동 시간은 거의 끝나기 직전이었지만 실험 자체는 간단했다. 우리는 30초 만에 프로그램을 다시 써서 수축 알고리즘이 역으로 작동하도록 만들었다.

앨리슨은 기능키 하나를 누르면 소프트웨어가 원래 버전으로 되돌아가도록 프로그래밍해 놓았다. 따라서 실험이 폭주해서 역효과가 나거나 할 경우에는 그 키를 한 번 누르기만 해도 루미너스의 전 능력을 다시 〈이쪽〉 수학의 방어에 투입할 수 있다.

위언과 나는 불안한 표정으로 눈길을 교환했다. 나는 말했다. “잘 생각해 보면 이건 그리 좋은 방법이 아닐지도 몰라.”

앨리슨은 동의하지 않았다. “저들이 여기 어떻게 반응하는지를 알아낼 필요가 있어. IA에게 그걸 맡기느니 우리 손으로 지금 이 자리에서 확인하는 편이 나아.”

그녀는 프로그램을 기동시켰다.

성게를 닮은 〈저쪽〉의 구조체가 천천히 부풀어 오르기 시작했다. 나는 식은땀이 흐르는 것을 느꼈다. 〈저쪽〉의 존재들은 지금까지는 우리를 해치지 않았지만, 우리가 지금 하고 있는 일은 우리가 진심으로, 절대로, 홱 열리는 것을 보고 싶지 않은 문을 이쪽에서 일부러 세게 잡아당기는 행위처럼 느껴졌다.

여성 기술자가 방 안으로 머리를 들이밀더니 쾌활한 어조로 선언했다. “2분 후면 보수 정비 시간이 되어서 전원이 꺼져요!”

위언이 말했다. “미안하네, 하지만 이젠⋯”

〈저쪽〉 전체가 새파랗게 변했다. 앨리슨의 오리지널 패치가 체계적인 간섭을 탐지한 것이다.

우리는 화면을 확대했다. 루미너스는 〈이쪽〉의 취약한 명제들을 제거하고 있었지만, 무엇인가가 그로 인해 생긴 손상을 수복하고 있었다.

나는 캑캑거리며 환호성 비슷한 소리를 발했다.

앨리슨은 후련한 표정으로 미소 지었다. "난 만족했어. IA 따위는 저걸 건드릴 깜냥이 안 돼."

위언은 곰곰이 생각하는 표정이었다. "아마 저들에겐 현상을 유지할 이유가 있었는지도 몰라. 혹시 〈저쪽〉뿐만 아니라 경계의 존재 자체에도 의존하고 있는 건지도 모르겠군."

앨리슨은 역전시킨 수축 알고리즘을 정지시켰다. 새파란 빛이 사라졌다. 양 진영 모두 〈결점〉에는 간섭하지 않았다. 우리들 모두가 족히 1,000개는 되는 질문에 대한 해답을 얻고 싶어서 안달하고 있었지만, 기술자들이 주 스위치를 내리자 루미너스는 존재하는 것을 멈췄다.

• — •

택시를 타고 시내로 돌아갈 무렵에는 지평선 위로 해가 솟아오르고 있었다. 호텔 앞에서 차가 멈추자 앨리슨은 몸을 떨며 흐느끼기 시작했다. 곁에 앉아 있던 나는 그녀의 손을 꼭 쥐었다. 예측 불가능한 이번 사태의 중대성을, 그녀가 처음부터 줄곧 나보다 훨씬 더 무겁게 받아들이고 있었다는 사실을 알고 있었다.

　요금을 치른 다음 그녀와 함께 잠시 거리에 서서 자전거를 타고 왕래하는 수많은 사람들을 묵묵히 바라본다. 신기함과 일상, 실용주의와 관념주의, 가시可視와 불가시 사이에 존재하는 이 새로운 모순을 받아들이려고 고투하는 우리의 세계에 어떤 변화가 올지를 상상하며.

10

실버파이어

Silver Fire

메릴랜드주에 위치한 국가보건통계청의 존 브레크트가 전화를 걸어온 것은 집에서 전염병학 410 과목의 문제지를 채점하고 있었을 때였다. 의례적인 녹화 메시지였다면 나중에 내가 편할 때 응답하면 그만이었지만, 실시간 영상전화였다. 최근에, 브레크트 대령을 '예전 직장의 보스'라고 생각하는 버릇이 생겼는데, 아무래도 시기상조였던 듯하다.

브레크트가 말했다. "클레어, 자네가 흥미를 느낄 만한 〈실버파이어〉의 변칙적인 발병 분포를 찾아냈네. 자기상관함수를 변환한 뒤에도 영 사라지지 않는 조그만 변동인데, 자네는 지금 방학 중이니까…"

"방학 중인 건 제 학생들입니다. 저는 아직 할 일이 쌓여 있습니다만."

"오, 컬럼비아대학에선 그런 잡무를 1, 2주 동안 대신 처리해 줄 인재를 찾아줄 거라고 생각하네."

나는 말없이 상대방의 얼굴을 바라보며 '혹시 대령님의 〈잡무〉를 처리해 줄 인재가 필요한 거라면 다른 데를 알아보시면 어떨까요'라고 대답할지 말지 잠시 망설였다.

결국 나는 이렇게 말했다. "구체적으로 어떤 변동을 얘기하시는 건지?"

브레크트는 미소 지었다. "희미한 흔적이지만, 통계적으로 유의미해지기 직전이라고나 할까. 그리고 그건 자네의 전문 분야 아닌가." 화면에 지도가 떠올랐다. 브레크트의 얼굴은 지도 모퉁이의 작은 화면으로 축소됐다. "노스캐롤라이나주의 그린즈버러 부근에서 시작되어서 서진하고 있는 것처럼 보이네." 지도 위에 최근 보고된 〈실버파이어〉의 발병 사례들을 가리키는 깨알 같은 점들이 나타났다. 점들은 추정 '감염일'로부터 얼마나 오랜 시간이 경과됐는지에 따라 각기 다른 색으로 분류돼 있었고, 각 점의 위치는 해당 환자의 위치에 해당한다. 정확히 무엇을 찾으면 되는지 대령이 미리 귀띔해 준 덕에 나는 산발적으로 꽂힌 국지적인 집단 발병 지점들 위를 가로지르는 유령처럼 희미한 진행 경로의 흔적을 볼 수 있었다. 빨강에서 보라로 서서히 색조가 바뀌는 벌그죽죽한 무지개를 연상시키는 이 선은 서쪽을 향해 가다가 테네시주 녹스빌 바로 서쪽에서 흐릿해지면서 자취를 감추고 있었다. 하지만… 이 지도를 좀 더 자세히 주시해 보면, 켄터키주에서 놀랄 정도로 완벽한 호弧를 그리며 남하하는, 예의 무지개 못지않게 선명한 또 하나의 진행 경로가 보인다. 이 지도를 몇 분만 더 이런 식으로 주시했더라면 급기야는 그루초 막스의* 얼굴이 숨겨져 있는 것을 찾아냈을지도 모르겠다. 인간의 뇌는 패턴 인식에 너무나도 특화돼 있기 때문이다. 엄밀한 통계적 수단이 없다면 우리는 어린애처럼 무력해지며, 바람 따위의 무작위적인 흐름에서조

❖ 20세기 미국의 코미디언, 영화배우.

차 의미를 찾아내려고 아등바등하는 애니미즘 신봉자가 되는 수밖에 없는 것이다.

나는 말했다. "확률적으로는 어떤 결과가 나왔습니까?"

"P값을 보면 아슬아슬해." 브레크트는 시인했다. "그래도 난 여전히 조사해 볼 가치가 있다고 생각하네."

이 가상의 감염 진행 경로는 시간적으로는 적어도 열흘 동안 이어지고 있었다. 〈실버파이어〉 바이러스에 노출된 지 사흘이 지날 경우 평균적인 환자는 이미 사망했거나 중환자실에 입원해 있지, 태평스럽게 차를 몰고 전원 지대를 횡단하거나 하지는 않는다. 〈실버파이어〉의 감염 루트를 추적한 지도는 보통 5~10킬로미터에 달하는 평균자유행로*를 가진 랜덤워크**처럼 보이기 마련이다. 비행기 여행을 통한 전파조차도 소규모 집단 발병을 산발적으로 야기하는 것이 고작이다. 만약 이 지도가 무증상 전파자의 행적을 보여주고 있다면, 확실히 조사해 볼 가치는 있어 보였다.

브레크트가 말했다. "지금부터 자네가 우리 통계청의 감염 현황 데이터베이스 전체를 액세스할 수 있도록 조치하겠네. 우리 쪽에서 잠정적인 분석 결과를 제공할 수도 있지만, 가공 안 된 데이터를 자네가 직접 보는 편이 훨씬 나을 것 같아서 말이야."

"물론 그쪽이 훨씬 낫습니다."

"좋아. 그럼 내일 출발해 줘."

※ 통계역학 등에서 어떤 입자가 충돌로 인한 방해를 받지 않고 이동하는 평균 거리.
※※ 확률적으로 무작위적인 이동 패턴. 무작위 행보. 취보(醉步).

나는 동이 트기 전에 기상해서 단 10분 만에 짐을 꾸렸다. 그러는 내내 앨릭스는 침대에서 단잠을 방해한 나에게 항의하려는 듯이 중얼중얼 잠꼬대하고 있었다. 짐을 다 싸고 나서야 출발할 때까지 하릴없이 3시간을 더 때워야 한다는 사실을 깨달았고, 결국 다시 침대로 파고들었다. 다시 깨어보니 앨릭스와 로라 모두 이미 일어나서 식탁에서 아침을 먹고 있었다.

그러나 로라 반대편에 있는 의자에 앉으면서 나는 아직도 꿈을 꾸고 있는 듯한 느낌에 사로잡혔다. '넌 이미 잠에서 깼으니까 억지로 눈을 뜨지 않아도 돼' 하는 식으로 사람을 교묘하게 안심시키는 종류의 꿈 말이다. 내가 이런 기분이 된 것은 14살이 된 딸의 얼굴과 양팔이 빨강, 초록, 파랑으로 오색영롱하게 반짝이는 연금술 기호와 황도 12궁의 상징들로 뒤덮여 있었기 때문이었다. 가상현실을 마치 환각 체험처럼 다룬 저질 영화에서 특수촬영 소프트웨어를 써서 빚어낸 등장인물을 보는 듯한 느낌이다.

로라는 반항적인 눈으로 나를 응시했다. 마치 내가 못마땅해하는 기색을 보이기라도 했다는 투였다. 실은 그런 객쩍은 감정은 아직 느낄 겨를이 없었고, 마침내 그런 감정이 솟구쳤을 때도 나는 입을 꽉 다물고 아무 말도 하지 않았다. 로라의 성격으로 미뤄볼 때 씻으면 지워지는 가짜 문신일 가능성은 전무하지만, 피부에 붙이는 방식의 효소 패치를 쓴다면 피 한 방울 흘리지 않고 쉽게 지울 수 있을 것이다. 염색 패치를 붙여 저렇게 피부를 물들였을 때와 마찬가지로 말이다. 그런고로 나는 반항기의 자식 앞에서 올바르게 행동한 것이 맞다. 아무 말도 하지 않았기 때문이다. '어머, 정말 멋지구나!' 하는 식의 싸구려 반反심리학을 동원하지도 않았고, 개학한 뒤에도 그걸 지우지 않는다면 교장 선생한테 불리어 가서 잔소리를 듣는 것은 네가 아니라 나라는 솔직한 불평조차도 입 밖에 내지 않았다.

로라가 말했다. "엄만 아이작 뉴턴이 중력이론보다 연금술 연구에 더 많은 시간을 투자했다는 걸 알아?"

"응. 그런데 뉴턴이 숫총각인 채로 죽은 건 아니? 역할 모델이라는 건 정말 근사한 존재야. 안 그래?"

앨릭스는 경고하는 듯한 표정으로 나를 곁눈질했지만, 로라와 나의 대화에 끼어들지는 않았다. 로라는 지지 않고 말을 이었다. "과학의 역사에서는 공식적인 설명에서 검열돼 삭제된 비밀이 산더미처럼 많아. 누구라도 원본 자료에 접근할 수 있게 된 최근이 돼서야 백일하에 드러난 지식이."

딸의 이런 발언에 대해 어떻게 하면 탄식하지 않고 성실하게 답변할 수 있을까. 도무지 감을 잡을 수 없었지만, 나는 침착한 어조로 말했다. "언젠가는 너도 그런 지식 대부분은 과거에 이미 '백일하에 드러난' 적이 있다는 걸 알게 될 거야. 그런 지식은 실은 그리 흥미로운 지식이 아니라서 묻혔다는 사실을 포함해서 말이야. 물론 과학자들이 탐구하려다가 막다른 골목에 빠진 분야 중에 실로 매력적인 것들이 포함돼 있다는 건 인정해야겠지만."

로라는 측은하다는 듯이 나를 보았다. "막다른 골목이라니!" 그녀는 접시에 남은 토스트 부스러기를 모두 주워 먹은 다음 의자에서 일어나더니 마치 무슨 싸움에서 이기기라도 한 듯이 사뿐한 발걸음으로 방에서 나갔다.

나는 하소연하듯이 말했다. "나만 몰랐던 거야? 쟤 언제부터 저랬어?"

앨릭스는 동요한 기색이 아니었다. "대부분 그 애가 듣는 음악의 영향이라고 생각해. 더 자세히 말하자면, 〈앨케미스트〉인가 뭔가 하는, 초자연적으로 완벽한 피부에 엄청 큰 갈색 콘택트렌즈를 낀 17살 남아 세 명으로 이루어진 보이그룹…"

"응, 그 밴드는 나도 알아. 정확한 이름은 〈뉴 헤르메틱스〉인데, 걔네들의 음악은 단순한 아이돌 음악이 아니라 대규모 컬트에 가깝다는 것이 문제…"

앨릭스는 웃음을 터뜨렸다. "어이, 그 정도로 해둬! 당신 여동생도 악마숭배 비슷한 걸 내세운 헤비메탈 그룹의 리드싱어에 푹 빠져 있었던 거 기억 안 나? 그래도 검은 고양이들을 거꾸로 매단 십자가에 못 박는다든지 하진 않았잖아."

"걔는 푹 빠져 있었던 게 아니라, 리드싱어가 그런 헤어스타일을 유지하는 비결이 궁금했을 뿐이야."

앨릭스는 단호하게 말했다. "로라는 걱정 안 해도 돼. 그러니까… 느긋하게 지켜봐 주라고. 정 마음이 안 놓인다면 『푸코의 진자』라도 사주든지."

"걘 그런 식의 아이러니는 이해 못 할 거야."

앨릭스는 내 팔을 쿡 찔렀다. 거칠게 찌르는 시늉을 한 것에 불과했지만, 정말로 골이 난 기색이었다. "그런 발언은 공평하지 못해. 로라는 〈뉴 헤르메틱스〉를 한동안 질겅질겅 씹다가 결국 뱉어낼 거야. 길어봤자 여섯 달 정도겠지. 사이언톨로지에 빠졌을 땐 얼마나 오래 갔더라? 일주일?"

나는 말했다. "사이언톨로지는 워낙 조잡해서 누가 봐도 뻔한 헛소리인 걸 알 수 있으니까 놀랄 일이 아니지. 하지만 〈뉴 헤르메틱스〉의 경우는 5,000년이나 이어져 내려온 신비주의 문화로 스스로를 치장할 수 있어. 음흉하기로는 불교나 가톨릭 못지않다고. 그런 식의 전통, 그런 식의 예술적인 수단을 동원하려는 목적은…"

앨릭스는 내 말을 가로막았다. "됐어. 그리고 여섯 달쯤 지나면 로라도 그걸 깨달을 거야. 그런 헛소리 따위는 모두 무시하더라도 예술 자체를 감상하는 데는 아무 지장도 없다는 점을. 막다른 골목에 부딪혔다고 해서 연금술의 세련된 매력이 사라지는 건 아니지만… 단지 세련되고 매력적이라고 해서 그 주장이 곧 진실이 되지는 않는다는 사실을 말이야."

나는 앨릭스가 한 말에 관해 곰곰이 생각해 보다가, 몸을 내밀고 그에게 키스했다. "당신 말이 옳을 때는 왠지 기분이 나빠져. 너무 명명백백한 사실처럼 들려서 말이야. 결국 난 너무 과잉보호라는 거지? 로라는 그냥 내버려 둬도 자기 힘으로 진실을 깨우칠 거고."

"우리 딸을 믿어주자고."

나는 손목시계를 흘끗 보았다. "젠장. 라과디아 공항까지 차로 데려다줄래? 지금 택시를 불러도 비행기를 놓치겠어."

• — •

팬데믹 초기에 나는 연줄을 동원해서 내가 가르치는 학생들과 함께 〈실버파이어〉 환자 한 명을 가까이서 관찰할 기회를 마련했다. 바이러스에 감염된 환자의 실제 건강 상태를 직접 보지도 않은 채로, 지도와 그래프, 수치 모델이나 외삽 따위의 추상적인 연구에만 매몰되는 것은 (설령 그것들이 바이러스와의 전쟁에서 아무리 필수적이라고 해도) 옳지 않다고 생각했기 때문이다.

생화학 방호복을 착용할 필요는 없었다. 젊은 남성 환자는 사방이 유리로 에워싸인, 완전히 밀폐된 병실에 누워 있었기 때문이다. 그는 여러 개의 튜브를 통해 산소와 물, 전해액과 영양소를 공급받고 있었다. 항생물질과 해열제와 면역억제제와 진통제와 함께 말이다. 침대나 매트리스는 없었고, 환자는 투명한 고분자 젤 속에 완전히 파묻혀 있었다. 이 젤은 부력을 가진 반고체의 일종이었고, 욕창 발생을 억제하고, 예전에는 환자의 피부였던 것에서 스며 나오는 피와 림프액을 제거해 주고 있었다.

그 광경을 보았을 때 불현듯 내가 울고 있다는 사실을 깨달았다. 소리 없이, 짧게, 뜨거운 분노의 눈물을 흘렸던 것이다. 그러나 그런

실버파이어

감정은 곧 진공 속으로 스러져 갔다. 누구 탓으로 돌릴 수 없다는 사실을 잘 알고 있었기 때문이다. 내 수업을 듣는 학생들의 반수는 의대를 졸업한 의학도들이었지만, 외상 병동이나 수술실에 발을 들여놓은 경험이 아예 없는 풋내기 통계학자들보다 오히려 훨씬 더 동요한 기색을 보였다. 아마 그 환자가 아편성 진통제에 뇌까지 푹 잠겨 있지 않았다면 어떤 기분일지를 충분히 상상할 수 있기 때문인지도 모르겠다.

이 질병의 공식 명칭은 전신 섬유화 바이러스성 피부경화증Systemic Fibrotic Viral Scleroderma이지만, 머리글자를 딴 약칭인 SFVS가 발음하기 어려울 뿐 아니라 뉴스사이트의 기사에 쓰이더라도 눈에 잘 들어오지 않는다는 점은 명백했다. 그래서 나는 다른 사람들과 마찬가지로 새로 생겨난 별칭을 썼지만, 그럴 때마다 혐오감이 몰려오는 것만은 어쩔 수 없었다. 문제의 별칭은 절로 쌍욕이 나올 정도로 시적이었기 때문이다.

〈실버파이어〉 바이러스에 감염된 인간의 피하 결합조직의 섬유아세포※는 폭주 상태에 빠지고, 엄청난 양의 콜라겐을 생성한다. 이 콜라겐은 정상적인 유전자에서 전사轉寫되었으나 불완전하게 조립된 변종이다. 이 변성 단백질은 세포 밖의 공간에 조밀한 판 형태의 플라크를 형성해서 그 위의 진피眞皮로 가는 영양 공급을 저해하고, 결국은 완전히 박리시키는 것이 불가능해질 정도로 두꺼워진다. 이것은 안쪽에서 인간의 살갗을 벗겨내는 것과 다르지 않다. 바이러스 입장

※   육아(肉芽) 조직의 주요 구성 세포이며, 상처 치유에 필수적인 콜라겐 등의 진피 단백질을 만들어 낸다.

에서는 대량의 바이러스를 체외로 방출할 수 있으니 좋은 전략일지도 모르지만, 〈실버파이어〉가 도대체 언제 이런 수법을 획득했는지는 아무도 모른다. 무해하든 아니든 간에 바이러스의 모균주母菌株를 체내에 보유했을 것으로 추정되는 중간 숙주 동물도 아직 발견되지 않았다.

림프액으로 번들거리는, 병적으로 허연 콜라겐판이 '실버'에 해당한다면, 고열과 자가면역반응과 산 채로 불태워지는 듯한 감각은 '파이어'에 해당한다고 할 수 있을 것이다. 불행 중 다행인 것은 이런 고통은 어떤 식으로든 오래 지속되지 않는다는 점이다. 선진국의 표준적인 완화치료는 계속적인 깊은 진정 상태를 포함하지만, 그런 수준의 하이테크 대증요법의 수혜를 받지 못할 경우에는 급속하게 쇼크 상태에 빠져 사망하기 때문이다.

첫 번째 집단 발병 사태에서 2년이 지난 지금도 이 바이러스의 기원은 오리무중이었고, 백신 개발도 아직 먼 미래의 이야기였다. 감염된 환자들을 거의 무기한으로 생존시키는 것은 가능했지만, 그들의 몸에서 바이러스를 제거하고 배양한 피부를 이식하려는 시도는 모두 실패로 돌아갔다.

전 세계에서 40만 명이 감염되었고, 감염된 사람 열 명 중 아홉 명은 사망했다. 아이러니하게도 최빈국들에서 〈실버파이어〉는 거의 사라진 상태였다. 만연한 영양실조증은 빠른 감염으로 이어졌고, 그 결과 아프리카의 집단 발병은 대부분 그 자리에서 소진돼 버렸기 때문이다. 미국은 생명 유지 장치에 의존하는 입원 환자들의 인구당 비율이 세계 최고였을 뿐만 아니라, 신규 환자의 발생률에서도 1위에 근접하고 있었다.

이 바이러스는 악수 같은 직접 접촉뿐만 아니라 감염된 사람과 만원 버스에 함께 타는 것만으로도 전파될 가능성이 있었다. 개개의 밀접 접촉에서는 감염될 가능성이 낮아도, 이런 일들이 누적되면 늦든 빠르든 감염은 일어났다. 중기적인 관점에서 유일하게 쓸모 있는 대처법은 잠재적 보균자의 격리였지만, 지금까지는 〈실버파이어〉에 감염된 채로 오랫동안 건강한 상태를 유지할 수 있는 사람은 전무한 것처럼 보인다. 만약 브레크트의 컴퓨터들이 찾아낸 문제의 '진행 경로'가 정말로 통계학적인 신기루 이상의 것이라면, 그 경로를 중간에 차단함으로써 몇십 명의 목숨을 구할 가능성도 있었다. 그리고 그 경로를 이해한다면 몇만 명의 목숨을 구할 수도 있을 것이다.

●　—　●

내가 탄 비행기는 정오가 되기 직전에 그린즈버러 교외에 있는 트라이어드 국제공항에 착륙했다. 공항 주차장에서는 렌터카 한 대가 나를 기다리고 있었다. 나는 대시보드 앞에서 노트패드를 한 번 흔들어 내 프로필을 전송했고, 압전壓電 구동기들이 윙윙거리며 내 몸에 맞춰 조금씩 좌석과 운전 장치의 위치를 바꿀 때까지 기다렸다. 주차장에서 후진하며 차를 빼기 시작했을 때, 카스테레오에서 기분 좋은 즉흥곡이 흘러나오기 시작했다. 디스플레이에 뜬 제목을 보니 '2008

년 6월 11일에 공항에서 나갈 때 듣는 음악'이라는 의뭉스러운 제목
이었다.

시내를 향해 가던 도중에 도로 좌우에 몇십 곳에 달하는 광활한
담배밭들이 펼쳐져 있는 광경을 목격하고 나는 충격을 받았다. 건강
에 유익한 작물로 다시 태어난 담배는 모든 경작지를 잠식하고 있었
고, 그런 현상은 이런 교외에서조차도 예외가 아니었다. 이제는 역설
적이라고 하기에도 뭐할 정도로 진부한 현상이었지만, 그래도 이렇게
눈으로 직접 보니 감회가 남달랐다. 물론 기호품으로서의 니코틴은
압생트◈가 그랬던 것처럼 쇠락의 길을 걷고 있었지만, 담배 자체는 그
어떤 시절보다도 많이 재배되고 있었다. 새로운 유전 물질을 도입하
고 싶을 때 담배모자이크바이러스는 지극히 편리하고 효율적인 운반
체가 돼주기 때문이다. 유전자 변형 담배의 잎은 약제나 백신의 항원
抗原으로 가득 차 있었고, 그 가격은 유전자조작이 되지 않은 그 조상
들의 수요가 정점에 달했던 시절의 무려 20배에 육박한다.

첫 번째 약속 시각까지는 거의 1시간이나 남아 있었기 때문에 나
는 시내를 돌아다니며 점심을 먹을 만한 곳을 찾았다. 브레크트의 전
화를 받은 이래 줄곧 신경이 곤두서 있던 탓인지 목적지에 도착한 것
만으로도 이렇게 기분이 좋아졌다는 사실이 내심 놀라웠다. 어쩌면
남쪽 지역으로 내려와서 햇볕이 내리쬐는 각도가 미묘하지만 느닷없
이 변화한 덕인지도 모르겠다. 위도의 변화에 따른 일종의 시차증이

◈　쑥과 아니스 등을 주원료로 하는 스위스 원산의 증류주이며, 20세기에는 독성 논란 등
으로 인해 1세기 가깝게 제조나 소지가 금지되었다.

내게는 되레 유익하게 작용했다고나 할까. 우중충한 뉴욕시에만 있다가 그린즈버러로 오니 시내 전체가 선명하게 반짝이는 것처럼 보였고, 반지르르하게 잘 보존된 역사적 건물들 옆에 늘어선 파스텔 조의 현대식 건물들도 신기할 정도로 조화로운 느낌을 준다.

결국은 작은 식당에 들어가서 샌드위치를 사 먹었는데, 그러면서도 미리 작성해 둔 메모를 훑어보지 않을 수가 없었다. 강박적으로 말이다. 이론가로 지내다가 무려 7년 만에 현장에 복귀하는 과정에서, 역학조사관으로서의 마음가짐을 갖출 시간적 여유를 거의 갖지 못한 탓인지도 모르겠다.

지난 2주 동안 그린즈버러에서는 네 명의 새로운 〈실버파이어〉 환자가 발생했다. 전 세계의 방역 당국들은 이미 오래전에 역학조사를 통해 모든 환자의 감염 경로를 특정하려는 시도 자체를 포기하고 있었다. 워낙 쉽게 감염되는 데다가 혼수상태에 빠진 환자에게 질문할 수도 없는 노릇이라서, 엄청나게 많은 노동력을 요구하는 것에 비해 구체적인 성과를 거의 얻을 수 없는 작업이었기 때문이다. 따라서 가장 쓸모 있는 〈실버파이어〉 대응 전략은 접촉자 추적 조사가 아니라 새로운 감염자가 나올 때마다 그 가족과 직장 동료를 위시한 밀접 접촉자들을 1주쯤 격리하는 것이었다. 감염자들이 매우 명확한 증세를 보이며 위독 상태에 빠지기 전에 타인을 감염시킬 수 있는 기간은 최대한 길게 잡아도 이틀에서 사흘이기 때문에, 이쪽에서 일일이 찾아 나설 필요는 없었다. 따라서 브레크트가 찾아낸 〈실버파이어〉의 무지갯빛 진행 경로는 이런 법칙에 실제로 예외가 존재하든가, 아니면 단일 보균자를 거치지 않은 새로운 감염 사례들이 한 도시에서 다른 도시로 잔물결처럼 전파되고 있다는 것을 의미했다.

그린즈버러의 인구는 약 25만 명이었지만, 정확한 수는 어디를 시의 경계로 간주하는지에 따라 달라진다. 노스캐롤라이나주에서는 인구내파 현상에 의한 급격한 도시화가 거의 일어나지 않았지만 근년 들어 시골 지역의 성장률은 주요 도시들의 그것을 되레 능가하고 있었고, 특히 〈미세마을microvillage〉 운동은 캘리포니아 지역의 그것에 맞먹을 정도로 융성하고 있었다.

나는 노트패드에 인구 밀도를 보여주는 등치선도※를 띄웠다. 롤리나 샬럿이나 그린즈버러 같은 도시들조차도 완만하게 굴곡진 배경을 이루는 시골의 산간부보다 약간 더 표고標高가 높은 정도였다. 오직 애팔래치아산맥만이 물리적 고저가 역전된 이 지형도에 깊은 홈을 새기고 있었다. 지도에는 몇백 곳에 달하는 새로운 소규모 공동체들이 점재해 있었다. 이런 〈미세마을〉들은 엄밀하게 말해 자급자족하고 있는 것은 아니었지만, 태양광 발전 시스템과, 소규모 지역 정수 처리장과, 중앙집중식 공공 네트워크와는 완전히 분리된 위성통신 링크를 갖춘, 글자 그대로의 하이테크 녹색 공동체였다. 주민들 역시 수입의 대부분을 소프트웨어 개발, 디자인, 음악, 애니메이션 분야에서의 재택근무를 통해 얻고 있었다.

나는 지도 위에 〈실버파이어〉 감염과 관련된 기간의 개략적인 유동인구 규모를 나타내는 오버레이를 덧씌웠다. 그러자 간선도로와

※ 같은 값들을 선으로 이어 등고선처럼 나타낸 통계 지도.

고속도로들이 백열한 빛을 발했다. 소읍이나 소도시들은 모세혈관처럼 가느다란 인근 도로들을 통해 이 실타래에 연결돼 있었다. 그러나 〈미세마을〉들은 지도상에서 거의 사라져 버렸다. 미세마을의 주민들은 모두 자기 집에서 일하기 때문이다. 따라서 〈실버파이어〉의 무작위적인 발생이 비교적 인구밀도가 높은 이 지역을 전형적인 갈지자 모양의 랜덤워크로 가로지르며 확산되는 대신, 주간州間고속도로를 따라서 직접 전파됐을 가능성도 전혀 없다고는 할 수 없었다.

그렇다고는 해도… 애당초 내가 여기 온 이유는 전적으로 그 어떤 컴퓨터 모델도 해결하지 못하는 한 가지 의문점을 확인하기 위해서였다. 바꿔 말해서, 나는 해당 모델들의 기반이 된 전제前提 자체에 혹시 치명적인 결함이 없는지를 확인할 필요가 있었다.

• — •

나는 식당을 나와서 본격적인 조사에 착수했다. 네 개의 발병 사례는 서로 관련이 없는 네 개의 가정 내에서 일어났다. 오늘은 힘든 하루가 될 것이다.

내가 면접한 사람들은 모두 격리 기간이 끝나기는 했지만 적든 많든 간에 충격에서 아직 헤어나지 못한 상태였다. 〈실버파이어〉에 감염된다는 것은 급행열차에 치이는 것이나 마찬가지다. 무슨 일이 일어나고 있는지를 미처 파악할 틈도 없이, 조금 전까지만 해도 멀쩡했던 자식이나 부모나 배우자나 연인이 눈앞에서 죽어가는 광경을 봐야 하는 것이다. 그런 일을 당한 사람이 생판 모르는 사람에게 2시간 동안 신문당하는 것을 달가워할 리는 만무했다.

마지막 가족의 집에 도착했을 때는 땅거미가 지고 있었다. 현장에 복귀했다는 사실에 대해 내가 느꼈던 기쁨은 이미 스러진 지 오래였다. 나는 잠시 운전석에 앉은 채로 완벽하게 손질된 정원과 창문의 레이스 커튼을 응시하며 귀뚜라미 소리에 귀를 기울였다. 저 집에 들어가지 않을 수만 있다면, 희생자의 가족들과 얼굴을 맞대지 않을 수만 있다면 얼마나 좋을까.

다이앤 클레이턴은 고등학교의 수학 교사였다. 그녀의 남편인 에드는 엔지니어였고, 현지의 전력 회사에서 야간에 근무했다. 이들에게는 13살이 되는 셰릴이라는 딸과 18살의 아들 마이크가 있었다. 감염되어 입원 중인 사람은 마이크였다.

나는 세 명의 가족을 마주 보고 앉아 있었지만, 나와 대화를 나눈 사람은 주로 클레이턴 부인이었다. 클레이턴 부인은 흠잡을 수 없을 정도로 정중하고 참을성 있는 태도로 나를 대했지만, 그녀가 여전히 망연자실한 상태라는 것은 얼마 지나지 않아 명백해졌다. 그녀는 내가 한 모든 질문에 대해 사려 깊은 태도로 천천히 대답해 주었지만, 지금 자기가 무슨 말을 하고 있는지, 정말로 이해하고 있는지는 의문이었다. 단지 기계적으로 내가 하는 말에 반응하고 있는지 아닌지의 여부조차도 확실하지 않았다.

마이크의 아버지 역시 별반 도움이 되지 않았다. 밤에 근무하는 탓에 다른 가족들과는 생활 리듬이 완전히 어긋나 있었기 때문이다. 나는 딸인 셰릴과 눈을 맞추며 대화를 이끌어 내려고 노력했다. 부조리하다는 것은 나도 알지만, 그러면서도 죄악감이 솟구치는 것은 어쩔 수가 없었다. 마치 나는 어떤 엉터리 상품을 이 가족에게 팔려고 온 사기꾼이고, 부모 쪽에서 내키지 않는 기색을 보이자 이번에는 딸을 표적으로 삼은 듯한 기분이라고나 할까.

"그렇다면… 화요일 밤에 마이크가 집에 있었던 건 확실한 거지요?" 나는 증세가 발현하기 1주 전의 마이크 클레이턴의 동선을 시간 단위로 차트에 기입하고 있었다. 게슈타포의 심문을 방불케 하는, 시시콜콜하며 꼼꼼하기 그지없는 틀에 박힌 조사 방식이었다. 이것에 비하면 성행위 상대자의 목록과 체액 교환 내역만 물어보면 충분했던 옛 시절이 목가적으로 느껴질 정도다.

"예, 맞아요." 다이앤 클레이턴은 눈을 질끈 감고 그날 밤의 기억을 다시 훑었다. "셰릴하고 텔레비전을 보다가… 11시경에 침실로 가서 잤어요. 그동안에도 마이크는 줄곧 자기 방에 있었을 겁니다." 노스캐롤라이나 주립대학의 그린즈버러 캠퍼스에 다니는 대학생인 마이크는 방학 중이었기 때문에 밤에 공부를 하고 있을 이유는 없었지만, 방에서 인터넷으로 친구들과 잡담을 하거나 영화를 보고 있었을지도 모른다.

셰릴은 망설이는 듯이 나를 흘끗 보았고, 조금 자신 없는 말투로 말했다. "오빠는 그날 밤 외출했던 것 같아요."

그녀의 어머니는 딸을 보며 미간을 찡그렸다. "화요일 밤에? 설마!"

나는 셰릴에게 물었다. "어디로 갔는지 짐작 가는 데가 있어?"

"나이트클럽 같은 데라고 생각해요."

"오빠가 그렇게 말했어?"

셰릴은 어깨를 으쓱했다. "그런 복장을 하고 있었거든요."

"하지만 어디 간다고는 얘기 안 했다는 건가요?"

"예."

"다른 장소였을 가능성은 없을까? 친구 집이나, 어딘가에서 열린 파티라든지?" 내가 가진 정보에 따르면 그린즈버러에서 화요일 밤에 문을 여는 나이트클럽은 없었다.

셰릴은 잠시 생각해 보는 기색이었다. "춤추러 간다고 했어요. 내가 들은 건 그게 전부예요."

나는 다이앤 클레이턴을 돌아보았다. 자기를 빼고 대화가 진행되고 있다는 사실에 동요하고 있는 기색이 역력했다. "누구하고 함께였는지 혹시 아시나요?"

마이크가 정말로 누군가를 사귀고 있었다면 가족에게는 그 사실을 밝히지 않았을 공산이 커 보였지만, 클레이턴 부인은 학창 시절의 친구 세 명의 이름을 내게 알려주었다. 그러면서 그녀는 계속 자신의 '부주의함'에 대해 내게 사과했다.

나는 말했다. "정말로 괜찮습니다. 누구도 세세한 부분까지 빠짐없이 기억할 수는 없는 법이니까요."

1시간 뒤에 내가 떠나려고 했을 때도 그녀는 여전히 심란한 기색이었다. 이제 아들이 자기한테는 얘기하지 않고 외출했다는 사실, 또

실버파이어

는 얘기를 했는데 깜박 잊고 있었다는 사실이 어떤 식으로든 이 모든 비극의 원인을 제공했다는 식으로 받아들이고 있는 듯했다.

클레이턴 부인의 고뇌는 부분적으로는 내 탓이 아닌가 하는 생각이 들었지만, 내 입장에서 선택의 여지는 없는 것이나 마찬가지였다. 병원에서는 그녀에게 환자 가족을 위한 전문 카운슬링을 제공할 것이고 그것은 내 임무와는 무관한 일이었다. 게다가 앞으로도 내가 같은 경험을 할 것은 확실했다. 따라서 그런 일을 개인적으로 받아들이기 시작한다면, 며칠 지나지도 않아 피폐해질 것이 뻔했다.

세 명의 친구들과는 11시가 되기 전에 모두 통화할 수 있었다. 그보다 더 늦은 시각이었다면 연락할 엄두를 내지 못했을 것이다. 그러나 화요일 밤에 마이크와 함께 있었거나, 그가 어디로 갔는지를 알고 있는 사람은 없었다. 그 밖의 세세한 사실 몇 가지를 대조 확인하는 것을 도와주기는 했지만 말이다. 그런 식으로 차 안에 틀어박혀 통화하다 보니 2시간이나 흘러 있었다.

화요일 밤에는 파티가 열렸을지도 모르고, 안 열렸을지도 모른다. 파티는 실은 뭔가 다른 일을 숨기기 위한 핑계에 불과했을지도 모른다. 가능성은 무궁무진했다. 감염 지도상에 공백들이 존재하는 것은 당연하다. 그린즈버러에 머물며 공백을 모두 채우려고 해봤자 아무 성과도 얻지 못할 게 뻔하다. 만약 가상의 보균자가 이 가상의 파티에 참가한 것이 정말이라면(그린즈버러에서 발생한 네 명의 환자들 중 마이크를 제외한 세 명이 이 파티에 참석하지 않았다는 점은 명백하다. 그날 밤 그들의 행적은 완전히 판명됐으므로.) 더 멀리까지 가서 흔적을 찾아내는 수밖에 없다.

나는 모텔에 체크인해서 침대에 누웠고, 고속도로를 달리는 차들 소리에 귀를 기울이며 앨릭스와 로라 생각을 하면서, 상상도 할 수 없는 일을 상상해 보려고 했다.

그러나 앨릭스와 로라에게 그런 일은 일어날 수 없어. 그들은 내 가족이니까. 내가 지킬 거야.

하지만 어떻게? 남극으로 이사라도 갈까?

〈실버파이어〉는 암보다 희귀했고, 심장병보다 희귀했고, 교통사고에 의한 사망보다 희귀했다. 도시에 따라서는 총상보다 희귀했다. 그러나 그것을 예방할 방법은 없었다. 완전한 물리적 고립 상태에 들어가지 않는 이상은.

그리고 지금 다이앤 클레이턴은 18살의 아들을 여름방학 동안 집에 가둬두지 못한 것을 후회하며 자책하고 있다. 거듭 이렇게 자문하면서. 난 뭘 잘못했던 걸까? 도대체 왜 이런 일이 일어난 걸까? 난 무슨 이유에서 이런 벌을 받고 있는 걸까?

나는 그녀를 방구석으로 데려가서 그녀의 눈을 똑바로 바라보며 이렇게 설득했어야 했다. "이건 당신 잘못이 아녜요! 당신이 어떤 행동을 해도 그걸 예방할 수는 없었다고요!"

또는 이렇게 말했어야 했다. 그건 우연히 일어난 일이었습니다. 사람들은 아무 이유도 없이 이런 고통을 겪죠. 아드님의 삶이 완전히 무너졌다고 해서 그것에 어떤 의미가 있는 건 아닙니다. 그런 일에 의미 따위는 없으니까요. 아드님이 감염된 건 단지 그때 분자들이 무작위적으로 움직였기 때문입니다.

일찍 잠에서 깬 나는 아침식사를 거르고 그대로 출발했다. 7시 30분에는 주간고속도로 40호선을 타고 서쪽을 향해 가고 있었다. 윈스턴-세일럼시는 그대로 지나쳤다. 최근 그곳에서 두 명이 감염되었지만, 예의 진행 경로의 일부라고 보기에는 감염 시기가 너무 빨랐기 때문이다.

잠을 잔 덕에 비관적인 기분도 좀 줄어들었다. 아침 날씨는 맑고 시원했고, 전원 지대의 경치는 놀랄 정도로 근사했다. 바꿔 말해서, 적어도 단조롭기 짝이 없는 바이오 경작지라든지, 그보다 더 무지막지한 골프장 따위로 변해 있지는 않았다는 뜻이다.

그렇지만 확실히 예전에 비해 나아진 부분도 있었다. 내가 처음으로 방송 전도사가 설파하는 1980년대판 증오의 복음을 라디오로 들은 것은 20여 년 전, 바로 이 40호선에서 운전을 하고 있었을 때의 일이다. 전도사는 에이즈는 신의 도구이며, HIV는 간통한 자와 마약중독자와 동성애자들을 벌하기 위해 하늘에서 내린 정의의 바이러스라고 주장했다. (당시 젊고 성급했던 나는 다음 출구에서 고속도로를 빠져나온 다음 방송국에 전화를 걸었고, 애꿎은 안내원에게 악담을 퍼부었다.) 그러나 케냐의 어떤 매춘부의 골수 세포에서 유래한 불멸화 세포주※에 기반한 치료제가 전능하신 하나님의 비밀 병기에 충분히 대항할 수 있다는 사실이 판명된 이래, 묘하게도 이 섬세하기 짝이 없는 신학의 제창자

※ 이론상 무한 복제가 가능한 세포 집단으로, 생물학 연구 등에 쓰인다.

들은 침묵을 지키고 있었다. 기독교 근본주의가 완전히 죽어 없어진 것은 아니었지만, 그 세력 기반이 사양길에 들어선 것은 틀림없었다. 그 양분이 되어주던 사람들의 무지와 편협함은, 밀물처럼 몰려드는 엄청난 양의 정보 앞에서는 유지하는 것이 거의 불가능해지고 있는 것처럼 보인다.

물론 시골의 라디오 방송국은 이미 오래전에 전도사들이고 뭐고 다 포함해서 인터넷으로 옮겨 간 상태였고, 옛날에 쓰이던 주파수대는 침묵했다. 현재 나는 2만 개의 채널을 보유한 거대 네트워크의 접속권 밖에 놓여 있었지만, 렌터카는 위성 링크를 갖추고 있었다. 그래서 기분 전환을 하려고 노트패드를 켰다.

나는 정보 채굴 소프트웨어인 아리아드네로 하여금 〈실버파이어〉에 관한 미디어의 모든 언급을 스캔하도록 설정해 놓은 상태였다. 순전한 자학일지도 모르지만, 진짜 팬데믹이 미디어 공간의 얕은 여울에 떨어뜨리는 일그러진 그림자인 유언비어와 그릇된 정보, 히스테리, 과장 보도에는 어딘가 나를 매료하는 부분이 있었다.

타블로이드지 기사들은 예상했던 대로 황당무계했다. 〈실버파이어〉는 우주에서 온 병이다 / 수돗물에 불소를 첨가한 필연적인 대가다^{◈◈} / 대여섯 명의 유명인들이 대중 앞에서 모습을 감춘 이유다. 〈실버파이어〉의 전염 매개체로는 거론되는 세 가지의 엉터리 후보는 탐폰, 멕시코산 오렌지 주스, 그리고 또 모기였다. 몇몇 젊은 희생자들의 매력적인 '감염 전' 사진과, 카메라 앞에서 울음을 터뜨릴 용의가

◈◈ 충치 예방을 위한 조치였지만 정신 조작이 목적이라는 음모 이론이 있다.

있는 가족들의 모습도 빠짐없이 등장하고 있었다. 세기가 바뀌어도 개소리는 의구하다고나 할까.

그러나 아리아드네의 최신 검색에 걸린 가장 기괴한 주장은 전형적인 타블로이드 기사와는 거리가 먼 것이었다. 〈터미널 채트쇼〉*라는 프로그램에서 방영된 캐나다 학자 제임스 스프링어와의 인터뷰였다. 스프링어는 자신의 하이퍼텍스트 신간인 『사이버 경전』을 홍보하기 위해 영국을 (몸소) 순회하는 중이었다.

스프링어는 머리가 벗어지기 시작한 중년의 친척 아저씨 같은 인상을 주는 사내였고, 맥길대학의 이론학 부교수라고 했다. 여기서 눈치도 없이 '무슨 이론?'이라고 되묻는 사람은 오직 구제할 길이 없는 환원주의자뿐인 듯하다. 그의 전공 분야는 '컴퓨터와 영성'이라고 묘사됐다. 이런 와중에, 도대체 무슨 생각으로 그랬는지는 상상도 되지 않았지만, 인터뷰 진행자는 스프링어에게 〈실버파이어〉에 관해 질문했던 것이다.

"중요한 것은," 스프링어는 매끄러운 어조로 역설했다. "〈실버파이어〉가 정보 시대로 진입한 인류를 직격한 최초의 팬데믹이라는 점입니다. 에이즈가 후기 산업사회적이고 포스트모더니즘적 역병이었던 것은 확실하지만, 그 시발점은 진정한 정보화 시대의 문화적 감수성의 출현에 선행하고 있었습니다. 제가 보기에 에이즈는 피할 수 없는 세기말적 불신에 직면한 서구의 물질주의가 빚어낸 부정적인 시대정신의 상징 그 자체였습니다만, 〈실버파이어〉의 경우, 우리는 이 이른바

※   영국의 채널4 TV, 매주 목요일, 23:00 그리니치 표준시.

'역병'을 훨씬 더 긍정적인 메타포로서 포용해도 좋다고 생각합니다."

인터뷰 진행자는 조심스럽게 물었다. "그렇다면… 교수님은 〈실버파이어〉에 희생된 사람들은 에이즈가 불러일으켰던 사회적인 낙인과 히스테리 반응을 피할 수 있을 거라는 희망을 갖고 계시는 건가요?"

스프링어는 흔쾌히 고개를 끄덕였다. "물론입니다! 그런 시절 이래 문화분석 분야는 장족의 발전을 이뤘습니다! 이를테면, 버로스⟡의 『붉은 밤의 도시들』이 출간 당시 우리의 집단 무의식에 좀 더 완전하게 침투했더라면, 에이즈라는 역병의 전개 양상 자체가 근본적으로 달라졌을 수도 있습니다. 참고로 이것은 가상시간학 분야의 중요한 화두이고, 제가 가르치는 박사과정 학생 한 명도 그걸 연구하고 있습니다. 하지만 정보화 시대의 문화 형태들 덕에 우리가 〈실버파이어〉에 대해 충분히 준비를 갖출 수 있었다는 점에는 의문의 여지가 없습니다. 글로벌한 테크노 아나키즘의 융성이라든지, 트레이딩 카드를 몸에 문신하는 바디 코믹스의 유행, 데스크톱용의 저렴한 달라이 라마 소프트웨어의 등장 따위를 감안하면… 〈실버파이어〉가 마침내 자기 시대를 만난 리보핵산의 배열이라는 점을 확신할 수 있습니다. 만약 〈실버파이어〉가 존재하지 않았다면, 우린 합성을 해서라도 그걸 만들어 냈을 겁니다!"

⟡ 20세 미국의 소설가이자 마약 중독자인 윌리엄 S. 버로스를 뜻한다.

내가 다음에 들른 장소는 스테이츠빌이라는 이름의 소읍이었다. 10대 후반의 벤 워커와 리사 워커 남매와, 리사의 남자친구인 폴 스콧은 현재 윈스턴-세일럼의 병원에 입원해 있었다. 그들의 가족은 방금 거기서 돌아온 참이었다.

　　리사와 벤은 홀아버지와 9살의 막내 남동생과 함께 살고 있었다. 리사는 시내의 상점에서 상점주와 함께 근무했지만, 상점주에게서는 증세가 나타나지 않았다. 벤은 백신 추출공장에서 근무했고, 홀어머니와 함께 살던 폴 스콧은 무직이었다. 리사는 입원한 세 사람 중에서 가장 먼저 감염됐을 공산이 커 보였다. 이론상으로는 감염자의 신용카드 따위를 건네받을 때 쌍방의 피부가 우연히 스치기만 해도 〈실버파이어〉에 전염될 수 있다. 정말로 그런 일이 일어날 확률은 100분의 1에 불과하지만 말이다. 대도시의 주민들 중 불특정 다수의 사람과 직접 대면해야 하는 직업을 가진 사람들 일부는 장갑을 끼기 시작했고, 지하철로 통근하는 사람들 중 (편집증적이라고 간주해도 무방한) 일부는 한여름에도 목 아래의 피부를 한 치도 남기지 않고 가리고 다니는 경우도 종종 있었다. 그러나 절대적인 위험도가 너무나도 낮은 탓에 이런 식의 방호 대책이 널리 퍼지는 경우는 드물었다.

　　나는 리사와 벤의 아버지인 워커 씨를 최대한 온화하게 심문했다. 그의 자식들의 행동은 주중에는 대부분 시계처럼 규칙적이었다. 바이러스에 감염됐던 것으로 추정되는 기간 중 이들이 직장이나 집에 있지 않았던 경우는 목요일 밤뿐이었다. 두 사람 모두 새벽까지 집 밖에 나가 있었는데, 리사는 남자친구인 폴과 함께 있었고, 벤은 여자친구인 마사 에이머스와 함께 있었다. 이 두 커플이 어딘가 다른 곳에 가 있었는지, 아니면 친구 집에 머물렀는지는 잘 모르겠지만, 현지에서 평일 밤에 딱히 어디 갈 곳이 있는 것은 아니었고, 차를 몰고 스테이츠빌 밖으로 간다는 얘기도 못 들었다고 워커 씨는 대답했다.

나는 마사 에이머스에게 전화를 걸었다. 목요일 밤에는 새벽 2시경까지 벤과 단둘이 자기 집에 있었다는 대답이 돌아왔다. 그녀는 〈실버파이어〉에 감염되지 않았기 때문에, 벤은 그 뒤의 어떤 시점에서 자기 여동생에게서 옮았다는 추정이 가능해진다. 그렇다면 리사는 그날 밤 폴에게서 옮았든가, 아니면 그 반대일 것이다.

폴의 어머니 말에 따르면 그는 그 주에는 거의 집에서 나가지 않았으므로, 그가 첫 번째 감염자일 가능성은 거의 없어 보인다. 스테이츠빌의 감염 사례는 완벽하게 설명될 수 있을 듯했다. 상점에서 일하던 리사가 (목요일 오후에) 외부 손님을 만나 감염된다. 리사가 (목요일 밤에) 폴에게 바이러스를 옮기고, 리사는 (금요일 새벽에) 벤에게 옮긴 것이다. 이번에는 상점주에게 그날 스테이츠빌 밖에서 온 손님에 관해 뭔가 생각나는 것이 있는지 물어볼 차례다.

그런데 여기서 폴의 어머니인 스콧 부인이 말했다. "목요일 밤, 폴은 워커 씨 집에 늦게까지 가 있었어요. 내가 기억하는 한 그 애가 외출한 건 그때뿐이었어요."

"리사를 만나러 갔단 말인가요? 리사가 여기 온 게 아니라?"

"예. 폴이 워커네로 갔어요. 8시 반쯤에."

"그럼 두 사람은 그냥 그 집에 머물러 있었다는 건가요? 딱히 무슨 계획도 없었고?"

"알다시피 폴은 별로 돈이 없었잖아요. 그 애들이 어디 놀러 가는 건 쉽지 않아요." 스콧 부인은 느긋하게 잡담하듯이 말했다. 마치 아들과 여자친구 사이에 사소한 문제가 발생하기는 했지만, 그들의 관계는 단지 일시적으로 중단됐을 뿐이라는 듯한 어조였다. 며칠 뒤면 그녀도 사태의 심각성을 비로소 절감하고 큰 충격을 받겠지만 말이다. 그때 누군가 의지할 수 있는 사람이 곁에 있어주기를 바랄 따름이다.

나는 마사 에이머스의 집으로 갔다. 아까 전화했을 때는 충분히 주의를 기울이지 않았음을 자각했기 때문이다. 직접 만나보니 상태가 별로 좋지 않은 것을 알 수 있었다.

나는 그녀에게 물었다. "혹시 벤은 목요일 밤에 자기 여동생이 폴 스콧하고 어디 갔는지 얘기하지 않았나요?"

마사는 무표정하게 나를 바라볼 뿐이었다.

"미안해요. 사적인 부분까지 캐묻고 있다는 건 나도 알지만, 그걸 아는 사람이 아무도 없는 것 같아서. 뭐든 벤이 한 얘기에서 기억나는 것이 있다면, 큰 도움이 되어줄 수도 있어요."

마사가 말했다. "나하고 함께 있던 걸로 해달라고 부탁했어요. 난 언제나 그렇게 말을 맞춰줬어요. 걔 아버지가 알았다면… 허락하지 않았을 게 뻔하니까."

"잠깐. 그럼 목요일 밤에는 벤과 함께 있던 게 아니다?"

"두 번쯤 함께 간 적이 있지만, 난 별로라서. 거기 모이는 사람들은 문제없었어요. 하지만 음악이 워낙 거지 같아서."

"지금 어디 얘길 하는 거죠? 무슨 술집 같은 곳?"

"아녜요! 〈마을〉이었어요. 벤하고 폴하고 리사는 〈마을〉에 갔던 거예요. 목요일 밤에." 마사는 내가 온 이래 처음으로 내 눈을 똑바로 쳐다보았다. 자기가 한 말의 의미가 제대로 통하지 않았다는 점을 이제야 깨달은 듯했다. "거기서는 '이벤트'가 열려요. 실제로는 그냥 댄스파티긴 하지만. 그리 거창한 게 아녜요. 하지만 벤의 아버지는 보나 마나 마약 관련이라고 지레짐작할 게 뻔해서. 그런 파티가 아닌데도 말이에요." 마사는 고개를 수그리고 양손으로 얼굴을 감쌌다. "하지만 세 사람 모두 거기서 〈실버파이어〉에 걸렸다, 이건가요?"

"글쎄요."

마사는 몸을 떨고 있었다. 나는 손을 뻗어 그녀의 팔에 살짝 갖다 댔다. 마사는 나를 올려다보며 지친 어조로 말했다. "제일 괴로운 게 뭔지 알아요?"

"예?"

"나도 게네들과 같이 가지 않은 거. 나도 같이 갔다면 이런 일은 일어나지 않았을 텐데. 자꾸 이런 생각이 드는 거예요. 그랬더라면 감염되지 않았을 거고, 나도 게네들을 지켜줄 수 있을 거라고."

마사는 살피는 듯한 표정으로 내 얼굴을 보았다. 마치 그때 자기가 무슨 일을 해야 했는지에 대한 힌트를 얻으려는 듯이. 당신은 〈실버파이어〉를 잡으러 다니는 사람이잖아요. 안 그래요? 이 아이는 어떻게 행동했으면 그런 저주를 피할 수 있었는지 내가 정확하게 알려주는 것이 당연하다고 생각하고 있다. 자기가 제대로 거행하지 않은 마법 의식이 무엇이고, 자기가 어떤 제물을 바치지 않아서 이렇게 됐는지를 알려줄 수 있을 거라고.

그리고 나는 지금까지 이런 반응을 수도 없이 봐왔다. 하지만 여전히 뭐라고 대답해 줘야 할지 알 수 없었다. 밀물처럼 밀려오는 비통함 앞에서 지식은 박막薄膜처럼 떨어져 나간다. 인생은 도덕극이 아냐. 병은 병에 불과하고, 그것에 숨겨진 의미 따위는 없단다. 우리는 신의 분노를 달래는 데 실패한 것도 아니고, 4대 정령과 거래하려다가 실패한 것도 아냐. 정신이 제대로 박힌 어른이라면 누구나 이런 사실을 알고 있지만, 이런 지식은 피상적인 것에 불과하다. 우리 모두가 어떤 수준에서는 여전히 가장 힘들게 터득한 진실을 받아들이지 못하고 있는 것이다. 우주는 인간에게 무관심하다는 사실을.

마사는 양팔로 자기 몸을 감싸고 앞뒤로 천천히 흔들었다. "말도 안 되는 생각이라는 건 나도 알아요. 그래도 마음이 너무 아파요."

•　—　•

그날 남은 시간은 목요일 밤에 열렸다는 문제의 '이벤트'에 관해 더 얘기해 줄 사람을 찾기 위해 썼다. (이를테면 그것이 열린 장소가 정확히 어디인지 말이다. 반경 20킬로미터 내에서 가능해 보이는 장소는 적어도 네 곳이 있었다.) 그러나 아무 소득도 없었다. 〈미세마을〉 문화는 압도적으로 소수파의 취향이고, 스테이츠빌의 주민들 중에서 유일하게 〈미세마을〉에 열중하던 세 사람과 의사소통을 하는 것은 이제 불가능했기 때문이다. 나와 얘기를 나눈 사람들 대다수는 마약 문제 따위에는 관심이 없었고, 단지 〈미세마을〉에 사는 주민들을 끔찍한 음악 취향을 가진 따분한 하이테크 신봉자로 간주하고 있는 듯했다.

또 밤이 되었고, 또 다른 모텔에 묵었다. 이제는 다시 현역 시절로 돌아온 듯한 기분이다.

마이크 클레이턴은 화요일 밤에 춤을 추려고 어딘가로 갔다. 그것 역시 〈미세마을〉에서 벌어진 댄스파티였을까? 마이크는 이렇게까지 멀리 오지는 않았겠지만, 미지의 인물, 이를테면 관광객이었다면 양쪽의 '이벤트'에 쉽게 참가할 수 있었을 것이다. 화요일 밤에는 그린즈버러 근처의 파티, 목요일 밤에는 스테이츠빌 근처에서 열린 파티에 가는 식으로 말이다. 만약 이 가설이 맞는다면, 나는 후보 수를 현저하게 줄일 수 있었다. 적어도 이 두 장소를 통과한 모든 사람의 수에 비교하면 말이다.

나는 내일 차로 가장 쉽게 방문할 수 있는 〈마을〉이 어디 있는지를 찾아보려고 도로 지도를 자세히 들여다보았다. '〈미세마을〉의 밤 문화' 같은 제목의 웹사이트 따위가 없나 하고 공개 디렉터리를 검색해 보았지만 아무 성과도 얻지 못했다. 그러나 그런 것이 없다는 사실 자체에 무슨 의미가 있는 것은 아니다. 그런 종류의 네트워크 주소는 컴퓨터 네트워크를 경유해서 정말로 흥미를 가진 사람에게 모두 전파되기 마련이다. 따라서 내가 어떤 〈마을〉로 가든 간에, 예의 '이벤트'에 관해 잘 알고 있는 사람들이 틀림없이 대여섯 명은 있을 것이다.

자정 무렵에 침대에 누웠지만, 나는 다시 노트패드를 집어 들고 아리아드네를 확인해 보았다. 〈실버파이어〉는 크게 유행하는 중이었다. TV 연속극의 세계에서 말이다. NBC의 '인기 SF 드라마'라는 〈N공간의 난도질당한 신비적 공감 능력자들〉의 최신 에피소드에 〈실버파이어〉가 언급되고 있었다.

이 드라마 이름을 들어본 적은 있었지만 한 번도 본 적은 없었기 때문에 재빨리 파일럿 에피소드를 훑어보았다. "넌 우주 항행의 제1 법칙도 모르나! 17차원의 초기하적 방정식을 풀라고 컴퓨터에게 명하기라도 한다면… 컴퓨터의 경직되고 결정론적이고 선형적인 마음은 블랙홀에 떨어진 다이아몬드처럼 산산조각이 난다고! N공간의 위험천만한 양자 요동搖動을 누비고 나아가서, 조난당한 그 함대를 구조하기 위해 필요한 직감적 능력을 터득할 잠재력을 가진 존재는, 가라테 7단의 검은 띠에 자기 다리를 자기 손으로 절단했을 정도로 혹독한 수행을 거친, 텔레파시 능력을 가진 그 쌍둥이 비구니들밖에는 없어!"

"맙소사. 선장님 말이 옳습니다. 하지만 그들은 도대체 어디에 …?"

〈N공간의 난도질당한 신비적 공감 능력자들〉의 무대는 22세기였지만, 〈실버파이어〉가 언급된 대목은 어설픈 시대착오적 설정이 아니었다. 우리의 여주인공들은 은하를 단번에 횡단하는 힘든 도약을 하려다가 계산 착오를 한 탓에(결정적인 만트라를 외우다가 호흡법을 살짝 틀렸다) 현대의 샌프란시스코에 출현하게 된다. 거기서 마피아의 암살자들로부터 도망치던 어린 소년과 그의 애견과 조우하고, 그들의 도움을 받아 쌍둥이 비구니의 탄트라적 에너지원의 필수적인 부품을 수리한다. 쌍둥이들이 고층건물 건축 현장의 비계飛階를 누비며 완벽하게 호흡이 맞는 무족無足 무술을 뽐내며 암살자들에게 굴욕을 안긴 후, 일행은 어느 병원에 입원해 있는 소년의 어머니를 찾아내는데, 그 어머니가 〈실버파이어〉에 감염돼 있다는 사실이 판명된다는 줄거리였다.

이 장면에서 카메라 앵글은 왠지 수줍음을 타기라도 하듯 다소곳하게 바뀌었다. 어머니의 살이 흘끗흘끗 노출되긴 하지만 이것은 소독된 판타지에 불과했다. 상아색으로 빛나는, 매끄럽고 건조한 피부.

소년은(마피아의 회계사로 일하다가 최근 살해당한 소년의 아버지는 아들에게는 진실을 감추고 있었다는 설정이다) 어머니를 보자마자 울음을 터뜨린다.

그러나 〈N공간의 난도질당한 신비적 공감 능력자들〉은 달관한 어조로 말한다. "이 병원의 의사나 간호사들은 네 어머니가 끔찍한 병에 걸렸다고 하면서 너를 위로하려고 하겠지. 하지만 언젠가는 모든 사람이 진실을 알게 될 거야. 〈실버파이어〉는 우리가 이 세상에서 〈비非실재의 법열法悅〉에 가장 가까이 갈 수 있는 상태라는 걸. 네가 보고 있는 건 어머니의 얼어붙은 껍질에 불과해. 하지만 그 내부에 있는 공空의 영역에서는 위대하고 멋진 변용이 일어나고 있단다."

"정말로?"

"정말로."

소년은 눈물을 훔치고, 테마 음악이 솟구쳐 오르고, 개는 통통 튀어 오르며 모든 사람의 얼굴을 핥는다. 모든 사람이 카타르시스로 가득 찬 웃음을 터뜨린다.

(물론, 소년의 어머니는 제외하고 말이다.)

• — •

다음 날에는 예정대로 고속도로를 더 나아간 곳에 있는 두 곳의 소도시를 방문했다. 첫 번째 환자는 직물 공장에서 일하는 45살의 기술자였다. 그의 형이나 동료들과 얘기를 나눠봤지만 별로 도움이 되는 얘기는 듣지 못했다. 감염됐을 것으로 추정되는 기간 동안, 환자는 매일 밤 다른 소도시로(또는 다른 〈마을〉로) 차를 몰고 갔을 수도 있다는 대답이 돌아왔기 때문이다.

다음 소도시에서는 30대 중반의 부부와 그들의 8살 딸이 사망했다고 나와 있었다. 세 사람 모두 거의 동시에 증상이 발현했고, 통상적인 경우보다 더 빠르게 진행되었던 듯하다. 외부에 도움을 요청한 사람이 아무도 없었기 때문이다.

죽은 어머니의 언니는 주저 없이 이렇게 말했다. "금요일 밤에는 가족이 함께 〈마을〉에 갔을 거예요. 그게 습관이었거든요."

"딸도 데리고 갔다는 얘긴가요?"

그녀는 대답하려고 입을 열었다가 갑자기 얼어붙었고, 황망한 표정으로 나를 응시했다. 마치 내가 입에 담기도 힘든 위험에 딸을 노출한 그녀의 동생을 비난하기라도 했다는 듯이. 그녀 뒤의 벽난로 맨틀피스에는 죽은 세 사람의 사진이 놓여 있었다. 부패하기 시작한 그들의 시체를 발견한 사람은 그녀였다.

나는 침착한 어조로 말했다. "더 안전한 장소 따위는 없습니다. 일이 다 벌어진 뒤에 생각하니 그런 기분이 들 뿐이죠. 그분들은 어디로 갔어도 〈실버파이어〉에 감염될 가능성이 있었습니다. 그리고 저는 단지 '이벤트' 이후의 감염 루트를 확인하고 있을 뿐입니다."

그녀는 천천히 고개를 끄덕였다. "동생 부부는 언제나 피비를 함께 데리고 갔어요. 피비가 워낙 〈마을〉을 좋아했고, 대다수의 〈마을〉에는 그 애 친구들이 있어서."

"그날 밤 어느 〈마을〉에 갔는지 아시나요?"

"헤로도토스였다고 생각해요."

밖에 세워둔 차로 돌아와서 확인해 보니 그 〈마을〉은 지도에도 나와 있었다. 순전히 고속도로에서 가기 편하다는 이유로 어젯밤에 고른 〈마을〉과 비교해도 그리 멀지 않았다. 아마 거기까지 가서 조사를 마치더라도 너무 늦지 않은 시각에 다음 모텔에 도착할 수 있을 것이다.

내가 조그만 점을 클릭하자 정보창이 떴다. '헤로도토스, 카토바 카운티, 인구 106명, 2004년 설립.'

나는 말했다. "더 자세하게."

지도가 말했다. "이게 전부입니다."

• — •

태양 전지판, 쌍으로 설치된 접시형 위성 안테나, 채소밭, 물탱크, 각진 상자 모양을 한 조립식 건물들… 〈마을〉의 구성요소는 규모가 큰 농촌이라면 모두 흔히 볼 수 있는 것들이었다. 내가 헤로도토스를 보고 놀란 이유는 단 하나, 이것들이 아무것도 없는 시골 한복판에 이렇게 한꺼번에 모여 있는 광경을 보는 것은 난생처음이었기 때문이다. 굳이 비유하자면, 20세기의 화가가 그린, 지구를 닮은(그러나 외계임이 틀림없는) 어떤 행성에 자리 잡은 개척촌의 상상도를 연상시킨다고나 할까.

한 가지 큰 차이점은 주차장의 존재였는데, 이것은 줄줄이 늘어선 거대한 광光전지판 뒤의 눈에 안 띄는 곳에 자리 잡고 있었다. 지금은 버스 한 대와 다른 차 두 대만 주차돼 있었지만 100대는 족히 세울 공간이 남아 있다. 헤로도토스가 방문자를 환영한다는 점은 명백했다. 주차 요금 징수기조차도 눈에 띄지 않았으니까 말이다.

건물들은 모두 조립식이었지만 배치가 워낙 독특해서 군부대 같다는 인상은 주지 않았다. 건물들은 중앙 광장을 중심으로 모종의 대칭적인 패턴에 따라 배치돼 있었는데, 정확히 어떤 패턴인지는 무엇인지는 꼬집어 말할 수 없었다. 적어도 군대의 반원형 막사처럼 줄줄이 늘어서 있지 않았다는 점은 확실하다. 광장에 들어서자 한쪽 코트에서 농구 시합이 진행 중이었다. 참가자들은 10대였고, 그보다 어린아이들은 곁에서 구경하고 있었다. 이곳에 사람이 산다는 명백한 징후는 이들뿐이었다. 나는 그쪽으로 다가갔다. 이곳은 일반적인 도시로 치면 메인 스트리트에 해당하는 공공장소였지만, 왠지 무단 침입자가 된 듯한 기분이다.

나는 구경꾼들 곁에 서서 잠시 농구 시합을 구경했다. 내게 말을 걸어오는 아이는 없었지만, 그들이 일부러 나를 무시하고 있다는 느낌은 받지 않았다. 양쪽 팀 모두 남녀 혼성이었고, 격렬하지만 쾌활하게 시합을 즐기고 있었다. 영국계, 아프리카계, 중국계 등 인종 구성은 다양했다. 나는 일부 〈마을〉들이 '실질적으로 인종 분리'되어 있다는 소문을(이게 정확히 뭘 의미하든 간에) 들은 적이 있지만, 아마 악의적인 낭설에 불과했던 것인지도 모른다.

〈미세마을〉 운동은 처음 시작되었을 당시에는 약간의 논란을 빚긴 했지만, 그것이 지향하는 생활양식 자체는 딱히 급진적인 것이 아니었다. 100여 명의 주민들은 도시나 소도시에 살더라도 어차피 재택근무를 했을 사람들이었다. 이들이 공동으로 출자해서 시골 땅을 싸게 매입한 다음, 이런저런 최신 테크놀로지를 동원해서 문화생활의 결여를 벌충하는 방식이다. 주민들의 직업으로는 증권 중개인, 예술가, 뮤지션 등이 많았다. 이들을 어떤 하나의 카테고리로 묶으려는 시도는 별반 의미가 없겠지만, 대다수의 〈마을〉이 무정부주의자들의 공동체라기보다는 여피족의 성역에 가까운 것은 부정할 수 없는 사실이었다.

나 자신은 이런 식의 물리적 고립을 견디지는 못했을 것이고, 아무리 빵빵한 인터넷 속도도 절대로 그런 상황을 메워주지는 못했겠지만, 이곳의 주민들이 행복하다면야 좋은 일이다. 한 50년쯤 지난 뒤에는 나처럼 뉴욕시의 퀸스에 산다는 선택이 헤로도토스 같은 장소에서 사는 것과는 비교할 수 없을 정도로 뼈딱하고 불가해한 행동으로 간주되리라는 점 역시 인정할 용의가 있다.

예닐곱 살로 보이는 어린 소녀가 내 팔을 톡 쳤다.

나는 그녀를 내려다보며 미소 지었다. "안녕."

소녀는 말했다. "아줌마는 기쁨의 길을 걷고 있는 거예요?"

그게 무슨 뜻인지 내가 되묻기 전에 누군가가 큰 소리로 인사했다. "안녕하세요!"

나는 그쪽을 돌아보았다. 20대 중반으로 보이는 한 여자가 이마에 댄 손으로 해를 가리고 있었다. 그녀는 내게 다가오더니 웃는 낯으로 손을 내밀었다.

"샐리 그랜트라고 해요."

"클레어 부스입니다."

"〈이벤트〉라면 좀 일찍 오셨네요. 9시 반에나 시작될 거예요."

"아니…"

"그 전에 요기하고 싶으면 우리 집으로 오세요."

나는 주저했다. "정말 친절하시군요."

"10달러면 괜찮지 않아요? 내가 카페테리아에서 받는 금액이랍니다. 하지만 오늘 밤에는 예약이 들어올 리가 없으니까 열진 않을 거예요."

나는 고개를 끄덕였다.

"흠, 그럼 7시쯤 오세요. 23호에 살아요."

"고마워요. 정말로."

나는 마을 광장에 있는 벤치에 앉았다. 정면에 있는 큰 건물 덕에 햇살을 피할 수 있는 곳이었다. 농구 코트에서 들려오는 아이들의 함성에 귀를 기울인다. 미스 그랜트에게 내가 여기 온 목적을 즉시 알리고, 내 ID를 보여준 다음 내게 허락된 범위의 질문을 하고 여기를 떠났어야 했다는 사실은 알고 있었다. 그러나 더 많은 정보를 얻으려면 좀 더 머물러 있다가 예의 〈이벤트〉를 구경하는 편이 낫지 않을까? 비공식적으로? 〈마을〉 주민들과 다른 시골 주민들 사이에서 벌어지는, 통계적으로는 아직 이론화되지 않은 접촉 양태를 대충으로라도 직접 관찰해 보는 쪽이 오히려 쓸모가 있을지도 모른다. 보균자가 이미 오래전에 이곳을 떠났다는 점은 명백했지만, 극히 개략적이기는 해도 내가 찾는 그런 사람의 인물상을 포착할 가능성은 여전히 남아 있었다.

불안한 부분이 있기는 했지만 나는 마음을 정했다. 파티가 열릴 때까지 여기 머물면 안 될 이유는 없었고, 내가 여기 온 이유를 밝힘으로써 〈마을〉 주민들을 불안하게 하고, 방어적으로 만들 필요도 없다.

　　안에 들어가 보니 그랜트 가족의 집은 공장에서 찍어낸 다음 트럭 짐칸에 실려 황무지로 배달된 상자형 조립식 주택이라기보다는 넓고 현대적인 아파트의 실내에 더 가까워 보였다. 나는 무의식중에 트레일러하우스의 좁고 어수선한 내부를 상상하고 있었는지도 모르겠다. 최신 설비를 너무 많이 쑤셔 넣은 탓에 숨을 쉴 공간도 부족한 이동식 주택 말이다. 그러나 나는 집의 크기를 완전히 잘못 판단하고 있었다.

　　샐리의 남편인 올리버는 건축가였다. 샐리는 낮에는 여행 가이드를 편집했고, 부업으로 카페테리아를 경영하고 있었다. 이들은 이 〈마을〉의 창립 멤버였고, 원래는 롤리*에서 왔다고 했다. 나중에 〈마을〉에 합류한 사람들은 아직 몇 명 되지 않는다고 했다. 이들의 말에 따르면 헤로도토스는 (채식주의자들의) 주식은 자급자족하고 있었지만, 작은 마을이라면 늘 필요한 외부 물자의 경우는 정기적인 배송에 의존하고 있었다. 두 사람 모두 가끔 그린즈버러나 다른 주로 갈 때가 있었지만, 본업의 경우는 순전히 재택근무만으로 해결하고 있었다.

　　"그럼 지금처럼 휴가가 아닐 때는 무슨 일을 하죠, 클레어?"

　　"컬럼비아대학에서 관리직으로 일해요."

　　"정말 재밌을 것 같네요." 내 대답이 매우 적절했다는 점은 명백했다. 나를 접대 중인 부부는 그 즉시 자기들 일로 화제를 돌렸기 때문이다.

　　※　노스캐롤라이나주의 주도.

나는 샐리에게 물었다. "그런데 롤리에서 여기로 오려고 결심한 결정적인 계기가 뭐였어요? 설마 롤리의 범죄율이 국내 도시 중 최고 였다든지 뭐 그런 건 아닐 테고." 이 부부가 높은 집값 탓에 여기까지 밀려왔다고는 도저히 생각하기 힘들다.

샐리는 주저 없이 대답했다. "영적인 이유였어요, 클레어."

나는 눈을 깜짝였다.

올리버는 폭소를 터뜨렸다. "걱정하지 마십시오, 무슨 수상쩍은 곳에 온 건 아니니까!" 그는 자기 아내를 보며 말했다. "방금 클레어 얼굴을 봤어? 혹시 모르몬교도나 침례교도들의 은신처에라도 온 게 아닌가 고민하는 듯한 표정이었어!"

샐리는 미안하다는 듯이 설명했다. "영적이라는 건 물론 아주 넓은 의미예요. 우리를 둘러싼 세계의 도덕적 차원에 대한 감수성을 쇄 신할 필요가 있다. 이렇게 느낀 것에 가까워요."

여전히 알쏭달쏭한 대답이었지만, 내가 맞장구쳐 주기를 원하고 있다는 점은 분명했다. 나는 머뭇거리며 말했다. "그렇다면 당신은… 이런 작은 공동체에서 산다는 행위가 시민으로서의 의무를 더 명확 하고, 더 명백하게 해준다고 생각하는 건가요?"

이번에는 샐리가 당혹해할 차례였다. "뭐랄까… 맞아요, 아마 그 렇겠죠. 하지만 그건 그냥 정치적 측면에 불과해요. 안 그래요? '영 적'인 것은 아니라는 뜻이에요. 그러니까…" 샐리는 양손을 들어 올 리며 활짝 웃어 보였다. "당신이 여기 온 이유와 마찬가지라는 뜻이 었어요! 우리가 헤로도토스로 온 건 일생을 걸고라도 찾고 싶었

실버파이어

기 때문이에요… 당신이 몇 시간 동안이라도 경험하고 싶어서 온 그걸!"

• — •

거실에 앉아 샐리와 커피를 마시고 있을 때 다른 차들이 〈마을〉로 진입하는 소리가 들렸다. 올리버는 도쿄의 건설현장 소장과 급한 회의가 있다면서 거실에서 나갔다. 나는 앨릭스와 로라 얘기나, 뉴욕시에 관한 끔찍한 경험담을—일부는 실제로 겪었다—피력하며 시간을 때웠다. 샐리에게 〈이벤트〉에 관해 슬쩍 물어보지 않은 것은 호기심이 없어서가 아니라, 단지 내가 이 집회에 관해 아무것도 모른다는 사실을 그녀가 눈치채는 것을 원하지 않았기 때문이었다. 샐리가 잠시 자리를 떴을 때 나는 (의자에서 일어나지 않고) 거실 안을 둘러보며 그녀가 일생을 걸고라도 찾고 싶어 했던 것이 무엇인지를 조금이라도 보여주는 단서를 찾아보려고 했다. 커다란 회전식 CD 수납대에 꽂힌 디스크들 중에서 표지가 나를 향하고 있는 대여섯 장을 훑어볼 짬밖에는 없었다. 대다수는 들어본 적도 없는 현대 밴드들의 음악이나 영상인 듯했다. 그러나 익숙한 타이틀이 하나 있었다. 제임스 스프링어의 〈사이버 경전〉이었다.

그랜트 부부와 함께 광장을 가로질러 마을의 집회장—거대한 화물 컨테이너를 연상시키는 헛간 같은 구조물—을 향해 가면서 나는 상당히 긴장하고 있었다. 광장에는 30명에서 40명쯤 되는 사람들이 와 있었다. 10대 후반이나 20대 초반이 많아 보였지만 모두가 그렇게 젊은 것은 아니었고, 모두 국내의 나이트클럽 근처라면 흔히 볼 수 있는 캐주얼함을 가장한 각양각색의 복장을 하고 있었다. 나는 도대체 무엇을 두려워하고 있었던 걸까? 벤 워커가 아버지한테 어디 간다고 얘기하지 못했고, 마이크 클레이턴도 어머니한테 그러지 못했다고 해서, 내가 〈트윈 픽스〉의 리메이크판 속에 빠져들었다는 뜻은 아니지 않은가. 그 아이들은 아마 따분함을 달래기 위해 몰래 〈마을〉로 가서 환각제를 먹고 댄스파티를 즐겼을 뿐인지도 모른다. 내가 젊었을 때 그랬던 것처럼. 그때에 비해 약물은 더 안전해졌고 조명 효과도 더 정교해지긴 했지만 말이다.

집회장 근처까지 오자 삼삼오오 자동문을 통해 안으로 들어가는 사람들이 눈에 들어왔다. 열린 문틈으로 소용돌이치는 빛과 폭발적인 음악을 배경으로 사람들의 실루엣이 떠오르는 것이 흘끗 보였다. 내가 느꼈던 불안감이 우스꽝스럽게 느껴지기 시작했다. 샐리와 올리버는 단지 환각제를 쓴 사이키델릭한 체험에 몰두하고 있을 뿐이고, 헤로도토스의 설립자들이 그런 체험을 하기에 딱 맞는 환경을 만들려고 결심했다는 점은 명백했다. 나는 입장료 60달러를 내며 안도의 미소를 떠올렸다.

안으로 들어가 보니 벽과 천장이 복잡기괴한 패턴으로 불타오르고 있었다. 경계가 흐릿한 형형색색의 프랙털 도형들이 음악에 맞춰 맥박치는 광경은, 마하 5의 속도로 거대한 현악기의 지판 위로 마구 쏟아져 내리는 유체流體를 색상으로 코드화한 대규모 시뮬레이션을 떠올리게 한다. 춤을 추는 사람들의 몸에 이 패턴이 반사되는 일은 없다. 내가 보고 있는 것은 고성능 벽면 스크린이지, 프로젝터로 투사된 이미지가 아니었기 때문이다. 경이로울 정도로 높은 해상도였고, 천문학적으로 비싼 설비였다.

샐리는 형광 핑크색의 조그만 환각제 캡슐을 내 손에 쥐여주었다. 〈하모니〉, 아니면 〈할시온〉일까. 이 분야의 최신 유행에 관해 이제 나는 잘 모른다. 나는 고맙다고 중얼거리며 '이따가 쓸게요'라는 식으로 변명하려고 했지만 소음 탓에 샐리의 귀에는 닿지 않았고, 결국 우리는 서로를 향해 무의미한 미소를 떠올렸을 뿐이었다. 집회장의 방음 설비는 놀랄 정도로 효율적이었다. (건물 밖에 있는 주민들에게는 천만다행한 일이다.) 밖에 줄곧 머물러 있었다면 이렇게 뇌가 갈릴 정도의 소음과 맞닥뜨리리라고는 상상도 하지 못했을 것이다.

샐리와 올리버는 인파 속으로 사라졌다. 나는 30분쯤 더 머물다가 슬쩍 빠져나가서 차를 몰고 모텔로 돌아가려고 마음먹었다. 나는 우두커니 서서 춤추는 사람들을 바라보았고, 미친 듯이 난무하는 빛과 소리 속에서도 또렷한 정신을 유지하려고 노력했다. 그런다고 해서 보균자에 관해 내가 이미 알고 있는 것 이상의 정보를 얻을 수 있을 것 같지는 않았지만 말이다. 보균자는 아마 25살 이하일 것이다. 어린 자식들은 아마 대동하고 있지 않을 것이다. 이곳과 멤피스 사이에서 열렸거나 열릴 예정인 〈이벤트〉에 관해 알 필요가 있는 정보는 샐리가 모두 자세하게 얘기해 주었다. 이런 식으로 탐색을 계속하는 것은 여전히 쉽지 않겠지만, 적어도 진척은 있었다고 해야 할 것이다.

군중 사이에서 음악을 뚫고 느닷없는 환호성이 터져나왔다. 그러자 내 눈앞에서 방의 내부가 완전히 변화했다. 한순간 나는 완전히 혼란에 빠졌고, 나를 둘러싼 세계를 겨우 알아볼 수 있게 된 뒤에도 세부를 완전히 파악하기까지는 조금 시간이 걸렸다.

주위의 벽면 스크린들은 이제 내가 서 있는 곳과 똑같은 방들에서 춤추고 있는 사람들을 보여주고 있었다. 추상적인 애니메이션을 아직도 재생하고 있는 곳은 천장뿐이었다. 이 똑같은 방들 역시 모두 벽면 스크린으로 에워싸여 있었고, 그곳의 스크린들도 춤추는 사람들로 가득 찬 똑같은 방들을 보여주고 있었다… 거울 한 쌍을 마주 보게 하면 점점 작아지며 무한하게 후퇴하는 경상鏡像들이 출현하는 현상을 방불케 하는 광경이다.

처음에는 이 '다른 방들'이 헤로도토스의 댄스홀의 실시간 영상에 불과하다고 생각하고 있었다. 그러나 천장에 투영되는 영상의 소용돌이 패턴은 '옆에 있는' 방들 천장의 그것으로 이음매 없이 매끄럽게 이어져 있었고, 서로 결합돼 하나의 복잡한 이미지를 형성하고 있었다. 반사됐든 안 됐든 간에, 반복되는 경우가 없던 것이다. 춤을 추는 군중의 모습 역시 방마다 달라 보였다. 멀리서 볼 경우 확실하게 다르다고 단언하기 힘들 정도로는 엇비슷한 복장을 하고 있었지만 말이다. 그제야 나는 퍼뜩 정신을 차리고 4, 5미터밖에 떨어져 있지 않은 가장 가까운 벽을 자세히 들여다보았다. 이 벽면 스크린 '뒤'에 서 있던 청년 하나가 손을 들어 이쪽을 향해 인사하는 것을 보고

나도 반사적으로 같은 동작을 했다. 그 청년과 내가 서로 확실하게 눈을 마주쳤다고 하기는 힘들다. 카메라들을 어디 배치하든 간에 그런 효과를 만들어 내는 것은 쉽지 않기 때문이다. 그럼에도 불구하고, 청년과 나를 분리하고 있는 것은 오직 얇은 유리판 하나뿐이라고 믿는 것은 거의 가능했다.

청년은 몽롱하게 미소 짓더니 자리를 떴다.

나는 소름이 돋는 것을 자각했다. 작동 원리상으로 새로운 것은 하나도 없었지만, 이 테크놀로지는 그 기술적인 가능성을 극한까지 추구한 결과물이었다. 내가 무한한 댄스홀에 와 있다는 감각은 너무나도 생생했다. 어느 방향을 보아도 '가장 먼 방' 따위는 보이지 않았기 때문이다. (실제 영상이 소진될 경우는 예전의 영상을 재활용하면 그만이다.) 영상의 평면성이라든지, 이동 시의 부정확한 축척 변화, 관측 위치가 바뀌어도 각도에 변화가 없다는 사실(가장 문제였던 것은 사방팔방으로 뻗어 나가는 방들 측면에 응당 있어야 할 '모서릿방' 안을 들여다보려고 해도 그럴 수 없었다는 점이었다) 등은 착시 효과를 훼손한다기보다는 벽들 너머의 공간이 오히려 색다르게 왜곡되었다는 인상을 주었다. 사람의 뇌는 언제나 시각 정보의 결점을 보정하려고 고투하기 마련이다. 게다가 샐리가 준 캡슐을 삼켰다면, 나도 지금처럼 옥에 티 찾기 따위에 나섰을 것 같지는 않았다. 지금도 이렇게 축제에서 놀이기구를 타는 어린애처럼 히죽거리고 있지 않은가.

벽을 마주 본 채로 링크 너머로 느슨하게 커플이나 그룹을 이루고 춤을 추고 있는 사람들도 있었다. 나는 넋을 잃고 이런 광경을 바라보았다. 슬쩍 빠져나가려던 계획은 까맣게 잊고 있었다. 잠시 후 혼자서 행복한 표정으로 몸을 흔들고 있던 올리버와 마주쳤다. 나는 그의 귀에 대고 외쳤다. "저 사람들 모두 다른 〈마을〉 사람들인가요?" 그는 고개를 끄덕이더니 고래고래 소리를 질렀다. "동부는 동쪽, 서부는 서쪽입니다!" 바꿔 말해서… 벽들이 보여주는 댄스홀들의 가상적 배치는 현실상의 지리 관계를 반영하고 있고, 단지 〈마을〉들 사이의 거리만 없었단 말인가? 문득 제임스 스프링어가 〈터미널 채트쇼〉의 인터뷰에서 했던 말이 머리에 떠올랐다. "우리는 지구상에서 새로 탄생한 이 변화무쌍한 상태를 기술하기 위해서 새로운 지도 제작법을 발명할 필요가 있습니다. 이제 격리는 존재하지 않습니다. 국경은 사라졌습니다."

과연… 그리고 세계는 하나의 거대한 파티에 불과하다, 이건가. 그렇지만 적어도 〈이벤트〉 영상에 전쟁이 벌어지고 있는 지역의 생중계를 끼워 넣을 정도로 타락하지는 않은 듯하다. '우리는 춤을 추지만 / 너희들은 포탄을 피해야 하지' 하는 식의 '연대감' 표명은 1990년대에 이미 넌더리가 날 정도로 많이 목격했다.

그러자 문득 이런 생각이 떠올랐다. 만약 바이러스 보균자가 정말로 〈이벤트〉에서 〈이벤트〉로 옮겨 다니고 있다면, 그 또는 그녀는 나와 함께 '이곳'에 있다는 얘기가 되지 않는가. 지금 이 순간에. 내 추적 대상은 필시 이 거대한 가상 댄스홀에서 춤추고 있는 사람 중 하나일 것이다.

그러나 이런 사실은 내게는 아무런 기회도 제공해 주지 않는다.

실버파이어

그런 마당에 무슨 위험성이 있을 리도 없다. 〈실버파이어〉 보균자들은 어둠 속에서 나를 위해 형광을 발해주지는 않는다. 그러나 이것은 이 길고 기이한 밤 속에서도 가장 기묘한 순간처럼 느껴졌다. 우리 두 명이 마침내 서로 '연결'되고, 마침내 내가 찾고 있던 것을 '발견'했다는 사실을 자각했기 때문이다.

설령 이것이 아무 쓸모도 없는 자각이라고 해도 말이다.

• — •

자정 직후, 신기함이 스러지고, 슬슬 떠나려고 마음먹은 순간에 춤추던 사람들 일부가 또다시 환호성을 지르기 시작했다. 내가 그 이유를 알아차리기까지는 처음보다 한층 더 시간이 걸렸다. 사람들은 몸을 돌려 동쪽을 바라보기 시작했다. 다들 흥분한 태도로 옆 사람에게 무엇인가를 가리켜 보이고 있다.

스크린 세 개 너머에 있는 먼 〈마을〉에서 춤추고 있는 사람들을 누비고 몇몇 사람처럼 보이는 것들이 다가오고 있었다. 나체인 데다가 남녀가 섞여 있는 듯했지만 확실하지는 않았다. 흘끗흘끗 보일 뿐이었고, 몸 전체가 너무나도 밝게 빛나고 있었기 때문에 눈 부신 빛 속에 있는 세부를 알아보는 것은 거의 불가능했다.

그들은 강렬한 은백색 빛을 발하고 있었다. 빛은 그들을 에워싼 공간의 양상을 바꿔놓고 있었지만, 군중을 조명등처럼 밝힌다기보다는 빛을 발하는 가스가 마치 후광처럼 확산하는 광경에 가까웠다. 그들 주위에서 춤을 추고 있는 사람들은 그들의 존재를 까맣게 모르는 듯했고, 그 사이에 있는 댄스홀에 있는 사람들 역시 마찬가지였다. 실로 극적인 모습을 한 이 존재들에 대해 응분의 주의를 기울이고 있는 사람들은 헤로도토스의 댄스홀에 있는 사람들뿐이었다. 여전히 빛을 발하는 이 존재들이 순수한 애니메이션이고, 사람들 사이의 틈을 누비도록 계산된 경로를 따라 움직이고 있는지, 아니면 평범한(그러나 실제로 존재하는) 배우들이 움직이는 광경을 소프트웨어를 써서 증강한 것인지는 아직 확언할 수 없었다.

입 안이 바싹 말랐다. 이 은빛 사람들의 출현이 순전히 우연이라고는 도저히 믿을 수 없었다. 하지만 이들의 존재는 무엇을 의미하고 있는 것일까? 헤로도토스의 주민들은 일련의 국지적 발병 사례에 대해 알고 있었던 것일까? 불가능한 일은 아니었다. 누군가가 독자적인 분석 결과를 네트에 유포했을 수도 있으니까 말이다. 아마 저것은 희생자들을 위한 모종의 기괴한 '헌사'일지도 모른다.

다시 올리버를 찾아냈다. 음악은 마치 이 광경에 경의를 표하려는 듯이 조금 부드러워진 상태였고, 올리버 자신도 조금 정신을 차린 듯했다. 우리는 그럭저럭 대화에 가까운 것을 하는 데 성공했다.

나는 빛나는 존재들을 가리켰다. 이제 그들은 벽면 스크린 속의 벽들을 차례로 통과해 오고 있었다. 그 탓에 그들이 완전한 허상임이 이제 명백해졌다.

올리버가 외쳤다. "〈기쁨의 길〉을 걷고 있는 거야!"

나는 무슨 소린지 모르겠다는 시늉을 했다.

"저들을 우리를 위해서 대지大地를 치유해 주고 있어! 속죄하고 있는 거야! 〈눈물의 길〉을 정화해 주고 있어!"

〈눈물의 길〉이라고? 나는 잠시 어리둥절했지만, 퍼뜩 고등학교 시절의 기억이 떠올랐다. 〈눈물의 길〉이란 현재는 조지아주 일부에 살던 체로키 원주민들이 1830년대에 미국 정부에 의해 머나먼 오클라호마주까지 강제로 이주당한 사건을 의미한다. 가혹한 강행군 중에 몇천 명이 사망했고, 일부는 도망쳐서 애팔래치아산맥에 숨었다. 헤로도토스가 강제 이주의 실제 경로에서 몇백 킬로미터나 떨어져 있다는 사실은 이 경우 그리 중요하지 않은 듯했다. 은빛 존재들이 두 개의 댄스 플로어를 가로지르면서, 마치 무슨 축도를 하는 것처럼 양팔을 활짝 벌리고 있는 것이 보인다.

나는 큰 소리로 물었다. "하지만 〈실버파이어〉가 그것하고 무슨 관계가…?"

"환자들은 냉동 상태로 있으니까, 그들의 정신은 사이버스페이스를 통해서 〈기쁨의 길〉을 자유롭게 걸을 수가 있어! 그걸 몰랐어? 〈실버파이어〉는 바로 그걸 위해 존재하는 거라고! 모든 걸 재생시키기 위해서! 대지에 기쁨을 가져다주기 위해서! 속죄하기 위해서!" 올리버는 절대적인 성실함이 담긴 얼굴로 나를 보며 활짝 웃었고, 사방을 향해 순수한 선의를 발산했다.

나는 아연실색하며 그를 응시했다. 이 사내가 그 누구도 증오하지 않는다는 사실은 명백했지만, 방금 그가 토해낸 말은 20년 전 에이즈야말로 자신의 영적 신념의 정당성을 보여주는 부정할 수 없는 증거라고 주장했던 라디오 전도사의 미친 헛소리를 뉴에이지풍으로 리믹스한 것에 지나지 않았다.

나는 분통이 치밀어 오르는 것을 참지 못하고 외쳤다. "〈실버파이어〉는 무자비하고, 고통밖에는 안 주는…"

올리버는 고개를 젖히고 폭소를 터뜨렸다. 전혀 악의를 느낄 수 없는 웃음소리였다. 마치 터무니없는 헛소리를 하는 사람은 그가 아니라 나라는 투다.

나는 몸을 돌려 자리를 떴다.

〈길〉을 걷는 존재들은 우리가 있는 댄스홀의 동쪽 벽에 벽면 스크린으로 연결된 다른 〈마을〉의 홀을 가로지르던 중에 두 갈래로 갈라졌다. 반은 북쪽으로, 나머지 반은 남쪽으로 가며 헤로도토스를 '우회'한다. 그들은 여기 있는 사람들 사이를 누비고 지나갈 수는 없지만, 이렇게 함으로써 처음 보여준 환영幻影을 거의 끊는 일 없이 매끄럽게 유지했던 것이다.

혹시 내가 약물에 완전히 취한 상태였다면? 만약 내가 〈기쁨의 길〉이라는 근거 없는 믿음을 완전히 받아들였고, 그 믿음이 사실로 판명되는 것이 보고 싶어서 이곳으로 왔다면? 그럴 경우 아침이 되면 나는 〈실버파이어〉 환자들의 떠돌아다니는 영혼이 바로 내 눈앞을 지나갔다고 거지반 믿게 될까?

그 빛나는 축복을 군중에게 내려주면서.

손이 닿을 정도로 가까운 곳에서.

· — ·

나는 사람들 사이를 지나 눈에 띄지 않도록 위장된 출입문을 향해 갔다. 밖에서 나를 맞이한 서늘한 공기와 고요함은 거의 초현실적인 느낌을 주었다. 안에 있었을 때에 비해 오히려 한층 더 넋이 나간 탓에, 마치 꿈속에서 헤매고 있는 듯한 기분이다. 나는 비틀거리며 주차장으로 가서, 노트패드를 흔들어 렌터카의 라이트를 점등시켰다.

고속도로가 가까워지면서 머리가 맑아졌다. 나는 밤새 차를 달리려고 마음먹었다. 동요가 너무 컸던 탓에 도저히 잠을 이룰 수 있을 것 같지 않았기 때문이다. 날이 밝으면 적당한 모텔을 찾아내서 샤워하고, 다음 예정지로 향하기 전에 조금 눈을 붙이면 된다.

〈이벤트〉에 대해서는 여전히 어떻게 받아들여야 할지 알 수 없었다. 바이러스 보균자와 〈마을〉 주민들의 정신 나간 사이버 잡탕말 사이에 무슨 뚜렷한 관계가 있단 말인가. 순전한 우연의 일치였다면 기괴할 정도의 아이러니라고 할 수 있겠지만, 우연이 아니었다면 그것을 대체해 줄 해석이란 도대체 무엇일까? 〈기쁨의 길〉을 걷고 있는 '순례자'가 고의로 바이러스를 퍼트리고 있다? 황당무계하기 짝이 없는 발상이다. 단지 상상도 할 수 없을 정도로 혐오스러워서가 아니다. 보균자가 자신이 바이러스에 감염되었다는 사실을 알아차리는 유일한 방법은 〈실버파이어〉 특유의 증상이 나타나는 경우뿐이지만, 문제의 증상은 오직 이 질병의 끔찍한 말기가 되어서만 발현하기 때문이다. 장기간 계속되는 가벼운 감염 상태—그런 것이 존재한다면 말이지만—는 그것과 구별할 수 없을 것이다. 〈실버파이어〉가 눈에 보이는 피부층에 영향을 끼칠 정도로 진행되었다면, 당사자가 장거리를 여행할 수 있는 수단은 섬광등을 번쩍이고 사이렌을 울리는 구급차밖에는 없다.

• — •

새벽 3시 반경에 노트패드의 스위치를 켰다. 운전 중에 졸음기가 쏟아진 것은 아니었지만, 정신을 또렷하게 유지해 줄 뭔가가 필요했기 때문이다.

아리아드네는 그런 것들을 잔뜩 제공해 주었다.

우선, 〈대학 간 아이디어 네트워크〉에서 발신하는 토론 프로그램인 〈리얼리티 스튜디오〉에 새로운 파일이 올라와 있었다. 첫 번째 발언자는 시애틀에서 온 앤드루 필드라는 이름의 프리랜서 동물학자였는데, 〈실버파이어〉의 존재는 자신이 제창한 '논쟁적이고 패러다임 전환적'인 S포스 생명 이론을 '의문의 여지가 없이' 증명했다고 주장했다. S포스 이론이란 '아인슈타인과 셸드레이크[※]의 초월적인 천재성을 마야 문명의 통찰 및 최신 초끈이론의 성과와 결합함으로써, 영혼을 결여한 기계론적 서구 과학을 대체하기 위해 창조된, 삶을 긍정하는 새로운 생물학'이었다.

※ 영국의 생물학자. 의사과학으로 간주되는 형태 공명론을 제창했다.

이에 대해 UCLA의 바이러스 학자인 마거릿 오르테가는 상세한 반박에 나섰고, 필드가 제창한 가설은 현실에서 관찰된 수많은 생물학적 현상을 제대로 설명하지 못하거나 아예 정면으로 부정하고 있으며, 우주의 삼라만상을 신의 변덕으로 돌리지 않는 그 밖의 모든 '기계론적'인 이론과 전혀 다르지 않다고 단언했다. 이에 덧붙여 오르테가는 대다수 사람은 인류의 지식을 아무렇지도 않게 폐기해 버리지 않더라도 충분히 삶을 긍정할 수 있다고 쏘아붙였다.

필드는 소망 충족 욕구에 불타는 무지한 멍청이였다. 그런 필드를 오르테가는 완전히 논파했다.

그러나 이 프로그램의 시청자인 전국의 학생들이 투표로 토론의 승자를 뽑은 결과, 2 대 1의 비율로 이긴 사람은 필드였다.

그다음의 검색 결과는 함부르크의 막스 플랑크 연구소를 포위한 시위대가 〈실버파이어〉 연구의 중단을 요구하고 있다는 기사였다. 문제가 된 것은 연구의 안전성이 아니었다. 이 시위의 주최자이자 '저명한 문화 운동가'를 자임하는 키드 랜섬은 시위 현장에서 즉석 기자회견을 열었다.

"우리는 고리타분하고 옹졸한 과학자들로부터 〈실버파이어〉를 탈환해야 하고, 그 신화적인 힘의 원천을 전 인류의 이익을 위해 활용하는 법을 터득해야 합니다! 모든 현상을 과학적으로 설명하려고 하는 이 테크노크라트들은 미술관으로 난입해서 아름다운 예술 작품 위에 방정식을 휘갈겨 쓰는 예술 파괴자들이나 마찬가지입니다!"

"하지만 연구를 하지 않고 인류가 어떻게 이 질병의 치료법을 알아닐 수 있단 말입니까?"

"질병 따위가 아닙니다! 그건 단지 변용變容일 뿐입니다!"

그 외에도 네 개의 뉴스가 있었고, 그것들 모두가 〈실버파이어〉의 배후에 존재하는 '숨겨진 진실' 내지는 '숨겨진 불가형언성不可形言性'에 관한 (상호 배타적인) 주장들에 관한 것들이었다. 아마 이것들을 하나씩 놓고 본다면 애처롭고 병적인 농담에 불과할지도 모른다. 그러나 차창 너머로 주위의 전원 풍경이 점점 눈에 들어오고, 블랙마운틴의 자회색 능선이 새벽빛 아래에서 황량한 아름다움을 드러내는 걸 보면서, 나는 서서히 이해하기 시작했다. 이곳은 더 이상 내가 알던 세계가 아니다. 헤로도토스도, 시애틀도, 함부르크나 몬트리올이나 런던도. 뉴욕조차도.

내가 알던 세계의 숲과 개울에서 님프들은 출몰하지 않는다. 신들도 없고, 유령도 없고, 조상신들도 존재하지 않는다. 우리들 자신의 문화와, 법률과, 감정을 제외하면, 그 무엇도 우리를 벌하거나 위로할 수 없고, 그 어떤 증오나 사랑의 행위를 긍정해 주지는 않는 것이다.

우리 부모님은 이것을 완벽하게 이해하고 있었지만, 부모님의 세대는 미신의 족쇄에서 완전히 자유로워졌던 최초의 세대에 불과했다. 너무나도 짧은 이해의 시간이 흘러간 후 나 자신의 세대는 점점 게을러졌다. 그 결과 우리는 우주의 작동 원리는 어떤 어린애도 이해할 수 있는 자명한 이치일 것이라고 지레짐작하기 시작한 것이다. 이 원리는 인류라는 종의 선천적인 성향인, 숨겨진 패턴에 대한 격렬하고 무절제한 집착과 눈에 보이는 모든 것으로부터 의미와 위안을 추출해

　　　　　　　　　　　　　　　　실비피이이

내려는 비이성적인 갈망에 전적으로 반하는 것이었는데도 말이다.

우리는 우리의 자식들에게 중요한 것들은 모두 전달하고 있다고 생각했다. 과학, 역사, 문학, 예술을. 손가락으로 한 번 누르기만 하면 방대한 정보의 보고에 접근할 수 있도록 해줬다. 그러나 우리는 가장 힘들게 얻은 진실을 자식들에게 전달하려는 노력을 충분히 하지 않았다. 도덕은 오로지 우리의 내면에서 오며, 의미 역시 오로지 우리의 내면에서 오고, 우리의 두개골 밖에 존재하는 우주는 우리에게 아예 관심이 없다는 진실을.

아마 서양에서는 몇천 년 동안이나 혹세무민의 거대한 보루로 군림해 왔던 오래된 교조적 종교들에 대해 치명타를 가했을지도 모르지만, 그런 승리에는 아무런 의미도 없었다.

왜냐하면 지금은 영성spirituality이라는 이름의 감미로운 독이 기성 종교의 빈자리를 채우고 있었기 때문이다.

• — •

노스캐롤라이나주 서부의 도시 애슈빌의 모텔에 체크인했다. 주차장은 국립공원을 향하는 캠퍼 밴들로 가득했다. 운 좋게도 방이 하나 남아 있었다.

샤워하던 중에 노트패드에서 차임벨 소리가 났다. CDC❋에 제출

❋ 미국 질병통제센터.

된 최신 데이터를 분석한 결과, 문제의 '이상 감염'은 주간州間고속도로 40호선을 따라 거의 200킬로미터나 더 서쪽—테네시주의 주도인 내슈빌까지 반쯤 간 지점—으로 확장됐다는 사실이 판명됐다. 〈기쁨의 길〉을 따라간 사람이 다섯 명 더 늘었다는 뜻이다. 나는 자리에 앉아 잠시 지도를 응시하고 있었다. 그런 다음 옷을 입고 다시 짐을 싼 다음 체크아웃했다.

산악 지대를 향해 차를 몰면서 전화를 10통 걸었고, 애슈빌에서 테네시주 제퍼슨시티까지의 지역에서 발생한 감염자들의 친척들을 만나기로 한 예약을 모두 취소했다. 발병 지점들을 차례로 방문해서 관련 데이터를 단 하나도 빠뜨리지 않고 신중하고 체계적으로 수집하는 단계는 이제 끝났다. 나는 감염이 〈이벤트〉에서 이루어지고 있다는 사실을 확신하고 있었기 때문이다. 이제 남은 유일한 의문은 그것이 우연인지 고의인지 여부였다.

그러나 고의라면 도대체 어떤 수단을 썼단 말인가? 〈실버파이어〉 바이러스로 가득 찬 섬유아세포가 든 유리병이라도 가지고 다닌단 말인가? NIH⁕의 연구자들이 〈실버파이어〉 바이러스 배양법을 알아내기까지는 1년 이상 걸렸다. 게다가 그들이 배양에 성공한 시기는 올해 3월이었다. 그것을 아마추어들이 3개월에 못 미치는 시간 내에 재현할 수 있었다고는 도저히 믿기 힘들다.

수목이 울창하게 우거진 그레이트스모키산맥의 사면들 사이로 내려가는 고속도로는 대부분 피전강을 따라 이어지고 있었다. 나는

⁕ 미국 국립보건원.

실버파이어

운전을 하면서 목소리 입력을 써서 예측 모델을 프로그래밍했다. 〈이벤트〉의 일정표는 이미 알고 있었고, 환자가 감염된 대략적인 날짜도 다섯 개 알고 있었다. 감염 사례를 보고받는 방식으로는 언제나 뒷북 대응밖에는 할 수밖에 없기 때문에, 감염을 따라잡으려면 외삽을 통한 예측만이 유일한 방법이었다. 내 입장에서는 보균자가 착실하게 서쪽으로 이동하고 있으며, 결코 한곳에 오래 머무르는 일 없이 다음 〈이벤트〉를 향하는 중이라고 가정하는 수밖에 없었다.

정오 무렵 녹스빌에 도착해서 점심을 먹은 후 다시 차를 몰고 나아갔다.

예측 모델이 내놓은 〈마을〉의 이름은 플리니◈였고, 일시는 1월 14일 토요일 오후 9시 30분이었다. 무한한 댄스홀에서, 결코 통과할 수 없는 벽을 사이에 두지 않고 보균자를 찾아볼 수 있는 첫 번째 기회다.

〈실버파이어〉와 직면할 수 있는 첫 번째 기회이기도 하다.

• — •

〈마을〉에는 일찌감치 도착했지만 플리니판 샐리와 올리버의 주의를 끌 정도로 이른 시각은 아니었다. 나는 1시간 동안 차 안에 머무르며 이런저런 일로 바쁜 시늉을 하면서, 〈마을〉에 들어오는 차들의 번호판에 찍힌 번호를 기록했다. 사륜구동차와 소형 트럭들이 많았고,

◈ 고대 로마의 정치가 플리니우스의 영어식 표기.

캠퍼 밴도 몇 대 섞여 있었다. 〈마을〉 주민들 다수는 자전거를 선호했지만, 자전거에 정말로 미쳤고 엄청난 체력의 소유자가 아닌 이상 보균자가 그린즈버러에서 여기까지 줄곧 자전거를 타고 왔을 가능성은 희박했다.

플리니의 〈이벤트〉는 어젯밤 헤로도토스에서 열린 것과 거의 동일한 패턴으로 전개되었다. 오늘 밤 헤로도토스는 참가하고 있지 않았지만 말이다. 모여든 군중 역시 헤로도토스에서 본 것과 비슷했다. 대다수는 젊었지만, 더 나이가 많은 사람들도 내가 튀어 보이지는 않을 정도로는 섞여 있었다. 나는 댄스홀 안을 배회했고, 가급적 주의를 끌지 않으려고 노력하며 참가자들의 얼굴을 기억에 뚜렷하게 각인하려고 노력했다. 여기 있는 사람들 역시 모두 올리버가 얘기한 〈실버파이어〉의 신화를 곧이곧대로 받아들였을까? 그런 암울한 가능성은 솔직히 떠올리고 싶지도 않다는 것이 솔직한 마음이었다. 그나마 희망적이었던 부분은 〈이벤트〉 일정표에 이름이 오른 마을들의 수는 이 지역에 존재하는 〈마을〉들의 전체 수의 20분의 1에도 달하지 않는다는 사실이었다. 따라서 미세마을 운동 자체는 이 광기 어린 사건과는 무관하다는 얘기가 된다.

누군가가 내게 분홍색 캡슐을 권했지만, 이번에는 공짜가 아니었다. 나는 환각제 캡슐을 준 여자에게 20달러를 내고 나중에 분석해 볼 요량으로 호주머니에 집어넣었다. 누군가가 바이러스를 넣은 캡슐을 배포하고 있을 가능성도 전무하지는 않았기 때문이다. 설령 그렇다고 해도 위에 들어간 〈실버파이어〉 바이러스는 위산에 의해 금세 무력화될 공산이 크지만 말이다.

〈기쁨의 길〉을 따라 걷는 빛나는 존재들이 출현했을 때 20살 남짓한 잘생긴 금발 청년이 잠시 내 주위를 맴돌았다. 존재들이 서쪽으로 사라지자 청년은 내게 다가와서 내 팔꿈치를 잡더니 뭐라고 말했다. 음악이 워낙 시끄러워서 제대로 알아들을 수는 없었지만, 대략 무슨 취지인지는 이해할 수 있었다. 나는 워낙 딴 데 정신이 팔린 탓에 깜짝 놀란다거나 기뻐할 여유는 없었다. 하물며 유혹에 넘어갈 리 만무했다. 나는 단 5초 만에 청년을 쫓아냈다. 청년은 마음이 상한 듯한 표정으로 자리를 떴지만, 얼마 지나지도 않아 나는 그가 내 나이의 반 정도밖에 안 돼 보이는 여자와 함께 댄스홀 밖으로 나가는 것을 보았다.

나는 최후의 순간까지 댄스홀에 머물렀고 (토요일 밤의 경우 이것은 새벽 5시를 의미한다) 비틀거리며 새벽빛 아래로 나갔다. 의기소침한 상태였지만, 솔직히 뭘 보기를 기대했는지 나도 알 수 없었다. 누군가가 에어로졸 분무기를 들고 다니면서 〈실버파이어〉를 퍼뜨리고 다니는 광경? 주차장으로 온 나는 주차된 차들 다수는 내가 댄스홀에 입장한 뒤에 도착한 낯선 차들임을 사실을 깨달았다. 일부는 내 눈에 띄지 않고 왔다가 떠났을 가능성조차 있어 보였다. 나는 미처 못 본 번호판들을 기록했다. 가급적 은밀하게 그러려고 했지만, 솔직히 어떻게 돼도 상관없다는 심정이었다. 36시간 동안 잠을 자지 않은 탓이다.

일요일 밤에 플리니에서 서쪽으로 가장 가까운 곳에 있는 〈마을〉에서 열리는 〈이벤트〉는 미시시피주를 지나 아칸소주를 반쯤 가로지른 곳에 있었다. 나는 보균자가 거리가 먼 것을 이유로 하룻밤 쉴 것이라고 계산했다.

월요일 밤 나는 에우독소스에 도착했다. 인구 165명에, 2002년에 설립된 이 〈마을〉은 내슈빌에서 차편으로 반 시간쯤 간 곳에 있었다. 나는 필요하다면 주차장에서 밤을 새울 각오를 하고 있었다. 주차된 차의 번호판을 빠짐없이 기록해야 하기 때문이다. 그러지 못한다면 여기까지 온 의미가 없었다.

내가 무슨 일을 하고 있는지 브레크트에게 따로 보고하지는 않았다. 확실한 증거는 여전히 전무했고, 내가 편집증적이라는 반응이 돌아오는 것이 두려웠기 때문이다. 내슈빌에서 출발하기 전에 남편과 통화를 하긴 했지만 나는 별다른 얘기를 하지 않았다. 앨릭스는 엄마한테 전화가 왔다며 로라를 불렀지만 그녀는 됐다면서 받지 않았다. 하지만 이것은 놀랍지도 않다. 나는 집에 두고 온 남편과 딸을 예상했던 것 이상으로 그리워하고 있었지만, 마침내 집으로 돌아갔을 때 어떤 얼굴을 하고 그들을 대해야 할지 고민이었다. 이성理性에 아예 등을 돌리려고 작정한 것처럼 보이는 딸과, 총명한 사춘기 청소년이라면 모름지기 5,000년이라는 세월에 걸쳐 축적된 인류의 지적 진보를 단 다섯 개월 만에 재현하는 것이 당연하다고 굳게 믿고 있는 남편

　　　　　　　　　　　　실버피이어

을 어떻게 하란 말인가.

밤 10시와 11시 사이에 35대의 차가 (내가 본 적이 있는 차는 한 대도 없었다) 〈마을〉로 왔지만, 그 뒤로는 도착하는 차의 수가 급격히 줄어들었다. 나는 노트패드로 오락 채널들을 훑어보았다. 색채가 있고 움직이는 영상이라면 뭐든 좋았다. 아리아드네가 채굴해 오는 나쁜 뉴스들은 이제 신물이 난다.

자정 직전에 파란색 포드 캠퍼 밴이 주차장에 들어오더니 내 차 반대편 구석에 주차했다. 젊은 남자와 여자가 차에서 내렸다. 두 사람 모두 들뜬 표정이었지만, 어딘가 경계하는 듯한 기색이었다. 마치 부모님이 어둠 속에서 자기들을 몰래 감시하고 있지 않다는 사실을 여전히 확신하지 못하겠다는 느낌이었다.

주차장을 가로지르는 두 사람을 바라보던 중에, 남자가 플리니에서 내게 말을 건 청년이라는 사실을 깨달았다.

나는 5분을 더 기다렸다가 차에서 내려 그들이 타고 온 차의 번호판을 확인했다. 매사추세츠주의 번호판이었다. 토요일 밤에 내가 기록한 번호에는 포함돼 있지 않았기 때문에, 이 차가 〈기쁨의 길〉을 따라 이동하고 있다는 사실을 내가 깨달을 수 있었던 것은, 그 젊은이들 중 한 명이 내게 와서…

내게 와서?

나는 밴 뒤에서 그대로 얼어붙었고, 침착해지려고 노력하며 당시 일어났던 일을 마음속에서 재현해 보았다. 그 청년이 너무 오래 내 팔을 붙잡고 있도록 두지는 않았다는 사실은 알고 있었지만, 너무 오래란 얼마나 오래일까?

나는 무관심한 별들을 올려다보고, 이 상황의 아이러니를 음미해 보았다. 공포를 맛보는 것보다는 그러는 쪽이 훨씬 더 나았기 때문이다. 감염 위험이 상존한다는 사실은 줄곧 자각하고 있던 데다가, 감염되지 않았을 가능성이 압도적으로 더 높다. 아침이 되면 내슈빌로 가서 자가 격리에 들어가면 그만이다. 내가 지금 무슨 일을 한다고 해서 상황이 조금이라도 바뀌는 것은 아니니까…

그러나 나는 정상적으로 사고하고 있지 않았다. 만약 그 두 사람이 멀리 떨어진 동부의 매사추세츠주에서 여기까지 왔다면, 아니, 그보다는 더 가까운 그린즈버러에서 여기까지 왔다면, 그 두 사람 중 하나는 상대를 이미 오래전에 감염시켰어야 옳지 않은가. 그 두 사람이 〈실버파이어〉 바이러스에 대해 똑같은 돌연변이적 내성을 가지고 있을 확률은 무시해도 될 정도로 낮다. 설령 그들이 남매 사이라고 해도 말이다.

두 사람 모두 자각이 없는 무증상 보균자일 수는 없다. 따라서 그들은 연속 발병 사례와는 아예 관계가 없든가, 아니면…

…몸 밖에서 직접 바이러스를 운반하고 있고, 최대한 신중하게 그것을 다루고 있는 것이다.

파란색 캠퍼 밴의 범퍼에 붙은 스티커는 '최신형 보안 시스템 장착!' 사실을 자랑하고 있었다. 시험 삼아 뒷문에 손을 대봤지만, 밴은 삑 하는 경고음조차도 발하지 않았다. 그래서 뒷문 손잡이를 잡고 세차게 움직여 봤지만 여전히 아무 반응도 없었다. 만약 이 차의 보안 시스템이 내슈빌에 있는 보안 업체의 무장 대응팀을 호출하고 있는 거라면 내게는 충분한 시간이 남아 있었다. 설령 차가 그 소유주들을 호출하고 있다고 해도, 알루미늄으로 에워싸인 〈마을〉의 댄스홀 안에까지 무선 신호가 닿을 염려는 없었다.

주차장 주위에는 아무도 없었다. 나는 내 차로 돌아가서 공구 세트를 꺼내 왔다.

내게 법적인 권리가 없다는 사실은 잘 알고 있었다. 감염 위험을 이유로 비상조치를 발동시킬 권한은 가지고 있었지만, 메릴랜드의 국가보건통계청에 연락을 취해서 복잡한 정식 절차를 밟으며 날밤을 새울 생각은 없었다. 이런 식의 불법 수색과 압수로 오점을 남긴다면 형사 기소 자체가 위태로워진다는 사실도 잘 알고 있었다.

하지만 나는 개의치 않았다. 그자들이 또 한 명의 희생자를 〈기쁨의 길〉로 내보내는 것을 좌시할 생각은 추호도 없었기 때문이다. 그러기 위해서 설령 이 밴을 완전히 태워버리는 한이 있더라도.

뒷문의 고무제 창틀에 지렛대를 박아 넣고 어둡게 착색된 작은 고정식 창문을 뜯어냈다. 여전히 귀를 찢는 경보 따위는 울리지 않았다. 나는 창문 사이로 손을 집어넣고 여기저기를 더듬다가 문의 잠금장치를 풀었다.

나는 그 두 사람이 논문을 통해 공개된 섬유아세포 배양 기술을 재현할 정도의 세포학 지식을 터득한 아마추어 생화학자라고 생각하고 있었다.

내 예상은 빗나갔다. 그들은 의대생이었고, 그들이 어정쩡하게 터득한 것은 전혀 다른 분야의 기술이었다.

그들의 친구는 열대어용의 거대한 수조 비슷한 용기에 채워 넣은 고분자 젤 속에 누워 있었다. 산소 공급 장치와 요도용 카테터와 반다스의 약물 수입 튜브도 연결된 것이 보였다. 나는 손선등 불빛으로 뒤집힌 상태로 꽂혀 있는 약병들을 훑으며 이런저런 약물의 명칭과 그 농도를 확인했다. 그런 다음 모든 것을 다시금 확인했다. 내가 약물 한 가지를 빠뜨리고 미처 못 보았기를 간원하면서. 그러나 빠뜨리고 못 본 것이 아니었다.

나는 피부가 사라진 젊은 여자의 하얀 얼굴에 손전등 빛을 비췄고, 젤 사이로 올라오고 있는 빨갛고 섬세한 핏줄기들 사이를 들여다보았다. 그녀는 꼼짝도 하지 않고, 아무 말도 하지 못할 정도로 강한 마취 상태에 놓여 있었지만, 여전히 의식은 있었다. 그녀의 입은 고통으로 일그러진 채로 얼어붙어 있었다.

16일 동안이나 줄곧 이런 상태에 놓여 있던 것이다.

나는 비틀거리며 밴에서 뒷걸음질 쳤다. 심장이 두방망이질하고, 눈앞이 컴컴해진다. 나는 금발 청년과 부딪쳤다. 여자도 함께였다. 뒤에 또 다른 커플을 대동하고 있었다.

나는 몸을 돌려 지리멸렬한 고함을 내지르며 주먹으로 청년을 때리기 시작했다. 그때 뭐라고 고함쳤는지는 기억나지 않는다. 청년은 양손으로 자기 얼굴을 가렸고, 다른 사람들도 도와주러 달려왔다. 그들은 단 한 번도 나를 때리지 않고, 내 몸을 밴에 슬쩍 밀어붙여 꼼짝도 못 하게 했다.

실버파이어

나는 울고 있었다. 캠퍼 밴에서 청년과 함께 내렸던 젊은 여자가 말했다. "쉬잇. 괜찮아요. 아무도 당신을 해치지 않으니까 걱정 안 해도 돼요."

나는 그녀에게 간원했다. "아직도 모르겠어? 이 아이는 끔찍한 고통에 시달리고 있다고! 지금까지 줄곧 이렇게 괴로워하고 있었던 거라고! 이게 도대체 무슨 표정이라고 생각했어? 넌 저게 웃는 걸로 보여?"

"물론 웃고 있어요. 이건 이 아이가 지금까지 줄곧 원해왔던 거니까. 만에 하나 〈실버파이어〉에 감염된다면, 반드시 〈길〉을 걷게 해달라고 우리에게 약속까지 받아냈다고요."

나는 밴의 차가운 금속 차체에 머리를 기대고 잠시 눈을 감았고, 어떻게 하면 이들에게 이해시킬 수 있는지를 생각해 보려고 했다.

하지만 아무 생각도 떠오르지 않았다.

다시 눈을 뜨자 청년이 내 앞에 서 있었다. 더 이상 가능해 보이지 않을 정도로 온화하고, 상냥한 표정이었다. 그는 고문자도 아니었고, 편협하지도 않았으며, 멍청이조차도 아니었다. 단지 감미로운 거짓말을 통째로 받아들였을 뿐이다.

청년이 말했다. "아직도 이해 못 하시겠습니까? 지금 당신의 눈에 보이는 것이라고는 고통에 시달리며 죽어가는 여인의 모습뿐이지만, 우리 모두는 그 이상의 것들을 보는 방법을 터득해야 합니다. 우리 조상들이 가지고 있었던 능력을, 잃어버린 힘을 다시 획득할 때가 온 겁니다. 신성한 환영과 악마와 천사를 볼 수 있는 힘. 바람과 비의 정령을 볼 수 있는 힘. 〈기쁨의 길〉을 걸을 수 있는 힘을."

11

체르노빌의 성모

Our Lady of Chernobyl

우리가 와 있는 곳이 천국인지 이 세상인지 갈피를 잡을 수가 없었다. 지상에서 이토록 장려하거나 아름다운 장소가 존재할 리가 없기 때문이다.

—키예프의 블라디미르 공이 동로마제국으로 보낸 사절단이 콘스탄티노플의 하기아 소피아 대성당을 보고 남긴 말. 987년.

이교국에 달랑 남아 있는 가장 오래되고 낡아빠진 예배당.

*—S. L. 클레멘스*가 같은 곳을 구경하고 남긴 말. 1867년.*

루치아노 마시니는 고뇌하는 빛이 역력했고, 얼굴은 불면증 탓인지 푸석푸석하게 부어 있었다. 내가 그에게서 받은 첫인상은, 새벽 2시경에 벌떡 일어나, 20살에 불과한 아내가 그보다 나이를 세 배나 먹은 기업가 남편을 정말로 꿈에서나 보던 이상형이라고 느끼고 있는

※ 마크 트웨인의 본명이다.

지 자문하기 시작한 사내였다. 설령 그 사내가 아무리 위트가 풍부하고, 박식하고, 부유하다고 해도 말이다. 나는 마시니의 경력을 자세히 확인해 본 적이 없지만, 2009년에 기업분할을 한 피렐리◈의 초전도 케이블 부문을 통째로 사들인 것으로 유명하다는 사실 정도는 알고 있었다. 마시니는 살짝 고풍스러운 재단이 오히려 멋스러워 보이는 잿빛 실크 양복을 완벽하게 차려입고 있었다. 과거에는 깜짝 놀랄 정도의 미남자였을지도 모른다. 이런 사내일수록 헛된 망상에 빠졌다가 뒤늦게 후회하기 일쑤라는 것이 내가 내린 결론이었다.

나의 이런 생각은 빗나갔다. 마시니는 대뜸 이렇게 말했기 때문이다. "내 소포 하나를 찾아줬으면 좋겠네."

"소포라고요?" 나는 흥미를 느낀 듯한 목소리를 내려고 최선을 다했다. 불륜 조사가 따분하다면, 분실물 추적은 그보다 한층 더 삭막한 작업이기 때문이다. "소포 발송지가?"

"취리히였네."

"그럼 밀라노로 오던 중에 분실된 겁니까?"

"당연하지 않나!" 마시니는 당장이라도 몸을 부들부들 떨 듯한 기색이었다. 마치 자신의 그 귀중한 물건을 의도적으로 다른 곳으로 보낸다는 생각만으로도 육체적인 고통을 느낀다는 듯이.

나는 신중하게 말했다. "어떤 물건이든 정말로 사라지는 경우는 없습니다. 법무팀에서 배달원 앞으로 강력한 경고 문서를 보내면 기적처럼 물건이 나타날지도 모릅니다."

◈ 밀라노에 본부를 둔 다국적 기업이며, 타이어 제조로 유명하다.

체르노빌의 성모

마시니는 일그러진 미소를 떠올렸다. "그럴 것 같진 않군. 배달원은 죽었어."

오후의 햇살이 방 안을 가득 채우고 있었다. 창문은 동쪽에 나 있어서 태양은 보이지 않았지만, 하늘 전체가 눈부시게 밝았다. 한순간 묘하게 머리가 맑아지는 것을 느꼈다. 마치 반쯤 잠에 취한 상태로 이번 대화를 시작했다가, 이제야 끈질긴 졸음기를 떨쳐내고 완전히 각성했다고나 할까. 마시니는 내 배후의 벽에 걸려 있는 동제 태양계의太陽系儀 무수히 많은 조그만 톱니바퀴들이 복잡하게 맞물려 돌아가면서 나직하게 두 번 찰칵거리는 동안 아무 말도 하지 않았다. 이윽고 그가 입을 열었다. "그 여자는 사흘 전 빈의 호텔 방에서 발견됐네. 지근거리에서 머리에 총을 맞았다는군. 미리 대답하겠는데, 그런 곳에 들를 계획은 없었어."

"소포의 내용물이 뭡니까?"

"작은 이콘icon※이라네." 마시니는 손을 들어 30센티미터 정도의 높이를 나타내 보였다. "18세기의 성모 그림이지. 원래는 우크라이나에서 제작된 것이었어."

"우크라이나라고요? 그게 어떻게 해서 취리히에 가 있었는지 아십니까?" 나는 우크라이나 정부가 자국에서 도난당한 미술품들의 반환을 진지하게 추진해 달라고 몇몇 나라들을 설득하는 캠페인을 최근 재개했다는 얘기를 들은 적이 있었다. 정치적 혼란과 부패가 만연하던 1980년대와 1990년대에 미술품들이 상자째 국외로 밀반출된

※　예수 그리스도와 성모와 성인들을 그린 동방 정교회의 성화(聖畵).

경우가 적지 않았던 것으로 알고 있다.

"그 이콘은 잘 알려진 수집가가 남긴 유산의 일부였네. 흠잡을 데 없는 평판을 가진 사내였지. 내가 고용한 미술상이 매도증서에서 수출 허가증 따위의 관련 서류를 일일이 확인했고, 문제가 없다는 걸 확인한 뒤에 매입했네."

"서류는 위조할 수 있습니다."

마시니는 울화가 터지려는 걸 억누르고 있는 기색이 역력했다. "물론 위조할 수 없는 물건 따위는 존재하지 않아. 내가 무슨 말을 해 줬으면 좋겠나? 내겐 그 물건이 도난품임을 의심할 이유가 없네. 시뇨르 파브리치오, 난 범죄자가 아냐."

"당신이 범죄자라고 시사했던 게 아닙니다. 그렇다면… 돈과 물건을 교환한 건 취리히에서였다는 얘기로군요? 도난당한 시점에서 그 이콘은 이미 당신의 소유물이었다?"

"그래."

"얼마를 주고 샀는지 물어봐도 되겠습니까?"

"500만 스위스프랑이었네."

이 부분에 대해서 나는 언급을 자제했지만, 한순간 잘못 들은 것이 아닌가 의심했던 것은 사실이다. 나는 전문가는 아니지만, 동방 정교회의 이콘들은 보통 무명의 화가들이 그린 것이며, 개개의 성경책들과 마찬가지로 독자성의 추구 따위와는 처음부터 무관한 물건임을 알고 있었기 때문이다. 물론 예외는 있어서, 주된 이콘 양식의 결정적인 원형이라고 할 만한 귀중한 작품들은 소수나마 존재한다. 그러나 그런 작품들은 18세기보다 훨씬 더 오래전에 제작된 것들이었다. 아무리 정교하게 만들어지고, 아무리 보존 상태가 좋다고 해도, 이콘 하나에 500만 스위스프랑은 터무니없이 높은 가격이다.

나는 말했다. "물론 보험은 걸어놓으셨겠죠?"

"당연하지 않나! 1, 2년 뒤면 구입 대금을 모두 돌려받을 가능성도 있어. 하지만 그것보다는 이콘을 돌려받는 쪽이 훨씬 나아. 애당초 그걸 사려고 돈을 낸 거니까."

"보험회사도 같은 의견일 겁니다. 전력을 다해 현물을 찾아내려고 하겠죠." 다른 조사원이 나보다 먼저 조사를 시작했다면, 나는 헛된 경쟁에 뛰어들어 시간을 낭비하고 싶지 않았다. 특히 문제의 경쟁상대가 본거지에서 활동하는 스위스의 보험회사인 경우에는 말이다.

마시니는 붉게 충혈한 눈으로 나를 응시했다. "그 작자들의 전력 가지고서는 충분하지 않아! 물론 그쪽도 돈이 아까울 테니 보험금 지불로 손실이 발생할 가능성을 매우 심각하게 받아들이겠지… 회계상의 문제로서 말이야. 오스트리아 경찰도 살인자를 잡으려고 최대한 노력하리라는 걸 나는 의심하지 않네. 하지만 보험회사도 경찰도 이걸 화급한 사태로는 보고 있지 않아. 따라서 몇 달이나 몇 년 동안 미해결 상태로 남아 있더라도 크게 개의치 않을 게 뻔해."

마시니가 밤마다 젊은 아내의 불륜을 의심하고 괴로워하고 있을 거라는 나의 어림짐작은 빗나갔지만, 내 추측 중에서도 한 가지 옳았던 점이 있었다. 이 사내를 움직이고 있는 것은 질투만큼이나 깊고, 자긍심만큼 뿌리 깊고, 섹스만큼이나 근원적인 정열 또는 강박관념이었다. 마시니는 책상 위로 몸을 내밀고, 당장이라도 내 멱살을 잡고 싶은 것을 참고 있는 듯한 기색으로, 최대한의 거만함과 간원이 담긴 어조로 이렇게 말했다.

"2주야! 2주 기다려 주겠네. 그 대신 보수를 얼마 받을지는 자네가 정해도 좋아! 2주 안에 그 이론을 내게 가져다준다면… 내 전 재산을 내어줘도 좋아!"

• — •

나는 마시니가 내놓은 황당무계한 제안에 대해서는 그에 상응하는 태도로 응대했지만, 의뢰를 일단 받아들이기로 했다. 딱 봐도 미술 애호가들이 애용할 듯한 레스토랑에서 긴 점심식사를 하면서 암시장 주변에 서식하는 정보 제공자들과 내밀한 얘기를 나눈다는 것은, 내가 2주 동안 할 수 있는 일들 중에서도 최악은 아니니까 말이다.

그러나 가장 먼저 확인할 필요가 있는 것은 물론 배달원이었다. 그녀의 이름은 잔나 데 안젤리스였고, 27살였다. 이 일을 시작한 지는 5년이 됐고, 나쁜 평판은 전무했다. 감독관청의 기록에 의하면 고객이든 고용주든 그녀에 대해 정식으로 불평을 제기한 사람은 아무도 없었다. 데 안젤리스의 근무처는 그녀 못지않게 실적이 양호한 밀라노의 배달 전문 회사였고, 이 회사가 물적으로든 인적으로든 피해를 본 것은 20년 만에 이번이 처음이었다.

나는 그녀의 동료 두 명과 얘기를 나눴다. 그들은 최소한의 사실은 얘기해 주었지만 나와 함께 추리를 해주지는 않았다. 물품의 인도는 취리히의 은행에 있는 귀중품 보관실에서 이뤄졌고, 그 직후 데 안젤리스는 택시를 타고 은행에서 공항으로 직행했다. 그녀는 밀라노행 비행기의 탑승 예정 시각 5분 전에 본사에 전화를 걸어 모든 절차가 순조롭게 진행됐다고 보고했지만, 실제로 그 편에 탑승하지는 않았다. 그러는 대신 티롤리안 항공의 카운터에서 자기 신용카드로 비행기 표를 사서, 수하물로 반입한 이콘이 들어 있는 서류 가방을 지닌 채로 빈으로 직행했던 것이다. 그리고 6시간 뒤에 그녀는 죽어 있었다.

나는 텔레비전 방송국의 음향 기사로 일하는 그녀의 약혼자를 찾아내서 그들이 함께 살던 아파트를 방문했다. 그는 눈이 빨갛게 부은데다가 깎지 않은 수염이 덥수룩했고, 숙취에 시달리고 있었다. 여전히 충격에서 헤어나지 못한 것처럼 보였는데, 그러지 않았더라면 나를 집 안에 들이지는 않았을 것이다. 나는 조의를 표한 후 그가 와인을 한 병 들이켜는 것을 거들었고, 넌지시 이렇게 물었다. 혹시 최근 몇 주 동안 잔나가 묘한 전화를 받은 적은 없는지, 지나칠 정도의 거액을 쓸 계획을 하고 있지는 않았는지, 혹은 평소의 그녀답지 않게 불안하거나 흥분한 기색을 보이지는 않았는지 말이다. 그러자 사내가 빈 와인병으로 내 머리를 박살 내려고 한 탓에 나는 인터뷰를 급거 중지해야 했다.

나는 사무실로 돌아와서 데이터베이스를 샅샅이 훑기 시작했다. 공개된 공식 기록에서, 메일링 리스트와 이런저런 사이버 뚜쟁이들이 제공하는 제대로 분류되지도 않은 잡다한 전자적 잡동사니를 긁어모은 것까지 모조리 확인해 보았다. 도쿄에 서버를 둔 어떤 시스템은 전 세계의 디지털화된 신문 기사와 TV 뉴스의 키프레임 영상에서 특정 인물과 똑같은 얼굴을 찾아준다. 그 인물의 이름이 기사 제목이나 방송에서 언급되든 안 되든 간에 말이다. 그 결과 나는 2007년 부에노스아이레스의 법원 청사 밖에서 마치 잔나의 쌍둥이처럼 보이는 여성이 유명한 조폭과 팔짱을 끼고 걷고 있는 광경과, 2010년 필리핀을 강타한 태풍으로 가족을 잃고 폐허가 된 마을에서 흐느끼고 있는 또 다른 닮은꼴 여성의 사진을 찾아냈다. 그러나 잔나 본인의 모습이 찍힌 것은 없었다. 현지 신문 텍스트를 검색해 보아도 그녀의 이름은 딱 두 번 언급됐을 뿐이었다. 출생란과 부고란에 말이다.

내가 알아본 한, 데 안젤리스의 재정 상태는 건전 그 자체였다. 나쁜 평판은 전무했고, 조직범죄와의 관련을 조금이라도 시사하는 징후 따위도 전혀 없었다. 그녀가 지금까지 운반했던 물건들에 비하면 그 이콘은 도저히 귀중품이라고 할 수 없었고, 나는 여전히 마시니가 그 이콘을 사려고 말도 안 되게 부풀려진 액수를 지불했다는 의견을 가지고 있었다. 작가 미상이든 아니든 간에, 미술품은 도저히 환금성이 뛰어난 자산이라고 하기는 힘들다. 이보다 훨씬 더 유혹적인 상황에 수도 없이 직면했을 데 안젤리스가, 하필 왜 그런 물건 따위로 인해 오랜 신의를 저버려야 한단 말인가?

그녀는 빈에서 이콘을 팔 생각이 없었는지도 모른다. 빈에 가도록 강제당했을 가능성도 있다. 누군가가 공항 한복판에서 그녀를 '납치'

체르노빌의 성모

한 다음 티켓 매장까지 억지로 데려갔고, 보안 스캐너를 통과해서 비행기에 태웠다는 뜻이 아니다. 데 안젤리스는 무장하고 있었고, 고도의 훈련을 받은 데다가 필요하다면 즉각 외부 도움을 요청할 수 있는 전자기기를 잔뜩 소지하고 있었다. 그러나 엑스레이에도 걸리지 않는 총으로 줄곧 심장을 겨냥당하지는 않았던 것이 사실이라고 해도, 그보다 더 교묘한 방식의 협박에 굴복했을 가능성이 있었다.

내게 주어진 14일간의 유예 기간의 첫 번째 날이 저물기 시작하자, 나는 짜증스럽게 사무실 안을 왔다 갔다 했다. 이미 비관적인 기분을 느끼고 있었다. 데 안젤리스의 얼굴이 단말기 화면 안에서 냉랭하게 미소 짓는다. 그녀의 죽음으로 비탄에 빠진 약혼자 집에서 마신 와인의 쓰디쓴 맛이 되살아났다. 그녀는 살해당했고, 그것은 부인할 수 없는 범죄다. 그런데도 나는 돈을 받고 구닥다리 미술품의 행방을 쫓아야 한다. 설령 그 과정에서 살인범을 찾아낸다고 해도 부수적인 성과에 불과하다. 본심을 말하자면, 딱히 범인을 찾고 싶은 것도 아니었다.

창문의 블라인드를 올리고 밀라노시의 중심부를 내려다본다. 두오모광장을 바쁜 듯이 왕래하는 벼룩처럼 조그만 점들이 눈에 들어온다. 미친 듯한 고딕 양식의 첨탑들이 그 위로 숲처럼 빽빽이 솟아있다. 내가 대성당에 눈길을 주는 일은 거의 없었다. 그것은 응접실에서 보이는 알프스와 마찬가지로 이 사무소에서 보이는 장려한 경관의 일부일 뿐이며, 응접실의 고급스러운 분위기를 연출하기 위한 한낱 도구에 불과했다. 그 덕택에 나는 뒷골목에 사무소를 차린 탐정의 20배에 달하는 거액의 조사 요금을 청구할 수 있는 것이다. 그러나 지금 나는 마치 환각에 사로잡힌 듯한 느낌을 받고 눈을 깜박였다. 21세기 밀라노의 세라믹처럼 검게 번들거리는 고층건물들에 에워싸인 대성당의 모습은 주위에 비해 너무나도 이질적이고, 너무나도 어울리지 않았기 때문이다. 성인이나 천사나 가고일 조각상들이 (어느 것이 어느 것인지는 기억이 나지 않았고, 이런 거리에서는 구분조차 할 수 없다) 모든 첨탑 꼭대기에서 마치 실성한 중세의 주상柱上고행자◈들처럼 하나씩 자리 잡고 있다. 성당의 지붕 전체가 분홍빛이 도는 대리석으로 덮여 있었고, 그 현기증이 날 정도로 초현실적인 장식은 부분적으로는 레이스 무늬, 부분적으로는 가시철망처럼 보였다. 나는 철저한 무신론자이지만 저 성당 안에는 한두 번 발을 들여놓은 적이 있다. 언제, 또 왜 그랬는지는 도무지 기억이 나지 않지만 말이다. 입장상 피할 수 없는 어떤 식전 따위였던 듯하다. 하여튼 간에 나는 이 경치를 보며 자랐으므로, 대성당은 낯익은 명소 이상도 이하도 아니었다. 그러나 이 순간에만은, 완전히 낯설고 말도 안 될 정도로 기괴한 구조물처럼 보였던 것이다. 마치 북쪽 멀리 펼쳐진 알프스산맥이 만년설과 초목과 표토表土를 떨쳐내자 중앙아메리카의 피라미드처럼 사라진 문명의 유적을 방불케 하는 거대한 인공물이 모습을 드러낸 듯한 느낌이랄까.

나는 블라인드를 내리고, 죽은 배달원의 얼굴이 떠 있는 컴퓨터 화면을 껐다.

◈ 기둥 위에 올라가 세상과 연을 끊기 위해 수행하는 자들을 뜻한다.

체르노빌의 성모

그런 다음 취리히행 비행기 표를 샀다.

• — •

데이터베이스에는 롤프 헨가르트너에 관한 정보가 잔뜩 있었다. 그는 전자출판 업계에서 유럽에서 가장 큰 축에 속하는 소프트웨어 제공 업체들이 시장을 할거했을 때, 기기묘묘한 막후 거래를 통해 각 업체들이 만족할 수 있는 계약들을 성사시킨 수완가였다. 나는 헨가르트너가 문화부 장관이나 위성방송 업계의 거물들과 함께 설상 스키와 수상 스키 따위를 즐기는 광경을 머리에 떠올려 보았다… 70대 들어 급성 림프종에 걸린 뒤로는 그런 화려한 생활을 만끽하지는 못했겠지만 말이다. 영화 제작 사업을 시작했을 때는 다국적 기업들을 통한 자금 조달을 조정하기도 했다고 한다. 응접실이었다가 지금은 그의 비서의 사무실로 쓰이는 방에 걸린 사진들 중에는 20년 전에 벌어진 반反할리우드 시위에서 젊은 시절의 제라르 드파르디외와 함께 주먹을 들어 올리고 있는 헨가르트너의 사진도 있었다.

유산 집행인으로 지명된 사람은 고인의 비서였던 막스 레이프였다. 나는 그와의 면담을 가급적 무탈하게 진행하려고 스위스 독일어를 통역해 주는 고가의 최신식 소프트웨어를 노트패드에 받아놓았다. 그러나 레이프는 이탈리아어로 대화할 것을 고집했다. 실제로 그의 이탈리아어는 흠잡을 데 없이 유창했다.

헨가르트너는 아내를 먼저 떠나보냈지만, 자식 세 명과 손자 열 명이 있었다. 유족들은 모두 미술에는 별다른 관심을 보이지 않았기 때문에, 레이프는 고인이 수집한 미술품을 모두 매각하라는 지시를 받고 있었다.

"고인이 특히 열정을 기울여 수집했던 분야는 뭡니까. 동방 정교회의 이콘이라든지?"

"전혀 그렇지 않습니다. 헨가르트너 씨는 다방면에 관심을 가지고 다양한 미술품을 수집했지만, 그 이콘만은 제 입장에서도 정말 의외였습니다. 이례적이라고나 할까요. 종교적 주제를 다룬 작품으로는 프랑스 고딕 양식이나 이탈리아 르네상스기의 그림들이 몇 점 있었지만 일부러 성모화를 수집하거나 하지는 않았습니다. 동방 정교는 말할 나위도 없고."

레이프는 경매를 위해 제작된 광택지로 된 수집품 카탈로그에 실린 문제의 이콘 사진을 내게 보여주었다. 마시니는 자기 카탈로그를 분실했기 때문에 내가 찾아내야 하는 물건을 뚜렷하게 본 것은 이번이 처음이었다. 나는 반대편 페이지에 다섯 개 국어로 인쇄된 작품 설명문에서 이탈리아어 버전을 골라 읽었다.

• — •

이 작품은 〈블라디미르의 성모〉라고 불리는 이콘의 놀라운 실례이며, 자비의 성모(그리스어로는 엘레우사, 러시아어로는 우밀리니에)로 알려진 양식의 가장 오래된 형태일 수 있다. 성모가 성자를 품에 안고 있고,

체르노빌의 성모

아기는 어머니의 뺨에 다정하게 얼굴을 갖다 대고 있는 광경을 묘사하고 있는데, 이것은 모든 피조물을 향한 신과 인간 양쪽의 자애로움의 강력한 상징으로 간주된다. 전승에 따르면 이 이콘은 복음 서기자인 성聖 루가에 의한 성모자상에서 유래했다고 한다. 이 이콘의 현존하는 원형이자 그 명칭의 유래가 된 이콘은 12세기에 콘스탄티노플에서 키예프로 반입됐다. 현재는 모스크바의 트레티야코프 미술관이 이것을 소장하고 있으며, 러시아의 가장 위대하고 신성한 재산이라고 일컬어진다.

—작자 미상. 우크라이나. 18세기 초반. 사이프러스 목판. 293×204밀리미터. 아마포 위에 계란 템페라를 사용. 은박을 쓴 정교한 장식.

카탈로그에 기입된 최저 경매 가격은 8만 스위스프랑이었다. 마시니가 실제로 지불한 액수의 50분의 1에도 미치지 못하는 가격이다.

나는 이 이콘에서 심미적인 매력을 느끼지는 못했다. 카라바조⊛의 작품이 아닌 것만은 확실하다. 배색은 우중충했고, 의도적으로 입체감을 배제한 마무리도 거칠었으며, 장식으로 쓰인 은박조차도 거무스름하게 변색해 있었다. 이콘 자체의 보존 상태는 괜찮아 보였다. 언뜻 그림 전체를 좌우로 가로지르는 머리카락처럼 가느다란 균열이 있는 것처럼 보였지만, 자세히 들여다보니 인쇄 시의 실수처럼 보였다. 인쇄판에 흠집이 났거나, 사진 촬영 시에 문제가 있었던 듯하다.

⊛   17세기 미술에 영향을 미친 밀라노 출신의 유명 화가다.

물론 이 이콘이 애당초 서구의 전통에 입각한 '고급 예술'을 지향하는 작품이 아니라는 점은 잘 알고 있었다. 화가의 자아를 표현하려고 한 것도 아니고, 의도적으로 파격적인 스타일을 추구하려는 예술적인 욕구와도 거리가 멀다. 짐작건대 이 이콘은 비잔틴제국 시절의 원본을 충실하게 모사함으로써 동방 정교회의 종교 활동에서 특정한 역할을 수행하기 위해 제작된 것이며, 나는 그런 맥락에서 이것을 평가할 자격을 가지고 있지 않았다. 그러나 롤프 헨가르트너나 루치아노 마시니가 비밀리에 동방 정교회로 개종했다고는 도저히 상상하기 힘들었다. 그렇다면 그들은 이 이콘을 순수하게 좋은 투자 대상으로 보았을 뿐일까? 그들에게는 18세기산의 야구 카드에 불과했다든지? 그러나 마시니가 이 이콘을 투자 대상으로밖에는 보고 있지 않았다면, 왜 시장 가치를 훌쩍 뛰어넘는 거금을 지불한 것일까? 그리고 왜 그토록 필사적으로 이것을 되찾고 싶어 하는 것일까?

나는 말했다. "시뇨르 마시니 말고 또 누가 이 이콘에 입찰을 했는지 알려주시겠습니까?"

"평소 입찰에 참가하는 딜러나 중개인들이었습니다. 그들이 누구를 대신해서 그랬는지는 알려드릴 수 없습니다만."

"하지만 당신은 경매 과정을 모니터하고 있지 않았습니까?" 잠재적인 구매자들이나 그들의 대리인들 몇 명은 취리히를 방문해서 수집품을 자기 눈으로 직접 확인했고, 마시니도 그중 한 명이었다. 그러나 경매 자체는 통신선과 컴퓨터를 이용한 비대면으로 이뤄졌다.

"물론 모니터하고 있었습니다."

체르노빌의 성모

"다른 응찰자들이 부른 액수도 마시니의 낙찰가에 육박해 있었습니까? 아니면 익명의 경쟁자들 중 한 명이 막판에 부른 액수 탓에 어쩔 수 없이 그런 가격으로 낙찰받은 겁니까?"

레이프의 표정이 굳었다. 그제야 나는 방금 내가 한 말이 어떤 식으로 받아들여질 수 있었는지를 깨달았다.

나는 말했다. "물론 다른 뜻이 있어서 그런 질문을 드린 것이 아님…"

"적어도 세 명의 응찰자들이," 레이프는 얼음장처럼 차가운 어조로 말했다. "경매 과정 내내 수십만 프랑 내외에서 시뇨르 마시니와 경쟁하고 있었습니다. 시뇨르 마시니에게 물어볼 생각만 있다면 당신도 그 부분을 얼마든지 확인할 수 있을 겁니다." 그는 잠시 주저하다가, 조금 누그러진 어조로 말했다. "물론 그 이콘의 최저 경매 가격이 터무니없이 낮게 설정된 것은 명백하지만 말입니다. 하지만 헨가르트너 씨는 경매 회사가 이 미술품의 가치를 과소평가하리라는 걸 이미 예상하고 있었습니다."

이 말에 나는 당혹했다. "당신은 헨가르트너 씨가 돌아가신 뒤에야 그 이콘이 존재한다는 사실을 알아차린 것이 아니었습니까. 만약 그 가치에 관해서 고인과 이미 얘기를 나눴다는 뜻이라면…"

"얘길 나눈 적은 없습니다. 하지만 헨가르트너 씨는 금고에 든 이콘 옆에 메모를 남겨두셨습니다." 여기서 레이프는 주저하는 기색을 보였다. 마치 내가 위대한 고인의 통찰을 알려줘도 될 정도의 가치가 있는 인물인지 아닌지를 저울질하고 있는 것처럼.

나는 굳이 그 내용을 알려달라고 조르거나 간원하지는 않았다.

단지 침묵하며, 상대가 입을 열기를 기다렸을 뿐이다. 10에서 15초밖에는 안 되는 시간이었지만, 그러는 동안 식은땀을 잔뜩 흘렸던 것만은 부인할 수 없다.

레이프는 미소 짓고 나를 연옥에서 해방시켜 주었다. "메모에는 이렇게 쓰여 있었습니다. '어떤 가격에 팔리더라도, 놀라지 말 것'."

• — •

초저녁에 호텔방에서 나온 나는 취리히의 중심부를 거닐었다. 지금까지 이 도시를 방문할 이유가 내게는 아예 없었지만, 쓰는 언어는 달라도 이미 고향인 밀라노에 와 있는 듯한 기분을 느끼기 시작하고 있었다. 똑같은 패스트푸드 체인들이 시내를 점령하고 있었다. 전자 광고판들도 똑같은 광고들을 보여주고 있었다. VR 게임장의 앞 유리는 이미 신물이 나도록 본 게임의 초현실적 영상들로 반짝였고, 게임장 안에 모인 10대 초반의 아이들은 하나같이 예의 텍사스풍의 꼴사나운 패션을 두르고 있었다. 공기에서조차도 토요일 밤의 밀라노와 똑같은 냄새가 났다. 감자튀김, 팝콘, 리복 운동화와 코카콜라.

혹시 우크라이나의 비밀 첩보원들이 이콘을 회수하기 위해 데 안젤리스를 죽인 것일까? 불법 유출된 미술품을 회수하기 위한 모든 외교적 노력의 어두운 일환으로? 정말로 그랬을 가능성은 없어 보인다. 그 이콘을 돌려받을 가능성이 조금이라도 남아 있다면 재판소를 통

체르노빌의 성모

해 긴 소송을 진행하는 쪽이 대의大義를 위해서는 훨씬 좋은 선전이 될 것이므로. 타국의 시민을 살해한다는 행위는 국제적인 지원 노력에 찬물을 끼얹을 뿐이고, 현재 우크라이나는 유럽과의 통상 관계를 강화하기 위한 협상을 진행 중이었다. 어떤 국가가 단 한 점의 미술품을 손에 넣으려고 그토록 큰 위험을 무릅쓸 것이라고는 도저히 믿기 힘들다. 하물며 그 국가에는 해당 작품과 실질적으로는 동일한 복제품들이 차고 넘치지 않는가. 헨가르트너가 입수한 이콘이 12세기에 제작된 오리지널이라면 또 모를까.

그렇다면 범인은 누구일까? 혹시 경매에서 마시니에게 패한 수집가들 중에 강박적인 소유욕에 사로잡힌 인물이 또 있었던 것일까. 이콘을 딱 한 점만 가지고 있던 헨가르트너와는 달리, 다른 야구 카드들까지 모두 수집한 상태였기 때문에, 문제의 이콘을 손에 넣음으로써 완전한 세트를 만들고 싶었던 것일까. 마시니가 계약한 보험회사는 그 경매의 진짜 입찰자들이 누구인지를 알아낼 수 있는 인맥과 권력을 가지고 있을지도 모르지만, 나는 물론 그런 것들과는 인연이 없었다. 용의자는 마시니와 경합한 수집가들뿐만이 아니다. 입찰에 참가했던 딜러 중 한 명은 이콘의 최종 낙찰가에 워낙 큰 감명을 받은 나머지 다른 수단을 써서라도 그것을 입수할 가치가 있다고 판단했을지도 모른다.

밤공기는 예상보다 더 빠르게 차가워지고 있었다. 그래서 호텔로 돌아가기로 했다. 리마트강의 서쪽 기슭을 따라 취리히호수를 향해 걷던 중이었다. 나는 처음 마주친 다리를 건너다가, 현재 위치를 확인하기 위해 다리 중간께에서 멈춰 섰다. 내 양쪽에는 강을 끼고 서로를 마주 보는 대성당이 하나씩 있었다. 영화 속 노스페라투성을 방불케 하는 밀라노의 대성당에 비하면 소박한 느낌이지만, 나는 갑자기 이 한 쌍의 성당들에 의해 느닷없이 매복 공격을 당하기라도 한 듯한 사로잡혀 (이것이 말도 안 되는 반응이라는 사실은 나도 잘 알지만) 전율했다.

나의 스위스독일어 소프트웨어 패키지에는 무료 지도와 관광 안내서가 딸려 있었다. 내가 '현재 위치' 키를 누르자 노트패드의 GPS 유닛이 소프트웨어에게 좌표를 전달했고, 소프트웨어는 나의 주위 환경을 분석해 줬다. 두 성당의 명칭은 각각 그로스뮌스터(강의 동쪽 기슭과는 조금 떨어진 곳에 나란히 선 두 개의 투박한 탑이 마치 요새 같은 인상을 준다)와 프라우뮌스터(원래는 수녀원이었고, 가느다란 첨탑 하나만 우뚝 서 있다)였다. 양쪽 모두 13세기에 건조됐지만, 이런저런 방식의 개축 공사가 거의 현대가 될 때까지 이어졌다. 두 성당의 스테인드글라스는 각각 자코메티와 샤갈에 의해 제작됐다. 1523년에 울리히 츠빙글리가 스위스 종교 개혁을 시작한 곳도 그로스뮌스터의 설교단이었다.

나는 500년이라는 기나긴 세월을 견뎌온 종파의 발상지를 바라보고 있었고, 이것은 가장 오래된 로마 신전의 그늘에 서 있는 것보다 훨씬 더 기이한 느낌을 주었다. 기독교는 2,000년 동안이나 빙하처럼 가차 없이, 지각 표층인 텍토닉 플레이트들의 충돌처럼 무자비하게, 유럽의 물리적, 문화적 풍경을 형성해 왔다. 이런 주장은 굳이 강조할 필요도 없는 명명백백한 사실을 나열한 것에 지나지 않는다. 그러나 그 증거에 둘러싸인 채로 지금까지 살아왔음에도 불구하고, 내가 그

체르노빌의 성모

의미를 조금이라도 실감하기 시작한 것은 바로 이 순간, 천년이 지난 이 두 유산이 점점 더 기괴하게 느껴지기 시작한 순간부터였다. 내 입장에서는 고대 이집트인들 못지않게 이질적인 사람들 사이에서 벌어진 불가해한 신학적 논쟁은 유럽 대륙 전체를 순수하게 정치 경제적인 여러 요인들과 함께 완전히 변화시켰고, 그와 동시에 건축에서 음악, 교역에서 전쟁에 이르는 거의 모든 인간 활동의 발전을 어떤 층위에서든 간에 조율해 왔던 것이다.

그리고 이런 과정이 지금은 끝났다고 믿을 이유는 없었다. 알프스 산맥이 더 이상 융기하지 않는다고 해서 지질학의 숨통이 끊어지지는 않는다.

"설명을 계속할까요?" 관광 안내 소프트웨어가 물었다.

"대성당에 대해 느끼는 병적인 공포를 뭐라고 부르는지 알려줄 수 있다면 그래도 좋아."

소프트웨어는 잠시 주저하는가 싶더니 흠잡을 데 없는 퍼지 논리를 구사해서 대답했다. "대성당은 유럽 전역에 존재합니다. 어떤 대성당들을 염두에 두고 계십니까?"

• — •

데 안젤리스의 동료들은 그녀가 은행에서 공항으로 갔을 때 이용한 택시 회사 이름을 내게 가르쳐 줬다. 그녀가 회사에서 지급받은 법인 카드를 이용한 것은 이것이 마지막이었다. 나는 밀라노에서 이 택시 회사의 경영자에게 전화로 미리 연락을 취했는데, 호텔로 돌아가 보니 데 안젤리스를 태운 남성 택시 기사의 이름이 적힌 메시지가 와 있었다. 그보다 나중에 살아 있는 데 안젤리스를 목격한 사람은 얼마든지 있겠지만, 빈으로 이콘을 운반하도록 어떤 식으로든 설득당하기 전의 그녀를 마지막으로 만난 사람은 아마 이 기사일 공산이 컸다. 그는 오늘 저녁 9시에 근무를 시작하기 위해 차고로 올 예정이었다. 나는 재빨리 저녁을 먹고 다시 차가운 밤공기 속으로 나갔다. 호텔 밖에서 대기 중인 택시들은 모두 문제의 택시 회사의 라이벌 회사 소속이었다. 나는 걸어서 가기로 했다.

판 안 투안은 차고 한구석에서 커피를 마시고 있었다. 독일어로 짧게 대화를 나눈 후 그는 프랑스어로 말하는 쪽이 편하냐고 내게 물었다. 나는 기꺼이 그의 제안에 응했다. 그러자 판은 베를린의 벽이 무너졌을 때 자신은 동베를린의 공과대학에서 유학 중이었다고 운을 뗐다. "줄곧 어떤 식으로든 학위를 딴 다음에 고향으로 돌아갈 작정이었는데, 어쩌다가 이렇게 곁길로 샌 건지 모르겠군요." 판은 이렇게 말하고 어둡고 추운 거리를 물끄러미 바라보았다.

나는 판 앞의 탁자 위에 데 안젤리스의 사진을 올려놓았다. 그는 한참 동안 뚫어지게 사진을 바라보았다. "유감이지만 모릅니다. 이 여자를 태운 기억은 없군요."

나도 크게 기대하고 있었던 것은 아니었다. 그래도 그녀의 정신 상태에 관해 조금이라도 실마리를 얻을 수 있었다면 좋았을 텐데.

　　　　　　　　　　체르노빌의 성모

'그녀는 공항으로 가는 내내 〈우린 이제 부자야〉[*]를 흥얼거리고 있었습니다' 뭐 이런 식으로 말이다.

나는 말했다. "하루에 손님을 100명은 태울 테니 어쩔 수 없죠. 얘기 들어주셔서 감사합니다." 나는 사진에 손을 뻗쳤지만 판은 그 손을 잡았다.

"이 여자를 기억 못 한다는 얘기가 아닙니다. 이 여자를 한 번도 본 적이 없다는 뜻입니다."

나는 말했다. "지난 월요일 오후 2시 12분. 인터콘티넨털은행에서 공항까지 운행. 차량 배치 기록에는 그렇게…"

판은 이마를 찌푸리고 있었다. "월요일이라고요? 그럴 리가, 그날에는 엔진이 말썽을 일으켜서 거의 1시간 가까이 일을 못 했는데요. 거의 3시가 될 때까지."

"확실합니까?"

판은 자기 택시에서 손으로 기입한 업무 일지를 꺼내 오더니 해당 기록을 내게 보여줬다.

나는 말했다. "그럼 배차 기록에는 왜 그런 잘못된 정보가 나와 있었을까요?"

판은 어깨를 으쓱했다. "소프트웨어의 버그 아닐까요. 고객의 콜을 받고 배차를 하는 건 컴퓨터이니… 그 과정은 완전히 자동화돼 있습니다. 운행 불가 시에는 배차용 무전기의 해당 스위치를 누르게 되어 있는데… 내가 깜빡 잊고 그러지 않았을 가능성은 없습니다. 말썽

※   미국 뮤지컬 〈1933년의 황금광들〉의 삽입곡이다.

을 일으킨 엔진을 점검하는 중에도 줄곧 무전기를 켜놓았는데, 배차 연락 따위는 받지 않았으니까요.”

“다른 누군가가 당신인 척하고 대신 배차를 받았을 가능성은 없습니까?”

판은 웃음을 터뜨렸다. “의도적으로 말입니까? 불가능합니다. 차량 무선의 ID를 위조하지 않는 이상.”

“그런 식으로 위조하는 건 어렵습니까? 복제한 일련번호를 넣은 위조 칩 따위가 필요하다든지?”

“그럴 필요까지는 없습니다. 하지만 무선 장치를 차에서 떼어내서 연 다음에, 32개나 되는 DIP※ 스위치를 일일이 다시 설정해야 합니다. 도대체 누가 그런 귀찮은 일을 하겠습니까?” 그러나 이렇게 말한 직후 판의 얼굴에 퍼뜩 떠오른 표정을 나는 놓치지 않았다.

나는 말했다. “혹시 최근에 차내의 무선 기기를 도난당한 기사는 없었습니까? 자동차 라디오가 아니라, 배차용 송수신기를?”

판은 슬픈 듯이 고개를 끄덕였다. “양쪽 모두를 도난당한 친구가 있습니다. 한 달쯤 전에.”

※ 이중 직렬 패키지(Dual Inline Package)를 말한다. 전자기기의 설정을 물리적으로 부호화하기 위해 쓰인다.

체르노빌의 성모

• — •

다음 날 아침 나는 택시 회사로 돌아가서 다른 기사들과도 얘기를 해보고 판의 진술 대부분이 사실임을 확인했다. 엔진이 말썽을 일으켰다거나 데 안젤리스를 태운 적이 없다는 발언의 진위까지 확인하는 것은 쉽지 않겠지만, 판에게는 애당초 필요하지도 않은 '알리바이'를 꾸며낼 이유가 없었다. 그냥 "예, 이 여자를 태웠지만, 거의 한 마디도 하지 않더군요"라고 대답하면 그만이고, 그것만으로도 아무 의심도 받지 않고 넘어갈 수 있지 않은가.

그런고로, 가짜 택시 안에서 데 안젤리스와 둘만 있을 수 있도록 수고를 아끼지 않고 암약한 누군가가 있다는 얘기가 된다… 그리고 그 인물은 그녀가 공항에서 택시에서 내린 다음 회사로 전화를 걸도록 내버려 뒀다. 아마 본사에서 낌새채기 전에 최대한 시간을 벌 목적에서였겠지만, 데 안젤리스 본인은 왜 그런 행동에 나섰던 것일까? 가짜 택시 기사에게 도대체 무슨 얘기를 들었기에, 불과 몇 분 만에 그토록 협력적으로 변했단 말인가? 혹시 가족이나 애인을 해치겠다는 협박을 받았던 것일까? 혹은 그 자리에서 즉시 매수당했을 정도로 막대한 액수의 뇌물을 제시받았던 것일까? 그런 뒤에 자기 행적을 감추려고도 하지 않은 것은, 어차피 위장은 불가능하다는 사실을 알고 있었기 때문일까? 자신이 저지른 범죄 행위는 곧 만천하에 드러날 것이고, 결국은 도망자 신세가 될 수밖에 없다는 사실을 뻔히 알면서도 그랬단 말인가?

약속받은 뇌물이 아무리 엄청났다고 해도 믿기 힘든 얘기다. 데 안젤리스는 실제로 그런 약속을 지킬 사람이 있다고 믿어버릴 정도로 순진했단 말인가?

인터콘티넨털은행 앞에 선 나는 지갑에서 꺼낸 데 안젤리스의 사진을 방탄유리를 끼운 회전문을 향해 들어보며 당시 상황을 머릿속에서 재현해 보려고 했다. 택시가 은행 앞에 도착하자 그녀가 차에 올라탄다. 택시가 다른 차들의 흐름에 합류하자, 운전 기사가 말한다. 오늘 날씨가 참 좋군요. 그건 그렇고, 그 서류 가방에 무엇이 들어 있는지 나는 알고 있습니다. 나와 함께 빈으로 가준다면 엄청난 부자로 만들어 드리죠.

사진 속의 데 안젤리스가 화난 표정으로 나를 쏘아본다. 나는 말했다. "알았어. 미안해. 나도 당신이 그 정도로 멍청했다고는 생각하지는 않아."

나는 레이저프린터로 인쇄한 사진을 응시했다. 뭔가 자꾸 마음에 걸렸다. 운전 기사의 ID가 내장된 디지털 무전기? 어떤 이유인지는 모르지만 이 정보는 나를 놀라게 했다. 전혀 놀랄 일이 아니지만 말이다. 택시 기사와 경찰이 직직거리는 무전기를 통해 알아들을 수도 없는 대화를 나누는 영화 장면이 여전히 잠재의식에 남아 있어서, 그런 식의 구태의연한 선입견을 만들어 낸 것인지도 모르겠다. 그런 식의 테크놀로지라면 나도 매일 쓰고 있으면서 말이다. '경매'라는 단어가 사람들로 붐비는 방 안에서 망치를 든 남자나 여자가 큰 소리로 호가 呼價를 외치는 장면을 여전히 뇌리에 불러일으키는 것과 같은 맥락이다. 물론 영화에서 본 것을 제외하면 경매는커녕 그와 비슷한 광경조차도 본 적이 없지만 말이다. 현실 세계에서는 모든 것이 컴퓨터화되고, 모든 것이 디지털화됐다. 이 '사진'도 디지털이다. 화학약품을 쓰는 필름이 상점에서 사라지기 시작한 것은 내가 14살에서 15살이었을 무렵이었고, 내가 그보다 더 어렸을 때조차도 필름을 쓰는 사람은 취미로 사진을 찍는 아마추어들밖에는 없었다. 대다수의 상업 사진가들은 거의 20년 전부터 CCD^{charge coupled device}❖ 어레이를 쓰고 있다.

그럼 왜 긁힌 자국처럼 보이는 가느다란 선이 사진 속의 이콘을 가로지르고 있는 것일까? 몇백 부에 달하는 경매 카탈로그는 아날로그 매개물을 단 하나도 쓰지 않고 제작됐을 것이다. 디지털카메라의 데이터를 컴퓨터로 편집해서 레이저프린터로 인쇄하면 그만이니까 말이다. 광택지에 인쇄된 카탈로그는 유일하게 시대착오적인 물건이며, 덜 보수적인 경매 회사였다면 인쇄물 대신 온라인 버전이나 대화형 CD만을 제공했을 것이다.

호텔방으로 돌아와서 레이프에게서 받은 카탈로그를 다시 자세히 보았다. '긁힌 듯한 자국'이 마른 물감에 생긴 균열 따위가 아니라는 점은 명백했다. 그것은 이콘 전체를 똑바로 가로지르는 완벽한 직선이었고, 희고 두께도 일정한 데다가 전혀 흔들림 없이 그림 부분과 은제 장식덮개❖❖를 가로지르고 있었기 때문이다.

카메라의 전자 부품이 오작동한 탓일까? 그랬다면 사진가가 알

❖　빛의 세기를 전기 신호로 변환해 주는 전하 결합 소자다.
❖❖　귀금속이나 보석으로 인물의 후광 등을 묘사하기 위해 쓰이며, 이콘 그림의 상당 부분을 덮개처럼 보호하는 형태를 취하는 경우도 있다.

아차리지 못했을 리가 없고, 다시 촬영하려고 했을 것이다. 설령 다시 찍을 시간적 여유가 없었다고 해도, 이 정도는 괜찮은 화상처리 소프트웨어를 쓰면 키를 한 번 누르는 것만으로도 단박에 지울 수 있었을 터다.

나는 영상전화로 레이프에게 연락을 시도했다. 연락이 닿기까지는 1시간 가까이 걸렸다. 나는 말했다. "경매 카탈로그를 제작한 그래픽 디자이너들의 이름을 알려주실 수 있겠습니까?"

레이프는 마치 섹스하던 도중에 나한테서 전화를 받는데 엘비스 프레슬리의 살인범이 누구인지를 알려달라는 질문을 들은 듯한 표정으로 나를 빤히 쳐다보았다. "그걸 알아서 어떻게 하려고요?"

"사진가에게 물어보고 싶은 것이 있어서…"

"사진가?"

"예. 하여튼 그 수집품들을 촬영한 인물이면 됩니다."

"수집품들을 촬영할 필요는 없었습니다. 헨가르트너 씨는 보험 가입을 위해서 이미 모든 수집품을 촬영해 놓았으니까요. 유품 중에는 이미지 파일들이 든 디스크하고 카탈로그의 상세한 레이아웃에 관한 지시가 포함되어 있었습니다. 헨가르트너씨는 살 날이 얼마 남지 않았다는 걸 알고, 모든 걸 정리하고, 모든 걸 준비해 놓았던 겁니다. 이걸로 대답이 되었을까요? 궁금한 점은 풀렸습니까?"

충분히 풀린 것은 아니군요. 나는 마음을 다잡고 굽신거렸다. 그럼 이미지 파일 원본을 보내주실 수는 없을까요? 실은 모스크바의 미술사가에게 자문하려고 하는데, 카탈로그의 사진을 전송하는 정도로는 그 이콘에 대해 정당한 평가를 내리기 힘들 것 같아서요. 레이프는 마지못해 비서를 불러서 데이터를 찾아낸 다음 내게 송신해 주었다.

그 파일에도 선이, '긁힌 듯한' 자국이 있었다.

이 이콘을 남몰래 애지중지했고, 모종의 이유에서 엄청난 액수에 팔릴 것이라는 사실을 알고 있었던 헨가르트너는 작지만 결코 모르고 지나칠 수가 없는 결점이 포함된 사진 파일을 뒤에 남겼고, 장래의 구매 희망자들이 틀림없이 그것을 볼 수 있도록 해놓은 것이다.

뭔가 이유가 있어서 그랬을 것은 확실하지만, 나는 그게 무엇인지 전혀 짐작할 수가 없었다.

• — •

16살이었을 무렵 역사 수업에서 밀라노를 중심으로 한 롬바르디아 지방이 거듭해서 오스트리아의 수중에 떨어졌다가 해방된 날짜들을 외운 적이 있는데, 합스부르크제국에 관한 나의 지식은 이게 거의 전부였다. 2013년의 빈에서는 그런 것이 문제가 될 리가 없었지만, 그럼에도 나는 준비가 부족하다는 당혹스러운 느낌을 떨쳐낼 수가 없었다.

호텔방에 짐을 푼 다음 창문 아래에 펼쳐진 빈 시내의 건물 지붕들을 떨떠름하게 조망한다. 멀리 성 슈테판 대성당이 보인다. 대성당 건물과는 거의 분리된 것처럼 보이는 남쪽 탑은 꼭대기에 무선 안테

나를 연상시키는 세선세공細線細工이 된 첨탑을 이고 있었다. 대성당 본체를 덮은 지붕은 다채로운 타일로 장식돼 있었는데, 이것들이 만들어 내는 V자 무늬와 마름모꼴이 엇갈린 화려한 모자이크가 눈길을 끈다. 마치 누군가가 춥지 말라고 지붕에 거대한 몽골 융단을 덮어준 듯한 느낌이랄까. 사실, 이보다 덜 이국적이었다면 나는 되레 실망했을지도 모르겠다.

데 안젤리스는 지금 내가 와 있는 호텔에서 죽었다. (내 방 바로 위의 방이기 때문에 창문에서 보이는 경치도 거의 동일할 것이다.) 본명으로 투숙한 상태에서 말이다. 숙박비도 익명성이 보장되는 현금이 아니라 자기 명의로 된 신용카드로 지불했다. 이것은 그녀가 떳떳했다는 증거일까? 협박을 받고 어쩔 수 없이 온 것이지, 뇌물 따위에 매수된 것이 아니었다?

나는 오전 반나절을 들여 호텔 지배인을 설득하려고 시도했다. 호텔 종업원들이 그 살인 사건에 관해 나와 이야기하도록 허가해도 책임자인 그가 현지 경찰에 잡혀갈 일은 없다는 식으로 말이다. 그러나 이 사내는 그런 행위는 반역 행위나 다름없다고 느끼는 것 같았다. "만약 상황이 뒤바뀌어서 밀라노에서 빈 시민이 죽었다면," 나는 참을성 있게 설득을 계속했다. "정식 인가를 받은 오스트리아인 탐정은 현지에서 모든 편의를 제공받아 마땅하지 않겠습니까?"

"그럴 경우에는 이쪽에서 밀라노로 형사팀을 파견해서 현지의 경찰과 협력하지, 사립탐정을 보내서 혼자 수사하게 하지는 않을 겁니다."

이렇듯 씨알도 안 먹히자 나는 설득을 포기했다. 어차피 약속 시

체르노빌의 성모

각이 가까워지고 있었다.

내심 홍미를 느꼈던, 필요경비로 인정되는 암거래상과의 비즈니스 런치 장소로 가보니 건강식품 전문 레스토랑이었다. 밀라노에서 나는 온라인상의 '소개 업체'에 몇백만 리라를 지불하고 '안톤'이라는 인물과 접촉하는 데 성공했다. 안톤은 예상했던 것보다 훨씬 젊어서 20살쯤 되어 보였다. 그가 온몸에서 발산하는 자신만만한 태도는 예전에 한 번 부유한 10대 마약상들과 접촉했을 때 느꼈던 것과 같은 종류의 것이었다. 나는 이번에도 나의 형편없는 독일어 실력에 기대지 않고 넘어갈 수 있었다. 안톤은 헝가리어에서 온 듯한 악센트가 섞인 CNN식 영어를 구사했기 때문이다.

나는 안톤에게 경매 카탈로그를 건네주고 문제의 페이지를 펼쳐보았다. 그는 이콘 그림을 흘끗 보더니 말했다. "아, 이거.〈블라디미르〉말이로군. 이거하고 완전히 똑같은 걸 구해줄 수 있어. 1만 미국 달러면 돼."

"위조한 복제화를 원하는 게 아냐." 매력적인 아이디어이긴 했지만, 마시니가 그런 것에 속을 리가 없었다. "이것과 비슷한 동시대의 작품을 원하는 것도 아니고. 난 누가 이걸 찾고 있는지를 알고 싶네. 이게 취리히에서 거래될 예정이었고, 그걸 동쪽으로 가져오면 돈을 낼 용의가 있다는 식의 얘기를 퍼뜨린 인물을 말이야."

나는 상대방의 발치를 슬쩍 내려다보고 싶은 것을 억지로 참았다. 안톤이 약속 장소인 레스토랑에 도착하기 전에, 나는 이산화규소로 만들어진, 눈에 보이지 않을 정도로 미세한 구球인 마이크로스피어 한 자밤을 식탁 아래의 바닥에 몰래 뿌려놓았다. 각 마이크로스피어 안에는 조그만 가속도계가 하나씩 들어 있는데, 탄성이 있지만 폭이 불과 몇 미크론※밖에는 안 되는 이 실리콘선들의 배열은 같은 재질의 칩 위에 장착된 단순한 저출력 마이크로프로세서로서 기능한다. 내가 다음번에 안톤을 만날 때, 내가 뿌려놓은 5만 개의 마이크로스피어 중 단 한 개라도 그의 신발에 붙어 있다면, 나는 그것을 향해 적외선 신호를 보내서 안톤이 그때까지 어디를 돌아다녔는지를 정확하게 알아낼 수 있다. 만약 새 신발로 갈아신고 온다면, 그가 지금 신고 있는 신발을 어디에 보관했는지도 알 수 있다.

안톤이 말했다. "이콘은 동쪽에서 서쪽으로 움직여." 마치 그것이 자연법칙이라도 된다는 투였다. "프라하나 부다페스트를 거쳐서 빈, 잘츠부르크, 뮌헨으로 말이야. 원래부터 그렇게 정해져 있어."

"500만 스위스프랑을 손에 넣기 위해서라면, 기꺼이 전통적인 공급 경로를 변경하려는 사람이 나오지 않을까?"

안톤은 이마를 찡그렸다. "500만이라니! 그걸 믿으라고? 도대체 이런 물건에 어떻게 500만의 값어치가 있을 수 있단 말이지?"

"전문가는 자네잖나. 생각해 봐."

안톤은 조롱당하고 있지는 않은지 의심하는 듯한 눈초리로 나를 쏘아보았고, 다시 카탈로그로 시선을 돌렸다. 이번에는 설명문까지 읽더니, 신중한 어조로 말했다. "경매인이 추정했던 것보다 더 오래된 것일 수도 있겠군. 이게 정말로, 흐음, 15세기 작품이라면, 그런 가

※ 1미터의 100만분의 1.

체르노빌의 성모

격이 붙어도 그리 이상하지 않을지도 몰라. 아마 당신의 고용주는 이 이콘의 진짜 제작 연대를 제대로 추측했을 수도 있겠군… 그리고 또 다른 누군가가 역시 같은 결론을 내렸던 거겠지." 안톤은 한숨을 쉬었다. "하지만 그게 누군지 알아내려면 비싸게 먹힐 거야. 다들 여간해서는 입을 열려고 하지 않을 테니."

나는 말했다. "내가 어디 묵고 있는지는 알지? 설득할 상대를 찾아내면 연락해 줘."

안톤은 뚱한 표정으로 고개를 끄덕였다. 이런저런 뇌물에 쓸 돈뭉치를 내가 건네줄 것을 진지하게 기대하기라도 했단 말인가. 나는 예의 '긁힌 자국'에 관해서 그에게 이런 질문을 던질 뻔했다. 혹시 이건 이 이콘이 실제보다 더 오래된 것이라는 사실을 전문가들에게 알리기 위한 일종의 암호 메시지가 아닐까? 그러나 나는 웃음거리가 되고 싶지는 않았다. 안톤도 그것을 보았지만 아무 말도 하지 않았기 때문이다. 결국 그건 무의미한 컴퓨터의 버그일지도 모르겠다.

내가 음식값을 치르자 안톤은 일어서서 나가려고 하다가 문득 멈춰 서더니 나를 향해 몸을 수그리고 나직하게 말했다. "누구에게든 내가 뭘 하고 있는지를 발설한다면 당신은 죽은 목숨인 줄 알아."

나는 표정을 바꾸지 않고 대답했다. "그건 내가 할 말일세."

안톤이 나가자 나는 참았던 웃음을 흘렸다. 어린 놈이 멍청하고, 허세만 가득하군. 그러나 대놓고 껄껄 웃지는 못했다. 자기가 뭘 밟았는지를 안다면 안톤은 그리 기뻐할 것 같지 않았기 때문이다. 노트패드 컴퓨터를 꺼내서 일정 기록을 띄운 나는 잠시 오른팔을 아래로 늘어뜨렸고, 바닥에 남아 있는 마이크로스피어들을 향해 자기 파괴 명령을 송신했다.

그런 다음 지갑에서 데 안젤리스의 사진을 꺼내 식탁 위에 올려놓고 바라보았다.

나는 말했다. "난 위험에 처해 있는 걸까? 당신은 어떻게 생각해?"

나의 시선을 맞받아친 그녀는 미소 짓고 있지는 않았다. 두 눈에는 재미있어하는 것 같은, 혹은 우려하는 듯한 빛이 떠올라 있었지만 말이다. 적어도 무관심하지 않다는 점만은 확실했다. 그러나 내게 예측이나 충고를 제공해 줄 기분은 아닌 듯했다.

• — •

호텔 지배인을 다시 설득해 보려고 마음을 다잡던 중에, 시 당국의 소관 부서에서 마침내 호텔로 팩스를 보내줬다. 빈 관내에서도 나의 사립탐정 면허가 유효함을 형식적으로 인정하는 확인서였다. 내가 처음에 이미 호텔에 제시했던 서류들과 같은 내용이었지만, 지배인은 그제야 만족한 눈치였다.

체크인을 담당하는 직원은 데 안젤리스를 거의 기억하고 있지 않았다. 그녀가 기분이 좋아 보였는지, 아니면 불안하거나, 상냥하거나, 말이 없었는지도 모르겠다고 했다. 데 안젤리스는 자기 짐을 직접 들

체르노빌의 성모

고 자기 방으로 갔고, 호텔 짐꾼은 그녀가 서류 가방과 단기 숙박용으로 보이는 작은 여행 가방을 들고 있던 것을 기억하고 있었다. (그녀는 이콘을 수령하기 전에 취리히에서 일박했다.) 룸서비스를 이용하거나, 호텔의 레스토랑에 들린 적도 없었다.

담당 팀장 말에 따르면 시체를 발견한 청소부는 이탈리아의 토리노 출신이었다. 이것이 내게 도움이 될지, 아니면 되레 불리하게 작용할지는 알 수 없었다. 호텔 지하의 창고에 있던 그에게 가서 질문하자 그는 독일어로 고집스럽게 응대했다. "경찰에게 몽땅 털어놓았습니다. 그런데 왜 지금 또 와서 나를 귀찮게 구는 겁니까? 사실을 알고 싶으면, 경찰한테 가서 물어보십쇼."

이렇게 내뱉고는 내게 등을 돌렸다. 카펫용 세제와 소독제의 재고를 확인하고 있는 듯했는데, 이것이 마치 긴급한 용무라도 되는 듯한 시늉을 하고 있다.

나는 말했다. "자네에겐 충격이었겠지. 그렇게 젊은 여자가 죽어 있었으니. 80살의 나이 든 여자 손님이 자던 중에 죽었다면 자네도 침착하게 받아들였을 거라고 생각해. 하지만 잔나는 27살에 불과했어. 비극이지."

그녀의 이름을 들었을 때 그는 퍼뜩 긴장했다. 어깨 근육이 굳는 것을 한눈에 알 수 있었다. 사건이 일어난 지 엿새나 지난 지금? 만난 적도 없는 여자 이름을 듣고?

나는 말했다. "시체를 발견하기 전에는 본 적이 없었지? 말을 나눈 적도 없고?"

"없습니다."

나는 이 말을 믿지 않았다. 호텔 지배인은 속 좁은 멍청이인 데다가, 직원이 손님과 교유하는 것은 아마 엄하게 금지돼 있을 것이다. 그러나 눈앞의 이 친구는 20대의 잘생긴 남성이었고, 그녀와 같은 언어를 말하지 않는가. 그는 실제로는 어떻게 행동했던 것일까? 복도에서 30초 동안 그녀와 시시덕거리기라도 한 것일까? 그리고 지금 와서 그 사실을 인정하면 직장에서 쫓겨날지도 모른다고 두려워하고 있는 것일까?

"그녀가 뭐라고 했는지 내게 얘기하더라도 절대로 발설하지 않을게. 약속하겠네. 난 경찰이 아니니까 우리가 여기서 무슨 말을 나누든 간에 공개할 필요가 없어. 난 단지 그녀를 죽인 쌍놈들을 잡아넣고 싶을 뿐이야."

그는 바코드 스캐너를 내려놓고 몸을 돌려 나를 마주 보았다. "그냥 어디서 왔는지 물어보았을 뿐입니다. 빈에는 무슨 용무로 왔는지도 물었고."

목덜미의 털이 주뼛 섰다. 별것 아닌 것 같지만, 마침내 그녀와 실제로 얘기를 나눈 사람을 만날 수 있었기 때문이다. 나는 믿기 힘들 정도로 운이 좋았다.

"그녀의 태도는 어땠나?"

"예의 바르고 상냥했습니다. 하지만 어딘가 좀 불안해 보이더군요. 심란한 기색이었습니다."

"자네 질문에는 뭐라고 대답했는데?"

"밀라노에서 왔다고 했습니다."

"다른 말은 안 하던가?"

"빈에는 왜 왔는지 물어보니까, 샤프롱[⊛] 역할을 맡았다고 하더군요."

"뭐라고?"

"오래 머물지는 않을 거라고 했습니다. 여기 온 건 단지 샤프롱 역할을 하기 위해서라고 하더군요. 나이 든 여성을 위해서."

• — •

샤프롱이라니 무슨 뜻일까? 나는 밤이 깊어질 때까지 줄곧 이 말의 의미를 이해해 보려고 했다. 데 안젤리스의 말이 사실이라면 그녀는 이콘 보관자의 의무를 포기하지 않았다는 뜻일까? 죽었을 때도 그것을 지키고 있었을까? 그 이콘을 루치아노 마시니의 소유물로 간주하고, 마지막 순간까지도 그것을 마시니에게 배달할 삭정으로 있었단 말인가?

문제의 '택시 기사'는 그녀에게 뭐라고 말했을까? 이콘을 하루만 빈으로 가져오라고? 이콘은 눈에 보이는 곳에 계속 놓아두어도 좋다? 우린 그걸 훔칠 생각이 없고… 단지 잠깐 빌리고 싶을 뿐이다? 서방의 은행의 귀중품 보관실 안으로 또다시 사라지기 전에 마지막

⊛ 옛 사교 행사에서 젊은 여성을 보살피는 나이 든 여성을 말한다.

으로 한 번 그것 앞에서 기도하게 해달라? 하지만 이 블라디미르의 성모 그림의 어디가 그렇게 특별하길래 그런 행동에 나선단 말인가? 아마 마시니가 기꺼이 500만 스위스프랑을 지불한 것과 같은 이유에 서겠지만, 그게 무엇인지는 전혀 감이 오지 않았다.

그리고 데 안젤리스는 왜 좋은 직장을 내팽개치고 절도죄로 구속당할 위험을 무릅쓰면서까지 그런 음모에 가담했던 것일까? 설령 그녀가 모든 것이 계략에 불과하다는 명백한 사실을 깨닫지 못했다고 해도, 지금까지 쌓아온 경력과 평판을 하수구에 흘려보내는 대가로 그들은 도대체 무엇을 제공할 수 있었단 말인가?

잠이 든 지 10분에서 20분밖에 지나지 않았을 때 누군가가 내 방문을 쾅쾅 두드리는 소리를 듣고 잠에서 깼다. 비틀거리며 침대에서 내려와서 바지를 입었을 때 경찰은 참지 못하고 마스터키로 방문을 열고 들어왔다. 오전 2시가 채 되지 않은 시각이었다.

경찰은 네 명이었고, 두 명은 제복 경관이었다. 한 명이 내 얼굴 앞에서 사진을 흔들어 보였다.

"이 사내와 얘기를 나눴습니까? 어제?"

안톤이었다. 나는 고개를 끄덕였다. 이미 대답을 알고 있지 않았다면 이런 질문을 하지는 않았을 것이다.

"우리와 동행해 주시겠습니까?"

"왜요?"

"당신 친구는 죽었기 때문입니다."

그들은 내게 시체를 보여주고, 정말로 내가 만난 사내와 동일 인

체르노빌의 성모

물인지를 확인하게 했다. 가슴에 총을 맞고 운하 근처에 유기돼 있었다고 했다. 범인들은 시체를 운하에 버리려다가 방해를 받은 것인지도 모른다. 나는 시체 안치소의 안톤 시체가 신발을 벗고 있는 것을 확인했지만, 만일의 경우를 위해 마이크로스피어들에게 신호를 보내는 편이 나을지도 모른다. 마이크로스피어는 실로 뜬금없는 장소, 이를테면 콧구멍에까지 들어가 있는 경우가 종종 있기 때문이다. 그러나 호주머니에서 노트패드 컴퓨터를 꺼내기 위한 그럴듯한 이유를 생각해 내기도 전에, 그들은 안톤의 얼굴을 다시 시트로 덮고 심문을 위해 나를 밖으로 데리고 나왔다.

경찰은 내 이름과 연락처를 '안톤'의 노트패드에서 찾아냈다고 했다. (설령 그의 본명을 알고 있었다고 해도, 경찰은 그것을 내게 알려주지는 않았다… 내가 알고 싶어 하는 그 밖의 몇몇 사항들에 관해서도 역시 침묵을 지켰다. 이를테면 안톤을 죽인 탄환의 탄도 특성이 데 안젤리스를 죽인 그것과 일치하는지의 여부 따위를 말이다.) 나는 레스토랑에서 나눴던 대화 내용을 모조리 털어놓았지만, (불법적인) 마이크로스피어들의 존재에 관해서는 함구했다. 경찰도 곧 그 존재를 알아차릴 게 뻔하고, 지금 자발적으로 고백해 보았자 내게는 아무런 득도 되지 않았기 때문이다.

나는 내가 처한 입장에 어울리는 경멸적인 대우를 받았지만, 사실을 말하자면 폭언을 듣는 일조차 없었으므로 빈 경찰에게는 별 다섯 개를 줘도 좋다. 나는 밀라노 근처의 세베소 경찰의 취조를 받다가 갈비뼈 하나가 부러진 적이 있었고, 마르세유의 경찰서에서는 한쪽 고환이 으깨지는 꼴을 당했다. 4시 반경에 나는 방면됐다.

취조실에서 나와 엘리베이터로 가면서 대여섯 개의 작은 사무실을 지나쳤다. 이것들은 칸막이로 나뉘어 있었지만 완전한 밀실은 아니었다. 그리고 나는 사무실 책상 위에 판지 상자 하나가 놓여 있는 것을 보았다. 상자는 증거물인 의류가 들어 있는 투명 플라스틱 백들로 가득 차 있었다.

일단 그곳을 지나친 후 사각에 해당하는 곳에 들어가자마자 멈춰 섰다. 그 사무실에서는 내가 본 적이 없는 남자 한 명과 여자 한 명이 말을 나누며 메모를 하고 있었다.

나는 그곳으로 되돌아가서 사무실 안으로 머리를 들이밀고 독일어로 말했다. "죄송합니다… 알려주실 수 있는지… 부탁합니다?" 나는 가급적 최악의 악센트로 말하려고 노력했다. 무작정 들이민 효과가 있었는지 그들은 아연실색하며 나를 빤히 바라보았을 뿐이었다. 나는 필사적으로 단어를 찾는 듯한 기색으로 노트패드 컴퓨터를 꺼내 들었고, 키를 몇 개 눌러 여행자용 독일어 회화집 소프트웨어를 서투르게 조작하며 사무실 안쪽으로 걸어 들어갔다. 곁눈질했을 때 구두 한 켤레를 본 듯했지만 확인까지는 하지 못했다. "가장 가까운 공중 화장실을 어디서 찾을 수 있을지 부탁합니다?"

사내가 말했다. "쥐어패기 전에 꺼져."

나는 당혹한 듯한 미소를 떠올리며 뒷걸음질 쳤다. "그라치에 시뇨르! 당케 쉔!"

엘리베이터 안에는 감시 카메라가 있었다. 나는 노트패드 쪽으로는 눈길도 주지 않았다. 로비에서도 마찬가지였다. 거리로 나온 뒤에

체르노빌의 성모

야 나는 시선을 아래로 내렸다.

207개의 마이크로스피어들이 보낸 데이터가 와 있었다. 추적 소프트웨어는 이미 안톤의 발자취를 바쁘게 복원하고 있는 중이었다.

나는 기쁨의 환성을 지르기 직전까지 갔다가, 퍼뜩 입을 다물었다. 차라리 안톤을 추적 못 하는 쪽이 나았을지도 모른다는 생각이 떠올랐기 때문이다.

· — ·

레스토랑을 나온 안톤이 처음 갔던 곳은 자택인 것처럼 보였다. 초인종을 울려도 아무도 나오지 않았지만, 창문 너머로 전 유럽에서 허장성세로 유명세를 타고 있는 록밴드들의 포스터 몇 장이 벽에 붙어 있는 것이 보였다. 안톤의 자택이 아니라면 친구나 여자친구의 집일 가능성도 있어 보인다. 나는 도로를 사이에 두고 집 반대편의 노천 카페에 앉아서 밖에서 보이는 방의 윤곽을 노트패드에 스케치하면서 벽이나 가구의 위치를 추측해 보았고, 안톤이 집 안에서 보낸 몇 시간 동안의 이동 상황을 재생해 보고는 다시 이 겨냥도를 수정하는 일을 되풀이했다.

웨이터가 내 어깨 너머로 노트패드 화면에 떠오른 안톤의 막대 그림이 다중 노출된 영상처럼 움직이는 광경을 들여다보았다. "혹시 안무가이신가요?"

"응."

"멋지군요! 이 춤의 이름이 뭡니까?"

"'전화를 걸고 조급하게 기다리기'야." 내 우상이자 멘토인 두 사람, 트와일라 타프와 피나 바우슈에 대한 오마주지."

웨이터는 매우 감동한 기색이었다.

3시간 뒤에도 집 안에 사람이 있다는 징후가 보이지 않자 나는 자리를 떴다. 안톤은 이곳에 왔다가 다른 아파트에도 잠시 들렀다. 이곳에는 10대 후반의 마른 몸을 가진 금발 여자가 있었다.

나는 말했다. "안톤의 친구인데, 어디로 가면 만날 수 있을지 압니까?"

그녀는 울고 있었던 듯했다. "그런 이름을 가진 사람은 몰라요." 그녀는 이렇게 말하고 문을 쾅 닫았다. 나는 복도에 잠시 우뚝 서서 머리를 굴렸다. 안톤이 죽은 것은 내 탓일까? 누군가가 안톤의 몸에 묻어 있던 마이크로스피어들의 존재를 탐지했고, 바로 그 이유에서 그의 심장에 총알을 박아 넣었단 말인가? 하지만 마이크로스피어를 발견했다면 그들은 그걸 당장 파괴했을 것이고, 지금 내가 추적하고 있는 흔적도 아예 남아 있지 않았을 것이다.

미동도 하지 않는 시체로 자동차에 실려 운하로 운반되기 전에 안톤이 방문한 다른 장소는 딱 한 곳뿐이었다. 가보니 고급 주택가에 있는 2층짜리 독립 주택이었다. 나는 초인종을 누르지 않았다. 주위에는 감시할 수 있는 적당한 장소가 없었기 때문에 나는 집 앞을 한 번 지나가는 것으로 만족해야 했다. 커튼은 닫혀 있었고, 근처에 주차해 놓은 차도 없었다.

몇 블록 떨어진 곳에 있는 작은 공원의 벤치에 앉아 데이터베이스를 훑기 시작했다. 저 집은 불과 사흘 전에 임차됐다. 소유주가 누구인지는 금세 판명됐다. 어떤 회사의 고문 변호사였고, 빈 시내 여기저기에 부동산을 여럿 소유하고 있었다. 그러나 새로운 임차인의 이름까지는 알아낼 수 없었다.

도시 빈은 지하에 매설된 송전선이나 통신선을 누군가가 실수로 파헤치는 일이 없도록 공익 설비의 지도를 일괄적으로 관리하고 있었다. 전화선은 내 입장에서는 아무 쓸모도 없었다. 그런 설비를 이용한 도청은 기술적으로 더 이상 가능하지 않았기 때문이다. 그러나 개인 주택은 천연가스를 이용하고 있었다. 몰래 도청하려면 수도관보다는 가스관 쪽이 나은 데다가 소음도 훨씬 적다.

나는 삽과 장화와 장갑과 흰색 작업복과 안전모를 구입했다. 전화번호부에 실려 있던 가스 회사의 로고를 캡처해서 에어브러시로 안전모에 도색했다. 좀 떨어진 곳에서 보면 진짜와 똑같아 보였다. 나는 온갖 허세를 쥐어짠 다음 다시 거리로 돌아갔다. 문제의 집은 시야에 들어오지 않지만, 최대한 가까운 곳까지 접근했던 것이다. 나는 보도블록 몇 장을 벗겨내고 그 밑의 땅을 파기 시작했다. 이른 오후라서 가끔 차가 지나가기는 했지만 행인은 거의 없었다. 보도 바로 옆에 있는 집의 창문을 통해 노인 하나가 이쪽을 바라보고 있었다. 나는 그를 향해 손을 흔들고 싶은 충동을 억눌렀다. 그런 행동은 작업원답지 않았기에.

가스 공급 본관이 드러나자 나는 구멍 안으로 내려가서 PVC제 가스관에 작은 상자 모양의 용기를 갖다 댔다. 용기에서 밀려 나온 속이 빈 바늘은 화학약품으로 플라스틱을 녹이면서 밀폐 상태를 유지한 채로 가스관을 관통했다. 누군가가 침을 질질 흘리는 대형견 두 마리를 데리고 보도를 지나갔지만 나는 고개를 들지 않았다.

제어 박스가 나직한 차임벨 소리를 발하며 임무에 성공했음을 알렸다. 나는 흙으로 구멍을 다시 메우고 보도블록을 제자리에 끼워놓은 다음 잠을 자기 위해 호텔로 돌아갔다.

• — •

나는 가스관에 붙여놓은 제어 박스로 이어지는 가느다란 광섬유 케이블을 근처에 있는 나무 주위의 노출된 지면에 묻어놓았다. 케이블 끄트머리는 지표에서 불과 몇 밀리미터 아래에 있었다. 다음 날 아침 나는 그곳으로 가서 축적된 모든 데이터를 회수했고, 호텔로 돌아와서 그것을 살펴보았다.

몇백 개의 미세한 도청용 버그bug가 그 집의 가스관으로 들어갔다가 제어 박스로 되돌아오는 일을 몇 번 되풀이한 것을 알 수 있었다. 1시간 단위로 교대하며 집 안에서 나는 소리를 엿듣고, 다시 돌아와서 도청 결과를 뱉어놓는 식이다. 개개의 버그가 녹음한 데이터는 파편적이라서 거의 쓸모가 없었지만, 소프트웨어로 모든 데이터를 일괄

체르노빌의 성모

처리하면 십중팔구 이해 가능한 말로 복구할 수 있다.

다섯 명의 목소리를 들을 수 있었다. 남자 세 명, 여자 두 명이다. 이들 모두가 프랑스어를 말했지만, 그것이 그들 모두의 모국어인지는 단언할 수 없었다.

나는 단편적인 목소리들을 조금씩 이어붙여 대화를 재구성했다. 그들은 이콘을 가지고 있지 않았고, 그것을 찾기 위해 카툴스키라는 인물에게 고용됐다. 그들이 새로운 정보를 얻기 위해 안톤에게 돈을 지불한 것은 확실하다. 그러나 안톤은 다시 그들을 만나 내 편으로 돌아서지 않는다는 조건으로 더 많은 돈을 요구했다. 문제는 안톤이 가치 있는 정보를 무엇 하나 가지고 있지 않았다는 점이었다… 게다가 그들은 다른 경로를 통해 어떤 제보를 받은 참이었다. 그들은 안톤을 살해한 일에 관해서는 완곡하게 언급했을 뿐이지만, 네 도움이 더 이상 필요 없다는 말을 들은 안톤은 어떤 식으로든 그들을 협박하려고 했을지도 모른다. 그러나 확실한 정보가 하나 있었다. 그들은 빈 시내 반대편에 있는 어떤 아파트를 교대로 감시하고 있었고, 데 안젤리스를 죽인 사내가 언젠가 그곳에 나타날 것임을 확신하고 있었다.

나는 렌터카를 빌려 그들 중 두 명이 감시를 교대하기 위해 나왔을 때 뒤를 밟았다. 그들은 목표 반대편에 있는 건물의 방을 하나 빌려 감시를 하고 있었다. 나는 적외선 쌍안경으로 그들이 같은 기계로 어디를 감시하고 있는지를 확인했다. 감시받고 있는 방은 빈 것처럼 보였다. 내게 보이는 것이라고는 너덜너덜한 커튼과 페인트가 떨어져 나간 벽뿐이었다.

나는 공중전화에서 내 노트패드가 합성해 준 목소리로 경찰에게 전화를 걸었고, 나를 심문했던 형사에게 마이크로스피어의 데이터를 해독해 줄 암호를 익명으로 보냈다. 경찰의 감식반은 거의 즉각적으로 마이크로스피어를 발견했겠지만, 현미경 검사 따위를 써서 억지로 정보를 추출하려고 했다면 며칠은 족히 걸렸을 것이다.

그런 다음 나는 기다렸다.

5시간 후, 새벽 3시경에 내가 미행했던 두 사내는 동료들과 교대하는 일 없이 황급히 감시 장소를 떠났다. 나는 데 안젤리스의 사진을 꺼내 달빛 아래에서 바라보았다. 아직도 나는 이 여성의 어떤 부분이 나를 그렇게 붙잡고 놓아주지를 않는지 알 수 없었다. 그녀는 도둑이었거나 멍청이였다. 양쪽 모두였을 수도 있다. 그리고 바로 그 탓에 그녀는 죽었다.

나는 말했다. "거기 그렇게 서서 모든 해답을 알고 있는 것처럼 히죽거리지는 말아줘. 차라리 나의 행운을 빌어주면 어때?"

• — •

건물은 낡은 데다가 유지 보수조차 제대로 이루어지지 않은 상태였다. 공동 현관의 자물쇠를 따는 것은 쉬웠고, 나무 층계는 꼭대기 층까지 올라갈 때까지 줄곧 삐걱거렸지만 나는 누구와도 마주치지 않았다.

712호실의 문 너머로 숨길 수 없는 전계電界 패턴을 뚜렷하게 감지할 수 있었다. 각기 독립된 경보장치가 족히 열 개는 설치된 듯했다. 나는 바로 옆 아파트의 자물쇠를 따고 안으로 침입했다. 천장에 유지 보수용의 뚜껑이 있었는데, 운 좋게도 소파 바로 위였다. 그곳으로 올라간 내가 다리를 끌어 올리고 뚜껑을 닫았을 때 아래쪽에서 자고 있는 누군가가 웅얼거리는 소리가 들렸다. 내 가슴은 아드레날린과 폐소공포증, 외국 도시에서 주거 침입을 감행했다는 사실, 두려움, 기대감으로 인해 방망이질하고 있었다. 회중전등으로 주위를 비춰보자 쥐들이 후다닥 도망쳤다.

712호실의 천장 뚜껑은 문과 마찬가지로 경보장치로 방호되어 있었다. 나는 천장의 다른 부분으로 이동해서 단열재를 들어 올린 후 석고 천장에 구멍을 내고 방 안으로 내려갔다.

내가 거기서 무엇을 볼 것을 예상했는지는 나도 모르겠다. 수많은 이콘과 봉납용 양초들로 장식된 제단? 오컬트 의식에 쓰이는 물건들과 슬라브 신비주의자들의 교의가 기록된 먼지투성이의 책더미?

방에는 침대와 의자와 통신 회선에 연결된 VR 장치 일식이 놓여 있을 뿐이었다. 빈도 시대의 흐름에는 뒤처질 생각은 없는 듯하다. 이렇게 노후화된 건물에도 최신식의 고대역폭 ISDN 통신 회선이 깔려 있는 것을 보면 말이다.

창 너머로 거리를 흘끗 내려다보았다. 아무도 없었다. 나는 문에 귀를 갖다 댔다. 누군가가 층계를 올라오고 있다면 그는 내가 상대도 되지 않을 정도로 조용하다고 해야 할 것이다.

나는 VR 헬멧을 썼다.

그것은 내가 본 적도 없을 정도로 거대한 건물의 시뮬레이션이었다. 나의 주위로 뻗어 나가는 건물은 마치 경기장이나 고대 로마의 콜로세움을 방불케 했다. 멀리 떨어진 곳, 약 200미터 너머에 기둥머리를 아치로 장식한 거대한 대리석 원기둥들이 보였다. 이것들은 화려한 금속 난간이 딸린 발코니를 지탱하고 있었고, 또 다른 원기둥들이 다른 발코니를 지탱하고 있는 식으로 6단段이나 위로 올라가고 있었다. 마룻바닥은 타일 내지는 쪽모이 세공처럼 보였고, 가늘고 섬세한 적색과 금색 끈목 무늬가 복잡한 6각형 패턴의 윤곽을 형성하고 있었다. 나는 고개를 들었다. 그러자마자 눈이 부셨던 탓에 퍼뜩 양손을 들어 올려 얼굴을 가렸다. (그러나 아무 효과도 없었다.) 이 불가사의한 대성당의 중앙회랑은 그 크기를 가늠하는 일조차 불가능할 정도로 광막한 반구형의 돔 천장을 이고 있었다. 돔의 기초 부분을 에두른 수십 개의 아치형 창문을 통해 눈 부신 햇살이 쏟아져 내리고 있었다. 천장은 믿기 힘들 정도로 절묘한 색채로 그려진 모자이크화로 뒤덮여 있었다. 너무나도 눈이 부신 탓에 눈에서 눈물이 솟구쳤다. 눈을 깜박여 눈물을 떨군 후, 나는 모자이크화를 자세히 훑어보기 시작했다. 후광으로 에워싸인 여성이 손을 뻗치고…

누군가가 내 목에 총구를 갖다 댔다.

나는 그대로 얼어붙었고, 총을 쥔 인물이 말하기를 기다렸다. 몇 초 뒤에 나는 독일어로 말했다. "그토록 조용하게 움직이는 방법을 나도 누군가에게 배웠더라면 좋았을 텐데."

체르노빌의 성모

젊은 사내의 목소리가 억센 억양의 영어로 말했다. "'예수의 진실한 말씀을 간직한 자는 그 침묵의 소리도 들을 수 있다.' 안티오키아의 성 이냐시오." 그런 다음 사내는 VR 장치의 제어 박스로 손을 뻗쳐 음량을 줄인 듯했다. 헬멧을 썼을 때 나도 그러려고 했지만, 굳이 그럴 필요는 없다고 판단하고 손을 대지 않았다. 불현듯 나는 VR 장치가 발하는 백색소음이 처음부터 내 귀를 완전히 틀어막고 있었다는 사실을 깨달았다.

사내는 말했다. "우리가 짓고 있는 건물이 마음에 들어? 콘스탄티노플의 하기아 소피아 대성당, 즉 동로마제국의 유스티아누스 1세가 재건한 성스러운 예지의 교회에서 영감을 얻었지만 고스란히 베낀 건 아냐. 이 새로운 건축물은 현세의 거친 물질의 제약을 받을 필요가 없으니까 말이야. 알다시피 지금은 이스탄불이라고 불리는 도시에 있는 오리지널은 박물관이 됐고, 그전에는 물론 5세기 동안이나 이슬람교 모스크로 쓰였지. 하지만 우리의 이 성스러운 장소가 그런 식의 운명을 맞을 염려는 전혀 없어."

"그렇겠지."

"루치아노 마시니의 의뢰를 받고 왔군. 그렇지?"

상대의 호감을 끌어낼 수 있는 그럴듯한 거짓말은 하나도 떠오르지 않았다. "맞아."

"그럼 이걸 보여줘야겠군."

나는 뻣뻣하게 선 채로 각오를 다졌다. 내심 상대가 헬멧을 벗겨주지는 않을까 기대하고 있었다. 목에 닿은 총구의 감촉으로 사내가 몸을 조금 움직이는 것을 감지했다. 다음 순간 나는 그가 VR 장치의 데이터 글러브를 손에 꼈다는 사실을 깨달았다.

사내는 손가락을 들어 올려 나의 시점을 이동시켰다. VR 화면을 보지도 않고 순전히 감으로만 그럴 수 있다니 놀라웠다. 나는 대성당 바닥을 미끄러지듯이 움직이며 지성소至聖所를 향해 똑바로 가고 있었다. 제단을 품은 지성소를 신도석이 있는 중랑中廊으로부터 분리하는 이코노스타시스―금박을 입힌 장려한 격자 칸막이벽―는 몇백 점에 달하는 이콘으로 뒤덮여 있다시피 했다. 찬란하게 반짝이는 격자에 전시된 개개의 이콘에 무엇이 그려져 있는지는 알아볼 수 없었지만, 이런 거리에서는 마치 색색 가지 패널들로 이루어진 기묘하게 아름답고 추상적인 모자이크화처럼 보인다.

그러나 가까이 다가가자 그 효과는 압도적이었다.

모든 이콘은 내가 조롱을 담아 마시니의 사라진 야구 카드라고 불렀던 그림과 똑같이 '조잡한' 평면적 양식으로 그려져 있었지만, 그것들이 집단적으로 전시된 광경은 과대평가된 그 어떤 르네상스 시대의 명화보다도 천배는 더 강렬하게 내 마음을 뒤흔들어 놓았다. 이콘들에 쓰였던 본래의 색채가 빛을 발하는 적색과 청색이라든지, 강철처럼 새하얗게 달궈진 은색처럼 물질세계의 안료를 가지고서는 결코 낼 수 없는 풍성함을 발휘하도록 '복원'됐기 때문만은 아니었다. 이콘의 단순하게 양식화된 인물상의 구도―고통에 못 이겨 수그린 머리의 각도, 하늘을 우러러보며 간원하는 눈에 깃든 묘한 서늘함―는 모든 감정을 포괄하는 완전무결한 언어로 승화됨으로써, 인간

　　　　　　　　　　　체르노빌의 성모

의 이해와 소통을 가로막는 모든 장벽을 명료하고 정밀하게 일도양
단하고 있는 것처럼 보였다. 바벨탑 이전에 존재하던 문자처럼, 텔레
파시처럼, 음악처럼.

혹은 내 목을 누르고 있는 총이 나의 심미안적 감성의 확장에 일
조하고 있는 것인지도 모르겠다. 지각知覺의 문을 활짝 열고 싶으면
대량의 뇌내 마약만큼 효과적인 것은 없다.

나를 생포한 사내는 내 시선을 전시된 두 점의 이콘 사이의 빈 공
간으로 이끌었다.

"〈체르노빌의 성모〉가 들어갈 자리야."

"체르노빌? 그 이콘이 거기서 제작됐다는 거야?"

"마시니한테서는 아무 얘기도 못 들었군. 안 그래?"

"얘기라니 무슨 얘기? 그 이콘이 사실은 15세기의 작품이었다든
지?"

"15세기가 아냐. 20세기야. 1986년."

온갖 상념이 솟구치며 머릿속이 핑핑 돌았지만, 나는 아무 말도
하지 않았다.

사내는 마치 현장에 있었던 것처럼 무덤덤한 어조로 당시의 일을
자세하기 이야기하기 시작했다.

"'진정한 교회'의 창시자 중 한 사람은 4번 원자로의 작업원이었
어. 사고가 발생했을 때, 그는 몇 시간도 지나지 않아 치사량에 달하
는 방사선에 노출됐지. 하지만 그 즉시 죽지는 않았어. 그 비극이 얼마
나 끔찍한 것인지를 그가 실감한 것은 2주 뒤의 일이었어. 몇 달 안에

몇백 명의 자원 봉사자와 소방수와 병사들이 지독한 고통 속에서 죽어갈 뿐만 아니라, 향후 몇 년에 걸쳐 몇만 명이나 되는 사람들이 죽고, 몇십 년 동안 토양과 물이 오염되고, 몇 세대에 달하는 후손들이 방사선 병으로 괴로워하게 되리라는 사실을 그가 깨달았을 때, 성모 마리아가 그의 앞에 현현顯現해서 무엇을 해야 할지를 알려줬던 거야.

성모 마리아는 자기 모습을 〈블라디미르의 성모〉처럼 그리라고 말했어. 전통에 충실하게, 세부 하나하나까지 정확하게 모사하라고 말이야. 실질적으로 그는 새로운 이콘을 창조하기 위한 신의 도구가 됐던 거야. 성모님은 그 이콘을 축성祝聖함으로써 그것 안에 그들이 당한 고난에 대한 신의 아들의 긍휼을, 그들이 보여준 용기와 자기희생에 대한 그의 기쁨을, 앞으로 찾아올 비탄과 고뇌라는 무거운 짐을 함께 나눠지겠다는 그의 의지를 모두 쏟아 넣어주셨으니까 말이야.

성모 마리아는 이콘을 그릴 때 쓸 안료에 비산한 핵분열 물질의 일부를 섞어 넣으라고 말했고, 이콘이 완성되면 유일하게 '진정한 교회'의 이코노스타시스에서 제자리를 찾을 수 있을 때까지 남의 눈에 띄지 않는 곳에 숨겨두라고 지시했어."

나는 눈을 감고 TV에서 본 다큐멘터리의 한 장면을 뇌리에 떠올렸다. 사고 직후 셀룰로이드 필름을 쓰는 영화 카메라로 촬영된 이 장면은 어렴풋한 섬광과 빛줄기로 뒤덮여 있었다. 입자들의 궤적이 필름의 감광유제에 그대로 기록된 탓이다. 필름 자체가 방사선으로 인해 손상됐던 것이다. 헨가르트너가 소유한 이콘에 있던 '긁힌 자국'의 정체는 바로 이것이었다. 이콘을 최신식 카메라로 촬영했을 때 정말로 영향을 받은 것인지, 아니면 컴퓨터를 써서 나중에 그럴싸하게 추가한 것인지는 알 수 없지만 말이다. 그것은 암호를 알아볼 수 있는 이 이콘의 잠재적인 구입자에게 보낸 메시지였다. 이것은 카탈로그에 있던 설명문이 묘사한 물건이 아니라 새로 그린 희귀한 오리지널이었다. 〈체르노빌의 성모〉. 우크라이나. 1986년.

나는 말했다. "그런 걸 비행기에 반입할 수 있었다니 놀랍군."

"방사선은 지금은 거의 검출되지 않아. 가장 방사능 강도가 높은 핵분열 생성물은 이미 몇십 년 전에 붕괴했으니까 말이야. 그래도 그 이콘에는 입을 맞추지는 않는 편이 낫겠지만. 그 미신적인 노인의 사망 시기도 이콘 탓에 앞당겨졌을 수도 있어."

미신적이라고? "헨가르트너는… 그 이콘으로 암이 나을 거라고 생각했던 거야?"

"달리 그 물건을 구입할 이유가 어디 있었겠어? 이콘은 1993년에 도난당했고 오랫동안 행방이 묘연했지만, 그것이 가진 기적적인 힘에 관한 소문은 언제나 돌고 있었지." 경멸하는 듯한 말투였다. "그 멍청한 늙은이가 어떤 종교를 믿고 있었는지는 몰라. 동종요법*의 신봉자였을지도 모르겠군. 병의 원인을 적량 투여해서 그 병을 고치는 식이지. 최신식 전신 스캐너는 극미량의 스트론튬-90을 검출하고 그 출처가 된 사고를 특정할 수 있어. 만약 그 노인의 암이 체르노빌에서 누출된 방사성 물질 탓이었다면 본인은 알고 있었을 거야. 하지만 당

※ 질병과 비슷한 증상을 유발하는 약물 등을 투여해서 해당 질병을 치료하는 대체의학 요법이다.

신의 고용주는 그냥 구닥다리 성모 숭배자인 것 같군. 동정녀 마리아의 제단에서 가진 돈을 모두 불사른다면 손녀의 목숨을 구할 수 있다고 믿고 있는 것 같으니."

사내는 이런 말들이 나를 도발할 거라고 생각한 것일까. 나는 마시니가 뭘 신봉하고 있든 전혀 개의치 않았지만, 나의 내부에서 억제할 수 없는 분노가 치솟았다. "그럼 배달원은? 그녀의 경우는 어때? 너한테는 또 한 명의 아둔하고 미신적인 무식쟁이에 불과했던 거야?"

사내는 잠시 침묵했다. 나는 그가 총을 바꿔 잡는 기색을 느꼈다. 이제는 그가 정확히 어디 있는지 알 수 있었다. 눈을 감고 있어도, 사내가 내 정면에 있는 것이 보인다.

"우리 형은 그 여자한테 키예프에서 온 소년이 빈에서 백혈병으로 죽어가고 있다고 말했다. 그래서 〈체르노빌의 성모〉님에게 기도를 올리고 싶어 한다고 말이야." 이제 그의 목소리에서 경멸하는 듯한 기색은 완전히 사라져 있었다. 종교적인 확신에서 우러나온 거만함도. "마시니한테서 손녀딸 얘기를 들었기 때문에, 그녀는 마시니가 얼마나 이콘에 집착하고 있는지 알고 있었어. 그래서 마시니는 한 번 손에 넣은 이콘을 절대로 내주지 않으리라는 걸 알고 있었던 거야. 설령 2시간만 빌려달라고 해도 말이야. 그래서 그녀는 빈으로 그걸 가져가는 데 동의했어. 마시니에게는 하루 늦게 배달할 작정이었지. 그녀는 그 이콘이 사람을 치유하는 힘을 갖고 있다고는 믿지 않았어. 신의 존재조차도 믿고 있지 않았다고 생각해. 하지만 형은 그 소년에게는 그 이콘 앞에서 기도하고, 그럼으로써 조금이라도 위안을 얻을 권리가 있다고 그녀를 설득했어. 설령 500만 스위스프랑을 지불하지는 못해도 말이야."

나는 내 인생을 통틀어 가장 강렬한 펀치를 날렸다. 주먹이 살과 뼈를 강타한 반동으로 내 몸 전체가 감전된 것처럼 경련했다. 한순간 감각이 마비된 탓에 상대가 방아쇠를 당겨 내 얼굴의 반을 날려버렸는지 안 날려버렸는지도 모를 지경이었다. 비틀거리며 헬멧을 벗자 차가운 땀방울이 얼굴에서 뚝뚝 떨어졌다. 상대는 방바닥에 쓰러져서 고통으로 몸을 떨고 있었지만, 여전히 총을 쥐고 있었다. 나는 앞으로 한 걸음 나아가서 그의 팔목을 짓밟았고, 허리를 굽혀 아무 저항도 받지 않고 권총을 집어 올렸다. 그는 14, 15살쯤 되는 소년이었다. 팔다리는 길지만 무척 여위었고, 머리카락은 없었다. 나는 그의 갈비뼈를 세게 걷어찼다.

"그리고 넌 독실한 어린 암 환자 역할을 맡아 연기했다, 이건가?"

"응." 소년은 흐느끼고 있었지만, 고통 탓인지 회한 탓인지는 알 수 없었다. 나는 그를 다시 걷어찼다. "그런 다음에 네가 데 안젤리스를 죽인 거로군? 좆같은 기적 한 번도 일으키지 못하는, 좆같은 〈체르노빌의 성모〉를 손에 넣으려고?"

"난 죽이지 않았어!" 소년은 어린애처럼 엉엉 울고 있었다. "우리 형이 죽었고, 그 형도 이젠 죽고 없어."

형이 죽었다고? "안톤?"

"형은 카툴스키의 부하들한테 가서 당신 얘기를 했어." 소년은 흐느껴 울면서 띄엄띄엄 말했다. "그러면 놈들은 당신을 방해하려고 할 거고… 그럴 경우 형은 당신들이 싸우는 동안 빈에서 이콘을 가지고 나갈 수 있을지도 모른다고 생각했던 거야."

일찌감치 알아차렸어야 했다. 도난당한 이콘을 찾고 싶다면, 이콘 암거래상 노릇을 하는 것보다 더 나은 방법이 어디 있단 말인가? 그리고 경쟁 상대의 동향을 살피고 싶으면, 그 끄나풀인 척 행동하는 것이 가장 좋은 방법이 아니던가?

"그럼 지금 이콘은 어디 있지?"

소년은 대답하지 않았다. 나는 바지 뒷주머니에 권총을 쑤셔 넣은 다음 허리를 굽혀 소년의 양 겨드랑이를 잡고 일으켜 세웠다. 체중은 기껏해야 30킬로그램 정도밖에는 되지 않았다. 정말로 말기 백혈병 환자인지도 모르겠다. 하지만 그때 나는 그런 것에 연연할 기분이 아니었다. 나는 벽을 향해 소년을 내던졌고, 바닥에 쓰러진 그를 들어 올려 다시 내던졌다. 소년의 코에서 피가 흘러나왔다. 그는 당장이라도 질식할 듯이 캑캑거리기 시작했다. 나는 세 번째로 그를 들어 올렸다가, 문득 멈춰 서서 내가 이룬 성과를 훑어보았다. 주먹으로 때렸을 때 소년의 턱뼈를 부러뜨린 듯했다. 내 손가락 하나도.

소년은 말했다. "당신은 무無야. 아무것도 아닌 무. 역사 속에서 반짝했다가 사라지는 점. 시간은 세속적인 시대를 모래폭풍 속의 티끌처럼 집어삼킬 거야. 우리 시대에 횡행하는 광신적이고 모독적인 사이비 집단들과 미신들도 모두 함께. 끝까지 남아 있는 건 오로지 '진정한 교회'뿐이야." 그는 피로 물든 얼굴에 미소를 떠올렸지만, 우쭐하거나 득의양양한 말투는 아니었다. 그냥 자기 의견을 말하고 있

체르노빌의 성모

을 뿐이었다.

내 청바지 호주머니 속의 권총 온도가 체온에 가까워진 탓에 그
존재를 잊고 있었던 듯하다. 내게 안겨 있는 소년이 내 뒤통수에 총구
를 들이댔을 때 처음에는 엄지손가락을 갖다 댄 줄 알았다. 나는 소
년의 눈을 들여다보며 그의 의도를 읽어보려고 했지만, 내가 본 것은
절망감뿐이었다. 결국 그는 이국의 도시에 홀로 남아 잇달아 찾아온
재난에 어찌할 바를 모르는 어린애에 불과했던 것이다.

총구가 내 머리를 따라 움직이다가 관자놀이를 겨냥했다. 나는
눈을 감고 무의식중에 그를 꽉 껴안았다. 나는 말했다. "제발…"

소년은 총을 떼어냈다. 내가 눈을 뜬 순간, 소년은 권총으로 자기
머리통을 날려 보냈다.

• — •

나는 그 자리에서 그대로 몸을 웅크리고 사고 싶은 마음밖에는
없었다. 그리고 눈을 뜨면 모든 것이 꿈이었다는 사실을 깨달을 것이
다. 그러나 모종의 기계적인 본능이 나를 움직이게 만들었다. 닦아낼
수 있는 피는 모두 닦아냈다. 이 방 주위의 주민들이 혹시 잠에서 깬
기색은 없는지 귀를 기울인다. 권총은 소음기가 내장된 스웨덴제 불
법 총기였다. 발사해도 귀에 거의 들리지 않을 정도의 쉭 소리밖에는
나지 않는다. 그러나 내가 얼마나 큰 소리로 고함을 질렀는지에 대해

서는 확신이 없었다.

물론 건물에 들어올 때부터 나는 이미 장갑을 끼고 있었다. 탄도를 확인해 보면 자살이었음이 판명될 것이다. 그러나 천장에 난 구멍이나 소년의 부러진 턱뼈와 타박상을 입은 갈비뼈는 설명이 필요하고, 나는 이 방 전체에 머리카락과 피부 각질을 잔뜩 남겨놓았을 게 뻔하다. 결국은 체포돼 재판을 받게 될 것이다. 그렇다면 감옥에 가는 것은 확정적이다.

나는 거의 경찰에게 전화를 걸기 직전까지 갔다. 도망칠 생각을 하기에는 너무나도 피곤했고, 내가 저지른 일을 곱씹으며 자기혐오에 시달리고 있었다. 내가 소년을 죽인 것은 아니었다. 단지 그를 구타하고, 위협했을 뿐이다. 소년에 대한 분노는 지금도 여전히 남아 있었다. 그는 데 안젤리스의 죽음에 대해 부분적으로 책임이 있기 때문이다. 적어도 내가 소년의 죽음에 책임이 있는 정도로는.

그러자 나의 내부의 기계적인 부분이 말했다. 안톤은 이 소년의 형이었어. 따라서 두 사람은 안톤이 살해당한 날에도 만났을 가능성이 있어. 안톤의 집이나, 마른 체구의 금발 여자가 사는 그 아파트에서. 그렇다면 같은 방바닥 위를 걸어 다녔겠지. 같은 도어매트에 신발을 문질렀겠고. 그런 다음, 소년은 이콘을 숨겨뒀던 장소에서 꺼내서 다른 장소로 옮겨놓았을 수도 있어.

나는 노트패드를 꺼내서 시체의 발치에서 무릎을 꿇고 적외선 신호를 보냈다.

세 개의 마이크로스피어가 반응했다.

그것을 발견한 것은 새벽이 되기 직전이었다. 도시 외곽의 반쯤 해체된 건물의 잔해 밑에 묻혀 있었다. 여전히 서류 가방에 들어 있었지만, 모든 자물쇠와 경보장치는 해제된 상태였다. 나는 가방을 열고 잠시 실물을 응시했다. 카탈로그의 사진과 똑같았다. 우중충하고 추하다.

나는 그것을 두 동강 내고 싶었다. 모닥불을 피워 태워도 좋다. 이것 탓에 세 사람이 죽었다.

그러나 문제는 그렇게 간단하지 않았다.

나는 잔해 위에 걸터앉아 두 손으로 머리를 감싸 쥐었다. 이 이콘이 그 정당한 소유자들에게 무엇을 의미하는지 모르는 척할 수는 없었다. 나는 그들이 건설한 교회를, 이 이콘이 있어야 할 장소를 두 눈으로 보았다. 아무리 진위가 미심쩍다고 해도 이것이 만들어졌을 때의 이야기도 직접 들었다. 설령 내가 체르노빌에서 희생된 사람들에 대한 신의 긍휼함이 이 방사성 크리스마스카드에 흘러들어 갔다는 이야기를 무의미하고 터무니없는 개소리로 간수한다고 해도, 요점은 그것이 아니다. 데 안젤리스 역시 이 이콘을 둘러싼 이야기를 전혀 믿지 않았음에도 불구하고, 일자리를 포기하면서까지 자유의지로 빈까지 왔던 것이다. 그리고 나는 내가 선호하는, 종교와는 무관하게 이성에 의해 움직이는 완벽한 세계를 몽상할 수 있지만, 내가 이 현실세계에서 살아가며 행동해야 한다는 점은 달라지지 않는다.

체포되기 전에 마시니에게 이콘을 가져갈 자신은 있었다. 물론 약속대로 전 재산을 내게 넘겨주지는 않겠지만, 적어도 몇십억 리라는 뜯어낼 수 있을 것이다. 그의 손녀가 죽고, 나에 대한 감사의 마음이 스러지기 전에 말이다. 아주 좋은 변호사들을 사기에는 충분한 액수다. 아마 내가 감옥에 안 가도 될 정도로 출중한 능력을 가진.

혹은 마지막 순간, 데 안젤리스가 목숨을 버리면서까지 마시니의 그 좆같은 소유권을 지키는 대신에 응당 했어야 할 일을 나는 할 수 있다.

나는 아파트로 돌아갔다. 나오기 전에 모든 경보장치를 꺼두었기 때문에 이번에는 문을 열고 그대로 들어갈 수 있었다. 나는 VR 헬멧과 장갑을 장착하고 이코노스타시스에 있는 예의 빈자리에 손가락 끝으로 밖에서는 보이지 않는 메시지를 써넣었다.

그런 다음 통신선의 플러그를 뽑아서 회선을 끊었고, 해가 질 때까지 숨어 있을 곳을 찾기 위해 방에서 나왔다.

• — •

우리는 자정이 되기 직전에 빈의 북동쪽에 있는 유원지의 거대한 대관람차가 보이는 장소에서 만났다. 내가 만난 것은 또 한 명의 겁에 질린, 소모품 역할을 맡은 소년이었다. 애써 대담한 척하려는 기색이 역력했다. 나는 경찰일 수도 있었으니까 말이다. 그들 입장에서는 누가 와도 이상할 것이 없었다.

내가 서류 가방을 건네자 소년은 가방을 열고 안을 흘끗 들여다보았고, 마치 무슨 성령의 발현發現이라도 보는 듯한 눈으로 나를 올려다보았다.

나는 말했다. "그걸 어떻게 할 작정이지?"

"형상을 가진 이콘으로부터 진정한 이콘을 추출하고, 그런 다음 파괴할 겁니다."

나는 거의 이렇게 대답할 뻔했다. 너희들이 이것 대신에 헨가르트너의 이미지 파일을 훔쳤다면, 이 모든 사달은 처음부터 나지도 않았을 거야. 그러나 차마 그럴 수가 없었다.

소년은 다국어로 쓰인 팸플릿을 내 손에 쥐여주었다. 나는 지하철 역으로 가는 동안 그것을 읽어보았다. 팸플릿은 〈진정한 교회〉와 국가별로 크고 작은 차이가 있는 동방 정교회들 사이의 신학적인 차이를 상세히 설명하고 있었다. 이 모든 차이가 결국 그리스도의 강생을 의미하는 성육신成肉身의 문제로 귀결되는 것은 명백했다. 신은 육신으로 현현한 것이 아니라 정보로서 현현했고, 이 중차대한 구분을 이해 못 하는 사람들은 당장 올바른 가르침에 귀의할 필요가 있다는 식이다. 팸플릿은 그런 다음 '진정한 교회'가 어떻게 동방 정교회, 나아가서는 모든 기독교 세계를 통합하고, 그 과정에서 온갖 미신과 종말론적 사이비 컬트와 유해한 민족주의와 무신론적 물질주의를 이 세상에서 뿌리 뽑게 될지를 설명하고 있었다. 반유대주의라든지 모스크 폭격 따위에 대해서는 일언반구도 없었지만 말이다.

팸플릿의 글을 모두 읽은 지 몇 분 뒤에 글자들이 사라지기 시작했다. 내 입김에 포함된 이산화탄소가 이런 반응을 유발한 것일까?
이 교의의 신자들은 실로 기묘한 구루^{guru}들의 방식을 채택한 듯하다.

나는 데 안젤리스의 사진을 꺼냈다.

"나는 당신이 원했던 일을 한 걸까? 이제 만족했어?"

그녀는 대답하지 않았다. 나는 사진을 갈가리 찢어 파편들이 하늘거리며 지면에 떨어지도록 내버려 뒀다.

지하철을 타지는 않았다. 차가운 공기로 머리를 식히고 싶었기 때문이다. 그래서 나는 시내를 향해 걷기 시작했다. 불가해한 과거의 폐허들과, 상상할 수 없는 미래의 전조들 사이를 누비며.

체르노빌의 성모

옮긴이의 말

Q: 당신은 데뷔 후 25년 가깝게 SF를 써오면서 작가로서 큰 성공을 거뒀고, 특히 하드 SF 분야의 핵심 인물로 추앙받고 있습니다. 자신의 업적을 스스로는 어떻게 평가하고 있습니까? 앞으로는 어떤 작품을 쓸 예정이신지요?

A: 인간이라는 존재를 총체적인 맥락에서 유의미한 방식으로 탐구하는 극히 한정된 문학 분야에 다소나마 기여할 수 있었다는 점은 만족스럽습니다. 인간이 물리적 우주의 일부이며, 이성과 관찰을 통해 그 우주를 통괄하는 법칙을 알아낼 수 있다는 사실은 인류 역사를 통틀어서 가장 심오하며 중요한 통찰이었지만, SF의 상당 부분을 위시한 대부분의 문학은 그 사실을 아예 무시하거나 경시해 왔습니다. (중략) 저는 우주의 크기나 나이, 양자역학의 반직관적인 기이함 따위를 내세워서 독자가 그 '경이로움'에 넋을 잃도록 유도하거나, 신의 부재라든지 애당초 [초자연적인] 의도와는 무관한 인간이라는 존재의 무의미함과 덧없음에 천착하는 일에는 관심이 없습니다. 진정한 현실 참여 문학은 그런 자명한 사실에 충격을 받는 대신 우리가 우주에 관해 그토록 많은 것들을 알아냈다는 사실을 기뻐하고, 그 세부 사항에 환희하는 법입니다…… 그런 이유에서 제가 현대 SF의 무게중심을 진정한 현실 참여 쪽으로 미세하게나마 기울였다는 점은 자랑스럽고, 앞으로도 전심전력을 대해 그럴 작정입니다.

– 그렉 이건 인터뷰, 2014년

전 세계의 평론가와 독자들로부터 21세기 최고의 하드 SF 작가로 지목받는 그렉 이건의 첫 한국어판 작품집 『내가 행복한 이유』를 독자 여러분에게 선보인다. 지금까지 국내에 단행본으로 소개된 이건의 작품으로는 2003년에 필자의 기획으로 출간된 데뷔작 장편소설 『쿼런틴』(1992)이 유일했지만, 향후 10여 년 동안 이건은 여덟 편의 장편소설을 위시한 독창적이며 논쟁적인 중·단편소설들을 잇달아 발표하며 명실공히 이 분야의 최첨단을 달리는 거장의 자리에 올랐다. 그런 맥락에서, 한국 독자들을 위해 독자적으로 편집된 그렉 이건 중·단편집의 첫 번째 주자인 『내가 행복한 이유』의 출간이 기존의 SF 팬덤뿐만 아니라 2020년대 들어 대한민국의 문학적 동토凍土에서도 조금씩 두각을 나타내기 시작한 자생적 SF 작가들에게도 크나큰 창조적 자극이 되어주리라는 점을 믿어 의심치 않는다.

70여 년 전 미국 SF의 황금시대를 일군 잡지 《어스타운딩 사이언스 픽션》의 편집장이었던 존 W. 캠벨 주니어가 아이작 아시모프와 로버트 A. 하인라인을 위시한 간판 작가들에게 '외삽법에 입각한, 과학(기술)적으로 엄밀한' 작품을 쓸 것을 요구한 이래, 하드 SF는 소수파이기는 해도 줄곧 SF 문학의 핵심적인 이념으로 기능해 왔다. 캠벨이 주창한 자연과학hard sciences을 기반으로 한 광의의 하드 SF 진영과, 심리학이나 인류학으로 대표되는 인문과학의 관점에서 인간과 과학의 관계성을 파고드는 이른바 휴머니스트 SF 진영 사이의 변증론적 긴장 관계 속에서 20세기 SF의 양대 조류였던 뉴웨이브와 사이버펑크※가 탄생한 것은 주지의 사실

※ 문학적, 인문학적으로 세련된 SF를 지향한 뉴웨이브와, 스타일을 중시하면서도 정보 과학과 생명과학을 위시한 첨단 과학의 내재화를 강조한 사이버펑크는 각각 1960년대와 1980년대의 영어권 SF를 대표하는 문예 운동이었다.

이며, 이 두 거대 조류 사이의 공백기에 해당하는 1970년대에 하드 SF의 고전으로 간주되는 걸작들이 다수 배출된 것 역시 결코 우연이 아니다.

그러나 그 과정에서 하드 SF 자체가 매뉴얼화되고, "누구나 사용할 수 있는" 클리셰로 뒤범벅이 된 하위 장르로 재구성되기 시작한 것은 엄연한 출판 장르이기도 한 SF의 속성상 피할 수 없는 일이었다. 1980년대 말의 사이버펑크 운동이 표방한 '급진적radical 하드 SF'는 휴머니스트 진영에 대한 도발적인 안티테제였지만, 부분적으로는 매너리즘에 빠진 종래의 하드 SF에 대해 경종을 울린다는 의미도 있었다. 그러나 SF 문단 전체에 사이버펑크 특유의 정치적 수사를 넘어선 실질적인 인식의 변화가 일어난 것은 바이오테크놀로지BT와 인포메이션 테크놀로지IT, 그리고 나노 테크놀로지NT로 대표되는 첨단 과학의 괄목할 만한 성과에 자극받은 신세대 하드 SF 작가들이 영연방을 중심으로 속속 등장했던 1990년대 중반의 일이다.

폴 J. 맥컬리, 이언 맥클라우드, 스티븐 박스터, 찰스 스트로스, 테드 창, 그리고 그렉 이건으로 대표되는 이 새로운 작가 그룹은 역사적으로는 포스트사이버펑크 세대로 분류된다. 미국 작가인 테드 창을 제외하면 이들 모두가 1980년대에 영국의 대표적인 SF 잡지《인터존》등을 통해 데뷔한 후 1990년대에 전업 작가로 변신했다는 공통점을 가지고 있는데, 가장 큰 특징을 들자면 역시 수학, 물리학, 생물학, 컴퓨터과학 등의 학위를 가지고 있는 현역 과학자나 과학도 출신이라는 점일 것이다. 사이버펑크 운동이 작가들에게 요구했던 〈첨단기술에 대한 교양hi-tech literacy〉을 훌쩍 넘어선 〈첨단기술에 대한 전문지식hi-tech fluency〉을 내재화한 이 작가들에게 '과학'은 작품의 핍진성을 담보하기 위한 단순한 문학적 수단을 넘어선, 우리가 살아가는 현실 세계의 일부였고, SF를 쓴다는 것은 실존하는 현실의 하부구조를 밝혀내는 성배 탐색에 준하는 행위였다. 『내가 행복한 이유』에 포함된 대표작들을 이미 읽어본 독자들은 아마 수긍하겠지만 그렉 이건은 데뷔 초기부터 특히 그런 경향이 강했고, 향후에도 단순히 '논쟁적'이라는 표현만으로는 포괄할 수 없을 정도로 돌출한 걸작을 잇달아 발표함으로써 'SF 작가들의 작가'라는 찬사를 받았다.

해설이나 평론에서 어떤 작가의 작품 세계를 총체적으로 논할 때 그 창작 기반이 된 인적 배경을 논하는 것은 극히 자연스러운 일이지만, 그렉 이건은 'SF계의 뱅크시'라고 회자될 정도로 대중 앞에 얼굴을 드러내지 않으며 오직 "작품만으로 말하는" 은둔 작가로 유명하다. 혹자는 영어권 SF에서도 지리적인 변방에 속한 오스트레일리아 출신이라는 사실에서 그 이유를 찾기도 하지만, 21세기 들어 온라인과 오프라인의 경계가 점점 모호해지면서 비대면으로도 얼마든지 출판이나 대외 활동이 가능해진 점을 감안하면 그의 이런 행동은 단지 개인적인 취향과 선택의 결과라는 것이 중론이다. 대외적으로 공개된 자료나 필자와의 이메일 교류를 통해 지금까지 알려진 정보를 취합한 그렉 이건의 약력은 다음과 같다.

그레고리 마크 이건은 1961년 8월 20일 인도양을 마주보고 있는 사우스오스트레일리아주의 주도 퍼스에서 태어났고, 웨스턴오스트레일리아 대학에 입학해서 수학 이학사 학위를 취득했다. 대학 졸업 후인 1983년에는 시드니의 대학병원 부속 의학 연구소에 취직했고, 컴퓨터 프로그래머로 의학 연구에 관여하며 SF와 호러 단편소설들을 쓰기 시작했다. 단편소설 데뷔작은 오스트레일리아 작가들의 앤솔러지 『Dreamworks:

Strange New Stories』(1983)에 실린 우주 SF 「Artifact」(1983)이며, 장편소설 데뷔작은 영화 제작을 꿈꾸던 10대 시절의 경험을 살린 SF인 『An Unusual Angle』(1983)이다. 1990년에서 1992년에 걸쳐 《인터존》과 《아시모프스》에 다수의 단편소설들을 게재하면서 SF 문단의 주목을 받았고, 제2장편소설이자 실질적인 SF 데뷔작에 해당하는 『쿼런틴』(1992)이 디트머상 최우수 장편상을 수상하는 것을 계기로 전업 작가로 변신했다. 이건은 그 후속작인 『순열 도시Permutation City』(1994)로 존 W. 캠벨 기념상·디트머상을, 『비탄Distress』(1995)으로 쿠르트 라스비츠상·오릴리어스상·세이운상을 수상했으며, 중편소설 「오셔닉Oceanic」(1998)으로 휴고상 최우수 중편상을 수상했다. 이후 이건은 장편소설인 『디아스포라Diaspora』(1997), 『테라네시아Teranesia』(1999), 『실트의 사다리Shild's Ladder』(2001)를 잇달아 발표하며 명실공히 21세기를 대표하는 하드 SF 작가로서 부동의 명성을 확립했다.

　2000년대 전반에는 인권 운동에 투신, 열악한 환경으로 악명이 높은 서부와 남부 오스트레일리아의 난민 수용소에서 자원봉사 활동에 종사하면서 잠시 창작에서 손을 뗐다. (컴퓨터 프로그래머의 능력을 살려 10대 난민들에게 컴퓨터와 인터넷 사용법을 가르치는 일이었는데, 필자도 이건의 부탁을 받고 난민 소년이 기증받은 한국산 중고 LG IBM 노트북의 내수용 디스플레이 드라이버를 찾아서 보내주었던 것을 기억한다.) 2000년대 중반 들어서는 장편소설 『백열광Incandescence』(2008)과 〈직교Orthogonal〉 3부작(2011~2013) 등의 역작을 잇달아 발표하며 SF계에 화려하게 복귀했고, 아마추어 수학자 자격으로 간간이 학회지에 수학 논문을 발표하며 현재까지 활발하게 작품 활동을 이어오고 있다.

이 글 앞부분에서 인용한 인터뷰에서도 언급되었듯이, 그렉 이건의 모든 작품을 관통하는 대주제는 '인간이란 무엇인가?' 또는 '우주에서의 인간의 위치는 무엇인가?'라는 근원적인 질문으로 축약될 수 있다. 인간 의식의 유물론적 해석에 입각해서 자유 의지와 개인의 정체성에 천착하는 이건의 작품들이 현시점에서 그의 유일한 라이벌이라고 해도 무방한 테드 창의 그것과도 소재상으로 겹치는 부분이 많다는 점을 지적한 평론가는 필자가 처음이 아니다. 그러나 언외言外의 예술적인 균형에도 만만찮은 창작적 에너지를 할애하는 창과는 달리 이건의 작품들은 일견 전통적인 아이디어 SF의 형식을 취하고 있는 것이 특징이다. (여기서 '일견'이라는 표현을 쓴 이유는 이건이 제시하는 아이디어는 현실 과학의 최신 성과를 훨씬 더 직접적으로 반영하거나, 아예 그런 성과 자체인 경우가 대부분이기 때문이다.)

소재적인 측면에서 주된 작품 경향을 나열해 본다면 (1) 유전공학과 뇌과학과 컴퓨터과학의 최신 성과에 기반한 실존주의적/인문학적 SF, (2) 우주의 기본 구조를 낱낱이 탐구하는 수학 SF, (3) 상대성이론과 양자역학 등을 종횡무진으로 구사해서 블랙홀이나 멀티버스 등의 자연현상을 직접적으로 다루는 물리학 SF, (4) 먼 미래에 인간의 심신을 완전히 소프트웨어화한 '카피copy'의 형태로 불사를 획득한 인류의 상상을 초월한 여정을 다룬 미래 SF 등이 있다. 그런 의미에서 (1)에 해당하는 다양한 경향의 작품 여덟 편을 중심으로 (2)와 (3)을 대표하는 작품을 한두편씩 추가한 한국이편 『내가 행복한 이유』는, 이건이 문단의 주목을 끌기 시작한 1990년대 초의 중·단편소설들과 하드 SF의 기린아로서 전 세계적인 명성을 얻은 1990년대 중반의 걸작들을 망라한 일종의 입문서적인 성격을 띠고 있다.

이 책의 첫 번째 단편소설인 「적절한 사랑」(1991)은 본문에서도 언급된 성의 정치를 직시한 작품이며, 남성의 수태 욕구를 다룬 초기작 「큐티」(1989)의 연장 선상에서 생명 윤리와 '사랑'의 생화학적 해석을 특유의 이지적인 문체로 알기 쉽게 풀어냈다. 작가가 의학 연구소에서 근무하던 시절 직접적으로 관여했던 첨단 의료 기술에 대한 묘사도 흥미롭다. 같은 시기에 쓰인 「100광년 일기」(1992)는 1970년대에 인간 자유의지의 유무를 실험적으로 검토하려고 시도한 신경과학자 벤저민 리벳의 실험에서 힌트를 얻었다는 점에서 《네이처》에 실린 테드 창의 엽편소설 「우리가 해야 할 일」(2006)의 실질적인 자매편이라고 해도 무방하다. 우주론의 예측 중 하나인 시간 역전 현상을 미래 예측이라는 지극히 인간적 원리와 결합하고, 현실 세계에서의 쓸쓸한 결말을 덧붙임으로써 긴 여운을 남긴다. 표제작인 「내가 행복한 이유」(1997)는 이 작품집에 수록된 다른 두 편의 초기 중편과 함께 하드 SF의 역사에 남는 걸작 중 하나로 회자되는 작품이며, 상술한 '인간이란 무엇인가'라는 화두를 바탕으로 인간과 세계의 관계, 마음과 물질 사이의 관계성을 대뇌생리학적, 인지과학적 관점에서 극명하게 파헤침으로써, "과거에는 형이상학적이었던 문제가 과학의 문제로까지 끌어내려진" 작금의 상황을 집요할 정도로 자성적인 1인칭 묘사를 통해 보여주고 있다.

초기 단편소설 중 하나인 「무한한 암살자」(1991)는 1년 후 장편소설 『쿼런틴』(1992)에서 변주되는 양자역학의 관측 문제를 멀티버스 모험담의 형식으로 다뤘으며, 이건의 진지한 주제 의식과는 또 다른 차원에 존재하는 스토리텔러로서의 가능성을 엿볼 수 있는 흥미로운 작품이다. 그보다 1년 전에 쓰인 「도덕적 바이러스 학자」(1990)는 작가 특유의 직

　　　　　　　　　　　　　　옮긴이의 말

설 화법과 블랙 유머를 동원, 에이즈를 신이 죄인들에게 내린 천벌이라고 (실제로) 주장한 기독교 원리주의자들의 비과학성과 비도덕성을 신랄하게 비꼰 팬데믹 SF다. 1980년대 미국을 풍미한 TV 전도사였던 짐 베이커나 지미 스웨거트—이 두 명이 주인공 쇼크로스의 모델임은 명백하다—의 사기 행각을, 그보다는 훨씬 더 현실성과 위험도가 높은 바이러스 제작으로 치환한 이건의 작가적 수완 또한 특기할 만하다. 이렇듯 종교나 광신적인 믿음을 소재로 삼은 그의 작품에서 종종 눈에 띄는 각종 차별이나 사이비 종교에 대한 가차없는 비판은, 단순한 개인적 신념이나 PC함의 산물이 아니라, 이건의 과학적 세계관을 실제 인간 사회에 '성실하게' 대입했을 경우의 논리적인 귀결로 보아야 한다는 평론가들의 주장에 힘이 실리는 대목이다.

가장 초기의 단편소설들인 「행동 공리」(1990)와 「내가 되는 법 배우기」(1990)은 이건의 작품 세계에서 가장 중요한 위치를 차지하는 과학 분야 중 하나인 대뇌생리학의 최신 성과를 가감없이 반영한 문제작이다. 전자는 훗날 장편소설 『쿼런틴』(1992)의 한 축을 담당하는 자유 의지론적 기제인 모드mod 개념을 처음으로 명시한 중요한 작품이다. 마인드업로딩을 통한 인간 정신의 복제라는 트랜스휴머니즘의 화두를 제시한 후자는 「내가 행복한 이유」에서 장편소설 『순열 도시』(1994)와 『디아스포라』(1997)를 거쳐 단편소설 「플랑크 다이브」(1998)에서 결실을 맺는 느슨한 미래 역사인 '카퍼' 연작의 초석이 되었다. 가장 영상화가 용이할 듯한 작품 중 하나인 「바람에 날리는 겨」(1993)는 극적 스토리텔러로서의 이건의 재능을 엿볼 수 있는 하드보일드풍의 단편소설이지만, 사이코패스 주인공을 엄습하는 충격적인 결말이 「행동 공리」와 동일한, 거의 편집증적인 주제의식의 산물임을 간파하기는 어렵지 않다.

이건의 대표작 중 하나인 「루미너스」(1995)는 수학의 정리에 모순이 내재되었을 가능성을 다룬 테드 창의 「0으로 나누면」(1991)의 자매편이라고 해도 무방한 걸작이지만(실제로 테드 창은 좋아하는 이건의 단편소설 중 하나로 「루미너스」를 꼽았다), 작중에서 〈결점〉이라고 불리는 수론의 모순을 실제로 발견한 주인공들이 겪는 형이상학적 모험은 오직 이런 종류의 SF에만 가능한 지적인 고양감과 해방감으로 가득 차 있다. 반면 팬데믹을 소재로 한 「실버파이어」(1995)가 제시하는 예언적 상황은 단순히 시의적절하다고 치부하기에는 너무나도 현실과 밀착해 있다는 인상을 받는다. 글자 그대로 백열한 비애로 가득 찬 이 중편소설에 등장하는 '컬트'는 조직화된 사이비 종교라기보다는 인간 본성에 내재된 비이성적인 '어둠' 내지는 주술적 사고에 더 가까우며, 2022년 현재를 살아가는 대한민국 국민이라면 (굳이 칼 세이건의 '악령'을 소환하지 않더라도) 익숙하기 짝이 없는 현실의 일부라는 점이 아이러니로 다가온다고나 할까.

작품집 『내가 행복한 이유』의 대미를 장식하는 「체르노빌의 성모」(1994)는 당시 각광을 받기 시작한 VR(가상현실) 기술을 소재로 칼 구스타프 융이 인간의 본성 중 하나로 지목했던 〈종교성〉을 정면에서 바라본 아름다운 작품이며, 작가는 의미심장하게도 이 중편소설을 "내적인 가치를 외면화하는 과정으로서의 종교가 야기하는 윤리의 문제"를 다룬 종교 SF로 간주하고 있다.

김상훈(SF 평론가, 번역가)

옮긴이의 말

그렉 이건 저작 목록

장편소설

An Unusual Angle (1983) | Quarantine (1992) | Permutation City (1994) | Distress (1995) | Diaspora (1997) | Teranesia (1999) | Schild's Ladder (2002) | Incandescence (2008) | Zendegi (2010) | The Clockwork Rocket (2011)* | The Eternal Flame (2012)* | The Arrows of Time (2013)* | Dichronauts (2017) | The Book of All Skies (2021) (*〈Orthogonal〉 3부작)

중·단편집

Axiomatic (1995) | Our Lady of Chernobyl (1995) | Luminous (1998) | Dark Integers and Other Stories (2008) | Crystal Nights and Other Stories (2009) | Oceanic (2009) | The Best of Greg Egan (2019) | Instantiation (2020)

내가 행복한 이유

초판 1쇄 펴낸날 2022년 8월 16일
초판 7쇄 펴낸날 2024년 2월 2일
지은이   그렉 이건
옮긴이   김상훈
펴낸이   한성봉
편집   양은경·김학제·박소연
콘텐츠제작 안상준
디자인   최세정
마케팅   박신용·오주형·박민지·이예지
경영지원   국지연·송인경
펴낸곳   허블
등록   2017년 4월 24일 제2017-000050호
주소   서울시 중구 퇴계로30길 15-8 [필동1가 26]
페이스북   www.facebook.com/dongasiabooks
트위터   twitter.com/in_hubble
전자우편   dongasiabook@naver.com
블로그   blog.naver.com/dongasiabook
홈페이지   hubble.page
전화   02) 757-9724, 5
팩스   02) 757-9726

ISBN   979-11-90090-67-4 03840

만든 사람들

책임편집   김학제
교정   김학제·원보름
크로스교열 안상준
디자인   석윤이
본문조판   김경주·최세정